Estelle Maskame

Ohne dich bin ich verloren

DARK LOVE 4

Roman

Aus dem Englischen von
Bettina Spangler

WILHELM HEYNE VERLAG
MÜNCHEN

Die Originalausgabe JUST DON'T MENTION IT
(DIMILY Series) erschien bei Ink Road, an imprint and trademark of
Black & White Publishing Ltd. Edinburgh

FSC www.fsc.org
MIX
Papier aus verantwortungsvollen Quellen
FSC® C083411

Verlagsgruppe Random House FSC® N001967

Vollständige deutsche Erstausgabe 6/2019

Printed in Germany
Redaktion: Martina Vogl
Umschlaggestaltung: Nele Schütz Design, München, unter Verwendung
von shutterstock (Anastasiya Dmnitch, Tuzemka, Chones)
Satz: Fotosatz Amann, Memmingen
Druck und Bindung: CPI books GmbH, Leck
ISBN 978-3-453-42343-5
www.heyne.de

*Für meine Leserinnen und Leser, ihr seid der Wahnsinn –
diese Story ist für euch!*

Kapitel 1

Fünf Jahre zuvor

Mit steifer Hand fahre ich mir durch das feuchte, wirre Haar. Eine Stunde bin ich in der Wanne gelegen und immer wieder mit dem Kopf untergetaucht, um zu testen, wie lange ich es unter Wasser aushalte. Meine absolute Rekordzeit liegt bei dreiundneunzig Sekunden, aber da geht noch mehr.

Ich setze mich auf den Wannenrand und greife nach der Packung Schmerzmittel am Waschbecken. Es sind nur noch wenige Pillen übrig, Mom besorgt hoffentlich bald Nachschub. Ich drücke zwei Tabletten aus dem Blister und umschließe sie mit der Faust, während ich mich zum Wasserhahn beuge und mir ein Glas einlaufen lasse. Ich schlucke die erste, dann die zweite, dann kippe ich das restliche Wasser in den Abfluss.

Mein Blick wandert zu meinem Schulterblatt. Die Haut ist abgeschürft, aber zum Glück hat es aufgehört zu bluten. Um die frische Verletzung herum blüht bereits ein farbenprächtiger Bluterguss auf, irgendwo zwischen Rot und Violett und Blau. Vorsichtig betaste ich ihn, doch der Druck löst tief unter der Haut einen dumpfen Schmerz aus. Ich würde aus der Küche Eis holen, aber ich will auf keinen Fall, dass mich irgendjemand dabei erwischt. Es ist schon fast Mitternacht. Ich sollte längst schlafen. Morgen habe ich Schule.

Ich richte mich auf und räume die Tabletten zurück in das Schränkchen über dem Waschbecken, ganz hinten in das zweite Fach von oben – höher komme ich nicht. Außerdem werde ich sie morgen ohnehin wieder brauchen. Als ich die Spiegeltür mit einem leisen Klicken schließe, starrt mir mein ausdrucksloses Gesicht entgegen. Erst jetzt fällt mir der winzige Schnitt in der Unterlippe auf. Ich schiebe mich näher heran, nehme die Lippe zwischen Daumen und Zeigefinger und inspiziere die Wunde genauer. Ich könnte nicht sagen, wann und wo das passiert ist, frisch ist sie jedenfalls nicht, also kann sie nicht von heute Abend sein.

Kopfschüttelnd trete ich zurück. Es spielt keine Rolle, woher ich die Verletzung habe, denn sobald sie verheilt ist, wird eine neue an ihre Stelle treten. Genau wie weiteres Blut fließen wird, es mehr blaue Flecken geben wird.

Mein Spiegelbild fixiert mich immer noch, die Augen ausdruckslos und mit dunklen Schatten darunter, die Schultern hängend, der Mund verkniffen, wie ein ständiges Stirnrunzeln. Mit einer Hand schiebe ich die Haare vorne hoch. Eine tiefe Schnittwunde, die parallel zu meinem Haaransatz verläuft, wird sichtbar. Sie will und will nicht verheilen, langsam mache ich mir Sorgen, es könnte sich eine Narbe bilden. Hastig streiche ich die feuchten Fransen darüber und wende mich vom Spiegel ab.

Ich greife nach meinem T-Shirt und schlüpfe hinein. Eine Reihe blassbrauner Flecken zieht sich über meinen unteren Rücken. Das darf niemand sehen, deshalb zeige ich mich nie ohne Oberteil. Ich steige in meine Shorts, schmeiße das Handtuch in die abgelassene Wanne und werfe einen letzten Blick in den Spiegel. Nichts zu sehen. Gut.

Ich ziehe vorsichtig die Tür des kleinen Badezimmers einen Spaltbreit auf und trete möglichst lautlos hinaus auf den Flur. Nirgends brennt Licht, alles ist dunkel. Unten im Wohnzimmer läuft der Fernseher, und ich höre meine Eltern über die laufende Sendung lachen. Leise schiebe ich mich die Treppe hinunter, doch im Näherkommen fällt mir auf, dass die Wohnzimmertür nur angelehnt ist. Statt schleunigst den Rücktritt nach oben anzutreten, schleiche ich darauf zu und spähe am Türstock vorbei hinein.

Mom und Dad sitzen auf dem Sofa, eng aneinandergekuschelt. Er hat die Arme um sie geschlungen und hält sie fest an sich gedrückt, das Kinn auf ihren Scheitel gestützt. Sie wirkt müde, aber glücklich. Immerhin ist sie erst vor einer Stunde von der Arbeit heimgekommen, gerade als ich die Badezimmertür hinter mir zugesperrt hatte und in die Wanne gestiegen war.

Schlagartig weiche ich von der Tür zurück und wirble herum. So schnell mich meine Füße tragen, stürme ich die Treppe nach oben, zwei Stufen auf einmal nehmend. Zum Glück dämpft der Teppich meine Schritte. Die Tür zu meinem Zimmer steht sperrangelweit offen. Ich mache das Licht an, doch bevor ich mich hineinrette, halte ich noch einmal inne und werfe einen Blick in das Zimmer zu meiner Rechten. Es ist das von meinen Brüdern.

Blinzelnd starre ich in die Dunkelheit, bis meine Augen sich daran gewöhnt haben. Mein jüngster Bruder, Chase, liegt auf dem Bauch im linken Bett und schläft seelenruhig. Er hat das Gesicht im Kissen vergraben, ein Bein baumelt über den Rand der Matratze. Im anderen Bett schnarcht Jamie leise vor sich hin. Er hat eine Beule an der Stirn, weil ihm ein Junge aus seinem Baseballteam versehentlich den Ball an den Kopf geknallt hat.

Ich wünschte, meine Verletzungen ließen sich auch auf Unfälle zurückführen.

Leise trete ich den Rückzug an und ziehe die Tür hinter mir zu, lasse sie aber einen Spalt offen stehen. Chase hat Angst im Dunkeln.

In meinem Zimmer ist alles so, wie ich es verlassen habe. Meine Mathehausaufgaben liegen zerknittert und zerfetzt auf dem Boden, völlig unbrauchbar. So kann ich das nächste

Woche unmöglich abgeben. Eins der Blätter ist in drei Teile zerrissen. Es ist das mit der einen Gleichung, die ich verpatzt habe. Aber ein simpler Fehler ist offensichtlich immer noch ein Fehler zu viel, völlig egal, dass es sich nur um Siebte-Klasse-Algebra handelt. Jetzt muss ich die Aufgaben morgen noch einmal machen und dann beten, dass ich seinen Ansprüchen endlich gerecht werde.

Ich sammle die zerfetzten Blätter auf und stopfe sie in meinen Rucksack; zuletzt knipse ich das Licht aus und klettere ins Bett. Nur leider tut es höllisch weh, der Schmerz lässt mich zusammenzucken. Langsam lasse ich die Luft aus meinen Lungen entweichen, während ich mich vorsichtig auf meine rechte Seite drehe. Ich ziehe mir die Decke hoch bis unter die Nase, und dann liege ich eine gefühlte Ewigkeit wach und starre Löcher in die Dunkelheit. Ich brauche immer etwas länger zum Einschlafen.

Ich hebe die linke Hand und halte sie hoch. Vorsichtig krümme ich die Finger, lasse das Handgelenk dreimal kreisen. Diese Übung soll ich eigentlich jeden Tag mehrere Male wiederholen, aber ich vergesse es ständig. Nachdem meine Hand einen Monat lang eingegipst war, ist sie immer noch ziemlich steif. Es wird vermutlich noch mehrere Wochen dauern, bis der Bruch endgültig verheilt ist.

Plötzlich sind auf der Treppe Schritte zu hören, sofort lasse ich den Arm fallen, schließe die Augen und stelle mich schlafend. Das mache ich regelmäßig, ich bin mittlerweile ein richtiger Experte darin. Damit es noch überzeugender wirkt, öffne ich sogar ganz leicht den Mund und bemühe mich um tiefe und gleichmäßige Atemzüge.

Die Tür geht auf, gefolgt von einem Moment der Stille. Er scheint kurz innezuhalten, bevor er den ersten Schritt ins Zimmer macht. Ich weiß, dass er es ist.

Mit einem sanften Klicken schließt er die Tür. Eine Weile ist nichts zu hören außer seinen tiefen Atemzügen, dann spüre ich, wie er sich langsam durchs Zimmer bewegt. Ich weiß nicht, was er vorhat, und so gern ich herumrollen und mit eigenen Augen sehen würde, was er macht, will ich kein Risiko eingehen. Deshalb verhalte ich mich weiter mucksmäuschenstill.

Ein Rascheln ist zu hören, möglicherweise durchsucht er meinen Rucksack, es klingt, als würde er in meinen Unterlagen blättern. Wenn ich daran denke, was am frühen Abend passiert ist, scheint es mir am naheliegendsten, dass er nach meinen Mathehausaufgaben sucht. Wieder herrscht Stille. Noch mehr Geraschel, gefolgt von einem Seufzen, das fast verzweifelt klingt.

Und dann fängt er an zu reden, seine Stimme beendet die Stille. Seine Worte klingen leise und gedämpft, als er sagt: »Tut mir leid, Tyler.«

Ich kann nicht sagen, ob er denkt, ich schlafe, oder ob er weiß, dass ich wach bin. Jedenfalls entschuldigt er sich. Das ist nichts Neues, nur dass er es nie ernst meint. Denn wenn er es ernst meinen würde, müsste er es nicht gleich am nächsten Tag wieder sagen, genauso wie am darauffolgenden. Ich habe Angst, dass es immer etwas geben wird, wofür er sich entschuldigen muss.

Ich verhalte mich weiter ruhig, denn je schneller ich ihn davon überzeuge, dass ich schlafe, desto schneller verschwindet er wieder. Und er scheint es mir sogar abzunehmen, weil er nämlich nichts weiter von sich gibt. Ich glaube nicht, dass er sich von der Stelle bewegt hat, aber ich könnte auch nicht sagen, wo in meinem Zimmer er sich befindet.

Einige Minuten verstreichen, ohne dass etwas geschieht, ich konzentriere mich voll und ganz auf meine Atmung und bete zu Gott, er möge bald gehen. Endlich sind wieder Schritte zu hören, die vom Teppich fast verschluckt werden, eine Tür wird geöffnet, gefolgt von einem letzten Innehalten. Erneut ein Seufzen, doch diesmal klingt es genervt, und ich weiß nicht, ob er sich über mich oder über sich selbst ärgert. Wahrscheinlich über mich. Wie immer.

Die Tür wird zugezogen, dann ist er fort.

Erleichtert atme ich aus und schlage die Augen auf. Wenigstens kann ich mir nun sicher sein, dass die Gefahr für heute Nacht gebannt ist. Ich kann getrost schlafen; nur dass mir das nicht gelingen wird, weil ich schon seit Monaten nicht mehr richtig schlafe. Schon nach wenigen Stunden werde ich hochschrecken und eine Zeitlang an die Decke starren, bis ich erneut einnicke, und dann geht alles wieder von vorne los.

Doch obwohl ich selten erholsamen Schlaf finde, ist das der Höhepunkt des Tages. Zumindest in den nächsten sieben Stunden kann ich mich darauf verlassen, dass ich sicher bin. Ich genieße dieses Gefühl, denke aber gleichzeitig mit Schrecken daran, dass mich morgen das gleiche Spiel erwartet.

Morgen werde ich zur Schule gehen und vorspielen, dass alles in bester Ordnung ist.

Morgen werde ich wie immer alles tun, um die frischen Verletzungen vor meiner Mom zu verbergen.

Morgen werden neue Blutergüsse, neue Schnittwunden dazukommen.

Und sie werden alle auf Dads Konto gehen.

Kapitel 2

Gegenwart

Irgendwas stimmt nicht mit meinem Bier. Es schmeckt auf einmal anders. Ich kneife ein Auge zu und neige den Flaschenhals, um hineinzulinsen. Ob mir jemand heimlich was reingekippt hat, als ich kurz mal weggeschaut habe? Irgendwie riecht es verdächtig nach Rum. Verstohlen werfe ich einen Blick in Richtung Küche. Jake steht mit dem Rücken zu mir über den Tresen gebeugt und gießt verschiedene Zutaten in einen Mixer. Er tut so, als wäre er ein professioneller Barkeeper. Wie ich diesen Typen hasse.

»Was hast du?«

Ich senke den Blick zu Tiffani, die schon seit mindestens fünf Minuten wie eine Klette an mir klebt. Sie hat ihre langen Beine über meinen Schoß gelegt, ihr Kopf lehnt an meinem Bizeps. Mit kreisenden Bewegungen fährt sie mir mit den Nägeln über die Brust, bis ich plötzlich registriere, dass sie innegehalten hat. Den Kopf in den Nacken gelegt, sieht sie zu mir auf und mustert mich eindringlich unter dem dichten Kranz ihrer Wimpern hervor.

»Jake hält sich wohl für besonders witzig. Er hat mir Rum ins Bier gekippt«, sage ich. Mürrisch presse ich die Lippen zusammen und stelle die Flasche auf das kleine Tischchen gleich neben der Couch. »Komm her«, fordere ich sie leise auf. Ich ziehe den Arm unter ihr hervor und lege ihn um ihre Schultern, um sie fest an mich zu drücken. Im Gegenzug schmiegt sie sich noch enger an meine Brust, und ich weiß jetzt schon haargenau, dass mindestens fünf Schichten Make-up auf meinem T-Shirt landen werden. Aber das ist schnell vergessen, als ich den Blick an ihren langen Beinen abwärts wandern lasse. Behutsam lege ich ihr die freie Hand aufs Knie und lasse sie zart über die glatte Haut ihres Oberschenkels gleiten. Das schwarze Kleid ist eigentlich viel zu kurz und viel zu eng, aber darüber werde ich mich garantiert nicht beschweren. »Wann wollen wir los?«

»Ich dachte, so gegen elf«, antwortet sie abwesend. Sie scheint sich viel mehr für das zu interessieren, was sich aktuell zwischen uns abspielt, denn jetzt legt sie ihre Hand auf meine und schiebt sie aufmunternd an ihrem Oberschenkel nach oben unter ihr Kleid. Ich spüre die Spitze ihrer Unterwäsche, und als ich den Blick senke, lächelt sie mich an. Sie reckt den Hals, streift mit den Lippen über mein Ohr und haucht mit verführerischer Stimme: »Bleibst du heute Nacht bei mir?«

Früher hat es mich total scharfgemacht, wenn sie ihre Stimme zu diesem rauen Flüstern gesenkt hat. Aber mittlerweile lässt mich das völlig kalt. Sie stellt mir den Sex ohnehin nur in Aussicht, um mich bei der Stange zu halten.

Seltsamerweise scheint es zu funktionieren. Ich setze mich aufrechter hin und ziehe sie ganz auf meinen Schoß, die Hand immer noch unter dem Kleid an ihrer Hüfte. Mit der anderen streiche ich ihre blonden Haare zur Seite, um ihr einen Kuss auf den Hals zu drücken. Genießerisch legt sie den Kopf in den Nacken, schließt die Augen und fährt mir langsam mit den Fingern durch die Haare. Ich sauge ihre Haut zwischen meine Zähne und hinterlasse sichtbare Spuren, mittlerweile so etwas wie mein Markenzeichen. Tiffani behauptet steif und fest, sie würde Knutschflecken hassen, aber das nehme ich ihr nicht ab, weil sie mich nämlich nie davon abhält.

Als sie unvermittelt von meinem Schoß herunterspringt,

sich blitzschnell aufrichtet und anfängt, am Saum ihres Kleides zu zupfen, sehe ich mich irritiert nach dem Grund ihrer plötzlichen Hektik um. Wegen der lauten Musik habe ich gar nicht mitbekommen, dass sich die Haustür geöffnet hat. Zum Glück hat Tiffani es aber rechtzeitig bemerkt. Sie stellt ihren Drink auf das kleine Tischchen und versucht, ihr Kleid über die Schenkel zu zerren, was leider vergebens ist: Es geht ihr auch jetzt nur knapp über den Hintern.

»Mom!«, stammelt sie mit hochrotem Kopf und macht barfüßig ein paar Schritte auf ihre Mutter zu. »Hast du nicht gesagt, du müsstest heute länger arbeiten?«

»Sicher, aber es ist ja schon halb neun«, bemerkt Jill spitz. Mit klackernden Absätzen marschiert sie in die Küche, einen schwarzen Aktenordner an die Brust gedrückt. »Das *ist* lang!« Missbilligend schiebt sie die Unterlippe vor und sieht sich vorwurfsvoll um. Erst fällt ihr Blick auf die Batterie an alkoholischen Getränken, die auf dem Tresen steht, dann mustert sie Jake, der sich hektisch daranmacht, die Musik leiser zu stellen. Als Letztes nimmt sie wieder Tiffani ins Visier. »Du hast gar nicht erwähnt, dass du Freunde einladen willst.«

Tiffani wirkt immer noch nervös, was mich kaum wundert, denn wenn ich eines über ihre Mom sagen kann, dann das, dass sie gerade nicht begeistert ist. »Weil ich dachte, wir wären längst weg, bis du heimkommst«, gibt sie kleinlaut zu. Sie hat die Arme vor der Brust verschränkt, offensichtlich um zu verbergen, wie nackt sie in dem Kleid aussieht.

»Und wo wollt ihr noch hin?«, erkundigt sich Jill in dem für sie typischen knallharten Ton. In den drei Jahren Beziehung mit Tiffani habe ich ihre Mom glaube ich noch nie auch nur ansatzweise lächeln sehen. Sie ist eine richtig fiese Bitch. Genau wie ihre Tochter.

»Zu einer Party«, räumt Tiffani ein und zieht eine Schnute. »Ich dachte, wir könnten vorher hier abhängen. Du weißt doch, Mom. Bei solchen Feiern sollte man auf keinen Fall zu früh aufkreuzen. Das wäre megapeinlich.«

»Na schön«, meint Jill, doch ihr strenger Ton lässt keinen Zweifel daran, dass sie nicht glücklich darüber ist, uns alle hier zu sehen. »Aber stellt die Musik leise. Ich habe fürchterliche Kopfschmerzen.« Sie reibt sich die Schläfen, wie um ihre Aussage zu bekräftigen. Dann streift sie die Haare über die Schulter zurück, macht auf dem Absatz kehrt und stöckelt wieder hinaus. Im Vorbeigehen wirft sie mir noch einen vorwurfsvollen Blick zu und verengt die Augen zu schmalen Schlitzen. Ich hebe die Hand und winke ihr mit einem schiefen Grinsen zu. Natürlich nur, um sie zu ärgern.

Die Sache ist die: Tiffanis Mom kann mich auf den Tod nicht ausstehen. Von unserer ersten Begegnung an hatte sie eine Abneigung gegen mich, und dabei waren Tiffani und ich anfangs nur Freunde. Sie fand schon damals, dass ich kein Umgang für ihre Tochter bin. Ihrer Ansicht nach habe ich einen schlechten Einfluss auf sie, und in mancher Hinsicht trifft das wohl zu. Mit den Jahren ist aus ihrer Aversion gegen mich so etwas wie Verachtung geworden, und sie versucht noch nicht mal mehr, das zu verbergen. Dabei mache ich mir gar nicht so viel aus Tiffani, von ihrer Mom ganz zu schweigen. Diese Beziehung hat in meinen Augen ohnehin keine Zukunft, deshalb kümmert es mich nicht, ob ihre Eltern mich mögen oder nicht.

Kaum ist Jill zur Tür hinaus, atmet Tiffani erleichtert auf und schnaubt: »Sie ist manchmal echt so eine Spaßbremse.« Sie wendet sich an Jake und erklärt, dass er die Musik wieder lauter stellen soll. Er dreht jedoch nicht mehr ganz so stark auf wie vorher.

Ich stemme mich vom Sofa hoch, stehe auf und gehe zu ihnen rüber. Die beiden lehnen am Küchentresen und diskutieren laut darüber, welche Songs sie als Nächstes in die Playlist schieben und was sie noch trinken sollen. Unsanft dränge ich mich dazwischen und lege Tiffani den Arm um die Schultern. Als sie sich an mich schmiegt, merke ich, wie Jake uns aus dem Augenwinkel beobachtet. Jake Maxwell kann jedes verdammte Mädchen haben, auf das er ein Auge geworfen hat, aber Tiffani kriegt er nicht. Wahrscheinlich wird er nie verkraften, dass sie sich vor drei Jahren für mich entschieden hat und nicht für ihn. An manchen Tagen genieße ich es richtig, mit einem Mädchen zusammen zu sein, für das sich viele Jungs ein Bein ausreißen würden. Und manchmal *wünsche* ich mir, Tiffani hätte sich damals für Jake entschieden. Dann würde sie nämlich ihm das Leben zur Hölle machen und nicht mir.

Ich greife mir gerade eine neue Flasche Bier aus dem Sixpack, als Jake den Kopf hebt und spöttisch fragt: »Was ist denn mit dem Bier von vorhin?« Der Arsch wagt es, mich dabei schief anzugrinsen, und wieder einmal kommt mir der Gedanke, dass dieses ganze »Tun wir den anderen zuliebe so, als wären wir beste Freunde« nichts als ein Haufen Bockmist ist. Am liebsten würde ich dem Typen eine aufs Maul hauen.

Meine Miene verdüstert sich, und ich werfe ihm einen warnenden Blick zu. Meistens muss ich nicht viel sagen, um den Leuten deutlich zu machen, dass sie sich nicht mit mir anlegen sollen. Aber bei Jake ist es anders: Er ist mittlerweile daran gewöhnt, deshalb lacht er nur höhnisch und reicht mir den Flaschenöffner. Ernsthaft, ich glaube, er provoziert mich absichtlich, weil er hofft, ich könnte irgendwann doch die Beherrschung verlieren und zuschlagen. Offenbar hat er es sich zur Lebensaufgabe gemacht, meine Geduld auf die Probe zu stellen.

»Was treiben eigentlich Dean und Megs so lange oben?«, will er nun wissen und mimt wie immer den Obercoolen. Demonstrativ wirft er einen Blick auf seine Armbanduhr. Als er den Kopf wieder hebt, deutet er auf den Drink, den er vorhin zusammengepanscht hat. »Ich habe einen ziemlich exotischen Cocktail gemixt. Jetzt brauche ich nur noch Dean als Versuchskaninchen.«

Ich beuge mich vor und spähe angewidert in den Becher, aber das einzig Exotische daran ist die tiefgrüne Farbe. »Ich sehe lieber mal nach den beiden«, sage ich mit gerümpfter Nase.

Behutsam mache ich mich von Tiffani los, öffne das Bier und nehme auf dem Weg zur Treppe den ersten Schluck. Ohne Eile steige ich die Stufen nach oben und lasse die Bierflasche dabei locker zwischen Daumen und Zeigefinger baumeln, während ich mir mit der anderen Hand durch die Haare streiche. Es ärgert mich ein bisschen, dass ich noch nicht betrunken bin. Da uns aber noch ein paar Stunden bis zur Party bleiben, lässt sich das problemlos ändern. In nüchternem Zustand überstehe ich nämlich keine Feier.

Die Tür zu Tiffanis Zimmer ist nur angelehnt, durch den Spalt sehe ich Meghan, die allem Anschein nach gerade einen Nervenzusammenbruch hat. Hektisch rennt sie im Zimmer auf und ab, beide Hände vors Gesicht geschlagen, und seufzt unentwegt vor sich hin. Dean beobachtet sie stillschweigend und kratzt sich verlegen im Nacken.

»Ihr braucht verdammt lang hier oben, findet ihr nicht?«, sage ich spöttisch und schiebe die Tür ein Stück weiter auf. Sie sehen beide zu mir, als ich ins Zimmer trete, wobei Meghan weniger erschrocken als total genervt wirkt. Mit einem unterdrückten Fluch schmeißt sie sich schließlich auf Tiffanis Bett. Erst jetzt fällt mir auf, dass ihr Kleid hinten offen ist; ihr nackter Rücken ist zu sehen. Ich ziehe eine Augenbraue hoch und schaue zu Dean. »Habt ihr zwei rumgemacht?«

»Sehr lustig«, sagt Dean. Dann schüttelt er den Kopf und deutet mit dem Kinn auf Meghan. »Der scheiß Reißverschluss klemmt.«

Meghan richtet sich wieder auf und seufzt theatralisch.

»Ich werde mir was von Tiffani borgen müssen.« Als könnte sie sich nichts Schlimmeres vorstellen. Ich weiß haargenau, dass sie mich umbringt, wenn ich jetzt die Augen verdrehe. Aber mal ehrlich, wie kann man wegen eines bescheuerten Kleides so ausrasten? Nach drei Jahren Beziehung mit Tiffani bin ich an solche lächerlichen Outfitprobleme allerdings gewöhnt.

»Komm her«, fordere ich sie auf. Ich stelle mein Bier auf die Kommode, halte Meghan die Hand hin und ziehe sie hoch. Dann trete ich hinter sie und lasse den Blick über ihre blasse Haut wandern, hinunter zu der Stelle knapp oberhalb ihrer Taille, an der der Reißverschluss sich in dem blauen Stoff festgefressen hat. Mit einem kräftigen Ruck nach unten gelingt es mir, ihn zu lösen. Problemlos ziehe ich ihn nun nach oben, um ihn zu schließen. Meghan atmet erleichtert auf, wirbelt herum und bedankt sich so überschwänglich, als hätte ich ihr das Leben gerettet.

Mein Blick wandert zu Dean, während Meghan fröhlich durchs Zimmer hopst, um ihre Schuhe aufzusammeln. Er verzieht das Gesicht, nimmt einen Schluck von seinem Bier und rollt demonstrativ mit den Augen. Offensichtlich wartet er nur darauf, dass ich ihn damit aufziehe. Und ich kann es mir tatsächlich nicht verkneifen.

»O Mann«, fange ich an. »Ernsthaft, du hast ihn nicht hochgekriegt?« Meine Lippen verziehen sich zu einem höhnischen Grinsen. Entschlossen mache ich einen Schritt auf ihn zu, betaste prüfend seinen Oberarm und tue so, als wäre ich enttäuscht, weil er keine Muckis hat. Dean ist ein irre netter Kerl, aber er sollte sich mehr Biss zulegen, weil er manchmal einfach *zu* nett ist.

»Ich dachte, das überlasse ich lieber dem Experten. Wenn man bedenkt, wie viele Reißverschlüsse du in deinem Leben schon geöffnet hast …«, zahlt er es mir heim. Das ist maßlos übertrieben, aber trotzdem lache ich mit ihm über seinen

Witz. Versöhnlich reicht er mir mein Bier, damit wir anstoßen und trinken können.

Während ich mir mit dem Handrücken über den Mund wische, werfe ich einen verstohlenen Blick zu Meghan. Sie sitzt auf der Bettkante und schiebt ihre Füße gerade in die hohen Schuhe. »Wo steckt eigentlich Rachael?«, frage ich. Erst jetzt fällt mir auf, dass ich sie noch nicht gesehen habe, dabei sind wir schon seit Stunden hier. Normalerweise ist sie immer mit von der Partie, und es ist eigentlich immer ganz lustig mit ihr, sie wird nämlich irrsinnig schnell betrunken. Dean stützt sie dann meistens, weil sie überhaupt nicht mehr von alleine stehen kann, und Jake versorgt sie in solchen Fällen trotzdem weiter mit Drinks und lacht sich kaputt über sie. Rachael denkt, dass ich ein Idiot bin, deshalb kann es mir im Grunde egal sein, ob sie hier ist oder nicht.

»Ihre Mom wollte, dass sie was für sie erledigt«, erklärt Meghan, »sie stößt später auf der Party zu uns. Weiß eigentlich noch irgendjemand, wie das Mädchen heißt, das die Party schmeißt? War das zufällig Lucy?«

Ich habe nicht die leiseste Ahnung, deshalb schaue ich hilfesuchend zu Dean. Er kennt alle und jeden, ganz egal, ob einer seinen Abschluss vor drei Jahren gemacht hat oder gerade erst mit der Highschool angefangen hat. Ehrlich, ich kapiere nicht, warum er sich die Mühe macht, sich sämtliche Namen zu merken. »Genau. Lucy«, bestätigt er. »Elfte Klasse, glaube ich.«

»Keinen Schimmer«, murmle ich. Wer auch immer sie ist, es überrascht mich jedenfalls nicht, dass wir zu ihrer Party eingeladen sind. Wir werden dauernd von irgendwelchen Leuten eingeladen, die wir kaum kennen.

Von der Tür her ist ein Räuspern zu hören. Alle drei wenden wir die Köpfe und sehen Tiffani an den Türrahmen gelehnt stehen. Ihr Lächeln wirkt angespannt und verschlossen, gedankenverloren zwirbelt sie sich eine Locke um den Zeigefinger, den Blick auf Dean und Meghan gerichtet. Mich scheint sie zu ignorieren. »Jake hat Drinks gemixt«, sagt sie langsam, als wäre sie nicht richtig bei der Sache, dann fügt sie mit festerer Stimme hinzu: »Ihr solltet runtergehen und sie probieren.« Ihr Lächeln wird breiter, und ihre Zähne blitzen auf.

»Mit anderen Worten: Raus aus meinem Zimmer! Du willst uns loswerden, oder?«, witzelt Dean, aber er hat recht. Was anderes hat sie nicht im Sinn. Doch statt auf die Sticheleien einzugehen, lässt Tiffani nur ihre irre langen Wimpern flattern. »Komm mit, Megs«, lenkt er ein. »Lassen wir die zwei allein.«

Er fasst Meghan an der Hand, zieht sie vom Bett hoch und stützt sie, als sie auf ihren hohen Absätzen ins Straucheln gerät. Auf dem Weg hinaus wirft er mir über die Schulter einen verschwörerischen Blick zu, und ich ertappe mich dabei, wie ich grinse. Tiffani ist nicht gerade ein Ass darin, ihre Absichten zu verschleiern. Normalerweise ist allen sofort klar, was sie bezweckt. So wie jetzt – zufrieden sieht sie zu, wie Dean und Meghan die Treppe nach unten gehen, dann schließt sie die Tür und wendet sich mir zu. Jetzt sind wir allein.

»Konntest es wohl nicht mehr erwarten, wie?«, ziehe ich sie mit einem anzüglichen Grinsen auf, setze die Bierflasche an und leere sie in einem Zug. Dann stelle ich sie auf der Kommode ab, kremple die Ärmel meines Flanellhemds bis knapp unter die Ellbogen hoch und gehe auf sie zu. Alle diese Bewegungen sind mir so vertraut, so sehr zu einem Teil der Routine geworden, dass meine Hände fast wie von allein nach ihren Hüften fassen und mein Mund sich seitlich auf ihr Kinn presst. Der überwältigende Duft ihres Parfüms raubt mir fast den Atem.

Aus irgendeinem Grund aber macht sie nicht mit, und nach wenigen Augenblicken legt sie mir eine Hand an die

Brust und schiebt mich weg. Fragend starre ich sie an, die Lippen zu einem verwunderten O geformt. Ich bin völlig perplex, denn Tiffani hat mir noch *nie* einen Korb gegeben. Mit einem Mal wirkt ihre Miene gequält und angespannt. »Du hast dein Handy unten vergessen«, sagt sie mit einem schneidenden Unterton und hält es hoch.

Obwohl ich genau weiß, dass das mein Handy ist, klopfe ich unwillkürlich meine hinteren Jeanstaschen danach ab. Als ich mit einem gleichgültigen Schulterzucken die Hand danach ausstrecke, reißt sie den Arm zurück. Langsam, aber entschieden schüttelt sie den Kopf. Es ist nicht zu übersehen, dass sie wegen irgendetwas auf mich sauer ist, und ich weiß haargenau, dass ich das für den Rest des Abends büßen werde, es sei denn, ich finde eine Möglichkeit, sie wieder gnädig zu stimmen. Seufzend kratze ich mich an der Schläfe.

»Ich habe gelesen, was du und Declan euch geschrieben habt«, stellt sie nach einem kurzen Moment klar.

»Und?« Ich kapiere nicht, wo das Problem liegt. Klar, er soll mir für später ein paar Tüten besorgen, aber das ist schließlich nichts Neues. Tiffani weiß Bescheid, deshalb sollte es sie nicht wundern.

Tiffani macht einen Schritt auf mich zu und hebt den Kopf. Wütend funkelt sie mich an. »Ich habe *alle* deine Nachrichten an Declan gelesen«, formuliert sie es mit einem gewissen Nachdruck in der Stimme neu. Diesmal brauche ich nur einen Sekundenbruchteil, um zu verstehen, worauf sie anspielt. Ich zermartere mir das Hirn, was ich sagen könnte, um mich zu rechtfertigen. Aber in meinem Kopf herrscht gähnende Leere, und ich stehe wie ein Reh im Scheinwerferlicht vor ihr, zu keiner Reaktion in der Lage.

»Das ist nicht dein Ernst, oder?«, fragt sie, und ihr Ton wird weicher. Ihre schmalen Schultern sacken eine Spur nach unten. »Das kann nicht dein Ernst sein. Du machst schon genug dummen Scheiß. Aber ich schwöre bei Gott, Tyler, das lasse ich nicht zu. Das geht eindeutig zu weit. Ich will garantiert nicht das Mädchen sein, dessen Freund im Knast sitzt. Wie stehe ich denn dann da?«

Ich presse die Lippen zusammen, immer noch unsicher, wie ich mit dieser unerwarteten Konfrontation umgehen soll. Mit den Jahren habe ich die Erfahrung gemacht, dass es besser ist, sich nicht mit Tiffani zu streiten, sondern einen Fehler schleunigst einzuräumen, damit wieder Ruhe herrscht. Ich habe außerdem gelernt, dass es ihr im Grunde *egal* ist, was ich mache; sie interessiert sich nur dafür, was für ein Licht es auf sie wirft.

»Ist doch noch nichts passiert«, protestiere ich schwach. Ehrlich, ich finde nicht, dass das so ein Riesending ist. »Wir haben nur mal überlegt.«

»Aber *warum*?«, bedrängt sie mich und wirft frustriert die Hände hoch, weil ich offenbar immer die falschen Entscheidungen treffe. »Wie kommst du überhaupt auf diese Idee? Ist ja nicht so, als bräuchtest du die Kohle. Was hat dich geritten, an so was Bescheuertes überhaupt zu denken?«

Mir fällt nichts anderes ein, als mit der Schulter zu zucken, weil ich darauf tatsächlich selbst keine Antwort weiß. »Was habe ich zu verlieren?«

Völlig entgeistert sieht Tiffani mich an, als hätte ich endgültig den Verstand verloren. »Äh. Alles?«, sagt sie mit einem gewissen Sarkasmus in der Stimme. »Wenn du glaubst, ein Leben als Drogendealer wäre eine prima Idee, dann bist du sogar noch beschränkter, als ich dachte.«

Ich schließe die Augen und atme ganz langsam aus. Es kostet mich allergrößte Mühe, Ruhe zu bewahren. Sie bauscht das alles viel zu sehr auf; aber heute Abend neige ich eher dazu, in die Defensive zu gehen, statt sofort klein beizugeben und mich zu entschuldigen. »Ist doch bloß ein bisschen Gras.«

»Eben, genau das Gleiche hast du gesagt, als du angefangen hast, das Zeug zu rauchen. Und jetzt schau dir an, wo das hingeführt hat.« Unsanft packt sie meinen Arm und drückt mir das Handy in die Hand. »Erst verkaufst du Hasch an Neuntklässler, und am Ende vercheckst du im großen Stil Koks an genau solche Loser wie dich.«

Wieder schüttelt sie den Kopf, dieses Mal sichtlich verärgert, und wendet sich von mir ab. »Ich will heute Abend nichts mehr von dir hören. Du widerst mich an. Und wenn ich Declan über den Weg laufe, bekommt er von mir eine gescheuert.«

Ich presse die Kiefer zusammen und kann mir nur mit Müh und Not eine Antwort verbeißen. Wenn ich jetzt auch nur einen Ton sage, eskaliert es, so viel steht fest. Ich bin stinksauer, aber ich darf mich nicht provozieren lassen, sonst flippe ich nämlich richtig aus, und dann kriegt sie was zu hören. Der Alkohol macht die Situation auch nicht besser, im Gegenteil. Als Tiffani mir den Rücken zukehrt und auf die Tür zuhält, zwinge ich mich, ruhig und gleichmäßig zu atmen.

Dieses Gespräch wäre damit wohl beendet. Zumindest habe ich jetzt für ein paar Stunden meine Ruhe und kann runterkommen. Hinterher kann ich ihr ja wieder Honig ums Maul schmieren. Doch dann tut sie etwas, das ich nicht erwartet habe. Sie bleibt unvermittelt stehen, dreht sich zu mir um und öffnet ihren kleinen Schmollmund noch einmal.

»Weißt du, Tyler«, zischt sie, und ihre Lippen verziehen sich zu einem selbstgefälligen, grausamen Lächeln, »manchmal habe ich das Gefühl, du *willst* ins Gefängnis, genau wie dein Dad.«

Der letzte Rest Selbstbeherrschung, an den ich mich die ganze Zeit geklammert habe, ist dahin. *Das hat sie nicht ernsthaft gesagt.* Ich balle die Hände zu Fäusten. Rasende Wut kocht in mir hoch und breitet sich in mir aus wie ein Lauffeuer. Ich muss meinem Ärger irgendwie Luft machen. Mit einer blitzschnellen Bewegung schnappe ich mir das Erstbeste, das ich zu fassen kriege: die leere Bierflasche auf der Kommode. Blind vor Wut schleudere ich sie an die gegenüberliegende Wand, wo sie zerschellt und in einer Kaskade aus unzähligen Scherben zu Boden rieselt. Mein Atem geht stoßweise, in meinen weit aufgerissenen Augen liegt ein wilder Ausdruck. Als ich mich zwinge, Tiffani anzusehen, steht ihr der Mund vor Entsetzen offen.

»Ich haue ab«, presse ich zwischen zusammengebissenen Zähnen hervor. Ich stecke mein Handy weg und fische den Autoschlüssel aus der anderen Hosentasche, bevor ich mich an ihr vorbeischiebe.

»Gut!«, brüllt Tiffani und deutet auf die Scherben. »Du bist so ein verdammtes Arschloch!«

Ich könnte ganz andere Dinge über sie sagen, viel üblere Sachen, aber ich weiß, dass ich verschwinden muss, bevor die Pferde noch mehr mit mir durchgehen. Ich wünschte, ich hätte meine Aggressionen besser unter Kontrolle, aber ich wurde nun mal dazu erzogen, und irgendwie liegt es mir wohl auch im Blut.

Kaum habe ich die Zimmertür aufgerissen, schlägt mir von unten aus der Küche die laute Musik entgegen. Ich höre Meghan lachen, bin aber absolut nicht in der Stimmung, heute Abend noch mit den anderen zu feiern. Wütend stürme ich die Treppe hinunter, will nur noch möglichst weit weg von hier und Tiffani. Ich halte den Blick fest auf die Haustür gerichtet und laufe stur darauf zu, ohne Dean, der meinen Namen ruft, auch nur eines Blickes zu würdigen. Wenig später bin ich zur Tür hinaus und schlage sie hinter mir zu.

Mein Auto steht direkt vor dem Haus am Straßenrand. Ich habe zwar schon mehrere Flaschen Bier intus, aber mein Wunsch, von hier zu verschwinden, ist zu groß, um mich noch an die Gesetze zu halten. Im Moment interessiert mich das alles einen feuchten Dreck.

Ich schließe auf und klemme mich hinters Steuer, während ich gleichzeitig die Tür hinter mir zuknalle und hektisch am Sicherheitsgurt zerre. Der Motor erwacht mit einem lauten Röhren zum Leben, und sofort ramme ich den Fuß aufs Gaspedal und beschleunige derart aggressiv, dass die Reifen durchdrehen. Und ich denke nicht daran, das Stoppschild direkt vor mir zu beachten und das Tempo zu drosseln. Das mache ich nie.

Kapitel 3

Fünf Jahre zuvor

Der Bluterguss auf der Schulter scheint über Nacht schlimmer geworden zu sein. Er ist angewachsen und tut doppelt so weh, und selbst jetzt, da ich am Küchentisch sitze und das Müsli in mich hineinzwinge, merke ich, wie höllisch er schmerzt.

Es ist kurz vor halb acht. In zehn Minuten muss ich los zur Schule, aber ich will nicht. Wir haben heute Sport, und ich habe Angst, dass in der Umkleide alle sehen, wie schlimm mein Rücken zugerichtet ist. Allein bei dem Gedanken daran wird mir schlecht. Mir bleibt also gar nichts anderes übrig, als zu schwänzen.

»Schläfst du noch?«, zieht meine Mutter mich lachend auf. Ihre fröhliche Stimme holt mich in die Realität zurück. Mit flatternden Lidern sehe ich zu ihr auf, der Löffel in meiner Hand auf halbem Weg zum Mund. Ich war wieder mal völlig weggetreten. Mom verteilt Teller auf dem Tisch und lächelt mir mit hochgezogener Braue liebevoll zu. Sie ist bereits für die Arbeit angezogen, inklusive Stöckelschuhen und allem. Das zum Rock gehörige Jackett hängt an der Tür bereit.

»Nein, nein«, schwindle ich. Mit der freien Hand reibe ich mir die Augen, dann widme ich mich wieder meinen Frühstücksflocken und schaufle mir schweigend Löffel um Löffel in den Mund. Morgens bin ich am liebsten mit Mom allein, aber die Zweisamkeit hält leider nie lange an. Jamie und Chase werden bald nach unten gestürmt kommen, sobald

Mom ihnen zugerufen hat, dass sie sich sputen sollen. Und auch Dad wird sich zu uns gesellen, sobald er mit Rasieren fertig ist und er seine Krawatte gefunden hat.

»Und, wie sieht dein Stundenplan für heute aus?«, erkundigt sich Mom. Sie bemüht sich morgens für meinen Geschmack immer ein bisschen zu sehr um mich, weil sie findet, ich wäre immer so in mich gekehrt. In Wirklichkeit suche ich nur krampfhaft nach Gründen, warum ich weiteratmen sollte.

»Bio, Mathe – und Sport«, antworte ich zerknirscht.

»Hmm«, macht Mom und hört auf, geschäftig durch die Küche zu wirbeln. Mit ernster Miene sieht sie mich an. »Apropos Sport, ich habe gestern einen Brief aus der Schule bekommen. Von deinem Sportlehrer.« Mein Blick schnellt hoch. Aufmerksam behält sie mich im Auge, als würde sie eine Erklärung von mir erwarten. Aber ich habe keine Ahnung, was ich sagen soll. Reglos sitze ich da und knete die Hände im Schoß, während sie sich umdreht und ein gefaltetes Blatt Papier aus einer Schublade holt. Sie öffnet den Brief und räuspert sich. Die einleitenden Worte scheint sie zu überspringen, sie kommt direkt zum eigentlichen Kern des Schreibens. »*Langsam mache ich mir Sorgen um Tyler. Er hat im vergangenen Monat mehrfach nicht an meinem Unterricht teilgenommen, und bislang habe ich ein Auge zugedrückt, aber wenn das so weitergeht, werde ich Direktor Castillo in aller Form Bericht erstatten müssen*«, liest sie vor und mustert mich anschließend über den Rand des Briefes. »Was ist los? Ich dachte, du magst Sport.«

»Tu ich auch«, beeile ich mich zu sagen, aber ich weiß haargenau, dass ich keine Wahl habe, als sie zu belügen. Betreten wende ich den Blick ab. »Es ist echt merkwürdig, aber mir ist vor Sport in letzter Zeit immer total schlecht. Also so richtig kotzübel. Deswegen schwänze ich immer. Weil ich ganz dringend frische Luft schnappen muss.«

Mom scheint mir das nicht ganz abzukaufen, aber eine bessere Ausrede fällt mir auf die Schnelle nicht ein. Ich kann ihr ja schlecht die Wahrheit sagen – dass ich schwänze, weil ich mich nicht vor den anderen ausziehen will, weil da zu viele blaue Flecken sind, die keiner sehen darf, weil mir beim Sport jeder Knochen im Leib wehtut.

»Vielleicht sollte ich mit dir zu Dr. Coleman gehen. Wenn dir dauernd schlecht ist«, sagt sie mit besorgter Miene und stemmt die Hände in die Hüften.

»Nein, nicht nötig«, wehre ich sofort ab und richte mich kerzengerade auf. Mein Puls fängt an zu rasen, und meine Kehle ist mit einem Mal staubtrocken. Ich muss mehrmals schlucken, bevor ich wieder ein Wort herausbringe. »Ich versäume keine Sportstunde mehr, versprochen.« In meine Stimme schleicht sich ein flehender Unterton, doch das Gespräch findet abrupt ein Ende, als auf der Treppe lautes Trampeln zu hören ist. Jamie und Chase sind im Anmarsch.

Kurz darauf kommen meine Brüder in die Küche geschossen, mit viel Gerempel und Gestoße, weil jeder der Erste sein will. Jamie schubst Chase gegen die Wand und nimmt mit zufriedener Miene auf dem Stuhl neben mir Platz. Chase dagegen wirkt weniger glücklich.

»Mooom!«, jammert er und reibt sich mit schmerzverzerrtem Gesicht die Schulter. Er wirft einen wütenden Blick in Jamies Richtung. Dann rennt er schmollend zu Mom.

»Könnt ihr zwei nicht endlich mal vernünftig werden«, schnaubt sie, nimmt Chase aber trotzdem in den Arm, um ihn fest an sich zu drücken und ihm durch die Haare zu strubbeln. »Ach, Chase«, seufzt sie und lacht, »du hast dein Oberteil falsch herum an.« Schnell macht sie sich daran, ihm das T-Shirt über den Kopf zu ziehen.

Sofort wendet sich Jamie mit hellwachen Augen mir zu. »Ich wusste schon, dass er das falsch herum anhat«, flüstert er, »aber ich hab nichts gesagt.« Jamie sprüht schon morgens immer voller Energie, ich bin richtig neidisch.

»Warum nicht?«, frage ich leise zurück.

»Weil dann alle denken, er ist blöd, das finde ich lustig«, sagt er. Er zieht die Beine hoch, kniet sich auf den Stuhl und schnappt sich die Schachtel mit den Frühstücksflocken. Dann lässt er seine Hand darin verschwinden.

»Jay«, ermahnt Mom ihn mit erhobenem Zeigefinger. »Nimm eine Schale.« Sie hilft Chase auf den gegenüberliegenden Stuhl und schiebt ein Schüsselchen über den Tisch. Ich glaube nicht, dass sie den morgendlichen Trubel mag. Sie lässt sich schnell stressen von uns, vor allem Jamie kostet sie einiges an Nerven. Sie seufzt nur matt, als er beim Einfüllen in die Schale die Hälfte der Cornflakes über dem Frühstückstisch verteilt.

»Ups«, meint er nur und fängt an, Chase damit zu bewerfen.

»Also«, sagt Mom und atmet tief durch, während sie Brot in den Toaster steckt. Als sie sich wieder umdreht, lehnt sie sich gegen den Küchentresen, verschränkt die Arme vor der Brust und mustert uns einen nach dem anderen. »Habt ihr auch alle eure Hausaufgaben gemacht?«

Wir nicken einträchtig. Ich für meinen Teil erledige meine Hausaufgaben immer sofort. Dafür sorgt Dad.

»Sind eure Rucksäcke gepackt?«, fährt sie fort. »Habt ihr alles, was ihr braucht?«

Wieder nicken wir. Ich hasse diese morgendliche Routine. Immer die gleichen Fragen, immer die gleichen Antworten. Und dabei habe ich die ganze Zeit ein flaues Gefühl im Magen, weil Dad jeden Moment reinkommen könnte.

Jamie mampft genüsslich sein Müsli und schmatzt mir mit offenem Mund absichtlich ins Ohr. Mom hat ihre Aufmerksamkeit mittlerweile aber auf den Fernseher an der Wand gerichtet und kämpft mit der Fernbedienung, weil sie die

Frühnachrichten sehen will. Als sie endlich den richtigen Sender gefunden hat, stellt sie die Lautstärke leiser und linst aus dem Augenwinkel immer wieder auf den Bildschirm, während sie für Chase einen Toast mit Butter beschmiert. Dann stellt sie den Teller vor ihn hin, und er grinst breit. Jeden Morgen das Gleiche, nur glückliche und zufriedene Gesichter.

Nur ich habe den Eindruck, weit weg zu sein – als hätte ich nichts mit alldem zu tun, als wäre ich gar nicht wirklich hier. Ich fühle mich so taub, so leer. Ich bin inzwischen so abgestumpft gegen alles, dass ich gar nicht mehr weiß, wie es ist, sich auf sein Umfeld einzulassen. Ich befinde mich in einem Schwebezustand und scheine überall zu sein, nur nicht hier.

Ein Geräusch aus dem Flur reißt mich aus meiner Trance. Mit schweren Schritten nähert sich Dad, eine fröhliche Melodie vor sich hin pfeifend, wie er es nur an guten Tagen tut. Ich glaube, außer mir fällt das niemandem auf. Mom hat noch nicht mal mitgekriegt, dass es auch schlechte Tage gibt.

Ich schnappe nach Luft und kneife die Augen zu, um mich zu wappnen. Als ich sie wenig später wieder aufschlage, kommt er gerade lächelnd zur Tür hereinspaziert. Ich hasse es, wenn er morgens so gut gelaunt ist. Hat er denn vergessen, was gestern Abend passiert ist?

Falls er sich erinnert, ist er sich keiner Schuld bewusst, und bei dem Gedanken könnte ich kotzen.

»Oh, was würde ich alles geben für eine schöne Tasse Kaffee«, witzelt Dad. Er streicht sich mit der Hand übers Haar und lässt sie in den Nacken gleiten, während er am Tisch vorbei direkt auf Mom zugeht.

Ich behalte ihn aufmerksam im Auge, wie immer.

»Bitte schön«, schmunzelt Mom und drückt ihm einen dampfenden Becher in die Hand. Sanft schließt er seine Finger darum und berührt dabei die ihren, sie wechseln einen liebevollen Blick. So läuft das jeden Morgen; sie hat immer einen Kaffee für ihn vorbereitet. Das ist auch ein Teil der morgendlichen Routine, an die wir uns alle so gewöhnt haben.

Dad bedankt sich, führt die Tasse an den Mund und nimmt einen großen Schluck. Dann hält er ihr die blaue Krawatte hin. Er hebt sein Kinn an und beobachtet sie mit zärtlicher Zuneigung dabei, wie sie die oberen Knöpfe seines Hemdes schließt, ihm die Krawatte um den Nacken legt und sie sorgfältig bindet. »Danke«, sagt er schließlich noch einmal und drückt ihr einen Kuss auf die Wange.

»Dad«, macht Chase ihn auf sich aufmerksam. »Jamie hat mich geschubst.«

»Das nennst du schubsen?«, wehrt sich Jamie empört. Er kniet wieder auf dem Stuhl und hat drohend die Faust erhoben. »Ich zeig dir gleich, was schubsen ist.«

Damit kenne ich mich auch aus, denke ich.

Dad dreht sich zu den beiden Streithähnen um, runzelt missbilligend die Stirn und lässt den Blick zwischen meinen Brüdern hin und her wandern. Dann zieht er sich den Stuhl neben Chase heraus, lässt sich darauf nieder und lehnt sich zurück. »Wann hört ihr beide endlich auf, euch andauernd zu streiten? Also bitte, Jay, du wirst im Januar zehn Jahre alt. Das ist schon zweistellig. Da sollte man seinen kleinen Bruder eigentlich nicht mehr ärgern.«

Jamie sackt in sich zusammen. »Echt?«

»Echt«, bestätigt Dad mit einem feierlichen Nicken, ehe er in schallendes Gelächter ausbricht und Chase, den er jetzt verschwörerisch mit dem Ellbogen knufft, zublinzelt. Er nimmt einen weiteren Schluck von seinem Kaffee, dann fällt sein Blick zum ersten Mal an diesem Morgen auf mich. Er sieht mich über den Rand seiner Tasse an, und die Wärme in seinem Ausdruck weicht einer gewissen Härte. »Da ist aber heute jemand besonders gesprächig, wie?«, meint er spöttisch und stellt die Tasse ab.

»Ich weiß auch, warum«, höre ich Mom sagen, und mir weicht augenblicklich alle Farbe aus dem Gesicht, als sie die Hand nach dem Brief ausstreckt. *Bitte zeig ihm das nicht. Bitte, bitte nicht.* »Wie es aussieht, hat er fünf Mal hintereinander Sport geschwänzt«, teilt sie ihm mit. Mein Magen ist wie zugeschnürt, als sie sich über seine Schulter beugt und ihm das Schreiben reicht. »Ich werde Mr. Asher mitteilen, dass es nicht wieder vorkommen wird. Stimmt's, Tyler? Du versprichst es doch, ja?«

Mir ist so schlecht, dass ich keinen Piep rauskriege. Hastig nicke ich. Dad liest den Brief, sein Mund nur noch eine schmale, harte Linie. Mit Schrecken beobachte ich, wie sich der Ausdruck in seinen Augen mit jedem gelesenen Wort weiter verdüstert. Als er fertig ist, heftet er seinen Blick wieder auf mich. »Verdammt, warum schwänzt du den Unterricht? Das ruiniert deine Noten.«

»Jemand kriegt jetzt Ärger«, kichert Jamie neben mir, und er hat recht: Ich werde Ärger kriegen.

Damit wäre es nun offiziell keiner von Dads guten Tagen mehr. Von dieser Sekunde an ist er einer von den schlechten, und ich werde die Konsequenzen später schmerzhaft zu spüren bekommen.

Immer noch wartet Dad auf eine Erklärung. Einen kurzen Moment habe ich das Gefühl, keine Luft mehr zu bekommen. Wenn wir zwei alleine wären, würde ich ihm auch nicht antworten, aber mir ist klar, dass ich etwas sagen muss, egal was. Also halte ich mich an meine Ausrede von vorhin. »Mir war schlecht«, murmle ich kaum hörbar.

Misstrauisch wandern Dads Augenbrauen nach oben. »Fünf Mal hintereinander?«

Ich hätte mir was Besseres ausdenken sollen. Er glaubt mir nicht. Warum auch? Es ist gelogen, und das entgeht ihm keineswegs. Hilflos zucke ich mit der Schulter, halte den Blick in meinen Schoß gesenkt und starre die kleine Abschürfung auf meiner Handfläche an. Sie war mir noch gar nicht aufgefallen.

»Kein Schwänzen mehr«, ermahnt auch Mom mich noch einmal, und diesmal klingt ihr Ton richtig streng. Ich nicke, ohne den Kopf zu heben, und ich bin erleichtert, dass sie danach den Fernseher lauter stellt. Ich bin erleichtert, dass Chase um einen zweiten Toast bittet. Ich bin erleichtert, dass das Gespräch damit beendet ist.

Gefühlte fünf Minuten lang halte ich den Blick gesenkt. Ich kann niemandem in die Augen sehen, schon gar nicht Dad. Ich habe immer noch Magenkrämpfe. Ich weiß haargenau, dass er sauer auf mich ist, und natürlich ist mir klar, dass er mich nicht ungeschoren davonkommen lassen wird. Ich hasse Mr. Asher für diesen Brief.

»Also gut«, verkündet Dad schließlich. Ich zwinge mich, ihn anzusehen, während er seinen Kaffee leert, sich den Mund mit der Kuppe seines Daumens abwischt und dann aufsteht. Er schaut auf die goldene Rolex an seinem Handgelenk. »Dann bringe ich dich besser mal zur Schule.« Er schaut mich zwar nicht an, aber ich weiß genau, dass ich gemeint bin. Jeden Morgen setzt Dad mich auf dem Weg zur Arbeit vor der Schule ab. Und Mom nimmt Jamie und Chase mit.

»Geh und mach dich fertig«, weist Mom mich vom Spülbecken aus an. Ich glaube, sie hat sich noch kein einziges Mal hingesetzt. Dazu fehlt ihr morgens die Zeit. »Und vergiss nicht, dir die Zähne zu putzen.«

Ich kann es kaum erwarten, aus der Küche rauszukommen; weil ich Dads finsteren Blick fürchte. Im Moment würde ich alles tun, um nicht bei ihm mitfahren zu müssen. Ich wünschte, ich müsste mich in echt übergeben, dann könnte ich zu Hause bleiben. Aber natürlich hoffe ich das vergebens, also rutsche ich von meinem Stuhl und gehe mit unsicheren Schritten durch die Tür.

Gerade als ich den Fuß auf die erste Treppenstufe setzen will, tritt Dad in den Flur.

»Tyler«, ruft er, und ich bleibe wie angewurzelt stehen. Ich drehe mich nicht um, sehe aber über die Schulter, wie er das Jackett anzieht und seine Krawatte geradezieht. Er wirkt nicht mehr ganz so aufgebracht, aber auch nicht freundlich. Mit einem knappen Nicken und ausdrucksloser Miene sieht er mich an. »Ich warte im Wagen auf dich.«

Als ich die Treppe hinaufeile, wünsche ich mir einfach nur, er würde es nicht tun.

Kapitel 4

Gegenwart

Scheiße, denke ich. *Die Grillparty*.

Das Gartenfest ist schon in vollem Gange, als ich direkt vor unserem Haus derart heftig bremse, dass ich kurz ins Schleudern gerate. Am Straßenrand sind keine Autos geparkt, was daran liegt, dass Mom ausschließlich Nachbarn eingeladen hat. Einmal im Jahr veranstaltet sie so eine Grillparty, und jedes Mal kommt zuverlässig die halbe Nachbarschaft mit Kisten voller Bier anspaziert. Ich weiß nicht, warum Mom nach wie vor jedes Mal auf meiner Anwesenheit besteht. Ich kann mir nämlich nichts Lahmeres vorstellen als so eine Grillfeier, vor allem wenn man bedenkt, dass ich die Hälfte der Nachbarn ohnehin hasse. Mrs. Harding, die ein paar Häuser weiter wohnt, zum Beispiel. Sie hat mir einmal die Bullen auf den Hals gehetzt, nur weil ich es gewagt habe, ihren Rasen zu betreten. Oder Mr. Fazio von gegenüber? Er musste es meiner Mom unbedingt brühwarm erzählen, als ich einmal eine Party geschmissen habe, während sie verreist war. Und dann Mrs. Baxter ganz am nördlichen Ende der Deidre Avenue … Sie beschwert sich andauernd, mein Auto sei so laut.

Also ja, normalerweise spare ich mir diese jährlich wiederkehrende Tradition sehr gerne.

Ich würge den Motor ab und ziehe den Schlüssel aus dem Zündschloss. Dann stoße ich die Tür auf und steige aus. Jetzt kann ich schon die Musik aus dem Garten hören, und der widerliche Geruch nach Grillfleisch löst einen kurzen Würgereiz bei mir aus. Ich hasse es zu grillen, nicht wegen des geselligen Beisammenseins, das ist es gar nicht. Es liegt an diesem ekligen Gestank nach verbranntem Fleisch. Ich bin nämlich seit Jahren Vegetarier. Ich fahre mir mit den Fingern durch die Haare und ziehe daran, bis ich mich wieder gefangen habe. Meine Laune ist total im Keller. Dass ich jetzt auch noch das hier durchstehen muss, macht es nicht besser.

Ich verenge die Augen zu schmalen Schlitzen und mache mich auf den Weg in den Garten, entschlossen, trotz meiner Wut eine gute Show abzuziehen. Grob stoße ich das Gartentor mit der Faust auf, und sofort ebbt das Stimmengewirr ab, bis nur noch die Musik zu hören ist. Ich sehe Mrs. Harding, die mich mit angewidertem Blick beäugt.

»Entschuldigt die Verspätung«, wende ich mich an die versammelte Gästeschar. Ich halte Ausschau nach Mom, bin aber froh, sie nirgends zu entdecken. Weil mir klar ist, wie peinlich sie meinen Auftritt finden würde. Allerdings kann ich angesichts der vielen Leute hier gar nicht anders, als mich von meiner schlimmsten Seite zu präsentieren. Am Grill entdecke ich Dave, dieses Arschloch von einem Stiefvater. Er fixiert mich die ganze Zeit schon mit einem drohenden Blick, als Warnung, dass ich bloß die Klappe halten soll. Aber das spornt mich natürlich erst recht an. »Habe ich irgendwas verpasst – bis auf das Abschlachten der Tiere?« Damit zeige ich ihm verbal den Stinkefinger. Er hat es nicht anders verdient. Empörtes Gemurmel ist zu hören, aber das interessiert mich nicht. Ich könnte sogar noch eine Schippe drauflegen; zum Beispiel könnte ich den Stapel Bierkästen zu meiner Rechten mit einem kräftigen Tritt umwerfen. Weil ich aber noch an meinem Streit mit Tiffani zu knabbern habe, lasse ich es bleiben. »Hoffentlich hat euch die Kuh geschmeckt, die ihr gerade vertilgt habt.« Ich lache, weil ich gar nicht anders kann.

Wenn ich es nämlich nicht täte, würde ich vielleicht doch noch jemandem die Fresse polieren.

Bevor meine Aggressionen mit mir durchgehen, wende ich mich ab. In dem Moment höre ich Dave sagen: »Will noch jemand Bier?« Betretenes Gelächter ist zu hören, während ich durch die Terrassentür im Haus verschwinde. Rücksichtslos knalle ich sie hinter mir zu, dann stoße ich die Luft aus, erleichtert, endlich abtauchen zu können. Die Klimaanlage läuft auf Hochtouren, in der Küche ist es angenehm kühl. Ich gehe weiter in den Flur und will nach oben in mein Zimmer, um zu chillen, bis mein Ärger verraucht ist.

Doch gerade als ich den Fuß auf die Treppe setzen will, höre ich, wie Mom meinen Namen ruft. Einen Augenblick lasse ich den Kopf hängen, um meine Gedanken zu sortieren und mir eine Ausrede zurechtzulegen, bevor ich mich zögernd umdrehe. Ich kann mich einem Gespräch mit ihr unmöglich entziehen. Nur hoffe ich, dass sie das Bier in meinem Atem nicht riecht. Sie würde ausflippen, wenn sie wüsste, dass ich angetrunken gefahren bin.

»Was hast du dir bloß dabei gedacht?«, zischt sie mit gedämpfter Stimme. Aus zusammengekniffenen Augen sieht sie mich an, als ich mich zu ihr umdrehe. Im ersten Moment bringe ich nicht viel mehr als ein müdes Achselzucken zustande. Ich bin nicht gut darin, Antworten auf Fragen zu liefern, die mir selbst ein Rätsel sind.

»Wo warst du so lange?«, fügt sie dann hinzu. Sie ist richtig gekränkt, das sieht man, und sofort habe ich Gewissensbisse. Bevor sie weiterspricht, vergewissert sie sich mit einem prüfenden Blick über ihre Schulter, dass uns auch ja keiner zuhört. Dann packt sie mich am Ellbogen und zerrt mich ins Wohnzimmer. »Ich hab dich doch ausdrücklich gebeten, heute Abend hier zu sein. Und du glaubst, du kannst einfach so mir nichts, dir nichts Stunden später hier reinspazieren und dich derart ungehobelt aufführen?« Wütend schließt sie die Augen und massiert sich die Schläfen. Als wäre ich ein Kopfschmerz, den man so wieder loswird.

Ich bin mir nur allzu bewusst, dass ich getrunken habe, deshalb weiche ich zur Sicherheit ein paar Schritte zurück, um mehr Abstand zwischen uns zu bringen. Schließlich will ich nicht noch zusätzlich Öl ins Feuer gießen. »Ich bin nicht mal zu spät«, protestiere ich. Streng genommen hat sie nämlich nur gesagt, dass ich hier sein soll, aber nicht, wann. Und jetzt wäre ich ja hier.

»Du bist *zwei Stunden* zu spät!«, herrscht sie mich an, die Augen nun wieder weit aufgerissen. Normalerweise lässt sie mich schneller vom Haken. Ich wünschte, sie würde sich nicht ausgerechnet jetzt mit mir streiten.

Wieder lache ich, aber nur, um nicht vollends die Kontrolle zu verlieren. »Hast du echt geglaubt, ich komm nach Hause, um mir euer beschissenes Grillfest zu geben?«

Mom stößt die Luft aus, und ihr Blick wird weicher. »Was ist wirklich los? Vergiss doch das Grillen.« Ungeduldig beginnt sie vor mir auf und ab zu laufen, als wäre sie ernsthaft an dem tieferen Grund für mein Verhalten interessiert. Zugegeben, ich bin normalerweise nicht ganz so schlimm. »Schon bevor du aus dem Wagen gestiegen bist, hast du dich wie ein trotziges Kind aufgeführt. Was ist los?«

Ich könnte Mom niemals in die Augen sehen, wenn ich sie anlüge, deshalb presse ich die Lippen zusammen und wende den Blick zum Fenster. »Nichts«, sage ich tonlos.

»Das ist eindeutig nicht nichts!«, gibt sie scharf zurück, und ein harter Ausdruck legt sich auf ihre sonst so weichen Züge. Ich hasse es, wenn sie so ist. Sie hat öfter eine Mordswut auf mich, aber meistens ist das auf Frust oder Hilflosigkeit zurückzuführen. Diesmal aber ist sie wirklich tierisch sauer auf mich. »Du hast mich mal wieder vor der ganzen Nachbarschaft lächerlich gemacht!«

»Na und?«, entgegne ich gleichgültig.

Für den Bruchteil einer Sekunde verstummt Mom, und als ich den Blick wieder auf sie richte, sehe ich, wie sie den Kopf schüttelt und murmelt: »Ich hätte dich gar nicht erst weglassen sollen. Ich hätte dir verbieten sollen zu gehen. Aber nein, ich wollte natürlich nachsichtig mit dir sein, und das ist der Dank, wie immer.«

»Ich wäre so oder so gegangen«, kontere ich, weil es genau so ist. Selbst wenn ich heute Abend noch nichts vorgehabt hätte, wäre ich um keinen Preis hiergeblieben, das weiß Mom haargenau. Mir ist unbegreiflich, warum sie es immer wieder versucht. Ich wünschte, sie würde mich endlich in Ruhe lassen. »Was willst du dagegen machen? Mir wieder Hausarrest geben?« Provokativ mache ich einen Schritt auf sie zu und kann mir ein weiteres höhnisches Lachen nicht verkneifen. Im Grunde habe ich seit zwei Jahren Dauerhausarrest. Aber es sind nichts als leere Drohungen, Mom zieht es ohnehin nie durch.

»Du bist unmöglich.« Enttäuscht wendet sie den Blick ab und schaut an mir vorbei, als sich ihr Gesichtsausdruck mit einem Schlag verändert. Ihr Frust scheint sich in Wohlgefallen aufzulösen, und im nächsten Moment runzelt sie die Stirn und schiebt sich an mir vorbei in Richtung Tür.

Ich atme erleichtert auf und streiche mir mit der Hand über die Haare. Dann lege ich den Kopf in den Nacken und starre zur Decke. Wenn ich mich heute Abend noch einmal mit jemandem streiten muss, explodiere ich, so viel steht fest.

Ich höre Mom reden, und als ich mich zu ihr umdrehe, sehe ich sie da draußen stehen. Nur dass sie nicht mit mir spricht. Ich kann nicht erkennen, mit wem sie sich unterhält, deshalb gehe ich zur Wohnzimmertür und spähe neugierig in den Flur hinaus.

Ein Mädchen liegt seltsam verdreht auf der Treppe, die Augen vor Schreck weit aufgerissen. Ich habe nicht die leiseste Ahnung, wer das sein soll, hier in der Gegend habe ich sie jedenfalls noch nie gesehen. Ganz sicher nicht. Ich kneife die Augen zusammen und sehe sie mir genauer an. Sie sieht nicht viel jünger aus als ich, deshalb verstehe ich nicht, warum ich ihr in der Schule noch nie über den Weg gelaufen bin. Mit ihren dunklen Haaren wäre sie mir garantiert aufgefallen. Wie ein verängstigtes Reh schaut sie mich an, und ich frage mich ernsthaft, warum sie so nervös ist. Allerdings komme ich mit meinen Überlegungen nicht weit, weil ich mich augenblicklich von ihren unheimlich vollen Lippen ablenken lasse, die sie jetzt aufeinanderpresst. Sie schluckt. Dieses Mädchen ist eindeutig nicht von hier. Sonst würde ich sie erkennen, garantiert. Ich meine, hallo? Die wäre mir doch aufgefallen!

Meine Kiefermuskeln spannen sich an, als mir meine Gedanken bewusst werden. Tiffani würde mich umbringen, wenn sie wüsste, was ich gerade denke.

»Scheiße, wer ist denn die?«, platze ich heraus und eise meinen Blick von ihr los. Abwartend sehe ich Mom an.

Sie zögert einen Moment, offenbar, um sich eine Antwort zurechtzulegen. Mit einem Mal wirkt sie selbst ziemlich nervös. »Tyler«, sagt sie schließlich leise, während sie mir behutsam die Hand auf den Arm legt. »Das ist Eden. Daves Tochter.«

Im ersten Moment kapiere ich gar nicht richtig, was sie da sagt. »Daves Kind?«

Das Mädchen richtet sich auf, kämpft sich auf die Beine und öffnet ihre vollen Lippen, um ein schüchternes »Hi« hervorzubringen.

Als ich ihre Stimme höre, muss ich sie sofort wieder ansehen. Sie klingt tief und rauchig, fast ein wenig heiser. So eine schöne Stimme habe ich noch nie gehört. Wie angewurzelt stehe ich da, verzaubert durch eine einzige Silbe aus ihrem Mund. Selbst im Stehen ist sie ein ganzes Stück kleiner als ich, deshalb starre ich unverhohlen auf sie herab und versuche, die Informationen zu verarbeiten, die hier aus heiterem Himmel auf mich einstürmen. Dieses Mädchen … Dieses braunhaarige Mädchen mit den vollen Lippen und der rauchigen Stimme … Sie soll meine Stiefschwester sein?

Ist. Nicht. Wahr.

Als Mom mir eröffnet hat, Daves Tochter würde den Sommer über bei uns wohnen, habe ich dieser Neuigkeit gar keine besondere Beachtung geschenkt. Aber jetzt könnte ich mir in den Arsch beißen, dass ich nicht besser zugehört habe. Mir war nicht klar, dass sie in meinem Alter sein würde. Wie alt ist sie überhaupt? Die Frage brennt mir auf der Zunge, aber ich bekomme die Zähne nicht auseinander. Mir hat es völlig die Sprache verschlagen. Ich schlucke und schaue wieder zu Mom. »Daves Kind?«, wiederhole ich endlich, aber es ist nicht viel mehr als ein Flüstern. Es ist einfach nicht zu fassen.

Mom seufzt leicht gereizt. »Ja, Tyler. Ich habe dir erzählt, dass sie kommt. Stell dich doch nicht dumm.«

Ich sehe zwar in erster Linie Mom an, linse aber aus dem Augenwinkel immer wieder zu dem Mädchen, weil ihr Anblick mich magisch anzieht. Ihr Augen-Make-up ist leicht verwischt. »Welches Zimmer?«

Auf Moms Miene zeichnet sich Unverständnis ab. »Was?«

Meine Kehle ist staubtrocken. »In welchem Zimmer pennt sie?«, frage ich mit Nachdruck.

Und dann gibt Mom die Antwort, die ich so sehr gefürchtet habe: »Neben deinem.«

Ich seufze übertrieben, und endlich kommt wieder Bewegung in mich. Wir haben im Obergeschoss zwei Gästezimmer, aber natürlich muss Mom ihr das geben, das direkt an meins angrenzt. Ich will nicht in der Nähe dieses Mädchens sein, nicht weil ich eine Freundin habe, sondern weil sie meine verdammte Stiefschwester ist. Gott. Ich hätte nie gedacht, dass ich mich einmal aus *so einem* Grund von einem Mädchen würde fernhalten müssen.

Wieder kocht die Wut in mir hoch, und erst als ich fast einen Krampf in der Stirn bekomme vor lauter Runzeln, merke ich, dass ich sie die ganze Zeit schon finster anstarre. Bei Tiffani habe ich es nicht mehr ausgehalten, aber jetzt kann ich auch zu Hause nicht mehr bleiben. Die Ereignisse der letzten Stunden ziehen mich total runter.

Grob dränge ich mich an Mom vorbei, stürme nach oben und muss mich dabei zwangsläufig auch an dem Mädchen vorbeischieben. Das Mädchen, das mir den ganzen Sommer versauen wird. Ich remple sie im Vorbeigehen, schaffe es aber nicht, mich bei ihr zu entschuldigen. Ich habe nämlich nur noch einen Gedanken im Kopf: Nichts wie weg! Ich renne schnurstracks in mein Zimmer, wo ich die Tür hinter mir zuknalle und eine gute Minute lang wie blöde im Kreis laufe, bis sich meine Gedanken wieder einigermaßen beruhigt haben. Alles Mögliche schwirrt mir durch den Kopf, und ich drehe die Musik laut auf. Ich brauche dringend Ablenkung.

Als sich meine Atmung normalisiert hat, halte ich inne und sehe mich im Raum um. Mom hat wieder einmal mein Bett gemacht und meine Kleidung vom Boden aufgesammelt. Sie liegt ordentlich gefaltet in einem sauberen Stapel auf der Kommode. Ich hätte die Sachen wegräumen sollen, aber ich habe festgestellt, wenn ich sie nur lange genug dort liegen lasse, gibt Mom nach und erledigt auch das. Außerdem macht Mom es auch deshalb, um in Ruhe hier herumschnüffeln zu können.

Ich presse die Lippen zusammen und gehe auf die Knie, um unters Bett zu spähen. Und tatsächlich, sie hat das Sixpack Budweiser mitgenommen, das ich erst gestern dort deponiert habe. Typisch. Ich stehe wieder auf und gehe ins Badezimmer, um im Schränkchen nachzusehen. Wie zu erwarten hat sie auch das Päckchen Zigaretten mitgenommen. Ich rauche zwar äußerst selten, habe für den Notfall aber gerne welche da.

Ich kehre zurück ins Zimmer, setze mich auf die Bettkante und presse die Hände an die Schläfen. Während ich mir das Gehirn zermartere, wie es jetzt weitergehen soll, lasse ich den Blick ins Leere gehen. Ich bin in merkwürdiger Stimmung, alles, was ich mir jetzt wünsche, ist mehr Bier und einen Joint. Alkohol und Gras, das sind die einzigen Dinge, die mich zuverlässig von den Sachen ablenken, über die ich nicht nachdenken will. Ich würde heute Abend rasend gern bei dieser Party aufschlagen, auch wenn ich Tiffani lieber aus dem Weg ginge. Aber hierbleiben ist genauso wenig eine Option, deshalb hole ich mein Handy raus und schreibe den Jungs, um mich nach der Adresse zu erkundigen. Kaleb antwortet als Erster, und ich teile ihm mit, dass ich in zwanzig Minuten da bin.

Ich stehe auf, lege etwas Aftershave auf und stelle die Musik aus, während ich die Autoschlüssel aus meiner Hosentasche ziehe. Nach den ganzen Streitereien von heute fühle ich mich wieder völlig nüchtern, aber einen gewissen Groll spüre ich immer noch in mir. Und dass dieses nervige Mädchen direkt vor meiner Tür steht, als ich sie aufziehe, macht es nicht unbedingt besser.

Sie sieht zu mir auf, mit demselben scheuen Blick wie vorhin, nur dass mir diesmal auffällt, dass sie hellbraun sind, ein sehr hübsches Braun noch dazu. Ich könnte mich nicht festlegen, ob sie nicht sogar eher golden als braun sind. »Hi«, sagt sie wieder. »Alles okay mit dir?«

Diese Stimme. Ich blinzle ein paarmal und versuche, ein möglichst neutrales Gesicht zu machen. Sie soll nicht mitkriegen, dass ihre Stimme bei mir ernsthaft etwas auslöst. »Tschüss«, sage ich und schiebe mich an ihr vorbei. Ich will nicht in ihrer Nähe sein, so viel steht fest. Also halte ich mich an den Plan, mache mich auf den Weg nach unten und verlasse das Haus, ohne mich auch nur einmal umzusehen. Dabei juckt es mich tierisch, genau das zu tun.

Als ich aus der Haustür trete, höre ich wieder die Musik aus dem Garten, begleitet von unbeschwertem Gelächter. Zum Glück ist hier vorne niemand und sieht mich gehen. Obwohl ich stark bezweifle, dass Mom noch einmal einen Streit vom Zaun brechen würde. Das würde sie nicht tun.

Ich schließe den Wagen auf, klemme mich hinters Steuer und ziehe die Tür wieder zu. Dann starte ich den Motor, fahre aber nicht gleich los. Eine ganze Weile sitze ich nur da, den Ellbogen gegen das Fenster gelehnt, während ich mir nachdenklich mit den Fingern das Kinn reibe.

Seufzend hole ich schließlich mein Handy raus. Besser, ich schicke Tiffani eine Nachricht und warne sie vor.

Bis gleich auf der Party, tippe ich, dann gehe ich auf *Senden* und steige im selben Moment aufs Gas.

Kapitel 5

Fünf Jahre zuvor

Das Haus zu verlassen und zu Dads silbernem Mercedes zu gehen kostet mich die größtmögliche Überwindung. Mit steifen Beinen schleppe ich mich mühsam vorwärts, den Blick auf die Steinplatten gerichtet, während sich meine Hand immer fester um den Riemen meines Rucksacks krampft, bis die Knöchel weiß hervortreten. Ich spüre haargenau, dass er mich beobachtet, und ich ahne jetzt schon, dass er auf der zehnminütigen Fahrt zur Schule ununterbrochen auf mich einschimpfen wird. Ich wünschte, Mom hätte ihm diesen Brief nicht gezeigt.

Ohne den Kopf zu heben, strecke ich die Hand nach dem Griff an der Beifahrertür aus und ziehe sie auf. Ich weigere mich, Dads hartem Blick zu begegnen. Widerstrebend steige ich ein, nehme meinen Rucksack auf den Schoß und schnalle mich an. Dann starre ich auf meine Turnschuhe. Es ist nichts zu hören als das sanfte Schnurren des Motors, bis Dad schwer seufzt und losfährt.

Er dreht das Radio auf und stöhnt, als der Nachrichtensprecher verkündet, auf dem Freeway käme es bereits zu Wartezeiten von bis zu fünfundvierzig Minuten. Ich weiß, wie sehr er es hasst, jeden Morgen ins völlig überfüllte Zentrum von L. A. zu fahren. Dass ich ihm die Laune für heute verdorben habe, bringt das Fass zum Überlaufen. Er ist noch gereizter als sonst um diese Zeit. Mit einer fahrigen Bewegung stellt er das Radio wieder aus.

»Also«, knurrt er, »was zum Teufel soll das? Du schwänzt den Sportunterricht, weil dir schlecht ist? Das ist doch totaler Quatsch.«

Furchtsam sehe ich ihn aus dem Augenwinkel an. Er schüttelt den Kopf über den Verkehr vor uns, und ich spüre seinen wachsenden Unmut, merke, wie die Anspannung immer unerträglicher wird. »Ich … ich wollte einfach nicht mitmachen«, versuche ich mich rauszureden, aber insgeheim geht mir durch den Kopf: *Kannst du dir das nicht denken?* »Wir haben Leichtathletik. Ich hasse Laufen.«

»Unsinn!«, fährt er mich an. »Willst du unbedingt rebellieren? Ist es das? Machst du diesen Mist, um mich zu provozieren?«

»Nein, nein«, stammle ich und zupfe nervös an einer ausgefransten Stelle an meinem Rucksack herum. Krampfhaft überlege ich, was ich zu meiner Verteidigung sagen könnte. »Ich will gar nichts. Es ist nur … Na ja, die Umkleide …« Ich beiße mir auf die Lippe, kneife die Augen zu und halte den Atem an. Ich muss ehrlich zu ihm sein. Nur so habe ich eine Chance, aus diesem Auto lebend rauszukommen.

»Was ist mit der Umkleide?«

Ich kneife die Augen noch fester zu. Hoffentlich schaut er auf den Verkehr und nicht zu mir. »Ähm. Ich … ich will nicht, dass irgendjemand … Ich will nicht, dass irgendjemand Fragen stellt.« Mein Mund ist staubtrocken, jedes einzelne Wort scheint mir in der Kehle stecken zu bleiben.

»Fragen? Welche Fragen?«

Ich reiße die Augen wieder auf, wende ihm mein Gesicht zu und sehe ihn unverhohlen an. »Dad …«, murmle ich. »Du weißt schon, weshalb.«

»Nein«, sagt er noch nachdrücklicher. »Tu ich nicht. Was soll man dir denn für Fragen stellen?«

Er will es also abstreiten. Anders lässt sich seine Reaktion nicht erklären. Oder aber er hat restlos den Verstand verloren. »Okay«, gebe ich mich geschlagen und lasse das Thema fallen. Ich zupfe so lange an den Fransen herum, bis der Rucksack ein Loch hat. Dad hat mich noch keines Blickes gewürdigt, seit wir von zu Hause losgefahren sind. Ich hoffe, es liegt daran, dass er sich schuldig fühlt, und nicht, weil es ihm schlichtweg egal ist.

»Also«, fordert er mich auf, »du hast heute Mathe, oder?«

Bevor ich nicken kann, steigt er auf die Bremse, als wir gerade auf eine Ampel zurollen. Obwohl die Kreuzung frei ist, zieht er die Handbremse an und dreht sich auf dem Sitz zu mir herum. Er greift nach meinem Rucksack und nimmt ihn auf seinen Schoß. Dann öffnet er den Reißverschluss, wühlt darin herum und bringt meine zerrissene Mathehausaufgabe zum Vorschein. Eigentlich ist sie erst nächste Woche fällig. Ich weiß nicht, was er will, jedenfalls blättert er eine Weile in den Seiten, bis er es gefunden hat.

»Sobald du heute nach der Schule heimkommst, möchte ich, dass du dich hinsetzt und diese Aufgabe noch einmal löst«, sagt er in ruhigem Befehlston und hält ein zerfetztes Blatt hoch. Es ist die Gleichung von gestern Abend, die einzige, in der ich einen Fehler hatte. »Und du wirst das alles noch mal abschreiben müssen.« Kopfschüttelnd betrachtet er das Papier in seinen Händen, als wäre ich es gewesen, der es zerrissen hat. Ohne eine Reaktion zu zeigen, sehe ich zu, wie er die Hand zur Faust ballt und es zusammenknüllt. Die Knöchel an seinen Fingern treten weiß hervor, so fest drückt er zu. Die Papierkugel landet im Becherhalter in der Mittelkonsole, dann wirft er mir den Rucksack zurück auf den Schoß.

»Die anderen Seiten wären doch noch okay gewesen«, erkläre ich, während ich den Reißverschluss zuziehe. »Die waren doch nur leicht zerknittert.«

»Ach, das ist ja wirklich zu schade«, meint Dad spöttisch, während er den Blick auf die Straße vor uns richtet und wieder losfährt. »Dann kannst du auch gleich jede Gleichung noch einmal neu lösen. Betrachte es als kleine Fleißaufgabe. Das schadet dir nicht.«

Es sind ganze dreißig! Ich bin gestern Abend über eine Stunde dagesessen, um sie alle zu lösen. Der Gedanke, das alles noch einmal zu machen, nur wegen eines einzigen verdammten Fehlers, macht mich so rasend, dass ich mit den Zähnen knirsche, bis mir der Kiefer schmerzt. Solche Sachen macht Dad ständig, ich sollte daran gewöhnt sein, aber es ärgert mich tierisch. Nur kann ich ihm das schlecht sagen, deshalb versuche ich, gute Miene zum bösen Spiel zu machen, und konzentriere mich auf eine Stelle am Armaturenbrett, während Dad das Radio wieder anstellt. *Er will nur mein Bestes,* rufe ich mir in Erinnerung.

Es ist jedes Mal eine große Erleichterung, wenn wir morgens vor Deans Haus anhalten. Denn dann fängt Dad wieder an zu lächeln, und sein Ton klingt nicht mehr ganz so frostig. Ich kann mich darauf verlassen, dass die letzten fünf Minuten Fahrt zur Schule ruhig verlaufen werden und er sich wieder im Griff hat. Er würde nämlich nie vor Zeugen die Kontrolle verlieren.

Wie auf Kommando geht die Tür zum Haus der Carters auf, und Hugh, Deans Dad, tritt über die Schwelle. Gut gelaunt hebt er die Hand und winkt. Kurz darauf kommt auch Dean angelaufen und müht sich ab, den Rucksack auf die Schulter zu hieven. Hugh hilft ihm mit dem Riemen, dann kommen sie auf den Wagen zu.

Wir holen Dean schon seit ich denken kann jeden Morgen zur Schule ab; die Carters sind enge Freunde der Familie. Dad übernimmt die morgendliche Fahrt, Hugh den Rückweg. Dean zieht die Tür auf und klettert auf den Rücksitz, während Dad das Beifahrerfenster herunterfährt und sich über die Mittelkonsole gebeugt mit Hugh unterhält.

Ich recke den Hals nach hinten und sehe Dean an, der am

Sicherheitsgurt zieht und ihn mit einem Klicken einrasten lässt. Dann sieht er zu mir auf und hält mir die Faust hin. Ich boxe dagegen und lächle ihn an. Vom Gespräch unserer Väter bekomme ich nichts mehr mit.

»Hast du die Biohausaufgaben gemacht?«, fragt Dean und lässt sich gegen die lederne Rückenlehne sinken. »Ich hab Mom überredet, die Hälfte zu machen.«

»Ich hab sie letzte Woche schon abgegeben«, sage ich.

Hugh räuspert sich und duckt sich ein Stück weit zum Fenster herein, um Dean und mich anzusehen. »Also, ihr zwei«, verkündet er, »ich hole euch dann um drei ab.« Sein Lächeln ist aufrichtig, und er hält den Daumen hoch, bevor er vom Auto zurücktritt. Ich mag Hugh. Manchmal wünsche ich mir, *er* wäre mein Dad.

Dad fährt das Fenster wieder hoch und fährt los. Das Radio dudelt leise im Hintergrund, während er nun seine freundliche Maske aufsetzt und die restliche Fahrt über Fragen an uns richtet. Zum Beispiel, welche Fächer wir heute haben, was wir von den Footballergebnissen halten und ob Dean schon aufgeregt ist, weil er doch nächste Woche Geburtstag hat. Ich könnte gar nicht sagen, was schlimmer ist: wenn Dad wütend ist, oder wenn er so scheißfreundlich ist. Ich finde beides ziemlich verwirrend.

Noch bevor Dad um die Ecke vom Schuleingang anhält, habe ich den Sicherheitsgurt gelöst und die Hand am Türgriff. Ich kann es kaum erwarten, seinem missbilligenden Blick wenigstens für ein paar Stunden zu entkommen. Dean findet die Schule schrecklich. Ich dagegen gehe gerne hin, weil ich Dad dann eine Weile nicht sehen muss.

»Habt einen schönen Tag, ihr zwei«, sagt er wie immer mit einem aufgesetzten Lächeln. Er dreht sich zu uns um und hält Dean die Hand zum Abklatschen hin, dann richtet er die Manschetten seines Hemds, während wir aus dem Wagen springen.

»Tyler«, höre ich ihn rufen, gerade als ich die Tür hinter mir zuschlagen will. Über die Schulter sehe ich, wie er sich vorbeugt und mich mit ausdrucksloser Miene ansieht. Einen langen Moment lang starrt er mich nur an, dann geht eine Veränderung in ihm vor. Er runzelt die Stirn, und seine Mundwinkel heben sich zu einem schmalen, traurigen Lächeln. Es ist diese Woche das erste Mal, dass ich einen Anflug von Schuldbewusstsein in seinen grünen Augen erkenne. »Pass in der Schule gut auf«, murmelt er und schluckt. »Ich liebe dich.«

Nein, schreit es in mir, als ich mich abwende und die Tür mit einem lauten Knall zuschlage. *Das tust du nicht*.

Kapitel 6

Gegenwart

Es ist schon fast zehn, als ich durch die Stadt fahre. Ich habe einen Zwischenstopp im Getränkemarkt eingelegt und zwei Sixpacks auf dem Beifahrersitz stehen, daneben liegt ein neues Päckchen Zigaretten. Der Kassierer hat zwanzig Dollar dafür genommen, dass er ein Auge zudrückt, weil ich noch nicht volljährig bin. Dabei bin ich einer seiner besten und treuesten Kunden. Soll er doch froh sein, dass ich bei ihm einkaufe und nicht woanders.

Das Mädchen, das die Party schmeißt, heißt Lucy, aber ich wüsste nicht, wie sie aussieht. Kaleb hat in seiner Nachricht geschrieben, dass schon fast alle da sind, dabei bin ich für meine Verhältnisse früh dran. Ich kann mich gar nicht erinnern, wann ich das letzte Mal allein bei einer Party aufgeschlagen bin. Zumindest Tiffani habe ich immer im Schlepptau. Heute komme ich mit nichts als einem Sixpack Bier unter dem Arm. Wie der komplette Loser.

Es dämmert schon, als ich die Stanford Street am äußersten Rand der Stadt entlangkrieche, bis ich die richtige Adresse gefunden habe. Am Straßenrand sind bereits mehrere Autos geparkt, auf dem Rasen vor dem Haus lungert eine Gruppe Jungs herum, mit Bechern in der Hand und einem debilen Grinsen im Gesicht. Ich kenne sie entfernt, sie sind an meiner Schule. Sie recken interessiert die Hälse, als ich am Bordstein gegenüber anhalte und den Motor abstelle. Mit schief gelegten Köpfen begutachten sie meine

Karre. Ich tue zwar so, als würde ich nichts davon mitkriegen, aber ihre neidischen Blicke verschaffen mir Genugtuung. Das wird sich wohl nie ändern.

Ich löse den Sicherheitsgurt, kurble das Fenster einen Spalt weit runter und höre sofort das gedämpfte Wummern der Musik vom Haus her. Seufzend strecke ich die Hand aus und hole eine Flasche Bier aus der Verpackung. Nicht nur, dass ich noch nie so früh auf einer Party war, noch dazu allein, ich war auch noch nie nüchtern bei der Ankunft. Die Wirkung des Alkohols von früher ist längst verflogen, und mir graut vor der Vorstellung, durch diese Tür zu gehen, ohne zumindest leicht angeheitert zu sein. Wenn ich was getrunken habe, fällt es mir nämlich viel leichter, in größeren Menschenansammlungen die Kontrolle zu behalten.

Ich öffne den Verschluss mit den Zähnen und nehme einen ersten Schluck, bevor ich den Rest in einem Zug hinunterstürze. Die leere Flasche lasse ich im Handschuhfach verschwinden. Seufzend betrachte ich mein Gesicht im Rückspiegel. Das Grün meiner Augen wirkt intensiver als sonst, und doch kommen mir meine Züge insgesamt zu weich vor. Ich presse die Lippen zusammen, spanne die Kiefermuskulatur an und verenge die Augen ein wenig, bis meine Miene insgesamt härter wirkt, abweisender. Erst dann schnappe ich mir meinen Schlüssel, die Zigaretten und das restliche Bier und steige aus.

Mit dem Ellbogen ramme ich die Tür hinter mir zu. Ich stelle das Bier auf der Motorhaube ab, lasse den Schlüssel in der hinteren Hosentasche verschwinden und hole das Feuerzeug heraus. Dann ziehe ich eine Zigarette aus der Verpackung, stecke sie mir zwischen die Lippen und zünde sie an.

Einer der Typen, die vor dem Haus herumstehen, nimmt einen Schluck von seinem Bier und ruft mir über den Rasen zu: »Kommst du zur Party?«

Ich inhaliere tief und mustere ihn eindringlich. Einige

Augenblicke lasse ich den Rauch meine Lungen füllen, bevor ich ihn wieder ausstoße und mir die Wolke, die um mich herum aufsteigt, die Sicht vernebelt. »Nö. Ich genieße nur die Aussicht«, gebe ich trocken zurück. Was für ein verdammter Idiot.

Erneut führe ich die Zigarette an die Lippen, klemme mir das Bier unter den Arm und gehe auf das Haus zu. Ich nehme die Abkürzung über den Rasen. Die Musik wird lauter, aber für eine Party kommt sie mir trotzdem leise vor. Sieht so aus, als wäre es für die Gastgeberin das erste Mal. Trotz Kalebs Info, dass schon fast alle da wären, ist hier nicht gerade viel los.

»Wusste gar nicht, dass du auch kommst«, lallt der Typ, als ich vor ihm und seinen Freunden stehe. Neugierig mustert er mich von oben bis unten, und als ich gelangweilt die Zigarette aus dem Mund nehme und den Rauch ausstoße, hält er den Atem an. Die Typen wirken viel zu jung für so eine Party. In welcher Klasse sind die eigentlich? Bestimmt nicht in der elften, eher zehnte. O Mann.

»Ist das eure erste Party?«, nuschle ich mit der Kippe im Mund. Mit hochgezogener Augenbraue schiebe ich mich an ihnen vorbei, ohne eine Antwort abzuwarten. Ich werde mich garantiert nicht mit ein paar Langweilern aus der Unterstufe aufhalten. Ich will so schnell wie möglich da reingehen und sehen, wer alles da ist. Ich will mir noch ein Bier aufmachen. Und ich will nach Declan Portwood Ausschau halten.

Mit der Hüfte schiebe ich die Haustür einen Spaltbreit auf, und sofort schlägt mir die Musik entgegen, vermischt mit lautem Gelächter und dem Klirren von Glas. Offenbar hat gerade jemand seinen Drink fallen lassen. Ich drehe mich um und lehne mich mit dem Rücken gegen die Haustür, um sie aufzuschieben. Grinsend rufe ich den Typen draußen zu: »Braucht ihr einen Tipp vom Profi?«, frage ich, während ich die Zigarettenkippe auf den Boden schnipse und sie austrete. »Steht nicht da draußen rum, schwingt endlich eure Ärsche rein.«

Drinnen fällt mir als Erstes auf, dass es auf dieser Party zur Abwechslung mal reichlich Freiraum gibt. Auf Anhieb erkenne ich niemanden, abgesehen von den üblichen Verdächtigen, die keine Feier verpassen. Kaleb muss aber schon hier sein, deshalb durchquere ich das Wohnzimmer und begebe mich auf die Suche nach ihm. Ohne irgendjemanden zu beachten, schiebe ich mich an den Leuten vorbei, obwohl mich der ein oder andere erkennt und mit einem Nicken begrüßt. Unsanft dränge ich mich zwischen ein paar Mädchen durch, die mir den Weg in die Küche verstellen.

»Tyler!«, ruft Kaleb im selben Moment, da ich ihn auf dem Tresen sitzen sehe. Die Kochinsel in der Mitte ist zugestellt mit einer bunten Auswahl an alkoholischen Getränken. Kein Wunder, dass die Küche der beliebteste Platz im ganzen Haus ist. Ich muss mich an den Leuten vorbeiquetschen, um zu Kaleb zu gelangen. »Da bist du ja endlich, Mann«, begrüßt er mich und legt mir kameradschaftlich eine Hand auf die Schulter, als ich vor ihm stehe. Ich rieche nicht nur Bier, sondern auch Gras an ihm. Hektisch huschen seine blutunterlaufenen Augen durch die Küche, als würde er nach jemandem Ausschau halten. »Wo sind denn die anderen? Wo steckt Tiffani? Und Dean?«

»Die kommen bestimmt bald«, sage ich schulterzuckend. Ich schüttle seine Hand ab und stelle mein Bier auf den Tresen. Dann hole ich eine neue Flasche aus der Packung und öffne den Verschluss. »Was ist mit Declan? Kommt er heute Abend auch?«

Kaleb stützt sich mit dem Ellbogen auf der Kaffeemaschine ab und zuckt gleichgültig mit der Schulter, grinst mich aber gleichzeitig wissend an. Er ist total zugedröhnt. »Später. Was ist dein Plan für heute Abend?« Verschwörerisch beugt er sich vor und sieht mich mit hochgezogener Augenbraue an, dann tippt er mit dem Zeigefinger auf die Hosentasche seiner Jeans. »Du musst nicht warten, bis Declan hier ist«, raunt er mir zu, die Stimme gedämpft, obwohl im Hintergrund ununterbrochen die Musik wummert. »Ich kann dir was geben.«

Mit einem interessierten Blick nippe ich an meinem Bier. Ich habe mich schon oft gefragt, was Kaleb auf solche Highschool-Partys verschlägt. Er und Declan sind seit diesem Jahr auf dem College, aber das sieht man Kaleb nicht an, man könnte ihn auch auf vierzehn schätzen. Vielleicht hängt er deshalb lieber mit jüngeren Leuten ab. Und Declan ist einfach mit jedem befreundet. Er hat mal gesagt, dass es in seinem Business oberstes Gebot ist, gute Connections zu haben. Kein Wunder also, dass er überall auftaucht, wo es was zu feiern gibt.

Kopfschüttelnd lehne ich ab und weiche einen Schritt zurück. »Ich komme vorerst ohne aus. Gib mir einfach Bescheid, wenn Declan auftaucht.«

»Gönn dir wenigstens einen Schluck«, sagt Kaleb und hält eine halb leere Wodkaflasche hoch. Der Verschluss ist bereits abgeschraubt. Mit einem misstrauischen Blick rutscht er vom Tresen herunter und sagt in vorwurfsvollem Tonfall: »Und überhaupt, warum bist du noch nicht betrunken?«

»Hatte erst vor fünf Minuten mein erstes Bier«, kontere ich und reiße ihm die Flasche aus der Hand. Er hat recht. Ich kann mich nicht nüchtern auf einer Party blicken lassen. Das passt nicht zu Tyler Bruce. Entschlossen setze ich die Flasche an die Lippen und trinke so lange, bis ich das Brennen in der Kehle nicht länger aushalte. Dann reiche ich ihm die Flasche zurück. »Ich zieh dann mal los und sehe nach, wer alles da ist.«

»Alles klar«, sagt Kaleb und stemmt sich wieder hoch auf den Tresen. Er nimmt ebenfalls einen ordentlichen Schluck

Wodka, dann lässt er die Flasche lässig zwischen den Fingern baumeln. »Falls du es dir anders überlegst – du weißt, wo du mich findest.«

Ich beschließe, mich schleunigst vom Acker zu machen, bevor ich es mir noch anders überlege. Klar, ich könnte jetzt echt einen kleinen Kick gebrauchen, aber sobald Tiffani aufkreuzt, werde ich es viel dringender nötig haben, deshalb werde ich mich gedulden. Eine Stunde halte ich es schon noch aus, aber bis dahin brauche ich eine andere Ablenkung. Also drehe ich eine kleine Runde durchs Haus und sehe mir die Gäste an. Kaleb ist bis jetzt der Einzige, den ich kenne, abgesehen von einer Handvoll Leuten, mit denen ich gelegentlich ein paar Worte wechsle.

In der Küche schenken sich die Gäste Drinks ein, im Wohnzimmer verschütten sie sie wieder. Im Garten hinter dem Haus ist gerade eine Runde Beer-Pong im Gange, mindestens ein halbes Dutzend Jungs sind beteiligt, alle viel zu betrunken, um noch stehen, geschweige denn richtig zielen zu können. Aber ich denke gar nicht daran mitzumachen. Lieber gehe ich wieder rein und hole mir ein neues Bier. In der Küche stelle ich fest, dass Kaleb nicht mehr da ist. Von wegen, ich wisse ja, wo er zu finden sei. So viel dazu.

Mit einem frischen Bier in der Hand ziehe ich wieder los, diesmal ins obere Stockwerk. Das Haus ist nicht besonders groß, aber auch die Gästeschar ist übersichtlich. Ich bin derart gelangweilt, dass ich tatsächlich angefangen habe zu zählen, wie viele Leute da sind. Aktuell sind es siebenundzwanzig. Oben scheint überhaupt niemand zu sein, abgesehen von einem Mädchen, das im Badezimmer über der Kloschüssel hängt und kotzt.

»Alles okay bei dir?«, frage ich, am Türrahmen lehnend. Sie hebt noch nicht einmal den Kopf, sondern reißt nur kurz die Hand hoch und reckt mir den erhobenen Daumen entgegen. Deshalb schließe ich die Tür und lasse sie in Ruhe.

»Tyler? Dachte ich's mir doch, dass du das bist«, sagt eine weibliche Stimme hinter mir. Als ich herumfahre, kommt ein Mädchen die Treppe herauf auf mich zu, ein betrunkenes Lächeln im Gesicht. Ich kenne sie, aber ich brauche eine Weile, bis mir ihr Name wieder einfällt.

»Hey, Naomi!«, sage ich. Weil ich immer noch mies drauf bin, schaffe ich es nicht, ihr Lächeln zu erwidern, deshalb setze ich das Bier an und trinke. Ich weiß ohnehin nicht, worüber ich mit ihr reden sollte. Sie sitzt im Literaturkurs zwar direkt vor mir, aber ich unterhalte mich im Grunde nur mit ihr, wenn ich Hilfe bei Shakespeare brauche.

»Was tust du hier oben?«, will sie wissen und bleibt einen Schritt vor mir stehen. Als sie ins Wanken gerät, stützt sie sich mit der Hand an der Wand ab. Sie stößt ein albernes Kichern aus, zerrt an ihrem Rock und sieht mich dann mit einem Schmollmund an. »Warum bist du nicht unten? Wo der Alkohol ist?«

Schulterzuckend leere ich mein Bier, bücke mich und stelle die Flasche auf dem Boden ab. Ich könnte nicht mehr sagen, ob das mein drittes oder viertes war, aber ist ja auch egal, jedenfalls bin noch nicht annähernd betrunken. Das nervt. Naomi scheint einen gewaltigen Vorsprung zu haben, aber ihre Hände sind leer. »Gute Idee eigentlich«, sage ich. »Wie wär's mit einem Drink?«

»Wo steckt denn Tiffani?«

»Die ist noch nicht da.« Ich werfe einen Blick auf meine Armbanduhr. Es ist kurz nach halb elf, sie sollte spätestens in einer halben Stunde eintreffen. Mir graut bei der Vorstellung, ihr vor die Augen treten zu müssen. Das bedeutet aber auch, dass mir nur noch ungefähr dreißig Minuten bleiben, um möglichst viel Alkohol in mich hineinzuschütten, um so den Streit ausblenden, den wir hundertprozentig haben werden.

»Oh«, sagt Naomi, doch sie lächelt, als sie nickt. »Ein Drink wäre toll.«

»Und was hättest du gerne?«

»Hmm.« Sie legt den Kopf schief und tut so, als müsste sie angestrengt nachdenken, doch dann grinst sie und lehnt sich mit dem Rücken gegen die Wand. »Überrasch mich.«

»Also gut. Rühr dich nicht vom Fleck.«

Ich schiebe mich an ihr vorbei und gehe nach unten, wo mir die Musik erneut entgegenschlägt. Jemand muss die Lautstärke aufgedreht haben, denn mittlerweile unterhalten sich alle nur noch brüllend. Um in die Küche zu kommen, muss ich einen Typen beiseiteschieben, und dabei merke ich, dass ich zwar nicht richtig betrunken bin, aber nüchtern kann man das auch nicht mehr nennen. Ich fange an mich zu entspannen, und ich muss sagen, ich fühle mich ziemlich wohl ohne Tiffani und Dean an meiner Seite.

Kaleb sitzt wieder auf dem Tresen und bricht gerade in lautes Gelächter aus. Er unterhält sich mit einem Jungen, doch als er mich aus dem Augenwinkel sieht, zwinkert er mir verschwörerisch zu und formt lautlos das Wort *Hasch* mit dem Mund. Ich schüttle unauffällig den Kopf.

Offenbar haben sich alle munter an meinem Bier bedient, denn als ich mir ein neues nehmen will, ist keine Flasche mehr übrig. Bei einer solchen Party kein Wunder, aber ich klaue mir einfach ein Bud von jemand anderem und mache es auf. Dann organisiere ich mir einen Becher und lasse den Blick über die Kochinsel schweifen. Aus einer Schachtel Red Bull schnappe ich mir eine Dose und gieße sie zusammen mit einem doppelten Schuss Wodka hinein. Wobei, ganz sicher bin ich mir bei der Menge nicht, könnte auch mehr gewesen sein. Schulterzuckend zerdrücke ich die Dose in der Hand und werfe sie achtlos auf den Tresen.

»Tyler«, ruft Kaleb mir zu, gerade als ich wieder nach oben gehen will. Ich schaue über die Schulter zurück und sehe, wie er mir mit dem Zeigefinger bedeutet, zu ihm zu kommen. Also atme ich tief durch und gehe zu ihm. »Du kennst die Regeln«, lallt er. »Jedes Mal, wenn du in die Küche kommst, musst du einen Schluck trinken.«

Mit hochgezogener Augenbraue starre ich ihn an. Diese Regel war mir bislang nicht bekannt, aber wieso sich streiten? Nur ein Idiot lehnt kostenlose Shots ab. »Na dann.« Weil ich beide Hände voll habe, trete ich näher, lege den Kopf in den Nacken und öffne den Mund.

Kaleb schnappt sich die Flasche, hebt sie an meine Lippen und kippt sie ein Stück. Eiskalt trifft der Wodka meine Kehle, doch er denkt nicht daran, sie wieder abzusetzen. Stattdessen grinst er zufrieden, während ich schlucke und schlucke und schlucke, bis mein Magen in Flammen zu stehen scheint. Ich kann nicht mehr, deshalb presse ich die Lippen fest aufeinander, dass sich der Wodka über meinen Hals und mein Hemd ergießt.

»Sehr brav«, witzelt er und nimmt mit einem anerkennenden Nicken selbst einen tiefen Schluck. Ich habe keinen Schimmer, wie viel ich da eben in mich reingepresst habe, jedenfalls ist mir auf einmal richtig schlecht. Einen Augenblick konzentriere ich mich ganz auf meine Atmung, bis ich mir sicher bin, dass ich mich nicht gleich auf den Boden übergebe.

»Du Arsch«, nuschle ich, als ich mich halbwegs erholt habe. Ich stelle Naomis Becher ab, damit ich mein Hemd hochziehen und mir den Hals abtrocknen kann. Dann fahre ich mir mit der Hand durch die Haare und greife wieder nach dem Drink. Ist es hier drin eigentlich schon die ganze Zeit so heiß? Plötzlich kriege ich Schweißausbrüche, ich muss schleunigst raus hier, weg von dem lauten Dröhnen der Musik und den vielen Körpern um mich herum. Hastig reiße ich Kaleb die fast leere Flasche Wodka aus der Hand und balanciere sie und meine Bierflasche zwischen den Fingern. Aus zusammengekniffenen Augen sieht er mich an, aber ich zwinkere ihm nur zu. »Du kennst die Regeln«, äffe ich ihn nach und trete den Rückzug an. »Immer, wenn man die Küche verlässt, nimmt man die Flasche mit.«

Kaleb rollt mit den Augen und meint: »Touché.« Ist ohnehin nicht mehr viel übrig, maximal ein paar Schlucke. Außerdem ist er schon so besoffen und high, dass er nichts mehr braucht. Ich brauche das hier viel dringender.

Auf dem Weg durchs Wohnzimmer berührt mich jemand an der Schulter und ruft »Hey«. Aber ich mache mir nicht die Mühe, mich umzudrehen, weil ich drei Drinks in der Hand habe und mich auf den Becher konzentriere. Er ist randvoll, und als mich versehentlich jemand rempelt, verschütte ich eine kleine Menge über den Teppich. Rasch gehe ich weiter, bevor jemand was mitkriegt. Wenn man sich überlegt, wie betrunken die meisten Partygäste mittlerweile sind, grenzt es ohnehin an ein Wunder, dass noch niemand den Teppich vollgekotzt hat.

Erleichtert atme ich auf, als ich wieder im oberen Stockwerk bin. Im Flur brennt nach wie vor kein Licht, alles ist ruhig, nicht einmal Naomi scheint mehr da zu sein. Ich linse zur Badezimmertür hinein, doch auch das kotzende Mädchen von vorhin ist verschwunden. Ich trete wieder hinaus in den Flur und rufe Naomis Namen, wenn auch eher zaghaft und fragend.

»Hier drinnen!«, antwortet sie sofort, und ich bin fast ein wenig froh, dass sie auf mich gewartet hat. Mit wem soll ich mich sonst unterhalten? Außer Kaleb ist ja niemand da, den ich kenne, und der ist viel zu hinüber. Mehr als ein doofes Grinsen bringt er nicht mehr zustande.

Ich folge der Richtung, aus der Naomis betrunkene Stimme kommt, es ist das Zimmer auf der anderen Flurseite. Vorsichtig schiebe ich die Tür mit dem Knie auf und balanciere die Getränke in den Händen, während ich einige Schritte in das Schlafzimmer hinein mache. Ich hab schon wieder vergessen, wie das Mädchen heißt, das die Party veranstaltet, aber ich bezweifle, dass es ihr Zimmer ist. Die Wände sind über und über mit NFL-Postern zugekleistert. Naomi lehnt an einer Kommode, die Hand in die Hüfte gestemmt, und betrachtet ein Bild von Philip Rivers.

»Ihr Bruder steht auf die Chargers«, bemerkt sie, während sie mir über die Schulter einen übertrieben angewiderten Blick zuwirft. Dass sie sich mit Football auskennt, hätte ich nicht erwartet.

»Sieht so aus«, sage ich. Zu dem Thema könnte ich ihr einen stundenlangen Monolog halten, zum Beispiel darüber, wie sehr ich die Chargers hasse und dass die 49ers viel besser sind. Doch stattdessen bewege ich mich auf sie zu und reiche ihr den Drink, den ich eigens für sie gemixt habe.

»Weißt du«, sagt sie, nachdem sie ihn entgegengenommen hat, und lehnt sich wieder gegen die Kommode. Versonnen fährt sie mit dem Zeigefinger am Rand ihres Bechers entlang und starrt in den Drink. »Du bist gar nicht so ein Arsch, wie alle behaupten.« Ihr jetzt ernster Blick zuckt hoch und begegnet meinem, als sie das Getränk ansetzt und trinkt. Während ich ihr schweigend zusehe, frage ich mich, ob ihre fragwürdige Bemerkung tatsächlich als Kompliment gedacht war. Ich glaube schon.

Trotzdem bin ich mir unsicher, wie ich reagieren soll. Verlegen stürze ich mein Bier hinunter und frage: »Ist dir der Drink zu stark?«

Um mir das Gegenteil zu beweisen, hält sie jetzt einen Finger hoch, legt den Kopf in den Nacken und leert ihn in einem Zug. Gierig schnappt sie nach Luft, als sie den Becher abgesetzt hat, stellt ihn auf die Kommode und zerdrückt ihn mit einem einzigen Schlag mit der flachen Hand. »Hast du gerade was von zu stark gesagt?«

Hektisch blinzelnd sehe ich sie an. Wer hätte gedacht, dass Naomi aus dem Literaturkurs so ein Schluckspecht ist? Sie ist stockbesoffen und hatte definitiv zu viel, aber ich bin schwer beeindruckt, wie sie diesen Drink auf ex getrunken hat. Zumal ich echt eine Riesenmenge Wodka reingetan habe. »Krass«, ist alles, was ich rausbringe. Dann reiche ich ihr die Wodkaflasche, die sie ebenfalls leert.

»Kann Tiffani auch so viel trinken wie ich?«, will sie wissen und tritt näher, um mit einem anzüglichen Lächeln auf den Lippen zu mir aufzusehen. Dass sie Tiffani zur Sprache bringt, verdirbt mir die Laune. Gerade hatte ich sie so schön vergessen, doch jetzt fühle ich, wie der Ärger zurückkehrt, als Naomi mir sanft die Hand auf die Brust legt und die leere Wodkaflasche noch einmal an den Mund führt. Ihr Mascara ist verschmiert, doch der verführerische Ausdruck, der sich auf ihre Züge legt, entgeht mir keineswegs. Sie teilt die Lippen und schließt sie um den Flaschenhals, den Blick die ganze Zeit unverwandt auf mich gerichtet. Langsam lässt sie ihre Zunge um die Öffnung kreisen. Dann drängt sie sich noch dichter an mich heran und flüstert leise lallend: »Und? Kann sie das auch?«

Sie ist mir so nah, dass ich den Alkohol in ihrem Atem zu riechen glaube. Ihr Körper fühlt sich warm an, viel zu warm, und ich habe einen Kloß im Hals. Ich schlucke, bleibe aber wie versteinert stehen. »Ich glaube, ich ... verschwinde lieber«, presse ich undeutlich hervor, doch bevor ich zurückweichen kann, schmiegt sie ihre Hände um mein Kinn und presst ihre Lippen auf meinen Mund.

Sie fällt derart stürmisch über mich her, dass mich die Wucht nach hinten taumeln lässt. Als ich mich wieder gefangen habe, umfasse ich ihre Hüften und ziehe sie an mich, immer noch mit dem Bier in der Hand. Unsere Münder bewegen sich hastig und synchron, befeuert durch den Alkohol in unseren Blutbahnen. Ich vergrabe meine Hand in ihren Haaren, aber sie sind so zerzaust, dass ich mich darin verfange und sie versehentlich ziepe. Unbeirrt halte ich sie weiter fest an mich gepresst, während ihre Hände an meinem

Brustkorb nach unten wandern und sich ihre Fäuste um mein Hemd ballen. Sie schmeckt nach Wodka, und ich bin zu keinem klaren Gedanken mehr fähig, weil ich viel zu abgelenkt bin von diesem Körper, der sich an meinen drängt. Es ist mir nicht möglich, diesem Spiel ein Ende zu setzen. Aber das will ich auch gar nicht. Ich mag Ablenkungen.

Naomi beißt mir in die Unterlippe, vermutlich im Versuch, mich zu mehr zu verführen. Nur leider beißt sie viel zu fest zu, sodass ich fast schwören könnte, sie hätte mir die Lippe aufgerissen. Mir bleibt allerdings keine Zeit, zu überlegen, ob da Blut ist, weil sie ihre Hände jetzt unter mein Oberteil schiebt und über meine Brust streicht, bis ich ihre Finger plötzlich am Bund meiner Jeans spüre.

Unwillkürlich verspanne ich mich und fasse entschlossen nach ihren Handgelenken, um ihre Hände wegzuziehen, bevor sie noch tiefer wandern. Ich löse mich von ihren Lippen, halte die Augen aber geschlossen, während mir erst so richtig bewusst wird, was hier abgeht. Nach einer Weile schlage ich sie schwer atmend auf und sehe sie an. »Naomi …«, flüstere ich kopfschüttelnd. »Ich kann nicht.«

Der Ärger steht ihr deutlich ins Gesicht geschrieben, unsanft befreit sie sich aus meinem Griff. »Warum nicht?«

»Du weißt, warum«, antworte ich leise. Stöhnend streiche ich mir mit einer Hand durch die Haare, während ich mich von ihr abwende. Ich gehe rüber zum Bett, setze mich und stelle das Bier auf dem Nachtkästchen ab.

Es ist nicht das erste Mal, dass mir so ein Ausrutscher passiert, aber mehr läuft bei mir nie. Das könnte ich nicht. Ich bin zwar manchmal ein richtiger Arsch, aber *so* fies bin ich nicht. Auch wenn Tiffani mir oft genug das Leben zur Hölle macht, wir die meiste Zeit nur eine Show abziehen, und wir uns vielleicht auch nicht richtig lieben, betrügen würde ich sie nie.

Naomi kommt langsam auf mich zu und geht vor mir auf die Knie. Ganz bewusst sieht sie mich von unten her an und lässt die Wimpern flattern. Doch ihr Blick hat nichts Verführerisches mehr für mich. Tatsächlich bewirkt er jetzt das genaue Gegenteil. Sie verzieht die Lippen zu einem Schmollmund und sagt: »Tiffani wird nie was davon erfahren. Ich sage kein Sterbenswörtchen, und du wirst es auch für dich behalten. Also was soll das Theater?«

»Naomi«, wiederhole ich, diesmal mit mehr Nachdruck in der Stimme und zudem verärgert. Als sie mir die Hand aufs Knie legen will, stoße ich sie sofort weg. »Nein.«

»Na schön«, schnaubt sie. Sie stemmt sich vom Boden hoch. Wankend steht sie vor mir steht und ordnet ihre Frisur. Dann grinst sie mich an und sagt: »Die Wette verlangt ohnehin nur, dass ich mit dir knutsche.« Damit dreht sie sich um und marschiert schnurstracks zur Tür raus.

Ungläubig starre ich ihr nach, während sich meine Kiefermuskulatur anspannt. *Scheiße, was war das denn?* Stöhnend fahre ich mit beiden Händen in meine Haare und lasse mich rückwärts aufs Bett fallen. Eine Weile fixiere ich die Decke und konzentriere mich nur darauf, gleichmäßig zu atmen, bis ich mich frage, wie spät es eigentlich ist. Der pulsierende Beat von unten ist schwer zu überhören, mittlerweile beschallt er fast das komplette Haus. Mir ist klar, dass ich mich schleunigst wieder blicken lassen muss. Eigentlich sollte ich längst da unten in der Küche sein und nach Schnaps verlangen und Drinks ausgießen, weil es nun mal *das* ist, was ich auf Partys mache. Ich verstecke mich nicht im Obergeschoss, so viel steht fest.

Langsam richte ich mich wieder auf, stoße ein tiefes Seufzen aus und reiße mich am Riemen. Ich ermahne mich, jeden Zehntklässler, der mir begegnet, finster anzustarren, jedem Mädchen ein kurzes Lächeln zu schenken und laut zu lachen, wann immer einer einen Witz reißt, und sei er auch noch so schlecht. Ich muss überzeugend sein, eine gute Show abziehen.

Bevor ich aus dem Schlafzimmer verschwinde, ziehe ich mein Hemd zurecht und versuche, meine wirren Haare mit den Fingern zu bändigen. Sonst schöpfen die Leute noch Verdacht. Fast hätte ich den leeren Becher und die Flasche Wodka, die umgekippt auf dem Teppichboden liegt, aufgesammelt; aber auf einer Party hinter sich aufzuräumen, das ist nichts, was ein Tyler Bruce tut. Schnell stürze ich das restliche Bier hinunter und werfe die leere Flasche achtlos auf den Boden.

Als ich auf die Tür zugehe, sticht mir der blinkende Wecker auf der Kommode ins Auge. Es ist genau dreiundzwanzig Uhr fünfzehn, und ich bin mir sicher, dass Dean mittlerweile da ist, genau wie Meghan und Jake. Aber auch Tiffani, die ich am wenigsten von allen sehen will, vor allem jetzt.

Kapitel 7

Fünf Jahre zuvor

Dads Auto ist die Straße hinunter verschwunden, kaum habe ich die Tür hinter mir zugeschlagen. Zum Glück fährt er immer gleich weiter, sobald er uns abgesetzt hat, so kann ich schneller aufatmen. Erleichtert sacken meine Schultern nach unten, als die Anspannung von mir abfällt und ich mit Dean in den Gleichschritt verfalle. Nebeneinander überqueren wir das Schulgelände. Uns bleiben noch gut zehn Minuten bis Unterrichtsbeginn, um uns herum hetzen Schüler durch die Flure, lungern vor den Schließfächern herum und warten darauf, dass der Gong zur ersten Stunde ertönt. Ich habe nur wenige Freunde, lächle den anderen Kindern aus meinen Klassen aber trotzdem zu, wann immer wir uns über den Weg laufen. Manchmal winkt sogar einer zurück. Ich bin gut darin, die ganze Zeit zu lächeln. Ich tue es sogar, wenn mir eigentlich nicht danach ist.

»Da ist Jake!«, ruft Dean und deutet in Richtung Sekretariat. Er legt einen Zahn zu, und ich versuche, Schritt zu halten, während ich nach Jake Ausschau halte. Ich entdecke ihn erst, als er direkt vor uns steht.

»Ich bin schon seit halb acht hier, weil meine Mom früher zur Arbeit musste«, beschwert er sich. Ich lege den Kopf schief und mustere ihn von oben bis unten. Irgendwas ist heute anders an ihm. Doch seine blonden Haare stehen ihm wie immer wirr vom Kopf ab und hängen ihm in die Augen, und er trägt auch den üblichen ausgewaschenen blauen

Hoodie. »Ich musste mit diesem komischen Typen aus meinem Sportkurs abhängen«, schickt er genervt hinterher, und erst jetzt höre ich das Lispeln in seinen Worten und sehe Metall in seinem Mund aufblitzen.

»Hast du deine neue Zahnspange bekommen, Alter?«, frage ich.

»Ach so, ja«, bestätigt Jake leichthin, als hätte er sie komplett vergessen. Dabei trägt er sie erst seit weniger als vierundzwanzig Stunden. Er setzt ein breites Grinsen auf, um sie uns in ihrer ganzen Pracht sehen zu lassen. »Und, wie findet ihr sie?«

»Warum hast du denn eine grüne genommen?«, will Dean entgeistert wissen.

»Weil ich Grün mag, du Idiot«, antwortet Jake lachend und verpasst ihm einen Knuff gegen die Schulter.

Wir kennen Jake seit knapp über einem Jahr, seit wir auf der Middleschool sind, aber es fühlt sich an, als wären wir schon ewig befreundet. Ich finde es toll, dass wir jetzt zu dritt sind. Wir stehen alle drei auf Football und hassen Mathe, und wir sind süchtig nach *Madden NFL* und spielen am liebsten auf der Playstation.

»Die haben in meinem Mund herumgefuhrwerkt, das könnt ihr euch gar nicht vorstellen!«, erzählt Jake gerade, als wir zu den Klassenzimmern losgehen. Ich höre ihm nur mit halbem Ohr zu. Es ist, als wäre ich weit weg, wieder einmal umfängt mich das Gefühl, von allem losgelöst zu sein. »Der Zahnarzt war so scheißgrob, da hat mein Dad ihn angebrüllt und gesagt, er soll sofort aufhören. Jetzt kann ich nur noch Suppe essen.«

Ich werfe einen Blick auf Jake. Er ist so eine Labertasche, ständig schwafelt er irgendwelches Zeug daher. Aber plötzlich bin ich hellhörig. »Dein Dad wollte nicht, dass der Typ dir wehtut?«, platzt es, ohne nachzudenken, aus mir heraus. Die Eltern anderer Kinder machen mich immer neugierig.

Wenn das mir passiert wäre, hätte mein Dad nur genervt die Augen verdreht und mich ermahnt, mich nicht wie ein solches Weichei aufzuführen.

»Äh, nein, natürlich nicht. Würde deiner das wollen?«, gibt Jake verwundert zurück. In gespielter Dramatik schlägt er sich die Hände vors Gesicht. »Mein armer Kiefer, das waren tierisch fiese Schmerzen! Eigentlich hätte ich heute zu Hause bleiben sollen. Mir tut *immer* noch alles weh.«

Erneut blende ich das Gefasel aus, lasse den Kopf hängen und folge den anderen durchs Schulgebäude. Auf den Fluren herrscht inzwischen ein Höllenlärm. Überall wird gebrüllt, gelacht, werde ich geschubst und drängen sich die Leute. Ständig stößt jemand gegen die Verletzung an meiner Schulter, der Bluterguss ist mittlerweile tiefschwarz.

Jake weiß gar nicht, was Schmerzen sind. Er weiß nicht, wie schwer es ist, nicht mit der Wimper zu zucken, wenn jemand die Hand gegen einen erhebt. Jake weiß nicht, was echte Qualen sind. Ich beneide ihn und Dean und all die lachenden Kinder um mich herum. Sie kommen nach der Schule nicht mit dem Gefühl nach Hause, das Herz würde ihnen aus der Brust springen, weil es so heftig klopft, wenn ihr Dad in ihrer Nähe ist.

»Hast du denn nicht Bio?«, erkundigt sich Dean verwundert, und als ich den Blick hebe, merke ich, dass wir gerade an meinem Klassenzimmer vorbeigelaufen sind. Ich habe keinerlei Erinnerung an die letzten fünf Minuten. Das passiert mir leider öfter.

»Scheiße. Klar.« Abrupt bleibe ich stehen und gehe zurück. Der Bluterguss auf meiner Schulter pulsiert immer noch. »Wir sehen uns beim Mittagessen.«

Bio ist ganz erträglich. Bei Miss Fitzgerald im Unterricht kann ich mich am leichtesten unsichtbar machen, in erster Linie, weil alle Naselang jemand die Hand hochreißt und sie bittet, etwas genauer zu erklären. Selbst wenn sie es schon fünfmal getan hat. Ich sitze an meinem Platz am Fenster, die Ellbogen auf den Tisch gestemmt, das Kinn in die Hand gestützt, während mein Blick durch die schlierige Scheibe auf den Sportplatz gerichtet ist. Da draußen ist kein Mensch, die Sonne brennt herunter auf das fleckige Gras, aber ich nehme das alles gar nicht richtig wahr. Ich bin völlig weggetreten, träume mit offenen Augen, und Miss Fitzgeralds Stimme tritt in den Hintergrund, bis ich in absolute Stille gehüllt bin. Ich mag diese Ruhe, weil es mir dann so vorkommt, als wäre ich ganz allein. Als wäre ich sicher.

Meine Gedanken gehen wieder einmal zu Hugh, Deans Dad. In wenigen Stunden wird er in seinem Transporter draußen vor der Schule auf uns warten. Mit einem fröhlichen Lächeln im Gesicht und die Hand zum Gruß erhoben wird er uns zuwinken, nur für den Fall, dass wir ihn noch nicht gesehen haben. Dean ist das jedes Mal total unangenehm. Er findet es megapeinlich, aber ich freue mich immer riesig, wenn Hugh auf uns wartet. Er klopft mir kameradschaftlich auf den Rücken, genau wie Dean, und so verrückt es klingen mag, ich stelle mir dann gern für einen winzigen Moment vor, Dean und ich wären Brüder und Hugh mein Dad. Das fände ich irre cool. Hugh würde nicht beim kleinsten Schnitzer in meinen Hausaufgaben ausrasten, da bin ich mir sicher. Er würde nie seine Stimme oder seine Fäuste gegen mich erheben. Ich könnte mich darauf verlassen, dass er mich liebt, wie ein Vater seinen Sohn lieben sollte.

Ich liebe Dad, aber nicht immer. Oft hasse ich ihn. Vielleicht sollte ich von zu Hause weglaufen. Ich könnte mich aus der Schule davonstehlen, in einen Bus zum Union Square steigen und den nächsten Zug nehmen. Aber mit fünf Dollar komme ich nicht weit.

»Tyler«, dringt Miss Fitzgeralds mahnende Stimme zu mir durch, und ich werde unsanft aus meinen Tagträumen gerissen. Ich drehe den Kopf und gucke nach oben. Drohend hat sie sich vor meinem Tisch aufgebaut, die Hände in die Hüften gestemmt, die Stirn missbilligend in Falten gelegt. »Möchtest du dem Rest der Klasse vielleicht verraten, was es da draußen so Interessantes zu sehen gibt?«

»Äh.« Sämtliche Blicke sind auf mich gerichtet, alle meine Klassenkameraden grinsen mich schadenfroh an, weil ich das Pech hatte, erwischt zu werden. Ich zermartere mir das Hirn auf der Suche nach einer passenden Antwort, aber was soll ich sagen? Ich schaue kurz zu meinen Mitschülern. Ich weiß, worauf sie warten. Darauf, dass ich unter dem Druck zusammenbreche, aber den Gefallen werde ich ihnen nicht tun. Nicht hier, nicht in der Schule. Ich weigere mich, als Schwächling dazustehen.

Ich rutsche tiefer in meinen Stuhl, zucke mit den Achseln und blicke gelangweilt zu Miss Fitzgerald auf. »Kann ich was dafür, dass der Rasen da draußen spannender ist als Ihr Unterricht«, sage ich mit tonloser Stimme. *Ist doch egal, soll sie mich bestrafen,* denke ich, und das unterdrückte Gelächter, das durch die Klasse geht, verschafft mir Genugtuung. *Hauptsache, sie sind abgelenkt. Keiner darf wissen, was mir in Wirklichkeit durch den Kopf geht.*

Miss Fitzgerald schürzt die Lippen. Ich sehe es in ihren Augen, dieses Aufflackern der Enttäuschung, mit dem ich allzu vertraut bin. Der Großteil meiner Lehrer sieht mich exakt so an. Noch vor einem Jahr war ich ein unauffälliger Schüler. Habe immer den Kopf schön unten gehalten. Mir immer eifrig Notizen gemacht. Immer mein Bestes gegeben. Aber jetzt? Ich sehe keinen Sinn mehr darin. Dad ist nie zufrieden mit mir, da kann ich mich noch so sehr ins Zeug legen. Letztlich ist es also einfacher, sich keinen Dreck mehr darum zu scheren.

»Nun, wenn das so ist, wartest du am besten draußen«, sagt Miss Fitzgerald streng. Ihre Lippe zuckt, und mit einem knappen Nicken in Richtung Tür verschränkt sie die Arme vor der Brust.

Grinsend verdrehe ich die Augen, doch insgeheim plagen mich Schuldgefühle. Eigentlich mag ich Miss Fitzgerald, deshalb kann ich ihr auch nicht ins Gesicht schauen, als ich mich von meinem Stuhl erhebe und mich zwischen den Pulten hindurchschlängle. Die Mienen meiner Mitschüler wirken amüsiert, deshalb lasse ich die Tür auf dem Weg nach draußen ein bisschen zu heftig zuknallen, um ihnen eine richtig beeindruckende Show zu liefern.

Auf dem Flur ist alles ruhig, außerdem riecht es ziemlich streng. Es sind nur noch fünfzehn Minuten bis Unterrichtsende. Fünf Minuten verbringe ich damit, auf und ab zu tigern und zu beten, Dad möge nicht Wind von der Sache kriegen. Vor einigen Monaten hat mich Mr. Tiller vor die Tür gesetzt, weil ich so frech war, ihm zu widersprechen. Damals fand ich das irre komisch. Ich fand mich supercool. Nur leider wusste ich zu dem Zeitpunkt nicht, dass Mr. Tiller Dad anrufen würde. Er wartete nach der Schule schon an der Haustür auf mich, schäumend vor Wut.

Es wurde ein richtig beschissener Abend.

Mittlerweile habe ich meine eigene Skala, nach der ich die Tage beurteile.

Da sind die richtig tollen Tage, so wie jeder Tag sein sollte. Dad grinst mich dann quer durchs Wohnzimmer an und steckt mir heimlich eine Dose Limonade zu, wenn Mom gerade nicht guckt. An solchen Tagen lachen wir viel zusammen. Sie sind zwar selten, aber trotzdem keimt in mir jedes Mal die Hoffnung auf, es könnte sich alles zum Guten wenden.

Dann gibt es die guten Tage, an denen im Grunde nicht viel passiert. An diesen Tagen bleibt Dad für sich, normalerweise sitzt er über irgendwelchen Papierkram gebeugt am Küchentisch, kaut auf einem Stift herum und wippt unentwegt mit dem Fuß.

Und es gibt schlechte Tage. Die kommen leider viel zu häufig vor. Ein schlechter Tag beginnt meist damit, dass ich irgendwas verbocke, irgendwas tue, das Dad missfällt oder nicht seinen Ansprüchen entspricht. Mittlerweile komme ich auch mit den schlechten Tagen ganz gut klar. Weil ich schon total abgestumpft bin. Normalerweise schließe ich die Augen, damit ich ihn nicht ansehen muss. Ich tauche ab in die Dunkelheit, blende mein Umfeld aus und frage mich, ob es Mom, die noch im Büro sitzt und arbeitet, gut geht; frage mich, ob Jamie bei seinem Playstation-Spiel schon den nächsten Level geschafft hat; frage mich, ob Chase gerade über seine Cartoons lacht. Wann Dad endlich aufhört, frage ich mich schon lange nicht mehr.

Und dann wäre da noch der höchste Punkt auf meiner Skala: die richtig, richtig üblen Tage. Diejenigen, an denen ich Dad überhaupt nicht mehr wiedererkenne. Normalerweise flößt er mir keine Angst ein, doch an den richtig, richtig üblen Tagen reicht der irre, wilde Ausdruck seiner grünen Augen, um mir den Schrecken in die Glieder zu jagen. An diesen Tagen kann ihn nichts aufhalten. Der letzte dieser richtig schlimmen Tage ist mir noch lebhaft im Gedächtnis. Es ist erst einen Monat her, und ich weiß es noch so gut, weil Dad mir bei der Gelegenheit das Handgelenk zum zweiten Mal gebrochen hat. Warum er eigentlich so wütend war, habe ich vergessen, weil ich die meiste Zeit bewusstlos war. Mom denkt, ich bin die Treppe hinuntergestürzt. Schön wär's. Es würde ihr das Herz brechen, wenn sie die Wahrheit wüsste.

Ich blicke hinunter auf meine Arme. Hebe den linken, lasse das Handgelenk ein paarmal kreisen. Manchmal tut es noch weh, aber es wird zusehends besser. Seufzend lehne ich mich gegen die Wand und lasse mich daran zu Boden gleiten. Mit geschlossenen Augen sitze ich da. Ich bin so müde. Müde, weil ich viel zu viel grüble. Müde, weil ich mir ständig was überlegen muss, wie ich mich ablenken kann. Ich ziehe die Knie an die Brust und verbanne sämtliche Gedanken aus meinem Kopf, stattdessen konzentriere ich mich auf Schritte, die in der Ferne zu hören sind. Sie kommen näher, werden lauter, bis plötzlich wieder Stille herrscht.

»Bist du rausgeflogen?«, fragt eine helle Stimme.

Ich schlage die Augen auf und hebe den Blick. Rachael Lawson starrt mich neugierig hinter ihrer großen runden Brille hervor an, die blonden Haare zu einem Pferdeschwanz hochgebunden. Ein paar lose Strähnen hängen ihr ins Gesicht. Wir haben ein paar gemeinsame Kurse. Und manchmal machen wir sogar was zusammen. Wir sind so was wie Freunde, könnte man sagen.

»Jepp«, gebe ich zurück. Jetzt bin ich wieder Tyler, der Coole. Nicht der Tyler, der zu viel nachdenkt, nicht der Tyler, der sich herumschubsen lässt. Der Typ ist doch ein Weichei. Ich hasse es, er zu sein. »Ich hab Miss Fitzgerald blöd angeredet. Das hat ihr nicht gefallen.«

»Du bist doch irre«, meint Rachael kopfschüttelnd und geht lachend weiter.

»Darauf kannst du wetten!«, rufe ich ihr nach. Und wie ich irre bin. Irre, weil ich so tue, als wäre ich ein völlig anderer. Ich weiß nicht mehr genau, wann das angefangen hat, aber langsam fühle ich mich wohl in meiner Rolle. Ich finde Gefallen an diesem anderen Tyler. Aber kaum ist Rachael um die Ecke gebogen, bin ich wieder der Alte.

Am Boden kauernd, mit dem Rücken an die Wand gelehnt, dass die Verletzung an der Schulter pocht, fangen meine Gedanken an zu rasen wie so oft.

Kapitel 8

Gegenwart

Auf dem Weg nach unten beginnt sich alles um mich herum zu drehen. Meine Beine sind total wackelig, ich muss mich auf jeden einzelnen Schritt konzentrieren und mich an der Wand abstützen, um nicht umzukippen. Voll peinlich. Ich weiß genau, dass alle denken werden, ich bin high, dabei bin ich weit davon entfernt. Ich kann im Dunkeln nur nicht so gut sehen, deshalb brauche ich in meinem angetrunkenen Zustand etwas länger für den Weg ins Wohnzimmer.

Es scheint voller geworden zu sein, aber vielleicht bilde ich mir das auch nur ein. Der Wodka, den ich viel zu schnell in mich hineingekippt habe, hat die Kontrolle übernommen. Ich fühle mich leicht und entspannt, habe aber gleichzeitig nur einen Gedanken im Kopf: Ich will Naomi nicht mehr sehen. Außerdem muss ich dringend nach Kaleb suchen. Wenn ich Declan finde, umso besser.

Ich hebe den Kopf und will mich durch das Partygetümmel zur Küche vorkämpfen. Allerdings komme ich nicht weit, weil ich mit jemandem zusammenpralle. Offenbar bin ich einem Mädchen auf die Füße gestiegen. Mit einem verächtlichen Blick schubst sie mich. Ich halte abwehrend die Hände hoch und versuche, einen schuldbewussten Eindruck zu erwecken, aber im Grunde kümmert es mich herzlich wenig. Bis ich endlich wieder klar sehe und erkenne, dass es Rachael ist.

»Gott, Tyler, pass doch auf«, schnaubt sie und funkelt mich

böse an, während sie sich eine blonde Strähne hinters Ohr streicht. »Es ist noch nicht mal Mitternacht, und du bist sturzbetrunken. Aber wen wundert's.«

»Freut mich auch, dich zu sehen«, entgegne ich völlig ungerührt. Eigentlich mag ich Rachael. Und sie sollte mich auch mögen. Wir kennen uns seit der Middleschool und würden wohl beide behaupten, dass wir Freunde sind. Aber wenn wir ehrlich sind, kann sie mich schon länger nicht mehr leiden. Sie hat die Schnauze voll von dem ganzen Mist, den ich so abziehe. *Ihre* Worte, nicht meine. Ich habe kein Problem damit.

Rachael saugt vorsichtig an dem Strohhalm in ihrem Drink, um ihren roten Lippenstift nicht zu verschmieren. Mit ihren dick mit Lidstrich geschminkten Augen sieht sie mich weiter abschätzig an. »Sag mal«, meint sie plötzlich und kommt neugierig näher. »Was war eigentlich vorhin mit dir los?«

Ich ziehe verwundert eine Augenbraue nach oben und trete einen Schritt zurück. Ich habe nicht die leiseste Ahnung, wovon sie spricht. Sie war doch nicht bei Tiffani, als wir uns gestritten haben. »Häh?«

»Bei der Grillfeier«, präzisiert Rachael und legt den Kopf schief. Die Musik ist ohrenbetäubend laut, ich kann kaum was verstehen. Aber eigentlich will ich das auch gar nicht. »Weil du da so reingeplatzt bist?«

Hm. Daher weht der Wind. Die Grillparty bei uns im Garten. Mich wundert, dass sie da hingegangen ist. Eigentlich ist das so gar nicht ihr Ding. »Du warst da?«

»Klar. Deine Mom hat mich eingeladen. Sie wollte, dass ich Eden kennenlerne.«

Blinzelnd sehe ich sie an. Da ist er wieder, dieser Name. Ich versuche, mir das Gesicht des Mädchens in Erinnerung zu rufen, aber im Moment bekomme ich nur ein diffuses Bild zustande. Nur an diese Lippen und ihre Stimme erinnere ich mich ganz deutlich. Wie könnte ich die je wieder vergessen. Ich wünschte, meine Erinnerung an sie wäre klarer, aber irgendwie verschwimmt in meinem Kopf gerade alles. »Eden?«

»Deine Stiefschwester?«, hilft Rachael mir auf die Sprünge und sieht mich augenrollend an. Fast schon ein wenig mitleidig schürzt sie die Lippen und mustert mich von oben bis unten. Dann schüttelt sie den Kopf, als täte ich ihr tatsächlich leid. Es nervt mich tierisch, wenn Leute das tun. »Sie hält dich übrigens für einen geistesgestörten Irren. Ich würde sagen, sie hat eine sehr gute Menschenkenntnis. Na ja, egal, genieß den Abend, Tyler. Wie es aussieht, ist ohnehin alles zu spät.« Plötzlich scheint sie in weite Ferne zu rücken, und ich nehme sie nur noch verschwommen wahr, was aber sicher nur am Alkohol liegt.

»Rachael.« Als sie sich abwendet, halte ich sie am Arm zurück. »Ist Tiffani schon da?«

»Küche«, antwortet Rachael schroff und schüttelt meine Hand ab, bevor sie weitergeht.

Einige Augenblicke stehe ich wie benommen mitten im Wohnzimmer. Keine Ahnung, wie lange. Ich kann mich auf nichts konzentrieren, denke nur an Tiffani. Ich muss sie finden und mich mit ihr aussprechen. Wenn wir uns streiten, dann nie lange. Dafür hat keiner von uns beiden das nötige Selbstvertrauen. Wir sind nicht dafür gemacht, allein zu sein. Sie braucht mich fast so sehr wie ich sie, und wenn wir uns einmal zoffen, vergehen in der Regel keine vierundzwanzig Stunden, bevor wir wieder das glückliche Paar spielen. Zumindest läuft es normalerweise nach diesem Schema ab.

Ich reibe mir die Schläfen, kneife die Augen zu und atme tief durch. Ich bin gut darin, den Leuten etwas vorzumachen. Ich bin ein spitzenmäßiger Schauspieler. Jetzt zum Beispiel gilt es, lieb und charmant zu sein, und ein bisschen reumütig, als würde mir alles ganz schrecklich leidtun, obwohl ich nichts dergleichen empfinde.

Ich schlängle mich durchs brechend volle Wohnzimmer, vorbei an den schemenhaften Gesichtern um mich herum. Draußen vor der Küche bleibe ich stehen, halte Ausschau nach ihren blauen Augen. Ich fange ihren Blick quer durch den Raum ein, deutlich schält sich ihr Gesicht heraus, ihr Mund zu einem umwerfenden Lächeln verzogen, während sie dem Anschein nach über einen Witz von Dean lacht. Der Ausdruck in ihren Augen verhärtet sich, sie presst die Lippen zusammen und schaut wieder weg. Sie schenkt sich Wein aus einer Flasche ein, die sie vermutlich selbst mitgebracht hat, ganz langsam und mit bedächtigen Bewegungen, das Kinn hoch erhoben.

Ich gebe mir einen Ruck und setze mich in Bewegung. Im Vorbeigehen schiebe ich Meghan behutsam mit dem Ellbogen aus dem Weg. Als ich fast bei ihr bin, hebt Tiffani den Wein an ihre Lippen und nippt daran, wobei sie mich über den Rand des Glases eindringlich mustert. Sie muss sich zwingen, nicht das Gesicht zu verziehen, als sie ihn runterschluckt. Sie hasst Wein. »Tiff …«, sage ich und fasse vorsichtig nach ihrem freien Handgelenk.

»Tyler!«, ruft sie übertrieben erfreut. Sofort hat sie sich ein breites Lächeln ins Gesicht getackert. Es wirkt derart gezwungen und falsch, dass mir fast schlecht wird. *Kriegt das eigentlich außer mir keiner mit? Merkt außer mir niemand, was für eine Show sie abzieht? Dass das alles nur gespielt ist?* Sie schlingt mir die Arme um den Nacken und zieht mich an sich, um mir die Lippen auf den Mund zu pressen.

Ihr Mund schmeckt nach Minze und dem billigen Wein, den sie trinkt. Sie fährt mir mit den Fingern durch die Haare im Nacken und zieht etwas zu fest daran, während sie mir in die Unterlippe beißt, um mich ihren Unmut spüren zu lassen. Ich erwidere den Kuss trotzdem, weil wir ein Publikum haben. Fasse sie sogar um die Taille, weil ich weiß, dass sie das von mir erwartet.

Endlich löst sie sich von mir und fixiert mich mit einem weiteren aufgesetzten Lächeln. Doch der besorgte Ausdruck in ihren Augen entgeht mir nicht. Die Hände immer noch um ihre Taille gelegt, vergrabe ich das Gesicht in ihrer warmen Halsbeuge und flüstere: »Wir müssen reden.«

Mit ihren blauen Augen sieht sie mich an und nickt kaum merklich, dann schiebt sie ihre Hand in meine. Ich merke, wie Kaleb uns neugierig dabei beobachtet, mit einem anerkennenden, fast anzüglichen Grinsen im Gesicht. Es ist offensichtlich, dass selbst Dean es sich kaum verkneifen kann, mit den Augen zu rollen, als Tiffani ihre Haare über die Schultern nach hinten schleudert und mich in Richtung Terrassentür zerrt. Wortlos folge ich ihr, meine Hand immer noch in ihrer, und ich bin froh darüber, weil ich immer noch wackelig auf den Beinen bin. Außerdem ist mein Kopf viel zu schwer.

»Wir sind gleich wieder zurück«, erklärt Tiffani mit einem Blick über die Schulter, als würde es auch nur einen Menschen in dieser Küche kümmern, was wir vorhaben. Sie zieht die Tür auf, und ein Schwall frischer Luft trifft mich mitten ins Gesicht.

Scheiße, denke ich. *Ich bin echt besoffen.* Mit einer Hand klammere ich mich an Tiffanis Schulter fest und presse die andere gegen die Stirn. Der Garten um mich herum dreht sich, mir war noch nie so schwindelig. Als Tiffani meine Hand abschüttelt, greife ich stöhnend ins Leere, bis ich an der Hausmauer Halt finde. Ich atme ein paarmal tief ein und aus und suche erneut Tiffanis Blick.

Jetzt, da wir nicht weiter unsere Show abziehen müssen, ist ihr Lächeln wie weggefegt. Sie hat die Arme vor der Brust verschränkt, ihre Augen sind schmale Schlitze. Ich sollte nicht überrascht sein, dass sie immer noch sauer auf mich ist, aber ich denke, jetzt ist nicht der richtige Zeitpunkt, um alles wieder ins Lot bringen zu wollen. Nicht in meinem Zustand. Andererseits, was habe ich für eine Wahl? Ich bin genauso wütend auf sie, weil sie von meinem Dad angefangen hat. Aber irgendwo kann ich auch nicht ohne sie. Sie ist ein Teil dieses perfekten Lebens, das ich inszeniere. Ich will sie nicht verlieren. Außerdem ist der Sex mit ihr verdammt gut, das allein ist es schon wert, dass ich mich entschuldige.

»Tut mir leid, dass ich vorhin so abgerauscht bin«, fange ich an. In Wirklichkeit tut es mir natürlich kein bisschen leid, aber ich weiß, was sie hören will. Sie will, dass ich um Vergebung bettle. Das schmeichelt ihrem Ego. Ich setze also eine schuldbewusste Miene auf, obwohl ich sturzbetrunken bin und sie nur verschwommen wahrnehme.

»Und dass du dein Bier an die Wand gepfeffert hast«, bemerkt Tiffani spitz. Sie stößt ein lang gezogenes Seufzen aus und wendet den Blick ab. Nachdenklich stiert sie in die Dunkelheit hinaus. Sie wirkt angespannt und so, als wäre sie am Ende ihrer Geduld angekommen. Also bemühe ich mich weiter.

»Ja, genau, das auch.« Ich mache einen unsicheren Schritt auf sie zu und greife sachte nach ihrem Handgelenk. Ich versuche, sie dazu zu bringen, mich wieder anzusehen, aber sie weigert sich beharrlich. »Baby, es tut mir leid. Du kennst mich doch. Ich reagiere meistens viel zu heftig. Du hattest recht, mich zur Rede zu stellen.« Am liebsten würde ich sie bitten, meinen Dad nie wieder zu erwähnen, aber damit provoziere ich garantiert einen weiteren Streit. Und ehrlich gesagt, daran will ich nicht mal denken. Tiffani kann wirklich grausam sein. Sie weiß, dass sie kein Wort über ihn verlieren soll, aber gleichzeitig ist ihr bewusst, dass er mein größter Schwachpunkt ist.

Endlich flackert ihr Blick zurück zu mir, und sofort tritt ein weicherer Ausdruck in ihre Augen. Sie seufzt. »Weißt du,

Tyler, du magst zwar ein Idiot sein, aber ich *mag* dich. Zumindest reicht es aus, um jemanden einzuweihen, solltest du noch tiefer in diese Drogengeschichte reinschlittern«, sagt sie betont unschuldig. Womit sie mir ganz subtil zu verstehen gibt, dass sie mir notfalls das Leben ruinieren könnte. Solange sie jeden meiner Schritte kontrollieren und sich darauf verlassen kann, dass ich mich so verhalte, wie sie es sich vorstellt, gibt es kein Problem zwischen uns. Sie blickt hinunter auf meine Hand und entwindet sich meinem Griff. Tadelnd schüttelt sie den Kopf. »Denn was habe ich von dir, wenn du im Gefängnis sitzt oder tot bist? Ich meine, schau dich doch an. Du bist sternhagelvoll. Bist du auch high?«

»Nein«, verteidige ich mich schroff. Und ausnahmsweise ist das nicht gelogen. Ein letztes Mal fasse ich nach Tiffanis Handgelenk, und diesmal reißt sie sich nicht sofort wieder los. Ich mache einen Schritt auf sie zu und führe die freie Hand an ihr Kinn, um es anzuheben, damit sie mir in die Augen schauen muss. Sie mag es, wenn ich das tue. »Ich habe bloß zu viel getrunken, das ist alles.«

Eine Weile schweigt sie, während sie mir fragend in die Augen sieht. Vermutlich überprüft sie die Größe meiner Pupillen. Dann runzelt sie erneut die Stirn. »Du hast doch nicht ernsthaft vor, für Declan Portwood zu arbeiten, oder?«

Jetzt geht das wieder los. Immer diese Fragen, die ich nicht beantworten will. Ich weiche wieder einen Schritt zurück, schiebe die Hände in die Hosentaschen meiner Jeans und zucke mit den Schultern. Mit hängendem Kopf stehe ich da. »Ich weiß nicht.«

»Warum, Tyler? Ist ja nicht so, als würdest du das Geld brauchen.« Zähneknirschend schleudert sie ihre Haare über die Schulter. Ich sehe sie eindringlich an, während sie langsam die Luft entweichen lässt, und ausnahmsweise einmal habe ich das Gefühl, dass sie sich ernsthaft um mich sorgt, zumindest ein *kleines* bisschen. »Willst du deine Tage wirklich hinter Gittern verbringen, während wir anderen aufs College gehen, Partys feiern und unseren Abschluss machen? Wenn du das tust – dann bist du wirklich verrückt. Sag Declan, er soll sich einen anderen suchen, der mit seinem Mist dealt.«

Ich habe nicht die Kraft, mich schon wieder mit ihr zu streiten, deshalb tue ich das, was ich am besten kann: Ich gebe mich geschlagen und lasse ihr den Triumph. Es ist den Ärger nicht wert. Außerdem brauche ich dringend noch einen Drink. »Du hast recht«, sage ich. »Ich werde es nicht tun. Es war eine dumme Idee, es überhaupt in Erwägung zu ziehen.«

Tiffanis Miene hellt sich auf. »Schwörst du es, Tyler?«

»Ich schwöre es, und jetzt komm her.« Mit einem schiefen Lächeln lege ich ihr die Hände auf die Schultern und drücke sie, dann ziehe ich sie an mich. Ich schlinge die Arme um ihren zierlichen Körper und halte sie an meine Brust gepresst, mein Kinn auf ihrem Scheitel. Ich fixiere einen Punkt in der Ferne und versuche, nicht ins Wanken zu geraten und über meine eigenen Beine zu stolpern und sie mit zu Boden zu reißen. »*Das* hier ist doch viel besser als streiten, oder?«

»Mh, ja«, pflichtet sie mir bei, ihr Gesicht an meinem Oberkörper. Doch plötzlich spannt sich ihr Körper in meinen Armen an, und sie stößt mich zurück. »Aber du verschmierst mein Make-up.«

Ich verdrehe die Augen, kippe fast um, weil mir so schwindelig ist, und dann küsse ich sie.

Kapitel 9

Fünf Jahre zuvor

Hughs Transporter ist auf der gegenüberliegenden Straßenseite geparkt. Ich entdecke ihn sofort, aber nur, weil ich fieberhaft danach Ausschau halte, kaum haben Dean und ich das Schulgebäude verlassen. Alles in allem war der Tag ganz okay. Ich bin zwar aus dem Unterricht geflogen, aber in Sport habe ich mitgemacht und die Stunde einigermaßen unbeschadet überstanden. Ich hoffe nur, dass es dabei bleibt.

»Wozu steigt er eigentlich immer aus?«, beschwert Dean sich, als Hugh mit einem Lächeln im Gesicht die Tür aufstößt und rauskommt. Er freut sich, uns zu sehen, winkt uns sogar zu, was Dean gleich noch mal aufstöhnen lässt. »O Gott. Bitte mach, dass keiner das mitkriegt.«

Ich weiß gar nicht, was Dean daran so schlimm findet. *Mein* Dad würde niemals aus dem Wagen steigen, um mich zu begrüßen. Er bekommt noch nicht einmal ein Lächeln zustande, wenn ich einsteige. Deswegen finde ich Hugh ja auch so unheimlich cool. Ich begrüße ihn meinerseits mit hochgerecktem Daumen, woraufhin Dean mir einen finsteren Seitenblick zuwirft, als wäre ich der größte Verräter auf der Welt. Aber das ist mir egal. Er weiß gar nicht, was für ein Glück er mit seinem Dad hat.

»Hey, Jungs!«, ruft Hugh freudestrahlend, als wir auf ihn zukommen. An seinem Kinn glänzt ein öliger Fleck, vermutlich kommt er gerade von der Arbeit. Er hat eine eigene Autowerkstatt und hätte gerne, dass Dean eines Tages bei ihm einsteigt. Dad hätte ebenfalls gerne, dass ich irgendwann für ihn arbeite. Gerade deshalb setzt er mich so unter Druck, aber ich könnte nicht sagen, ob es das ist, was auch ich will.

»*Dad*, bitte hör auf, mich so zu blamieren«, sagt Dean mit flehender Stimme, reißt die Beifahrertür des Transporters auf und klettert rein. Ich quetsche mich hinter ihm auf die Rückbank und lege den Sicherheitsgurt an.

»Dich blamieren?«, wiederholt Hugh, der sich gerade ans Steuer setzt und so tut, als wäre er zutiefst empört. Mit großen Augen sieht er Dean an, dann beugt er sich über die Mittelkonsole, um ihm durch die Haare zu wuscheln. »Niemals.«

»Hör auf!« Dean wischt seine Hand weg und blickt aus dem Seitenfenster. Ich weiß, dass ihm das alles nur peinlich ist, weil ich mit dabei bin, aber ich wünschte, ich könnte ihm sagen, wie sehr ich ihn beneide. Letzte Woche hat Dad mich an den Haaren gepackt und durch die Küche geschleift. Wenn er es peinlich findet, dass sein Dad ihm winkt und durch die Haare wuschelt … Ich würde diese Blamage liebend gern jeden Tag in Kauf nehmen, wenn wir dafür tauschen könnten.

»O Mann, Deano, schmoll nicht«, sagt Hugh lachend. Er lässt den Motor an, der mit einem tiefen Röhren zum Leben erwacht, und sieht sich über die Schulter zu mir um, als er sich anschnallt. »Hey, Tyler. Wie wäre es, wenn du mit zu uns kommst und wir eine Runde Football spielen?« Er lächelt mich an, und es hat überhaupt nichts von dem aufgesetzten Lächeln, das Dad mir immer zuwirft.

»Ist das Ihr Ernst?«, frage ich, gleich Feuer und Flamme. Mit ihm und Dean Football zu spielen klingt tatsächlich irrsinnig gut, aber insgeheim weiß ich, dass ich Hausaufgaben zu erledigen habe. Wobei, morgen ist nichts fällig …

»Absolut«, bestätigt Hugh und braust los. »Ich gebe deinen Eltern Bescheid.«

Während der gesamten Fahrt zum Haus der Carters bete

ich im Stillen, Dad möge heute ausnahmsweise länger arbeiten. Ich hoffe, es macht ihm nichts aus, dass ich mit zu Dean fahre. Es sollte aber kein Problem darstellen, immerhin habe ich ja noch den ganzen Abend Zeit, um meine Hausaufgaben zu erledigen.

Wir machen nur kurz Pause, um den Saft zu trinken, den Deans Mom uns bringt. Völlig außer Atem legen wir uns ins Gras und schauen hinauf in den Himmel. Fragend sehe ich Dean von der Seite an. »Was wäre, wenn wir Brüder wären?«

Verdutzt schaut er zu mir und runzelt die Stirn. Dann tritt ein verschmitztes Lächeln auf seine Lippen. »Ich dachte, das wären wir sowieso.«

»Okay. Kann ich dich dann was fragen?« Ich richte mich auf, überkreuze die Beine und zupfe nervös im Gras herum. Ich suche schon seit einer Weile nach einer Gelegenheit, dieses Thema anzuschneiden, und jetzt scheint es endlich zu klappen. Wir sind allein. Wir sind Freunde. Brüder sogar. Ich kann mit ihm über alles reden.

Dean setzt sich ebenfalls auf und dreht sich interessiert zu mir her. »Was denn?«

»Wird dein Dad manchmal wütend auf dich?«

»Äh, klar!«, antwortet er fast schon amüsiert und verdreht die Augen. »Am Sonntag zum Beispiel habe ich ihm seinen Kaffee übers Hemd gekippt, kurz bevor wir in die Kirche los mussten. Er war tiiiiierisch genervt.«

»Nein, nein«, sage ich kopfschüttelnd und wende entnervt den Blick ab. Er kapiert es nicht. »Ich meine, so *richtig* sauer.«

Ich versuche nur herauszufinden, ob es normal ist. Ich glaube nämlich nicht, dass alle Väter so sind. Ich glaube nicht, dass ein Vater vor Wut so außer sich geraten sollte. Und ich glaube auch nicht, dass ein Vater derart streng mit seinem Sohn sein sollte. Vielleicht ist nur mein Dad so. Vielleicht stimmt aber auch mit mir was nicht, und deswegen flippt er gleich immer so aus. Mit allen anderen scheint er kein Problem zu haben – warum also mit mir?

Bevor Dean mir eine Antwort geben kann, werden wir durch das Geräusch eines nahenden Autos aufgeschreckt. Mit einem Blick über die Schulter erkenne ich, wer da angefahren kommt, und sofort ist meine Brust wie zugeschnürt. *Er* ist es.

Dads Mercedes hält am Bordstein an. Mit wild klopfendem Herzen starre ich ihn an, vor Angst plötzlich wie gelähmt. Der Motor verstummt, die Tür geht auf, und Dad steigt aus, die Krawatte nach einem langen Tag in der Arbeit gelockert. Er legt die eine Hand oben an die Autotür, die andere stemmt er angriffslustig in die Hüfte. Ich sehe seine Rolex in der Sonne blitzen, Mom hat sie ihm letztes Jahr zu Weihnachten geschenkt.

»Tyler«, sagt Dad nur, und der harte, unerbittliche Ton seiner Stimme verrät mir augenblicklich, dass er gar nicht begeistert ist. Die Kälte in seinen grünen Augen bestätigt diesen Eindruck. »Du solltest doch längst zu Hause sein. Und Hausaufgaben machen. Das weißt du ganz genau.«

Ich rapple mich hoch und stammle mit wackeliger Stimme: »Wir spielen … spielen doch nur Football. Hugh hat gesagt, ich könne mitkommen.«

Wie auf ein Stichwort tritt Hugh in diesem Moment raus auf die Veranda, ein strahlendes Lächeln auf dem Gesicht. Offenbar hat er Dean und mich vom Fenster aus beobachtet. Er hebt die Hand und winkt Dad zur Begrüßung mit zwei Fingern zu. »Hi, Peter!«

»Du solltest Tyler doch direkt nach Hause bringen«, bemerkt Dad spitz. Er erwidert das Lächeln nicht. Sein Mund ist zu einer schmalen Linie verzogen, mit festem Blick sieht er ihn an.

Das Strahlen auf Hughs Gesicht verblasst, und er runzelt

verwirrt die Stirn. »Ella meinte, es wäre okay, solange ich ihn bis spätestens sechs nach Hause bringe«, sagt er verlegen.

»Nein«, entgegnet Dad scharf und schüttelt den Kopf. Dad und Hugh sind eigentlich alte Freunde, aber Dad versucht gar nicht erst, seinen Ärger zu verbergen, ungehalten schimpft er weiter. »Er sollte längst daheim sein und was für die Schule tun, statt seine Zeit mit Football zu vergeuden.« Nun richtet Dad seine Aufmerksamkeit wieder auf mich und nickt mir streng zu. »Tyler, hol deine Sachen.«

»Komm schon, Peter!«, meint Hugh mit einem Lachen, um die Stimmung zu lockern. »Sie sind erst in der siebten Klasse und nicht auf dem College. Sie sind immer noch Kinder. Ich sorge dafür, dass er bis sechs zu Hause ist, okay?«

Dad fixiert Hugh mit einem drohenden Blick, antwortet aber nicht. Stattdessen sieht er wieder mich an und sagt in noch schrofferem Ton: »Tyler. Ich sagte, hol deine Sachen.«

»Du willst wirklich schon heim?«, hakt Dean nach und sieht mich von unten her an.

»Tut mir leid«, gebe ich mit leiser Stimme zurück und zucke mit der Schulter. Dad ist stinksauer, mir bleibt also keine Wahl. Ich weiß haargenau, was mich zu Hause erwartet. Es wäre dumm von mir, mich mit ihm zu streiten, deshalb laufe ich durch den Garten zur Veranda, wo mein Rucksack liegt, und werfe ihn mir über die Schulter, während Hugh mir dabei zusieht.

»Tut mir leid, Kumpel«, sagt er mit einem verhaltenen Lächeln und tätschelt mir den Kopf. Ich glaube, er weiß, wie übertrieben streng Dad manchmal ist, aber ich wünschte, er würde ahnen, wie schlimm es wirklich ist. Ich wünschte, er würde den Mund aufmachen und etwas sagen, damit ich es nicht tun muss. Ich will nicht derjenige sein, der meinen Dad in Schwierigkeiten bringt.

Bitte lassen Sie mich nicht gehen, denke ich. *Ich will hierbleiben, bei Ihnen.*

Ich könnte es laut aussprechen. Doch stattdessen starre ich stumm zu ihm auf und hoffe, dass er meinen Gesichtsausdruck richtig deutet, dass er sieht, welch große Angst ich davor habe, zu Dad ins Auto zu steigen. Hugh könnte mir helfen. Aber natürlich bekommt er rein gar nichts mit. Warum sollte er auch?

Weil ich keine andere Wahl habe, zwinge ich mich, mich in Bewegung zu setzen, aber meine Beine fühlen sich steif an, als wollte mein Körper sich über meinen Entschluss hinwegsetzen und mir damit mitteilen, dass ich nicht gehen soll. Ich kämpfe dagegen an und fasse mir ein Herz. Als ich näher komme, schaffe ich es nicht, Dad anzusehen, dabei spüre ich genau, wie er mich die ganze Zeit genau beobachtet. Ich starre hinunter auf meine Schuhe, während ich auf den Beifahrersitz klettere und mich anschnalle.

Ich will nicht nach Hause. Ich will nicht mit Dad allein sein. Ich will nicht, dass er mir wieder wehtut.

Dad steigt nun ebenfalls ein und schlägt die Tür hinter sich zu. Dann lässt er den Motor an, und als ich den Kopf endlich hebe, sieht er mich kurz an, bevor er seine Augen auf die Straße richtet.

Es war der gleiche finstere Blick, den er mir immer zuwirft, bevor er wieder einen seiner schweren Fehler begeht. Und ich höre in Gedanken jetzt schon, wie er sich bei mir entschuldigt.

Kapitel 10

Gegenwart

Ich stehe bei uns im Vorgarten, starre auf die Haustür und frage mich, wie ich verdammt noch mal hierhergekommen bin? Es ist mitten in der Nacht, ich bin sturzbesoffen. Ich kann nicht mehr richtig geradeausschauen, und stehen kann ich erst recht nicht. Bin ich zu Fuß heimgelaufen? Wenn ja, muss ich über mich selbst staunen. In meinem Zustand einen Fußmarsch von zwei Meilen hinzulegen ist schon beachtlich. Ich kneife die Augen zusammen und sehe mich um. Zum Glück, mein Auto ist nirgends zu sehen. Wenigstens scheine ich nicht gefahren zu sein. Ob mich jemand anders nach Hause gebracht hat? Und wenn ja, wer? Ich habe keinerlei Erinnerung an die letzten Stunden. Eigentlich sollte ich bei Tiffani übernachten. Wo sie wohl ist?

»Tiffani?«, rufe ich, erhalte aber keine Antwort. Da ist niemand außer mir. Unsere Straße ist wie leergefegt, die Häuser liegen im Dunkeln.

Ich sehe nach unten. In der Hand halte ich immer noch ein verdammtes Bier. Es ist nur noch ein kleiner Rest übrig, deshalb führe ich es an den Mund, wanke unsicher hin und her und leere es in einem Zug. Ich sollte dringend eine Runde schlafen, sonst büße ich das morgen noch viel mehr, als ich es sowieso tun werde.

Mit meiner freien Hand krame ich in meiner Hosentasche nach dem Haustürschlüssel, finde aber nur den fürs Auto. Hektisch durchwühle ich auch noch die restlichen Taschen, taste alles ab, bringe haufenweise Feuerzeuge und Kaugummi und mein Handy zum Vorschein, bevor mir mit Schrecken bewusst wird, dass ich den Haustürschlüssel gar nicht eingesteckt habe.

»Scheiße«, fluche ich. Dann noch einmal, diesmal lauter. »SCHEISSE!«

Ich drehe mich um und betrachte mit schief gelegtem Kopf das Haus. Ein lautes Stöhnen entfährt mir. Da drinnen ist kein Zeichen von Leben zu sehen, alle scheinen tief und fest zu schlafen. Mom wird ausflippen, wenn ich sie jetzt alle aus dem Schlaf reiße, um mich besoffenen Blödmann reinzulassen. Ich könnte Jamie anrufen, vielleicht macht der mir auf. Oder ich schlage hinten ein Fenster ein.

»Nein«, ermahne ich mich kopfschüttelnd. »Nein.« Ich werde nichts dergleichen tun, das ist doch bescheuert. Da schlafe ich heute Nacht lieber hier draußen. Es weht zwar ein leichter Wind, aber kalt ist es nicht. Stöhnend werfe ich mich auf den Boden, lege mich ins Gras und streiche mit der Hand über die trockenen Halme. Eigentlich total gemütlich. »Was soll das, verdammte Scheiße? Wieso ist es denn schon Mitternacht?« Ich pruste los, weil ich selbst merke, wie peinlich ich bin. Jetzt liege ich schon mitten in der Nacht auf dem Rasen vor unserem Haus und führe Selbstgespräche, verdammt. Geht's noch?

Plötzlich höre ich jemanden rufen, es klingt wie ein »Hey«, aber ich könnte nicht beschwören, ob ich mir das nur einbilde oder nicht. Ich hatte im alkoholisierten Zustand noch nie irgendwelche Halluzinationen, und ich bezweifle auch, dass es bei uns in der Gegend spukt. Deshalb tue ich es schnell wieder ab. Ich muss mich getäuscht haben. Bis ich wieder etwas höre, diesmal lauter.

»Hier oben!«, flüstert eine weibliche Stimme klar und deutlich.

Verwirrt sehe ich mich um und frage mich, woher die

Stimme kommt, bis mein Blick auf das Fenster des Gästezimmers im ersten Stock fällt. Jemand schaut von dort zu mir herunter. Die Person ist viel zu weit weg und total verschwommen, weshalb ich die Augen zu schmalen Schlitzen verziehe und warte, bis ich wieder fokussieren kann. Die ist das. Das Mädchen mit der rauchigen Stimme. Meine … Nein, das Wort werde ich nicht verwenden. Es ist einfach zu eigenartig. Hat sie mich etwa die ganze Zeit beobachtet? Ich rapple mich auf und sehe sie mit finsterer Miene an. »Was willst du, verdammt?«

»Alles okay mit dir?«, erkundigt sie sich stirnrunzelnd und sieht mich mitleidig an. Scheiße, sie hat so volle Lippen.

Nein, nichts ist okay, denke ich verärgert. *Ich bin stockbesoffen und habe mich ausgesperrt.*

In diesem Moment trifft mich die Erkenntnis: Dieses Mädchen ist meine Rettung! Sie hat es in der Hand, ob ich heute Nacht mit dem Kopf auf dem Kissen oder auf einer Bierdose schlafe. »Mach mir die Tür auf!«, rufe ich ihr zu und torkele sofort auf die Haustür zu. Mir ist kotzübel, aber das wäre echt zu peinlich, wenn ich mich jetzt auch noch übergebe. Ich werde doch wohl das bisschen Alkohol vertragen! Obwohl, mir ist echt richtig schlecht. Ich muss mich schleunigst in mein Zimmer verziehen. Blöderweise scheint dieses Mädchen es kein bisschen eilig zu haben. Eine gefühlte Ewigkeit stehe ich wartend vor der Tür und konzentriere mich auf meine Atmung, damit mein Magen nicht doch noch rebelliert. Endlich höre ich, wie der Schlüssel herumgedreht wird.

Die Tür geht auf, und da steht sie, in Jeans und T-Shirt, das Haar sitzt in einem unordentlichen Knoten oben auf ihrem Kopf, ihr Blick wirkt verschlafen. Ich kann mich nicht mal mehr an ihren Namen erinnern. Wie heißt sie noch mal? Emma? Ellie? O Mann, ich weiß es, echt. Es liegt mir auf der Zunge. Sie heißt … sie heißt Eden. Ja, genau. *Eden.*

»Hast dir ganz schön Zeit gelassen.« *O Gott, ich kotze wirk-*

lich gleich. Hastig schlage ich mir die Hand vor den Mund und schiebe mich an ihr vorbei.

Eden rümpft angewidert die Nase, dann sperrt sie hinter mir wieder ab. »Bist du betrunken?«, will sie wissen, obwohl ich mir ziemlich sicher bin, dass diese Frage rein rhetorisch ist. Hallo? Ist doch wohl nicht zu übersehen.

»Nein«, antworte ich kichernd, nur um sie zu ärgern. »Ist es schon Morgen?«

»Drei Uhr früh«, stellt sie mit tonloser Stimme, aber mit stark gerunzelten Augenbrauen fest.

Hm, drei Uhr. Gar nicht mal so spät. Ich muss lachen, doch auf einmal packt mich wieder die Übelkeit. Panisch drehe ich mich zur Treppe um, taste hilflos nach dem Geländer. Als ich es endlich gefunden habe, will ich mich daran nach oben hangeln, doch leider gerate ich immer wieder ins Stolpern und knalle fast der Länge nach hin. Ich kann von Glück sagen, wenn ich mir nicht mein verdammtes Bein breche. »Seit wann sind die denn hier? Die waren doch vorhin noch nicht da.« Ich klopfe auf eine der Stufen und weiß genau, was für einen Mist ich von mir gebe. Aber irgendwie finde ich die ganze Situation zum Brüllen komisch. Im Moment finde ich *alles* irre komisch.

Eden starrt mich von der untersten Stufe her an. Sie kaut auf ihrer Unterlippe herum, als wüsste sie nicht, was sie tun soll. »Willst du ein Wasser oder so?«

Wasser würde mir tatsächlich nicht schaden, aber das wäre zu lahm. Dieses Mädchen kennt mich nicht und wird mich auch nie kennen, dafür werde ich sorgen. Deshalb bleibe ich in meiner üblichen Rolle als Tyler Bruce. »Hol mir noch 'n Bier«, werfe ich ihr zum Spaß über die Schulter zu und zwinge mich, die restlichen Stufen hochzusteigen. Ich bin unendlich erleichtert, als ich die Tür zu meinem Zimmer aufstoße, mein ungemachtes Bett sehe und mein eigenes Badezimmer vor Augen habe.

Eden habe ich ohne ein weiteres Wort stehen lassen. Ich schlage die Tür zu und stürze schnurstracks zur Toilettenschüssel. In letzter Sekunde erreiche ich sie, bevor ich mich auch schon übergebe.

»Nicht zu fassen«, schimpft Mom kaum hörbar vor sich hin. Sie tigert schon seit fünf Minuten durch mein Zimmer, klaubt wütend Klamotten vom Boden auf und leert den Mülleimer. Ich glaube, das tut sie absichtlich, um mich zu bestrafen. Es ist nämlich noch nicht mal neun. *»Nicht zu fassen!«*, zischt sie wieder. Dann tritt sie ans Fenster und zieht die Jalousien hoch. Die Morgensonne flutet mein Zimmer und setzt meine Augen in Brand.

Stöhnend vergrabe ich den Kopf noch tiefer unter dem Kissen. »Mom, *bitte!«* Ich habe hämmernde Kopfschmerzen, ich schwitze wie ein Schwein, und mir ist immer noch speiübel. Mom soll wieder gehen – ich halte das nicht aus. Ich brauche dringend noch eine Mütze Schlaf und ganz viel Wasser. Meine Kehle ist staubtrocken, ich bekomme kaum Luft.

»Denkst du, ich krieg gar nichts mit, Tyler?«

Ich sehe zu ihr auf. Mom steht mit verschränkten Armen neben dem Bett und funkelt mich wütend an. »Du dachtest wohl, ich merke nicht, dass du gestern Abend getrunken hast? Du stinkst fürchterlich nach Alkohol! Schau dich doch an! Du bist völlig fertig!« Fassungslos schüttelt sie den Kopf und sieht mich vorwurfsvoll an. »Steh auf. Glaub bloß nicht, dass du den ganzen Tag im Bett liegen kannst. Wer sich betrinken kann, kann auch den Rasen mähen.«

»Mom!«, versuche ich es erneut, einen flehenden Unterton in der Stimme. Alles an meinem Körper tut weh, und ich glaube, ich würde lieber sterben, als mit so einem fiesen Kater aufzustehen. »Bitte lass mich einfach in Ruhe.«

»Weißt du«, meint Mom etwas sanfter, die Stirn vor Sorge tief gefurcht. Ihre Schultern sacken nach unten. »Es gibt bessere Arten, mit gewissen Dingen umzugehen, Tyler.« Ich weiß genau, wovon sie spricht, und ich weiß auch, wo diese Unterhaltung hinführen wird. Doch im Moment packe ich das nicht. Immer wieder versucht sie, mich von gesünderen Wegen zu überzeugen, die Vergangenheit zu verarbeiten. »Sei nicht immer so leichtsinnig. Dass du alles in dich hineinfrisst, ist nicht gut für dich. Vielleicht solltest du besser doch mal ein Gespräch mit …«

Genau in diesem Moment ist ein lautes Vibrieren auf dem Nachttisch zu hören und schneidet Mom das Wort ab. Bevor ich nach meinem Handy greifen kann, schnappt Mom es mir blitzschnell vor der Nase weg und linst mit hochgezogener Augenbraue aufs Display. »Es ist Tiffani«, teilt sie mir mit. Offensichtlich verärgert über die Unterbrechung rollt sie mit den Augen, bevor sie mir das Telefon zuwirft. Eigentlich hätte ich erwartet, dass sie spätestens jetzt verschwindet, aber sie rührt sich nicht vom Fleck. Stattdessen starrt sie mich unentwegt mit missbilligender Miene an, was wohl auch daran liegt, dass sie Tiffani nie richtig mochte. Manchmal frage ich mich, ob es daran liegt, dass sie mich genau durchschaut hat. Vielleicht weiß sie längst, dass ich dieses Mädchen, mit dem ich seit drei Jahren zusammen bin, gar nicht wirklich liebe. Mom ist nicht blöd. Und sie kennt mich einfach zu gut. Ich wette, sie weiß genau, dass mir diese Beziehung so gut wie nichts bedeutet.

Ich rolle mich herum, kehre ihr den Rücken zu und klemme mir das Handy ans Ohr. »Was ist?«, nuschle ich. Ist Tiffani völlig verrückt geworden? Warum um alles in der Welt ruft sie mich so früh schon an? Wie ist sie gestern Nacht überhaupt heimgekommen?

»Aufwachen, mein Schatz«, flötet sie putzmunter, und ihre Stimme klingt viel zu übertrieben fröhlich für diese Uhrzeit.

Sofort ist mir wieder kotzübel. Ist sie nicht auch total verkatert? Ich kann mich beim besten Willen nicht erinnern, ob sie gestern auf der Party was getrunken hat. Ich kann mich im Grunde an gar nichts erinnern. »In einer halben Stunde komme ich dich abholen. Ich will shoppen gehen, und du begleitest mich. Ich dachte an die Promenade, und danach könnten wir gleich dein Auto abholen.«

»Willst du mich verarschen?«, frage ich ungläubig. Stöhnend schlage ich mir die Hand vor die Stirn. Meine Haut glüht vor Hitze, meine Haare sind klatschnass. Eine kalte Dusche wäre jetzt genau das Richtige. »Ich sterbe, Tiff.«

»Tja, selber schuld. Du hast dich zulaufen lassen wie der letzte Idiot«, sagt sie mit einem verbitterten Lachen, bevor sie in einem Ton, der keinen Widerspruch duldet, hinzufügt: »Wir sehen uns in einer halben Stunde!« Dann legt sie ohne ein weiteres Wort auf. Wie es aussieht, haben wir uns also wieder versöhnt, alles beim Alten.

Entnervt schleudere ich mein Handy auf den Teppich und beiße die Zähne zusammen. Wenn ich mich nach unserem gestrigen Streit nicht bei ihr einschleimen müsste, würde ich heute *garantiert* nirgends mit ihr hingehen.

»Und was jetzt?«, will Mom seufzend wissen. Ich wünschte, sie würde nicht andauernd seufzen. Ich hasse es, verdammt noch mal. Weil es mir das Gefühl gibt, sie wäre meinetwegen ständig krank vor Sorge.

»Ich muss in die Stadt«, murmle ich, schleudere die Decke von mir und richte mich vorsichtig auf.

»Du gehst nirgendwo hin. Du hast Hausarrest, schon vergessen?«, ruft Mom mir ins Gedächtnis, betont streng. Doch es ist nichts als eine leere Drohung, und das weiß sie. Sie kommt einfach nicht mit mir klar. Weil sie keine Ahnung hat, wie sie mich anpacken soll. Es tut mir wahnsinnig leid, sie zu enttäuschen, aber mir fällt auch keine Lösung ein, wie ich es anders machen könnte. Ich bin nun mal so.

»Ich fahre in die Stadt«, erkläre ich noch einmal langsam, und das reicht aus, um sie einknicken zu lassen. Wieder seufzt sie, sieht mich kopfschüttelnd an und lässt mich dann endlich in Frieden. Leise zieht sie die Tür hinter sich zu.

Ich bin froh, dass sie von mir nie erwartet hat, dass ich perfekt bin, aber ich wünschte, ich könnte es ihr zuliebe trotzdem sein. Sie hätte es jedenfalls verdient, das und noch so viel mehr.

Auf wackeligen Beinen schleppe ich mich ins Badezimmer. Als mein Blick auf mein Spiegelbild fällt, wird mir schlagartig bewusst, dass ich wirklich fertig bin. Ich sehe aus, als wäre ich einmal durch die Hölle und wieder zurück gegangen, mein ganzer Körper schreit vor Schmerz. Ich krame im Badezimmerschränkchen, nehme meine Antidepressiva ein, werfe noch ein paar Schmerztabletten hinterher und zwinge mich anschließend unter die kalte Dusche. Ich bleibe so lange unter dem eisigen Strahl stehen, bis ich es keine Sekunde länger aushalte. Zumindest macht mich die Abfrischung einigermaßen wach, aber besser fühle ich mich dadurch nicht.

Allein mich wieder anzuziehen stellt mich vor eine größere Herausforderung. Alle paar Sekunden muss ich innehalten, um tief durchzuatmen, und als Tiffani draußen vor dem Haus hupt, bin ich gerade mal fertig. Eilig schnappe ich mir mein Portemonnaie und die Schlüssel und lasse alles in den Hosentaschen verschwinden. In diesem Moment fällt mir wie aus heiterem Himmel ein, was gestern Nacht geschehen ist – dass ich keine Schlüssel hatte und dieses Mädchen die Tür für mich geöffnet hat.

Eden.

Eden hat mich gestern Nacht reingelassen und mich vor einer großen Blamage bewahrt. Nur ihr habe ich es zu verdanken, dass Mom mich heute Morgen nicht schlafend auf dem Rasen vor dem Haus vorgefunden hat.

Im Flur bleibe ich vor dem Gästezimmer stehen. Es ist jetzt Edens Zimmer. Die Tür ist verschlossen, und ich weiß nicht, ob sie schon wach ist, aber für eine Nanosekunde hebe ich die Hand und überlege anzuklopfen. Mir ist bewusst, dass ich mich eigentlich bedanken sollte, doch dann habe ich ihr angewidertes Gesicht von gestern Nacht wieder vor Augen, und ich lasse die Hand schnell wieder sinken und gehe weiter. Tiffani wartet bereits, und ich bezweifle ohnehin stark, dass Eden mich sehen will. Ich befürchte, bis jetzt hat sie kein allzu gutes Bild von mir. Aber im Grunde will ich es ja nicht anders. Wenn die Leute einen nicht mögen, halten sie sich wenigstens von einem fern.

Ich schleiche die Treppe hinunter und sehe mich dabei immer wieder über die Schulter um, weil ich nicht weiß, wo Mom und Dave stecken. Zum Glück sind sie nirgends zu sehen. Ich habe die Haustür fest im Blick, entschlossen laufe ich jetzt darauf zu, reiße sie auf und eile auf das knallrote Auto zu, das am Bordstein auf mich wartet.

Kaum habe ich die Tür geöffnet und mich auf den Beifahrersitz fallen lassen, mustert Tiffani mich prüfend von oben bis unten. »Du siehst beschissen aus!«, teilt sie mir unumwunden mit. Sie hat leicht reden, denn mal ehrlich, sie kann gestern auf der Party nicht viel getrunken haben, wenn sie es geschafft hat, in aller Herrgottsfrüh aufzustehen, sich zu schminken und ihre Haare zu stylen. Sie sieht super aus, aber ich habe nicht die Kraft, ihr das zu sagen. »Willst du, dass ich so mit dir durch die Stadt laufe?«

»Klar! Wobei … ich fühle mich schon total beschissen«, murmle ich. Ich zerre am Sicherheitsgurt, schnalle mich an und lasse mich erschöpft gegen die Rückenlehne sinken. Dann schließe ich die Augen und konzentriere mich auf meine Atmung. »Mir zerreißt es den Kopf, also bitte, sprich mich besser nicht an.«

»Was bist du bloß für ein *Langweiler*«, spottet Tiffani, und ich ahne, dass sie theatralisch mit den Augen rollt, als sie Gas gibt und losbraust.

Ausnahmsweise hält sie *wirklich* mal die Klappe. Während der ganzen Fahrt in die Stadt schweigt sie, nur das Radio läuft. Und ich weiß nicht, ob ich es mir nur einbilde, aber ich glaube, sie dreht die Lautstärke immer weiter auf. Was meine Kopfschmerzen nicht unbedingt besser macht. Seufzend kurble ich das Fenster herunter, um frische Luft reinzulassen. Nie wieder werde ich so viel trinken wie gestern Nacht, das schwöre ich. Ich fühle mich nämlich, als wäre ich von einem Bus überrollt worden. Mindestens zwei Mal. Es wird mir nicht leichtfallen, in Sachen Alkohol kürzer zu treten, aber so tierisch leiden will ich nie wieder. Und einen solchen Totalausfall ist es auch nicht wert.

»Ich weiß, was dir guttun würde«, erklärt Tiffani neckend, als sie den Wagen parkt. Ich schlage ein Auge auf und sehe sie an. »Meine Mom geht heute Abend aus«, fährt sie fort, während sie den Motor abstellt und den Sicherheitsgurt löst. Sie beugt sich zu mir herüber, und mir entgeht nicht, dass sie sich verführerisch auf die Unterlippe beißt. »Da dachte ich, du und ich, wir könnten …«

Ich richte mich auf. Damit hat sie meine volle Aufmerksamkeit. »Du und ich, wir könnten was?«, frage ich mit Nachdruck und ziehe interessiert eine Augenbraue nach oben. Die Antwort kenne ich natürlich bereits. Ich höre nur gern, wie sie es ausspricht. Ich mag es, wie ihr die Röte ins Gesicht schießt, wenn sie es sagt.

»Vielleicht«, haucht sie leise und kommt noch näher, »könnten du und ich hiermit weitermachen?« Sie klimpert mit den Wimpern und legt mir die flache Hand an die Brust, während ihre glänzenden Lippen die meinen suchen. Es ist dasselbe Spiel wie immer: Sie versucht, die Oberhand zu behalten, aber ich bin stärker als sie. Innerhalb von Nanosekunden habe ich die Hände in ihren Haaren vergraben und ziehe sanft mit den Zähnen an ihrer Unterlippe. Offenbar will sie mich noch hinhalten, denn nach nicht einmal einer Minute schiebt sie mich von sich weg. »Hmm? Was meinst du?«

»Musst du wirklich fragen?«

Nicht alles an Tiffani ist schlecht. Sie ist heiß, und sie lenkt mich von dem ganzen anderen Mist ab, der mir so durch den Kopf geistert. Mir ist bewusst, dass ich sie nur ausnutze, aber das tut sie ebenso. Sehr wahrscheinlich trennen wir uns spätestens nächsten Sommer, wenn wir die Highschool hinter uns gebracht und unseren Abschluss in der Tasche haben. Dann geht es für sie weiter aufs College, wo sie einen neuen Typen finden wird, damit ihre Studienzeit auch richtig perfekt wird. Wir wissen genau, wo wir miteinander stehen, und wir wissen genau, was diese Beziehung ist, deshalb sind wir uns einig.

Und ich persönlich habe kein Problem damit. Ich will nicht mein Leben mit ihr verbringen. Eigentlich glaube ich sogar, dass ich es mit *niemandem* teilen will. Es ist nichts, worüber ich mir groß Gedanken mache, weil ich über die Zukunft generell nicht viel nachdenke. Ich könnte noch nicht einmal sagen, ob ich in einigen Jahren immer noch hier sein werde. Und mal ehrlich, man kommt doch ohnehin nie zu einem endgültigen Ergebnis. Fürs College reichen meine Noten nicht aus. Ich würde auch als Ehemann oder Vater nichts taugen. Eigentlich bin ich für gar nichts zu gebrauchen. Deswegen nehme ich jeden Tag, wie er kommt, und versuche, so gut wie möglich mit der Gegenwart klarzukommen.

Noch immer flau im Magen folge ich Tiffani in Richtung Third Street Promenade, Santa Monicas größtem Stolz nach dem Pier und dem Strand. Wir haben Samstag, die Sonne ist zur Abwechslung einmal früher rausgekommen, deshalb tummeln sich bereits Massen von Menschen auf der Promenade, weichen den nervigen Straßenkünstlern aus und gehen in den Bekleidungsgeschäften und Restaurants ein und aus. Tiffani und ich stürzen uns ebenfalls ins Getümmel.

Ungeduldig zieht sie mich an der Hand hinter sich her die Promenade hinunter, mit wiegenden Hüften, als wollte sie unbedingt alle Blicke auf sich lenken. Doch das scheint niemanden zu interessieren. Sie tut das oft, und ich halte sie nicht davon ab, weil ich es irgendwie amüsant finde. Außerdem bin ich viel zu erledigt, ich lasse alles wehrlos über mich ergehen. Aber die frische Luft sorgt definitiv dafür, dass ich mich besser fühle. Es ist also gut, dass ich das Haus verlassen habe.

»Wie findest du diese Jeans?«, will Tiffani wissen. Wir stehen gerade in einer Filiale von American Apparel, wo sie mit einem Kleidungsstück vor meinem Gesicht herumfuchtelt, zum ungefähr fünfzehnten Mal. Ich wüsste nicht, wie ausgerechnet diese Jeans sich von all den anderen unterscheiden sollte.

»Ich … also, äh … ich weiß es nicht.« Abgesehen davon ist mir das scheißegal. Ich lehne mich gegen einen Ständer mit preisreduzierten Oberteilen und lasse, zu Tode gelangweilt, den Blick über die Leute im Laden schweifen, als mir die Umkleiden in der hinteren Ecke ins Auge stechen. Auf einem Schild am Eingang steht, sie wären geschlossen, aber ich habe auch nicht vor, da Klamotten anzuprobieren.

Ich werfe einen Blick zu Tiffani, die gerade die Jeans an sich dranhält und sich vor einem Spiegel in Pose wirft. Dabei neigt sie den Kopf abwechselnd auf die eine und dann auf die andere Seite. Ich gehe auf sie zu und lege ihr die Arme von hinten um die Hüften. »Warum bis heute Abend warten?«, flüstere ich an ihrem Ohr, während ich meinen Körper fest an ihren presse und mit den Lippen über die weiche Haut in ihrem Nacken streife. »Können wir nicht weitermachen … jetzt sofort?«

»Tyler!« Tiffani wirbelt herum und peitscht mir die Jeans ans Bein. Ihr Mund steht offen, ihre Wangen sind gerötet.

Aber ich weiß genau, dass ich sie am Haken habe. Hinter ihrem gespielt entrüsteten Gesichtsausdruck sehe ich nämlich einen schelmischen Ausdruck aufblitzen.

»Komm mit.« Ich nehme die Jeans und werfe sie auf den nächstbesten Tisch, dann greife ich mir ihre Hand und ziehe sie hastig in Richtung der geschlossenen Umkleide. Ich brauche sie auf meiner Seite, und sie liebt nichts mehr als das Gefühl, begehrt zu werden. Selbst wenn es aus den vollkommen falschen Gründen geschieht.

Ich sehe mich im Laden um, halte nach Angestellten Ausschau, und stelle fest, dass die Luft rein ist. Da ist zum Glück kein Mensch zu sehen, deshalb marschiere ich unbeirrt weiter und drücke die Tür zu den Umkleiden auf, Tiffani im Schlepptau.

»O Gott, das ist keine gute Idee«, murmelt sie und drückt nervös meine Hand. »*Gar* keine gute Idee …«

Blitzschnell drehe ich mich zu ihr um und presse ihr den Mund auf die Lippen, hauptsächlich, um sie zum Schweigen zu bringen, bevor sie noch austickt und einen Rückzieher macht. Ich küsse sie fest und bestimmt; wie so oft kämpfen wir darum, wer der Dominante ist. Ohne Vorwarnung schiebe ich sie rückwärts in eine Kabine und ziehe den Vorhang hinter uns zu. Sofort schlingt sie mir die Arme um den Nacken und zieht mich fest an sich, während ich mir ihre Haare um die Hand wickle. Wir gehen selten sanft miteinander um, und wenn ich die Chance bekomme, sie an den Haaren zu ziehen, tue ich es.

»Hör auf damit!«, quiekt Tiffani lachend und versucht sich mir zu entwinden. Ihre blauen Augen glänzen, und ich weiß genau, dass ihr das gefällt.

»Baby.« Ich balle die Faust um den Stoff ihrer Bluse und ziehe sie wieder an mich, und dann küsse ich ihren Mundwinkel und fange an, die Knöpfe zu öffnen. Meine Lippen wandern abwärts zu ihrem Kinn, dann weiter zu ihrem Hals, und als Nächstes schließe ich die Augen und mache mich an die Arbeit.

»Was hast du heute drauf?«, haucht sie mit leiser Stimme. Sie neigt den Kopf und zieht mit beiden Händen an meinen Haaren. »Ist das Montblanc? Es riecht so.«

Ich wünschte, sie würde nicht dauernd labern. »Nein. Bentley«, antworte ich knapp. »Komm her.« Erneut presse ich meinen Mund auf ihren und dränge sie gegen die Kabinenwand. Der Kater scheint mit einem Mal verflogen. Kein Wunder, ich knutsche mit meiner megaheißen Freundin in einer verdammten Umkleidekabine, das ist wahnsinnig aufregend.

Meine Hand ist jetzt unter ihrer Bluse, meine Lippen hinterlassen eine Spur von Küssen auf ihrer Brust, wir geraten zusammen ins Taumeln. Sie klammert sich an meinem Hemd fest, eine Hand immer noch um meinen Nacken gelegt. Ich spüre, wie sie in meine Haare hinein atmet, das Kinn auf den Scheitel meines Kopfes gelegt.

»Was machst du da?«

»Was?«, nuschle ich undeutlich, weil ich mich weigere, meine Lippen von ihr zu lösen.

»Ich weiß nicht, was du da machst, aber es fühlt sich gut an«, raunt sie schwer atmend.

Ich könnte noch nicht einmal sagen, *was* ich mache. Ich küsse sie doch nur, berühre sie. Meine Hände sind überall, in ihren Haaren, unter ihrer Bluse, an ihrer Hüfte. »Klar tut es das.« Einen Sekundenbruchteil löse ich mich von ihr, greife nach meinem T-Shirt und ziehe es mir über den Kopf, ohne sie aus den Augen zu lassen. Doch als ich nach dem Gürtel an meiner Jeans fassen will, packt Tiffani mich blitzschnell am Handgelenk und hält mich davon ab.

»Tyler!«, keucht sie. Kopfschüttelnd sieht sie mich an, doch in ihren Augen liegt ein amüsiertes Blitzen. »Das werden wir hier nicht tun.«

Gerade kneife ich die Augen zusammen und will fragen, warum nicht, als ich draußen eine Stimme höre:

»Eden, bist du noch da drin?«

Sofort sind wir beide wie erstarrt. Wir sind offenbar nicht allein hier drinnen.

»Psssst«, zischt Tiffani scharf, einen entsetzten Ausdruck im Gesicht. Dann fragt sie laut und deutlich, damit man sie draußen hört: »Wer ist da?«

Es folgt längeres Schweigen. Und dann: »Tiffani?«

»Rachael?«

Zum Glück. Lieber werde ich von Rachael erwischt als von einem Verkäufer. Tiffani und ich wechseln einen erleichterten Blick. Mit einem Ruck zieht sie den Vorhang der Kabine auf und tritt nach draußen, aber ich bin noch am Zögern.

»Äh, ich wusste nicht, dass noch jemand hier ist«, sagt Tiffani, und ich höre, wie unsagbar peinlich ihr die Situation ist. Aber gleichzeitig freut sie sich wahrscheinlich, dass man uns ertappt hat. Das wäre nämlich genau die Sorte Tratsch, auf die sie steht. *Schon gehört? Tiffani hat am Wochenende in der Umkleide vom American Apparel rumgeknutscht und wurde erwischt*. So vergisst wenigstens niemand, dass wir noch ein Paar sind. Und wir müssten ja ach so verliebt sein, wenn wir die Finger nicht voneinander lassen können.

»Was machst du denn hier?«, will Rachael wissen, bevor sie etwas lauter hinzufügt: »Tyler? Bist du auch da drin?«

Angestrengt reibe ich mir die Schläfen und antworte dann zähneknirschend: »Ja, bin ich.« Ich ziehe mir schnell das T-Shirt über den Kopf und trete aus der Umkleide. Meine Haare stehen total wirr vom Kopf ab, deshalb fahre ich mit den Fingern durch, um sie zu bändigen. Ich bin ziemlich angefressen wegen der Störung. »Schon mal was von Privatsphäre gehört?«

Rachael starrt mich mit vorwurfsvoller, angewiderter Miene an, also eigentlich wie immer. »Schon mal was davon gehört, es nicht mitten im American Apparel zu treiben? Das ist so billig.«

Mit hochrotem Kopf fängt Tiffani an, die Knöpfe an ihrer Bluse zu schließen.

Rachael ist nicht alleine, wie ich jetzt feststelle. Direkt neben ihr steht Eden und starrt mich mit einer Ladung Klamotten in der Hand an. Sie hält den Kopf leicht gesenkt, aber mir entgeht nicht, dass sie uns neugierig beobachtet.

»Was habt ihr überhaupt hier zu suchen?«, frage ich und sehe Edens scharf an. Was sie *jetzt* wohl von mir denkt? War sie die ganze Zeit schon hier? Erst kriegt sie gestern Abend mit, wie ich zu spät zur Grillfeier komme, dann erwischt sie mich sturzbetrunken draußen vorm Haus, und jetzt wird sie Zeugin, wie ich es fast mit meiner Freundin in einer Umkleidekabine treibe. Wahrscheinlich hält sie mich für ein Riesenarschloch. Gut so.

»Klamotten anprobieren«, antwortet Rachael mit einem Augenrollen. »Was normale Menschen in Umkleidekabinen eben tun.«

Tiffani wirkt wie ich nicht allzu glücklich darüber, dass wir unterbrochen wurden, weil sie Rachael jetzt einen giftigen Blick zuwirft. Als Nächstes scheint sie Eden zu registrieren. Ich weiß gar nicht, ob sie sich schon begegnet sind. Tiffani legt den Kopf schief und fragt in schnippischem Ton: »Und du bist …?«

Sie ist jetzt wieder ganz die Tiffani, als die sie sich anderen gern präsentiert. Wir sind beide exzellente Schauspieler, und Tiffani ist immer schnell dabei, wenn es darum geht, ihre imaginäre Autorität aufrechtzuerhalten. Vor allem, wenn sie neuen Leuten begegnet. Deshalb mustert sie Eden jetzt abschätzig von oben bis unten, zweifelsfrei um sie einzuschüchtern, und ich komme mir fast ein bisschen mies vor, als ich merke, wie unangenehm Eden die Situation ist.

»Eden«, antwortet sie leise. Gott, es klingt so verdammt

sexy, wenn sie ihren Namen auf diese Weise sagt, nervös und schüchtern zugleich. Mit einem Blick zu mir fügt sie hinzu: »Seine Stiefschwester.«

»Du hast eine Stiefschwester?« Tiffani dreht sich zu mir um, stemmt die Hände in die Hüften und sieht mich aus zusammengekniffenen Augen an. Ich glaube nicht, dass ich Eden ihr gegenüber bisher erwähnt habe. Weil ich es nicht für nötig gehalten habe. Immerhin wohnt Eden ja nur vorübergehend bei uns, und mal ehrlich, selbst das hatte ich total vergessen. Aber da Tiffani nun mal gern alles über mein Leben weiß, ist diese Information für sie nicht unbedeutend.

Ich kann nur mit den Schultern zucken. »Sieht so aus.«

Tiffani starrt mich ungläubig an. Jetzt ist sie stinksauer, das sehe ich haargenau. »Was hattest du hier zu suchen?«, will sie wissen und nimmt Eden mit wütendem Blick ins Visier. »Hast du uns nachspioniert?«

»Reg dich ab, Baby.« Ich fasse nach ihrem Arm und sehe sie an. Nachdem Eden mir gestern Nacht aus der Patsche geholfen hat, bin ich ihr was schuldig. Da ist es das Mindeste, dass ich Tiffani daran hindere, sie derart in die Mangel zu nehmen, nur um ihrem eigenen Ego zu schmeicheln. »Ist doch keine große Sache. Mach nicht so einen Aufstand.«

Sie schüttelt meine Hand ab und verschränkt die Arme vor der Brust. Klar ist sie sauer, weil mir das alles egal zu sein scheint. »Ich mein ja nur«, nuschelt sie schmollend.

»Tja, lass es.« Ich werfe Eden einen weiteren verstohlenen Blick zu. Sie beobachtet uns immer noch aufmerksam. »Ihr ist es doch egal. Lass uns einfach gehen. Ich muss noch zu Levi's.« Das stimmt natürlich nicht. Ich will nur so schnell wie möglich weg von hier. Entschlossen lege ich Tiffani den Arm um die Schulter und will sie mit mir ziehen, doch sie rührt sich nicht vom Fleck.

»Wir sehen uns Dienstag«, sagt sie an Rachael gewandt. »Du kommst doch zum Strand, oder?«

»Ja«, bestätigt Rachael und sieht Eden an. Ich weiß haargenau, was jetzt kommt. Wie konnten die beiden sich eigentlich so schnell anfreunden? Wahrscheinlich auf dieser scheiß Gartenparty. »Eden kann doch auch mitkommen, oder?«

Tiffani atmet langsam aus und schürzt die Lippen. Eine Weile sagt sie keinen Ton und scheint mit sich zu ringen, sodass von Sekunde zu Sekunde deutlicher wird, dass sie Eden nicht dabeihaben will. Das macht die Situation für sie umso unangenehmer. Wir kennen uns alle schon seit Jahren, und Tiffani hasst es, wenn sich neue Leute in unsere Clique drängen. Weil sie nämlich nicht nur mich, sondern auch unsere Freunde kontrolliert. Deshalb mag sie es gar nicht, wenn jemand ankommt, der ihr dazwischenfunken könnte. »Warum nicht.«

Jetzt habe ich wirklich genug. Genug von Tiffanis überzogenem Ego, genug von Rachaels bösen Blicken. Als ich erneut versuche, Tiffani wegzerren, folgt sie mir sogar freiwillig. Wir können später zu Ende bringen, was wir da drin angefangen haben. Heute Abend. Vorausgesetzt, sie ist nicht mehr sauer auf mich.

Als wir in den gut gefüllten Laden hinausgehen, werfe ich einen verstohlenen Blick über die Schulter zurück. Doch die Tür hat sich bereits hinter uns geschlossen. *Mist,* denke ich.

Nur zu gern hätte ich noch einmal Edens Gesichtsausdruck gesehen, weil ich von *ihr* nämlich noch lange nicht genug habe.

Kapitel 11

Fünf Jahre zuvor

In der Stille des Wagens ist lediglich das beständige Klopfen von Dads Zeigefinger am Lenkrad zu hören. Seine Kiefermuskeln sind angespannt, die Augen hält er stur auf die Straße vor uns gerichtet. Das Radio hat er diesmal nicht angestellt. Daran erkenne ich, dass er nicht nur ärgerlich ist, sondern *ernsthaft* sauer. Und ich weiß auch genau, warum. Eigentlich hätte ich noch einmal meine Mathehausaufgaben machen müssen, die er gestern Abend in einem Tobsuchtsanfall zerrissen hat. Ich hätte nach der Schule nicht mit zu Dean gehen dürfen, sondern hätte Hugh bitten sollen, mich direkt nach Hause zu fahren. Eigentlich hätte ich es besser wissen müssen. Jetzt werde ich dafür büßen.

»Ich … ich wollte das heute Abend erledigen«, presse ich mit schwacher Stimme hervor. Nervös knete ich die Hände in meinem Schoß, verschränke wieder und wieder die Finger ineinander. Ich kann Dad nicht in die Augen sehen. Nicht, wenn er dermaßen wütend auf mich ist.

»Ich wollte doch, dass du die Hausaufgaben direkt nach der Schule machst«, zischt er mit verkrampftem Kiefer. Ich sehe, wie sich seine Hand fester um die Gangschaltung schließt. Er hat einmal zu mir gesagt, dass nur echte Männer mit manueller Gangschaltung fahren. »Wir wissen doch beide, was passiert, wenn du so etwas bis abends rausschiebst. Dann fängst du an zu jammern, du wärst zu müde und könntest dich nicht mehr richtig konzentrieren.«

»Ich mach sie gleich nach dem Abendessen!«, verspreche ich und sehe flehend zu ihm auf, die Augen weit aufgerissen. Vielleicht kann ich die Situation doch noch retten. Es ist ja nicht so, als hätte ich es darauf angelegt, meine Hausaufgaben überhaupt nicht machen zu müssen. Ich wollte nur erst eine Runde Football spielen, so wie Dean das fast jeden Tag tut.

»Tyler, sei einen Moment still«, sagt Dad. Seine Stimme ist nicht laut, aber streng. So wie immer. Sein Blick ist auf die Straße geheftet, und mit der freien Hand reibt er sich die Schläfe. »Bitte.«

Ich senke den Blick wieder auf meinen Rucksack, der neben meinen Füßen am Boden steht. Frustriert versetze ich ihm einen leichten Tritt. Wie Hugh schon gesagt hat, wir sind erst in der siebten, quasi noch Kinder. Ich wünschte, Dad würde nicht alles so tierisch ernst nehmen, als würde meine gesamte Zukunft davon abhängen, wenn ich auch nur *eine* Prüfung vermassele. Dabei bin ich noch nicht mal an der Highschool! Keiner büffelt so hart wie ich, aber Dad reicht das immer noch nicht.

Ich tue, was er sagt, und verhalte mich den Rest der Fahrt still. Es ist nicht mehr allzu weit bis nach Hause, maximal noch fünf Minuten, deshalb starre ich auf meine Hände und fahre die Linien auf meinen Handinnenflächen nach. Ohne das Radio im Hintergrund ist die Spannung zwischen uns viel deutlicher spürbar, die Stille fast unerträglich. Es ist erst kurz nach vier, Dad arbeitet am Nachmittag meistens von zu Hause aus, etwas, das ich inzwischen hasse. Es bedeutet nämlich, dass ich mehrere Stunden am Tag mit ihm allein zu Hause bin. Mom ist normalerweise bis mindestens halb sechs im Büro. Sie ist Anwältin, ständig arbeitet sie an neuen wichtigen Fällen. Deshalb steht ihr Wagen auch nicht in der Auffahrt, als wir vor dem Haus vorfahren.

Die Stille hält an, während Dad den Schlüssel aus dem

Zündschloss zieht und aussteigt. Ich setze den Rucksack auf und hetze hinter ihm her über die Steinplatten zur Haustür, aber die Furcht lastet wie ein drückendes Gewicht auf mir. Ich dachte, ich wüsste, was mir bevorsteht, aber jetzt bin ich mir nicht mehr so sicher. Es ist noch früh. Ich könnte die Matheaufgaben noch immer bis zum Abendessen erledigen.

»Dad, ich geh dann mal und mache gleich meine Haus…«, sprudelt es aus mir heraus, als wir das Haus betreten. Doch im selben Moment schneidet Dad mir das Wort ab, indem er die Tür mit einem lauten Knall hinter uns zuschlägt.

»Geh nach oben«, befiehlt er mir barsch und fixiert mich mit seinen grünen Augen. Er packt mich am Rucksack, zerrt mich den Flur entlang und schubst mich vor sich her nach oben. Er macht viel zu große Schritte, ich muss mich anstrengen, um mithalten zu können. Um ein Haar wäre ich der Länge nach hingeknallt. Mit einem Tritt stößt Dad die Tür zu meinem Zimmer auf und zieht mich hinter sich her nach drinnen. Dann befördert er mich mit einem Stoß auf den Stuhl vor meinem Schreibtisch. »Eine Stunde, Tyler. EINE Stunde«, stellt er laut und deutlich klar. Er reißt mir den Rucksack herunter und verdreht mir dabei den Arm so grob, dass er ihn mir fast auskugelt. Dann fängt er an, in meiner Tasche zu wühlen. Er wirft mit einigen angekauten Stiften nach mir, die ihm in die Finger kommen. »Ekelhaft!«, faucht er und kramt weiter. Endlich bringt er meine Mathehausaufgaben zum Vorschein und knallt sie auf den Schreibtisch. Den Rucksack wirft er achtlos auf den Boden. Er packt mich an der Schulter, eine Hand auf die Tischplatte gestemmt, und geht leicht in die Knie, bis er mit mir auf Augenhöhe ist. Eindringlich sieht er mich an, seine zornig funkelnden Augen bohren sich in mich. »Du machst jetzt jede einzelne Aufgabe noch mal, und zwar *richtig*. Verstanden? Deine Mom wäre sicher traurig zu hören, dass du nachlässig geworden bist. Also enttäusch sie nicht.«

Ich nicke und will schon mit dem Stift in der Hand nach dem Blatt greifen, als Dad seine Finger noch fester in meine Schulter gräbt. »Verstanden«, murmle ich kaum hörbar. Nur eine Stunde, um diese ganzen Aufgaben noch einmal zu lösen? Das ist unmöglich.

Endlich lässt Dad mich los und wendet sich ab, wobei er meinen Rucksack aus dem Weg kickt. »*El trabajo duro siempre vale la pena*, Tyler«, sagt er leise. Wann immer Dad Spanisch spricht, kommt sein Akzent deutlich zum Vorschein. Grandma stammt schließlich aus Mexiko. »*No lo olvides.* Okay?«

Ich verstehe nichts von dem, was er sagt. Das sollte ich eigentlich, weil er mir seine Muttersprache bereits beibringt, seit ich angefangen habe, als Baby die ersten Worte zu brabbeln. Mittlerweile spreche ich Spanisch fast fließend, aber mein Gehirn setzt aus, als ich seine Worte zu verarbeiten versuche. Ich probiere es damit, sie gedanklich zu übersetzen, aber heute bin ich einfach nicht dazu in der Lage. Das Herz klopft mir bis zum Hals. Was hat er mich nur gefragt?

Dad gefällt mein Schweigen offenbar nicht, denn jetzt sieht er sich über die Schulter um und wartet ungeduldig auf eine Antwort. Erst als er meinen ratlosen, verwirrten Gesichtsausdruck bemerkt, dreht er sich langsam komplett zu mir um. »Du hast nicht verstanden, was ich eben zu dir gesagt habe, stimmt's?« Er schüttelt den Kopf, als hätte ich ihn schwer enttäuscht. Wütend stemmt er die Hände in die Hüften und sieht mich an, die Augen zu engen Schlitzen verzogen. »VERSTEHST DU?«

»*No. Lo siento*«, bitte ich ihn um Verzeihung. Mehr als mich entschuldigen kann ich nicht. Ich habe heute schon *zwei* Mal Mist gebaut. Was soll ich sonst tun? »*Lo siento*«, sage ich erneut, leiser diesmal. Ich weiß gar nicht, weshalb ich immer noch versuche, an Dads gute, mitfühlende Seite zu appellieren. Ich habe schon vor langer Zeit die Erfahrung gemacht, dass er keine hat.

»Verdammt, müssen wir heute schon wieder so grundlegende spanische Wörter durchgehen?«, brüllt er, die Hand bereits zum Schlag erhoben. Dass er jetzt flucht, ist kein gutes Zeichen. »Dabei sage ich dir nicht zum ersten Mal, dass sich harte Arbeit bezahlt macht. Verstehst du *das* wenigstens?«

Ich beeile mich zu nicken und richte den Blick auf die Hausaufgaben vor mir. Ich nehme das Blatt nur noch verschwommen wahr. Meine Hände zittern. Dad mag es nicht, wenn ich ihm eine Antwort schuldig bleibe, aber ich schaffe es im Augenblick nicht einmal, meinen Mund zu öffnen. Meine Brust schnürt sich zusammen, ich kann nicht mehr richtig atmen. Mein Körper versagt mir den Dienst.

Dads Hände graben sich in meine Schultern, zerren mich vom Stuhl hoch, stoßen mich gegen die Wand. Er schüttelt mich. Sagt etwas. Ich kann ihn nicht verstehen. Ich bin völlig weggetreten, konzentriere mich auf eine kleine Delle in der gegenüberliegenden Wand, zwinge meine Gedanken irgendwohin, egal wo, nur nicht hier. Die Taubheit setzt ein, ich bin wie benommen. Dad brüllt. Ich kriege immer noch keine Luft. Im einen Moment sitze ich hier an meinem Schreibtisch, und im nächsten bin ich drüben bei der Tür. Dann werde ich wieder zurückgeschleudert. Ich liege am Boden. Dads Griff ist zu fest. Ich schließe die Augen.

Kapitel 12

Gegenwart

Ich liege auf dem Bett und starre an die Decke, den Kopf auf drei Kissen gebettet. Der Fernseher läuft, aber ich sehe gar nicht richtig hin. Ich habe die Kopfhörer auf, höre Musik. Deprimierendes Zeug. Zeug, das mich zum Nachdenken bringt. Sachen wie »You Me At Six« und »All Time Low«. Ich würde nie irgendeiner Menschenseele gestehen, dass ich so was höre. Eigentlich soll ich in einer Stunde bei Tiffani sein, aber seit ich vorhin heimgekommen bin, habe ich wegen der ewigen Grübeleien miese Laune. Es ist ärgerlich, weil es normalerweise nur dann passiert, wenn ich vergessen habe, meine Pillen zu schlucken, was leider öfter vorkommt. Aber heute Morgen habe ich sie definitiv genommen.

Dass ich zu viel grüble, ist keine Seltenheit. An den meisten Tagen ist das kein Problem. An den meisten Tagen schultere ich das alles problemlos. Es ist nicht so schwer, wenn ich meine Rolle richtig spiele. Doch dann gibt es Tage, da geht es mir *nicht* gut, dann wächst mir alles über den Kopf, bis ich mich zwinge, die Kontrolle wieder selbst zu übernehmen. Und dann bin ich wieder *der* Tyler Bruce, dem das alles nichts anhaben kann.

Aber im Moment habe ich kein Problem damit, ich selbst zu sein. Ich bin allein in meinem Zimmer und muss keinem etwas vormachen. Ich kann hier liegen, so lange ich will, die Kapuze tief im Gesicht und die Kopfhörer im Ohr, während ich über das Leben nachdenke und mich frage, was das alles für einen Sinn hat. Und ganz gleich, wie viele Nächte ich noch über alle diese Dinge nachdenke, ich bin einer Antwort immer noch kein Stück näher.

Ich wünschte nur, ich wüsste, wohin mein Weg mich führt. Ich habe zu große Angst davor, über meine Zukunft nachzudenken, weil ich befürchte, es könnte keine für mich geben.

Immer wieder baue ich Mist, weil es mich meine ganze Kraft kostet, einen weiteren Tag zu überstehen, ohne einen Nervenzusammenbruch zu erleiden. Und ich weiß, dass ich nur überleben kann, wenn ich mich von den ganzen Scheißproblemen ablenke.

Ich ziehe an der Kordel meines Hoodies, rolle mich auf die Seite und starre an die Wand. Es passiert regelmäßig, dass ich Löcher in die Luft starre, eine dumme Angewohnheit von mir. In jüngeren Jahren war ich ein Meister darin, mich abzulenken und mich irgendwo anders hinzuversetzen, aber mittlerweile fällt mir das richtig schwer. Ständig grüble ich über irgendetwas nach.

Ich wünschte, ich wäre *wirklich* der Tyler, den ich so überzeugend spiele. Der Typ ist cool. Der Typ hat eine heiße Freundin, ein tolles Auto, einen großen Freundeskreis. Der Typ ist glücklich. Aber was die Leute nicht wissen, ist, dass die heiße Freundin sich einen Dreck um ihn schert. Das tolle Auto hat ihn sein letztes Geld gekostet. Und der große Freundeskreis ist auch nur Show.

Am Ende bleibe nur ich übrig, Tyler, der Bemitleidenswerte. Der Tyler, der nicht weiß, wer er wirklich ist, der Tyler, der es schrecklich findet, seine Mom zu enttäuschen, der Tyler, der sich zu viele Gedanken macht, der Tyler, dessen Dad ihm das Leben ruiniert hat.

Manchmal frage ich mich, ob es ein Wort im Lexikon gibt, das stark genug wäre, um den Hass zu beschreiben, den ich für ihn empfinde. Tag für Tag zerreißt es mich innerlich; es fängt in der Brust an und breitet sich durch meinen gesamten Körper aus, bis der glühende Zorn nicht mehr auszuhalten ist. Dann lasse ich es meist an Mom aus. Oder an meinen Brüdern. An Tiffani. An meinen Freunden. An den Lehrern. An Wildfremden. Ich habe keine Kontrolle darüber. Ich bin ein wütender, unmöglicher Mensch, und allein dafür werde ich mich in alle Ewigkeit hassen.

Dad ist im Gefängnis. Er sitzt mittlerweile seit fast vier Jahren, und ich hoffe, es ist richtig schlimm für ihn. Ich hoffe, er dreht durch vor Kummer, weil ihn kein Mensch ausreichend liebt, um ihn dort zu besuchen. Ich hoffe, er bedauert jedes einzelne Mal, dass er die Hand gegen mich erhoben hat. Er hat alles verloren, aber ich genauso. Hat er auch solche Nächte? In denen er nicht aufhören kann, daran zu denken, in denen er das alles wieder und wieder erleben muss? In denen er sich fragt, was er falsch gemacht hat – und doch nie eine Antwort findet?

Ich wette, er denkt, mein Leben hat sich gebessert, seit er darin keine Rolle mehr spielt. Dabei ist es in Wirklichkeit schlimmer denn je. Auch wenn er weggesperrt ist, haben seine Misshandlungen kein Ende genommen. Sie sind immer präsent, eingegraben in meine Erinnerung. Es hat mich zu einem Wrack gemacht, und ich wünschte, ich könnte ihm sagen, dass es noch eine Million Mal schwerer ist, mit dem psychologischen Schaden klarzukommen, den er mir zugefügt hat. Da klebe ich lieber ein Pflaster auf eine Wunde oder warte darauf, bis eine Verletzung heilt oder ein Bruch zusammengewachsen ist.

Ich mache mir Sorgen, dass das nie vorbeigeht. Ich habe Angst, dass ich nie wieder in Ordnung komme, dass ich für immer dieser Mensch sein werde, dessen Leben zerstört wurde.

Über den Lärm der Musik höre ich, wie Mom mich vom Fuß der Treppe aus ruft. Ich richte mich auf und nehme einen Ohrstöpsel heraus, um auf ihre Stimme zu lauschen.

Aber sie teilt mir nur mit, dass sie und die anderen gleich weg sein werden. Die ganze Familie soll zusammen Essen gehen, nur ich komme nicht mit. Sie weiß genau, dass ich nicht in Stimmung bin, deshalb bin ich ihr wahnsinnig dankbar, dass sie mich nicht zum Mitkommen zwingt. Und deshalb sollte ich zumindest den Anstand besitzen, aufzustehen und mich von ihnen zu verabschieden.

Mühsam quäle ich mich aus dem Bett, gehe zur Tür und ziehe sie auf, noch immer die Kapuze auf dem Kopf und Musik im Ohr. Ich trete auf den Flur, und die erste Person, auf die mein Blick fällt, ist Eden. Es ist das erste Mal, dass ich sie seit der peinlichen Begegnung im American Apparel heute Morgen sehe. Mit zusammengekniffenen Augen mustere ich sie. Sie trägt eine Jogginghose. Definitiv nicht das passende Outfit für ein schickes Abendessen mit der Familie im Restaurant. »Gehst du nicht mit?«, frage ich.

»Gehst du denn?«, stellt sie die Gegenfrage. Ihr Ton klingt scharf. Ich nehme an, das ist dann wohl ein Nein, sie kommt nicht mit. Und das bedeutet, dass ich allein mit ihr im Haus bin. Scheiße.

Sofort ziehe ich den zweiten Ohrstöpsel raus und nehme die Kapuze ab. Ich bin inzwischen ein derartiger Profi in dieser Tyler-Bruce-Show, dass ich in die verschiedenen Rollen wechsle, ohne groß darüber nachzudenken. Und im Moment bleibt mir nichts anderes übrig, als *er* zu sein. Und nicht ich selbst. »Hausarrest«, schnaube ich, weil das eindeutig cooler klingt, als zuzugeben, dass ich höllisch deprimiert bin und deswegen nicht mitgehen kann. Ich reibe mir die Schläfe, spüre, dass mein Gesicht glüht. »Was ist deine Entschuldigung?«

»Krank«, sagt sie, auch wenn es alles andere als überzeugend rüberkommt. Sie wirbelt herum und geht die Treppe hinunter, und ich folge ihr widerstrebend und sehe zu, wie ihre Haare um ihre Schultern hin und her schwingen. Ich weiß nicht, ob das gewollt ist oder ob es ihr gar nicht auffällt. »Und weißt du, was komisch ist? Der Hausarrest hat dich nicht daran gehindert, zu American Apparel zu gehen«, raunt sie mir mit gedämpfter Stimme zu und sieht mich über die Schulter unter ihren dichten Wimpern hervor an.

Was bildet dieses Mädchen sich überhaupt ein? Hat sie irgendeine Vorstellung, mit wem sie es hier zu tun hat? »Halt deine verdammte Klappe.«

Unten im Eingangsbereich wartet der Rest dieser sonderbaren, bunt zusammengewürfelten Pseudofamilie schon an der Haustür. Mom und Dave haben sich extra schick gemacht, und Jamie und Chase knuffen sich heimlich gegenseitig in die Rippen.

»Wir sind spät dran«, sagt Mom und fixiert mich mit festem Blick, als hätte sie Bedenken, mich allein zu lassen, aber ich komme schon klar. Ich schaffe es doch jedes Mal. Diese Stimmungstiefs dauern nie länger als ein paar Stunden an. »Denk nicht mal dran, das Haus zu verlassen«, warnt sie mich sicherheitshalber noch, nur um mir klipp und klar zu verstehen zu geben, dass ich nach wie vor unter Hausarrest stehe. Was mir herzlich egal ist.

»Das würde ich nie wagen, Mom«, versichere ich ihr, verschränke die Arme und lehne mich mit der Schulter gegen die Wand. Vor Eden muss ich den Coolen spielen. Der erste Eindruck ist nämlich entscheidend, und im Moment hat sie sich noch nicht endgültig festgelegt in ihrem Urteil über mich.

»Können wir jetzt fahren?«, jammert Chase. »Ich hab Hunger.«

»Ja, los, fahren wir«, sagt Dave. Selbst für einen Stiefvater verhält er sich noch mieser mir gegenüber, als man es ohnehin erwarten würde. Er scheint mich komplett zu ignorieren, für ihn existiere ich überhaupt nicht. Jetzt öffnet er die Haustür, damit Jamie und Chase schon mal zum Auto laufen können. Stirnrunzelnd sieht er seine Tochter an und sagt mit besorgter Stimme: »Hoffentlich geht's dir bald besser, Eden.«

Eden ringt sich ein Lächeln ab. Sie hat eindeutig gelogen, doch das scheint er nicht zu merken. »Tschüss«, sagt sie nur, und ich muss fast losprusten über ihre Dreistigkeit. Es ist das erste Mal, dass ich die beiden zusammen erlebe, aber ein allzu enges Verhältnis scheinen sie nicht zu haben. Zwischen ihnen herrscht ein eher frostiger Umgangston.

»Benehmt euch«, schickt Mom noch einmal mahnend hinterher, auch wenn sie genau weiß, dass sie damit rein gar nichts bewirken wird. Und dann brechen sie endlich auf und lassen Eden und mich in der plötzlichen Stille in der Diele allein.

Ich starre sie an und lasse den Blick über ihren Körper wandern, während ich gleichzeitig versuche, mir ein Bild von ihr zu machen. Anfangs hat sie relativ ruhig gewirkt, fast schon zurückhaltend. Aber gerade hat sie mir eine richtig freche Retourkutsche verpasst, *und* sie belügt ihren Dad. Bestens. Also doch nicht so ein stilles Wasser, wie ich dachte.

Mit schief gelegtem Kopf sieht sie mich an und zieht die Nase kraus, als ihr klar wird, dass ich sie ganz ungeniert anstarre. »Äh.«

»*Äh*«, äffe ich sie nach und verstelle dazu meine Stimme. Dieses Mädchen ist mir ein Rätsel, ich muss schnellstens herausfinden, wie sie so tickt. Deshalb nehme ich sie weiter ins Visier und lasse sie gleichzeitig wissen, wer Tyler Bruce ist. Oder zumindest wer er gerne wäre.

»Äh«, sagt sie wieder. Der Blick, den sie mir jetzt zuwirft, lässt keinen Zweifel daran, dass sie kein großer Fan von mir ist, aber damit habe ich kein Problem. Ich will es ja auch nicht anders.

Ich sehe zur Wanduhr hinter ihr. Es ist kurz nach sechs, Tiffani will, dass ich um sieben bei ihr bin, aber ich glaube, ich fahre ein bisschen früher los, dann sitze ich nicht so lange hier mit Eden fest. Die ganze Situation ist ohnehin schon peinlich genug. »Ich geh duschen«, sage ich. Sie steht zwischen mir und der Treppe, deshalb füge ich ganz in meiner Rolle aufgehend hinzu: »Das heißt, wenn du mal Platz machen würdest.«

Ganz langsam weicht sie einen Schritt zur Seite, sieht mich aber immer noch aus zusammengekniffenen Augen an. Sie zieht ein ziemlich angewidertes Gesicht. Aber egal. Ich dränge mich an ihr vorbei und remple sie dabei mit der Schulter, marschiere aber ohne mich zu entschuldigen schnurstracks weiter die Treppe hinauf und in mein Zimmer. Wenigstens ist der Bann endlich gebrochen, und ich grüble nicht länger über mein Leben nach. Jetzt habe ich nur noch eines im Sinn, und das ist Tiffani. Sie ist gut als Ablenkung. Irrsinnig gut. Was zum Teil auch der Grund ist, weshalb ich mit ihr zusammen bin.

Eine Weile hänge ich noch in meinem Zimmer ab und zappe mich gelangweilt durch die Kanäle, während ich eine frische Jeans und ein neues T-Shirt raussuche und dann unter die Dusche springe. Ich stelle mir vor, wie das Wasser die ganzen beschissenen Gedanken fortspült, die mir in den vergangenen Stunden durch den Kopf gegeistert sind, und als ich fertig bin, fühle ich mich schon wesentlich besser. Ich steige aus der Dusche, bereit, meine Ein-Mann-Show abzuziehen, bereit, dieser *andere* Tyler Bruce zu sein.

Gerade schlüpfe ich in mein Hemd, als ich Schritte auf der Treppe höre. Ich halte inne, um zu lauschen, und warte ab, ob Eden nur auf ihr Zimmer geht oder ob sie zu mir will. Insgeheim hoffe ich, dass es Letzteres ist, damit ich ihr weiter auf den Zahn fühlen kann, um endlich rauszufinden, wie sie gestrickt ist. Aber im nächsten Moment wird klar, dass es gar nicht Eden ist.

»O Mann«, schnaubt Tiffani, als sie ohne anzuklopfen in mein Zimmer gestürmt kommt. Ihre Wangen sind gerötet, sie sieht aus, als würde sie sich in Grund und Boden schämen. Sie schiebt die Tür hinter sich zu, dann wirft sie sich mir an den Hals. »Ich dachte, du hättest ein Mädchen bei dir!«

Verwirrt blinzele ich sie an. Ich wusste gar nicht, dass sie zu mir kommen wollte. Mein letzter Stand war, dass ich zu *ihr* fahren soll. »*Was?*«

»Na, deine bescheuerte Stiefschwester. Die saß auf einmal da und hat mir einen derartigen Schrecken eingejagt, dass ich fast einen Herzinfarkt bekommen hätte!«, erklärt sie hastig und schüttelt den Kopf. Sie hat die Haare zu einem hohen Pferdeschwanz hochgebunden, der die ganze Zeit hektisch hin und her schwingt. »Ehrlich, fast wäre ich hier raufgestiefelt und hätte dich umgebracht!«

»Tiffani«, sage ich mit fester Stimme, und sie hört auf zu quasseln. Ich mache einen Schritt auf sie zu, lege ihr die Hände auf die Schultern und sehe sie einfach nur an. »Beruhige dich. Es war nur Eden.«

Sie atmet schwer, nickt dann aber. Ihre blauen Augen bohren sich in meine, und sie neigt den Kopf etwas. »Du hast recht. Das würdest du mir niemals antun, stimmt's? Weil ich nämlich sonst für nichts garantieren kann.«

Ich denke an das mit Naomi gestern auf der Party, doch dann fällt mir wieder ein, wie besoffen ich war. Das zählt nicht wirklich. Ich war auch angetrunken, als ich vor ein paar Monaten mit Ally Jones rumgeknutscht habe. Und ich bin mir so gut wie sicher, dass ich Morgan Young geküsst habe, aber daran erinnere ich mich nur noch schleierhaft. Es passiert immer nur dann, wenn ich total voll bin. Aber trotzdem möchte ich nicht erleben, was geschehen würde, wenn Tiffani davon wüsste. Einmal hat sie dafür gesorgt, dass ich von der Schule suspendiert wurde, indem sie vorgab, *sie* hätte meinen Essay in englischer Literatur geschrieben! Und das nur, weil ich ihren Geburtstag vergessen hatte und so tat, als wäre das kein Weltuntergang. Und Tiffani ist auch diejenige, die Mom erzählt hat, dass ich regelmäßig Gras rauche. Auch das nur, weil ich ihren Geburtstag vergessen hatte.

Ich lächle Tiffani zaghaft zu. Sie darf es nie erfahren. »*Dich* verlassen? Niemals!« Gott, wie ich mich selbst hasse. Ich wünschte, ich könnte Tiffani alles sagen: dass mir das alles egal ist; dass sie zwar heiß ist, ich sie aber nicht mal besonders gern mag; dass sie für mich nur eine notwendige Ablenkung ist. Aber nein, ich jämmerlicher Feigling muss diese ganze Scheißbeziehung aufrechterhalten, nur damit alle glauben, ich hätte ein supertolles Leben, mir ginge es gut, ich hätte alles im Griff. Als ich auf die Highschool kam, nahm ich mir fest vor, niemandem gegenüber je Schwäche zu zeigen und dafür zu sorgen, dass sich kein Mensch mit mir anlegt. Da schien es mir das Beste, mit dem coolsten Mädchen des Jahrgangs was anzufangen. Ohne Tiffani dagegen müsste ich mir meinen Platz wieder ganz neu erarbeiten.

Ich lege Tiffani den Arm um die Schultern und ziehe sie fest an meine Brust. Doch als ich sie in Richtung Tür führen will, schiebt sie mich rasch von sich weg.

»Ich habe auf dich gewartet, aber du bist nicht gekommen«, sagt sie und schlägt plötzlich einen ganz anderen Ton an. Schärfer, so wie sie normalerweise klingt. »Was zur Hölle hast du die ganze Zeit getrieben?«

Ich folge ihr die Treppe nach unten und denke: *Jetzt geht es also wieder los*. Die fordernde Tiffani ist zurück. »Reg dich ab«, sage ich und verdrehe hinter ihrem Rücken die Augen. »Ich wäre in einer Stunde zu dir rübergekommen, wie du es wolltest.«

»Du hättest wenigstens ans Telefon gehen können.«

»Hab's nicht gehört, die Musik war so laut.« Das ist gelogen. Ich habe gesehen, dass sie anruft, aber ich war nicht in der Stimmung, mit ihr zu reden. Sie wäre die Letzte gewesen, mit der ich mich unterhalten wollte. Sie brächte kein

Verständnis für meine Launen auf, weil sie die Wahrheit nicht kennt. Die kennt keiner.

Unten im Flur bleiben wir stehen, sie dreht sich zu mir um und sieht mich mit verkniffenem Mund an, sehr wahrscheinlich, um wieder mal einen unnötigen Streit zu beginnen. Doch bevor sie noch etwas sagen kann, entdecke ich Eden aus dem Augenwinkel. Sie sitzt auf dem Sofa im Wohnzimmer, den Blick fest auf uns geheftet und beobachtet uns.

»Und was hast du für ein Scheißproblem?«, frage ich sie.

Eden starrt weiter, ihre Miene völlig unbeeindruckt. »Meine Güte.«

»Halt die Klappe, Tyler«, sagt Tiffani kopfschüttelnd, als wäre sie auf Edens Seite.

»Von mir aus.« Ich wende mich wieder Tiffani zu. »Machen wir, dass wir hier rauskommen.«

»Also eigentlich …«, sagt sie betont langsam und schiebt die Unterlippe vor. Ein untrügliches Zeichen dafür, dass mir nicht gefallen wird, was sie gleich sagen wird.

Ich stoße ein genervtes Seufzen aus. »Was ist denn jetzt schon wieder?«

Tiffani dreht sich um, geht ins Wohnzimmer und verstellt Eden den Blick auf den Fernseher, was diese ziemlich irritiert. Auch sie fragt sich, was zum Geier hier los ist. Das zeigt ihre Miene mehr als deutlich. Sie scheint nicht wirklich gut darin zu sein, ihre Gedanken zu verbergen. Aber wahrscheinlich merkt sie selbst gar nicht, wie leicht jede Gefühlsregung von ihrem Gesucht abzulesen ist.

»Planänderung«, verkündet Tiffani, und ich komme ins Wohnzimmer und warte interessiert ab, was sie zu sagen hat. Sie sieht abwechselnd zu Eden und mir. Das gefällt mir gar nicht. »Austin gibt eine Spontanparty, und wir gehen hin. Du auch, Eden. Du heißt doch Eden, richtig? Du siehst nicht unbedingt wie ein Partygirl aus, aber Rachael sagt, ich soll dich auch einladen, also los.«

»Warte mal ’ne Sekunde«, platzt es aus mir heraus. Was soll das denn? Noch eine Party? Ich hab die von gestern Nacht ja noch nicht mal richtig verdaut. Ich kann mir was Besseres vorstellen, als über Witze zu lachen, die ich nicht komisch finde, oder zu Musik rumzuzappeln, die ich scheiße finde. Und schon gar nicht will ich mich wieder zulaufen lassen, nur weil alle denken sollen, dass ich das locker wegstecke. Ich will einfach nur entspannt mit Tiffani abhängen und mich von ihr ablenken lassen. Ich gehe zu ihr, lege ihr die Hand auf die Hüfte und raune ihr ins Ohr: »Ich dachte, wir gehen zu dir. Du weißt schon …«

»Das müssen wir verschieben«, flüstert sie. Sie macht sich von mir los, klatscht in die Hände und wendet sich an Eden. »Okay, du kommst also mit, Eden, und du auch, Tyler. Und lass dich ausnahmsweise mal nicht total volllaufen, okay?«

»Hey!«, schnaube ich. Ich darf also noch nicht mal was trinken, um die Party halbwegs zu überstehen? Ich hasse es, wenn sie über meinen Kopf hinweg solche Entscheidungen für mich trifft.

Sie hat schon den Autoschlüssel in der Hand, bereit für den Aufbruch. Hätte sie mich nicht vorwarnen können?

»Rachael und Megs sind schon bei mir zu Hause und machen sich fertig. Also los jetzt.«

»Warte«, protestiert Eden. »Ich muss mich noch umziehen. Gib mir fünf Minuten, um ein Outfit auszusuchen.« Sie wirkt nicht allzu begeistert von der Vorstellung, auf eine Party zu gehen, aber sie scheint mitzukommen. Irgendwie verblüfft sie mich immer wieder.

Tiffani prustet los, und es klingt beinahe mitleidig, was Eden aber nicht zu merken scheint. Sie packt Eden am Arm und zieht sie vom Sofa hoch. »Du kannst dir was von mir leihen. Und jetzt komm endlich! In zwei Stunden geht’s los«, erklärt sie, dann stiefelt sie zur Haustür, die Autoschlüssel in der Hand. Ich folge ihr, aber nur, weil ich gar keine Wahl habe.

»Ich dachte, du hättest Hausarrest«, höre ich Eden hinter mir murmeln, als ich mich in Bewegung setze.

Ich bleibe stehen, drehe mich um und sehe sie unverwandt an. Was bildet die sich eigentlich ein? Wer ist sie überhaupt? Ich nehme an, sie kommt aus Portland, weil Dave daher stammt. Sie wird den Sommer hier verbringen. Sie kann mich nicht richtig einschätzen, das merke ich, weil sie mich nämlich immer wieder auf die Probe stellt. Keine Ahnung, ob sie das bewusst macht oder nicht. Sie beobachtet mich jedenfalls die ganze Zeit, gibt freche Antworten, hinterfragt alles. Außerdem schwindelt sie ihren Dad an. Und ihre Augen sind braun, wie ich jetzt sehr gut sehen kann, weil sie nämlich zurückstarrt, ohne den Blickkontakt abzubrechen. »Und ich dachte, du wärst krank.«

Das bringt sie zum Schweigen. Sie sagt die ganze Fahrt zu Tiffani nach Hause über keinen Ton mehr. Nicht einmal, als ich den Sitz ganz nach hinten schiebe, um sie zu provozieren. Ich hätte nur zu gerne, dass sie mich mit ihrer sexy Stimme anschnauzt. Stattdessen starrt sie nur leicht nervös zum Fenster hinaus.

Tiffani dagegen macht den Mund überhaupt nicht mehr zu. Sie erzählt mir von den neuesten Dramen, die mich ehrlich gesagt nicht die Bohne interessieren. »Ach, echt?«, ist alles, was ich zwischendurch sage, nur damit sie glaubt, ich würde zuhören. Dabei geht mir nur durch den Kopf, wie sehr mir vor dieser Party graut. Partys sind Mist. Der einzige Grund, warum ich hingehe, ist die Ablenkung. Dort muss ich wenigstens nicht ständig daran denken, wie beschissen mein Leben ist.

Als wir bei Tiffani in der Auffahrt parken und ich sehe, dass die Autos von Rachael und Meghan schon da stehen, wird mir schlagartig bewusst, was mir die nächsten Stunden bevorsteht: eine Horde aufgeregt schnatternder Mädels, die ununterbrochen kichern und mich löchern, was ich von diesem oder jenem Outfit halte. Okay, Drinks mixen werde ich auch.

»Deine Mom ist wirklich unterwegs, ja?«, frage ich, als wir das Haus betreten.

»Ja. In der Küche steht Bier. Mach's dir hier unten gemütlich, solange wir uns fertig machen. Aber übertreib es nicht.« Tiffani wirft mir einen warnenden Blick zu. Dann greift sie nach Edens Hand und zieht sie auf die laute Musik zu, die aus dem ersten Stock kommt. Auf halbem Weg die Treppe hinauf ruft sie noch: »Dauert nicht lange!«

Eden wirkt verunsichert, und mal ehrlich, sie kann einem leidtun. Sie ist erst seit – wie lange? – einem Tag hier, und schon steht sie voll unter der Fuchtel von Tiffani. Keine Ahnung, wie die Partys in Portland sind, aber ich wette, dass sie nichts im Vergleich zu unseren hier sind. Sie hat nicht die leiseste Ahnung, worauf sie sich da einlässt, und ich könnte schwören, dass sie es morgen bitter bereuen wird.

Seufzend fahre ich mir mit der Hand durch die Haare und mache mich auf den Weg in die Küche. Eine ganze Batterie alkoholischer Getränke wartet dort darauf, zur Party mitgenommen zu werden, und ich schnappe mir das erstbeste Bier. Ich öffne den Verschluss und nehme einen Schluck, doch so richtig schmecken will es mir nicht. Ich habe gestern einfach zu viel getrunken, das reicht fast für den Rest des Sommers.

Trotzdem zwinge ich das Bier in mich hinein, während ich im Dunkeln auf dem Sofa im Wohnzimmer liege und gelangweilt von einem Sportsender zum nächsten zappe. Die Packung Bud Light habe ich neben der Couch platziert, damit ich mir jederzeit ein neues nehmen kann. Von wegen, ich soll es nicht übertreiben. Ich wünschte, ich könnte es, aber so ist Tyler Bruce nun mal nicht.

»Wir sind gleich so weit«, schreckt mich nach einer ganzen Weile eine Stimme hoch. Das Bier hat mich schläfrig gemacht, alleine trinken macht keinen Spaß. Rachael steht in der Tür, einen Drink in der Hand. »Weißt du, gestern Abend warst du richtig im Arsch.«

»Ja. Danke fürs Erinnern.« Ich verdrehe die Augen und nehme extra noch einen tiefen Schluck Bier, nur um ihr klarzumachen, dass mir das schnuppe ist.

»Ich sag ja nur«, murmelt sie und macht einen Schritt ins Wohnzimmer. Sie wirft einen kurzen Blick auf den Fernseher, dann sieht sie wieder mich an, die Augenbrauen besorgt zusammengekniffen. »Du solltest nicht so viel trinken.«

»Das sagst ausgerechnet du«, gebe ich zurück und wende genervt den Blick ab. Rachael langweilt mich oft tierisch. Ständig sieht sie mich kopfschüttelnd an und muss alles kommentieren, was ich mache. Warum wollen mich eigentlich immer alle bevormunden?

»Bei mir ist das etwas anderes«, sagt sie bestimmt. Sie geht einige Schritte ins Zimmer und baut sich direkt vor mir auf, sodass ich keine andere Wahl habe, als sie anzusehen. Dabei interessiert es mich eigentlich überhaupt nicht, was sie zu sagen hat. »Ich werde schnell betrunken, weil ich nichts vertrage. Du dagegen bist ein richtiger *Kampftrinker.*«

Ich seufze, verziehe aber keine Miene. »Bist du fertig mit deiner Moralpredigt?«

»Nicht ganz.« Sie nimmt einen Schluck von ihrem eigenen Getränk, setzt sich auf die Sofalehne und schlägt die Beine übereinander. »Ich will dir nur sagen, bilde dir bloß nicht ein« – und bei diesen Worten tippt sie mir mit dem Zeigefinger an die Stirn –, »du wärst weniger cool, wenn du nicht so viel trinkst. Es ist völlig okay, auch mal Nein zu sagen.«

Ihr Blick fällt auf die vielen leeren Flaschen am Boden, und sie runzelt die Stirn. »Aber ich befürchte, für heute ist es schon zu spät.«

»Wenn du meinst, Rachael.« Grob schiebe ich sie mit dem Ellbogen vom Sofa runter, und sie versucht gar nicht erst, sich zu wehren. Hoffentlich ist sie jetzt stolz auf sich. Sie nippt erneut an ihrem Getränk, dreht sich um und geht wortlos davon. Erst als ihre Schritte auf der Treppe verklungen sind, nehme ich wieder einen Schluck von meinem Bier.

Eine weitere halbe Stunde sitze ich gelangweilt herum. Währenddessen schicke ich Nachrichten an Dean und Jake, um zu hören, ob sie schon auf der Party sind. Langsam verliere ich die Geduld. Ich warte jetzt schon seit geschlagenen zwei Stunden auf die Mädels, das ist doch nicht mehr normal. Ich leere das Bier in einem Zug, mein siebtes inzwischen, dann stehe ich auf. Sofort überkommt mich ein heftiger Schwindel, aber ich warte einfach ab, bis der Anfall verflogen ist, und gehe zur Treppe. Wenn die Mädels jetzt immer noch nicht fertig sind, dann scheiß drauf. Gehe ich eben ohne sie.

Oben angekommen stoße ich die Tür zu Tiffanis Zimmer auf, in dem es heftig nach verbranntem Haar und Parfüm riecht. Aus den Boxen wummert laute Musik, es ist fürchterlich stickig hier drinnen. Doch zum Glück sind die Mädels alle bereit zum Aufbruch. »Also, können wir dann rüberfahren?«, frage ich an den Türrahmen gelehnt. Aus dem Augenwinkel sehe ich, wie Eden aus dem Badezimmer kommt.

Sie sieht irgendwie anders aus. Sie sieht aus wie … ja, wie sie. Wie Tiffani, Rachael und Meghan. Wie alle Mädels, die auf Teufel komm raus auffallen wollen. Sie trägt ein knappes schwarzes Kleid, kurz und eng anliegend. Es gehört Tiffani, was ich nur weiß, weil ich es ihr erst vor einem Monat höchstpersönlich vom Leib gerissen habe. Angestrengt schaue ich weg. *Gott, meine eigene Stiefschwester,* denke ich und merke, wie eigenartig das immer noch klingt. »Dean und Jake sind schon da«, schicke ich schnell hinterher, um mich abzulenken.

»Seh ich gut aus?«, will Tiffani wissen und dreht sich einmal im Kreis. Für mich sieht sie aus wie immer. Viel zu aufgedonnert und viel zu billig.

»Baby, du siehst klasse aus«, versichere ich ihr trotzdem. Weil sie es hören will. Ich leere das Bier in meiner Hand, stelle die Flasche auf die Kommode und gehe auf sie zu. Ich bin mir darüber im Klaren, dass Eden uns beobachtet, deshalb fasse ich Tiffani an der Taille und ziehe sie an mich. »Total heiß.« Und dann küsse ich sie, vor den Augen der anderen. Denn wenn es eines gibt, das Tiffani noch mehr liebt als sich selbst, dann ist es, vor Publikum von mir abgeknutscht zu werden. Aber ich tue es nicht ihr zuliebe. Nein, ich tue es, um Eden ein wenig mehr von mir zu zeigen. Von Tyler Bruce.

Ich will, dass sie mich für das größte Arschloch überhaupt hält. Für einen Schwachkopf. Einen hirnverbrannten Idioten.

Kapitel 13

Fünf Jahre zuvor

Die Baseballspiele am Freitagabend haben in unserer Familie fast Tradition. Wir alle sind große Fans der Dodgers, Dad nimmt mich schon zu Spielen mit, seit ich ein kleiner Junge war. Irgendwann, als Jamie alt genug war, kam er auch mit und schließlich noch Chase. Mittlerweile hört Mom freitags im Büro etwas früher auf und begleitet uns. Bei jedem Heimspiel der Dodgers ist Familie Grayson mit von der Partie.

Deshalb sitzen wir jetzt hier, im Dodger Stadium, mitten in einem lärmenden Meer von Menschen. Nach und nach füllen sich die noch leeren Ränge im Stadion, die letzten Nachzügler strömen herein, die Stimme des Kommentators hallt übers Spielfeld, die Abendsonne wandert Richtung Horizont. Das Spiel gegen die Diamondbacks hat soeben begonnen.

Ich hocke nach vorne gebeugt auf der Sitzkante, die Hände zwischen den Knien gefaltet. Die Diamondbacks sind am Ball, meine Konzentration lässt etwas nach. Ich werfe einen Seitenblick auf Jamie. Er ist ebenfalls ganz nach vorne gerutscht, mit großen Augen starrt er hinunter aufs Feld, ganz in das Spiel versunken. Ich neige mich weiter vor und spähe an ihm vorbei zu Chase. Unsere Plätze sind ganz oben auf dem höchsten Rang, und weil er zu klein ist, um über die Köpfe der Leute vor uns hinwegsehen zu können, ist er aufgestanden und sieht sich das Spiel auf dem großen Monitor an. Er trägt eine Dodgers-Cap, die ihm viel zu groß ist, immer wieder rutscht sie ihm in die Augen. Seufzend lasse ich den Blick weiterwandern zu Mom und Dad. Sie sind in eine Unterhaltung vertieft, Mom hat sich zu ihm geneigt und den Kopf auf seine Schulter gebettet. Sie trägt ebenfalls eine Kappe. Dad hat den Arm um sie gelegt, sie lachen und sehen sich tief in die Augen, und das Strahlen auf ihren Gesichtern wirkt aufrichtig. Ich finde es schön, sie so glücklich zusammen zu sehen.

»Ach, Chase!«, lacht Mom. Sie richtet sich auf und schüttelt Dads Arm ab. Dann legt sie meinem Bruder die Hände auf die Schultern und zieht ihn ganz behutsam zu sich her. Sie nimmt ihm die heruntergerutschte Kappe ab und setzt sie ihm verkehrt herum auf. »Ich glaube, dein Dad sollte dir auf dem Weg nach draußen eine kleinere Kappe kaufen.«

»Und ob, Kumpel«, meint Dad und beugt sich vor, um an Mom vorbei zu Chase zu schauen. Er grinst übers ganze Gesicht, als er und Chase sich mit einem Fistbump signalisieren, dass sie sich einig sind. Sein Blick flackert zu mir, und sein Lächeln wird noch breiter. Fragend sieht er abwechselnd Jamie und mich an. »Habt ihr Hunger, Jungs?«

Jamie eist den Blick von dem Spiel los und sieht Dad verwundert an. »Aber wir sind doch erst beim ersten Inning«, bemerkt er. Normalerweise warten wir bis zum dritten, bevor wir uns Hotdogs holen – auch so eine Familientradition.

»Bis wir uns anstellen und an der Reihe sind, haben wir bestimmt schon das dritte Inning!«, sagt Mom, springt auf und hebt ihre Tasche vom Boden auf. »Hotdogs, wir kommen!« Sie quetscht sich an Dad vorbei, doch bevor sie geht, fasst er nach dem Schild ihrer Mütze, zieht sie zu sich herunter und küsst sie. Dann kämpft sie sich durch die Sitzreihe raus.

»Tyler«, sagt Dad. Er fixiert mich mit einem festen Blick und deutet mit einem Nicken auf sie. »Hilf deiner Mom.«

Hastig stehe ich auf, drängle mich an Jamie und Chase

vorbei und klettere über Dads lange Beine. Er lässt mich dabei nicht aus den Augen, immer noch ein leichtes Lächeln auf den Lippen. Heute Abend ist er vollkommen entspannt. Freitags ist er das meistens. Mühsam kämpfe ich mich seitwärts voran durch die Sitzreihe und sause dann los, um Mom einzuholen, die schon nach drinnen verschwunden ist. Es gibt in regelmäßigen Abständen Essensstände und Buden, an denen man Merchandise-Artikel kaufen kann, aber mittlerweile haben sich überall lange Schlangen gebildet. Mom steht bereits an.

»Ach, Tyler, du verpasst ja das Spiel«, seufzt sie, als ich auf sie zukomme, und sieht mich verwundert an. Offenbar hat sie nicht mitbekommen, dass ich ihr gefolgt bin.

»Schon okay«, antworte ich mit einem Schulterzucken. »Dad hat mich gebeten, dir zu helfen. Die Diamondbacks sind dran mit Schlagen.« Ich will mir gar nicht ausmalen, wie Dad reagiert hätte, hätte ich mich geweigert zu gehen. Er ist zwar heute super gelaunt, aber ich will trotzdem kein Risiko eingehen. Dads gute Laune hält nämlich selten lange an.

»Hmm«, macht Mom mit einem spöttischen Grinsen und schürzt die Lippen, während sie so tut, als müsste sie angestrengt überlegen. »Wer hat dich eigentlich so gut erzogen?«

Sie mustert mich mit ihren funkelnden blauen Augen. Warum sehe ich nicht aus wie sie?

»Das warst du«, antworte ich mit einem Lächeln, aber bei mir ist es aufgesetzt. Dad hat mich nämlich ebenfalls erzogen, deshalb kann ich es mir gar nicht *erlauben*, etwas anderes als ein guter Junge zu sein. Ich bin ein wohlerzogenes Kind, aber nur, weil ich viel zu viel Angst habe, irgendetwas anderes als folgsam zu sein. Aus diesem Grund vergesse ich so gut wie nie meine Manieren, arbeite in der Schule immer gut mit und tue stets mein Bestes, mir keinen Ärger einzuhandeln. Doch manchmal reicht nicht einmal das.

Lachend fährt Mom mir mit der Hand durchs Haar, spielerisch wuschelt sie mir über den Kopf, bevor sie mir den Arm um die Schultern legt. Langsam bewegen wir uns vorwärts in der Schlange. »Ketchup, aber kein Senf, richtig?«

Als ich nicke, richtet sie ihre Aufmerksamkeit wieder auf den Essensstand, dem wir uns Schritt für Schritt nähern. So fällt ihr nicht auf, dass ich sie anstarre, ihre entspannten Gesichtszüge betrachte und mich frage, ob sie mir je glauben würde. Ich will, dass sie die Wahrheit erfährt. Ich will, dass sie weiß, was für eine Scheißangst ich habe, weil ich nicht weiß, was Dad noch alles einfällt, um mir wehzutun. Aber ich weiß nicht, wie ich es ihr sagen soll. Sie liebt ihn. Würde sie ihn immer noch lieben, wenn sie es wüsste? Dad würde mir das nie verzeihen, wenn ich ihm damit alles ruiniere. Und Mom … Ich will, dass sie es erfährt, damit sie mir helfen kann. Vielleicht könnte sie Dad bitten, aufzuhören. Aber ich will nicht, dass sie traurig ist. Ich mag es, wenn sie lächelt. Ich mag es, wenn sie glücklich ist. Ich mag es, sie zusammen so glücklich zu sehen.

Aus diesem Grund habe ich ihr nie ein Wort erzählt. Und aus diesem Grund werde ich es auch nie tun. Ich kann nicht. Ich habe zu große Angst davor, weil ich nicht weiß, was dann passiert. Würde Mom *mich* immer noch lieben?

»Halt das mal, ist für deinen Dad«, sagt Mom und drückt mir einen Becher Bier in die Hand. Blinzelnd kehre ich zurück in die Realität, und mir wird bewusst, dass wir ganz vorne in der Schlange angekommen sind und Mom unser Essen bestellt hat. Ich war wieder einmal ganz woanders. Damit muss endlich mal Schluss sein.

Verwundert schaue ich runter auf den Becher in meiner Hand. Dad genehmigt sich bei jedem Spiel ein paar Biere, schließlich ist Wochenende und all das. Das hier ist sein zweites. Es ist eiskalt, deshalb wechsle ich es in die andere Hand.

»Los, gehen wir zurück zu den anderen«, sagt Mom und

schnappt sich das Tablett mit den Hotdogs. Sie dreht sich um und bedeutet mir mit einem Nicken, vorauszugehen.

Vorsichtig bahne ich mir meinen Weg durch das dichte Gedränge, ständig queren Leute meinen Weg. Ich gehe schneller, weil das Bier in meiner Hand so fürchterlich kalt ist. Immer wieder wandert mein Blick nervös zwischen dem Becher und dem Weg vor mir hin und her, bis ich plötzlich wie aus dem Nichts über meine eigenen Füße stolpere. Ich knalle mit Händen und Knien auf den Beton und verschütte dabei Dads Bier. Alles geht so schnell, dass ich es gar nicht richtig begreife, bis meine aufgeschürften Knie anfangen zu brennen.

»Tyler!«, höre ich Moms besorgten Ruf. Sie eilt zu mir und geht neben mir in die Hocke. »Alles in Ordnung? Oh, du blutest! Ich müsste ein Pflaster in der Tasche haben.« Das Tablett mit den Hotdogs an ihrer Hüfte balancierend, greift sie nach meinem Ellbogen und hilft mir vorsichtig auf die Beine.

Die Leute um uns herum starren uns an. Das Herz klopft mir bis zum Hals. Benommen blicke ich an mir herab und sehe, dass die Haut an beiden Knien aufgeschürft ist. Es blutet ganz leicht, und es brennt, aber es ist eigentlich nicht der Rede wert. Hektisch hebe ich den Blick zu dem leeren Becher, der umgekippt am Boden liegt. Dads Bier bildet ein kleines Rinnsal, das sich langsam über den Boden ausbreitet. O Gott. Das wird ihm gar nicht gefallen.

Panik macht sich in mir breit, meine Hände fangen an zu zittern und dann mein ganzer Körper. Ich bin machtlos dagegen. Entsetzt starre ich auf den leeren Becher, ein bibberndes Häufchen Elend. »Dads … Dads Bier …«, stammle ich. Er war glücklich heute Abend. Er hat gelacht. Und jetzt hab ich es vermasselt. Wie immer.

»Hey, hey!«, besänftigt mich Mom, tritt vor mich hin und geht wieder in die Hocke. Besorgt sieht sie mich unter den Wimpern hervor an. »Ist doch nicht so schlimm, Tyler. Ich hol ihm später ein neues!« Doch ihre besänftigenden Worte ändern nichts daran, dass ich vor Angst schlottere.

Mom wirft den leeren Becher in den nächsten Mülleimer und legt mir die Hand auf die Schulter, um mich zurück zu unseren Plätzen zu führen. Mir ist total schlecht, als müsste ich auf der Stelle kotzen. Ich will nicht zurück zu den anderen. Ich will nicht, dass Dad mich aus zusammengekniffenen Augen anfunkelt, der Kiefer angespannt, so wie immer, wenn er wütend ist.

Wir schieben uns durch unsere Sitzreihe, und ich dränge mich mit gesenktem Kopf an Dad vorbei, um ihn nicht ansehen zu müssen. Erst als ich auf meinem Platz neben Chase und Jamie sitze, atme ich erleichtert auf.

»Wo ist mein Bier?«, höre ich ihn fragen, und ich sehe aus dem Augenwinkel, wie er Mom stirnrunzelnd mustert.

»Ach«, meint Mom leichthin und verdreht die Augen, während sie mit dem Tablett in der Hand Platz nimmt. »Tyler hatte einen kleinen Unfall. Ich hol dir später eins. Hier, halt mal.« Sie schiebt Dad das Tablett auf den Schoß und öffnet ihre Tasche, um ein Pflaster herauszukramen.

Langsam wandert Dads Blick zu mir. Seine Augen bohren sich in meine, ich bin wie versteinert und kriege keine Luft mehr. Er presst die Lippen aufeinander, seine Kiefermuskulatur spannt sich an. »Wann bist du so tollpatschig geworden?«, fragt er.

Ich kann nicht antworten. Ich bin nicht tollpatschig. Ich war nur zu abgelenkt von dem dauernden Kampf in meinem Kopf. In diesem Moment beugt Mom sich über Jamie und Chase, um mir die Pflaster für meine Knie zu reichen, und schenkt mir ein mitleidiges Lächeln. Zum Glück hilft mir die Wärme in ihrem Blick, Dads zornige Aura auszublenden.

Ich ziehe die Schutzfolie vom ersten Pflaster und klebe es auf, wie so oft in den vergangenen Jahren. Schade nur, dass so ein Pflaster nicht jede Wunde heilen kann.

Kapitel 14

Gegenwart

Es dämmert bereits, als Meghan uns in ihrem rostigen, alten Corolla zu Austins Haus gondelt. Rachael kümmert sich vorne auf dem Beifahrersitz um die Musik, während ich zwischen Tiffani und Eden gequetscht auf der Rückbank sitze. Ich habe das Bier auf dem Schoß, und am liebsten würde ich mir eins aufmachen. Das würde diese Fahrt wenigstens erträglicher machen. Den Blick auf die Handbremse gerichtet, verschränke ich die Arme vor der Brust und grüble schweigend vor mich hin.

Tiffani und Rachael tauschen sich wie üblich über den neuesten Klatsch und Tratsch aus und überlegen, wer wohl alles auf der Party sein wird, aber ich bin gedanklich bei Eden, die rechts von mir sitzt und mich verstohlen von der Seite ansieht. Deshalb drehe ich mich kurz zu ihr, und für den Bruchteil einer Sekunde treffen sich unsere Blicke, bevor wir beide schnell wieder wegschauen. Wir fühlen uns beide nicht ganz wohl mit dieser Stiefgeschwister-Kiste. Das ist alles so seltsam und ungewohnt. Und so richtig schlau werde ich aus ihr immer noch nicht. Aber da geht es ihr mit mir vermutlich nicht anders.

Wieder linse ich zu ihr rüber, und weil sie zur Abwechslung zum Fenster hinausstarrt, nutze ich die Gelegenheit, um sie genauer zu betrachten. Ihre langen, dunklen Haare fallen ihr glatt über den Rücken, nur ein paar vereinzelte Strähnen hängen ihr locker ins Gesicht. Sie hat für meinen

Geschmack viel zu viel Make-up aufgelegt, die Augenlider sind dunkel geschminkt, ihre Lippen sind knallrot, und ihre Wimpern scheinen mit jedem Blinzeln dichter zu werden. Ich habe sie noch nicht oft gesehen, aber es reicht, um sagen zu können, dass das nicht sie ist.

Sie muss meinen forschenden Blick gespürt haben, denn jetzt dreht sie den Kopf zu mir, weshalb ich blitzschnell in die andere Richtung schaue. Während der gesamten Fahrt ertappt sie mich noch mehrfach dabei, wie ich zu ihr sehe, weil ich es einfach nicht lassen kann, bis es mir irgendwann zu peinlich wird und ich den Rest der Fahrt stur geradeaus starre. Ich lasse den Blick ins Nichts gehen und spreche kein Wort, selbst dann nicht, als Tiffani sich an mich schmiegt und die Hand an meine Hüfte wandern lässt.

Ich bin unendlich erleichtert, als wir endlich vor dem Haus anhalten, in dem die Party stattfinden soll. Diesen Austin kenne ich im Grunde so gut wie gar nicht, aber natürlich weiß er, wer *wir* sind. Wie es aussieht, ist es bereits brechend voll, dabei ist es noch nicht einmal halb neun. Die Straße ist zu beiden Seiten zugeparkt, im Garten vor dem Haus haben sich mehrere Grüppchen zusammengefunden und unterhalten sich. Kaum hat Meghan den Motor abgestellt, klemme ich mir das Bier unter den Arm, steige direkt nach Tiffani aus und strecke meine Beine. Als die laute Musik an mein Ohr dringt, muss ich ein genervtes Stöhnen unterdrücken. Ich will das alles nicht schon wieder durchmachen. Der viele Alkohol, der ohrenbetäubende Lärm …

»Hey, Tyler!«, ruft jemand mir zu, und als ich aufblicke, sehe ich, dass es Austin höchstpersönlich ist. Er ist etwas klein geraten, aber das macht er mit einem selbstbewussten Grinsen wieder wett. Mit einem Bier in der Hand kommt er auf mich zu, und weil ich genau weiß, dass ich nicht umhinkomme, die nächsten Stunden meine Show abzuziehen, halte ich ihm die Faust zum Gruß hin. »Super, dass du es geschafft hast«, sagt er, wirft dabei aber einen verräterischen Blick zu Tiffani.

»Klar, Mann.« Wir fehlen normalerweise auf keiner Party; wenn wir auftauchen, ist das der beste Beweis dafür, dass der Gastgeber kein Loser ist. Ich deute mit dem Kinn auf das Bier und sage nur: »In die Küche?«

Sein Grinsen wird noch breiter. »Klar, Mann. Stell das Zeug ab, und komm dann zu uns.«

Ich marschiere los und durchquere eilig den Garten zur Haustür, weil ich es kaum erwarten kann, mir ein Bier aufzumachen. Bevor ich im Haus verschwinde, zögere ich kurz und werfe einen letzten Blick über die Schulter zurück zu den anderen. Tiffani unterhält sich angeregt mit Austin, Meghan versucht, ihre Autoschlüssel in ihrem winzigen Täschchen zu verstauen, und Rachael starrt auf den Wodka in ihrer Hand. Eden dagegen steht etwas verloren da und beobachtet alles ganz genau. Sie wird es noch bitter bereuen, dass sie mitgekommen ist, da bin ich mir sicher.

Kopfschüttelnd gehe ich weiter und begrüße unterwegs ein paar Leute, die mir zunicken. Es ist nicht lange her, da lag ich grübelnd und deprimiert in meinem Zimmer und starrte an die Decke. Und jetzt bin ich hier, wieder mal auf einer Party, mit Bier und ziehe eine Show ab. Ich hasse es. Ich hasse es wirklich, aber wenigstens hilft es mir, für eine Weile zu vergessen.

Mit gesenktem Kopf bahne ich mir einen Weg durchs Getümmel und gehe direkt in die Küche. Sämtliche Oberflächen sind unter Bergen von Alkohol begraben, und der Boden ist ganz klebrig, weil schon einiges verschüttet wurde. Aus Versehen trete ich auf ein Schnapsglas, das unter meiner Schuhsohle zerbricht. Verärgert kicke ich die Splitter weg.

»Hab mich schon gefragt, wo du bleibst«, höre ich eine Stimme sagen, und auf einmal steht Kaleb vor mir. Seine Augen sind blutunterlaufen, sein Lächeln wirkt leicht doof, weil er total high ist. Aber wen wundert's. Ich kann mich nicht erinnern, wann ich ihn das letzte Mal völlig nüchtern gesehen habe. »Austin hat nichts dagegen, wenn wir unser Ding durchziehen, solange wir uns bedeckt halten. Wir verziehen uns in den Schuppen im Garten hinten.« Er bricht in brüllendes Gelächter aus, während er die Hand ausstreckt und den erstbesten Küchenschrank öffnet, um sich eine Packung Kekse zu klauen. Schweigend sehe ich zu, wie er sich einen in den Mund stopft, die Augen schließt und plötzlich in Euphorie verfällt. »Wahnsinn, sind die lecker!«, schwärmt er. Dann schlägt er die Augen wieder auf und versucht, den Blick auf mich scharfzustellen. »Du bist also dabei? Ich hab krasses Zeug dabei, ich schwör's. Schau mich an! Ich bin so was von *drauf.*«

Im Moment könne ich ein bisschen Entspannung *tatsächlich* gut gebrauchen. Nur ein paar Züge, um runterzukommen. Ich nehme mir eine Flasche Bier, öffne den Verschluss an der Kante des Tresens und nicke. »Bin dabei.«

Kaleb grinst, sichtlich erfreut, weil er bereits die Dollarzeichen sieht. Natürlich muss ich dafür Kohle hinlegen. Im nächsten Moment dreht er sich um, den Keks in der Hand, und läuft quer durchs Haus. Ich bleibe ihm dicht auf den Fersen und nippe zwischendurch an meinem Bier. Gerade als ich Kaleb nach draußen folgen will, hält mich jemand an der Schulter zurück. Es ist Jake.

»Da bist du ja endlich«, sagt er. »Wo sind die Mädels?«

»Wir sind gerade erst gekommen«, antworte ich abweisend. Eigentlich will ich mich nicht mit ihm unterhalten, ich mag den Typen nicht einmal. Ich will nur schnellstmöglich einen Joint rauchen. Also setze ich meinen Weg fort, doch er packt mich wieder an der Schulter und hält mich zurück.

»Wo willst du *hin,* Mann?«, fragt er vorwurfsvoll. Er wirft einen Blick zu Kaleb, der gerade durch den Garten läuft, dann sieht er wieder mich an. Ich glaube, er kennt die Antwort, ganz blöd ist er nicht.

»Was denkst du denn, Jake?«, entgegne ich scharf und schüttle seine Hand ab. Gott, manchmal wünschte ich, meine Freunde würden mich einfach in Ruhe lassen. Ich hab mir von Rachael schon einen Vortrag anhören müssen, muss Jake mich jetzt auch noch ausquetschen? Es ist schließlich kein Geheimnis, dass ich ab und an was rauche.

»Ist gut, Arschloch«, murmelt er und verzieht sich zum Glück.

Ich folge Kaleb zu dem Schuppen in der Ecke des Gartens und rieche das Gras schon von Weitem. Das nenne ich mal eine richtige Kifferhöhle. Von drinnen ist schallendes Gelächter zu hören, und als Kaleb die Tür aufzieht, erspähe ich Clayton und Mason. Das wundert mich überhaupt nicht, mit ihnen habe ich schon öfter was geraucht. Außerdem haben wir in der Schule ein paar Kurse zusammen.

»Da bist du ja endlich«, lallt Mason. Er liegt auf einem Gartenstuhl, die Beine auf dem Rasenmäher, einen fast aufgerauchten Joint in der Hand. Er sieht ziemlich fertig aus, aber kein Wunder, so zugedröhnt wie er ist. Das sind sie alle.

»Besser spät als nie«, brumme ich. Hastig krame ich mein Portemonnaie aus der Tasche, ziehe fünfzehn Dollar heraus und halte sie Kaleb hin. Normalerweise kaufe ich lieber direkt bei Declan, aber er macht sich in letzter Zeit ziemlich rar. »Krieg ich auch was?«

»Maaaann«, kommt es von Clayton, der mit geschlossenen Augen an der Wand lehnt und eine Rauchwolke in die Luft bläst. »Was für ein krasses Zeug.«

Kaleb nimmt mir die Kohle ab, kramt in seiner Tasche und hält mir zwei fertig gerollte Joints hin. »Hab schon was für dich vorbereitet«, sagt er stolz. »Ich wusste, dass du heute Abend was willst.«

Ich nehme beide entgegen und betrachte sie. Dann zucke

ich mit der Schulter und sage: »Gib mir mal Feuer.« Kaleb zückt ein Feuerzeug und zündet den ersten Joint für mich an. Interessiert sieht er zu, wie ich ihn an die Lippen führe, tief inhaliere und den ersten Zug auf mich wirken lasse. Offenbar will er wissen, ob das Gras meine Zustimmung findet.

Der Rauch füllt meine Lungen, und augenblicklich befriedigt das vertraute Brennen meine Sucht. Ich hatte seit einer Woche nichts mehr, deshalb ist die Wirkung besonders stark. Ich behalte den Rauch mehrere Sekunden lang in der Lunge, dann stoße ich ihn wieder aus. Sofort macht sich eine Veränderung bemerkbar. Ich werde noch ein paar Züge brauchen, bis der Rausch endgültig einsetzt, aber das Gewicht, das auf meinen Schultern lastet, wird bereits leichter.

»Scheiße, Mann, woher hast du die Kekse?«, will Mason wissen und richtet sich auf. Er deutet mit dem Joint auf Kaleb, und auch Clayton schlägt interessiert die Augen auf.

»Hab sie aus der Küche mitgehen lassen. Ich hab so 'nen Kohldampf«, erklärt Kaleb, und die drei brechen wieder in brüllendes Gelächter aus. Ich bin noch nicht high genug, um mitzulachen, aber immerhin bringe ich ein schiefes Grinsen zustande.

Ich lehne mich zurück gegen die Wand und schließe die Augen, um einen weiteren Zug von meinem Joint zu nehmen. Dann konzentriere ich mich ganz auf meine Atmung. *Einfach nur entspannen*.

»Declan hat uns heute Abend übrigens schon gesucht«, raunt mir Kaleb zu, nachdem er mich mit dem Ellbogen angestupst hat. Als ich die Augen aufmache, deutet er mit dem Kinn auf das Tischchen neben Clayton. Dort liegen mehrere schnurgerade Lines Koks. Eine Weile starre ich fassungslos darauf. »Ich hab dir doch gesagt, dass ich krasses Zeug habe.«

»Alter …« Verlockend, aber nein, danke. Langsam schüttle ich den Kopf. So verzweifelt bin ich dann doch nicht. Sicher, ich hab mir schon öfter eine Line reingezogen. Aber nur an

Tagen, an denen ich es nicht anders ausgehalten hätte. Seit ich einmal einen schlechten Trip hatte, bin ich vorsichtig geworden. Deshalb hebe ich jetzt abwehrend die Hand. »Auf mich müsst ihr heute Abend verzichten, ich bin raus.«

»Auch gut, dann bleibt mehr für uns«, witzelt Clayton, und wieder wird lauthals gelacht. Die drei sind derart stoned, ich wünschte, bei mir würde die Euphorie auch endlich einsetzen. Ich nehme einen weiteren Zug und behalte den Rauch so lange in den Lungen, bis es brennt und ich es keine Sekunde länger aushalte. Dann lege ich den Kopf in den Nacken und atme ihn wieder aus.

Gerade will ich die Augen schließen und mich dem wohligen Gefühl hingeben, als die Tür zum Schuppen auffliegt. Es ist schon so zugenebelt in dem engen kleinen Raum, dass ich eine Weile brauche, um zu erkennen, wer sich da zu uns gesellt hat.

Scheiße.

Es ist Eden. Sie hat die Hand vor den Mund geschlagen und hustet. Blitzschnell tritt sie den Rückzug an. »Ist das Gras?«

»Nein, Zuckerwatte«, witzelt Mason, und Clayton und Kaleb prusten los, als wäre es das Lustigste, was sie seit Langem gehört haben.

Auch diesmal kann ich nicht mitlachen, aber nicht, weil ich noch nicht high bin, sondern weil mich Panik durchströmt. Ich will, dass Eden weiß, wer Tyler Bruce ist, aber *das* sollte sie eigentlich nicht mitkriegen. Nicht, solange sie unter dem gleichen Dach wohnt wie ich, verdammt. Nicht, wenn sie es meiner Mom erzählen könnte. Hastig versuche ich, den brennenden Joint hinter meinem Bein zu verstecken. Hoffentlich hat sie ihn noch nicht gesehen.

»Das ist jetzt nicht wahr, oder?«, fragt sie und starrt mich fassungslos an. Offenbar lohnt es sich nicht, irgendwas zu leugnen.

»Alter, schmeiß die Tussi raus«, murrt Clayton und wedelt mit dem Joint in ihre Richtung. »Außer natürlich, sie will reinkommen und mitmachen.«

»Hey, Bro«, sage ich und werfe Clayton einen warnenden Blick zu, beiße mir aber im gleichen Moment auf die Zunge. *Bleib cool, Mann. Tyler Bruce ist schließlich alles egal.* »Willst du wirklich so ein Kind dabeihaben?«

Clayton und Kaleb gackern wieder los, während Mason einen Hustenanfall bekommt. Natürlich finden sie das Ganze zum Brüllen komisch, aber ich bin wie gelähmt und frage mich, wie ich aus der Scheißsituation wieder rauskomme.

»Wer zum Geier ist das?«, will Clayton wissen, aber dass sie meine Stiefschwester ist, werde ich ihm bestimmt nicht auf die Nase binden. Ich kann mir nämlich schon vorstellen, was für Witze ich mir dann anhören muss. »Hat ihr denn keiner die Regeln erklärt?« Es gefällt mir gar nicht, wie er Eden jetzt angrinst. »Keine Störungen erwünscht, Süße. Außer du willst dir auch einen durchziehen.« Er macht einen Schritt auf sie zu und bietet ihr die glimmende Tüte an, als würde sie diese je annehmen.

Automatisch gehe ich dazwischen und baue mich schützend vor Eden auf. »Scheiße, was machst du da, Alter?« Hastig drücke ich meinen Joint mit den angefeuchteten Fingern aus und lasse ihn für später in meiner Tasche verschwinden. Dann nehme ich ihn mit finsterem Blick ins Visier. »Mann, Clayton, sei doch kein Idiot.«

»Ihr was anzubieten ist doch nicht idiotisch, Mann.« Er nimmt einen weiteren Zug von seiner Tüte, obwohl ich nicht glaube, dass er es braucht. »So was nennt sich gutes Benehmen. Alles andere wäre unhöflich. Habe ich nicht recht, Neue?« Er späht über meine Schulter zu Eden.

»Alter, siehst du den Zaunpfahl nicht«, zische ich wütend, weil mir nicht gefällt, wie er mit ihr redet. »Sie will nicht. Guck sie dir doch mal an.« Ich werfe einen Blick über die

Schulter zu Eden, und meine Brust wird ganz eng, als ich ihren Gesichtsausdruck sehe. Die meisten Menschen sehen mich so an: angewidert und erschrocken. Doch diesen Ausdruck in Edens Augen zu sehen ist anders, als sähe ich es zum ersten Mal. Und ich verstehe nicht, wieso ich für eine Sekunde tatsächlich von mir selbst enttäuscht bin. Zum Glück scheint das Zeug sich endlich bemerkbar zu machen, denn mit einem Mal nehme ich alles um mich herum nur noch verschwommen wahr.

»Also gut, also gut«, sagt Clayton. »Dann sieh zu, dass sie von hier verschwindet. Wie kommt so eine wildfremde Kleine überhaupt hierher?«

»Das frag ich mich auch«, murmle ich und wende mich ganz zu ihr um. Kopfschüttelnd mustert sie mich, und wieder macht sich dieses Gefühl der Enttäuschung in mir breit. Ich muss sie hier rausschaffen, möglichst weit weg von diesen Idioten. Ich will einen Schritt auf sie zumachen, schlage dabei aber mit einem Arm gegen das Tischchen neben uns. Sofort schnellt Edens Blick dorthin.

Eine gefühlte Ewigkeit herrscht Stille, vielleicht bilde ich es mir aber auch nur ein, denn jetzt merke ich, wie ich richtig high werde. *Scheiße*. Das ist der denkbar *schlechteste* Zeitpunkt, ich muss einen klaren Kopf bewahren. Eden ist nicht blöd. Natürlich weiß sie, dass es sich bei dem weißen Pulver auf dem Tisch nicht um Zucker, sondern um Koks handelt.

»O mein Gott!« Ihr Gesicht wird bleich, und ich sehe, wie ihr Fragen über Fragen durch den Kopf schießen. Sie öffnet erst ihre vollen Lippen, dann ihren Mund. »Oh. Mein. Gott.«

»Alter, das ist jetzt echt nicht mehr lustig«, sagt Clayton in scharfem Ton. »Bring sie bloß hier raus, bevor sie uns noch die Bullen auf den Hals hetzt.«

»Ja, ja, sie is' ja schon weg.« Weil ich Eden schleunigst hier raushaben will, fasse ich sie am Ellbogen und schiebe sie zur Tür raus und durch den Garten, bis wir außer Hörweite sind.

»Du bist echt unglaublich«, fährt sie mich an. Sie schüttelt meine Hand ab und starrt mir direkt in die Augen. »Koks? Spinnst du, Tyler?«

Ich glaube, es ist das erste Mal, dass ich sie meinen Namen sagen höre, und wahrscheinlich liegt es an dem Gras, jedenfalls finde ich, dass es unheimlich sexy klingt, wie sie das sagt. Sie soll bitte nie wieder aufhören, ihn zu sagen. O Mann, bin ich stoned.

Mein verschleierter Blick begegnet ihrem, und eine Weile bringe ich keinen Ton heraus. Ich weiß nicht, wie ich ihr das erklären soll, ohne allzu viel zu verraten. Sie soll nicht wissen, wie beschissen es in meinem Leben wirklich läuft. Seufzend schlage ich die Hände vors Gesicht. »Du solltest nicht hier sein«, sage ich zu ihr. Ich vergrabe die Hände in den Taschen und ertaste die beiden Joints, die ich dort für später deponiert habe. Im Moment brauche ich sie so dringend wie noch nie. »Geh … geh lieber wieder rein ins Haus.«

Eden starrt mich weiter mit offenem Mund an und schüttelt ungläubig den Kopf. Sie wirkt, als hätte sie eine Stinkwut auf mich, aber ich wüsste nicht, wieso. Was kümmert es sie, sie kennt mich doch kaum. Trotzdem habe ich das ungute Gefühl, dass sie es meiner Mom erzählen wird, sobald sie heimkommt. Mom weiß zwar längst, dass ich rauche, und es gefällt ihr nicht, so viel steht fest. Von der Sache mit dem Koks allerdings hat sie keinen Schimmer. Wie lange das noch so bleibt, ist allerdings unklar.

Ich drehe mich um und gehe zurück in Richtung Schuppen – in meinem benebelten Zustand ein ziemlicher Gewaltmarsch. Die Jungs erwarten mich schon mit neugierigen Mienen, aber ich werde ihnen auf gar keinen Fall stecken, wer Eden ist, deshalb halte ich mich lieber ans Protokoll und spiele Tyler Bruce. Augenrollend sehe ich sie an und sage: »Diese Nervensäge wären wir los.«

Die anderen brechen wieder einmal in schallendes Gelächter aus, dass ich das Gefühl habe, der Schuppen wackelt. Diesmal stimme ich in das Lachen mit ein, bis Dean über den Lärm hinweg ruft: »Komm schon, Alter. Das ist echt mies. Kommt mal wieder runter.«

Alle verstummen, und mein Blick zuckt zu ihm. Er steht ein paar Schritte von uns entfernt und schüttelt missbilligend den Kopf. Er ist offenbar stocknüchtern, aber das überrascht mich nicht. Typisch Dean. Er ist ein netter Kerl, ist immer beherrscht und passt auf andere auf. Deshalb hat er auch so viele Freunde. Echte Freunde.

»Halt deine verdammte Fresse, Dean«, knurre ich, worauf er nur seufzt und über den Rasen zu Eden läuft. Ich starre ihm nach, die Stirn in Falten gelegt, und beobachte, wie die beiden sich unterhalten. Kennen sie sich überhaupt schon? Sie scheinen eine Ewigkeit miteinander zu reden, aber ich verstehe kein Wort, weil sie zu weit weg sind.

»Komm schon, steck dir noch einen an«, drängt Kaleb und wirft mir sein Feuerzeug zu.

Geschickt fange ich es auf und greife wieder in die Tasche, um die angerauchte Tüte herauszuholen. Ich stecke sie mir zwischen die Lippen und zünde sie wieder an, und gerade als ich einen Zug machen will, fällt mein Blick wieder auf Eden. Sie steht an der Tür zum Haus und scheint mich über die Schulter zu beobachten. Ich verziehe das Gesicht und sehe weg. Mir wäre lieber, es wäre ihr egal und sie hätte nur müde mit der Schulter gezuckt, die Augen verdreht und wäre gegangen. Ich kenne sie einfach noch nicht gut genug, um vorhersagen zu können, was sie mit dieser Information anfangen wird. Wenn sie es erzählt, fliege ich daheim hochkant raus. Was soll ich dann tun?

Ich wende mich ab und sehe zu Boden, bis Clayton mir ein neues Bier in die Hand drückt und etwas sagt, aber seine Worte kommen nicht wirklich bei mir an. Ich spüre immer noch Edens Blick auf mir, deshalb weiche ich von der Tür zurück und verziehe mich in eine dunklere Ecke des Schuppens, damit ich mir ihre angeekelte Miene nicht länger ansehen muss.

Die Jungs lachen wieder, aber ich habe nicht den blassesten Dunst, worüber. Meine Gedanken sind jetzt ganz woanders. Ich weiß, ich habe Tiffani versprochen, mich nicht auf Declan und seine Geschäfte einzulassen, aber sie bedeutet mir zu wenig, um ihretwegen ein schlechtes Gewissen zu haben. Tyler Bruce tut verdammt noch mal das, was *er* will.

Ich werfe Kaleb einen Seitenblick zu, dann stoße ich ihm den Ellbogen in die Rippen, um ihn auf mich aufmerksam zu machen. »Sag Declan, ich bin dabei«, raune ich ihm ins Ohr. »Ich deale für ihn.«

Als ich am nächsten Morgen aufwache, ist mein Kopf ziemlich vernebelt. Eine Zeit lang blinzle ich gegen das grelle Sonnenlicht an, das durchs Fenster hereinströmt, bis mir schlagartig bewusst wird, dass ich nicht in meinem eigenen Zimmer bin. Ich liege in Tiffanis Bett. Mit einem leisen Stöhnen rolle ich herum und erschrecke mich fast zu Tode, als sich Tiffanis blaue Augen fest in mich bohren. Sie sitzt wach und angezogen mit übergeschlagenen Beinen auf dem Bett und sieht mich tadelnd an.

»Mom bringt dich um«, stellt sie fest. Ich kann mir angenehmere Arten vorstellen, einen schönen guten Morgen gewünscht zu bekommen.

Ich ziehe eine Augenbraue nach oben, nur halb wach. »Hä?«

»Du hast gestern Nacht unseren Kühlschrank geplündert und halb leer gefuttert«, erklärt Tiffani mit vorgeschobener Unterlippe. Wie spät ist es eigentlich? Sie hat schon Make-up aufgelegt, und ihre Haare sind perfekt gestylt. »Wir haben sie beim Heimkommen geweckt, weil wir so einen Radau gemacht haben. Sie ist ziemlich sauer. Du musst schleunigst hier weg.« Sie schwingt die Beine aus dem Bett und steht auf, dann fängt sie an, meine Klamotten vom Boden aufzusammeln. Sie wirft sie mir mit schwungvollen Bewegungen zu. Meine Jeans trifft mich mit derartiger Wucht, dass es mich fast ausknockt.

»Und nimm Edens Zeug bitte auch gleich mit«, schnaubt sie und wirbelt voller Elan durchs Zimmer, um noch mehr Sachen nach mir zu werfen. Sogar ein Handy kommt auf mich zugeflogen. »Ach ja, und übrigens danke, dass du mich gestern auf der Party wieder mal bis auf die Knochen blamiert hast. Echt supertoll, einen drogensüchtigen Freund zu haben.«

Mühsam richte ich mich auf und reibe mir die Augen. Ich bin total im Eimer. Das sind sicher die Entzugserscheinungen. Was gestern Nacht wohl vorgefallen ist? Ich weiß nur noch, dass ich eine Tüte nach der anderen geraucht und viel gelacht habe. Außerdem habe ich viel zu viel Bier in mich reingekippt. Aber wie ich zu Tiffani nach Hause gekommen bin, das weiß ich nicht mehr. Was ist überhaupt aus Eden geworden? »Was hat sie gemacht, wie ist sie heimgekommen?« frage ich und sehe Tiffani blinzelnd an. Meine Augen sind immer noch extrem lichtempfindlich, und ich bin verdammt durstig, mein Hals ist staubtrocken. »Eden?«

»Die ist schon nach einer halben Stunde gegangen«, sagt Tiffani leichthin, als würde sie das nicht groß interessieren. »Wie lahm ist das denn? Dean hat sie nach Hause gebracht. Und *ich* bringe *dich* jetzt heim. Also schwing endlich deinen Arsch aus dem Bett.«

»Wie spät ist es?«

»Erst acht.«

»Acht?«, wiederhole ich ungläubig und funkle sie finster

an. Wir sind aller Wahrscheinlichkeit erst vor ein paar Stunden hierhergekommen. »Scheiße, so früh?«

»Willst du, dass meine Mom dich umbringt?«, fragt sie in spöttischem Ton und fährt herum, um mich ebenfalls böse anzusehen. Sie hat die Hände in die Hüften gestemmt und die Augenbrauen hochgezogen. »Willst du, dass *ich* dich umbringe? Denn je länger ich dich ansehen muss, desto größer wird mein Wunsch, es zu tun. Also lass uns gehen.«

Ergeben seufzend ziehe ich mein Hemd von gestern Abend über und kämpfe mich mühsam aus dem Bett. Ich könnte gut und gerne noch ein paar Stunden Schlaf gebrauchen, und mir wird schlecht bei dem Gedanken, jetzt nach Hause zu kommen. Mom hasst es, wenn ich nicht wenigstens Bescheid gebe, dass ich woanders übernachte. Außerdem hätte ich gestern eigentlich gar nicht weggedurft … Das gefällt ihr garantiert nicht. Und wenn Eden ihr erzählt hat, was sie gestern mitbekommen hat, dann hab ich vielleicht gar kein Zuhause mehr, in das ich zurückkehren könnte.

Ich schlüpfe in meine Jeans und habe die Schuhe noch nicht mal richtig an, als Tiffani sich bei mir unterhakt und mich unerbittlich in Richtung Tür zerrt. Im Vorbeigehen kralle ich mir Edens Klamotten und lasse mich von Tiffani die Treppe runterschleifen, ohne mich ihrem groben Griff zu entziehen. Im Haus ist es totenstill, deshalb gehe ich davon aus, dass ihre Mom noch schläft. Das würde zumindest erklären, warum wir so fluchtartig aufbrechen.

Die Morgensonne knallt mir in die Augen, als wir ins Freie treten, dabei bekomme ich sie vor Müdigkeit kaum auf. Kaum habe ich mich auf den Beifahrersitz plumpsen lassen, bin ich schon wieder kurz vorm Einschlafen. Ist vielleicht besser so, dann textet Tiffani mich hoffentlich gar nicht erst zu. Für dieses Wochenende hatte ich genug von ihr, ich könnte gut und gern einige Tage ohne sie auskommen. Was natürlich nicht passieren wird. Ich nutze die Gelegenheit und mache ein zehnminütiges Nickerchen, bevor ich mich Mom stellen muss.

»Okay, raus mit dir«, sagt Tiffani kurze Zeit später. Mühsam öffne ich die Augen und stelle verwundert fest, dass wir schon vor unserem Haus angehalten haben.

Jetzt wird's ernst, denke ich. Ich setze mich auf und klappe die Sonnenblende herunter, um mein Aussehen im Spiegel zu überprüfen. Meine Augen sind zwar trocken, aber zum Glück nicht allzu rot. Ich blinzele ein paarmal und klappe die Blende wieder hoch, dann öffne ich die Tür. Ich schwinge ein Bein aus dem Auto und halte inne. »Tut mir übrigens leid«, sage ich mit einem bedauernden Blick zu Tiffani. Im Grunde ist mir selbst nicht klar, *wofür* ich mich entschuldige. Vielleicht dafür, dass ich mich so abgeschossen habe? Ich will nur nicht, dass Tiffani sauer auf mich ist. Ich kann nicht ohne sie, und auch wenn ich mich darauf verlassen kann, dass sie nicht gleich mit mir Schluss macht, finde ich es unerträglich, wenn sie mir die kalte Schulter zeigt. Das scheint sie ganz genau zu wissen. Es kommt mir so vor, als würde sie das mit voller Absicht tun, nur um mich für Ausrutscher zu bestrafen.

»Geh schon, Tyler«, sagt sie leise und starrt stur durch die Windschutzscheibe auf die Straße. Ihre Hände halten das Lenkrad fest umklammert. Wie high war ich gestern eigentlich? Habe ich viel dummes Zeug von mir gegeben?

Was auch immer ich diesmal verbrochen habe, um ihren Zorn auf mich zu ziehen, ich bin viel zu verkatert, um noch länger hier herumzustehen und nachzubohren. Ich will nur noch ins Bett fallen, mir die Decke über den Kopf ziehen und die nächsten zwölf Stunden schlafen. Deshalb steige ich jetzt wortlos aus. Kaum habe ich die Wagentür hinter mir zugeschlagen, tritt Tiffani aufs Gas und brettert die Straße hinunter.

Edens Klamotten in der Hand, starre ich einen Moment

auf unser Haus und seufze. Ich bin an Moms Standpauken gewöhnt, und auch wenn ich sie ungern enttäusche, habe ich gelernt, sie auszublenden. Ich lasse sie einfach fünf Minuten über mich ergehen, dann kapituliert sie ohnehin. Zumindest ist das der übliche Ablauf.

Mit langsamen, fast schon zögerlichen Schritten gehe ich auf die Haustür zu und drücke den Türgriff probeweise nach unten. Es ist nicht abgesperrt. Ich kneife die Augen zu, hole tief Luft und schiebe sie auf. Zunächst schlägt mir nur Stille entgegen, als ich mich hineinschleiche und die Tür möglichst behutsam hinter mir schließe. Ich richte den Blick auf die Treppe und sehe, dass der Weg hinauf in mein Zimmer frei ist. Doch dann ist ein Ruf zu hören, der mich zusammenfahren lässt: »Tyler?«

Wie angewurzelt halte ich inne und ergebe mich meinem Schicksal. Abwartend bleibe ich im Eingangsbereich stehen, bis Mom kurz darauf aus der Küche kommt.

»Endlich«, presst sie mit brüchiger Stimme hervor und legt sich die Hand ans Herz, als hätte sie meinetwegen Todesängste ausgestanden. Ich verstehe gar nicht, warum sie sich so um mich sorgt. Kommt schließlich öfter vor, dass ich nicht nach Hause komme. Ihre Miene verhärtet sich nun, und sie wirft frustriert die Hände hoch. »Wo um Himmels willen hast du gesteckt, Tyler?«

Ich schaue zu Boden und zucke mit der Schulter. »Ich war aus«, antworte ich. Normalerweise durchschaut Mom mich so oder so, deshalb lohnt es sich nicht, sich groß herausreden zu wollen.

»Wo?«, bedrängt sie mich weiter.

»Ist doch egal. Ich bin ja jetzt hier.«

In ihren blauen Augen funkelt Zorn, doch es mischt sich auch ein besorgter Ausdruck darunter. Ihre ewige Sorge um mich setzt mir am meisten zu. Ich möchte so gerne, dass sie denkt, ich wäre okay, doch natürlich weiß sie haargenau, dass ich weit davon entfernt bin. Ihr zuliebe würde ich gern sagen können, dass es mir gut geht, nur damit sie all das nicht durchmachen muss. »Hast du wieder die ganze Nacht getrunken?«

»Nein«, sage ich und fahre mir mit den Händen durch die völlig zerzausten Haare. »Ich hab bei Tiffani übernachtet.«

»Und wo warst du davor?«

»Mom, ich bin müde«, murmle ich, in der Hoffnung, sie möge Mitleid mit mir haben. Was ich natürlich vergessen kann.

»Tyler.« Schweigend lässt sie ihren Blick an mir auf und ab wandern. Und dann geht plötzlich eine Veränderung in ihr vor. Nicht mehr Wut, nicht mehr Besorgnis bestimmen ihren Gesichtsausdruck, sondern die gewohnte Enttäuschung. »Du hast wieder was geraucht, stimmt's?«

»Was? Nein!«, lüge ich und weiche instinktiv einen Schritt zurück.

»Glaubst du, ich rieche das nicht?«

Stirnrunzelnd blicke ich an mir hinab. Ich trage die Klamotten von gestern Abend, bin nicht geduscht. *Natürlich* stinke ich nach Gras. Ich bin so ein verdammter Vollidiot. »Na gut, ich war auf einer Party. Da waren ein paar Jungs, die was geraucht haben. Aber ich nicht«, erfinde ich rasch, und weil ich nicht weiß, was ich sonst noch sagen soll, schiebe ich mich an ihr vorbei und versuche, die Treppe hinauf zu entkommen.

»Du lügst mich an«, höre ich sie mit wackeliger Stimme sagen. »Gott, Tyler. Warum? Ich weiß nicht, was ich noch machen soll!«

Ich bleibe stehen und drehe mich zu ihr um. Sie hat jetzt die Hände vors Gesicht geschlagen, und ich würde sie am liebsten in den Arm nehmen und ihr sagen, wie leid es mir tut; dass ich all das nur tue, um klarzukommen, dass ich sie liebe und wünschte, es würde anders laufen. Aber ausgerechnet in diesem Moment beschließt Dave, sich einzumischen. Er tritt in den Flur, als hätte er die ganze Zeit hinter dem Türstock gelauert und gelauscht. »Bequemt sich der Herr doch noch nach Hause?«, fragt er in einem Ton, wie er herablassender nicht sein könnte.

Die Augen zu schmalen Schlitzen verengt, sehe ich ihn an. Ich habe Dave noch nie ausstehen können, schon vom ersten Moment an, als Mom ihn uns vor all den Jahren vorgestellt hat. Das liegt nicht allein daran, dass ich ein generelles Problem mit Vaterfiguren hätte. Nein, der Grund ist vielmehr der, dass Dave ein Arschloch ist. Er hat sich nie die Zeit genommen, mich näher kennenzulernen. Er weiß genau über meine Vergangenheit Bescheid, und trotzdem kommt er immer wieder mit solchen herablassenden Bemerkungen daher und rollt mit den Augen. Irgendwann verpasse ich ihm eine in die Fresse. »Jepp, bin wieder da«, antworte ich und grinse ihn an.

»Und was genau bringt dich auf die Idee, du könntest einfach so mir nichts, dir nichts die ganze Nacht wegbleiben?«, will er wissen und schiebt sich näher an Mom heran. Er legt ihr die Hand auf die Schulter und drückt sie, um sich ihrer Unterstützung zu versichern. »Du hast Hausarrest. Du hättest gestern Abend gar nicht weggehen dürfen.«

Ich verziehe das Gesicht und muss fast lachen. Es ist so unsagbar peinlich, wenn er versucht, mir gegenüber Strenge zu zeigen. Er mag zwar mein Stiefvater sein, aber ich finde, dass es ihm trotzdem nicht das Recht gibt, sich wie ein echter Vater aufzuführen. »Dave, bitte tu mir einen Gefallen. Lass es.« Jetzt bin ich es, der ihn augenrollend ansieht. Dann mache ich auf dem Absatz kehrt und stürme die Treppe hinauf in mein Zimmer.

»Tyler!«, ruft Mom mir in scharfem Ton nach. »Komm sofort zurück!«

Ich achte nicht auf sie, stattdessen fluche ich lautstark vor mich hin. Dave ist wirklich so ein Arschloch. Ich habe die Tür zu meinem Zimmer bereits im Blick, als ich feststelle, dass ich Edens Klamotten die ganze Zeit schon mit mir herumschleppe. Außerdem wird mir in diesem Moment bewusst, dass Mom mich erstaunlicherweise nicht wegen dem Koks angebrüllt hat. Und das kann nur bedeuten, dass sie nichts davon weiß. Eden hat also vorerst dichtgehalten.

Draußen vor ihrem Zimmer mache ich kurz entschlossen halt und öffne die Tür auf, ohne anzuklopfen. Ich will ihr ihr Zeug bringen, würde aber auch gern mit ihr reden.

Zum Glück ist sie wach und zieht sich gerade einen Hoodie über, als ich reingeplatzt komme. Schlagartig verdüstert sich ihre Miene zu einem feindseligen Funkeln. »Hast du schon mal was von … warte, wie hieß das noch … ach ja, von Privatsphäre gehört?«

Ich lege den Kopf schief und schließe die Tür hinter mir. Sieht ganz so aus, als wäre sie immer noch sauer wegen gestern. »Hier sind deine Sachen«, murmle ich und fühle mich nicht ganz wohl in meiner Haut. Betreten lege ich ihre Klamotten aufs Bett. Dann krame ich umständlich in meiner Hosentasche, mache einen Schritt auf sie zu und halte ihr das Telefon hin. »Und, äh, dein Handy.« Ich kann ihr nicht in die Augen sehen vor Scham, würde mir aber gerne einreden, dass es nur am Schlafmangel liegt.

»Danke«, sagt sie schroff.

Die Spannung zwischen uns ist unerträglich, trotzdem sieht sie mich unumwunden an. Ihr Blick ist unergründlich, aber nach gestern Abend hat sie sich bestimmt ihr eigenes Urteil gebildet. Ich fühle mich derart beobachtet, dass ich mich langsam zum Gehen wende. Doch bevor ich die Tür erreicht habe, fällt mir etwas ein, und ich drehe mich noch einmal zu ihr um.

»Ähm also«, stammle ich. »Wegen gestern Abend …«

»Dass du ein Idiot bist und Drogen nimmst und verdammt

peinlich bist, weiß ich schon«, schneidet sie mir hastig das Wort ab. Obwohl sie das mit ruhiger Stimme sagt, treffen mich ihre Worte direkt ins Mark. »Das brauchst du mir nicht mehr zu erklären.«

Wenigstens weiß sie jetzt, wer Tyler Bruce ist. Er ist ein Idiot, jawohl. Er nimmt Drogen, richtig. Er ist peinlich? Nein, warte. Das ist nicht Tyler Bruce. Das bin ja ich, und plötzlich fühle ich mich durchschaut, fast, als könnte sie direkt durch mich hindurchsehen. Aber das ist unmöglich! »Sag … sag ihnen einfach nichts davon, ja?« Gott, ich klinge sogar *peinlich*.

Eden verschränkt die Arme vor der Brust, und ihr Blick wird etwas weicher. Eine Weile sieht sie mich an, fast schon amüsiert, dann sagt sie: »Du bittest mich, dich nicht zu verpetzen?«

»Sag Mom oder deinem Dad nichts davon. Vergiss es einfach«, bettle ich jetzt wie ein verdammter Loser.

»Ich kann nicht fassen, dass du dich mit so was abgibst«, sagt sie leise. Nach einem kurzen Blick aufs Handy wirft sie es aufs Bett. »Warum machst du das überhaupt? Cool aussehen tust du dabei nämlich echt nicht, wenn das der Sinn der Sache sein soll.«

Ich mache ja wirklich vieles der Coolness wegen und um es aussehen zu lassen, als hätte ich alles im Griff. Aber die Sache mit den Drogen gehört definitiv nicht dazu. Damit mache ich mich nur unempfänglich für den ganzen Mist, den ich so mit mir herumschleppe. Und der Rausch hilft mir zu vergessen, was Dad mir angetan hat. »Wohl kaum.«

»Was dann?«, fragt sie entnervt. Ich verstehe immer noch nicht recht, warum sie das überhaupt kümmert.

»Weiß nicht«, antworte ich. Ich werde ihr ganz bestimmt nicht auf die Nase binden, was wirklich dahintersteckt. Ich habe nämlich nicht die Absicht, je mit der Wahrheit rauszurücken. Und wenn doch, würde ich es garantiert nicht Eden erzählen. Sie ist eine Fremde. »Ich bin auch nicht gekommen, um mir einen Vortrag anzuhören, okay? Ich wollte dir nur dein Zeug bringen und dir sagen, dass du die Klappe halten sollst.« Ich fahre mir durch die Haare und linse zur Tür. Ich muss hier raus. Und ich brauche dringend eine Runde Schlaf.

Und dann, gerade als ich gehen will, höre ich Eden ganz leise sagen: »Warum hasst du mich so sehr?«

Mein Blick zuckt zu ihr zurück. Glaubt sie allen Ernstes, ich würde sie hassen? Ich hab doch nichts von dem, was ich gesagt oder getan habe, persönlich gemeint. Ich bin einfach nur Tyler Bruce. Ich mag ja manchmal so rüberkommen, als würde ich alle Welt hassen, aber doch nicht sie … »Wer hat gesagt, dass ich dich hasse?«

»Äh, na ja. Du beleidigst mich bei so ziemlich jeder Gelegenheit«, sagt sie und sieht mich stirnrunzelnd an, als bedürfe das eigentlich keiner Erklärung. »Ich verstehe ja, dass es komisch ist, von einem Tag auf den anderen eine Stiefschwester zu haben, aber das ist es für mich auch. Wir hatten wohl einen schlechten Start.«

»Nein.« Lachend schüttle ich den Kopf. Es ist unglaublich. Sie denkt, ich benehme mich so daneben, weil ich es komisch finde, plötzlich eine Stiefschwester zu haben? Da täuscht sie sich aber gewaltig. Ich bin so, weil ich gar keine andere Wahl habe, bei mir ist das so eine Art Schutzvorrichtung, damit mich niemand verletzt. Ich verstecke mich doch nur hinter dieser Maske. »Du verstehst es ganz und gar nicht.« Ich will nicht mehr reden, deshalb mache ich endgültig auf dem Absatz kehrt und gehe zur Tür.

»Was verstehe ich nicht?«, will Eden wissen.

Ohne mich noch einmal zu ihr umzudrehen, sage ich: »Einfach alles.«

Kapitel 15

Fünf Jahre zuvor

»Wie läuft's mit den Hausaufgaben?«, erkundigt sich Dad am späten Sonntagnachmittag.

Ich blicke vom Schreibtisch auf. Mir sind die Beine eingeschlafen, weil ich sie so lange überkreuzt hatte, und vom vielen Schreiben bekomme ich langsam einen Krampf in der Hand. Dad lehnt am Türrahmen, die Hände hat er in den Hosentaschen vergraben. Er trägt ausgewaschene Jeans und ein Flanellhemd, und unrasiert ist er außerdem, wie jeden Sonntag. Dad ist am Wochenende immer viel entspannter und gelassener, weil ihm der Stress im Job dann nicht im Nacken sitzt. Sobald das Wochenende da ist, scheint der Druck, alles perfekt machen zu müssen, für uns beide nachzulassen. Deshalb liebe ich diese Tage.

»Äh«, mache ich, schlucke und richte den Blick wieder auf den Schreibtisch und die Unterlagen vor mir. Ich habe den ganzen Nachmittag an einem Geschichtsaufsatz gearbeitet, und obwohl ich eigentlich längst fertig bin, habe ich mich nicht getraut, eine Pause einzulegen. »Schon erledigt. Ich gehe nur noch meine Notizen für den Unterricht durch.«

»Sehr fleißig«, lobt Dad. Sein Mund verzieht sich zu einem stolzen Lächeln, und er nickt anerkennend, bevor er sich aufrichtet, die Hände aus den Hosentaschen zieht und die Handflächen unternehmungslustig aneinander reibt. »Na schön, dann leg mal den Stift weg. Für heute hast du genug gemacht. Los, komm, ich will dir draußen was zeigen.«

Verständnislos starre ich ihn an und frage mich, ob ich ihn vielleicht falsch verstanden habe. Hat er gerade ernsthaft gesagt, ich hätte für heute genug getan? Ich bräuchte nicht weiterlernen? Es waren doch nur ein paar Stunden, also kaum genug.

»Komm schon!«, sagt Dad nun und klatscht in die Hände, damit ich mich beeile.

Natürlich würde ich es nie wagen, ihm zu widersprechen, deshalb lasse ich jetzt den Stift fallen und springe auf, aber leider etwas zu schnell, denn ein leichter Schwindel erfasst mich. Obwohl meine Glieder total taub sind, schaffe ich es, auf Dad zuzugehen. Er legt mir kameradschaftlich den Arm um die Schultern, zieht mich an sich und führt mich die Treppe hinunter.

»Was ist denn draußen?«, frage ich vorsichtig. Vielleicht sollte ich nicht fragen, aber ich bin doch neugierig geworden. Außerdem ist Dad heute gut gelaunt, da stört es ihn sicher nicht, wenn ich ihm diese Frage stelle.

»Das wirst du schon sehen!«, antwortet er, und als ich verstohlen aus dem Augenwinkel zu ihm aufsehe, strahlt er mich mit einem breiten Grinsen von oben her an. Es ist zwar nicht das erste Mal, dass er mich anlächelt, aber eine Seltenheit ist es trotzdem.

Wir treten durch die Haustür ins Freie. Die Sonne strahlt aus einem wolkenlosen Himmel, überall auf der Straße tummeln sich Kinder auf Fahrrädern, und Mr. Perez von nebenan mäht den Rasen. Es ist ein typischer kalifornischer Sonntagnachmittag. Auf unserer Auffahrt versucht Jamie jedoch gerade, Chase einen Basketball abzuluchsen, den dieser fest an sich gedrückt hält. Ich wusste bislang nicht mal, dass wir einen Basketball *besitzen*. Gegen das grelle Sonnenlicht anblinzelnd beobachte ich die beiden, bis mein Blick auf den Basketballkorb fällt, der über dem Garagentor montiert ist. Der war gestern aber noch nicht da, ganz bestimmt nicht.

»Was … Was ist das?«, stammle ich.

»Ein Korb«, sagt Dad lachend, als sähe ich das nicht selbst. Er nimmt den Arm von meinen Schultern und geht auf die Auffahrt zu. Als er jedoch merkt, dass ich ihm nicht folge, sieht er sich nach mir um und bleibt stehen. Als er mich mit ungläubiger Miene auf den Korb starren sieht, verdreht er die Augen, aber sein Lächeln wird noch breiter, dabei scheint er ohnehin schon bis über beide Ohren zu grinsen. »Man zielt und wirft darauf, Tyler! Jetzt komm schon!«

Immer noch ganz verdattert stiefle ich los, um mich zu meinen Brüdern zu gesellen. Auf der Unterlippe kauend bleibe ich neben Dad stehen. »Ich dachte … du willst nicht, dass ich Sport mache?«

»Das gilt doch nur für *Football*«, korrigiert er mich. »Ich will bloß nicht, dass du dir eine Verletzung zuziehst. Beim Basketball passiert das nicht so leicht.« Er sprintet voller Enthusiasmus los und schnappt Chase den Ball weg, hält ihn hoch, damit Jamie ihn nicht erwischt, und dribbelt damit zur Ecke der Auffahrt, mit einem selbstgefälligen Lächeln im Gesicht.

»Hey! Ich hätte den Ball fast gehabt!«, jammert Jamie, wirft die Hände hoch und funkelt Dad verärgert an.

»Vergiss es!«, protestiert Chase. »*Ich* hätte um ein Haar einen Treffer gelandet!« Er legt die Hände an Jamies Brust und schubst ihn einen Schritt nach hinten, und schon nach kurzem Hin und Her entspinnt sich ein handfester Streit zwischen ihnen.

Hastig blinzelnd stehe ich am Rand der Auffahrt und sehe ihnen mit wachsender Panik zu. Als mein Blick zu Dad wandert, merke ich, dass seine Züge unverändert weich sind, der Ausdruck in seinen Augen ist fast zärtlich. Wieder lächelt er und wirft mir im nächsten Moment den Basketball zu. Ich fange ihn in letzter Sekunde auf, doch die Wucht lässt mich ein paar Schritte zurücktaumeln. Eine Weile spüre ich das

Gewicht des Balls in meinen Händen und starre blicklos darauf. Dad lässt mich allen Ernstes in der Auffahrt Ball spielen, statt zu büffeln?

»Worauf wartest du, Tyler!«, ruft Dad mir mit einem kleinen Lachen zu. Er deutet mit dem Kinn auf den Korb über dem Garagentor. »Los, jetzt wirf endlich.«

Ohne groß zu zielen, sehe ich hinauf zum Korb, werfe den Ball hoch und sehe zu, wie er mit einem dumpfen Geräusch vom Tor abprallt. Er landet am Boden, und sofort schießen Jamie und Chase fast gleichzeitig los, um ihn sich zu schnappen.

»Übung macht den Meister«, bemerkt Dad und kommt auf mich zu, um mir durch die Haare zu wuscheln. Er lächelt noch immer. Was ist heute nur mit ihm los? Er dreht sich auf dem Absatz um und hilft Chase dabei, Jamie abzuwehren, der gerade versucht, über die Auffahrt zu dribbeln. »Chase, wir beide sind ein Team«, sagt er, als Jamie den Ball direkt über ihre Köpfe hinwegsegeln lässt und ihn treffsicher im Korb versenkt. Grinsend sieht er mich an. »Tyler, Jay … viel Glück.«

Endlich kann ich mich entspannen. Dad ist glücklich. Es ist ein guter Tag. Er spielt an einem heißen Nachmittag Ball mit uns. Ich hatte ganz vergessen, wie viel Spaß man mit Dad haben kann. Ich packe Jamie am Ellbogen und ziehe ihn an den Rand des Spielfelds, um eine kleine Strategiebesprechung mit ihm abzuhalten. Dad beobachtet uns aus einiger Distanz und lässt belustigt die Augenbrauen hüpfen. Ich wage es sogar, ihn anzulächeln.

Wir spielen bis zum Abend. Jamie und ich sind ein tolles Team und legen uns richtig ins Zeug. Irgendwann kommt Mom mit Saft für uns alle nach draußen und spielt am Ende sogar selber mit, nachdem wir sie alle drei lange genug angebettelt haben. Sie ist in meinem Team, doch leider ist sie keine große Hilfe, sie hört nämlich nicht auf, die gegnerische Mannschaft zu küssen.

Wir gewinnen trotzdem, obwohl ich glaube, dass es nur daran liegt, weil Dad uns gewinnen lässt. Er hat Chase auf den Schultern, während er den Ball mit einer Hand dribbelt, zielt und direkt in den Korb trifft. Chase ist zwar zu müde, um noch mitzuspielen, aber jetzt reißt er die Hände hoch und jubelt. Danach beugt er sich nach unten und klatscht Dad ab; Mom drückt beiden zur Belohnung einen Kuss auf die Backe.

Es ist ein guter Tag. Einer der besten seit Langem. Wir lachen zusammen, meine Brüder albern miteinander herum, Mom hat ein breites Lächeln im Gesicht, das voller Liebe und Stolz ist, und auch Dad ist wieder der Mann, den ich früher so bewundert habe. Jetzt weiß ich, dass er dieser Mann tief drinnen immer noch ist. Wir sind alle glücklich.

Und genau *diese* Familie will ich um jeden Preis beschützen.

Kapitel 16

Gegenwart

Mein Blick wandert zwischen den beiden Karten auf dem Tisch vor mir und dem Telefon in meiner Hand hin und her.

War soooo heiß heute am Strand! Bin gerade erst heimgekommen. Wir überlegen, heut Abend alle zusammen was zu unternehmen. Könnten entweder nach Venice oder zum Hollywood-Schriftzug fahren. Nimmst du Eden mit und wir treffen uns vor Ort, sobald wir entschieden haben, wohin es geht? Ist einfacher so, schreibt Tiffani.

Ich hebe den Kopf und schaue hinüber zum Pier, auf dem für einen Dienstag höllisch viel los ist. Für Juni ist das Wetter ausgesprochen gut. Der morgendliche Smog hat sich heute schneller verzogen als sonst, die Sonne strahlt aus einem wolkenlosen Himmel.

Ich bin schon den ganzen Nachmittag am Strand, aber am südlichen Ende und damit so weit wie möglich entfernt vom Pier. Tiffani denkt, ich war den ganzen Tag zu Hause, deshalb kann ich von Glück sagen, dass wir uns nicht über den Weg gelaufen sind.

Okay, klingt gut. Mom macht mir wegen Samstag immer noch die Hölle heiß, hab Hausarrest, aber ich versuch später einfach abzuhauen, antworte ich auf ihre Nachricht und habe leichte Schuldgefühle, als ich die Nachricht abschicke. Dass ich Tiffani solche Lügen auftische, ist nichts Neues, aber ich fühle mich trotzdem jedes Mal total mies. Und ganz ohne Risiko ist es auch nicht, sie kriegt ja schon die Krise, wenn ich nicht ans Telefon gehe. Sie würde garantiert ausflippen, wenn sie wüsste, dass ich sie angeflunkert habe.

Ich lege das Handy beiseite und konzentriere mich wieder voll und ganz auf das Spiel. Gerade werden die Karten neu verteilt und die Einsätze gemacht, obwohl ich echt keine Ahnung habe, was hier eigentlich läuft. Ich sitze seit Stunden an diesem klapprigen alten Tisch und spiele Blackjack mit ein paar Typen, die mir noch nie begegnet sind. Sie sind älter als ich, ungefähr Mitte zwanzig, und beäugen mich schon die ganze Zeit misstrauisch. Kaleb ist auch hier, spielt aber nicht mit. Dafür verschwindet er alle halbe Stunde, um eine Übergabe zu machen.

Declan Portwood, der sich in den vergangenen Wochen kaum hat blicken lassen, ist ebenfalls gekommen, es ist gut, ihn mal wieder zu sehen. Seine Miene ist angespannt, aber das ist bei ihm fast schon ein Dauerzustand. Dafür ist er sehr gut angezogen und frisch rasiert. Die protzige Golduhr an seinem Handgelenk funkelt in der Sonne. Wer ihn nicht kennt, hält ihn bestimmt für einen stinkreichen Collegestudenten, aber alle anderen wissen natürlich, dass er die dicke Kohle mit dem Gras macht, das er im großen Stil auf seinem Dachboden anbaut.

Ich nehme an, aus diesem Grund hat er mich heute hierher bestellt. Um mich mit an Bord zu holen. Ich soll den gleichen Job machen wie Kaleb und diese anderen Typen. Bislang scheint das alles nicht sonderlich kompliziert zu sein. Er verkauft sein Zeug an mich, und ich bringe es an den Mann und streiche den Gewinn ein. Ich habe also nicht groß was zu verlieren. Wenn es anders wäre, wäre ich nicht hier.

»Ich hab 'ne Idee«, verkündet Declan. Er ist mit Austeilen fertig und lehnt sich auf seinem Stuhl zurück. »Wie wär's mit einer Party? Ganz unter uns, nur mit Leuten, die wir cool finden?«

Warren richtet sich auf und stemmt die Ellbogen auf den

Tisch. Mit hochgezogenen Augenbrauen beugt er sich vor. Er hat ziemlich breite Schultern, und sein gesamter Oberarm mit dem beachtlichen Bizeps ist mit Tribalmotiven zutätowiert. »Wann?«

»Dieses Wochenende«, sagt Declan. Er schiebt die Sonnenbrille runter auf seine Nase und senkt verschwörerisch die Stimme. »Ich besorg richtig gutes Zeug, das bringt ihr möglichst schnell unter die Leute. Nicht ganz ungefährlich, aber es wartet gutes Geld auf euch. Deine Miete ist doch bald fällig, Liam, oder?«

Liam nickt und fällt sofort auf Declans geschickte Überzeugungsarbeit herein. Liam ist ein wandelndes Stereotyp. Er hat tiefe Ringe unter den Augen, trägt einen ungepflegten Dreitagebart, und die Tatsache, dass er zwei verdammte Handys vor sich auf dem Tisch liegen hat, verrät ihn unmissverständlich als Dealer. Außerdem hat er diesen Tick und zuckt ständig nervös mit den Augen. Ich könnte beim besten Willen nicht sagen, ob er high ist oder nicht. »Bin dabei«, sagt er leichthin.

»Tut mir leid, Jungs, ich muss wieder los«, erklärt Kaleb, der mittlerweile bestimmt schon zum fünften Mal aufsteht. »Was ist eigentlich los? Heute scheinen ja alle Nachschub zu brauchen. Wir haben doch erst Dienstag, verdammt«, murmelt er und wendet sich ohne ein weiteres Wort zum Gehen, den Schlüssel zu seinem Transporter in der Hand.

»Hörst du das, Tyler?«, fragt Declan und reckt sein Kinn in meine Richtung. Ich kann seine Augen hinter den dunklen Brillengläsern nicht erkennen, aber sein Mundwinkel zuckt verräterisch nach oben zu einem schiefen Grinsen. Er reibt den Daumen an Zeige- und Mittelfinger. »Da rollt der Rubel.«

Warren feuert mir einen Blick zu und legt den Kopf schief. Er mustert mich von oben bis unten und fragt dann skeptisch: »Was hat ein reicher weißer Junge wie du überhaupt hier zu suchen? Du brauchst die Kohle nicht, sieht doch ein

Blinder.« Er schnaubt abfällig und wirft einen unmissverständlichen Blick über die Schulter auf meine Karre, die keine hundert Meter entfernt auf einem der südlichen Parkplätze steht. Dann sieht er Declan aus zusammengekniffenen Augen an. »Portwood, woher kennst du den Typen überhaupt? Weil er mir nämlich nicht ganz koscher vorkommt. Könnte der Sohn von 'nem verdammten Cop sein oder was ähnlich Beschissenes. Ich wette, der hört uns heimlich ab.«

»Reg dich ab, Bro«, weist Declan ihn mit einem kaum merklichen Kopfschütteln zurecht. »Er ist cool. Wir kennen uns schon seit – wie lang ist das her? Seit dem ersten Highschool-Jahr? Stimmt's, Tyler? Ich kann dir doch vertrauen, oder?« Er rückt näher und schiebt die Sonnenbrille hoch. Mit seinen dunklen Augen mustert er mich eindringlich, hört aber nicht auf zu grinsen.

Ich fasse nach meinen Karten und werfe einen Fünfzig-Dollar-Schein auf den Tisch. Mir ist herzlich egal, ob ich gewinne oder nicht, Hauptsache, diese Jungs akzeptieren mich als ihresgleichen. Die sollen bloß nicht glauben, ich könnte ihnen nicht das Wasser reichen. Ich mag jünger sein, das stimmt, aber ich bin sehr wahrscheinlich cleverer. »Wenn du mir nicht vertrauen könntest, hättest du mich ja wohl kaum herbestellt«, bemerke ich trocken.

Declans Mundwinkel heben sich noch ein Stück, und während er sich erneut in seinem Stuhl zurücklehnt, schiebt er die Brille zurück auf seine Nase. Mit einem kaum merklichen Nicken in meine Richtung konzentriert er sich wieder auf das Kartenspiel.

»Das erklärt aber immer noch nicht, warum er hier ist«, ergreift Warren erneut das Wort. Ich wünschte, er würde aufhören, mich in die Mangel zu nehmen. Warum ist *er* denn hier? Ich wette, ihm geht es einzig und allein um die Kohle. Ich bin mir fast sicher, dass es in seinem Leben nicht so beschissen läuft wie in meinem.

»Alter, was spielt das denn für eine Rolle?«, will Liam wissen und verdreht die Augen. Ich könnte immer noch nicht sagen, ob er stoned ist oder nicht. »Jetzt lasst uns endlich spielen.«

Aber Warren beharrt auf einer Antwort, und ich verstehe ehrlich nicht, was es ihn kümmert. »Weißt du, normalerweise lässt man sich auf so eine Scheiße nur ein, wenn man keinen anderen Ausweg weiß. Also, Tyler mit dem schicken Sportwagen, aus welchem Grund weißt du nicht mehr weiter? Hat Daddy dir den Geldhahn zugedreht?«

Unvermittelt werfe ich die Karten auf den Tisch und springe auf, die Hände auf die Tischplatte gestemmt. Meine Kiefermuskeln sind angespannt, als ich mich zu Warren vorbeuge und ihn mit zu engen Schlitzen verengten Augen scharf ansehe, damit meine Nachricht endlich unmissverständlich bei ihm ankommt: dass er auf der Stelle die Klappe halten soll. »Mein *Daddy* sitzt im Knast, Arschloch.«

Normalerweise würde ich mich nie mit jemandem anlegen, der ungefähr den doppelten Körperumfang hat und fast zehn Jahre älter ist als ich, aber es gibt gewisse Dinge, da geht mein Temperament mit mir durch. Zum Beispiel wenn es um meinen Dad geht. Kein Mensch kennt den wahren Grund, weshalb er im Gefängnis ist, und deshalb kann auch niemand nachvollziehen, wie schmerzhaft es für mich ist, an ihn erinnert zu werden. Dann sehe ich nur noch rot und drohe auszurasten.

Warren zuckt noch nicht mal mit der Wimper und weicht keinen Millimeter zurück. »Tja, dann ist ja alles klar«, sagt er gedehnt und sieht lachend zu mir auf. »Du trittst in seine Fußstapfen, Bro.«

Und das war's – ich raste aus. Meine Brust schnürt sich zusammen, ich presse die Zähne so fest aufeinander, dass mein Kiefer schmerzt, und dann stürze ich mich blind auf ihn und ramme ihm die Faust mit voller Wucht an den Mundwinkel.

Ich bekomme noch nicht mal mehr mit, was ich mache. Mittlerweile weiß ich, dass ich unkontrollierbar bin, wenn ich ausraste. Das Adrenalin rauscht durch meine Adern, während Warren mitsamt dem Stuhl nach hinten umkippt. Er kämpft sich wieder auf die Beine, zerrt seine Hose hoch und hebt angriffslustig die Fäuste.

»Scheiße, Mann, lasst das bloß bleiben«, stöhnt Declan. Er seufzt tief und drängt sich zwischen Warren und mich. Liam schaut schweigend zu, und in dem Moment komme ich zu dem Schluss, dass er tatsächlich high sein muss.

Ich behalte Warren fest im Visier. Schwer atmend und mit rasendem Puls sehe ich, wie seine Nasenflügel sich wütend blähen. Er wischt sich das Blut vom Mund und schüttelt den Kopf, dann lässt er die Fäuste sinken.

Im selben Moment höre ich eine wütende Stimme brüllen: »Was zum Teufel ist hier los?« Als ich aufsehe, bleibt mir fast das Herz stehen, denn es ist Dave, der durch den Sand auf uns zugestapft kommt. Zwei Gedanken schießen mir gleichzeitig durch den Kopf: Der erste ist, was Dave verdammt noch mal hier unten am Strand zu suchen hat, und der zweite, dass mein Stiefvater mich unter keinen Umständen mit Declan zusammen sehen darf, der normalerweise ganz andere Sachen unter den Leuten verteilt als einen Satz beschissener Spielkarten.

»Declan, ich melde mich bei dir, okay?«, sprudelt es panisch aus mir heraus, und schon sprinte ich los, eile Dave entgegen. Ich lasse mich gerne von ihm anbrüllen, solange ich ihn nur von den Jungs fernhalten kann.

»Was ist hier los, Tyler?«, zischt Dave in scharfem Ton. Frustriert wirft er die Hände hoch und starrt mich fassungslos an, als könnte er selbst kaum fassen, dass es mir immer wieder gelingt, ihn zu überraschen. Jedes Mal, wenn er glaubt, es könnte nicht mehr schlimmer werden, mache ich etwas, um ihm das Gegenteil zu beweisen. »Du hast Hausarrest. Dir ist schon klar, dass du eigentlich *daheim* sein solltest, oder? Nicht hier! Zockst du etwa?« Er macht einen Schritt zur Seite und späht an mir vorbei zu Declan und den anderen. Schnell stelle ich mich vor ihn und verbaue ihm die Sicht. Er muss nichts über Declan wissen. Niemals.

»Ist doch nur Spaß. Wir zocken nicht«, lüge ich.

»Spaß? Und wieso bedroht ihr euch dann mit den Fäusten?« Er schiebt sich dicht vor mein Gesicht und sieht mich mit wütenden Augen an. Mittlerweile bin ich zu der Erkenntnis gelangt, dass Dave entweder einen knallharten Erziehungsstil verfolgt oder mich schlichtweg hasst. »Hast du etwa einen Haufen Geld verspielt? Bist du deswegen so sauer?«

»Ja, ich hab verloren, zufrieden?«, erkläre ich und weiche einen Schritt zurück. Lügen ist einfacher, als zugeben zu müssen, dass man sich prügeln wollte, weil man den Gedanken an den eigenen Dad nicht erträgt. Obwohl Dave es vielleicht sogar verstehen würde. Er weiß ja über alles Bescheid.

Dave kneift sich mit Zeigefinger und Daumen in die Nasenwurzel und atmet tief ein. »Steig in deinen Wagen, und folg mir nach Hause. Sofort«, weist er mich scharf an.

»Dave, bitte …«

»Nein«, schneidet er mir das Wort ab. »Ich hab gesagt *sofort*. Du fährst auf der Stelle nach Hause.« Er packt mich an der Schulter und führt mich mit fester Hand über den Strand zum Parkplatz, wo unsere beiden Autos stehen. Ich wehre mich nicht und sehe mich auch kein einziges Mal mehr um, weil Warren sich vermutlich kaputtlacht über mich, dass ich von meinem Stiefvater nach Hause eskortiert werde. Jetzt fühle ich mich tatsächlich wie ein Kind und halte den Kopf gesenkt.

Am Parkplatz angekommen mache ich mich von Dave los und ziehe die Tür auf, um einzusteigen. Aber Dave rammt die flache Hand aufs Autodach, bevor ich sie zuziehen kann.

»Auf direktem Weg nach Hause, Tyler«, warnt er mich mit

fester Stimme und fixiert mich mit strengem Blick. »Ich weiß, dass du viel zu verarbeiten hast. Aber du kannst nicht ständig solche Sachen bringen.«

Augenrollend sehe ich ihn an und knalle die Wagentür zu. Er denkt wirklich, ich mache mich feige aus dem Staub, als hätte ich Angst vor ihm? Ich habe ehrlich gesagt nicht einmal dazu Energie, und es ist mir auch egal. Außerdem wollte ich ohnehin bald nach Hause.

Die fünfzehn Minuten Fahrt kommen mir vor wie eine halbe Ewigkeit, vor allem weil ich gezwungen bin, hinter Dave herzuzockeln. Jedes Mal, wenn er an einer roten Ampel hält, sehe ich, wie er mich über den Rückspiegel anfunkelt. Ich tue so, als würde ich nichts mitbekommen, und habe die ganze Strecke bis zur Deidre Avenue das Fenster heruntergekurbelt und die Musik brüllend laut aufgedreht.

Dave und ich wechseln kein Wort, als wir beide aussteigen und zur Haustür gehen. Ich lasse ihm sogar den Vortritt, während ich gemütlich hinter ihm herschlendere. Offen gestanden finde ich es beinahe amüsant, wie sehr Dave in Wallung geraten kann, wenn es um mich geht. Ich bringe ihn manchmal richtig zur Weißglut. Aber wir konnten uns vom ersten Moment an nicht riechen. Er ist damals hier runter nach L. A. gezogen in der Hoffnung auf ein neues, perfektes Leben, und um ein Haar wäre es ihm geglückt. Wir haben ein großes Haus in einer guten Gegend. Er fährt ein tolles Auto. Er hat sich in seiner Firma ziemlich weit nach oben gearbeitet. Und er hat Mom, die einfach umwerfend ist, und Jamie und Chase, die auch beide in Ordnung sind. Nur leider hat er auch mich, und ich will nun mal so gar nicht in dieses perfekte Leben passen. Deshalb kann ich es ihm gar nicht mal so sehr verübeln, dass er sich über mich regelmäßig aufregt. Aber wen kümmert's? Ich hab mich längst damit abgefunden.

»Ella!«, brüllt er, als wir das Haus betreten. Angewidert verziehe ich das Gesicht, als ich feststelle, dass Mom gerade

Steaks brät. Der Geruch, der sich bis in den Flur ausgebreitet hat, löst bei mir sofortige Übelkeit aus. »Du wirst dich freuen, ich habe Tyler gefunden!«

Mom fährt herum und starrt mich an, als ich Dave durch den Türbogen in die Küche folge. Ihre Stirn ist in tiefe Falten gelegt, ihre Schultern sacken nach unten.

»Willst du wissen, was ich gerade gesehen habe?«, schnauzt Dave mit einem spöttischen Unterton in der Stimme. Er klingt wie ein richtiges Arschloch, als würde es ihm Spaß bereiten, mich an Mom zu verpfeifen. »Ich fahre gerade runter zum Appian Way, weil ich auf dem Nachhauseweg noch etwas Papierkram wegbringen will, und ratet mal, wen ich da ganz zufällig am Strand sehe.« Als wäre nicht längst klar, von wem die Rede ist, wirft er mir jetzt einen anklagenden Blick zu.

Mom sieht mich an und muss sich ganz offensichtlich ein Seufzen verkneifen. »Ich hab dir doch verboten rauszugehen«, sagt sie leise.

Dave achtet nicht auf sie, sondern fährt mit seiner Geschichte fort. »Und ich denke mir: ›Hey, er hat doch Hausarrest‹, und gehe zu ihm rüber, um ihn zu fragen, was er dort treibt. Und da sitzt er mit diesen Typen am Tisch, die alle ein ganzes Stück älter sind als er, und ich muss *mit ansehen,* wie er Zehn-, Zwanzig- und Fünfzigdollarscheine auf den Tisch knallt.« Erst jetzt wird mir bewusst, dass er mich längere Zeit beobachtet haben muss.

»Tyler«, sagt Mom, und als ich sie ansehe, hat sie diesen enttäuschten Ausdruck im Gesicht, den ich so hasse. Noch schlimmer ist es, wenn sie dazu keinen Ton von sich gibt. Ihr Schweigen sagt mehr als tausend Worte.

»Das ist völliger Quatsch«, murmle ich kopfschüttelnd.

»Halt den Mund, verdammt«, fährt Dave mich an, und ich bin überrascht, dass er das vor Mom tut. Wir wissen beide, dass es ihr unangenehm ist, wenn er mich so anschnauzt. Er lockert seine Krawatte, krempelt die Ärmel hoch und stemmt die Hände in die Hüften. »Ich stehe also da und sehe zu, wie er spielt und Geld zum Fenster rauswirft, und dann rate mal, was passiert, als er das Spiel verliert.« Er macht eine kurze Pause, vermutlich der Dramatik wegen. »Er fängt eine Schlägerei an.«

»Der Arsch hat mich beschissen!«, schwindle ich. Gelogen ist natürlich nur das mit dem Bescheißen, Warren *ist* ein Arsch. Allein die Erinnerung an seine Worte zieht mich wieder runter. Ich stütze mich auf den Rand der Arbeitsplatte. »Damit wollte ich ihn nicht durchkommen lassen.«

Dave baut sich vor mir auf, und wäre Mom nicht da, würde ich jetzt auch ihm eine verpassen. »Willst du etwa wegen Körperverletzung ins Gefängnis? Willst du dein Leben in der Jugendstrafanstalt zubringen? Ist es das, was du willst?«

»Du musst damit aufhören, Tyler«, sagt Mom leise, und das sanfte Flehen in ihrer Stimme sorgt dafür, dass ich mich gleich noch beschissener fühle. Seufzend lässt sie die Stirn in die Hand sinken. Sie wirkt eher traurig als wütend. »Ich will nicht, dass du in Schwierigkeiten kommst.«

Ich will das ja auch nicht, würde ich am liebsten brüllen, aber ich finde nicht die passenden Worte. Wie soll ich ihr denn klarmachen, dass ich das alles aus reiner Verzweiflung mache? Weil ich in meinem Leben nichts anderes kenne als Schwierigkeiten? Weil ich nur versuche, irgendwie über die Runden zu kommen?

»Wir sind hier nicht in Las Vegas«, schnaubt Dave. Er rückt mir jetzt richtig auf die Pelle, seine Augen sprühen vor Zorn. Trotzdem kapier ich's nicht. Ich bin nicht sein Sohn. Ich bedeute ihm nichts. Warum regt er sich so auf? »Was hattest du da verdammt noch mal zu suchen?«

Mit stoischer Miene starre ich ihn an. »Ich wollte einfach ein bisschen was vom Leben haben.«

»Ich bin fertig mit dir«, sagt Dave kopfschüttelnd und lässt endlich von mir ab. Ergeben hebt er die Hände, wirft einen kurzen Blick zu Mom und verschwindet durch die Terrassentüren nach draußen.

Erstaunlich. Ich frage mich, wie lange es diesmal dauern wird, bis er einen neuen Versuch startet, mich zu erziehen. Ich registriere, dass Mom den Mund öffnet, um noch etwas zu sagen, aber ich will nichts mehr hören. Außerdem halte ich den Gestank von diesen verdammten Steaks nicht mehr aus. Sie riechen schon ganz angebrannt, aber Mom scheint davon nichts mitzukriegen. Lachend drehe ich mich um und marschiere zur Küche raus. Keine Ahnung, wann ich los muss, um Tiffani und die anderen zu treffen. Aber ich beschließe, sofort aufzubrechen. Den Blick auf die Haustür gerichtet krame ich in der Hosentasche nach dem Autoschlüssel, als ich plötzlich sie dastehen sehe.

Eden steht stocksteif in einer Ecke des Flurs und starrt mich an. Noch während ich rätsle, was sie dort verdammt noch mal tut, fällt es mir ein. »Ich soll dich mitnehmen, richtig?«

Eden zögert einen Moment, und sie wirkt unsicher. Bin ich wirklich so furchteinflößend? »Glaub schon«, murmelt sie schließlich. Sie sieht immer noch nicht überzeugt aus, aber ihre Unsicherheit ist irgendwie süß.

»Ich fahre jetzt los«, teile ich ihr mit. »Also, entweder du kommst jetzt mit, oder du bleibst eben hier.« Ich werde garantiert nicht warten, bis Eden sich zu einer Entscheidung durchringt, deshalb halte ich unbeirrt auf die Haustür zu.

»Tyler! Bitte hau nicht schon wieder ab!«, höre ich Mom aus der Küche rufen, aber ich ignoriere sie trotz des verletzten Tons in ihrer Stimme.

Mit gesenktem Kopf stürme ich nach draußen zur Auffahrt. Erst gehe ich davon aus, dass Eden nicht mitkommt, bis sich die Haustür hinter mir noch einmal öffnet und sie mir zuruft: »Warte auf mich!«

Und ganz ehrlich, ich bin froh, das zu hören.

Kapitel 17

Fünf Jahre zuvor

Am Mittwochvormittag habe ich schon in der dritten Stunde keine Energie mehr, dem Unterricht zu folgen. Ich habe die halbe Nacht kein Auge zugetan. Dad war wieder mal stinksauer, und ich weiß immer noch nicht, warum. Ständig fallen mir die Augen zu, und es hilft auch nichts, wenn ich den Kopf schüttle, um wieder munter zu werden.

Damit ich nicht laufend wegdrifte, drehe ich mein Arbeitsblatt um und fange an, einen großen Kreis zu malen, wieder und wieder und wieder … Als mir die Augenlider erneut zuklappen, zucke ich zusammen und blinzle hastig. Ich versuche es damit, mich kerzengerade hinzusetzen. Aber auch das bringt nichts. Verstohlen schaue ich zu Dean, der links von mir auf der anderen Seite des Klassenzimmers sitzt. Offenbar hat er mich schon eine ganze Weile grinsend angesehen.

Wach auf, formt er lautlos mit dem Mund. Ist es so offensichtlich?

Ich schlage beide Hände vors Gesicht, reibe mir die Augen, bis ich Sternchen sehe, und gerade, als sich meine Sicht klärt, merke ich, wie Mrs. Palmer ihr Handy beiseitelegt. Ruckartig hebt sie den Kopf, dreht ihren Stuhl in meine Richtung und sieht mir in die Augen.

»Tyler«, sagt sie sanft und mit einem angedeuteten Lächeln. »Mr. Hayes erwartet dich in seinem Büro.«

Mr. Hayes bittet mich in sein Büro? Wozu will mich der Beratungslehrer der Schule sehen? Jake hat erzählt, dass er vergangene Woche in sein Büro zitiert wurde, um über seine miserablen Noten zu sprechen, aber meine sind eigentlich ganz gut.

Plötzlich bin ich hellwach. Ich muss schlucken und lege den Stift beiseite, um mich von meinem Platz zu erheben. Die halbe Klasse brütet noch über dem Arbeitsblatt, die andere Hälfte beäugt mich neugierig. Während ich mich zwischen den Pulten hindurchschlängle, werfe ich einen verunsicherten Blick über die Schulter zu Dean. Er sieht mich mit hochgezogenen Augenbrauen an und hat offenbar keinen Schimmer, was hier abgeht. Mal ehrlich, ich weiß es ja selbst nicht, deshalb zucke ich kaum merklich mit der Schulter und verlasse mit gesenktem Kopf das Klassenzimmer.

Ich war bislang erst ein Mal in Mr. Hayes' Büro, das war im vergangenen Jahr, als einer nach dem anderen zu ihm musste, um über unsere Zukunftspläne zu sprechen. Als müsste man in der Middleschool schon voll den Plan haben. Ich habe ihm erklärt, dass ich mir nicht sicher sei, sehr wahrscheinlich aber irgendwann für meinen Dad arbeiten würde. Zumindest wird das von mir erwartet.

Vor Mr. Hayes' Büro hole ich tief Luft und ziehe den Reißverschluss an meinem Hoodie ganz nach oben, damit man das Pflaster an meinem Hals nicht sehen kann. Erst dann klopfe ich an.

Kurz darauf schwingt die Tür weit auf, und Mr. Hayes empfängt mich mit einem strahlenden Lächeln. »Ah, Tyler. Danke, dass du gekommen bist«, sagt er. Er tritt von der Tür zurück und bedeutet mir einzutreten. »Nimm bitte Platz.«

Unsicher vergrabe ich die Hände in den Taschen meines Pullis und setze mich auf den Stuhl vor dem riesigen alten Schreibtisch. Ich sitze ganz vorn auf der Kante und wippe nervös mit dem Fuß, während Mr. Hayes sich mir gegenüber in seinen Lehnstuhl sinken lässt. Mr. Hayes ist noch gar nicht mal so alt. Auf jeden Fall jünger als Dad, mit dichten Bartstoppeln, einer Hakennase und dunklen Augen, mit denen er mich eindringlich mustert.

»Du kommst gerade aus dem Geschichtsunterricht, richtig?«, erkundigt er sich freundlich. Er faltet die Hände vor sich auf dem Tisch und lächelt mich unbeirrt an.

»Richtig«, bestätige ich, und meine Nerven fangen an zu flattern. *Warum bin ich hier?* Mit einem flauen Gefühl im Magen balle ich die Hände in den Taschen zu Fäusten.

»Entspann dich, Tyler«, beruhigt Mr. Hayes mich schmunzelnd. Offenbar hat er meine Miene richtig gedeutet. »Du hast nichts zu befürchten. Ich habe dich nur kommen lassen, um zu hören, wie es dir geht.«

»Wie es mir geht?«, wiederhole ich leicht perplex. Warum interessiert es ihn, wie es mir geht? Habe ich irgendwas falsch gemacht?

Mr. Hayes' Lächeln weicht einem besorgten Stirnrunzeln, und er lehnt sich in seinem Stuhl zurück, ohne mich aus den Augen zu lassen. »Mehrere von deinen Lehrern meinten, du würdest dich in letzter Zeit eigenartig verhalten«, erklärt er schließlich. »Und du hättest den Sportunterricht geschwänzt?« Mit erwartungsvoll hochgezogenen Augenbrauen sieht er mich an.

O *Gott*. Meine Hände fangen an zu schwitzen, deshalb ziehe ich sie aus der Tasche und presse stattdessen die Daumen gegeneinander. »Ich … ich verhalte mich nicht eigenartig«, protestiere ich schwach, doch die Worte bleiben mir im Hals stecken.

»Hmm.« Mr. Hayes reckt den Kopf und wirft einen kurzen Blick auf den Computermonitor. »Sie sagen, du würdest nicht richtig aufpassen. Freche Antworten geben. Deine Aufgaben im Unterricht nicht zu Ende bringen.« Wieder sieht er mich an und legt den Kopf leicht schief. »Gibt es irgendeinen Grund für dein verändertes Verhalten? Deine Noten sind immer noch bestens. Also rück schon raus mit der Sprache, Tyler. Was ist los?«

»Weiß nicht«, sage ich ausweichend. Ich hefte meinen Blick auf die Schreibtischplatte und weigere mich, ihn anzusehen. Die Wunde an meinem Hals brennt verräterisch.

»Wer sind deine Freunde?«, will Mr. Hayes wissen.

»Dean Carter und Jake Maxwell«, nuschle ich. Ist es wichtig, wer meine Freunde sind? Ich kann ihm immer noch nicht in die Augen sehen, trotzdem spüre ich, wie sich sein Blick in mich bohrt.

»Na schön, du gibst dich also nicht mit den falschen Leuten ab«, überlegt Mr. Hayes laut. Er schweigt einige Augenblicke, als würde er weitere Möglichkeiten durchgehen. »Gibt es irgendwelche Leute an der Schule, die du nicht magst? Irgendwelche Leute, von denen du mir erzählen möchtest?«

Zähneknirschend sehe ich zu ihm auf. Warum lässt er mich nicht in Ruhe? Was soll die Fragerei? »Ich werde nicht gemobbt, Mr. Hayes«, stelle ich unumwunden klar. Ich habe kein Problem. *Mir geht's gut.* »Kann ich jetzt zurück in den Unterricht? Wie Sie schon sagten, meine Noten sind bestens. Da will ich nichts versäumen.«

Ich bin schon dabei aufzustehen, um schleunigst zu verschwinden, als Mr. Hayes mit fester Stimme meinen Namen sagt. Er verschränkt die Arme vor der Brust und mustert mich aus zusammengekniffenen Augen. Doch sein Blick ist nicht zornig, sondern besorgt. »Du reagierst extrem abweisend und willst mir gleichzeitig erzählen, alles wäre bestens.« Er erhebt sich nun ebenfalls und lehnt sich gegen das Fenster, die Hände in den Hosentaschen vergraben. Er sieht mich so prüfend an, dass ich Angst bekomme, er könnte mich jeden Moment durchschauen. »Ist bei dir daheim alles in Ordnung?«, erkundigt er sich jetzt.

Mir bleibt fast das Herz stehen. »Was soll das denn heißen?«, frage ich scharf und funkle ihn über den Schreibtisch zornig an. Ich bin jetzt wirklich richtig wütend. Weiß er etwas? Das ist doch nicht möglich. Niemand weiß Bescheid.

»Nun ja«, meint er schließlich, »vielleicht haben deine Eltern Streit? Oder es ist etwas geschehen, das dich bedrückt?«

»Nein, sie lieben sich«, gebe ich wutschnaubend zurück. Ich presse die Kiefer so fest aufeinander, dass es schmerzt. Sie lieben mich beide. Dad verliert leicht die Kontrolle, aber nur, weil er zu viel Stress hat. Er will nur das Beste für mich. Er will, dass ich erfolgreich bin. Er will mir nicht wehtun; er kann bloß nicht anders. Ich will, dass es aufhört, ehrlich, aber ich will auch nicht, dass irgendjemand ihn uns wegnimmt. Mir. Meinen Brüdern. Meiner Mom. »Ich gehe jetzt zurück in den Unterricht, Mr. Hayes.« Dieses Mal drehe ich mich wirklich um und stürme auf die Tür zu.

»Tyler«, sagt Mr. Hayes noch einmal, gerade als ich die Hand nach dem Türgriff ausstrecken will. Zögernd bleibe ich stehen, drehe mich aber nicht zu ihm um. Stattdessen fixiere ich schwer atmend die Tür und höre mir an, was er zu sagen hat. »Sollte dir doch ein Grund für dein seltsames Benehmen einfallen, komm bitte jederzeit zu mir. Ich bin hier, um dir zu helfen, vergiss das bitte nicht. Du kannst mit mir über alles reden«, versichert er mir mit sanftem Nachdruck. »In Ordnung?«

Ich kneife die Augen zu und ziehe die Tür auf, antworte aber nicht auf seine Frage. Entschlossen trete ich hinaus auf den Flur und knalle die Tür wütend hinter mir zu. Er lügt. Er kann mir nicht helfen. Niemand kann das.

Kapitel 18

Gegenwart

Ich reiße die Autotür auf und drehe mich um. Eden kommt durch den Garten auf mich zugelaufen, als hätte sie Panik, ich könnte ohne sie losfahren. Im Näherkommen betrachte ich sie. Ihre Haare sind lockig, die Lippen glänzen, und sie hat seltsame schwarze Striche neben ihren Augen. In den vergangenen Tagen sind wir daheim nur verlegen umeinander herumgeschlichen, aber keiner von uns war bereit, als Erster das Wort zu ergreifen. Am Sonntag fand sie mich noch total peinlich. Natürlich hat sie recht, auch wenn mir das nicht gefällt. Deswegen weiß ich auch, dass ich meine Maske wieder aufsetzen muss, ganz gleich, wie genervt ich bin. Ich muss mich wieder in die Rolle des eingebildeten Arschlochs reinfinden, als das jeder Tyler Bruce kennt.

»Was ist?«, fragt Eden. Erst jetzt wird mir bewusst, dass ich sie viel zu intensiv angestarrt habe.

»Na?«, entgegne ich mit hochgezogenen Brauen. Ich deute mit dem Kinn auf das Auto, weil mir nichts Besseres einfällt. Es ist das erste Mal, dass ich sie mitnehme, aber mittlerweile muss es ihr aufgefallen sein. Normalerweise werden die Leute recht schnell auf meine Karre aufmerksam, auch wenn Edens Gesichtsausdruck absolute Gleichgültigkeit zum Ausdruck bringt. »Weißt du überhaupt, was das für ein Auto ist?«

Sie umrundet den Wagen, betrachtet die Karosserie und sagt schließlich: »Ein Audi?«, als sie das Firmenlogo entdeckt.

Sie wirkt absolut desinteressiert und fast schon verwundert, dass ich so eine Frage überhaupt stelle.

»Ein Audi R8«, verbessere ich sie und hätte eigentlich eine deutlichere Reaktion erwartet.

»Okay. Soll ich jetzt applaudieren?«, kommt es staubtrocken von Eden, die mich mit verschränkten Armen mustert. Ich schätze, das sollte mich nicht wundern. Sie kommt aus Portland, wo es nur Fahrrad fahrende Hippies gibt. Es ist also ganz normal, dass sie ein Auto nicht vom anderen unterscheiden kann.

»Mädchen haben einfach keine Ahnung«, sage ich lachend. »Du würdest wahrscheinlich in Ohnmacht fallen, wenn du die Kennzahlen von diesem Teil siehst.«

Mom wäre auch beinahe in Ohnmacht gefallen, als ich ihr vor einem Jahr erzählt habe, dass ich mir den Wagen um jeden Preis kaufen will. Anfangs blieb sie stur und wollte nicht zulassen, dass ich die Hälfte meiner Ersparnisse für einen verdammten Sportwagen zum Fenster rauswerfe, aber nach wenigen Tagen ist sie dann doch eingeknickt. Sie dachte, ein schönes Auto würde mich glücklich machen, und eine Weile war es auch so, zumal das Geld aus dem Treuhandfonds zum Großteil aus den Erlösen von Dads beschissener Firma stammte. Es war ein gutes Gefühl, sein hart verdientes Geld für etwas so Banales wie ein Auto auszugeben. Inzwischen ist mir der Wagen gar nicht mehr so wichtig, denn was die meisten Leute nicht wissen, ist, dass er fast vier Jahre alt ist, der Schaltknüppel nicht mehr richtig funktioniert und er ständig neue Bremsbeläge braucht. Aber zumindest lässt er mich so aussehen, als hätte ich mein Leben im Griff.

»Krieg dich wieder ein«, sagt Eden unbeeindruckt und nimmt auf dem Beifahrersitz Platz. Ich blinzle ungläubig. Also echt, wer glaubt dieses Mädchen, wer sie ist? Ich muss unbedingt eine Schippe drauflegen, denn bis jetzt ist es mir nicht gelungen, sie einzuschüchtern.

Ich seufze tief und steige ebenfalls in den Wagen, und als ich den Motor anlasse und er schnurrend zum Leben erwacht, werfe ich ihr mein Handy zu. »Ruf Tiffani an«, weise ich sie an.

»Du meinst, deine Freundin, die du entweder ständig betatschen musst oder komplett ignorierst?«

Verdammt, sie hat mich aber so was von genau im Auge behalten. Das habe ich mir also nicht bloß eingebildet. Für jemanden, der mich so offensichtlich nicht ausstehen kann, scheint sie sich doch sehr für das zu interessieren, was ich so mache. Eigentlich ziemlich amüsant, aber zugleich beängstigend. Ich mag es nicht, wenn Leute ihre Nase zu tief in mein Leben reinstecken. Denn wenn sie zu genau hinsehen, entdecken sie vielleicht die Risse in der Fassade.

»Du bist ein Arsch«, murmelt sie kaum hörbar vor sich hin und dreht sich weg. Mir war gar nicht bewusst, dass ich nur schief gegrinst habe, statt ihr zu antworten. Angestrengt starrt sie aus dem Fenster, als wollte sie mir auf diese Weise zeigen, dass sie kein Wort mehr mit mir reden will. Das Telefon hält sie immer noch in der Hand.

»Ruf sie an«, sage ich noch mal und jage im selben Moment den Motor hoch, sodass wir mit viel zu hoher Geschwindigkeit die Straße entlangrasen. »Keine Ahnung, wo wir hinfahren.«

Eden seufzt dramatisch, als würde ich sie mindestens darum bitten, mir eine ihrer Nieren zu spenden. Trotzdem richtet sie sich jetzt auf und schaut auf das Display. »Freischaltcode?«

»4355«, antworte ich ohne zu zögern. Abgesehen von ein paar scharfen Bildern von Tiffani und einem ziemlich belastenden Wortwechsel mit Declan Portwood ist mein Handy mehr oder weniger sauber. Dennoch spähe ich aus dem Augenwinkel auf das Display, während Eden es entsperrt, nur um sicher zu sein, dass sie nicht heimlich darin herumschnüffelt.

»Ist das deine Lieblingszahl, oder steht sie für ein Wort, oder …«

»Es steht für *hell* – Hölle«, falle ich ihr ins Wort. Hölle, weil mein Leben die Hölle ist, weil ich täglich durch die Hölle gehe, weil ich irgendwann auch zur Hölle fahren werde, wenn ich so weitermache. Dieses Passwort habe ich mir tatsächlich an einem meiner schlechteren Tage ausgedacht. Ich hoffe, sie fragt nicht genauer nach, weil ich nämlich nicht die Kraft habe, es ihr zu erklären. »Ruf sie an.«

Eden runzelt die Stirn und scrollt durch meine Kontakte, vorbei an Declan und Kaleb, an meiner Mom und Dave, vorbei an den Hunderten von Namen dazwischen, ganz nach unten bis zu Tiffanis Nummer. Sie drückt die Wähltaste und presst sich das Handy ans Ohr.

»Hier ist Eden. Tyler fährt«, höre ich Eden sagen, als Tiffani rangeht. »Wohin geht's heute Abend? Steht die Entscheidung schon?«

Ich beobachte, wie sie aufmerksam zuhört und auf ihrer Unterlippe kaut. Sie nickt, während Tiffani offenbar weiterredet, und ich weiß nicht, ob sie weiß, was für ein konzentriertes Gesicht sie macht. »Ja«, meint sie und hört dann wieder zu. Ich bin so vertieft in ihren Anblick, dass ich um ein Haar gegen den Randstein fahre und gegenlenken muss. Eden wirft mir von der Seite einen scharfen Blick zu. Sie lässt das Handy sinken, stellt auf Lautsprecher und hält es mir hin.

»Ja?«, sage ich. War ja klar, dass Tiffani mit mir reden will. Ich werfe einen verstohlenen Blick aufs Display, muss dann aber an einem Stoppschild hart auf die Bremse treten. Normalerweise lasse ich mich beim Fahren nicht so leicht ablenken, aber normalerweise nehme ich auch keine Mädchen mit, die mich interessieren, deshalb könnte man sagen, dass es Edens Schuld ist.

»Wir haben uns den ganzen Tag nicht gesprochen!«, hallt Tiffanis Stimme aus dem Lautsprecher. Sie klingt eine Spur zu hoch, ihr Ton übertrieben nett, total aufgesetzt. Das tut sie nur, weil sie weiß, dass Eden uns hören kann. Ich rolle ungehalten mit den Augen, weil wir *beide* so unsagbar peinlich sind. Warum tun wir eigentlich alles, um die Welt davon zu überzeugen, dass wir das perfekte, glückliche Traumpaar sind, wo doch im Grunde genau das Gegenteil der Fall ist? Wir führen eine vergiftete Beziehung, fühlen uns gefangen darin, hassen einander, sind aber gleichzeitig unfähig, loszulassen, weil wir mittlerweile voneinander abhängig sind. »Hat deine Mom dich rausgelassen?«, erkundigt sie sich.

Ich ziehe die Handbremse an, weil wir vor dem Stoppschild stehen bleiben müssen, und sehe Eden an. Ich bin mir so gut wie sicher, dass sie mein Gespräch mit Mom und Dave in der Küche belauscht hat, und das bedeutet, dass sie haargenau weiß, wo ich heute Nachmittag war. Und weil wir Tiffani auf Lautsprecher haben, darf ich nicht zulassen, dass Eden mit der Wahrheit herausplatzt. Ich werfe ihr einen warnenden Blick zu und schüttle langsam den Kopf. Sie soll es bloß nicht wagen, auch nur ein Wort zu verlieren. »Nein, hab den ganzen Tag zu Hause festgesessen«, versichere ich Tiffani nicht zum ersten Mal heute. Ich schwöre, sie achtet nie auf das, was ich sage, aber das ist gut, weil normalerweise ohnehin alles gelogen ist.

»Wie ätzend«, meint sie. Und dann schraubt sich ihre Stimme wieder eine Oktave nach oben, als sie hinzufügt: »Ich freu mich so auf dich! Wir brauchen nicht mehr lange. Wartet an der Sunset Ranch auf uns!«

Okay, wir fahren also hoch zum Hollywood-Schriftzug. Das ist für mich in Ordnung. Mir gefällt es gut da oben. Dort kann man wunderbar für eine Weile dem Alltag entfliehen. »Klar.«

»Hab dich lieb«, säuselt Tiffani, um das Gespräch zu beenden, aber auch das ist total gespielt. Sie liebt mich nicht. Sie will nur alle glauben lassen, dass es so ist.

Deshalb sage ich nicht mehr als »Ja« und lege auf. Ich weigere mich, ihren falschen Liebesschwur zu erwidern.

Als ich das Handy in die Mittelkonsole werfe, streiche ich mir mit der Hand durchs Haar und lehne mich bequem in den Sitz zurück. Es ist nicht gerade ein Katzensprung bis rüber zum Hollywood-Schriftzug.

»Du bist echt unglaublich«, schnaubt Eden empört. »Den ganzen Tag zu Hause festgesessen?«

Ich würdige sie keines Blickes. Stattdessen konzentriere ich mich auf die Straße vor mir, während ich in die Kreuzung einfahre. »Das ist meine Version«, knurre ich.

»Willst du sie wirklich so anlügen?«, fragt Eden, und ich denke: *Jetzt geht das schon wieder los*. Muss sie mich ständig mit Fragen löchern? Sie führt sich auf, als wäre sie meine Mom! Ich werfe ihr einen Seitenblick zu, um mich zu vergewissern, ob sie wirklich sauer auf mich ist oder nicht. Und sie wirkt tatsächlich angefressen. »Du warst am Strand, hast gezockt und dich geprügelt, und willst einfach so tun, als wärst du den ganzen Tag zu Hause gewesen? Tiffani tut mir echt leid.«

Ich stoße ein lautes, hartes Lachen aus. Tiffani tut ihr leid? Unglaublich. Schon witzig, was für einen Eindruck die Leute manchmal bekommen, wenn sie keinen echten Einblick haben. Hinter der Fassade sieht es nämlich total anders aus. »O ja, du bist ganz eindeutig Daves Tochter«, sage ich. Es muss ein Munro-Ding sein, die Mitglieder dieser Familie hassen mich offenbar von Natur aus und hinterfragen alles, was ich mache. »Kümmer dich um deinen eigenen Kram, Kindchen.«

»Nenn mich nicht Kindchen«, warnt Eden mich, und sie meint das wirklich ernst. Damit wäre es besiegelt: Ich *kann* sie nicht einschüchtern. »Du bist nur ein Jahr älter als ich, und du hast weniger Hirnzellen.«

»Alles klar, Kindchen«, sage ich wieder und grinse, um sie

wissen zu lassen, dass ich sie nur auf den Arm nehme. »Dein Dad ist ein Arschloch.«

»Wenigstens in dem Punkt sind wir uns einig.« In der entstehenden Stille ist einzig das Schnurren des Motors zu hören und Eden, die wehmütig zum Fenster hinausstarrt und seufzt. »Ich weiß nicht mal, was er für ein Problem hat«, bemerkt sie nach einer Weile. »Ich kann mir denken, dass es irre nervtötend sein muss, mit dir zusammenzuleben, aber er scheint ja direkt nach Gründen zu suchen, um dich anzubrüllen.«

Ich trommle mit den Fingern auf dem Lenkrad. »Wem sagst du das.«

»Mom ist ohne ihn besser dran«, bemerkt sie, doch dann sieht sie mich mit großen Augen an, als schiebe sie plötzlich Panik wegen ihrer unbedachten Worte. »Damit will ich nicht sagen, dass deine Mom jetzt das Pech hat, oder so«, sprudelt es viel zu hastig aus ihr heraus. »Und was ist mit dir? Wo ist dein Vater?«

Ich trete so hart auf die Bremse, dass das Auto schlitternd zum Stehen kommt und wir nach vorne geschleudert werden. Zum Glück sind wir angeschnallt. Mein Blick schnellt zu ihr, und ich sehe sie vorwurfsvoll an. »Was soll der Scheiß?«

Eden starrt mich an, die Augen jetzt noch weiter aufgerissen. Ihr Gesicht wird kreidebleich. Zum ersten Mal überhaupt habe ich das Gefühl, dass sie ernsthaft vor mir Angst hat. Ich wollte sie nicht anbrüllen, aber Scheiße, Mann. Was denkt sie sich nur dabei, mich so was zu fragen? »Ich … es tut … also …«, stammelt sie hilflos.

Ich presse die Kiefer fest zusammen, damit ich nicht komplett ausraste und sie zur Schnecke mache. Ich bin heute schon einmal ausgerastet, ich möchte nicht, dass das noch mal passiert, aber es fällt mir so verdammt schwer. Der Zorn wallt automatisch in mir hoch, als sich Dads Gesicht in meine Gedanken stiehlt. Der einzige Weg, meinem Ärger

Luft zu machen, ist es, aufs Gas zu treten und weiterzurasen. Der Motor heult auf, die Reifen quietschen; es ist ein befriedigendes Gefühl. »Kein Wort mehr«, fauche ich. Eden hat echt Glück, dass ich mich einigermaßen im Griff habe. Sie hat mich noch nicht wütend erlebt, und ernsthaft, das würde sie nicht wollen.

»Ich wollte dir nicht zu nahetreten …«

»Halt einfach die Schnauze!«, knurre ich, die Zähne fest zusammengebissen. Weiß sie es? Weiß sie davon, verdammt noch mal? Hat Dave es ihr erzählt? Nein … das hätte er nicht gewagt. Dave ist zwar ein Arsch, und ich finde ihn die meiste Zeit unerträglich, aber ich vertraue ihm, dass er Stillschweigen bewahrt über das Geheimnis, das nur ich allein weitererzählen darf. Mom hat ihm das zur Genüge eingeschärft, also nein, Eden kann es nicht wissen. Sie hat nur eine Frage gestellt, eine Frage, die für alle anderen vollkommen harmlos ist, für mich aber die größte Qual.

Sie weiß es nicht, sage ich mir wieder und wieder. *Sie hat das nicht aus purer Grausamkeit gefragt. Sie wollte sich nur unterhalten.*

Die ganze restliche Fahrt bringe ich kein Wort mehr heraus. Stattdessen halte ich den Blick stur auf die Straße gerichtet, während ich versuche, mich zu beruhigen. Es war nur eine unschuldige Frage. Ich wünschte, ich wäre nicht gleich ausgerastet, nur weil sie Dad erwähnt hat, aber so läuft das nun mal bei mir, so schlimm es ist. Jetzt kann Eden auf die Liste meiner endlosen Macken auch noch Probleme mit der Selbstbeherrschung hinzufügen.

Zum Glück versucht sie kein weiteres Gespräch zu erzwingen. Mal ehrlich, ich weiß das Schweigen sehr zu schätzen. So kann ich mich wieder einigermaßen sammeln. Sie starrt unentwegt zum Fenster hinaus, und ich kann nur annehmen, dass sie darüber nachdenkt, was für ein Riesenarschloch ich bin, weil es entlang des Freeway nichts Interessantes zu sehen gibt. Die Spannung zwischen uns ist unerträglich, weil wir auf so engem Raum miteinander festsitzen. Um mein Unbehagen zu vertuschen, drehe ich die Musik laut auf, aber das macht es nicht besser. Erst nach einer Stunde sage ich das erste Mal wieder was, als ich ihr mitteile, dass wir fast am Ziel sind.

Ich fahre die kurvigen Serpentinen hinauf, die vom North Beachwood Drive zur Sunset Ranch abzweigen. Der Hollywood-Schriftzug ragt hoch über uns empor, und ich spüre, dass mein Ärger allmählich verpufft, als Eden sich vorbeugt und durch die Windschutzscheibe staunend zu dem Wahrzeichen hinaufspäht. Dabei stiehlt sich ein leises Lächeln auf ihr Gesicht. Jetzt fühle ich mich richtig beschissen, weil ich sie angebrüllt habe.

Nach wenigen Minuten erreichen wir die Sunset Ranch, und als ich auf den kleinen Parkplatz am Straßenrand abbiege, stelle ich erleichtert fest, dass die anderen schon da sind. Dean und Jake holen gerade Wasserflaschen aus ihren Autos, und dort sind auch die Mädels; Tiffani, Rachael und Meghan stolzieren herum und legen Lipgloss auf. Ich schätze, unsere Clique ist in Ordnung. Wir sind seit Langem befreundet, und auch wenn mich sowohl Rachael als auch Jake hassen, so tolerieren wir einander doch alle.

Ich parke den Wagen, stelle den Motor ab und werfe einen Blick zu Eden. Kurz überlege ich, ob ich mich bei ihr für meinen Ausbruch vor einer Stunde entschuldigen soll, aber sie hat mir bereits den Rücken zugekehrt und steigt aus. Leise seufzend folge ich ihr.

»Ihr habt den Freeway genommen, was?«, fragt Meghan, die auf uns zukommt.

Tiffani kommt ebenfalls angelaufen, und ihr Lächeln wird breiter, als ich ihrem Blick begegne. Sofort schlingt sie mir ihre dünnen Arme um den Hals und drückt mich ganz fest. Obwohl sie mir dabei fast die Luft abschnürt, gelingt es mir noch, Meghan zu antworten: »Ja. Und ihr seid durch Beverly Hills gefahren?« Tiffani schmiegt sich an mich und will mich küssen, und obwohl ich weiß, dass das alles nur Show ist, gebe ich ihr einen kurzen Kuss. Dann mache ich mich von ihr los, trete einen Schritt zurück und bringe mindestens einen halben Meter Abstand zwischen uns, bevor ich merke, dass Eden uns beobachtet. Vermutlich muss sie wieder an dieses Telefonat von vorhin denken, bei dem ich Tiffani angelogen und ihr *Hab dich lieb* nicht erwidert habe. Und jetzt küsse ich sie, der totale Heuchler. Ich blicke zu Boden und stochere mit dem Fuß im Dreck herum.

»Da kann man am besten aufs Gas treten, ohne erwischt zu werden«, sagt Jake, und ich weiß nicht mal mehr, worum es ursprünglich ging. »Wir wollten euch nicht stundenlang hier warten lassen.«

»Es ist einfach Wahnsinn«, sagt Eden leise. Verwundert sehe ich zu ihr auf, und auch die anderen schauen sie mit großen Augen an. Den Kopf im Nacken blinzelt sie gegen das abendliche Sonnenlicht an und schaut voller Bewunderung hinauf zum Schriftzug. »Danke, dass ihr mir das gezeigt habt.«

Wir prusten alle auf einmal los. Sie denkt, das war's? Sie glaubt allen Ernstes, wir wären die weite Strecke gefahren, nur um von einem popeligen Parkplatz aus zu dem verdammten Schild hinaufzuschauen? Und dafür ist sie uns auch noch dankbar? Mann, sie ist echt süß, so naiv.

»Noch haben wir dir gar nichts gezeigt«, meint Rachael immer noch lachend, und ich sehe, wie Eden die Röte in die Wangen schießt. »Wir bringen dich ganz nach oben.«

»Da rauf?«, hakt Eden ungläubig nach. Sie runzelt die Stirn und hebt den Blick erneut zum Schriftzug. Sicher, er steht ziemlich weit oben auf dem Mount Lee, aber so schlimm ist der Aufstieg nicht.

»Genau, da rauf«, bestätigt Dean. »Wenn du es noch sehen

willst, bevor die Sonne untergeht, sollten wir jetzt los. Wir brauchen etwa eine Stunde bis nach oben, und es ist ziemlich heiß. Hier.« Er reicht ihr eine Flasche Wasser, und auch Jake und Meghan gibt er jeweils eine.

»Wer kennt den Weg noch?«, fragt Rachael in die Runde. Sie kommt auf Tiffani und mich zu und drückt mir eine Flasche Wasser in die Hand.

»So schwierig ist das doch echt nicht. Scharf links und dann rechts«, schnaube ich. Ich lege die Hand an Tiffanis Hüfte und führe sie auf den Hollyridge Trail zu, der direkt vor uns liegt. Es ist mindestens ein Jahr her, seit wir alle zusammen das letzte Mal hier oben waren, aber die Wege hier gehen die meiste Zeit geradeaus, deshalb kann man die Route kaum verfehlen.

Tiffani und ich gehen vorneweg, die anderen folgen uns.

»Ich wette, du bist froh, dass du doch noch aus dem Haus gekommen bist, oder?«, sagt Tiffani mit einem schiefen Lächeln und streift mir mit den Fingern über den Arm, um dann ihre Hand in meine zu schieben.

»Und wie«, murmle ich. Wenn sie wüsste, was ich heute tatsächlich getrieben habe. Sie würde mich umbringen, zumal ich ihr hoch und heilig geschworen habe, mich *nicht* auf Declan Portwood und seine Geschäfte einzulassen. »Wie war's am Strand? Hast du dir ein bisschen Farbe geholt?«

»Weiß nicht«, sagt sie und fährt ganz beiläufig fort: »Das kannst du mir sagen, wenn ich mich später ausziehe.«

Oh, verdammt. Heute wartet Tiffani nicht lange, um ihre Verführungskünste an mir zu erproben. Das führt mir wieder einmal vor Augen, wie wenig wir zusammenpassen. Wir wissen im Grunde nie, worüber wir reden sollen, außer über Sex, Partys und unseren Ruf. Nach drei Jahren hat sich das so eingeschliffen, es herrscht die immer gleiche Routine. Als ich ihr einen Seitenblick zuwerfe, reagiert sie mit dem unschuldigsten Lächeln, das sie hinbekommt. Nur dass es leider trotzdem eher einem selbstgefälligen Grinsen gleicht. Ich weiß nicht, was ich entgegnen soll, außer: »Okay. Klingt gut.« Sie wirkt nicht allzu begeistert von meiner zugegebenermaßen lahmen Antwort.

Während wir uns immer weiter den Berg hinaufkämpfen, werfe ich einen Blick zurück über die Schulter. Die anderen sind ein Stück zurückgefallen, zu fünft zockeln sie mit einigem Abstand hinter uns her. Ich sehe Eden ganz hinten in ein Gespräch mit Rachael vertieft, und Dean lacht mit Jake und Meghan über irgendwas. Ich wünschte, ich müsste nicht hier vorne bei Tiffani sein.

Wir unterhalten uns während der gesamten Wanderung nur über völlig banale Dinge, und wenn ich nicht einen verdammten Berg zu besteigen hätte, wäre ich mittlerweile hundertprozentig eingeschlafen. So wenig wie momentan hatten wir uns noch nie zu sagen, aber mittlerweile hat sich auch in dem Punkt Gewöhnung eingeschlichen. Und wenn man sich an jemanden gewöhnt hat, den man noch nicht einmal richtig liebt, verliert man irgendwann jegliches Interesse an dem Menschen und gibt sich rein gar keine Mühe mehr. Die flüchtigen Berührungen zwischen uns sind so unsäglich bedeutungslos, aber wenn ich ehrlich zu mir bin, hatte ich mir von dieser Beziehung ohnehin nie viel erwartet. Ich wusste von Anfang an, dass es zwischen Tiffani und mir nie echte Gefühle geben würde. Nur manchmal überkam mich kurzzeitig der Wunsch, es wäre anders.

Noch einmal sehe ich mich über die Schulter um und balle unwillkürlich die Hand zur Faust, als ich feststelle, dass Eden nicht mehr mit Rachael redet, sondern mit Jake. Die beiden sind ein Stück hinter die anderen zurückgefallen, sie zusammen zu sehen ruft bei mir großes Unbehagen hervor. Aus zusammengekniffenen Augen mustere ich Jake und frage mich, was zum Geier er vorhat. Eden schaut mich geradewegs an, sie muss gemerkt haben, dass ich sie beobachte, aber sie hält meinem finsteren Blick ganz selbstbewusst stand. Ist sie immer noch wütend auf mich, weil ich sie im Auto so angefahren habe? Denkt sie, sie ist der Grund, warum ich so böse schaue?

»O Mann, geschafft, ich war noch nie in meinem Leben so froh, diesen verdammten Zaun zu sehen! Endlich!«, seufzt Tiffani. Sie greift nach meiner Hand und zerrt mich hinter sich her, bis sie kurz vor dem Schriftzug in den Laufschritt verfällt und über die Schulter ruft: »Komm, Eden, das musst du dir anschauen!«

Wir umrunden die letzte Biegung, und da ist er, direkt vor uns, der Hollywood-Schriftzug. In voller Größe ragen die riesigen Buchstaben über der Stadt auf. Wenn der Himmel klar ist wie heute Abend sieht man in der Ferne die Wolkenkratzer der Innenstadt von L.A. Wir haben es in unter einer Stunde bis ganz nach oben geschafft, und weil die Sonne sich jetzt allmählich dem Horizont zuneigt, werden wir in ein warmes orangefarbenes Licht getaucht. Ich habe diesen Anblick schon öfter erleben dürfen, deswegen finde ich das alles nicht mehr ganz so beeindruckend wie die ersten Male.

Endlich holen uns auch die Nachzügler ein, doch ich habe nur Augen für Eden. Ihre Miene hellt sich auf, sie bekommt ganz große Augen, und dann presst sie die Hände gegen den Drahtzaun und schaut hindurch. Eine Weile sagt sie keinen Ton, sondern genießt einfach nur die Aussicht. Ich wette, so was haben die da oben in Portland nicht.

»War das den Aufstieg wert?«, fragt Dean mit einem schiefen Grinsen, worauf sie nur nickt und weiter auf den Schriftzug starrt.

»Es ist wunderschön«, murmelt sie leise.

Meghan sagt etwas, das ich nicht verstehe. Ich höre längst nicht mehr hin, weil ich jetzt ebenfalls den Schriftzug betrachte. Wir sind alle schon des Öfteren über den Zaun geklettert, um die Buchstaben zu berühren, und obwohl es absolut illegal ist, sind wir nie erwischt worden. Normalerweise schaffen wir es, rechtzeitig zu verschwinden, und wenn Eden schon den Fußmarsch bis hier hoch geschafft hat, verdient sie es auch, das komplette Programm zu erleben. Außerdem würde ich sie gerne auf die Probe stellen und herausfinden, ob sie der Typ Mädchen ist, das auf einen Adrenalinkick steht. Sie sieht mir nicht danach aus, aber ich will nicht vorschnell urteilen, denn bislang war sie immer wieder für Überraschungen gut.

Ich strecke die Hand aus und bekomme die Oberkante des Zaunes zu fassen. Dann sehe ich mich herausfordernd zu den anderen um. »Worauf wartet ihr noch?«, frage ich grinsend, ganz der Anführer der Gruppe, ziehe mich hoch und schwinge mich problemlos hinüber. Geschmeidig lande ich auf der anderen Seite, wie ein verdammter Akrobat. Ich bin von mir selbst beeindruckt. »Kommt schon.«

Durch den Zaun fange ich Edens Blick ein. Ihr steht die Angst ins Gesicht geschrieben, verunsichert sieht sie sich um. Erst schaut sie zu den Überwachungskameras, dann auf die Schilder, die den Zutritt eindeutig verbieten, und schließlich wieder zu mir. Ich lächle ihr aufmunternd zu und fordere sie gleichzeitig heraus. Es ist eine Art Mutprobe.

»Wir haben an die zehn Minuten, bevor die Hubschrauber kommen«, sagt Tiffani. Sie ist die Erste, die nach Tyler über den Zaun klettert. »Eden, du berührst einen Buchstaben, und dann hauen wir ab.«

Eden runzelt zweifelnd die Stirn und schüttelt dann den Kopf. »Ach, ist schon gut, ehrlich. Ich muss die Schrift nicht anfassen …«

»Jetzt fass schon die Scheißschrift an«, falle ich ihr scharf ins Wort. Langsam verliere ich die Geduld. Ich wollte wirklich, dass sie mich überrascht. Und jetzt tut sie genau das, was ich erwartet habe. Wie langweilig. Viel lieber wäre es mir gewesen, sie hätte mir gezeigt, dass ich sie völlig falsch eingeschätzt habe.

»Wir werden nicht erwischt«, versichert Rachael ihr, und während sie mit Dean und Meghan rüberklettert, sagt sie noch: »Wir machen das ständig.« Was natürlich glatt gelogen ist. In Wirklichkeit sind wir erst ungefähr zwei Mal rübergestiegen.

»Keine Sorge«, fügt Jake hinzu, und meine Brust ist wie zugeschnürt, als er nach Edens Hand greift und sie auf den Zaun legt, um sie zu ermuntern. Ehrlich, was hat der Typ vor? »Wenn sie uns schnappen, sind wir alle zusammen dran. Aber wir müssen schnell sein.«

Endlich gibt Eden sich einen Ruck. Sie zieht sich am Zaun hoch und springt auf der anderen Seite wieder herunter. Ich nicke ihr anerkennend zu, aber sie registriert das gar nicht, deshalb drehe ich mich um und gehe auf die riesigen Buchstaben zu, während die anderen mir folgen. Das Gelände ist höllisch steil, wir müssen gut aufpassen, wo wir hintreten.

»Ich liebe diesen Ort«, schwärmt Dean, als wir vor den Buchstaben stehen. Er berührt das »O« und seufzt. »Eine Menge Menschen auf der Welt würden für eine solche Gelegenheit töten. Wir haben wirklich Glück.«

Ich werfe ihm einen scharfen Blick zu. Immer muss Dean allem einen tieferen Sinn geben. »Alter, jetzt werd nicht sentimental. Das sind nur Buchstaben auf einem Berg«, sage ich. »Die Stadt ist total ätzend, und der Schriftzug genauso.«

»Sei doch nicht immer so negativ«, murmelt Tiffani kopfschüttelnd. Sie kommt auf mich zu, stellt sich direkt vor mich hin und hakt ihre Finger in die Gürtelschlaufen meiner Jeans. Vermutlich, damit ich ihr nicht wieder entwische. Sie sieht mich unter ihren dichten falschen Wimpern hervor an. »Woher kommt plötzlich diese Scheißlaune?«

Ich weigere mich, sie anzusehen, stattdessen richte ich den Blick in die Ferne. »Ich hab keine Scheißlaune.«

»Doch, hast du«, sagt sie. »Du bist doch meistens mies gelaunt. Das nervt. Kannst du dich nicht zur Abwechslung mal freuen und lächeln? Damit du nicht ständig wie ein Arsch aussiehst? Wir sollten glücklich sein.«

Ich senke den Blick zu ihr und presse die Kiefer aufeinander, und gerade will ich ihr sagen, dass sie mich in Frieden lassen und mich nicht immer bevormunden soll, als ich mit halbem Ohr die folgenden Worte höre: »Und, was ist jetzt mit unserem Date?« Es kommt von irgendwo zu meiner Linken.

Mein Blick flackert in die Richtung, und da sehe ich es: Jake und Eden stehen dicht nebeneinander und haben beide ihre Hände an das »H« des Schriftzugs gelegt. Habe ich das richtig verstanden? Hat er sie gerade ernsthaft um ein Date gebeten? Gottverdammt, er hat sie doch eben erst kennengelernt!

»Scheiße, Mann, was soll das!«, rufe ich ihm zu und schiebe Tiffani unsanft beiseite, um auf ihn zuzumarschieren. Er plant irgendwas, ich *weiß* es einfach. Eden ist noch nicht mal sein Typ.

»Was?«, fragt Jake und dreht sich zu mir um. Dass ich die beiden störe, nervt ihn offensichtlich tierisch, denn jetzt verzieht er gereizt das Gesicht.

»Was hast du da gerade zu ihr gesagt?«, frage ich mit bebender Stimme. Ich gehe weiter auf ihn zu, baue mich nur wenige Zentimeter vor ihm auf und funkle von oben auf ihn herab, weil ich ein paar Zentimeter größer bin als er. Wer zum Teufel denkt er, dass er ist? Er kann doch nicht einfach meine Stiefschwester zu einem Date einladen!

»Bleib mir bloß vom Leib, Bro«, murmelt Jake. Er weicht ein Stück zurück, hebt ergeben die Hände und wendet sich ab, als wäre er nicht auf einen Streit aus. Jetzt stehe ich da wie der letzte Idiot, weil ich mich hier so aufspiele.

Das ist der Moment, wo mir ein Licht aufgeht: Tut er all

das, um mich zu ärgern? Um eine Reaktion zu provozieren? Hat er ernsthaft immer noch einen Groll auf mich, weil ich ihm Tiffani ausgespannt habe?

»Oh, nein«, knurre ich. Ich folge Jake und stelle mich wieder vor ihn. Auf keinen Fall werde ich jetzt einen Rückzieher machen. Er wird Eden nicht benutzen, um mir eins auszuwischen. Ich ramme ihm den Zeigefinger in die Rippen und fixiere ihn mit einem finsteren Blick. »Auf keinen Fall fangt ihr beide was miteinander an. Wenn du auch nur daran denkst, reiße ich dir den Arsch auf«, warne ich ihn.

»Tyler, Baby, komm wieder runter«, bettelt Tiffani. Sie drängt sich zwischen Jake und mich, legt mir beide Hände an die Brust und versucht, mich wegzuschieben. Ich lasse Jake keine Sekunde aus den Augen. »Hey, sei kein Arsch. Leg es nicht auf eine Schlägerei an.«

Dean versucht nun ebenfalls einzuschreiten, und weil Tiffani mich bereits in Schach hält, stellt er sich schützend vor Jake. »Kommt schon, Jungs, lasst es gut sein.«

Gerade will ich nach Eden Ausschau halten, um ihre Reaktion zu sehen und zu überprüfen, ob sie dankbar oder eher wütend ist, dass ich eingegriffen habe, als ich in der Ferne einen Hubschrauber höre. Schlagartig sind alle still, und mir ist klar, dass die anderen es auch gehört haben müssen. Binnen weniger Sekunden werden die Rotoren, die durch die Luft schneiden, lauter. Ich lege den Kopf in den Nacken und schaue hinauf in den Himmel, gerade als der Helikopter des LAPD hinter dem Mount Lee auftaucht.

Kapitel 19

Fünf Jahre zuvor

Ich höre ihre Stimmen aus der Küche, bevor ich unten bin. Es ist spät, ich sollte längst im Bett sein, aber ich kann nicht schlafen. Ich bin eben erst im Badezimmer fertig geworden, habe die Wunde an meiner Schulter gesäubert und Schmerzmittel genommen. Was ich jetzt bräuchte, ist Eis.

Jedes einzelne Licht im Haus ist aus, abgesehen von dem schwachen Schein, der aus der Küche dringt. Leise schleiche ich mich Stufe für Stufe die Treppe hinunter. Ich sehe nach Jamie und Chase und stelle fest, dass sie beide tief und fest schlafen. Ich verhalte mich mucksmäuschenstill, nicht nur, damit meine Eltern nicht mitkriegen, dass ich noch durchs Haus schleiche, sondern auch, damit ich meine Brüder nicht aufwecke.

Durch den Flur schiebe ich mich auf die Küche zu, lehne mich an die Wand und spähe mit angehaltenem Atem vorsichtig um den Türstock.

»Kannst du ihn nicht einfach intern nachbesetzen?«, fragt Mom gerade und sieht Dad stirnrunzelnd an, der nervös durch die Küche tigert. Sie wirkt müde und abgespannt und trägt eine Jogginghose, die Haare hat sie zurückgebunden, ihr Make-up ist bereits abgewaschen. »Befördere doch einen von deinen anderen Leuten?«

»Evan Kroger ersetzen?«, meint Dad und bleibt abrupt stehen. Mit weit aufgerissenen Augen starrt er sie quer durch die Küche an. Er trägt noch immer Hemd und Krawatte, doch die ist um den Hals gelockert. Kopfschüttelnd hebt er die Hand, um den obersten Knopf an seinem Hemd zu öffnen. »Keiner von meinen anderen Leuten ist so fähig wie er, Ella. Wie kann Evan einfach so gehen? So ganz ohne Vorwarnung! Jetzt haben wir in unserer Zweigstelle in Seattle keinen Projektmanager mehr, und das zwei Tage vor dem Spatenstich für eins unserer größten Projekte in diesem Jahr. Scheiße, wir sind *aufgeschmissen!*«

Im Halbdunkel des Flurs schiebe ich den Ärmel meines T-Shirts hoch und schaue runter auf meinen Arm. Knapp unter der Schulter erblühen gerade mehrere neue blaue Flecken. Ich war mir nicht sicher, was ich gestern Abend falsch gemacht habe, aber jetzt weiß ich, warum er so wütend war. In der Arbeit ist irgendwas mächtig schiefgelaufen.

»Hör auf zu fluchen«, sagt Mom. Ich ziehe den Ärmel wieder herunter und linse wieder um die Ecke. Jetzt sieht sie Dad voller Bedauern an. »Du findest schon eine Lösung, Peter. Es gibt immer einen Weg.«

»Tut mir leid«, murmelt Dad seufzend. »Aber gottverdammt!« Die Muskeln in seinem Kiefer spannen sich an, als er herumfährt und die Faust auf den Küchentresen niedersausen lässt. So aufgebracht habe ich ihn schon lange nicht mehr erlebt. Er lehnt sich gegen die Arbeitsplatte, lässt den Kopf hängen und reibt sich mit geschlossenen Augen die Schläfen. Dabei atmet er ganz langsam aus.

Mom geht auf ihn zu und legt ihm die Arme um den Rücken, dann birgt sie ihr Gesicht an seiner Brust, wie um ihn zu trösten. »Du bist nur gestresst. Entspann dich«, flüstert sie, dann hebt sie ihr Kinn und drückt ihm einen Kuss auf den Mundwinkel. Anschließend küsst sie ihn auch auf den Mund.

Ja, dass er gestresst war, das dachte ich auch, als er vor zwei Stunden später als gewöhnlich aus der Arbeit heim und direkt in mein Zimmer gestürmt kam. Er war nicht begeistert, mich beim Fernsehen zu ertappen, dabei hatte ich meine Hausaufgaben alle erledigt.

»Am besten fliege ich morgen hoch und sehe mir das Chaos, das Evan hinterlassen hat, selbst an«, sagt Dad seufzend. Er legt Mom die Arme um die Schultern und schaut sie mit einem entschuldigenden Lächeln an. »Kriegst du das mit den Kindern hin? Falls nicht, kann ich meine Eltern bitten, nachmittags nach der Schule auf sie aufzupassen, bis du im Büro fertig bist. Ich kann sie gleich anrufen.«

»Ich habe bis Montag keine Gerichtstermine, da kann ich genauso gut hier an meinen Fällen arbeiten. Ich kümmere mich schon um alles«, versichert Mom ihm. »Flieg ruhig nach Seattle, Peter.«

Mit einem erleichterten Seufzen legt Dad seine Stirn gegen Moms. Er umschließt ihr Kinn mit den Händen und fährt ihr mit den Fingern ins Haar. Das Lächeln, das er ihr schenkt, ist voller Liebe und Dankbarkeit. »Wenn ich dich nicht hätte«, raunt er ihr zu, und gerade als er sie küssen will, zuckt sein Blick hoch und landet auf mir. Schlagartig weicht er von Mom zurück, lässt sie aber nicht los. »Tyler«, sagt er mit erhobener Stimme. Sein Ton klingt hart; seine Züge sind noch härter. »Du solltest längst schlafen. Geh nach oben und leg dich ins Bett.«

Mom reckt den Kopf, um sich nach mir umzusehen, und obwohl sie mir zulächelt, habe ich das Gefühl, dass sie genervt ist von der Störung. Ich höre die Anspannung in ihrer Stimme, als sie fragt: »Was ist los, Tyler?«

Sie haben mich erwischt. Ich kann mich jetzt nicht mehr umdrehen und weglaufen, deshalb trete ich aus dem Schatten und mache einen Schritt durch den Türbogen. Dad funkelt mich wütend an, deshalb konzentriere ich mich auf Mom. »Ich … ich hab Durst«, schwindle ich. Meine Kehle ist wirklich trocken, aber nicht, weil ich was zu trinken bräuchte. »Kann ich etwas Wasser haben? Mit Eis, bitte.«

»Klar«, sagt Mom und löst sich aus Dads Umarmung, um zum Spülbecken zu gehen.

Angespannte Stille macht sich breit, während Mom ein Glas aus dem Schrank holt und den Wasserhahn aufdreht. Dad lehnt nach wie vor an der Arbeitsplatte und hält mit beiden Händen die Kante umklammert, den Blick fest auf mich gerichtet. Da Mom uns den Rücken zukehrt, sehe ich, wie er mich ungeniert von oben bis unten mustert. Offenbar hält er Ausschau nach Anzeichen für sein Vergehen. Ich fühle mich unbehaglich unter seinem bohrenden Blick, deshalb fasse ich wieder nach dem Ärmel meines T-Shirts und versuche, ihn weiter runterzuziehen. Ich schlage die Augen nieder, lausche auf das Geräusch des laufenden Wasserhahns und dann des eingebauten Eiscrushers im Kühlschrank.

»Hier, bitte schön«, sagt Mom und kommt auf mich zu. Sie drückt mir das Glas in die Hand und nickt mir mit leicht gewölbter Augenbraue kaum merklich zu. »Und jetzt gute Nacht, Tyler. Du hast morgen Schule.« Damit küsst sie mich auf die Stirn, und ich wende mich ab, das Wasser in der Hand, und verlasse die Küche, ohne Dad noch einmal anzusehen.

Nach wenigen Schritten durch den Flur bleibe ich kurz stehen. Schnell greife ich mit der Hand ins Glas und hole einen Eiswürfel heraus, bevor alles schmilzt. Er ist so kalt, dass meine Finger taub werden, aber ich brauche die Kühlung ganz dringend. Ein letztes Mal sehe ich mich über die Schulter um, dann gehe ich nach oben. Mom steht wieder an Dad gelehnt da, die Arme um seinen Hals geschlungen, sein Mund auf ihrem, seine Hände an ihrer Hüfte. Sie geraten ins Taumeln. Ich schließe die Augen und wende mich ab, und während ich wieder in mein Zimmer gehe, schiebe ich den Ärmel hoch und presse das Eis auf die frischen Verletzungen an meinem Oberarm, die Dads Finger verursacht haben.

Kapitel 20

Gegenwart

»Scheiße!«, fluche ich und lasse beide Hände mit voller Wucht auf das »H« niedersausen. Panisch fahre ich mir mit den Händen durch die Haare. »Wie zum Geier konnten die so schnell hier sein?«

»Nicht stolpern!«, warnt Tiffani. Jetzt muss sich jeder um sich selbst kümmern. Sie packt meine Hand und stürmt los. Die Hänge des Mount Lee sind wirklich richtig steil, es geht schneller, wenn wir uns direkt durchs Gebüsch schlagen statt rauf zum Trail zu laufen, auch wenn es nicht ungefährlich ist. Aber im Moment ist unsere Sicherheit die geringste meiner Sorgen.

Ich kann es mir nicht leisten, erwischt zu werden. Ich bin nämlich schon einmal wegen unerlaubten Betretens festgenommen und vorgeladen worden. Bei der ganzen Scheiße, die ich mit Declan Portwood am Laufen habe, darf ich auf keinen Fall auf dem Radar der Cops erscheinen.

»O mein Gott, meine Mom bringt mich um, wenn die uns erwischen!«, ruft Tiffani panisch. Sie atmet unkontrolliert. Hand in Hand rennen wir den Berg hinunter, nur dass ich jetzt die Führung übernommen habe und auf steil abfallende Stellen und Löcher im Gelände achte. Egal, wie nervig sie auch manchmal ist, ich will nicht, dass Tiffani stolpert und sich den Knöchel verstaucht.

Es ist ein Rennen gegen die Zeit, wir müssen es nach unten schaffen, bevor die Bullen uns dort mit dem Streifenwagen auflauern. Deshalb warten wir nicht auf die anderen. Sollen sie sich alleine durchschlagen. Sie sind ungefähr hundert Meter hinter uns, ich höre Rachael und Meghan kreischen und sich etwas zurufen, aber ich drehe mich kein einziges Mal um.

Endlich haben Tiffani und ich wieder festen Boden unter den Füßen, doch die Gefahr ist noch nicht vorüber. Völlig außer Atem zwingen wir uns, zu dem kleinen Parkplatz zurück zu laufen, wo wir unsere Autos abgestellt haben, während ich bereits nach dem Schlüssel krame. Dieser verdammte Helikopter ist immer noch zu hören.

»Bloß weg von hier«, murmle ich und sperre hektisch auf. Ich springe rein, und Tiffani lässt sich im selben Moment auf den Beifahrersitz gleiten. Die anderen werden schon verstehen, dass wir ohne sie abgehauen sind. Ich weiß, eigentlich sollte ich auf Eden warten, um sie mit nach Hause zu nehmen, aber ich darf kein Risiko eingehen. Irgendjemand nimmt sie schon mit.

»Jepp«, pflichtet Tiffani mir bei, dann legt sie mir die Hand auf den Oberschenkel. »Fahren wir zu mir.«

Ich fahre tatsächlich zu ihr nach Hause, aber nur, um sie dort abzusetzen. Zum Abschied knallt sie wütend die Tür hinter sich zu und beschimpft mich mal wieder als Arschloch. Sie ist stinksauer, weil ich sie abgewiesen habe. Wutschnaubend stürmt sie ins Haus, wackelt dabei aufreizend mit den Hüften und schleudert ihre Mähne zurück, als wollte sie mir noch einmal richtig unter die Nase reiben, was ich mir entgehen lasse. Aber ich bin wirklich nicht in der Stimmung. Heute war ein eigenartiger Tag.

Als ich nach Hause komme, dämmert es bereits. Mom und Dave sitzen im Wohnzimmer zusammen vor dem Fernseher. Wortlos stehe ich einige Minuten lang im Flur und überlege, ob ich mit ihnen reden soll, und komme zu dem Schluss, dass ich nach allem, was heute passiert ist, wenigstens Bescheid geben sollte, dass ich wieder da bin. Schließlich will ich nicht noch zusätzlich Öl ins Feuer gießen.

Ich klopfe gegen die Scheibe in der Wohnzimmertür und schiebe sie dann vorsichtig auf. Mom und Dave lassen die Köpfe augenblicklich zu mir schnellen, fast, als wären sie überrascht, mich ausnahmsweise einmal vor Mitternacht zu Hause zu sehen.

»Ich bin da«, sage ich leise, nachdem sie den Fernseher auf lautlos gestellt haben. Ich bringe sogar ein schwaches Lächeln zustande, quasi eine Entschuldigung für heute Nachmittag.

»Wo warst du?«, will Mom wissen. Sie spricht mit gleichbleibend sanfter Stimme, als wären wir zu der Übereinkunft gekommen, den Streit von vorhin beizulegen.

»Bei Tiffani«, sage ich. Und das ist nicht mal gelogen. Eher so was wie eine lückenhafte Wahrheit. Natürlich werde ich ihnen nicht erzählen, dass ich wieder mal was Verbotenes gemacht habe.

»Wo steckt Eden?«, mischt Dave sich nun ein, und auch wenn seine Stimme ziemlich ruppig klingt, ist sein Ton nicht so barsch wie sonst, es schwingt sogar leichte Besorgnis mit.

»Sie ist bei Rachael«, schwindle ich. Eine reine Notlüge, ich kann ihm ja schlecht auf die Nase binden, dass seine Tochter gerade vor den Cops weglaufen musste und ich keine Ahnung habe, wo sie abgeblieben ist. Bestimmt kommt sie bald nach Hause. In diesem Moment fallen mir die leeren Essensbehälter auf dem Wohnzimmertisch auf, und ich runzle die Stirn. »Habt ihr was beim Chinesen bestellt?«

»Deine Mom hat das Essen anbrennen lassen«, bemerkt Dave und sieht Mom mit hüpfenden Augenbrauen an, woraufhin ihr die Röte ins Gesicht schießt. Normalerweise ist sie eine wunderbare Köchin.

»Na toll!«, entgegne ich in sarkastischem Ton. »Die arme Kuh ist also völlig umsonst gestorben!«

Moms Miene wird schlagartig ernst. »Tyler …«

»Ich mach doch nur Spaß!«, wehre ich lachend ab und hebe beschwichtigend die Hände. Gott, ich kann nicht mal mehr Vegetarierwitze machen, ohne dass sie denken, ich kriege gleich einen Tobsuchtsanfall. Eigentlich traurig. Bin ich wirklich schon so weit, dass man von mir nichts anderes mehr erwartet als aggressives Verhalten?

»Tyler!«, höre ich Jamie rufen, der soeben die Treppe heruntergesprungen kommt. Auf Socken rutscht er durch den Flur und donnert geradewegs in mich rein. Mit einem breiten Grinsen sieht er mit seinen blauen Augen zu mir auf. Die Augen hat er von Mom. »Wie gut, dass du da bist. Du musst unbedingt *Madden* mit mir spielen. Chase ist so 'ne *Niete*.«

»Er gibt bestimmt sein Bestes, Jay«, beschwichtigt Mom.

»Nein, tut er nicht«, protestiert Jamie und stöhnt. »Sogar du wärst besser, Mom! Los, beeil dich, Tyler.« Damit packt er mich am Arm und zerrt mich in Richtung Treppe, doch bevor ich um die Ecke verschwinde, werfe ich Mom einen letzten Blick zu und grinse augenrollend. Sie lächelt, vermutlich, weil sie heilfroh ist, mich ausnahmsweise mal halbwegs entspannt zu erleben.

Ich folge Jamie nach oben in sein Zimmer, das ganz am Ende des Flurs liegt. Chase sitzt im Schlafanzug im Schneidersitz auf dem Boden und wartet geduldig. Auf dem Bildschirm flackert das *Madden NFL*-Spiel im Pausenmodus.

»Platz da«, weist Jamie unseren kleinen Bruder an und verpasst ihm einen leichten Stupser mit dem Knie. »Tyler übernimmt für dich.«

»Was? Warum?«, will Chase wissen und sieht ihn mit großen Augen an. Im Zimmer brennt kein Licht, das Flimmern des Fernsehbildschirms ist die einzige Lichtquelle im ganzen Raum und wird von seinen blauen Augen reflektiert. Meine Brüder haben beide die blauen Augen und die blonden Haare von Mom geerbt. Aus irgendeinem Grund bin ich der Einzige, der Dads südamerikanische Gene abbekommen hat.

Das spiegelt sich in meinem Äußeren wider, und deswegen sieht es manchmal so aus, als würde ich nicht richtig zur Familie gehören, seit Dad weg ist.

»Weil du eine Flasche bist«, pflaumt Jamie.

»Bin ich nicht!«, protestiert Chase wutschnaubend, lässt aber den Playstation-Controller fallen und macht widerstrebend Platz für mich, indem er ein Stück zur Seite rutscht.

Es ist wirklich witzig. Wir drei sind so verschieden. Ich bin der Loser, der wütende Teenie. Jamie ist der Schlauste von uns dreien, der Perfektionist. Und Chase ist der Naive, der, der es allen recht machen will. Meine Brüder sind erst vierzehn und elf, aber ich weiß jetzt schon, dass aus ihnen mal was Besseres wird als aus mir.

Ich setze mich neben Chase, lehne mich gegen Jamies Bett zurück und strecke die Beine vor mir aus. Dann schnappe ich mir den Controller. »Tut mir leid, Kumpel, aber jetzt musst du den Profi ranlassen«, ziehe ich meinen kleinen Bruder auf. Und um dem Ganzen mehr Dramatik zu geben, lasse ich erst die Finger und anschließend auch noch meine Halswirbel knacken. »Bist du bereit, Jay?«

»Bereit«, sagt er vom Bett aus, auf dem er es sich gemütlich gemacht hat. Er lässt das Spiel weiterlaufen, und sofort sind wir mittendrin. Angestrengt starre ich auf den Bildschirm und versuche herauszufinden, für welches Team ich überhaupt spiele. Tja, Chase liegt wirklich ziemlich weit hinten. Er hat noch keinen einzigen Punkt erzielt.

Ich selbst habe seit Jahren nicht mehr gespielt. Als ich noch in ihrem Alter war, habe ich mit Dean und Jake quasi rund um die Uhr gezockt. Aber die Zeiten sind vorbei. Mittlerweile verbringe ich meine Freizeit lieber damit, mein Leben zu ruinieren. Deshalb brauche ich eine Weile, bis ich wieder reinkomme. Jamie beschimpft mich die ganze Zeit, während Chase ständig nervös zappelt und mit der Nase am Bildschirm klebt. Wir lachen trotzdem viel, und ich wünschte mir, so etwas würde öfter vorkommen. Mann, ich liebe die beiden, aber ich habe so viel um die Ohren, dass ich nie Zeit finde, was mit ihnen zu machen. Sie sind so glücklich und sorglos, ich könnte gut ein bisschen was von der positiven Energie gebrauchen, die sie ausstrahlen.

»Zack, das war's!«, jubelt Jamie und wirft den Controller auf den Boden, um die Arme hochzureißen, als er das Spiel mit einem letzten Touchdown beendet. Ich hatte keine Chance, den Rückstand von Chase wieder aufzuholen, deshalb war sein Sieg eine klare Sache. »Hast du das gesehen, Tyler? Na? Wer ist hier der Profi?«

»Du jedenfalls nicht«, murmelt Chase und verschränkt beleidigt die Arme vor der Brust. Als er auch noch schmollend die Unterlippe vorschiebt, muss ich lachen. Ist doch nur ein Spiel!

»Was hast du gesagt?«, knurrt Jamie zum Spaß und stürzt sich vom Bett herunter auf Chase. Sie rollen eine Weile am Boden herum, versuchen sich gegenseitig zu boxen und lachen dabei herzhaft. Amüsiert beobachte ich sie dabei und lache mit ihnen, und ich bin fast ein wenig neidisch, weil sie so unbeschwert wirken.

Für eine Sache bin ich wirklich richtig dankbar, nämlich, dass sich Dad nie an einem von ihnen vergriffen hat. Ich hätte jederzeit bereitwillig das Dreifache eingesteckt, wenn es bedeutet hätte, dass sie verschont bleiben. Nie hätte ich zugelassen, dass man ihnen wehtut, wie man mir wehgetan hat. Das hätte ich nicht ertragen. Sie waren noch so jung. Jetzt sehe ich Chase an, völlig außer Atem, während er sich seine Niederlage eingesteht und Jamie von sich runterschubst. Er ist immer noch ein Kind, so unschuldig. Ihm könnte bestimmt niemals jemand wehtun. Er ist erst elf.

Wobei, ich war damals auch elf … und das mit den Abschürfungen und den blauen Flecken hat erst aufgehört, als ich zwölf war.

Ich war auch viel zu jung damals. Ich hatte es nicht verdient. Ich war ein Kind. Genau wie sie.

Wie hat Dad mich ansehen können, so wie ich jetzt Jamie und Chase ansehe, und auch nur daran denken können, mir wehzutun?

Chase weiß nichts von der Sache mit Dad. Die Wahrheit wäre zu schmerzhaft für ihn, er braucht nicht zu wissen, dass sein Vater ein Monster ist. Mom konnte mich nicht beschützen, und sie konnte Jamie nicht vor der Wahrheit beschützen, aber Chase soll nie was davon erfahren. Für ihn ist es besser, er glaubt, Dad säße wegen schweren Autodiebstahls im Gefängnis. Die meisten Leute kennen nur diese Version. Aber Jamie kennt die Wahrheit. Jamie hat es herausgefunden. Er war es nämlich, der vor fünf Jahren verhindert hat, dass Dad mich umbringt. Wir haben allerdings nie darüber gesprochen. Ich glaube, es macht ihm zu große Angst.

»Könnt ihr beide mir eins versprechen?«, frage ich und greife nach der Fernbedienung, um den Fernseher auszustellen. Im Zimmer wird es still. Ich stehe auf und knipse das Licht an, dann setze ich mich auf Jamies Bett und schaue runter zu ihnen. Meine Miene ist schlagartig ernst, das Lachen ist mir vergangen.

»Was denn?«, kommt es von beiden wie aus einem Mund, und sie starren mich mit großen Augen an.

»Macht keine Dummheiten, wenn ihr mal so alt seid wie ich, ja?«, sage ich. Anders als ich haben sie eine Chance auf ein anständiges Leben. Auf einen Collegeabschluss, einen gut bezahlten Job, gesunde Beziehungen … darauf, wirklich glücklich zu werden. Ich möchte nicht, dass sie sich das verbauen. Sie haben mir in der Hinsicht etwas voraus. »Ich will nicht, dass sich einer von euch Ärger einhandelt.«

Mit ausdruckslosen Mienen starren sie mich an, dann tritt ein Grinsen auf Jamies Gesicht, und er fragt: »Und was für Dummheiten stellst *du* so an?«

Lachend beuge ich mich vor und strubble ihm durch die zerzausten Haare. »Das werde ich ausgerechnet dir auf die Nase binden.«

»Hoffentlich tust du es, dann kann ich dich nämlich erpressen, und dann musst du mir im August das neue *Madden 12* kaufen«, sagt er, und sein Grinsen wird breiter.

»Wie wäre es«, sage ich und greife in die Tasche, um mein Portemonnaie rauszuholen, »wenn ich dir einfach schon mal einen kleinen Vorschuss gebe? Verrate aber Mom nichts davon.« Ich bin großzügig, weil ich dank ihnen so gut gelaunt bin, deshalb ziehe ich dreißig Dollar raus und reiche sie Jamie. Fassungslos reißt er die Augen auf.

»Hey!«, meint Chase. »Und was ist mit mir?«

Verdammt. Ich gebe ihm einen Zwanziger, und zum Glück fällt ihm nicht auf, dass ich ihn benachteiligt habe. Fünfzig Mäuse ist ein geringer Preis dafür, dass ich die beiden jetzt grinsen sehe, als hätten sie mindestens einen Sechser im Lotto. Ich stopfe die Brieftasche zurück in die Jeans, stehe auf, wünsche ihnen eine gute Nacht und verlasse das Zimmer.

Gerade bin ich auf dem Weg in mein eigenes, als ich mitbekomme, wie Eden die Treppe raufgeschlichen kommt, als wollte sie nicht ertappt werden. Sie kommt *jetzt* erst nach Hause? Aber sie war doch nur ein kurzes Stück hinter Tiffani und mir, als wir von der Sunset Ranch aus losgefahren sind? Sie hätte schon vor einer halben Ewigkeit daheim sein müssen.

»Eden?« Mit zusammengekniffenen Augen starre ich sie an und frage mich, wo sie wohl so lange war. Sie kann unmöglich direkt nach Hause gekommen sein. »Wo zum Teufel warst du?«

Wie angewurzelt bleibt sie auf der Treppe stehen und schießt scharf zurück: »Wo zum Teufel warst *du?*« Sie steigt die restlichen Stufen nach oben und bleibt vor mir stehen.

Sie ist ein ganzes Stück kleiner als ich, gewinnt den Anstarrwettbewerb aber trotzdem mit Leichtigkeit. »Du hast uns alle hängen lassen. Ganz tolles Teamwork.«

Scheiße, sie ist also *echt* sauer auf mich. Aber warum? Weil ich sie im Auto so angefahren habe? Weil ich mich mit Jake angelegt habe? Ich habe heute so einiges gemacht, weswegen sie wütend sein könnte, und bei den Gedanken daran entfährt mir ein Seufzer. »Ich kann nicht gut mit den Bullen, okay? Ich darf nicht noch mal geschnappt werden.«

»Noch mal?«, wiederholt Eden, die sich sichtlich Gedanken macht, welche kriminellen Energien sonst noch in mir lauern. »Wann bist du nach Hause gekommen?«

»Vor zwanzig Minuten«, sage ich. »Mom hat es endlich aufgegeben, mich wegen der Sache heute Nachmittag am Strand auszuquetschen.«

»Cool«, sagt sie ungerührt und spaziert schnurstracks in ihr Zimmer, als wäre ich plötzlich Luft für sie. Ich war eigentlich noch nicht fertig, deshalb folge ich ihr zögernd. Sie mustert mich von oben bis unten und seufzt entnervt. »Was willst du?«

Ich weiß es nicht. Vermutlich wüsste ich gerne, weshalb sie so sauer auf mich ist. »Nichts«, antworte ich ausweichend und senke den Blick. Gott, was ist nur mit mir los? Ich sollte schleunigst verschwinden. Sie hat keine Lust, mit mir zu reden. Beschämt drehe ich mich um und gehe nach nebenan in mein eigenes Zimmer.

»Was hast du für ein Problem mit Jake?«, höre ich Eden fragen, und als ich mich über die Schulter umsehe, merke ich, dass diesmal sie mir folgt. Sie hat die Arme vor der Brust verschränkt und starrt mich herausfordernd an, eine Augenbraue nach oben gezogen. »Ich habe dich was gefragt«, faucht sie, als ich nicht reagiere.

»Und ich antworte nicht«, sage ich. Hab ich eigentlich aufgeräumt? Nein, natürlich nicht, hier herrscht das reine Chaos. Das Bett ist nicht gemacht. Auf dem Nachttisch steht Bier.

Vor der Tür zum Badezimmer liegt ein Haufen dreckiger Klamotten. Zähneknirschend drehe ich mich zu ihr um. »Oder warte, doch. Der Kerl ist das zweitgrößte Arschloch, das mir je begegnet ist. Verschwende nicht deine Zeit mit ihm, der verarscht dich nur.«

»Und wer ist das größte? Du?«, fragt sie spöttisch. Ich wünschte, sie würde das mit dem Sarkasmus lassen, weil den ersten Platz selbstverständlich mein Dad einnimmt.

»Dicht dran«, ist alles, was ich sage.

»Okay, also eigentlich ist Jake sehr nett. Ganz im Gegensatz zu gewissen anderen Personen.« Sie weicht einen Schritt zurück, und ich sehe, wie sie ihren Blick neugierig durchs Zimmer schweifen lässt. »Und du hast mir nicht vorzuschreiben, ob ich Zeit mit ihm verbringe oder nicht.«

»Du machst Witze, oder?« Sie muss mich auf den Arm nehmen. Schließlich kennt sie Jake kaum. Sie weiß nicht, was für ein falsches Spiel er spielt und dass er auch noch stolz darauf ist. Sie weiß nichts davon, wie streitlustig und provokant er manchmal ist. »Alles klar«, erkläre ich. »Aber sag nicht, ich hätte dich nicht gewarnt.«

»Warum interessiert es dich überhaupt?«, fragt sie gereizt.

»Tut es gar nicht«, fauche ich. Oder doch? Wenn es mich nicht interessiert, warum macht mich dann der Gedanke, Jake könnte mit ihr spielen, derart wütend?

»Offenbar doch.«

Ich vergrabe die Hände in den Hosentaschen und entferne mich von ihr. Krampfhaft überlege ich, wie ich möglichst schnell das Thema wechseln kann. Da fällt mein Blick auf den Stapel DVDs gleich neben dem Fernseher. »Was … was ist dein Lieblingsfilm?«

Eden starrt mich an. Sie muss mich für bescheuert halten. »*Susi und Strolch*«, gibt sie schließlich zu.

»Der Disney-Film?« Um ein Haar rutscht mir ein Lachen heraus. Sie ist wirklich für Überraschungen gut. Jedes andere

Mädchen würde ich jetzt aufziehen. Aber ich finde es unheimlich süß, dass es ihr nicht zu peinlich war, mir ehrlich zu antworten. Also räuspere ich mich und frage: »Warum?«

»Weil es die schönste Liebesgeschichte aller Zeiten ist«, erklärt sie. »Romeo und Julia sind nichts gegen Susi und Strolch. Sie sind so verschieden, und doch schaffen sie es. Susi ist ganz normal, während Strolch total draufgängerisch ist, und trotzdem verlieben sie sich.« Während sie diese Erklärung liefert, lächelt sie verträumt vor sich hin. »Außerdem ist die Spaghetti-Szene einfach Kult«, fügt sie abschließend hinzu.

»Ja, total«, pflichte ich ihr lachend bei. Ich habe den Film noch nie gesehen, aber ich glaube, ich weiß, welche Szene sie meint. »Allerdings finde ich nicht, dass Susi normal ist. Sie ist langweilig und hat keine Ahnung, wie man sich amüsiert. Strolch ist da eher mein Typ.«

»Was, weil er durch die Straßen streunt wie du, wenn du am Wochenende besoffen nach Hause stolperst?« Sie legt den Kopf schief, und ihre grünen Augen funkeln vergnügt, während sie mich honigsüß anlächelt. Ich muss wieder lachen, und sie nutzt die Gelegenheit, um sich noch einmal bei mir umzusehen. »Du spielst Football?«, erkundigt sie sich.

»Häh?« Ich schaue mich über die Schulter um, weil ich nicht weiß, wie sie darauf kommt. Aus dem obersten Fach des Schranks hängt Deans Schulmannschafts-Jacke. Da liegt sie schon seit einem Jahr und weckt bei mir jedes Mal schlimme Erinnerungen. Ich hatte einmal einen schlechten Trip. Das war im letzten Sommer. Ich weiß nicht mehr viel, nur dass ich mit Deans Jacke aufgewacht bin. Angeblich hätte ich derart geschlottert, dass man sie mir übergezogen hat, um mich warm zu halten. Inzwischen bin ich vorsichtiger geworden mit dem Zeug. »Nein«, sage ich. »Die gehört Dean. Ich steh nicht so auf Football.«

»Dean spielt Football?«, fragt sie jetzt langsam, als würde sie das überraschen. »Und du nicht?«

»Genau. Jake spielt auch.« Ich gehe zum Schrank und schiebe im Vorbeigehen unauffällig eine Boxershorts zur Seite. »Ich war früher auch in der Mannschaft, habe aber in der Middleschool aufgehört.«

»Warum?«

»Manche Leute halten Football für Zeitverschwendung.« Mir schnürt es die Kehle zu. Wie sehr habe ich Football früher geliebt. Ich konnte es kaum erwarten, endlich auf die Highschool zu kommen, um mich für das Schulteam zu bewerben, aber Dad wollte nichts davon wissen. Er hatte Angst, der Sport würde einen zu hohen Stellenwert für mich einnehmen. »›Warum vergeudest du deine Zeit mit Sport? Einen Football durch die Gegend zu werfen bringt dich nicht an eine Elite-Uni. Bleib lieber zu Hause und lerne, damit du wirklich erfolgreich wirst‹«, zitiere ich ihn.

Eden mustert mich eindringlich. »Wer hat das zu dir gesagt?«

»Irgendjemand halt.« Jemand, von dem sie nie ein Wort von mir hören wird. »Deshalb durfte ich nicht mehr spielen.«

»Du durftest nicht?« Sie zieht eine Augenbraue nach oben.

Verdammt. Ich muss mich echt am Riemen reißen und aufpassen, was ich sage. »Ich meine, deshalb habe ich aufgehört«, verbessere ich mich und strecke mich nach oben, um Deans Jacke weiter nach hinten ins Schrankfach zu schieben. Ich lasse den Blick über meine Klamotten schweifen und beschließe, dass ich was Frisches zum Anziehen brauche. Ich fühle mich total verschwitzt nach allem, was heute war, deshalb ziehe ich mir mit dem Rücken zu Eden rasch das Shirt über den Kopf und tausche es gegen ein neues ein. »Ich sollte Dean endlich seine Jacke wiedergeben. Damit liegt er mir schon seit Ewigkeiten in den Ohren.«

Einige Augenblicke lang herrscht betretenes Schweigen, dann höre ich Eden leise fragen: »Was hat dein Tattoo zu bedeuten?« Blitzartig drehe ich mich um und starre sie verwundert an, als sie hinzufügt: »Ich werde mal ignorieren, dass du es offenbar illegal hast stechen lassen.«

»Mein Tattoo?« Die Frage ist eigentlich überflüssig, ich hab nur eins. Es befindet sich an meinem linken Schulterblatt, und sie hat recht: Ich habe es mir im vergangenen Jahr illegal im Keller von einem Typen, einem Bekannten von Declan, stechen lassen. »Äh, da steht *guerrero*«, antworte ich leicht verlegen. Ich kratze mich am Hinterkopf, und bevor sie noch weitere Fragen stellen kann, sage ich: »Das ist Spanisch und heißt ›Kämpfer‹.« Ich weiß eigentlich auch nicht so ganz, warum ich mich ausgerechnet dafür entschieden habe. Ich schätze, zu dem Zeitpunkt war es eine Art Mittelfinger in Dads Richtung. Er hat immer gesagt, wenn ich Erfolg haben will, muss ich kämpfen. Deshalb habe ich in diesem Keller, in dem es nach Gras und abgestandenem Bier roch, spontan beschlossen, dass ich genau das tun werde. Ich werde für meine eigene Interpretation von Erfolg kämpfen. Und die sieht vor, mir nicht durch das, was er mir angetan hat, das Leben ruinieren zu lassen. Auch wenn mir das bislang nur mäßig gut gelungen ist.

Eden starrt mich immer noch unverhohlen an, sie wirkt ernsthaft interessiert, richtig süß. Tiffani hat mal gesagt, das Tattoo wäre bescheuert, aber sie kennt auch dessen Bedeutung nicht. »Warum Spanisch?«

»Ich spreche es fließend«, gebe ich zu. »Meine Eltern auch, beide. Mein Vater hat es mir beigebracht, als ich klein war.« Mittlerweile spreche ich nicht mehr oft Spanisch. Weil es mich an ihn erinnert.

»Ich kann gar kein Spanisch«, sagt Eden. Sie beißt sich auf die Lippe und lächelt verschmitzt. »Ich spreche Französisch. Wie die Kanadier«, witzelt sie. *»Bonjour.«*

Ich wusste gar nicht, wie wunderbar Französisch klingen kann, wenn es die richtige Person sagt. *»Me frustras«*, entgegne ich auf Spanisch und fahre mir mit den Fingern durch die Haare. Sie wirkt ratlos, aber ich finde dieses Spiel unheimlich unterhaltsam. »*Buenas noches.* Das heißt ›Gute Nacht‹.« Den ersten Teil übersetze ich allerdings nicht für sie. Ich sage ihr nicht, dass sie mich fertigmacht.

Denn das tut sie wirklich. Ständig löchert sie mich mit Fragen, interessiert sich aber dafür auch ernsthaft für mich. Im einen Moment ist sie superschüchtern und verlegen, und im nächsten strotzt sie nur so vor Selbstbewusstsein und fordert mich heraus. Sie hört zu, lässt sich aber auch nichts gefallen und schenkt dem Mist, den ich von mir gebe, keine Beachtung. Das finde ich alles ziemlich cool.

»Ah«, sagt sie nur. Ihre Mundwinkel wandern zu einem verhaltenen, irrsinnig süßen Lächeln nach oben, und als sie sich umdreht und mein Zimmer verlässt, höre ich sie noch leise sagen: »*Bonsoir.*« Vielleicht heißt das ›Gute Nacht‹ auf Französisch. Egal was, dieses kleine Wort bringt mein Herz zum Hüpfen.

Mein Blick haftet an ihr, bis sie in ihrem Zimmer verschwindet. Lächelnd stehe ich da und rühre mich nicht von der Stelle, und ich starre noch eine ganze Weile hinaus in den leeren Flur. Irgendetwas fühlt sich nicht ganz richtig an. Ich könnte nicht sagen, was es ist, ich zermartere mir schon die ganze Zeit das Hirn, warum ich mich so eigenartig fühle. Erst als mein Blick auf mein Spiegelbild fällt, trifft mich schlagartig die Erkenntnis.

Es ist mein Lächeln. Da ist keine Spur von Spott mehr, es hat nichts Provokantes, es hat nichts Eingebildetes. Meine Augen sind nicht zu schmalen Schlitzen verzogen, und es liegt auch kein böser Ausdruck darin. Mir wird ganz anders, als mir bewusst wird, dass ich mich in den letzten Minuten nicht verstellt habe. Das erste Mal seit Langem habe ich vergessen, Tyler Bruce zu sein.

Stattdessen war ich einfach nur ich selbst. Und das war der schlimmste Fehler, den ich machen konnte.

Kapitel 21

Fünf Jahre zuvor

Ich bin jedes Mal heilfroh, wenn Dad beruflich unterwegs ist, dann kann er mir nämlich nicht wehtun. Seit zwei Tagen ist er schon in Seattle, und er kommt nicht vor morgen Abend zurück. Ich wünschte, er würde noch viel länger wegbleiben, aber ich hoffe, dass er zumindest nicht allzu gestresst ist, wenn er wieder da ist. Ich hoffe, er kommt froh und glücklich heim und spielt mit uns draußen in der Auffahrt Basketball, so wie vor ein paar Wochen. Das wäre wirklich schön.

Wir haben Freitagnachmittag, und ich durfte die letzte Unterrichtsstunde ausfallen lassen, weil ich einen Termin bei Dr. Coleman habe. Im Augenblick sitze ich mit Mom im Wartezimmer, starre auf die Uhr an der Wand gegenüber und sehe zu, wie der Zeiger sich tickend vorwärtsschiebt. Es ist schon eine Weile her, seit man mir den Gips am Arm abgenommen hat, jetzt will Dr. Coleman sich das noch einmal ansehen und überprüfen, ob der Bruch gut verheilt. Ständig vergesse ich die Übungen, die er mir gezeigt hat, deshalb halte ich jetzt in einem verzweifelten Anflug von Aktivismus auf den letzten Drücker meinen linken Arm hoch und fange an, das Handgelenk kreisen zu lassen. Manchmal geht das immer noch nicht ohne Schmerzen.

»Ist es nicht ein bisschen zu spät, um damit anzufangen?«, fragt Mom mit einem spöttischen Lächeln, während sie mich aus dem Augenwinkel beobachtet. Sie ist schon seit mindestens fünf Minuten mit ihrem Handy beschäftigt und tippt hektisch auf der Tastatur herum, vermutlich weil sie die letzten Tage von zu Hause aus gearbeitet hat und ein paar Dinge mit den Kollegen im Büro klären muss. Sie hat sich den Nachmittag eigens freigenommen, um mit mir hierherzukommen, und sie hat mir versprochen, dass wir anschließend noch auf ein Eis an der Promenade gehen würden.

»Kann doch nicht schaden«, sage ich mit einem Schulterzucken, doch dann gebe ich es auf und lasse meinen Arm auf meinen Schoß sinken. Wieder werfe ich einen Blick auf die Uhr.

»Tyler?«, höre ich eine männliche Stimme sagen, und als ich aufblicke, lächelt Dr. Coleman mich von der Tür zum Wartezimmer aus an. Er ist schon etwas älter, mit tiefen Furchen im Gesicht, grauen Haaren und einem leichten Bauchansatz, aber er ist immer supernett. Trotzdem reicht es nicht, dass ich mich in seiner Gegenwart vollends entspanne. »Komm bitte rein!«

Mom lässt ihr Handy in ihrer Handtasche verschwinden und steht auf. Ich versuche, nicht zusammenzuzucken, als sie mir die Hand auf die Schulter legt und mich zu Dr. Coleman führt, dem wir durch den Gang in sein Büro folgen. Dr. Coleman ist ein Jugendfreund von Grampa und schon immer der Hausarzt der Familie. Mom erkundigt sich freundlich nach seinem Befinden, aber ich achte gar nicht auf die Antwort, weil ich viel zu nervös bin. Ich habe jedes Mal Angst, wenn ich zu ihm gehen muss. Obwohl es draußen heute ziemlich heiß ist, trage ich gleich mehrere Schichten unter meinem Hoodie. Ich will nicht, dass ihm die vielen blauen Flecken auffallen, deshalb sorge ich dafür, dass man kein bisschen Haut sieht.

»Und, wie geht es deinem Handgelenk?«, will Dr. Coleman wissen, als wir alle in seinem Büro Platz genommen haben. Er schenkt mir ein warmherziges Lächeln und verschränkt die Hände auf seinem Schoß, während er mich durch seine dicken Brillengläser abwartend mustert.

»Manchmal fühlt es sich noch recht steif an«, gebe ich zu und schaue verlegen runter auf meine Hände. Ich will das hier so schnell wie möglich hinter mich bringen, sonst nichts.

»Normalerweise müsste der Bruch inzwischen vollständig verheilt sein, wenn man bedenkt, wie harmlos er war, aber es dauert möglicherweise deshalb länger, weil der Knochen vom ersten Bruch noch geschwächt ist«, erklärt er stirnrunzelnd. Dann rutscht er auf seinem Sessel vor und streckt die Hand nach mir aus. »Lass mal sehen.«

Ich schiebe den Ärmel meines Hoodies bis zum Ellbogen hoch und halte ihm mein Handgelenk hin. Das alles musste ich schon mal über mich ergehen lassen, als Dad mein Handgelenk vor einigen Monaten exakt an der gleichen Stelle gebrochen hat, weil er mich zu grob gepackt hatte. Deshalb weiß ich haargenau, wie die Behandlung läuft. Dr. Coleman biegt meine Hand in verschiedene Richtungen. Lässt sie kreisen. Drückt seinen Daumen tief in meine Haut.

»Nur ein bisschen steif?«, erkundigt er sich stirnrunzelnd, nachdem er sich wieder nach hinten gesetzt und seinem Computermonitor zugewandt hat.

»Genau«, sage ich. Hastig ziehe ich den Ärmel wieder runter.

Dr. Coleman fängt an zu tippen und sagt über die Schulter zu mir: »Für mich sieht das schon ganz gut aus. Gib ihm noch ein paar Wochen, und wenn es dann immer noch nicht besser ist, kommst du wieder zu mir.« Er hört auf zu tippen und wirbelt mit seinem Schreibtischsessel herum, um mich direkt anzusehen. Er schiebt seine Brille auf dem Nasenrücken ein Stückchen nach unten. »Ich kann trotzdem immer noch nicht nachvollziehen, wie du dir dieses Handgelenk gleich *zwei* Mal innerhalb eines Jahres brechen konntest. Du musst ein ziemlicher Pechvogel sein, Tyler. Wie hoch stehen wohl die Chancen, dass das passiert? Du musst unbedingt Lotto spielen, sobald du achtzehn wirst, mein Junge!« Er lacht herzhaft und zwinkert mir verschwörerisch zu.

»Er ist manchmal wirklich so ein Tollpatsch«, sagt Mom. Ohne sie ansehen zu müssen, weiß ich, dass sie die Augen verdreht. »Ständig stolpert er über seine eigenen Füße.«

»Das liegt offenbar in der Familie. Der alte Pete ist beim Spielen draußen auch dauernd hingefallen, als wir noch klein waren!«, sagt er schmunzelnd. Sie erheben sich beide und schütteln sich zum Abschied freundlich lächelnd die Hand. Aber ich bin mir sicher, dass Grampa ein echter Tollpatsch war – bei mir ist das nicht der Fall. »Sorgen Sie bitte dafür, dass er seine Übungen macht.«

»Selbstverständlich«, sagt Mom und legt mir die Hand auf die Schulter, als ich aufstehe.

Mir ist plötzlich richtig schlecht. Nicht einmal Dr. Coleman versteht, was wirklich geschieht. Andererseits mache ich es den Leuten auch nicht leicht. Ein Teil von mir wünscht sich insgeheim, irgendjemand würde es mitbekommen, aber der andere Teil tut alles, um genau das zu verhindern.

»Tyler«, ruft Dr. Coleman mich, als wir bereits auf dem Weg zur Tür sind. Mom und ich halten inne und sehen uns noch einmal zu ihm um. Kopfschüttelnd steht er da und lacht leise in sich hinein. »Bitte renn nicht mehr so schnell die Treppe runter, okay? Wir wollen doch nicht, dass du dir dein Handgelenk ein drittes Mal brichst.«

Wenn ich ihm dieses Versprechen nur geben könnte.

Kapitel 22

Gegenwart

Die ganze Woche über tue ich alles, um Eden zu zeigen, wer Tyler Bruce wirklich ist. Am Dienstagabend habe ich es echt verbockt, das muss ich unbedingt wiedergutmachen. Sie soll bloß nicht auf die Idee kommen, ich wäre nicht *in Wirklichkeit* so schlimm, wie alle behaupten. Also habe ich sämtliche Geschütze aufgefahren und die ganze Woche über die ultimative Show abgeliefert. Wenn ich sie nicht gerade eiskalt ignoriert oder böse angefunkelt habe, habe ich fiese Bemerkungen fallen lassen oder sie angefahren, sie solle mir aus dem Weg gehen. Und ich muss sagen, bislang läuft es gut.

Gerade kann ich sie hören. Unsere Zimmer liegen nebeneinander, und so komme ich nicht umhin, schon seit mindestens fünf Minuten ihrem Telefonat zu lauschen. Ich verstehe nicht genau, *was* sie sagt, sie spricht zu leise. Aber ich höre ihre Stimme. Aus diesem Grund habe ich den Fernseher nicht angestellt, und es läuft auch keine Musik. Schließlich will ich mich ganz auf dieses andere Hintergrundgeräusch konzentrieren. Dazu habe ich mich aufs Bett gelegt und scrolle nebenbei durch die neuesten Nachrichten auf meinem Handy.

Du schwingst deinen Arsch besser schleunigst hierher, wenn du Kohle machen willst, hat Declan geschrieben. Heute Abend steigt die Party bei ihm. Ich soll unbedingt kommen, aber ich hatte bislang nicht die Energie, mich zu duschen und umzuziehen. Ein bisschen Zeit ist ja noch.

Der Abend ist perfekt für diese Party. Einmal im Monat übernachtet Tiffani bei ihrem Dad, und normalerweise bedeutet das, dass ich ohne sie klarkommen muss, was für mich gar nicht so leicht ist. Doch heute bin ich ausnahmsweise froh darüber, dass sie weg ist. Wäre sie nämlich hier und wüsste, dass ich auf eine Party bei Declan Portwood gehen will … Sie würde mich garantiert davon abhalten.

Ich muss sagen, ein bisschen nervös bin ich schon. Declan sagt, es sei die perfekte Gelegenheit, um einen Fuß in die Tür zu bekommen, weil ich dort die richtigen Leute treffen würde. Nur beginne ich langsam, daran zu zweifeln. Ich habe das alles nicht richtig durchgedacht, und jetzt geht mir das alles viel zu schnell. Ich bin mir nicht sicher, ob ich diesen Weg wirklich einschlagen will.

Wieder höre ich Edens Stimme. Was *sie* heute Abend wohl vorhat? Vermutlich nichts, wie ich sie kenne. Ob sie auf die Party mitkommen würde? Es hätte immerhin zwei Vorteile, wenn ich sie frage: Erstens kann sich Tyler Bruce ihr dann von seiner schlimmsten Seite präsentieren, sodass sie ein für alle Mal vergisst, dass ich neulich so *nett* zu ihr war. Und zweitens muss ich nicht allein antanzen.

Seufzend rolle ich mich aus dem Bett und starre mein Spiegelbild an. Mit zusammengekniffenen Augen studiere ich einen möglichst finsteren Blick ein und spanne die Kiefermuskeln ganz leicht an. Dann bringe ich meine Haare in Ordnung. Schließlich räuspere ich mich und trete hinaus auf den Flur. Vor ihrer Zimmertür bleibe ich kurz stehen und lausche angestrengt. Ich höre, wie sie der Person am Telefon mitteilt, sie solle sie nicht allzu sehr vermissen, dann scheint sie aufzulegen.

Ohne lange zu fackeln, stoße ich die Tür auf und mache einen Schritt ins Zimmer. »Mit wem hast du gesprochen?«

Eden sitzt mit übergeschlagenen Beinen auf dem Bett und lässt den Blick zu mir schnellen. Dass ich einfach so hier reinplatze, ärgert sie tierisch, es steht ihr deutlich ins Gesicht geschrieben. »Hab ich dich reingebeten?«

»Mit wem hast du gesprochen?«, frage ich wieder, möglichst schroff, um das Arschloch überzeugend darzustellen, es schwingt aber vermutlich auch eine gewisse Neugier mit. »Hast du zu Hause in Portland etwa einen Freund?«

Eden starrt mich verständnislos. »Und hast du etwa gelauscht?«

»Mein Zimmer ist gleich nebenan. Die Wände sind verdammt dünn.«

»Also, ich habe mit meiner Mutter telefoniert«, gesteht sie schließlich und steht auf. Gut. Soll das heißen, dass sie keinen Freund hat? Ich muss mir auf die Zunge beißen, um nicht noch mal mit der Frage rauszuplatzen. Eden wirft einen Blick auf die Uhr. »Müsstest du nicht irgendwo unterwegs sein?«

»Genau darüber wollte ich mit dir reden.« Zum Glück hat sie das Thema von sich aus angeschnitten, weil ich nämlich die ganze Zeit schon gerätselt habe, wie ich es zur Sprache bringen soll. Ich schließe die Tür, damit uns niemand belauscht, und schlendere auf sie zu. In der Mitte des Zimmers bleibe ich stehen, um noch genügend Abstand zu ihr zu halten. Abwartend sieht sie mich an. »Du hast heute Abend nichts vor, oder?«

»Nein«, antwortet sie. »Die anderen können alle nicht.«

»Also gut, dann kommst du mit mir«, bestimme ich. Tyler Bruce bittet nicht. Tyler Bruce erteilt Anweisungen. Ich lasse ihr gar keine Wahl. »Party unten auf der 11th Street. Kein Wort zu deinem Dad.« Ohne eine Antwort abzuwarten, wende ich mich wieder zum Gehen.

»Tyler«, hält sie mich zurück. Widerstrebend drehe ich mich zu ihr um. Mit verschränkten Armen und hochgezogener Braue steht sie da. »Wer sagt denn, dass ich mit dir auf eine Party will? Tut mir leid, aber du bist so ziemlich der letzte Mensch, mit dem ich etwas unternehmen möchte.«

Sieht also ganz so aus, als würde sie mich immer noch hassen. Das nenne ich mal einen durchschlagenden Erfolg. »Mach dich fertig«, knurre ich.

»Nein.«

»Doch«, sage ich mit fester Stimme. Warum macht sie das? Warum kann sie nicht reagieren wie jeder normale Mensch und das tun, was ich ihr sage? Warum wehrt sie sich aus Leibeskräften gegen mich? Höchste Zeit, dass ich das Arschloch so richtig rauskehre. »Was willst du denn sonst machen? Den ganzen Abend in deinem Zimmer sitzen wie der letzte Loser, der keine Freunde hat?«

Plötzlich wirkt ihre Miene verunsichert. Sie hebt den Blick kurz zur Decke und sieht dann wieder mich an. Es macht fast den Eindruck, als würde sie tatsächlich darüber nachdenken. »Was soll ich anziehen?«, fragt sie schließlich.

Ein zufriedenes Grinsen legt sich auf mein Gesicht. »Ganz egal. Das ist nicht so 'ne Party wie bei Austin. Das ist viel … lockerer. Du könntest auch in Jogginghose aufkreuzen, ohne unangenehm aufzufallen.« Die meisten Leute werden ohnehin viel zu stoned sein, um sich um ihr Outfit zu scheren, aber das reibe ich ihr garantiert nicht unter die Nase.

Doch irgendwie scheint sie misstrauisch zu werden, weil sie jetzt mit einem zweifelnden Unterton in der Stimme nachhakt: »Lockerer?«

»Genau. Willst du was zum Vorglühen, während du dich fertig machst?«, frage ich. Hat sie auf Austins Party am vergangenen Wochenende eigentlich was getrunken? Ich weiß es nicht. Hätte ich doch nur besser darauf geachtet. »Meine Vorräte sind ziemlich mager, weil Mom ständig mein Zimmer durchsucht. Im Moment hab ich nur Bier und Jack und ein bisschen Wodka da … Weißt du was? Lass dich einfach überraschen.« Erleichtert, dass sie sich doch noch einen Ruck gegeben hat, lächle ich sie an.

Ich marschiere zurück in mein Zimmer, gehe neben meinem Bett auf die Knie und sehe nach meinem Alkoholvorrat. Für mich selbst ziehe ich eine Flasche Bier raus, dann mische ich für Eden ein bisschen Cola mit Wodka. Der Drink ist nicht besonders stark. Schließlich will ich nicht, dass sie gleich umkippt. Meine Haare sind immer noch vollkommen zerzaust, deshalb versuche ich noch einmal, sie zu bändigen, bevor ich mit den Getränken in der Hand wieder zu ihr rübergehe.

»Gib mir zwanzig Minuten«, sagt sie, als ich reinkomme. Sie steht gerade ziemlich ratlos vor ihrem Schrank und sucht nach einem passenden Outfit.

»Kein Problem. Hier«, sage ich und reiche ihr den Drink, den sie bereitwillig entgegennimmt. Dabei berühren sich unsere Finger, und ich weiß nicht, warum, aber im selben Moment durchzuckt mich ein eigenartiges Gefühl. Doch sie scheint davon nichts mitzukriegen, deshalb spiele ich schnell wieder den Coolen.

»Wodka-Cola?«, fragt sie misstrauisch. Hat sie etwa Angst, dass ich sie vergifte?

»Stimmt. Damit liegt man immer richtig«, bestätige ich. Ich öffne die Bierflasche am Rand der Kommode, als mir plötzlich Zweifel kommen. Vielleicht möchte sie doch lieber was anderes? »Du magst das doch, oder? Wenn du lieber Bier möchtest, kann ich dir eins holen ...«

»Nein, schon gut«, fällt sie mir ins Wort. Ihre Mundwinkel verziehen sich kaum merklich, sieht aus wie ein Lächeln. »Ich mag es.«

»Okay, gut.« Scheiße, was ist nur mit mir los? Warum benehme ich mich in ihrer Gegenwart eigentlich immer so daneben? Ich hebe den Blick zur Decke und nehme einen langen Zug Bier, um etwas Zeit zu gewinnen. Ich muss mich dringend zusammenreißen, ich bin ja völlig durcheinander. Aus irgendeinem Grund kann ich ihr auch nicht ins Gesicht sehen, als ich den Kopf wieder senke. »Also, ähm, komm einfach rüber, wenn du fertig bist.«

»Trinkt ihr etwa Alkohol?«, kommt eine kindliche Stimme aus dem Flur.

Wir lassen die Köpfe herumschnellen und schauen zu Jamie, der wie aus dem Nichts in der Tür steht und uns misstrauisch beäugt. Sein Blick ist auf unsere Drinks gerichtet, deshalb lasse ich sinnloserweise mein Bier hinter dem Rücken verschwinden, obwohl es längst zu spät ist. So wie ich meinen kleinen Bruder kenne, erpresst er mich garantiert damit.

»Nein«, schwindle ich trotzdem. Meine Stimme klingt jetzt weicher. In Gegenwart meiner kleinen Brüder halte ich die Tyler-Bruce-Maskerade selten durch. »Du weißt doch, dass wir noch keine einundzwanzig sind. Wieso sollten wir Alkohol trinken?«

»Aber ich sehe es doch«, beharrt Jamie. Er deutet mit dem Kinn auf Edens Drink. Seinem Blick ist deutlich anzusehen, dass er gedanklich bereits Pläne schmiedet. »Weiß Mom davon?«

Ich fasse mir in den Nacken und lege den Kopf schief. »Nur ganz wenig. Lässt du uns ein bisschen in Ruhe?«

»Zwanzig Mäuse«, verlangt er. Mit einem frechen, aber charmanten Grinsen hält er mir abwartend die flache Hand hin, offenbar will er das Geld gleich bar auf die Hand.

»Ich hab dir neulich erst dreißig gegeben«, wende ich ein, obwohl es keinen Sinn hat, er wird nicht lockerlassen, bis ich einknicke. Also stelle ich mein Bier auf der Kommode ab und ziehe mein Portemonnaie raus. »Weil du dieses Videospiel haben wolltest, weißt du noch? Glaub nicht, dass ich das vergessen habe.«

»Hmm.« Jamie tippt sich mit dem Zeigefinger auf die Lippen und scheint angestrengt nachzudenken. »Dann nehme ich zehn.«

»Also gut, zehn«, erkläre ich mich lachend einverstanden.

Immer wieder wickelt er mich um den Finger, ich muss echt aufpassen, dass ich mich nicht dauernd mit irgendwelchem Mist erpressbar mache. Ich reiche ihm den Zehner und versetze ihm einen leichten Stups gegen den Kopf. »Und jetzt raus hier.«

Er stopft den Schein in die Hosentasche und flitzt kichernd durch den Flur zu seinem Zimmer. »Ich hätt's auch für fünf gemacht.«

Schmunzelnd greife ich nach meinem Bier und nehme noch einen langen Zug. »Für den Jungen bin ich nichts weiter als ein Geldautomat«, seufze ich. Und während ich mich ebenfalls zum Gehen wende, sage ich noch zu Eden: »Mach dich fertig.«

Ich habe Declan immer noch nicht auf seine Nachricht geantwortet, aber das ist jetzt nicht so wichtig. Ich gehe zurück in mein Zimmer, leere mein Bier und springe unter die Dusche, um endlich wieder einigermaßen präsentabel auszusehen. Ich nehme meine Pillen, die ich heute Morgen vergessen habe, und schlüpfe in eine frische Jeans und ein schlichtes T-Shirt. Ich schaffe es sogar, zwei weitere Biere zu leeren in der Zeit, bis Eden fertig ist; eindeutig mehr als zwanzig Minuten. Die leeren Bierflaschen reihen sich auf meiner Fensterbank.

»Okay, ich bin fertig, mein Glas ist leer, wir können los«, sagt Eden, als sie endlich in der Tür zu meinem Zimmer steht, das heute zum Glück viel ordentlicher ist als neulich Abend. Ich habe sogar mein Bett gemacht.

»Das wurde auch verdammt noch mal Zeit«, sage ich. Sie hat die Haare zu einer total niedlichen Frisur hochgesteckt und trägt dezent Make-up, aber zum Glück hat sie ganz normale Klamotten an. Einfach nur Jeans und einen Hoodie, was ihr ganz besonders gut steht, sie sieht richtig süß aus in diesem Outfit. Verärgert über meine Gedanken, stoße ich die Bierflaschen um und fische meinen Autoschlüssel aus der

Hosentasche. Declan bringt mich um, wenn ich nicht bald aufkreuze, wir sollten schleunigst los, aber zum Glück ist es nur ein Katzensprung.

»Was hast du vor?«, fragt Eden entsetzt. Sie schüttelt den Kopf über mich. »Du hast gerade das ganze Bier da getrunken.«

»Herrgott«, schnaube ich. Was hat sie nur wieder für ein Problem? Niemand sonst hätte auch nur mit der Wimper gezuckt, außer vielleicht Dean. »Also gut, ich besorge uns eine Mitfahrgelegenheit. Zufrieden?«

»Ja«, antwortet sie.

Augenrollend werfe ich den Autoschlüssel aufs Bett, krame mein Handy hervor und rufe Declan an. Er kann uns bestimmt eine Mitfahrgelegenheit organisieren. Schon beim zweiten Klingeln geht er ran.

»Wo zum Teufel steckst du?«, fährt er mich an. »Ich hab das Haus voller Leute, alle wollen was, aber außer Kaleb und Liam ist keiner von meinen Leuten hier. Ich brauche dich und Warren, und zwar sofort.«

»Ja. Jaha. Ich bin ja schon unterwegs, Declan«, versichere ich ihm. Sein Tonfall ist drängend, aber er scheint nicht allzu sauer auf mich zu sein. Offensichtlich will er sich nicht selbst die Hände schmutzig machen, und wieder kommen mir Zweifel, worauf ich mich da einlasse. »Wer fährt heute Abend?«

»Kaleb«, sagt er, seine Stimme jetzt wieder aalglatt und gelassen. »Ich kann mich sonst hier noch umhören, aber die meisten sind mittlerweile … na ja, nicht mehr ganz so nüchtern.« Er scheint ein Prusten zu unterdrücken.

»Dann schick mir Kaleb«, sage ich. »Er soll schleunigst bei mir zu Hause vorbeikommen – oder nein, besser ein paar Häuser weiter.« Als Declan sich einverstanden erklärt, füge ich noch hinzu: »Danke, Mann. Bis dann«, bevor ich das Gespräch beende.

»Kaleb?«, fragt Eden.

»Kaleb ist in Ordnung. Er geht aufs College, sieht aber aus wie ein Zehntklässler. Der Mann weiß, wie man feiert.« Ich lache kurz auf, denn ehrlich gesagt kapiere ich langsam, dass es eine schlechte Idee war, Eden zu dieser Party mitnehmen zu wollen. Doch dafür ist es jetzt zu spät. Ich erwähne nicht, dass Kaleb ein Dealer ist, und erst recht nicht, dass er gut an mir verdient.

So leise wie möglich gehe ich zur Tür, schleiche durch den Flur und die Treppe hinunter. Eden folgt mir auf Zehenspitzen hinunter in die Küche und von dort hinaus in den Garten. Keiner von uns spricht ein Wort.

»Hätte ich Dad nicht sagen sollen, dass ich weggehe?«, fragt Eden auf dem Weg zur Vorderseite des Hauses.

Für einen kurzen Moment wirkt sie panisch und sieht sich verstohlen über die Schulter um zum Haus. »Ich meine, dass du dich rausschleichen musst, ist klar, aber ich habe keinen Hausarrest. Dad bringt mich um, wenn er merkt, dass ich ohne ein Wort abgehauen bin.«

»Mach dir deswegen keinen Kopf«, beschwichtige ich sie. »Du musst nur genug trinken, dann ist es dir in ein paar Stunden egal.« Das war der vermutlich dämlichste Ratschlag, den die Welt *je* gehört hat. Tyler Bruce ist ein Idiot.

Wir laufen ein Stück die Straße hinunter, weil es zu riskant wäre, uns direkt vor unserem Haus abholen zu lassen, und drücken uns sechs Häuser weiter auf dem Parkstreifen herum. Es ist dunkel, ein leichter Wind weht, aber es ist trotzdem angenehm warm draußen. Ich lehne mich gegen einen Baum und betrachte Eden ganz unverhohlen. Je länger ich darüber nachdenke, desto bewusster wird mir, was für eine Schnapsidee das tatsächlich war. Ich fordere hier mein Schicksal heraus. Sie hat Mom zwar nichts von den Drogen vom vergangenen Wochenende erzählt, aber ich bezweifle, dass sie mich ein zweites Mal damit durchkommen lässt.

»Ist das eine große Party?«, will sie wissen und fängt meinen Blick auf. Sie wirkt leicht verunsichert, was vermutlich daran liegt, dass ich ihr nicht allzu viele Details verraten habe. Sie hat keine Ahnung, was sie dort erwartet.

»Nicht besonders«, antworte ich achselzuckend. Ich muss sagen, langsam packt mich selbst eine gewisse nervöse Unruhe. Sie flippt bestimmt aus, wenn ihr klar wird, was für eine Sorte Party das ist. Ehrlich, was habe ich mir nur dabei gedacht? Klar, ich wollte nicht alleine hingehen, aber *Scheiße:* Warum musste ich ausgerechnet Eden bitten mitzukommen? Verlegen stoße ich die Fußspitze in den Rasen und starre hinauf in den Himmel.

Ich bin froh, als Kaleb mit röhrendem Motor in seinem klapprigen Chevy Pick-up angefahren kommt. Er fährt das Fenster herunter und sieht uns auffordernd an. »Steig ein, Bro!«, ruft er, und ich werfe ihm einen zweifelnden Blick zu. Ist er wirklich nüchtern?

Ich setze mich auf den Beifahrersitz, während Eden hinten Platz nimmt. Zum Glück riecht es hier drinnen nicht nach Gras, nur nach ganz normalem Tabak.

»Wer ist das?«, will Kaleb wissen und beäugt Eden neugierig im Rückspiegel. Eigentlich müsste er sie noch von der Party letzte Woche kennen, aber ich schätze, da war er zu high, um sich noch an irgendwas zu erinnern.

»Meine äh …«, fange ich an, doch das Wort bleibt mir im Hals stecken. Weil es sich so eigenartig anhört, es passt einfach nicht auf sie. Ich schlucke und drehe die Musik lauter, bevor ich mühsam hervorwürge: »Meine Stiefschwester.«

»Wusste gar nicht, dass du eine hast«, sagt er und mustert Eden mit zusammengekniffenen Augen. Dann fährt er endlich los. »Wo hast du denn gesteckt, Alter? Kommt mir vor, als hätte ich seit Wochen nichts von dir gehört.«

»Wir haben uns erst Dienstag gesehen, schon vergessen?«, sage ich zu ihm und nicke zum Beat der Rap-Musik mit dem

Kopf. Eden verhält sich auf dem Rücksitz mucksmäuschenstill, aber ich kann mich nicht nach ihr umdrehen, ohne dass es auffällt. Deshalb starre ich stur zur Windschutzscheibe hinaus.

»Scheiße, du hast recht, Mann!«, sagt Kaleb und prustet laut los, während er sich mit der flachen Hand an die Stirn klatscht.

»Wie ist es auf der Party?«, frage ich ihn. »Danke übrigens, dass du uns abholst.«

»Ganz okay.« Er zuckt mit der Achsel und nimmt einen langen Zug aus der Sprite-Dose, die in der Getränkehalterung steht. »Aber halt dich besser von Warren fern.«

»Er ist eindeutig zu weit gegangen«, murmle ich. Sollte ich mir jetzt Sorgen machen? Warren ist mir scheißegal. Er hätte die Klappe halten sollen. Und wenn er mir noch einmal blöd kommt, kriegt er von mir gerne noch mal eine ordentliche Abreibung verpasst.

Als wir zehn Minuten später vor Declans Haus anhalten, ist auf den ersten Blick nicht zu erkennen, dass hier eine Party stattfindet. Aber irgendwie auch logisch, für die Cops wäre es ein gefundenes Fressen, uns hochzunehmen. Deswegen hält sich auch keiner draußen vor dem Haus auf. Und Musik ist auch keine zu hören. Es stehen nur vier Autos davor, unseres mitgezählt. Beim Aussteigen fragt Eden mich: »Bist du sicher, dass wir hier richtig sind?«

»Ja, bin ich.« Ich gehe auf die Haustür zu und spüre, wie meine Nerven wieder zu flattern beginnen, weil ich nicht einschätzen kann, was sie hiervon halten wird. »Ich hab dir doch gesagt, dass es eine kleinere Party ist. Maximal zwanzig Leute.«

Als ich die Haustür öffne, schallt uns sofort laute Musik entgegen und schraubt sich in meine Gehörgänge. Die House-Musik ist grauenvoll, da sollte dringend ein anderer DJ übernehmen. Ich werfe einen verstohlenen Blick auf

Eden und sehe, dass sie angewidert die Nase rümpft. Kein Wunder, es stinkt wirklich heftig nach Gras, das kann man nicht ignorieren, und sie ist ja nicht dumm. Bestimmt weiß sie haargenau, was das ist. Im Flur stehen nur ein paar vereinzelte Leute herum, aber aus einem Zimmer am anderen Ende dringen lautes Gelächter und Stimmen. Von der letzten Party bei Declan weiß ich, dass er dort den Alkohol bunkert, deshalb steuere ich entschlossen darauf zu. Eden folgt mir dicht auf den Fersen, während Kaleb wortlos irgendwohin verschwindet.

In dem Raum kommt Declan, obwohl er mich früher erwartet hat und am Telefon leicht angesäuert klang, sofort mit einem breiten Grinsen auf mich zu. »Tyler, du hast es geschafft«, begrüßt er mich und wirft Eden einen neugierigen Blick zu. »Wer ist das?«

»Meine Stiefschwester. Eden, das ist Declan. Ich hab sie heute Abend mitgebracht, ist das okay?«

»Krass, Mann.« Declans macht große Augen und drückt mir ein Bier in die Hand. Er ist komplett nüchtern, wahrscheinlich, damit er ein Auge auf seine Gäste haben kann. Er will keinen Ärger. »Ey, Alter, wann hast du denn eine Stiefschwester gekriegt?«

»Letzte Woche, Bro«, sage ich möglichst beiläufig. Doch bevor er mich noch weiter mit Fragen löchern kann, drehe ich mich zu Eden um und lächle ihr zu. Hoffentlich hat sie noch nicht kapiert, was für eine Art von Party das ist. »Was willst du trinken?«

»Irgendwas.« Sie lässt den Blick über den Tisch mit dem Riesenberg Alkohol schweifen, von Bier über Wodka bis hin zu Rum gibt es alles, sogar Absinth. »Am besten noch einen Wodka-Cola.«

Okay, nichts leichter als das. Ich organisiere einen Becher und gieße als Erstes die Cola rein, damit sie nicht mitbekommt, wie viel Wodka ich dazukippe. Diesmal bin ich nicht ganz so zimperlich. Sie wird was Starkes brauchen, wenn sie den heutigen Abend überstehen will. »Ich zeig ihr hier alles«, sage ich zu Declan und reiche Eden das Getränk. Die Hand auf ihre Schulter gelegt schiebe ich sie wieder hinaus in den Flur, lasse sie dann aber stehen und gehe noch mal zurück, um Declan am T-Shirt zu packen und ihn in eine Ecke zu ziehen. »Krieg ich wenigstens erst mal selbst eine Line, bevor ich das Zeug für dich verchecke?«, raune ich ihm ins Ohr. Ist schon eine Weile her, dass ich was hatte, und gerade heute brauche ich dringend was Stärkeres.

Declan nickt mir zu. »Treffen wir uns draußen, sobald du dich frei machen kannst.«

Erleichtert gehe ich zurück zu Eden und achte nicht auf die Leute, die mich im Vorbeigehen ansprechen. Sie hat mich die ganze Zeit nicht aus den Augen gelassen hat, aber von unserem Gespräch kann sie unmöglich etwas mitbekommen haben. Jetzt deute ich mit dem Bier in der Hand auf eine Gruppe junger Leute, die träge auf einem Sofa rumhängen. »Also, siehst du diese Typen?« Sie sind allesamt vollkommen stoned, nicken im Takt der Musik oder starren unbeteiligt auf den Fernsehbildschirm. Ich kenne keinen von ihnen. Viele von ihnen müssen schon auf dem College sein.

»Ja?« Eden zieht die Augenbrauen zusammen und sieht zu mir auf, als wüsste sie nicht, worauf ich hinauswill. »Sie sehen gelangweilt aus.«

»Die sind alles andere als gelangweilt«, sage ich und lache kurz auf. Gott, ihr ist offenbar immer noch nicht klar, was hier abgeht. Aus dem Augenwinkel entdecke ich ein Kätzchen, das völlig verängstigt unter einem Tischchen kauert. »Hey, wen haben wir denn da?« Das arme Ding ist wahrscheinlich schon taub von der beschissenen Musik. »Wie süß.« Ich stelle mein Bier ab, gehe in die Hocke und nehme das Tier vorsichtig auf den Arm. Die Katze wehrt sich kurz, doch als ich ihr das Fell kraule und aufstehe, beruhigt sie sich.

»Warum gehst du nicht mit diesem Kerlchen hier aus? Besser bestückt als Jake ist der allemal.«

»Lass ihn wieder runter«, drängt Eden mich, nicht allzu beeindruckt.

Der Kater jedenfalls genießt die Aufmerksamkeit und schnurrt, als ich ihm das Fell kraule. »Was soll ich sagen?« Meine Mundwinkel heben sich zu einem selbstgefälligen Grinsen. »Die Miezen stehen eben auf mich.«

Eden verzieht in gespielter Empörung das Gesicht, rollt übertrieben mit den Augen und wendet sich angeekelt ab. Lachend setze ich den Kater auf den Boden und greife nach meinem Bier. Als das Tier davonflitzt, bemerkt sie spitz: »Siehst du, selbst die Katze hat die Schnauze voll von dem Scheiß.«

Augenrollend nehme ich einen Schluck von meinem Bier, als mein Blick auf die Uhr fällt. Eigentlich müsste ich längst draußen bei Declan sein, und ich albere hier mit Eden herum. Plötzlich bin ich wieder ernst. »Und jetzt unterhalte dich ein bisschen mit den Leuten, ich geh mal hinters Haus.«

Schlagartig verdüstert sich Edens Miene. »Das ist ein Scherz, oder?«

»Was?« Wieder nippe ich an meinem Bier und sehe sie verständnislos an. Verdammt, was habe ich denn jetzt verbrochen?

»Tu nicht so blöd«, zischt sie zu meiner Verblüffung. So aggressiv habe ich sie noch nie erlebt, in ihrer Stimme liegt ein drohender Unterton. Im nächsten Moment macht sie einen Schritt auf mich zu, schiebt sich so dicht an mein Ohr, dass sie mir fast den Drink übers Shirt kippt, und macht ihrem Ärger Luft. »Ich bin nicht mit dir auf diese saublöde Party gekommen, damit du mich stehen lässt, um hinter dem Haus Joints zu rauchen und dir ein paar Lines Koks reinzuziehen«, fährt sie mich scharf an.

»Das geht dich nichts an«, feuere ich zurück. Wie kann sie es wagen, so mit mir zu reden? Ich weiche einen Schritt zurück und bringe etwas Abstand zwischen uns. »Na los, such dir ein paar neue Freunde, und lass mich in Frieden, verdammt.«

Ich beschließe, mir diesen Mist nicht länger anzuhören, und stürme auf die Hintertür zu. Jetzt brauche ich diese Line wirklich dringend. Ich spüre, dass Eden mir folgt, und schon wirft sie sich zwischen mich und die Tür und versperrt mir den Weg. Ist das ihr Ernst? Wenn sie nicht sofort aufhört, raste ich aus. *Eden, bitte tu das nicht!* Ich flehe sie innerlich an. Sie mochte es nicht, als sie mich zuletzt wütend sah. Sie wird mich also definitiv nicht sehen wollen, wenn ich ausraste. Und sie wird mich dazu bringen, wenn sie damit nicht aufhört.

»Du gehst nicht da raus«, erklärt sie schwer atmend und blickt sie mir forschend ins Gesicht. »Das ist doch bescheuert.«

Ich knalle die Bierdose so heftig gegen die Wand hinter ihr, dass sie aufplatzt und der ganze Inhalt über den Boden schwappt. In rasender Wut nehme ich sie ins Visier. Sie hat kein Recht, mich so zu provozieren. Sie *kennt* mich nicht mal. »Geh mir aus dem Weg, verdammte Scheiße«, knurre ich.

»Nein!«

Ich packe sie am Handgelenk und ziehe sie an meine Brust. Sie muss aufhören. Mit einem drohenden Blick funkle ich sie an, doch sie erwidert ihn ganz unerschrocken. »Eden«, zische ich und habe große Mühe, nicht ganz die Kontrolle zu verlieren. »Tu das nicht.« *Bitte, Eden. Bitte tu das nicht. Bitte mach mich nicht wütend.*

»Nein.« Entschlossen reißt sie sich von mir los, und auch wenn ich kurz einen Anflug von Furcht in ihren braunen Augen aufblitzen sehe, sagt sie trotzig: »Warum machst du das?« In ihrer Stimme liegt ein frustrierter, fast verzweifelter Unterton.

»Weil ich muss, okay?«, herrsche ich sie an. Eine andere Antwort habe ich nicht für sie. Hastig sehe ich mich um, ob uns auch niemand belauscht. Bei der lauten Musik ist unser Geschrei aber kaum zu hören.

»Du *musst* nicht«, sagt sie mit gesenkter Stimme. In ihren Blick tritt Enttäuschung, es liegt sogar eine gewisse Sanftheit darin. »Du *willst.*«

Sie checkt es nicht. Keiner wird mich je verstehen. Denkt sie ernsthaft, ich *will* mein Leben einfach so wegwerfen? Sie denkt, ich habe *Spaß* daran, dass ich auf dieses verdammte Zeug angewiesen bin? Ich habe doch keine Wahl! Nur so halte ich das Gedankenkarussell auf, nur so finde ich *ein bisschen* Scheißfrieden in meinem Leben. Ich hole tief Luft, dann atme ich ganz langsam wieder aus und streiche mir mit der Hand durchs Haar. »Du verstehst es nicht«, flüstere ich. Plötzlich weicht alle Energie aus mir, ich fühle mich so kraftlos, dass ich kein Wort mehr hervorbringe. Zum ersten Mal habe ich das Gefühl, dass Eden mich in die Knie gezwungen hat.

Wie benommen schiebe ich sie aus dem Weg und starre ins Nichts, während ich die Tür zum Garten aufstoße. Ich knalle sie hinter mir zu und lasse Eden einfach stehen. Dann werfe ich den Kopf in den Nacken, die Augen fest zusammengekniffen, und stoße diesen irren Schrei aus, der tief in mir festgesessen sein muss.

Als ich den Kopf wieder senke und die Augen aufschlage, wird mir bewusst, dass ich nicht alleine bin. Declan stopft sich gerade einen Packen Geldscheine in die Tasche und sieht mich stirnrunzelnd an. Neben ihm fläzt Liam in einem Liegestuhl, die Füße auf den Terrassentisch gelegt, einen Joint zwischen den Lippen. Seine blutunterlaufenen Augen sind fest auf mich gerichtet.

»Was ist denn mit dir los?«, will Kaleb wissen und lacht kurz auf.

»Hey, Mann«, höre ich jemanden zu meiner Linken sagen, und als ich mich in die Richtung drehe, sehe ich, wie Warren auf mich zukommt. Ich registriere noch, wie sich ein schiefes Grinsen auf seine Züge schleicht, und im nächsten Moment rammt er mir auch schon die Faust ins Gesicht.

Kapitel 23

Fünf Jahre zuvor

Mom lässt uns heute ausnahmsweise länger aufbleiben. Wir haben Samstag, Dad kommt später zurück von seiner Geschäftsreise, deshalb dürfen wir auf ihn warten. Jamie und Chase sind bei mir im Zimmer. Das Licht ist aus, und uns brennen schon die Augen, weil wir ununterbrochen auf den Fernseher starren. Wir spielen *Madden NFL* auf der PlayStation 2, die wir letztes Jahr zusammen zu Weihnachten bekommen haben. Wobei ich gerne so tue, als würde sie mir alleine gehören, weil Chase sie meistens vergisst und Jamie beim Großteil der Spiele total versagt. Ich habe heute Abend noch kein einziges Mal verloren, dabei spielen wir schon seit mehr als einer Stunde.

»Stimmt es, dass bald die PlayStation 3 auf den Markt kommt?«, will Jamie mitten im Spiel wissen. Ich glaube, er hat mittlerweile eingesehen, dass er gegen mich keine Chance hat, weil er nämlich nicht mal mehr auf den Bildschirm schaut.

»Ja. Im November«, bestätige ich schulterzuckend. Gerade gelingt mir mit meinem Team ein Touchdown. Es ist allein in diesem Spiel schon mein sechster. Wir liegen bäuchlings auf dem Teppich und schürfen uns die Ellbogen auf, während Chase auf dem Bett liegt und schon halb schläft.

»Echt?«, meint Chase, plötzlich wieder hellwach. Er richtet sich auf, und auf seiner Miene zeichnet sich ein Hauch von Vorfreude ab. »Denkst du, wir kriegen eine zu Weihnachten?«

Jamie schnaubt nur und verdreht genervt die Augen. Im Dunkeln knuffe ich ihn in den Oberarm und werfe ihm einen warnenden Blick zu. »Ich weiß nicht, Chase«, sage ich, drücke auf Pause und stemme mich vom Boden hoch. »Setz sie doch auf deine Wunschliste, dann wirst du schon sehen.«

Im selben Moment ist Moms aufgeregte Stimme zu hören. »Jungs! Kommt runter! Euer Dad ist zu Hause.«

Augenblicklich schleudert Jamie den Controller von sich und rappelt sich auf, während Chase ebenfalls aus dem Bett springt. Die beiden flitzen schnurstracks hinaus aus meinem Zimmer, jeder ein breites Grinsen im Gesicht. Ich lausche auf ihre raschen, trampelnden Schritte auf der Treppe. Für den Bruchteil einer Sekunde denke ich darüber nach, ihnen zu folgen. Aber im Grunde freue ich mich kein bisschen, dass Dad wieder hier ist. Was soll ich da nach unten rennen und ihm um den Hals fallen?

Ich stehe auf, schließe meine Zimmertür und setze mich mit übereinandergeschlagenen Beinen auf den Boden vor den Fernseher. Die drei sorglosen Tage, in denen mir keinerlei Gefahr gedroht hat, sind vorüber. Und weil ich haargenau weiß, dass Dad etwas dagegen hat, wenn ich Videospiele spiele, nutze ich diese letzte Chance, so lange es noch geht.

Zehn Minuten verstreichen, und ich habe von unten nichts gehört. Doch dann schwingt plötzlich meine Tür auf, und der Klang seiner Stimme jagt mir einen Schauder über den Rücken.

»Weißt du, Tyler, ich finde es ziemlich unhöflich, dass du nicht runterkommst und deinen Dad begrüßt. Immerhin war ich ganze drei Tage weg«, bemerkt er, doch ich spiele unbeirrt weiter und schaue nur kurz zu ihm hoch. Dad steht mit der Hand am Griff in der Tür und sieht mich mit zusammengekniffenen Augen an. Plötzlich stößt er die Tür ganz auf und knipst das Licht an. »Und warum zum Teufel spielst du schon wieder?«, herrscht er mich an und kommt ins Zimmer gestürmt.

Die plötzliche Helligkeit lässt mich die Augen zukneifen, blinzelnd sehe ich zu Dad auf, der mit großen Schritten auf mich zukommt und mir den Controller aus der Hand reißt. »Mom hat es uns erlaubt«, wehre ich mich, aber es hat keinen Sinn. Er hört mir ohnehin nicht zu.

»Hast du etwa die ganze Zeit gespielt, während ich weg war?«, will er wissen und fuchtelt mir mit dem Controller vor der Nase herum. Die freie Hand hat er zur Faust geballt. »Hast du, nicht wahr?«

»Nein, nur die letzte Stunde«, stammle ich und zucke zurück, weil er so aggressiv ist. Wie ist es möglich, dass ich ihn derart schnell in Rage versetze? Was stimmt nur nicht mit mir? Ich kämpfe mich auf die Füße und halte abwehrend die Hände hoch. »Ich schwöre es, Dad. Ich habe alle meine Hausaufgaben gemacht … Und heute Morgen habe ich gelernt!«

Unvermittelt schleudert Dad mir den Controller entgegen, trifft mich mit voller Wucht an der Schulter und streift dabei mein Kinn, obwohl ich versuche auszuweichen. Dann wirbelt er wütend zum Fernseher herum und greift auf die Rückseite, um die Kabel rauszureißen. Mein Herz pocht derart wild, dass es wehtut, jetzt packt mich die nackte Angst. Dad ist so unberechenbar, wenn er zornig ist, deshalb bringe ich ausreichend Sicherheitsabstand zwischen uns.

Er greift sich die PlayStation und klemmt sie sich mit baumelnden Kabeln unter den Arm. Dabei fixiert er mich mit der üblichen Enttäuschung im Blick, die mir jedes Mal Schuldgefühle einjagt. Ich könnte nicht sagen, woran das liegt, denn schließlich habe ich doch nichts falsch gemacht, oder? Ich wollte doch nur ein bisschen spielen.

»Die siehst du nie wieder«, presst Dad zwischen den Zähnen hervor. Es liegen mehrere Meter Abstand zwischen uns, und trotzdem habe ich das Gefühl, es reicht nicht. »Und jetzt ab ins Bett, Tyler. Sofort.« Damit wendet er sich mit der Konsole unter dem Arm zum Gehen. Ich habe nicht die leiseste Ahnung, wohin er sie bringt oder warum er vor Wut so außer sich ist. Bevor er mein Zimmer verlässt, wirft er mir noch einen letzten Blick über die Schulter zu, und als er feststellt, dass ich mich keinen Millimeter bewegt habe, macht er ein Gesicht, als würde er am liebsten mit der Konsole nach mir werfen. »Fordere mich verdammt noch mal nicht heraus«, knurrt er und deutet mit einem Nicken auf das Bett. »Ich habe die schlimmsten drei Tage meines Lebens hinter mir, und das hier ist das *Letzte*, was ich jetzt brauche.«

Er braucht mir nicht ein drittes Mal zu beweisen, was passiert, wenn er sich von mir provoziert fühlt, das musste ich bereits auf die harte Tour lernen. Mit tränenfeuchten Augen wende ich mich ab, krieche hastig ins Bett und ziehe mir die Decke über den Kopf. Zitternd liege ich stocksteif auf dem Rücken und beobachte über den Deckenrand, wie er sich zur Tür wendet und das Licht ausknipst. »Dad«, flüstere ich. Ich weiß ehrlich nicht, was ich falsch gemacht habe. Jetzt laufen mir die Tränen übers Gesicht. »Tut mir leid.«

Mir tut leid, dass ich ihn so wütend mache. Mir tut leid, dass ich ihm nie gut genug bin. Mir tut leid, dass ich ihn nicht glücklich machen kann so wie Mom und Jamie und Chase. Mir tut leid, dass ich ihn immer wieder aufs Neue enttäusche.

Draußen auf dem Flur hält Dad kurz inne, dreht sich aber nicht noch einmal um. Seine Schultern heben und senken sich synchron mit seiner Atmung, dann schüttelt er ganz langsam den Kopf. Kurz bevor er die Tür hinter sich zuzieht, höre ich ihn leise murmeln: »Das reicht nicht.«

In der dunklen Stille meines Zimmers kneife ich die Augen fest zu, und meine Lippen beben, während die Tränen weiter fließen.

Seine Entschuldigungen reichen auch nie aus.

Kapitel 24

Gegenwart

Ich liege auf der Couch im Wohnzimmer und starre blicklos an die Decke, während ich gegen die Übelkeit ankämpfe, die immer wieder in mir aufsteigt. So geht es mir immer, wenn ich auf Entzug bin. Chase hockt im Schneidersitz auf dem Boden und starrt wie hypnotisiert auf den Fernsehbildschirm, gefesselt vom allsonntäglichen Kinderprogramm. Die Lautstärke ist so eingestellt, dass die Sendung eine unaufdringliche Geräuschkulisse im Hintergrund bildet. Ich mache einen tiefen Atemzug, halte mit geschlossenen Augen die Luft an und atme wieder aus. Gott, mir ist so wahnsinnig schlecht.

Der gestrige Abend hat in einer Katastrophe geendet. Ich erinnere mich noch vage, wie Warren mich mit einem einzigen Fausthieb umgenietet hat, mein schmerzender Kiefer ist der Beweis dafür, dass es nicht nur ein böser Traum war. Alles, was danach passiert ist, ist mir nur noch schemenhaft in Erinnerung. Ich weiß zwar noch, dass ich ziemlich stoned war, und zwar von mehr als nur Gras. Deshalb geht es mir heute auch so beschissen. Ich erinnere mich außerdem, dass Dave noch wach war, als ich mitten in der Nacht heimkam, nicht aus Sorge um mich, sondern weil er auf Eden gewartet hat. Sie war zu dem Zeitpunkt noch nicht zu Hause.

Und sie ist *immer* noch nicht aufgetaucht.

Langsam bin ich selbst ein wenig beunruhigt. Schließlich ist das alles meine Schuld, weil ich so saublöd war, sie auf diese Party mitzuschleppen. Und dann bin ich einfach abgedampft und hab sie alleine stehen gelassen. Im Nachhinein gesehen war das eine richtig miese Nummer von mir. Eden kannte dort keine Menschenseele. Ob sie versucht hat, zu Fuß nach Hause zu laufen? Und hat sich dabei verirrt? Liegt sie vielleicht irgendwo in einem Straßengraben? Scheiße. Wenn ich ihre Nummer hätte, würde ich sie anrufen, wobei ich stark bezweifle, dass sie rangehen würde. Dave hat es bereits eine Million Mal versucht, leider vergebens. Den ganzen Morgen tigert er schon nervös durchs Haus. Er sagt, er will noch bis Mittag warten, ehe er etwas unternimmt, was auch immer das heißen soll. Er würde mir den Kopf abreißen, wenn er wüsste, dass das alles auf meinem Mist gewachsen ist.

Ich schlage die Hände vors Gesicht, die Augen immer noch fest zusammengekniffen. Ich habe deutlich zu wenig Schlaf abbekommen. Jetzt bin ich völlig erledigt.

»Tyler«, höre ich Mom mit sanfter Stimme sagen, als sie ins Wohnzimmer kommt. Ich lasse die Hände sinken und schlage die Augen auf. Sie wirkt misstrauisch, als sie sich mir gegenüber auf die Armlehne des Sofas setzt. Mit verschränkten Armen lächelt sie mich an, aber sie sieht nicht glücklich aus. »Wollte nur mal nach dir schauen. Wie läuft es so bei dir?«

Mindestens einmal pro Woche erkundigt Mom sich in ernstem Ton, wie es mir geht, als wäre sie meine verdammte Therapeutin. Dann fühlt sie mir auf den Zahn und unterzieht meinen seelischen Zustand einer eingehenden Prüfung, und normalerweise spiele ich alles herunter, nur damit sie sich keine Sorgen machen muss. Wäre ich nämlich restlos ehrlich ihr gegenüber, würde sie garantiert Woche für Woche einen Nervenzusammenbruch erleiden. Wie soll ich meiner Mom auch sagen, dass es mir egal wäre, wenn ich morgen schon tot umfallen würde? Wie soll ich ihr sagen, dass ich mich selbst hasse, dass mein Leben völlig aus dem Ruder ist, dass ich nicht weiß, wie es je besser werden soll? Das kann ich ihr einfach nicht zumuten. Deshalb zucke ich nur gleichgültig mit der Schulter und lenke meinen Blick wieder Richtung Decke. »War schon schlimmer«, antworte ich leichthin. Lieber tische ich ihr eine Lüge auf und sie ist zufrieden, als dass ich ihr die Wahrheit sage und ihr das Herz breche.

Sie atmet langsam aus und verhält sich für einen Moment vollkommen still. Ich spüre, wie sie mich mit ihren blauen Augen mustert. »Bist du sicher? Auf mich hat es nämlich den Eindruck gemacht, als hättest du eine verdammt harte Woche, Tyler. Du benimmst dich nicht wie sonst. Was ist los mit dir?« Behutsam legt sie mir die Hand ans Kinn, dreht mein Gesicht zu ihr und zwingt mich so, ihr in die Augen zu sehen. Sie wirkt verzweifelt. Fast als hätte sie schreckliche Angst, die Antwort zu hören. »Rede mit mir.«

»Ich weiß es nicht, Mom«, erwidere ich. Natürlich weiß ich, was mit mir nicht stimmt, und sie weiß es auch. Es ist wegen Dad. Ich wünschte, ich hätte die Kraft, nach vorne zu schauen, mich nicht so sehr davon beeinträchtigen zu lassen. Aber ich befürchte, ich werde mich nie ändern. Ich werde immer derselbe wütende Junge sein, werde immer diese Unsicherheit in mir spüren, werde immer dieses seelische Wrack bleiben. Tief in meinem Herzen weiß ich, dass ich mich mehr ins Zeug legen sollte, dass ich das mit den ganzen Ablenkungen bleiben lassen sollte, dass ich mir Hilfe holen sollte. Aber ich weiß einfach nicht, wo ich anfangen soll. Mein einziger Trost ist die Gewissheit, dass ich schon ganz unten bin, schlimmer kann es also nicht mehr werden. Es kann nur aufwärts gehen. Irgendwann. Zumindest ist das meine große Hoffnung.

Mom wirft einen vorsichtigen Blick zu Chase. Er ist so in seine Sendung vertieft, dass er von unserer Unterhaltung nichts mitbekommt. Ihr Blick begegnet wieder meinem, und dann runzelt sie die Stirn, und um ihre Augenwinkel kräuseln sich kleine Fältchen. »Bitte schließ mich nicht aus, Tyler«, fleht sie, ihre Stimme kaum mehr als ein Flüstern. »Ich bin immer für dich da. Natürlich verstehe ich, warum du dich so benimmst, aber ich ertrage es nicht. Man kann auch anders damit umgehen, du musst nicht immer gegen alles rebellieren. Früher warst du so ein glückliches Kind …« Sie verstummt und kneift die Augen zu. Im nächsten Moment schlägt sie sich die Hand vor den Mund und unterdrückt ein tiefes Schluchzen.

»Genau, bis mich Du-weißt-schon-wer zu seinem persönlichen Punchingball erkoren hat«, murmle ich und richte mich auf. Chase ist mit uns im Raum, deshalb muss ich auf meine Worte achten. Er darf es nie erfahren. Mom schüttelt den Kopf, die Augen nach wie vor geschlossen, und es sieht so aus, als würden meine Worte sie innerlich zerreißen. Aber es ist nun mal die Wahrheit, und die wollte sie schließlich hören. »Erwartest du allen Ernstes, dass ich glücklich bin, Mom?«, frage ich sie mit sanftem Nachdruck. Ich habe einen feierlichen Ton angeschlagen. »Nach allem, was passiert ist?«

»Nein«, flüstert sie und schlägt die Augen auf. Sie sind voller Reue, voller Schuld. »Aber ich wünsche mir so sehr, du wärst es.«

Meine Brust schnürt sich zusammen. Ich finde es unerträglich, dass ich ihr diesen Wunsch nicht erfüllen kann, dass ich sie enttäuschen muss. Ich lasse den Kopf hängen und starre auf meine Fußspitzen. »Tut mir leid.«

»Wage es ja nicht, dich zu entschuldigen, Tyler«, schneidet sie mir scharf das Wort ab und sinkt vor mir auf die Knie, um flehend zu mir aufzuschauen. Sie legt mir die Hand auf den Oberschenkel, und wie so oft scheinen ihre Augen vor Schmerz überzuquellen, einem Schmerz, den nur wir beide kennen. »Du musst dich für *nichts* entschuldigen.«

»Du entschuldigst dich doch auch immer«, flüstere ich mit schwacher Stimme. So läuft das immer zwischen uns. Es ist wunderbar, dass sie sich so um mich sorgt, dass sie mich beschützen will. Aber ich habe in Bezug auf sie genau das gleiche Bedürfnis. Ich will nicht, dass sie sich für Dads Vergehen entschuldigt, weil es *sein* Fehler war, nicht ihrer. Ich hasse es, in ihrem Blick alle diese Schuldgefühle aufblitzen zu sehen. Sie hält sich für eine schlechte Mom, weil sie von den Misshandlungen, die ich jahrelang über mich ergehen lassen musste, nichts mitbekommen hat. Aber ich habe damals auch alles getan, damit sie keinen Verdacht schöpfen *konnte*.

»Ich habe schließlich allen Grund, es zu sagen«, seufzt sie und lässt den Kopf hängen. Kräftig blinzelnd starrt sie auf den Boden. »Ich hätte für dich da sein müssen, Tyler. Ich hätte … ich hätte etwas merken müssen. Du bist mein *Sohn.*« Ihre Augen füllen sich erneut mit Tränen, und ihre Unterlippe beginnt zu zittern. »Wie konnte mir das entgehen? Wie kann es sein, dass ich dir nicht angesehen habe, welches Leid du ertragen musstest?«, flüstert sie. Aber sie spricht längst nicht mehr mit mir. Nein, alle diese Fragen stellt sie sich selbst. Ich wünschte, sie würde mit ihren Selbstvorwürfen aufhören.

Behutsam greife ich nach ihrer Hand. »Hör auf. Bitte«, sage ich, beuge mich vor und schaue sie eindringlich an. Es ist schrecklich, sie so zu sehen, mein Herz beginnt zu rasen. Es wäre heuchlerisch, von ihr zu erwarten, endlich nach vorne zu schauen, wo es mir doch selbst nicht gelingen will.

»Lass mich dir helfen«, fleht Mom und verschränkt ihre Finger mit meinen. Dann drückt sie fest zu, als hätte sie Angst, mich je wieder loszulassen. »Lass mich dir Hilfe suchen. Ich besorge dir den besten Therapeuten von ganz Los Angeles. Bitte, Tyler, lass es uns wenigstens versuchen.«

»Ich kann nicht«, antworte ich und schüttle den Kopf. Wir haben diese Diskussion schon unzählige Male geführt, und meine Antwort lautet immer gleich. »Ich bin noch nicht so weit. Ich kann nicht darüber reden.« Ich glaube zu spüren, wie Moms Herz nach unten sackt. Seit Jahren schon bearbeitet sie mich, ich solle endlich in Therapie gehen, und mir ist sehr wohl bewusst, dass es das Beste für mich wäre. Aber ich schaffe es einfach nicht, mich irgendeinem Menschen zu öffnen. Sanft drücke ich Moms Hand. »Irgendwann klappt das schon«, tröste ich sie, und trotz der Tränen hellt sich ihre Miene auf. »Ich verspreche es, ich werde es schaffen. Aber ich bin noch nicht so weit.«

»In Ordnung, Tyler«, entgegnet sie matt. »Ich liebe dich, das weißt du, ja?« Als ich nicke, nimmt sie mein Gesicht in beide Hände und küsst mich auf die Stirn, bevor sie widerstrebend den Raum verlässt.

Langsam lasse ich die Luft aus meinen Lungen entweichen, bis der Druck auf meiner Brust nachlässt. Seufzend setze ich mich zurück. Mein Blick wandert durchs Fenster hinaus auf die Straße, und in diesem Moment fällt mir auf, dass Jakes Wagen draußen parkt. Ich gehe zum Fenster, spähe vorsichtig zwischen den Jalousien hindurch, und … Das darf nicht wahr sein!

Soeben steigt Eden aus. Schwungvoll schließt sie die Tür hinter sich, dreht sich in Richtung Haus und zieht die Kapuze hoch. Sie trägt nach wie vor die Klamotten von gestern Nacht. War sie etwa die ganze Zeit mit Jake zusammen? Was soll das? Dieses Arschloch!

»Hey! Eden ist wieder da!«, verkündet Chase, der endlich vom Fernseher aufschaut.

»Ja, das sehe ich auch«, entgegne ich mürrisch und knirsche mit den Zähnen. Jetzt kriegt sie nicht nur mit Dave Ärger, sondern auch mit mir. Ich hab ihr doch wohl deutlich gesagt, sie soll sich von Jake fernhalten. Ist sie wirklich so naiv? Anders kann ich es mir fast nicht erklären. Es sei denn, sie ist komplett beschränkt. Und das habe ich längst ausgeschlossen.

Als sie aufs Haus zukommt, rase ich in Windeseile aus

dem Wohnzimmer, schlittere den Flur entlang und reiße die Haustür auf. Wie erstarrt steht sie da und formt den Mund zu einem verwunderten »O«, als ich ihren Arm packe und sie über die Schwelle zerre.

»Hey«, protestiert Eden, schüttelt meine Hand ab und macht einen Schritt zur Seite.

»Das ist jetzt ein Witz, oder?«, sage ich. Unter der Kapuze erkenne ich, dass sich die süße Hochsteckfrisur von gestern Abend gelöst hat, die Haare hängen ihr wild ins Gesicht. Ihr Mascara ist verschmiert, sie hat dunkle Schatten unter den Augen. Wo hat sie geschlafen? Hat sie *überhaupt* geschlafen? Oder hat sie die ganze Nacht mit Jake auf dem Rücksitz von seinem Wagen rumgeknutscht? Verdammt. Ich hoffe nicht. »Du verarschst mich.«

Eden sieht mich mit großen Augen an und zupft verlegen an den Kordeln ihres Kapuzenpullis. Seufzt. »Das Gleiche könnte ich zu dir sagen«, sagt sie schließlich, aber es ist nicht die Antwort, die ich mir erhofft habe. Eigentlich dachte ich, sie würde mir versichern, dass sie sich nicht von Jake hat einlullen lassen. Trotzig schiebt sie die Hände in die Taschen ihres Kapuzenpullis und legt den Kopf schief. »Du hast mich auf eine Party mit deinen ganzen Kiffer- und Kokserkumpels mitgeschleppt. Bist du irre?«

»Pssst. Red leiser«, warne ich sie und werfe einen Blick in Richtung Küche, wo unsere Eltern sind.

»Entschuldige«, meint Eden kein bisschen leiser.

Sie presst die Lippen aufeinander und sieht mich herausfordernd an. Ihre Haltung ist abwehrend, ihre Stimme trieft vor Sarkasmus. Kein Wunder, ich habe sie zu dieser Party mitgeschleift und mich heftig mit ihr gestritten. Ich habe die Nerven verloren und mich wieder einmal von meiner übelsten Seite gezeigt. »Ich hatte vergessen, dass deine Mom nicht weiß, wie erbärmlich ihr Sohn ist.«

Ich wünschte, sie würde dieses Wort nicht mehr sagen. *Erbärmlich*. Mir ist klar, dass sie recht hat, aber das aus ihrem Mund zu hören, trifft mich. Und es scheint, als würde sie es auch nur deswegen sagen. Nicht, weil es eine Tatsache ist, sondern das eine, das sie gegen mich benutzen kann. Das ist beinahe grausam von ihr. Und so fühle ich mich nicht schuldig, als ich laut rufe »Dave! Eden ist zu Hause!« Ich werfe ihr sogar ein höhnisches Lächeln zu.

Eden reißt ungläubig den Mund auf und weitet die Augen. »Echt jetzt?«

»Viel Spaß mit den Konsequenzen«, zische ich. Das ist die Strafe dafür, dass sie die ganze Nacht mit diesem beschissenen Jake Maxwell zusammen war.

»Die ich dir zu verdanken habe!«, kontert sie. Sekündlich steigt ihr Unmut. Ihr Blut gerät jetzt richtig in Wallung. »Nur deinetwegen war ich auf dieser Party.«

»Ich erinnere mich deutlich, dass du einverstanden warst.«

»Überrascht mich, dass du dich überhaupt an etwas erinnerst«, murmelt sie. Dann wird ihr Ton herablassend, als sie sich wieder direkt an mich wendet: »Warst du letzte Nacht etwa nüchtern? Wohl kaum.« Sie streift die Kapuze zurück und atmet tief durch, als wir aus der Küche Schritte vernehmen.

»Viel Glück«, sage ich spaßeshalber und lehne mich mit verschränkten Armen gegen die Wand zurück. Das dürfte unterhaltsam werden.

»Wo zum Teufel bist du gewesen?«, platzt es aus Dave heraus, kaum tritt er auf den Flur. Er marschiert schnurstracks auf uns zu, doch ausnahmsweise gilt sein böser Blick nicht mir. Nein, diesmal ist Eden dran. »Weißt du überhaupt, wie spät es ist? Fast Mittag! Wo bist du die ganze Nacht gewesen?«, schleudert er ihr seine Fragen entgegen, und seine ganze Besorgnis verwandelt sich mit einem Schlag in Wut. Seine Augen treten ihm fast aus dem Kopf. »Du hättest wenigstens ans Handy gehen können. Ich war krank vor Sorge, Eden.«

»Tut mir leid, ich …«, fängt Eden an, aber plötzlich scheinen ihr die Worte im Hals stecken zu bleiben. Was soll sie auch sagen? Dass ich sie auf diese Party mitgeschleift und dann stehen gelassen habe? Nur damit Mr. Playboy des Jahres reinspaziert und sie rettet? Und dass sie deswegen die Nacht mit einem Jungen verbracht hat, den sie kaum kennt? Als könnte sie ihrem Dad das aufs Brot schmieren. Er würde erst mich umbringen, dann Jake und als Letztes sie. Panisch zuckt ihr Blick im Flur umher, auf ihre Miene tritt ein hilfloser Ausdruck. Sie wirkt auf einmal unglaublich verletzlich, dabei ist sie sonst recht selbstbewusst und nimmt normalerweise kein Blatt vor den Mund. Das alles ist doch nicht so unterhaltsam, wie ich es mir erhofft hatte.

»Sie war bei Meghan«, springe ich ihr jetzt bei. Ich werde sie nicht auflaufen lassen. Nicht nach allem, was ich ihr angetan habe. Als unsere Blicke sich begegnen, signalisiere ich ihr mit einem festen Blick, dass ich die Sache für sie in die Hand nehme. Dann wende ich mich wieder an Dave. »Das habe ich dir doch gesagt«, flunkere ich.

Dave starrt mich einige Augenblicke verdutzt an. Dann legt er die Stirn in Falten. »Nein, hast du nicht.«

»Ich bin mir ziemlich sicher, dass ich es dir gestern Abend gesagt habe, als ich nach Hause gekommen bin. Sie hat mich gebeten, es dir auszurichten«, sage ich Unschuld heuchelnd. »Weißt du nicht mehr?«

»Nein.«

»Oh, Mann, dann muss ich es vergessen haben.« Ich zucke entschuldigend mit der Schulter und sehe Eden an. »Tut mir leid, Eden. Mein Fehler.«

Dave lässt den Blick wortlos zwischen Eden und mir hin und her wandern. Er wirkt verunsichert. Wenigstens konnte ich ihm den Wind aus den Segeln nehmen, auch wenn er mir die Story offensichtlich nicht ganz abkauft. Eden starrt mich mit ungläubiger Miene an. Aber nach gestern Abend war es das Mindeste, dass ich sie da wieder rausboxe.

»Geh nächstes Mal gar nicht erst weg, ohne mir Bescheid zu sagen«, murmelt Dave schließlich. Erstaunlich. Ich scheine tatsächlich durchzukommen mit meiner miesen Vorstellung. »Ach, übrigens«, sagt er noch, als er sich schon zum Gehen wendet, »wir gehen nachher alle zusammen essen. Und wenn ich alle sage, meine ich auch dich, Tyler. Zieht euch was Hübsches an.« Sein strenger Blick sagt mir, dass ich keine Wahl habe.

»Bist ganz schön leicht davongekommen«, stelle ich fest, als Dave in der Küche verschwindet. Sicher, ich habe Eden mit meiner Story rausgehauen, aber sie ist trotzdem die ganze Nacht weg gewesen, ohne ihrem Dad was zu sagen. Wenn *ich* mir so was erlauben würde, würde er mir die Hölle heißmachen.

»Warum hast du das getan?«, fragt Eden nun sehr viel ruhiger, und ich sehe echtes Interesse in ihrem Blick aufblitzen.

»Was?«

»Für mich gelogen«, stellt sie mit einem Schulterzucken klar. »Das kapier ich nicht.«

»Ich war dir was schuldig«, sage ich und schicke dann, damit auch keine Zweifel aufkommen, noch schnell hinterher: »Weil ich dich gestern auf diese Party mitgeschleppt habe. Ich hab nicht nachgedacht, tut mir leid.« Entschuldigungen sind nicht meine Stärke, aber wenigstens ist es ehrlich gemeint.

»Warum hast du mich überhaupt mitgenommen? Hast du wirklich geglaubt, ich will mit diesem Zeug was zu tun haben?«, fragt sie, nun wieder vorwurfsvoll. Da ist dieser leichte Wechsel in ihrem Tonfall, aber ich bemerke ihn immer. Es fällt mir auf, wenn ihre Stimme etwas tiefer und damit rauchiger wird. Ich mag es, wenn sie *nicht* wütend oder verärgert oder irritiert ist. Ich mag es, wenn wir nur … reden. Aber das tun wir nicht oft.

»Tut mir leid«, sage ich noch einmal. Mir ist absolut bewusst, was für eine Schwachsinnsidee das war, und ich bereue es wirklich zutiefst. Hoffentlich merkt sie, dass meine Entschuldigung ernst gemeint ist. Ich ärgere mich so schon genug über mich selbst. Ohne mich hätte sie doch Jake gar nicht erst auf der Party getroffen. »Du warst also mit Jake zusammen, hm?«

»Was spielt das für eine Rolle?«, feuert sie zurück, was im Grunde die Bestätigung ist: Sie war die ganze Nacht mit Jake zusammen. Der kann was erleben, wenn ich ihn das nächste Mal sehe. »Du hast deine Meinung von ihm, und ich habe meine. Das geht dich nichts an, und deshalb will ich auch nicht mehr darüber reden.«

Sie hat recht; es geht mich nichts an. Aber wenn sie nur kurz nachdenken würde, warum es mich so nervt, würde ihr vielleicht klar werden, dass ich ganz einfach nicht will, dass man ihr wehtut. Und das nicht nur, weil sie meine Stiefschwester ist, um die ich mich zwangsläufig sorge, sondern weil mir der Gedanke, Jake könnte seine Spielchen mit ihr spielen, zutiefst missfällt. Allerdings scheint sie mir ein viel zu helles Köpfchen zu sein, um auf seine schwachsinnige Tour reinzufallen.

»Ich muss unter die Dusche«, sage ich, um das Thema zu wechseln. Auf gar keinen Fall werde ich zugeben, dass es mich ernsthaft interessiert. Weil Tyler Bruce so etwas nicht kümmert. »Wir reden später. Wenn wir dieses beschissene Essen hinter uns haben.«

»Wir reden später?«, wiederholt Eden, und es klingt fast so, als fände sie die Vorstellung völlig daneben. Aber ich lasse nicht zu, dass Jake sie an der Nase herumführt, und wenn es das Letzte ist, was ich tue, ich werde es verhindern.

»Genau.« Ich wende mich ab, um mich für unseren ersten

Familienausflug fertig zu machen. Nicht dass ich große Lust darauf hätte, aber für eine Auseinandersetzung fehlt mir im Moment die Kraft. Auf halbem Weg die Treppe hinauf drehe ich mich noch einmal zu Eden um. »Und vergiss nicht, was dein Dad gesagt hat. Zieh dir was Hübsches an.«

Keine Ahnung, was es ist, aber dieses Mädchen bringt mich immer wieder dazu, meine Maske fallen zu lassen. Auch gestern Abend, als wir uns gestritten haben … da hat sie sich nicht mit Tyler Bruce gezofft. Sie ist auf *mich* losgegangen. Es war *meine* Schwäche, *meine* Angst, die sie gegen mich verwendet hat. Und selbst jetzt, in diesem Moment, bin ich einfach nur ich selbst.

Woher ich das weiß?

Weil ich ein breites Lächeln im Gesicht habe.

Kapitel 25

Fünf Jahre zuvor

Ich kriege nichts runter, weil ich keinen Hunger habe. Lustlos schiebe ich das Essen mit der Gabel auf dem Teller herum, mit den Gedanken ganz woanders. Es ist Mittagspause, in der Cafeteria ist die Hölle los. Das lärmende Stimmengewirr, die vereinzelten spitzen Schreie, das brüllende Gelächter. Ich hasse es. Wie wäre es, wenn sich zur Abwechslung einfach alle mal hinsetzen und die Klappe halten?

»Hey«, höre ich Jake zischen, und im selben Moment wirft er mit einem Radiergummi nach mir. Langsam hebe ich den Kopf und sehe Jake blinzelnd an. Die Neonröhren über uns lassen seine Zahnspange aufblitzen, als er mich angrinst. »Sag schon, bist du dabei?«

»Worum geht's?« Ich werfe Dean einen hilfesuchenden Seitenblick zu, aber der verdreht nur die Augen und kaut weiter auf seinem Essen herum.

»Wir wollen uns für die Schulmannschaft bewerben. An der Highschool. Wir drei. Abgemacht?«, fragt Jake, hält die Faust hoch und boxt gegen die von Dean. Anschließend bietet er auch mir die Bro-Faust an, doch als ich ihn nur ratlos anstarre, schwindet sein Lächeln. Er seufzt. »Football, du Hirni. Bist du dabei oder nicht? Wenn man an der Highschool zu den coolen Kids gehören will, *muss* man es in die Schulmannschaft schaffen. Das weiß doch jedes Kind.«

»Du weißt schon, dass wir bis zur Highschool noch zwei Jahre haben, oder?«, frage ich und sehe ihn zweifelnd an.

»Außerdem glaube ich nicht, dass es im echten Leben so läuft.«

»Aber sicher doch!«, protestiert Jake und zieht verärgert seine Faust zurück. Im nächsten Moment taucht Rachael Lawson wie aus dem Nichts auf und schiebt sich neben ihm auf die Bank, womit unser Gespräch vorerst beendet wäre.

»Worüber redet ihr?«, will sie wissen und stemmt die Ellbogen auf den Tisch. Einen nach dem anderen sieht sie uns hinter ihren verschmierten Brillengläsern hervor an. Sie und ihre Freundin Meghan sitzen beim Mittagessen manchmal bei uns.

»Rach, ich weiß ja, dass du verrückt nach mir bist, aber lass die Finger von mir«, zieht Jake sie grinsend auf und deutet mit dem Kinn auf ihren Arm, der den seinen berührt. Manchmal wünschte ich, ich wäre ein bisschen mehr wie Jake. Der ist immer zum Scherzen aufgelegt.

»Mit der Zahnspange? Träum weiter«, schießt Rachael zurück und rückt demonstrativ ein Stück von ihm ab. »Mr. Hayes hat Meghan und mich gebeten, uns um die Neue zu kümmern. Also seid nett. Da kommen sie schon.«

»Wir haben eine Neue an der Schule?«, fragt Dean neugierig, aber für eine Antwort ist keine Zeit mehr, weil Meghan Nguyen jetzt an den Tisch kommt. Hinter ihr steht ein Mädchen, das ich noch nie gesehen habe. Meghan nimmt auf meiner Seite des Tisches gleich neben Dean Platz, und ihre Begleitung setzt sich zu Rachael uns gegenüber.

»Willst du uns nicht vorstellen?«, fragt Jake und beugt sich interessiert vor, um an Rachael vorbei zu ihr zu spähen.

Das Mädchen schenkt ihm ein kleines, selbstbewusstes Lächeln, während sie sich ihre platinblonden Haare hinter die Ohren streicht. Ihre Augen sind strahlend blau, so richtig stechend, wie Eis, damit mustert sie uns nun einen nach dem anderen. »Ich bin Tiffani. Bin gerade erst hergezogen. Und wer seid ihr?«

»Da ist aber jemand kein bisschen schüchtern«, prustet Jake und schlägt sich schnell die Hand vor den Mund. Natürlich haben wir ihn alle gehört. Dann sieht er Tiffani mit einem schiefen Lächeln an. »Du darfst mich Jake nennen, und ich sage es ja ungern, aber Rachael und Meghan sind beide waaaaahnsinnig in mich verknallt, also Pfoten weg.«

»Halt die Klappe, du Freak«, zischt Meghan, während Rachael ihm im selben Moment den Ellbogen in die Rippen rammt. Die drei brechen in schallendes Gelächter aus. Jake foppt die beiden ständig, aber nur zum Spaß.

»Ist das nicht alles sehr aufregend für dich?«, fragt Dean in das Gekicher hinein. Er legt den Kopf schief und sieht Tiffani neugierig an. Normalerweise sind neue Schüler anfangs eher schweigsam, bis das Eis gebrochen ist. »Ich bin übrigens Dean.«

»Warum?«, meint Tiffani achselzuckend und sieht ihn fragend an. Ihre Lippen, auf denen eine dicke Schicht Lipgloss liegt, sind zu einem unschuldigen Lächeln verzogen, aber es ist total unecht. Ich bin mittlerweile ein echter Profi darin, anderer Leute Gesichtsausdruck zu deuten, mir kann keiner etwas vormachen. Ihre blauen Augen flackern zu mir, als hätte sie meine Gedanken gelesen, mit vorgeschobener Unterlippe sieht sie mich an. »Und was ist mit dir, schweigsamer Junge? Hast du auch einen Namen?«

»Tyler«, murmle ich und senke den Blick auf das Tablett mit dem unangetasteten Essen. Ich hasse es, mit Fremden zu reden. Je mehr die Leute über mich wissen, desto eher finden sie heraus, dass mit mir etwas nicht stimmt.

»Darf ich dich Ty nennen?«

Mit ausdrucksloser Miene sehe ich unter den Wimpern hervor zu ihr auf. »Nein.«

»Schade«, sagt sie augenrollend. Dann wendet sie sich ab, als wäre ich plötzlich Luft für sie. Sie holt ihren Stundenplan hervor und kaut auf ihrer Unterlippe herum, während sie nachsieht, was sie als Nächstes für ein Fach hat. »Hat irgendjemand gleich Bio bei Miss Fitzgerald?«

»Tyler, glaube ich«, sagt Meghan, und als ich ihr einen finsteren Blick zuwerfe, ernte ich nur ein Schulterzucken.

»Der Schweigsame also«, sagt Tiffani nachdenklich. Wieder heftet sie ihren Blick auf mich, gerade als der Gong ertönt und der Lärmpegel in der Cafeteria noch einmal steigt, weil alle gleichzeitig aufspringen. »Du darfst mich gern begleiten, Ty«, sagt sie und wirft die Haare zurück, während sie sich den Trageriemen ihres Rucksacks um die Schulter schlingt. Mit mürrischer Miene umrunde ich den Tisch, und sie hakt sich lächelnd bei mir unter. »Gehen wir.« Dann sieht sie die anderen triumphierend an und ruft ihnen noch zu: »Wir sehen uns, Leute!«

Ich seufze. Was soll's, sie ist neu. Vermutlich will sie nur unbedingt Eindruck machen und Anschluss finden. Und deshalb schmeißt sie sich an die erstbeste Clique ran, die ihr unterkommt. »Ich heiße Tyler«, nuschle ich trotzdem.

Kapitel 26

Gegenwart

Schön, dass wir mal alle zusammen sind«, freut sich Mom, nachdem wir unsere Bestellung aufgegeben haben. Reihum sieht sie sich am Tisch um, die Mundwinkel zu einem strahlenden Lächeln verzogen. »Das sollten wir jeden Sonntag machen.«

»Ich bin dafür«, pflichtet Dave ihr bei. Sie wechseln einen Blick, und er greift doch tatsächlich unter dem Tisch nach ihrer Hand.

»Dagegen«, werfe ich ein, nur um die Situation ins Lächerliche zu ziehen. Sarkastisch grinsend lasse ich den Kopf sinken, verschränke die Arme und starre auf mein Besteck. Ich habe keine Lust auf dieses Familiending. Wir sind keine richtige Familie. Dave ist nicht mein Vater. Und Eden ist eine Fremde.

»Wie lange müssen wir hier rumsitzen?«, frage ich, mitten in das Gespräch hinein, das Mom und Dave führen. Meine Brüder und Eden sitzen genau wie ich unbeteiligt daneben. Jedes Mal, wenn ich einen verstohlenen Blick zu Eden werfe, dreht sie Däumchen. Ich lockere meine Krawatte, weil mir warm ist, und fixiere meine Eltern mit einem finsteren Blick. »Ich habe echt Besseres zu tun.«

Dave sieht mich warnend an. Seine Hand krampft sich fester um das Glas.

»Sei nicht immer so launisch«, raunt Mom mir zu, ein bisschen so, als wäre es ein Witz, doch dann verhärtet sich ihre

Miene, und sie richtet sich kaum merklich auf und fängt meinen Blick ein. Sie wirkt besorgt, genau wie heute Vormittag. »Hast du heute deine Medikamente genommen?«

»Mom«, fahre ich sie scharf an. Das ist nicht ihr Ernst. Muss sie diese Frage ausgerechnet jetzt stellen? Vor versammelter Mannschaft? Ich werfe einen verstohlenen Blick zu Eden. Natürlich ist es ihr nicht entgangen. Was sie *jetzt* wohl von mir denkt? »Ich muss an die frische Luft«, murmle ich und atme aus.

Ich stemme mich hoch, wende mich ab und bahne mir zielstrebig meinen Weg zwischen den voll besetzten Tischen durch. Auf dem Weg zum Ausgang reiße ich mir die Krawatte herunter und dränge mich durch eine Gruppe neu ankommender Gäste, weil ich es nicht erwarten kann, hier rauszukommen. Kaum stehe ich vor der Tür, nehme ich einen tiefen Atemzug und halte die Luft an. Dann lasse ich sie ganz langsam wieder entweichen und lehne mich gegen die Wand. Der Himmel ist strahlend blau, die Sonne knallt mir ins Gesicht. Ich lasse den Kopf hängen und schaue auf die Krawatte in meiner Hand. Sie erinnert mich an Dad.

Je älter ich werde, desto ähnlicher sehe ich Dad, als er in den Zwanzigern war. Ich hasse das. Jedes Mal, wenn ich selbst ein Hemd und eine Krawatte trage, kommen in mir die Erinnerungen an Dad hoch, wie er von der Arbeit nach Hause kommt, wütend wegen irgendeiner Kleinigkeit. Nur um diesen Ärger dann an mir auszulassen. Dad war eigentlich fast nie glücklich, wenn er Hemd und Krawatte trug.

Auf keinen Fall bleibe ich noch länger hier. Ich will nach Hause und mir dieses verdammte Hemd vom Leib reißen, mir ein Bier aufmachen und entspannen. Mom hatte recht. Es *war* eine schlimme Woche, und deshalb freut es mich umso mehr, als ich jetzt die Hand in die Hosentasche schiebe und feststelle, dass ich Moms Autoschlüssel habe. Sie hasst es, rückwärts einzuparken, deshalb hab ich das vorhin bei unserer Ankunft für sie übernommen. Sehr schön. Dann hätte ich schon mal ein Fluchtauto.

Mit dem Schlüssel in der Hand gehe ich zum Parkplatz, wo der Range Rover steht. Daves Lexus parkt direkt daneben, denn wie wir feststellen mussten, passt man als sechsköpfige Familie leider nicht mehr in ein Auto. Ich brauche also keine großen Gewissensbisse haben. Sie kommen auch mit einem Auto heim.

Ich steige ein, werfe die Krawatte auf die Rückbank, lasse aber den Motor nicht gleich an. Stattdessen starre ich durch die Windschutzscheibe auf das Gebüsch, das den Parkplatz begrenzt.

Nein, ich habe meine Medikamente heute noch nicht genommen, wie mir nun bewusst wird. Und wie sieht es mit gestern aus? Ich nehme sie schon seit Jahren ein, und *trotzdem* geht es mir total beschissen. Man kann also nicht behaupten, dass sie wirken. Es kümmert mich schon lange nicht mehr, ob ich sie genommen habe oder nicht, weil ich so oder so deprimiert bin.

Ein zaghaftes Klopfen am Beifahrerfenster ist zu hören und reißt mich aus meinen Gedanken. Ich hebe den Kopf. Draußen steht Eden und starrt mich durch die Scheibe an. Ihre dunklen Haare fallen ihr in lockeren Wellen über die Schultern, und sie spielt nervös mit den Spitzen. Ich freue mich ein bisschen, dass sie sich genug aus mir zu machen scheint, um zu mir zu kommen. Deshalb kurble ich das Fenster herunter.

»Was ist?«

Erschrocken weicht sie einen Schritt zurück, weil mein Ton wohl schärfer war als beabsichtigt. »Kommst du wieder rein?«, fragt sie.

»Das ist doch alles Scheiße. Da geh ich nicht wieder hin.« Ich starre wieder durch die Windschutzscheibe ins Leere und beiße die Zähne fest aufeinander. Auf keinen Fall gehe ich da wieder rein und mache Mom und Dave zuliebe einen auf glückliche Familie. Und schon gar nicht, nachdem Mom meine Pillen erwähnt hat. Das ist total peinlich, und es erinnert mich zudem daran, dass mit mir was nicht stimmt, etwas, das mit Medikamenten in Ordnung gebracht werden müsste.

»Meinst du nicht, dass du ganz schön melodramatisch reagierst?«, fragt Eden, und ich höre in ihrer Stimme, dass sie ein Seufzen unterdrückt. »Das war doch keine große Sache, sie hat dir nur eine Frage gestellt.«

»Bist du eigentlich blöd? Ganz im Ernst, bist du so beschränkt?« Wütend sehe ich sie an. Nur eine Frage? Die war in meinen Augen sehr wohl schlimm. »Du verstehst einen SCHEISS, Eden Munro. Herrgott noch mal.« Manchmal wünschte ich, die Leute wüssten über alles Bescheid, dann würden sie mich *vielleicht* verstehen. Aber gleichzeitig darf die Wahrheit nie ans Licht kommen, sonst wäre ich in den Augen der Leute nie wieder derselbe.

»Und du machst es schon wieder. Wegen jedem kleinen bisschen reagierst du über. Ich will doch nur kapieren, was du für ein Problem hast, verdammt, aber immer, wenn ich mit dir rede, behandelst du mich wie ein Stück Dreck. Also vergiss es einfach. Ich gehe jetzt wieder rein, weil ich kein egozentrischer Arsch bin, der kindische Wutanfälle kriegt, wenn nicht alles nach seiner Nase läuft«, schnaubt Eden augenrollend. Ohne eine Antwort abzuwarten, macht sie auf dem Absatz kehrt und marschiert zurück zum Restaurant. Während ich sie über den Seitenspiegel beobachte, merke ich, dass ich nicht möchte, dass sie geht.

Gott, wie schafft sie das nur? Warum mag ich es, dass sie mir die Wahrheit so knallhart um die Ohren haut? Seufzend beuge ich mich über den Beifahrersitz, rufe durch das geöffnete Seitenfenster ihren Namen und hoffe, dass sie mich hört. Tatsächlich dreht sie sich zu mir um. »Komm schon her«, fordere ich sie sanft auf. »Steig in den Wagen, dann sag ich dir die Wahrheit. Und anschließend gehen wir wieder rein.«

Es ist ein Angebot, das sie nicht ausschlagen kann. Das verrät mir das Leuchten in ihren Augen, das für einen kurzen Moment aufflackert. Sie dreht sich um und kommt zurück zum Wagen. Ich mache den Motor im dem Moment an, in dem sie einsteigt und sich auf den Beifahrersitz gleiten lässt. »Okay, schieß los.«

Mann, ich muss aufhören, ihre roten Lippen anzustarren. Ich packe das Lenkrad ein wenig fester und sehe ihr in die Augen, halte ihren Blick, verliere mich in ihren wunderschönen haselnussbraunen Augen, die so glänzen, dass sich das Grün meiner eigenen Augen darin spiegelt. Ich will nicht, dass sie wieder reingeht. Ich will sie ganz für mich allein haben und ihren Mund betrachten, während sie mir Dinge an den Kopf wirft, die ich nicht hören will.

»Also gut, du willst die Wahrheit?«, frage ich. So unauffällig wie möglich bewege ich die rechte Hand an den Schaltknüppel. Er liegt in Parkposition. Das wird sich gleich ändern. »Okay. Die Wahrheit ist, dass wir jetzt von hier abhauen.« Damit lege ich den ersten Gang ein und trete das Gaspedal durch, und sofort schießt Moms Rover mit durchdrehenden Reifen über den Parkplatz und fädelt sich in den fließenden Verkehr ein.

»Das ist doch nicht dein Ernst!«, schreit Eden neben mir und zerrt panisch am Sicherheitsgurt, um ihn schleunigst anzulegen.

»Nein, nur die Wahrheit«, sage ich.

»Bring mich zurück«, fordert sie mich auf und stützt sich mit einer Hand am Armaturenbrett ab. Jetzt sieht sie mich voller Panik an. Offenbar ist sie über unseren überstürzten Aufbruch nicht ganz so froh wie ich.

»Du willst wirklich zurück?«, frage ich und lasse den Blick

zu ihr schnellen. Dabei gerate ich versehentlich ein Stück zu weit nach rechts, korrigiere meinen Kurs aber sofort wieder und halte die Augen auf Eden gerichtet. »Schau mir in die Augen und sag mir, dass du wirklich eine Stunde lang mit deinem Dad am Tisch sitzen und dir diesen ekelhaften Fraß reinziehen willst. Sag mir, dass du allen Ernstes dahin zurückwillst.«

»Nein. Das will ich nicht«, gibt sie widerstrebend zu. Ihre Lippen bewegen sich ganz langsam, und ich kann die Augen nicht von ihr abwenden. Gott, um ein Haar hätte ich gerade dieses Auto zu Schrott gefahren. »Aber ich weiß, dass es sein muss. Also fahr zurück, bevor du uns beide umbringst. Brauchst du nicht eine Genehmigung, um diesen Wagen zu fahren?«

»Und brauchst du nicht eine Genehmigung, um so auszusehen?«, murmle ich kaum hörbar. Dummerweise hört sie es, kriegt es aber offenbar in den falschen Hals.

»Okay, es gibt wirklich keinen Grund, mich zu beleidigen«, fährt sie mich an.

»Das war keine Beleidigung, Herrgott.« Kurz vor einer Ampel trete ich auf die Bremse und schaue sie entgeistert an. Ehrlich, sie macht mich noch wahnsinnig. »Wir fahren nicht zurück. Wir fahren nach Hause, und da trinke ich ein Bier und erkläre dir, was Jake für eine Nummer mit dir abzieht, okay?«

»Herzlichen Dank auch, Tyler«, schnaubt sie nach einem kurzen Moment, und ihre Stimme trieft nur so vor Sarkasmus. »Danke, dass du mir immer noch mehr Ärger machst.«

»Gestern Abend warst du selbst schuld«, erinnere ich sie. Sie hat den Ellbogen gegen den Türrahmen gestemmt und massiert sich mit den Fingerknöcheln die Schläfen. »Klar, ich hab dich mit auf die Party genommen, aber dass du nicht nach Hause gekommen bist, war deine Entscheidung. Also versuch nicht, mir die Schuld daran in die Schuhe zu schieben.«

»Also gut«, lenkt sie ein. »Aber jetzt haben wir ein neues Problem: Deine Mutter wird ausflippen, wenn sie sieht, dass ihr Wagen weg ist. Wie bist du überhaupt an die Schlüssel gekommen?«

»Entspann dich. Die anderen passen alle in den Wagen deines Dads.« Die Ampel schaltet auf Grün, und ich drücke lachend das Gaspedal durch und lasse den Motor aufheulen. »Die Schlüssel hatte ich noch, weil ich für Mom eingeparkt habe. Und jetzt hör auf, mich abzulenken, ich versuche zu fahren.«

»Netter Versuch.«

Die restliche Fahrt sagt Eden keinen Ton mehr. Wie es aussieht, ist sie viel zu wütend, um noch ein Wort mit mir zu wechseln: Sie hält die Arme vor der Brust verschränkt, den Oberkörper leicht abgewandt. Mit finsterem Blick und vorgeschobener Unterlippe starrt sie zum Fenster hinaus und betrachtet die vorüberziehenden Häuser.

Ich konzentriere mich so weit es geht auf die Straße, werfe aber zwischendurch immer wieder einen Seitenblick nach rechts, um nach ihr zu sehen. Kurz bevor wir uns unserem Zuhause nähern, beschließe ich, Mom anzurufen. Sie wird sich fragen, wo Eden und ich so lange bleiben.

»Tyler?«, höre ich Moms Stimme am anderen Ende der Leitung. Sie geht vergleichsweise schnell ran; schon beim dritten Klingeln. »Kommt ihr wieder rein?«

»Hi, Mom, also … wir sind heimgefahren«, teile ich ihr unumwunden mit, das Handy fest ans Ohr gepresst. Es ist besser, ich sage ihr gleich die Wahrheit. »Tut mir leid, aber … dieses Essen interessiert uns einen Scheiß.« Und bevor sie mich anbrüllen oder betteln kann, doch bitte zurückzukommen, lege ich auf und werfe das Handy in die Mittelkonsole.

Eden verdreht die Augen und schüttelt missbilligend den Kopf, die Kiefer fest aufeinandergepresst. Dann wendet sie sich wieder ab und starrt den Rest der Fahrt zum Fenster hinaus. Zum Glück dauert es nicht mehr lange, fünf Minuten später halten wir vor dem Haus an.

»Geh in mein Zimmer«, fordere ich Eden auf, als wir aufs Haus zugehen. Ich hole den Schlüssel raus und lasse ihn am Zeigefinger baumeln. »Ich hol was zu trinken, und dann reden wir mal über dieses Arschloch, auf das du so scharf bist.«

»Ich will über gar nichts mit dir reden«, sagt Eden, die hinter mir stehen geblieben ist. Als ich mich zu ihr umdrehe, sehe ich, dass sie mich aus zu engen Schlitzen verzogenen Augen anfunkelt. Wenn sie mir Angst machen will, dann leider ohne Erfolg. Sie sieht einfach zu süß aus.

»Geh rauf in mein Zimmer«, sage ich noch mal, drehe mich um und verschwinde in der Küche. Ich brauche jetzt ganz dringend ein Bier. »Ich bin in zwei Minuten da.«

Erst wird die Haustür geschlossen, dann sind auf der Treppe Schritte zu hören. »Nur um das klarzustellen«, ruft Eden mir übers Geländer zu, »ich gehe in mein Zimmer, nicht in deins.«

»Dann komme ich in zwei Minuten zu dir«, entgegne ich ungerührt und rolle mit den Augen. Ich glaube nicht, dass wir je auf einer Wellenlänge sein werden, aber die Hoffnung stirbt zuletzt. Ich muss auf jeden Fall noch mal mit ihr über Jake reden. Es gefällt mir überhaupt nicht, dass sie die Nacht gestern mit ihm verbracht hat. Wahrscheinlich hält sie mich für einen Arsch, dass ich so darauf herumreite. Aber das ist es nicht. Jemand muss sie vor diesem Dreckskerl warnen, und als ihr Stiefbruder ist es ja quasi meine Pflicht.

Ich hole mir ein Bier aus dem Kühlschrank, öffne es und mache mich auf den Weg nach oben.

Eden steht verlegen neben ihrem Bett, als ich in ihr Zimmer komme. Sie hat die übliche Trotzhaltung eingenommen, die Arme verschränkt, die Lippen zum Schmollmund verzogen und der dazu passende bitterböse Blick.

»Okay, wo soll ich anfangen«, sage ich. Ich nehme einen langen Zug Bier und überlege, wie ich Eden das am besten beibringe. Doch dann kommt mir spontan der Gedanke, dass sie selbst einem die Wahrheit am liebsten ganz unverblümt vor den Latz knallt. Genau so werde ich es bei ihr auch machen. »Ich sage es mit ganz einfachen Worten: Jake Maxwell ist der größte Aufreißer des Jahrgangs.«

»Witzig«, murmelt sie. »Ich dachte, das wärst du.«

Wie bitte? Scheiße, wie kommt sie denn auf die Idee? Ich mag vieles sein, aber ein Aufreißer bin ich nun wirklich nicht. Unwirsch schüttle ich den Kopf. »Nein, zwischen Jake und mir gibt es einen großen Unterschied: Die Frauen sind hinter mir her, Jake ist hinter den Frauen her. Weißt du, ich gehe nicht aktiv auf die Jagd nach anderen Mädchen. Sie begegnen mir einfach auf Partys oder so, ich flirte vielleicht ein bisschen oder knutsche mit ihnen, wenn ich betrunken bin und Tiffani nicht da ist. Das ist alles.« Eden hört aufmerksam zu und lässt mich keine Sekunde aus den Augen. Ich nehme noch einen Schluck Bier und seufze, bevor ich weiterrede. »Aber Jake ist ein Aufreißer. Er macht den Mädchen über Wochen, manchmal sogar Monate etwas vor, bis er sie im Bett hat, und dann redet er nie wieder mit ihnen. Das zieht er manchmal mit drei Mädchen gleichzeitig ab. Ich kann dir garantieren, dass er in dem Augenblick verschwunden sein wird, in dem du ihn ranlässt. Das macht er immer so. Entweder spielt er die ›Tut mir leid, aber die Gefühle sind einfach nicht mehr da‹-Karte aus, oder er sagt ›Wir können uns nicht mehr sehen, weil meine Mom so superstreng ist und mich bis zum College nicht mehr rauslässt‹.«

»Warum erzählst du mir das?«, will sie wissen und stemmt die Hände in die Hüften.

»Nur so«, sage ich, total feige, schon klar. Denn in Wahrheit erzähle ich es ihr, weil ich nicht will, dass ihr irgendjemand wehtut. Ich sage es ihr aber vielleicht auch, weil ich ein Egoist bin, weil ich nicht will, dass sie ihre Zeit mit Jake verbringt, weil ich vielleicht möchte, dass sie stattdessen was mit mir macht. Aber das kann ich ihr alles nicht sagen.

»Das ist kein vernünftiger Grund.«

Ich lächle ihr zu. »Genauso wenig wie der, aus dem Restaurant abzuhauen.« Nach einem letzten Schluck Bier wende ich mich ab und verlasse ihr Zimmer.

Bis spät in die Nacht wälze ich mich im Bett und kann nicht einschlafen, weil ich von nebenan die ganze Zeit Edens Stimme höre. Sie telefoniert schon seit einer halben Ewigkeit, entweder über Lautsprecher oder per Videochat, weil ich nämlich zwischendrin immer wieder eine andere weibliche Stimme höre, die ihr antwortet. Die beiden quatschen über die Schule, Jungs und das College. Und langsam nervt mich das.

Seufzend klettere ich aus dem Bett und tapse im Dunkeln hinaus. Vor dem kleinen Flurtischchen gehe ich in die Hocke und hole den Internet-Router darunter hervor. Ich ziehe den Stecker und kehre zurück in mein Zimmer. Doch statt mich wieder ins Bett zu legen, lege ich das Ohr an die Wand, die mein Zimmer von Edens trennt. Nichts mehr zu hören. Ich lausche noch eine Weile, um ganz sicher zu sein, dann klopfe ich drei Mal leise gegen die Wand. Ich weiß nicht, warum ich das tue. Es geschieht beinahe impulsiv, als würde ich sie auf mich aufmerksam machen wollen.

Einige Sekunden verstreichen, dann ist von der anderen Seite ebenfalls ein vereinzeltes Klopfen zu vernehmen. Meine Mundwinkel heben sich zu einem Lächeln, und meine Miene entspannt sich. Eden ist nur wenige Zentimeter von mir entfernt, uns trennt lediglich eine dünne Wand. Ich klopfe erneut, vier Mal, diesmal etwas lauter.

»Könntest du damit aufhören?«, fordert Eden mich auf. Ihre Stimme klingt leicht gedämpft, aber ich höre ganz deutlich den drohenden Unterton darin. Ich muss lächeln.

»Ich hab das Internet ausgeschaltet«, erzähle ich ihr. »Von eurer Unterhaltung habe ich Kopfschmerzen gekriegt. ›Gott, Amelia, ist Chicago nicht einfach sagenhaft cool? Schule ist das Schönste auf der Welt! So toll! Ich liebe Psychologie und Hausaufgaben und Lernen‹«, äffe ich sie nach und schraube meine Stimme dabei eine Oktave nach oben.

»Das habe ich gar nicht gesagt!«, protestiert Eden, und dann ist ein dumpfer Schlag zu hören, als hätte sie mit der Faust gegen die Wand geschlagen. Wahrscheinlich hat sie sich vorgestellt, es wäre mein Gesicht.

Ich pruste leise in meine Faust, lehne mich mit dem Rücken gegen die Wand und lasse mich zu Boden gleiten. Dann strecke ich die Beine vor mir aus und starre im Dunkeln an die Decke. Um sie noch ein bisschen zu ärgern, klopfe ich eine ganze Weile gegen die Wand. »Ich kann die ganze Nacht so weitermachen. Auf dem College kommt man ja angeblich gar nicht zum Schlafen, also ist das schon mal eine gute Übung für dich. Den Schlaf gewöhne ich dir in null Komma nichts ab.«

»Hat dir schon mal jemand gesagt, wie nervtötend du bist?«, fragt Eden, und ihre Stimme nimmt mehr und mehr ihren rauchigen, tiefen Ton an.

»Nein, ich glaube nicht, dass mir das schon mal jemand gesagt hat«, witzele ich. »Was ist denn so nervtötend an mir? Klär mich auf, Collegemädchen.« Ich hoffe, sie weiß, dass das alles nur Spaß ist und ich sie nicht ernsthaft ärgern will. Wenn sie mich nur lächeln sehen könnte.

»Zum Beispiel hast du die Internetverbindung getrennt. Und du hörst nicht auf, an meine Wand zu klopfen«, sagt sie.

»Genau genommen ist es unsere Wand.« Ich klopfe erneut dagegen. Wenn sie nur weg wäre, dann könnte ich Eden jetzt in die Augen schauen. Ich würde nur zu gerne ihr Gesicht sehen.

»Wie auch immer, es ist extrem nervig. Hör bitte auf«, sagt sie, ohne eine Spur von Drohung. Im Gegenteil, ihre Stimme klingt ganz sanft.

»Kann ich nicht.« Ich schlage nun mit den Knöcheln gegen die Wand, wieder und wieder. Sie zu ärgern macht Spaß.

Wieder ist ein dumpfer Schlag zu hören. Bestimmt hat sie die Faust in den Gipskarton gerammt. Ich muss lachen. So gereizt wie sie reagiert, gehe ich ihr wohl wirklich auf die Nerven, und ich stelle zu meinem Bedauern fest, dass mit einem Mal Stille herrscht. Sie sagt keinen Ton mehr. Und klopft auch nicht. Ich nehme an, sie hat aufgegeben, deshalb seufze ich tief und lasse den Hinterkopf gegen die Wand zurücksinken.

Es ist keine zehn Minuten her, da wollte ich nur, dass endlich Ruhe ist. Und jetzt hoffe ich sogar, sie würde noch was sagen. Eine Weile lausche ich angespannt in die Stille hinein, dann schließe ich die Augen, immer noch mit dem Rücken an die Wand gelehnt, und als ich sie wieder aufschlage, ist es fast zwei Uhr nachts.

Vorsichtig klopfe ich einmal gegen die Wand, erhalte aber keine Antwort.

Ich versuche es erneut, als ich um vier Uhr aufwache, aber erhalte auch da keine Antwort.

Ich klopfe sogar ein letztes Mal um sieben Uhr, und als ich wieder einschlafe, tue ich das mit dem Wunsch, sie hätte sich noch einmal gemeldet.

Kapitel 27

Fünf Jahre zuvor

Was sitzt du denn den ganzen Abend hier oben«, sagt Mom am Sonntagabend, als sie in mein Zimmer kommt. Sie tritt hinter mich an den Schreibtisch, lächelt mich an und reibt mir sanft über die Schulter. Ich zucke leicht zusammen, weil sie dabei die Verletzung berührt. »Willst du nicht zu uns runterkommen und dir das Spiel ansehen? Ich befürchte zwar, die 49ers sind am Verlieren, aber hey, wer weiß? Vielleicht reißen sie das Ruder noch herum. Dein Dad zumindest glaubt fest an den Sieg.«

»Ich lerne«, murmle ich und halte den Kopf gesenkt. Meine Hand schreibt unbeirrt weiter. Ich mache mir Notizen zum Geografiestoff der letzten Wochen. Wir schreiben bald einen Test, den darf ich nicht vermasseln. Außerdem hat Dad gesagt, ich soll lernen.

»Du brütest doch ständig über deinen Schulsachen«, bemerkt Mom, und ich weiß genau, dass sie die Stirn runzelt, dazu brauche ich sie nicht erst anzusehen. »Versteh mich nicht falsch, ich will mich nicht beklagen, ganz sicher nicht, aber vielleicht solltest du zwischendurch das Leben genießen.«

»Aber ich möchte lieber lernen«, schwindle ich. Ich schreibe schneller und übe mehr Druck auf den Stift in meiner Hand aus, er hinterlässt tiefe Rillen im Papier. Ich wünschte, sie würde aufhören, meine Schulter zu berühren. Es tut weh.

»Womit habe ich nur so einen fleißigen Sohn verdient«, überlegt Mom seufzend. Ich spüre aber, dass ihr Stirnrunzeln nun einem Lächeln weicht. »Aber im Ernst, genug gelernt für heute Abend. Entweder siehst du dir jetzt das Spiel mit uns an, oder du hilfst mir bei der Wäsche. Du hast die Wahl.« Sie beugt sich über meine Schulter und stibitzt mir den Stift aus der Hand. Ich habe ohnehin schon Krämpfe, deshalb bin ich ihr sogar dankbar.

Ich recke den Hals und sehe sie an. Sie hält den Wäschekorb gegen die Hüfte gestemmt und grinst mich herausfordernd an. Mühsam ringe ich mir ein Lächeln ab, obwohl ich nicht glücklich bin. Ich bin müde, aber eigentlich bin ich das immer. »Okay, Mom. Ich sehe mir das Spiel an.«

»Gut, und jetzt Abmarsch!«, sagt sie lachend und stupst mich in die Seite, damit ich endlich aufstehe. Widerstrebend gebe ich mich geschlagen. Sie hat sich schon darangemacht, durch mein Zimmer zu wirbeln und Klamotten vom Boden aufzusammeln.

Auf dem Weg nach unten höre ich den Fernseher aus dem Wohnzimmer, und sofort macht sich ein flaues Gefühl bemerkbar. Vor der Tür bleibe ich einen Moment stehen, nehme all meinen Mut zusammen und schiebe dann entschlossen die Tür auf, das Kinn hoch erhoben. Das Spiel läuft auf voller Lautstärke. Jamie liegt bäuchlings auf dem Boden, das Kinn in die Hände gestemmt, die Augen weit aufgerissen und starr auf den Bildschirm geheftet. Er klebt so dicht davor, dass er sich noch seine Augen ruinieren wird. Chase sitzt im Schneidersitz neben Dad auf dem Sofa und mampft Chips aus einer Tüte. Mit einem Bier in der Hand lässt Dad den Blick zu mir schnellen.

Den Blick auf den Fernseher gerichtet, setze ich mich auf das Sofa gegenüber. Ich bin allerdings so nervös, dass ich es nicht schaffe, mich zurückzulehnen und zu entspannen, meine Hände sind schweißnass vor Angst.

»Was hast du hier unten zu suchen«, will Dad nach kurzer Zeit wissen. Trotz des Fernsehlärms spricht er mit relativ ruhiger Stimme. Bedächtig nippt er an seinem Bier und sieht mich über den Rand der Flasche aus zusammengekniffenen Augen an.

»Ich gucke mir das Spiel an«, antworte ich mit möglichst fester Stimme, um mir nichts anmerken zu lassen. Ich werfe ihm einen kurzen Blick zu, ehe ich wieder auf den Bildschirm schaue. *Gib nicht nach*. Einmal, nur *ein einziges* Mal, will ich mich behaupten. Ich habe doch auch verdient, mir das Spiel anzusehen, genau wie meine Brüder.

Aus dem Augenwinkel beobachte ich, wie Dad mit einem schweren Seufzen aufsteht, zu mir rüberkommt und sich neben mich setzt. Sein Knie stößt gegen meines, als er sich leicht zu mir neigt und zischt: »Du solltest doch lernen.«

»Hab ich schon«, gebe ich zurück. Ich mag es nicht, wenn er mir so nahe ist. Sein warmer Atem kitzelt mich an der Wange, und es kostet mich große Beherrschung, nicht von ihm abzurücken. Wenn ich zusammenzucke, zeige ich Schwäche. Wenn ich den Kopf einziehe, zeige ich Schwäche. Wenn ich mir von ihm vorschreiben lasse, was ich zu tun habe, zeige ich Schwäche. »Warum dürfen sie sich das Spiel ansehen und ich nicht?«, frage ich und deute mit dem Kinn auf Jamie und Chase, die nach wie vor wie hypnotisiert den Fernseher anstarren und von unserem Gespräch nichts mitbekommen. Wir achten darauf, leise zu reden.

»Weil sie dürfen«, sagt Dad nur. Er stößt mich mit dem Ellbogen an. »Und jetzt ab mit dir, geh lernen.«

»Nein. Ich sehe mir das Spiel an. Mom hat es erlaubt«, entgegne ich scharf. Adrenalin rauscht durch meine Adern und jagt mir einen Schauder über die Wirbelsäule. Ich habe es noch nie gewagt, Dad mit einer solchen Entschiedenheit zu widersprechen. Es ist irgendwie ein befreiendes Gefühl, aber gleichzeitig habe ich schreckliche Angst.

Rasch verwandelt sich meine Entschlossenheit in Panik, als Dad die Zähne fest aufeinanderpresst, mich am T-Shirt packt, die Hand zur Faust geballt. Dann springt er auf, zerrt mich mit sich hoch und schleudert mich grob in Richtung Tür. Ich werfe einen hilfesuchenden Blick zu Jamie und Chase, die allerdings so in das Spiel vertieft sind, dass sie nichts mitbekommen. Dabei hat Dad mich vor ihrer Nase durchs Zimmer geschubst. Wütend funkelt er mich an und warnt mich mit einem bitterbösen Blick, ihn bloß nicht weiter zu provozieren, sondern zu verschwinden. Er setzt sich wieder neben Chase und nimmt einen großen Schluck von seinem Bier, während ich aufgebe und den Rückzug antrete.

Nach dieser herben und absoluten Niederlage stürme ich die Treppe hinauf und renne in mein Zimmer. Zum Glück ist Mom nicht mehr da, sonst hätte sie sich sicher gewundert. Zur Sicherheit schließe ich die Tür hinter mir und lasse mich daneben auf den Boden sacken, den Rücken gegen die Wand gelehnt. Warum kann er mich nicht einfach das Spiel gucken lassen? Ich habe alle meine Hausaufgaben erledigt und gelernt. Verdiene ich da nicht eine Pause?

Ich greife nach dem erstbesten Gegenstand, meinem Schulrucksack, und schleudere ihn durchs Zimmer. Er kracht mit einem dumpfen Schlag an die gegenüberliegende Wand, aber es reicht nicht. Deshalb springe ich auf und trete gegen meinen Stuhl. Als er umfällt, quälen mich sofort Gewissensbisse, deshalb hebe ich ihn hastig wieder auf.

»Tyler«, höre ich Dad sagen, und seine Stimme lässt mich zusammenfahren. Ich hätte wissen müssen, dass ich nicht so leicht davonkomme, er ist mir mit dem Bier in der Hand nach oben gefolgt. Jetzt kommt er ins Zimmer und schließt mit einem leisen Klicken die Tür. Damit steht eins fest: Ich habe es geschafft, es wird ein weiterer schlimmer Abend.

Wie versteinert stehe ich mitten im Zimmer und mache mich bereit, an was anderes zu denken, mich in den Zustand der Betäubung zu versetzen, damit ich die bevorstehenden Minuten ausblenden kann. Mir dreht sich der Magen um, als Dad auf mich zukommt, und gerade will ich die Augen zukneifen, da sehe ich, wie er an mir vorbeihastet und sich auf meinen Schreibtischstuhl setzt. Hastig blinzelnd beobachte ich, wie er die fast leere Flasche auf den Schreibtisch stellt und ganz langsam ausatmet. Dann lässt er den Kopf hängen.

»Tut mir leid, Tyler«, sagt er, doch trotz des sanften Tons und des schuldbewussten Ausdrucks in seinen grünen Augen glaube ich ihm nicht. Er hat ständig Schuldgefühle, *das* merke ich ihm an, aber seine leeren Entschuldigungen kann er sich sparen. Er sieht mich unter seinen dichten Wimpern hervor an. »Hör zu, ich wollte es dir eigentlich noch nicht sagen, weil es eine Überraschung werden sollte, aber ich hab Tickets für das Spiel gegen die Chargers nächsten Monat besorgt«, erklärt er mit dem Anflug eines entschuldigenden Lächelns. »Wir fahren hoch nach San Francisco, nur du und ich, Kumpel. Zusammen mit Hugh und Dean. Na, wie klingt das?« Seine Mundwinkel heben sich noch ein Stück, und seine Augenwinkel kräuseln sich leicht. Das ist mein Dad, wie er eigentlich ist. Das ist mein Dad, den ich so sehr geliebt habe.

»Im Ernst?«, frage ich ungläubig und mache große Augen. Dad hat mich noch nie zu einem Footballspiel mitgenommen, aber er weiß genau, wie gerne ich mal dabei wäre. »Wir gehen zu einem Spiel?«

»Ich dachte, das gefällt dir vielleicht«, sagt Dad und grinst verlegen. Seine Hand wandert zu dem Bier, und er umkreist mit dem Daumen die Öffnung. Schweigend liest er sich meine Notizen auf dem Schreibtisch durch, dann furcht er die Stirn. »Tut mir *wirklich* leid, Tyler«, entschuldigt er sich erneut. Er sieht mich an. »Du hast heute Abend echt genug gebüffelt, also komm. Gehen wir wieder nach unten. Sehen wir uns das Spiel an.« Und dann schenkt er mir ein strahlendes und aufrichtiges Lächeln, genau wie er es früher immer getan hat.

Kapitel 28

Gegenwart

Am nächsten Morgen wache ich mit steifem Nacken auf. Während ich die Treppe nach unten gehe, bewege ich den Kopf hin und her, bis es knackst. Ich habe nicht nur am Boden geschlafen, sondern noch dazu im Sitzen. Das muss ich jetzt büßen. Zum Glück holt Dean mich gleich ab, wir gehen ins Fitnessstudio, da werde ich mich mit ein paar Übungen wieder lockern können. Er ist spät dran, deshalb gehe ich in die Küche, um einen Schluck Wasser zu trinken. Dave, dem ich auf dem Flur begegne, schenke ich keine Beachtung, sondern gehe schnurstracks weiter in die Küche. Dort sehe ich, wie Eden die Spülmaschine zuknallt. »Morgen«, sage ich beim Reinkommen.

Sie richtet sich auf, dreht sich zu mir um und rümpft angewiderte die Nase. Als Antwort ernte ich nur ein abfälliges Geräusch.

»Du solltest mir auch einen guten Morgen wünschen«, ziehe ich sie auf und remple sie auf dem Weg zum Kühlschrank ganz bewusst mit der Schulter.

»Du hast mich die ganze Nacht wach gehalten«, bemerkt Eden spitz.

Stirnrunzelnd sehe ich sie hinter der geöffneten Kühlschranktür hervor an. Ich bin mir nämlich nicht sicher, was sie meint. »Was?«

»Das Klopfen.« Sie kneift die Augen leicht zusammen und hält meinen Blick.

Ach so, das. Sie hat es also gehört? Warum hat sie dann nicht zurückgeklopft? »Das war ich nicht«, antworte ich lachend. »Hat dein Dad dir nicht erzählt, dass es hier im Haus spukt? Alles voller Dämonen.«

»Ach, halt doch den Mund«, sagt sie augenrollend, aber ich merke, dass auch sie sich das Lachen kaum verkneifen kann. »Konntest du nicht schlafen oder was?«

»Sozusagen«, gebe ich zurück, schnappe mir eine Flasche Wasser und drehe mich wieder zu ihr um. Dabei stoße ich die Tür mit dem Fuß zu, mache einen Schritt nach vorn, verschränke die Arme und sehe sie mit einem spöttischen Grinsen an. »Ich hab gehofft, du wachst auf und klopfst zurück.«

»Tut mir leid. Heut früh um vier war ich nicht in der Stimmung, durch die Wand mit dir zu kommunizieren«, gibt sie trocken zurück. Mir entgeht nicht, wie sie ihren Blick über meinen Körper wandern lässt und mich prüfend mustert.

»Das hat gesessen«, entgegne ich und behalte sie im Auge, bis sie wieder zu mir aufsieht. »Und heute Nacht?«, frage ich, mehr aus echter Neugier als aus Blödelei. Ich habe ganz bewusst eine ernste Miene aufgesetzt.

Langsam wandern ihre Augen abwärts zu meiner Brust. »Was?«

»Heute Nacht«, wiederhole ich. Ich ziehe meine Augenbraue noch ein Stück höher und neige den Kopf. »Klopfst du dann zurück?«

»Nein, Tyler«, erklärt sie entschieden. »Ich will nicht zurückklopfen. Das ist doch total verrückt.«

»Verdammt.« Ich werfe einen Blick auf die Uhr, aber gerade als ich Luft hole und seufzen will, weil Dean immer noch nicht hier ist, höre ich ihn draußen auf dem Flur, wie er Mom begrüßt.

Wenig später betritt er mit seinem Autoschlüssel in der Hand die Küche. »Bist du fertig?«

»Alter, du bist zwanzig Minuten zu spät«, stelle ich fest

und nehme ihn mit tadelndem Blick ins Visier. Nach zehn wird es im Fitnessstudio immer viel zu voll. Und jetzt haben wir schon nach zehn.

»Tut mir leid«, entschuldigt sich Dean. »Ich musste noch tanken.«

Als ich einen verstohlenen Blick zu Eden werfe, wird mir bewusst, dass ich es schon wieder getan habe. Meine Maske fallen gelassen habe. Doch jetzt ist Dean da, und ich kann mir das nicht mehr leisten, also funkle ich sie an und raune Dean dann zu: »Deinetwegen musste ich hier mit dieser lahmen Tussi abhängen. Los, hauen wir ab.« Ich fühle mich richtig mies, aber Tyler Bruce ist nun mal ein Arschloch. Doch weder Eden noch Dean wirken übermäßig beeindruckt. Sie starren mich beide nur irritiert an. Eden zieht ein mürrisches Gesicht, während Dean nur den Kopf schüttelt. »Bleibt cool, Leute«, beeile ich mich zu sagen. »Nur ein kleiner Geschwisterstreit, nicht wahr, Eden?« Das Wort rutscht mir über meine Lippen, fühlt sich aber nicht richtig an. *Geschwister*.

»Wir sind keine Geschwister«, protestiert Eden auch prompt.

»Na Gott sei Dank«, schieße ich zurück. Ich bin froh, dass wir ausnahmsweise einer Meinung sind, weil mal ehrlich: Ich weiß nicht, ob es nur an mir liegt, aber ich kann sie unmöglich als Schwester sehen. Sie ist für mich nicht das Gleiche wie Jamie und Chase. Nein … Sie ist für mich ein Mädchen wie jedes andere. Nur viel cooler.

Langsam atmet sie aus und geht durch die offene Terrassentür in den Garten hinaus.

»Alter«, sagt Dean, und als ich mich zu ihm umdrehe und ihn ansehe, schüttelt er erneut den Kopf, während er sich gegen den Küchentresen zurücklehnt. »Warum redest du so mit ihr?«

»Ich rede mit jedem so«, erkläre ich unwirsch. Ich schraube den Deckel von der Wasserflasche auf und nehme einen

Schluck, wobei ich seinem Blick ausweiche. Ich weiß sehr gut, dass ich das nicht hätte sagen sollen, aber hey? Tyler Bruce ist nun mal rücksichtslos.

»Klar, aber … Echt jetzt.« Dean seufzt tief. Neben Eden ist er so ziemlich der Einzige, der mir auch mal seine Meinung sagt wegen der Scheiße, die ich so bringe. Wie oft hat er mich schon zur Seite genommen und nachgefragt, ob alles in Ordnung ist. Und jedes Mal habe ich ihn schamlos belogen und behauptet, klar bin ich okay, was denkst du. Schließlich bin ich Tyler Bruce, der Typ mit der heißen Freundin und dem schnellen Auto. »Ich finde sie nämlich richtig cool.«

»Und wie kommst *du* da drauf?«, frage ich, mein Ton jetzt angriffslustig. Ich will zu Dean nicht auch noch arschig sein, aber mal im Ernst. Woher will er wissen, dass Eden cool ist? Er kennt sie nicht mal. Ich ja auch nicht, aber immerhin habe ich schon ein wenig Zeit mit ihr verbracht.

»Ich hab sie letztes Wochenende heimgefahren. Nachdem du auf Austins Party so scheiße zu ihr warst«, sagt Dean. Er wird ein wenig verlegen und schiebt die Hände in die Taschen seines Kapuzenpullis. »Und wir waren am Samstag beim Konzert von La Breve Vita. Nachdem *du* sie bei Declan auf der Party hast stehen lassen. Also bitte, wie konntest du nur. Jake musste sie da rausholen.«

»Weiß schon«, murmle ich. Ich wusste allerdings nicht, dass Eden mit Jake und Dean auf einem Konzert war. Danach hat sie dann wohl bei Jake übernachtet. »Jake hat sie am nächsten Morgen nach Hause gebracht.«

Dean reißt ungläubig die Augen auf. »O mein Gott! Echt?« Er wendet den Blick ab und sieht blinzelnd in Richtung Terrassentür. »Verdammt, ich hab mitgekriegt, dass sie nach dem Konzert mit ihm weg ist, aber … nicht, dass sie die ganze Nacht bei ihm war.« Er verstummt und scheint nachzudenken. »Dann hat Jake sie also schon in den Krallen. Aber egal. Wir müssen los.«

Unruhig rutsche ich auf dem Autositz herum. Mein Herz rast wie wild, und mein Blick zuckt hastig umher. Ich kann mich auf nichts konzentrieren, doch das ist kein Wunder. Immerhin habe ich ein Pfund Gras im Handschuhfach liegen.

Warum will sich irgend so ein Vollidiot ausgerechnet hier mit mir treffen? Mitten am Scheißpier, wo es nur so von Touristen wimmelt? Noch dazu ist für einen Mittwochnachmittag höllisch viel los. Ich stehe auf dem zentralen Parkplatz, draußen schieben sich die Menschenmassen vorbei. Ich warte nur auf jemanden, aber je länger ich hier sitze, desto verdächtiger mache ich mich doch. Ich hab in den letzten Tagen mehrere Deals für Declan durchgezogen, aber so nervös wie heute war ich nie. Vermutlich weil alle anderen Treffen nicht ausgerechnet am belebtesten Platz der Stadt über die Bühne gegangen sind.

Das Handy auf meinem Schoß brummt, ich zucke zusammen. Eigentlich erwarte ich, dass die Nachricht von Stacey kommt, dem Mädchen, auf das ich hier warte, aber nein, sie ist von Tiffani. Sie hat mir ein Foto von ihren Nägeln geschickt, frisch manikürt und glänzend blau lackiert. Als würde mich so was interessieren.

Waren im Nagelstudio. Wie findest du es???

Sie sind ziemlich spitz, bestimmt reißt sie mir damit die Haut am Rücken auf, wenn sie mich streichelt, also nein, ich finde es fürchterlich. Weil ich aber einen handfesten Streit provozieren würde, wenn ich ehrlich wäre, schreibe ich nur zurück: *Sieht hübsch aus. Hast du Spaß mit den Mädels?* Besser, wenn ich es mir nicht mit ihr verscherze.

Ja, alles super. Wir planen gerade eine Party zu Meghans Geburtstag. Die soll am Samstag bei Rachael steigen, also halte dir den Tag schon mal frei, antwortet sie. Gerade als ich wieder tippen will, kommt noch eine Nachricht von ihr rein, in der sie ergänzt: *Sag bitte nichts zu Declan Portwood und seinen Leuten. Diese Loser wollen wir nicht dabeihaben.*

Ich kaue auf der Unterlippe herum. Wenn sie wüsste, dass ich auch einer von diesen Losern bin und in diesem Moment für Declan unterwegs bin. Ich habe ihr versprochen, mich da nicht reinziehen zu lassen. Jetzt ist es aber so gekommen, und deshalb muss ich extrem gut aufpassen. Wenn sie das spitzkriegt … Nicht auszudenken, wie sie reagieren würde. *Kein Problem*, schreibe ich zurück. Und hänge sogar noch einen Smiley dran.

»Hey«, höre ich plötzlich jemand durchs offene Beifahrerfenster sagen. Ich reiße den Kopf herum und sehe ein Mädchen, das sich zum Fenster reinbeugt. Die Haare hängen ihr ins Gesicht. Mein Herz fängt wie wild an zu hämmern. »Tyler, richtig?« Ihre Mundwinkel heben sich zu einem leichten Lächeln, und so unauffällig wie möglich öffnet sie die geschlossene Faust und lässt fünfzehn Mäuse auf den Beifahrersitz fallen. Das also ist Stacey.

»Beug dich mal runter«, murmle ich mit trockener Kehle. Wir sind umringt von Menschen, die sich ganz dicht am Auto vorbeischieben.

Stacey geht weiter runter und sieht sich suchend um. Nach einer gefühlten Ewigkeit entdeckt sie endlich das Gramm Gras, das in einem kleinen Plastikbeutel im Fach in der Beifahrertür steckt. Sie streckt die Hand danach aus, schnappt ihn sich und lässt ihn hastig in der vorderen Tasche ihrer Jeans verschwinden. »Danke«, sagt sie. »Wir sehen uns.« Und damit dreht sie sich um und spaziert davon, als wäre nichts gewesen, verschmilzt ganz unauffällig mit der Menschenmenge.

Erleichtert sacken meine Schultern nach unten, und ich stoße langsam die Luft aus. Mein Herz rast immer noch, deshalb bleibe ich noch eine Weile still sitzen und atme tief und gleichmäßig, bis ich merke, dass ich mich beruhige. Wie hält Kaleb das jeden Tag aus? Ich mach das erst seit drei Tagen, aber ich bin schon völlig paranoid.

Plötzlich klopft es an der Seitenscheibe, direkt neben meinem Ohr. Ich fahre zusammen und reiße den Kopf herum, halb in der Erwartung, Stacey wäre zurückgekommen, weil sie noch mehr braucht. Wenn es nur das wäre – blöderweise steht da draußen nämlich ein Cop.

Die Hände in die Hüften gestemmt, Sonnenbrille auf der Nase, ein Namensschild, das im Sonnenlicht glänzt, starrt er mich durch die Scheibe an. *Er hat alles gesehen. Er hat mich eiskalt erwischt, verdammt. Er weiß, was hier abgeht.*

Mein Herz gerät ins Stolpern, und mir bleibt die Luft weg. Mit einem Knoten im Magen kurble ich das Fenster herunter, gucke den Beamten mit ausdrucksloser Miene an und flehe innerlich, er möge nicht mitkriegen, was für eine Scheißangst ich habe.

»Netter Wagen«, sagt er mit einem anerkennenden Nicken. »Welches Baujahr?«

Wie bitte? Ich runzle die Stirn und kriege erst mal keinen Ton raus, während ich krampfhaft überlege, ob er mich auf den Arm nimmt. Dann zwinge ich mich zu schlucken und presse mühsam eine Antwort hervor. »Äh, 2007.«

»Sehr nett«, wiederholt er, dann tritt er einen Schritt zurück und legt den Kopf schief, um meine Felgen zu bewundern. Ungläubig sitze ich da, immer noch mit klopfendem Herzen. Er kommt wieder näher und legt die Hand an meine Tür, um sich zu mir runterzubeugen. »Du kommst mir bekannt vor«, sagt er und schiebt die Sonnenbrille hoch in seine bereits lichter werdenden Haare, um mich abschätzig zu mustern. Im selben Moment setzt mein Herz einen Schlag aus.

Ich erkenne ihn wieder, und als ich den Namen auf seinem Schild lese, zähle ich sofort eins und eins zusammen. *Officer Gonzalez*. Wir hatten bereits miteinander zu tun. Und zwar nicht nur einmal. Es ist Jahre her, ich war noch sehr jung. Er war da in jener Nacht, als Dad … Die Nacht, in der alles ein Ende fand.

»Äh, kann nicht sein«, sprudelt es hastig aus mir hervor,

und ich schiele betreten runter aufs Lenkrad. Ich kann ihm nicht in die Augen sehen. Weil er sich nicht erinnern soll, *wieso* er mich kennt.

»Nein, im Ernst«, beharrt Officer Gonzalez. Er beugt sich auf mich zu, als müsste er sich mein Gesicht aus der Nähe ansehen. »Ella Graysons Sohn, nicht wahr?«

Erschrocken blicke ich zu ihm auf. Er erkennt mich also tatsächlich? »Sie heißt nicht mehr Grayson«, murmle ich und lasse den Kopf hängen. Es hat keinen Sinn, es zu leugnen. »Aber ja, das bin ich. Ich heiße Tyler.«

»Genau, ich erinnere mich!«, sagt er, und ein erleichterter Ausdruck schleicht sich auf seine Züge. Doch dann richtet er sich auf und beobachtet mich eine Weile nachdenklich. Seine Miene wird wieder ernst, Falten bilden sich auf seiner Stirn, und er sieht mich aus zusammengekniffenen Augen an. Mitleid. Das ist es, was ich darin sehe. Scheiß *Mitleid*. »Wie geht's dir so? Alles gut?«, erkundigt er sich vorsichtig.

»Jepp, alles bestens«, entgegne ich steif und richte den Blick wieder aufs Lenkrad. Unbehaglich zupfe ich am ausgefransten Knie meiner Jeans herum.

»Freut mich zu hören«, sagt er, aber ich sehe ihn nicht an und antworte auch nichts darauf. Ich halte den Blick nur weiter stur auf das Lenkrad geheftet, mein Puls rast. »Pass gut auf dich auf, Tyler«, meint Gonzalez noch, dann klopft er kurz an die Karosserie, dreht sich um und geht wieder.

Endlich schaffe ich es, den Kopf zu heben, schaue unter den Wimpern hervor zu ihm und sehe zu, wie er in Richtung Promenade davonschlendert, um am Pier seine Runden zu drehen. Ich habe Officer Gonzalez immer gemocht. Er war stets nett zu mir, und er ist es immer noch. Ich bin dankbar, dass er nicht zu viele Fragen gestellt hat. Ich mag keine Fragen, und ganz besonders schlimm finde ich es, wenn man mich fragt, ob es mir gut geht. Weil das nämlich ganz und gar nicht der Fall ist.

Kapitel 29

Fünf Jahre zuvor

Dad ist mal wieder schlecht gelaunt.

Keine Ahnung, was ich diesmal falsch gemacht habe, aber eins weiß ich: Es ist meine Schuld. Weil es immer so ist. Er wird nie sauer auf Jamie oder Chase. Und auch auf Mom wird er nie wütend. Das muss im Umkehrschluss bedeuten, dass es nicht an Dad liegen kann; mit *mir* stimmt etwas nicht. Ich bin das Kind, das er nicht eingeplant hatte. Das Kind, für das er sein Leben komplett umkrempeln musste. Das Kind, wegen dem er sich selbst viel zu sehr unter Druck gesetzt hat. Er ist nur meinetwegen zu diesem Monster geworden.

Der heutige Abend ist einer der bisher schlimmsten. Ich bin schon völlig weggetreten und kriege kaum mehr was mit. Hoffentlich ist es bald vorbei. Mom ist mit ihren Freundinnen unterwegs. Sie treffen sich einmal im Monat zum Cocktailtrinken. Durch die Dunkelheit um mich herum glaube ich jetzt ihr lachendes Gesicht zu erkennen. Ich mag es, wenn Mom lächelt. Ihr Lächeln ist strahlend und ansteckend. Ich wünschte, sie wäre hier bei mir, wünschte, sie könnte mir helfen, aber ich will auch, dass sie dieses Lächeln nicht verliert.

Ich nehme an, es hat wieder einmal mit Dads Arbeit zu tun, irgendwas ist dort passiert. Ich hatte gelernt, wie er es wollte. Ich war fast fertig mit den Hausaufgaben. Als ich runter in die Küche kam, saß er völlig aufgelöst am Tisch, blätterte panisch in irgendwelchen Unterlagen und vergrub die Hände in den Haaren. Ich hätte die Hausaufgaben fertig machen sollen, bevor ich mein Zimmer verließ, um mir was zu trinken zu holen. Aber das hatte ich nicht. Ich hatte nur noch eine Aufgabe zu beantworten. Das hätte mich höchstens noch eine Minute gekostet.

Sofort fängt er an zu brüllen und zu fluchen, auf Englisch und Spanisch. In seinen grünen Augen liegt ein wilder Ausdruck, es macht mir Angst, deshalb schließe ich die meinen. Ich wiege nichts im Vergleich zu ihm. Unversehens werde ich durch die Küche geschleudert, nehme dabei einen Stuhl mit, lande zusammengekrümmt am Boden. Ich bin auf mein Handgelenk gefallen. Ein kurzer, stechender Schmerz, der meinen Arm hochfährt. Aber er ist okay. Es ist nichts gebrochen. Dafür sind die Schmerzen nicht schlimm genug.

Ich werde wieder hochgerissen, mein ganzer Körper voller Schrammen, jeder Knochen im Körper tut weh. Die Knöchel seiner Finger sind hart wie Granit. Ich spüre sie deutlich, als sie meinen Kiefer treffen. Er schreit mich an, aber ich kann die Worte nicht verstehen. Ich zucke zusammen, leide Höllenqualen, sein Griff wird fester. Wieder stößt er mich von sich weg. Diesmal krache ich mit der Stirn gegen die Ecke des Küchentischs, bevor ich am Boden liegen bleibe. Ich spüre das feuchte Blut, das mich an der Schläfe kitzelt, warm rinnt es aus der frischen Verletzung. Ich hebe die Hand und betaste die Wunde vorsichtig mit den Fingerspitzen. Meine Augen bekomme ich immer noch nicht auf. Wehrlos warte ich darauf, dass seine groben Hände mich erneut packen und er mich mit seiner schroffen Stimme anherrscht.

Doch das einzige Geräusch, das ich wahrnehme, ist das von splitterndem Glas. Verhaltenes Fluchen ist zu hören. Ein Stöhnen. Ein scharfer Atemzug. Dann Schritte, die ausnahmsweise *nicht* lauter werden. Sie entfernen sich, und er verschwindet hinaus in den Flur, gefolgt von dem ohrenbetäubenden Knallen der Küchentür.

Meine Atmung geht stoßweise, schnell und unregelmäßig, mühsam schäle ich die feuchten Augen auf. Das Chaos in der Küche ist perfekt. Dads Geschäftsunterlagen sind über den Boden verstreut, vereinzelt sind sie zerrissen. Drei Stühle liegen umgekippt da. Der Boden vor mir ist über und über mit Glassplittern übersät.

Ich schiebe mich weg von den Scherben, krieche so weit wie möglich weg davon und dränge mich schützend in eine Ecke des Zimmers, die Knie an die Brust gezogen. Mein Handgelenk pocht, meine Stirn brennt, immer mehr Schrammen und blaue Flecken werden sichtbar. Ich zittere unkontrolliert, und während ich mein Gesicht an meinen Knien berge, breche ich in Tränen aus.

Kapitel 30

Gegenwart

Ich bin froh, als endlich Samstag ist. Die ganze Woche lang war ich ein nervöses Wrack, ich weigere mich, heute auch noch was für Declan auszuliefern. Ich brauche eine Auszeit, um den Kopf wieder frei zu kriegen und mir zu überlegen, was das alles verdammt noch mal soll. Warum mache ich das? Zum Glück hat Tiffani heute keine Lust, mit mir abzuhängen. Rachael meldet sich angeblich jeden Moment. Weil sie zusammen die Party heute Abend vorbereiten wollen. Ich bin zwar nicht unbedingt in Partystimmung, aber es soll auch nur was Kleineres werden. Zumindest denkt Rachael das.

Es ist erst kurz nach eins, als ich in Jogginghose allein am Küchentisch sitze und das Avocadosandwich esse, das ich mir auf die Schnelle gemacht habe. Mein Hunger ist nicht allzu groß, deswegen kaue ich schon seit fast zwanzig Minuten lustlos darauf herum. Ich habe noch nicht mal den Fernseher angestellt. Stattdessen starre ich durch das Glas der Terrassentüren ins Leere.

Das heute wird wieder einer *dieser* Tage, das kann ich jetzt schon sagen, ich bin ziemlich down. Einen besonderen Anlass dafür gibt es nicht, es wird also von selbst wieder vergehen. Irgendwann. Erst werde ich ein paar Stunden Trübsal blasen und mein eigenes Dasein infrage stellen, und später gehe ich dann zu dieser Party und feiere und lache, als wäre ich der glücklichste Mensch der Welt.

Ich seufze tief und senke den Blick auf den Teller, den ich

jetzt wegschiebe. Denn ehrlich gesagt bin ich gar nicht so gern allein, nicht, wenn ich mich so fühle wie jetzt.

»Keinen Appetit?«, höre ich Mom sagen, die in diesem Moment in die Küche kommt. Sie schenkt mir ein kleines, warmherziges Lächeln, worüber ich mich sehr freue. Im Moment brauche ich das wirklich dringend.

»Nicht richtig«, murmle ich mit einem verzagten Schulterzucken. Ich stemme die Ellbogen auf den Tisch und stütze mein Kinn mit der Hand ab. Mit dem Blick folge ich Mom, die meinen Teller nimmt und damit zur Spüle geht.

»Wir sind heute Abend übrigens mit deinen Brüdern beim Spiel der Dodgers«, teilt sie mir beiläufig mit. Sie kippt die Essensreste in den Mülleimer und lässt den Teller in der Spülmaschine verschwinden. Dann dreht sie sich zu mir um und lehnt sich gegen die Arbeitsplatte. Mit einem wissenden Lächeln im Gesicht sieht sie mich an. »Was auch immer du heute Abend also vorhast, pass auf dich auf. Mach keine Dummheiten, Tyler.« Mit strenger Miene und hochgezogener Augenbraue sieht sie mich an. Natürlich weiß ich genau, was sie meint. Kein Alkohol, kein Gras, kein Ausbleiben die ganze Nacht.

Stirnrunzelnd schaue ich hinaus in den Garten. Die Sonne scheint, ihr Licht reflektiert sich im Wasser des Pools. Ich will sie nicht wieder enttäuschen, aber so, wie ich mich aktuell fühle, wird es sich nicht verhindern lassen.

»Tyler«, sagt Mom mit sanfter Stimme. In ihr geht eine Veränderung vor. Behutsam setzt sie sich neben mich, ihre Augenbrauen ziehen sich besorgt zusammen. Mein Puls wird schneller, als sie meinen Blick sucht. »Ich habe gestern Abend etwas gefunden …«, sagt sie, dann bricht sie ab, zieht etwas aus der Tasche und legt es bedächtig vor mir ab. Ihre blauen Augen werden wässrig, der Schmerz darin ist unverkennbar. Sie presst sich eine Hand an die Brust, die andere legt sie mir auf den Rücken. »Das hier haben wir wohl übersehen.«

Ich atme scharf ein und lasse die Luft langsam wieder entweichen. Sie nickt mir aufmunternd zu, und dann schaue ich runter auf das Bild vor mir auf dem Tisch. Es ist ein sehr altes Foto. Von Dad und mir. Meine Brust schnürt sich zusammen, ich starre auf die Erinnerungen, die hier vor mir liegen, während Mom mir tröstend über den Rücken streicht. Sie sagt nichts, sondern gibt mir Zeit, mich von dem Schock zu erholen.

Das Foto zeigt uns auf der Promenade am Pier. Es dämmert, der Himmel hinter uns ist ein expressionistisches Gemälde aus blauen und rosa Streifen, die Sonne taucht soeben in den Ozean ein. Ich bin noch relativ jung, vielleicht sechs oder sieben, und klammere mich breit grinsend an Dads Arm fest. Wenn ich ihn jetzt so sehe, mit seinem strahlenden Lächeln und den grünen Augen, die so voller Wärme sind, wird mir klar, wie ähnlich wir uns tatsächlich sehen. Und mit dem Alter verstärkt sich das immer mehr. Wir haben die gleichen Augen, die gleiche gebräunte Haut, die gleichen dunklen Haare und dichten Augenbrauen. Sogar die gleiche verdammte Kinnlinie.

Damals waren wir beide überglücklich. Die schlimmen Tage standen uns erst noch bevor. Ich erinnere mich genau, als Dad mich das erste Mal geschlagen hat. Ich war acht, und es hat mich völlig aus der Bahn geworfen. Ich wusste überhaupt nicht, was da geschah. Damals hat er mir geschworen, es würde nie wieder passieren, und ich glaubte ihm.

Unwillkürlich habe ich unter dem Tisch die Hände zu Fäusten geballt, ich merke es erst, als Mom ihre Finger darum schließt. Besänftigend streicht sie mit dem Daumen über meinen Handrücken, bis ich mich kaum merklich entspanne. Sie sieht es nicht gern, wenn ich wütend werde, aber ihr ist natürlich klar, dass ich es manchmal einfach nicht unter Kontrolle habe. Noch so etwas, was ich mit Dad gemeinsam habe: unser aufbrausendes Temperament.

»Mach das, womit du dich am besten fühlst«, flüstert Mom. Dabei öffnet sie meine Faust, drückt mir etwas in die Hand und schließt meine Finger darum. Als ich sie eher betrübt als wütend ansehe, heben sich ihre Mundwinkel zu einem kleinen, traurigen Lächeln. Sie steht auf, legt mir die Hand auf die Schulter, gibt mir einen Kuss auf die Schläfe und wendet sich zum Gehen. Ich bin ihr unglaublich dankbar dafür, denn damit gibt sie mir den Raum, den ich so dringend brauche.

Ich senke den Blick auf meine Hand und öffne sie. Da liegt ein Feuerzeug.

Als ich fünfzehn war, hatte sich meine Wut bereits über Jahre aufgestaut, es war so unerträglich geworden, dass ich ein Ventil brauchte, etwas viel Stärkeres, denn einfach nur high zu sein reichte nicht mehr aus. Ich wollte restlos alle Erinnerungen an Dad auslöschen, selbst die guten, und sämtliche Spuren seiner Existenz vernichten. Mom hätte alles getan, nur damit es mir wieder besser ging. So ist es heute noch. Zusammen stiegen wir damals auf den Dachboden hoch und holten die ganzen alten Fotoalben aus meiner Kindheit hervor. Und so schmerzhaft es war, sie ließ mich im Garten ein Feuer machen, in dem ich die ganzen Fotos von Dad und mir verbrannte. Zu dem Zeitpunkt fühlte es sich gut und richtig an, aber selbst das reichte nicht aus, um wieder nach vorne blicken zu können. Ich denke immer noch jeden Tag an ihn.

Ich stehe auf, greife nach dem Foto vor mir und gehe mit dem Feuerzeug in der Hand auf die Terrassentüren zu. Dann schiebe ich sie auf und trete hinaus in die warme, frische Luft. Die leichte Brise, die heranweht, streicht über meine Haut, es ist ein angenehmes und belebendes Gefühl. Langsam lasse ich mich am Rand des Pools ins Gras sinken, ziehe die Knie an die Brust und halte das Foto hoch.

Wieder betrachte ich mein lächelndes Gesicht. Dann das

von Dad, und ich denke: *Scheiß auf ihn*. Scheiß auf Dad, weil er mein Leben ruiniert hat.

Entschlossen halte ich das Feuerzeug an die untere Ecke des Fotos und setze es in Brand. Wie in Trance sehe ich den Flammen zu, die an dem Foto hochzüngeln. Das Feuer breitet sich schnell aus, erst schwärzt sich mein jüngeres Ich, dann Dad. Sein Gesicht zerfällt zu Asche, und ich lasse die Überreste in den Pool fallen. Tatsächlich empfinde ich grenzenlose Erleichterung, als es sich im Wasser auflöst.

Ich wünschte, der Schmerz könnte sich auch einfach so in Luft auflösen.

Meine Laune ist im Vergleich zu heute Morgen noch mehr im Keller. Keiner von Declans Leuten ist später zu Rachaels Party eingeladen, und wenn Rachael wüsste, dass ich mit ihnen unter einer Decke stecke, würde sie mich wohl auch nicht dabeihaben wollen. Mich frustet das tierisch, weil ich ausgerechnet heute etwas brauche, das stärker ist als Gras. Doch wenn ich auf der Party nichts bekomme, muss ich mir den Kick eben anderweitig besorgen. Deshalb werde ich mich noch kurz mit Declan treffen, bevor ich zu Rachael weiterfahre.

Es ist kurz nach sieben, ich habe das Haus für mich allein, aber es ist noch zu früh, um mich fertig zu machen. Gerade will ich nach unten gehen, als ich Eden mit einem Kleid über dem Arm die Treppe hochkommen sehe. »Wie's aussieht, haben wir das Haus für uns«, begrüße ich sie mit einem schiefen Grinsen. Diesmal schaffe ich es zum Glück auf Anhieb, mich zu verstellen und mir nichts von meiner Niedergeschlagenheit anmerken zu lassen. Tyler Bruce hat niemals schlechte Laune. Tyler Bruce ist nie wegen irgendwas deprimiert. »Die anderen sind beim Dodgers-Spiel. Die

Angels haben keine Chance«, sage ich noch, nur für den Fall, dass sie nicht weiß, wo unsere Eltern stecken. Sie haben uns wieder mal uns selbst überlassen, aber ich wäre ohnehin nicht mit zu dem Spiel gegangen, selbst wenn sie gefragt hätten. Ist also nicht weiter schlimm.

»Ich weiß«, antwortet Eden und starrt mich ungerührt an. Sie denkt nicht daran, mein Lächeln zu erwidern, deshalb gehe ich davon aus, dass sie nicht allzu begeistert ist über unsere Begegnung. Dabei haben wir uns seit einer halben Ewigkeit nicht gesehen. Wir scheinen einen komplett unterschiedlichen Tagesrhythmus zu haben. »Gehst du bitte zur Seite?«

»Klar«, gebe ich zurück und trete zur Seite, um sie durchzulassen. Ich halte das mit der Arschlochnummer heute nicht durch. Wahrscheinlich liegt es daran, dass mein wahres Ich sich echt beschissen fühlt. Eden schiebt sich an mir vorbei, hält dann aber kurz inne und sieht mich stirnrunzelnd an. »Was ist?«

»Du kommst heute Abend zu Rachael, oder?«, fragt sie neugierig, ihr Ton fast sanft.

»Ja.« Warum will sie das wissen? Sie hat doch bestimmt insgeheim gehofft, ich würde Nein sagen. Jetzt bin ich selbst neugierig. »Du kommst auch?«

»Ja.«

»Cool«, sage ich möglichst beiläufig. Sie soll bloß nicht denken, dass ich mich freue. Obwohl unsere letzte gemeinsame Party zugegebenermaßen katastrophal geendet hat. Sie hat mich mit Fragen gelöchert, und ich bin ausgerastet und habe mein Bier an die Wand gepfeffert. Aber immerhin hat sie echtes Interesse an mir gezeigt. Und damit hat sie den meisten anderen etwas voraus. »Wann gehen wir rüber?«

»Was meinst du mit ›wir‹?«, fragt Eden mit einem Augenrollen. »Ich gehe allein rüber, nicht mit dir zusammen. Du,

Tyler, kannst gehen, wann immer du willst.« Damit dreht sie sich um und stößt die Tür zu ihrem Zimmer auf.

»Reg dich ab«, sage ich kaum hörbar und sehe sie aus zusammengekniffenen Augen an. Was ist denn jetzt plötzlich in sie gefahren? Ich war doch noch nicht mal scheiße zu ihr, und sie scheint mich *immer noch* zu hassen? Wie soll sich da ein Mensch auskennen? Dabei habe ich manchmal den Eindruck, sie interessiert sich wirklich für das, was ich sage.

Moment. Das will ich im Grunde doch gerade verhindern. Ich will nicht, dass sie mich mit Fragen löchert. Ich will sie auf Abstand halten. Soll sie mich ruhig hassen.

Kopfschüttelnd gehe ich nach unten ins Wohnzimmer. Antriebslos fläze ich mich aufs Sofa, stelle den Fernseher an und döse fast anderthalb Stunden mies gelaunt vor mich hin, während Eden sich oben fertig macht. Hätte ich nur heute Morgen meine Pillen genommen, vielleicht wäre es dann besser. Am liebsten würde ich diese doofe Party ganz sausen lassen und den Rest dieses beschissenen Tages einfach verpennen. Aber Tyler Bruce versäumt nun mal keine Party, schon gar nicht die Party von einer Freundin, deshalb zwinge ich mich, um halb neun aufzustehen und nach oben zu gehen, um zu duschen. Wenn ich den Abend überstehen will, brauche ich schleunigst eine Line.

Ich stelle mich unter die Dusche, verteile Gel in meinen Haaren, schlüpfe in eine schwarze Jeans und meine schwarze Lederjacke und lege meinen Lieblingsduft auf. Eigentlich würde ich vor der Party gerne noch ein, zwei Bier trinken, aber ich muss noch zu Declan, deshalb lasse ich vorerst die Finger vom Alkohol und tippe hastig eine SMS an ihn: *Hast du was für mich?* Wenig später antwortet er mit nichts als zwei Symbolen: einem hochgereckten Daumen und einem zwinkernden Smiley.

Ich schnappe mir meinen Autoschlüssel, lasse das Handy in der Jackentasche verschwinden und knipse das Licht aus, bevor ich die Tür aufziehe. Gerade als ich in den Flur hinaustrete, kommt Eden aus ihrem Zimmer, sodass wir uns unvermittelt gegenüberstehen.

»Ich will gleich rübergehen«, sagt sie widerstrebend und scheint einen Seufzer zu unterdrücken. Dann zieht sie die Stirn kraus und fragt: »Kommst du mit?« Dabei hat sie es vorhin doch vehement abgelehnt, mit mir zusammen da aufzukreuzen.

Ich mustere sie eindringlich. Sie sieht wieder mal total anders aus, fast ein bisschen wie auf Austins Party vor ein paar Wochen, aber besser. Die dunklen Haare fallen ihr in fließenden Wellen über den Rücken, auf ihren Augenlidern glitzert es silbrig, die Wimpern wirken unheimlich dicht, ihre Augenbrauen sind schwarz nachgezogen und hübsch geschwungen. Ich lasse den Blick ganz unverhohlen über ihren Körper wandern und betrachte sie von oben bis unten. Sie ist nicht groß, aber die hohen Absätze lassen ihre Beine endlos lang wirken. Diesmal trägt sie ein Kleid, das ihr umwerfend gut steht. Es ist pfirsichfarben, figurbetont, aber nicht zu eng, und mein Blick bleibt einen Moment zu lang an ihrem Ausschnitt hängen. »Eigentlich muss ich noch kurz weg«, presse ich mühsam hervor. Mit einem Mal ist mein Mund staubtrocken.

Eden sieht zu Boden und verschränkt verlegen die Arme vor der Brust, als würde sie genau mitkriegen, wie ich sie anstarre. Als sie wieder aufsieht, fragt sie: »Wohin?«

»Irgendwohin eben.« Scheiße, hoffentlich löchert sie mich nicht wieder mit Fragen. Ich will mich nicht wieder von ihr provozieren lassen und die Beherrschung verlieren. Nie wieder will ich diese Angst in ihrem Blick sehen, so flüchtig sie auch gewesen sein mag. »Geh schon mal rüber. Ich komme in zwanzig Minuten nach.« Und dabei bete ich inständig, sie möge zur Abwechslung einmal das tun, was ich sage.

»Aber wo gehst du hin?«, bleibt sie hartnäckig.

Sie kann es also echt nicht lassen. Jetzt nervt sie mich wieder, bis mir der Kragen platzt. Das werde ich nicht zulassen. Als sie mich unter ihren dichten, dunklen Wimpern hervor ansieht, wird mir schlagartig klar, dass sie sich ernsthaft um mich sorgt. Mit leicht geöffneten Lippen sieht sie mich an und wartet meine Antwort ab. »Verdammt, Eden.« Hilflos werfe ich die Hände hoch und wende mich von ihr ab, um mich in mein Zimmer zu verziehen. Aber natürlich folgt sie mir. Sie ist so ein Sturkopf.

»Warum bist du sauer?«, dringt ihre Stimme sanft durch die Dunkelheit meines Zimmers an mein Ohr. Als ich mich zu ihr umdrehe, erkenne ich ein neugieriges Funkeln in ihren Augen. Langsam treten ihre Konturen deutlicher hervor. »Ich frage doch nur, wo du hinwillst.«

»Ich treffe mich mit jemandem, okay?«, herrsche ich sie an, weil ich es plötzlich nicht mehr aushalte. Die Wut kocht ganz unvermittelt in mir hoch und sucht sich ein Ventil. Sie muss sofort aufhören mit ihrer Fragerei, sonst raste ich richtig aus. »Ich muss was abholen, und du sollst dich da raushalten.« Diese Line habe ich jetzt wirklich ganz dringend nötig.

Eden verstummt. Ich beobachte ihr Gesicht: eine leere Leinwand, auf der sich nach und nach Enttäuschung abzeichnet. »Du triffst dich mit Declan«, sagt sie in die Stille hinein. Es ist eine Feststellung. »Weil er nicht zur Party kommt, triffst du dich woanders mit ihm. Stimmt's?« Sie spricht die Worte langsam und mit ruhiger Stimme.

Ich schließe die Augen und hole tief Luft. Sie weiß es. Sie weiß es, verdammt noch mal. Bestimmt wird sie versuchen, mich umzustimmen. Ich mag es, dass sie sich um mich sorgt, dass sie mich herausfordert, mich davon abhalten will. Aber im Moment hätte ich gern, dass sie mich einfach nur in Ruhe lässt. Ich bin einfach nur verzweifelt. »Jetzt geh endlich zu deiner Scheißparty«, knurre ich, als ich die Augen wieder aufschlage.

»Nein«, entgegnet sie, jetzt wieder laut und mit fester Stimme. Auf ihre Züge tritt ein entschlossener Ausdruck, und sie macht einen forschen Schritt auf mich zu. »Ich werde nicht zulassen, dass du dich mit ihm triffst.«

»Eden.« Mein Ton ist unerbittlich, als ich ihren Namen sage. Dann mache auch ich einen Schritt auf sie zu, beuge mich zu ihr runter, bis mein Gesicht ganz dicht vor ihrem ist, und hefte meinen Blick auf sie. Mit einem bitterbösen Funkeln in den Augen sehe ich sie eindringlich an. »Du kannst nichts dagegen tun.«

»Da hast du recht«, bemerkt sie, und in ihrer Stimme liegt nun eine gewisse Härte. Kopfschüttelnd sieht sie mich an, und in ihren Augen liegt eine Mischung aus allem, was ich so abgrundtief hasse. Enttäuschung, Wut, Sorge, Missbilligung und allem voran Mitleid. Sie empfindet Bedauern für mich, und das ist etwas, das ich überhaupt nicht ertrage. »Ich kann nichts dagegen tun, weil es dir *egal* ist. Es ist dir egal, dass ich mir Sorgen mache, du könntest eine Überdosis nehmen, allergisch reagieren oder sogar sterben. Und auch, dass du mit siebzehn schon kokainabhängig bist – das ist dir alles scheißegal.« Sie schweigt einen Augenblick, aber ich gebe ihr keine Antwort, weil sie ohnehin weiß, dass sie recht hat. »Dir geht's doch nur darum, auf Partys cool auszusehen und die Leute mit deiner Harter-Kerl-Nummer zu beeindrucken. Das ist so *peinlich*.«

Da ist es wieder, dieses Wort. Aber sie hat absolut recht. Ich *bin* peinlich. Beim Rest allerdings liegt sie total daneben. Ich will niemanden beeindrucken. Ich versuche nur, irgendwie klarzukommen; es geht ums nackte Überleben. »Das ist nicht der Grund«, protestiere ich schwach und schüttle den Kopf.

»Was dann?«, will sie wissen, und die Frage klingt fast flehend. Sie steht jetzt so dicht vor mir, dass ich nichts anderes wahrnehme als das Mitleid in ihrem Blick, und ich spüre, wie ich unter dem Druck einzuknicken drohe. »Um bei diesen idiotischen Freunden dazuzugehören …?«

»Weil es mich ablenkt!«, brülle ich sie jetzt an und schneide ihr damit das Wort ab. Scheiße, jetzt ist es raus. Seufzend kneife ich die Augen zu und massiere mir die Schläfen. Ich will sie nicht ansehen, weil ich ihren bedauernden Blick einfach nicht mehr aushalte. Ich bin wirklich peinlich, weil ich keinen Tag ohne irgendeine Ablenkung in Form von Alkohol oder Drogen überstehe. Ich brauche eine Weile, bis ich mich beruhigt habe, und atme schließlich tief durch. »Es lenkt mich verdammt noch mal ab«, flüstere ich noch einmal. Manchmal kommt es mir so vor, als müsste ich mir das selbst immer wieder neu bewusstmachen.

Langsam schlage ich die Augen wieder auf und stelle fest, dass Eden mich schweigend beobachtet. Plötzlich macht sich meine Wut wieder bemerkbar. Nicht nur auf sie, sondern auf mich selbst. Ich könnte mich selbst ohrfeigen, weil ich so ein Idiot bin, und es treibt mich zur Weißglut, dass sie mich durchschaut hat. Ich ärgere mich irrsinnig über mich selbst, dass meine Fassade in ihrer Gegenwart immer wieder bröckelt. Und wütend macht mich auch, dass ich jetzt für einen Sekundenbruchteil einen Anflug von Verständnis in ihren haselnussbraunen Augen aufblitzen sehe.

»Und im Augenblick könnte ich eine Ablenkung wirklich gut gebrauchen«, knurre ich verächtlich.

Plötzlich legt Eden ihre Hände an mein Kinn, drängt sich mit ganzem Körper gegen mich und presst ihre Lippen auf meine. Das geht alles so rasend schnell, dass ich vor Verblüffung wie gelähmt bin. Ich spüre die Wärme ihrer Haut und die rauschende Energie, die augenblicklich zwischen uns ist. Ich schließe die Augen, spüre dem Gefühl der Berührung nach. Das wütende Feuer, das in meiner Brust lodert, besänftigt sich und weicht schließlich einem ganz neuen Gefühl, das ich nicht so recht begreife. Ist es Erleichterung? Nein, das kann nicht sein. Schlagartig habe ich nichts anderes mehr im Sinn als sie. Voller Leidenschaft küsse ich diese Lippen, diesen entzückenden Schmollmund, der mich schon seit Wochen schwach macht. Mir war bis jetzt nicht klar, warum sie so eine Wirkung auf mich hat, aber jetzt weiß ich es: Ich wollte ihren Mund die ganze Zeit schon auf meinem spüren. Gerade will ich die Hand heben und ihr Gesicht berühren, sie *noch inniger* küssen, als ich merke, dass sie sich behutsam von mir losmacht.

Mit flatternden Lidern schlage ich die Augen auf, begegne ihrem Blick. Perplex sehe ich zu, wie sie einen Schritt vor mir zurückweicht. Auf ihrer Miene zeichnen sich wieder Angst und Besorgnis ab, und ich sehe, dass ihre Hände zittern. Hat sie das gerade ernsthaft getan? Hat sie mich wirklich geküsst?

Plötzlich geht eine Veränderung in mir vor. Hart trifft mich die Erkenntnis.

Es war tatsächlich Erleichterung, die ich verspürt habe. Wochenlang habe ich mich gefragt, was Eden an sich hat, das mir so zusetzt, mich so verunsichert, habe mich gefragt, warum es mir so gefällt, dass sie sich um mich sorgt, habe mich gefragt, warum ich es in ihrer Gegenwart nicht schaffe, Tyler Bruce zu sein, wie bei allen anderen auch. Jetzt endlich verstehe ich das alles. Es liegt daran, dass ich dieses verdammte Mädchen *mag*. Ich mag es, dass sie mich so reizt. Ich mag es, dass sie mich in Verlegenheit bringt, dass sie mich herausfordert, meine Grenzen auslotet. Ich mag es, dass sie sich aufrichtig für mich als Mensch interessiert, was sonst im Grunde keiner tut, außer vielleicht meiner Mom. Ich genieße es, dass ich vor ihr keine Show abziehen muss, auch wenn mein wahres Ich noch so peinlich und bemitleidenswert ist. Und ich mag ihre rauchige Stimme und ihre vollen Lippen und ihre braunen Augen.

»Das war ich nicht. Ich … ich weiß selbst nicht, was das

war«, stammelt sie mit brüchiger Stimme. Es gefällt mir, dass ich sie ins Stottern bringe. Es ist fast so, als wollte sie mir unbedingt eine Erklärung liefern, nur dass sie bedauerlicherweise keine hat. Versonnen starre ich auf ihren Mund und betrachte ihre Lippen, wie sie sich bewegen. Wie gerne würde ich sie noch einmal berühren. »Es … es tut mir leid. Ich wollte doch nur … ich wollte dich nur ablenken.«

Jetzt bin ich es, der die Initiative ergreift. Ich mache einen Schritt auf sie zu, umschließe ihr Gesicht mit beiden Händen und drücke meine Lippen fordernd auf ihre. Mein Verlangen nach ihr ist überwältigend, ich falle derart stürmisch über sie her, dass ich sie vor mir herschiebe, bis sie mit dem Rücken gegen die Wand stößt. Meine Finger verflechten sich in ihren Haaren, und diesmal küsse ich sie mit mehr Besonnenheit. Tief und leidenschaftlich, hungrig und verzweifelt. Sie erwidert meinen Kuss, unsere Lippen fangen sich gegenseitig ein, ihre Hände sind auf meiner Brust, sie zittert. Ich lasse meine Hände sinken und lege sie ihr auf den unteren Rücken, ziehe sie für einen kurzen Moment noch fester an mich heran, begierig nach mehr, doch plötzlich durchfährt mich ein Gedanke, und ich bin wie versteinert.

Eden ist meine Stiefschwester.

Ich küsse meine verdammte Stiefschwester.

Schlagartig löse ich mich aus dem Kuss, und so sehr es mir widerstrebt, ich zwinge mich, von ihr abzulassen und trete zurück. Mit der gleichen Fassungslosigkeit, der gleichen Verzweiflung, den gleichen Schuldgefühlen im Blick starren wir einander an und atmen beide schwer in die Stille hinein. »Scheiße«, entfährt es mir.

Auch ihr scheint es nicht entgangen zu sein.

Wir sind Stiefgeschwister.

Kapitel 31

Fünf Jahre zuvor

Am nächsten Morgen weiß ich schon beim Aufwachen, dass etwas nicht stimmt. Mein Handgelenk ist dick angeschwollen und pulsiert, und wenn ich den Zeigefinger nur ansatzweise zu beugen versuche, zucke ich vor Schmerz zusammen. Das Anziehen bereitet mir höllische Qualen, und beim Gedanken daran, zum Frühstücken hinunter in die Küche zu gehen, wird mir schlecht. Während ich meinen geschundenen Körper Schritt für Schritt die Stufen nach unten schleppe, zermartere ich mir das Hirn. Ich werde unmöglich das Pflaster auf meiner Stirn vor Mom verbergen können, deswegen brauche ich dringend eine glaubwürdige Ausrede. Und zwar vor allen Dingen eine, die ich noch nie benutzt habe. Ich kann ja schlecht schon wieder erzählen, ich wäre die Treppe runtergefallen. So tollpatschig ist kein Mensch.

Mit klappernden Zähnen stehe ich im Flur, nicht weil es kalt wäre, sondern weil ich eine Scheißangst davor habe, da reinzugehen. Ich kann Dads Stimme hören, sanft und leise unterhält er sich mit Mom. Chase lacht. Wenn ich nur auch so unbeschwert sein könnte.

Mit angehaltenem Atem fasse ich mir ein Herz und trete durch den Türbogen in die Küche. Mom steht mit dem Rücken zu mir und kramt in der Besteckschublade, meine Brüder und Dad sitzen einträchtig am Tisch. Keiner von ihnen weiß, wie außer sich er gestern Abend war, wie unkontrollierbar. Jetzt ist er völlig ruhig und entspannt, sitzt zurückgelehnt auf seinem Stuhl, ein zufriedenes Lächeln auf dem Gesicht und eine Tasse Kaffee in der Hand. Als er merkt, dass ich reinkomme, zucken seine smaragdgrünen Augen zu mir, und das Lächeln erlischt schlagartig. Mit angehaltenem Atem sehe ich zu, wie sein Blick an mir auf und ab wandert, er das Pflaster auf meiner Stirn mustert und seine Kiefermuskeln sich anspannen. Auf einmal sind seine Augen voller Schuldgefühle, und er senkt den Kopf und schaut auf seinen Schoß.

»Was hast du denn jetzt schon wieder angestellt, Tyler«, entfährt es Mom, die sich in diesem Moment zu mir umdreht. Ich werfe ihr einen kurzen Blick zu, immer noch wie versteinert. Stirnrunzelnd steht sie da, die Hände in die Seite gestemmt, und deutet mit einem Löffel auf meine Stirn.

»Ich bin gestern Abend ausgerutscht, als ich aus der Dusche gestiegen bin«, versuche ich es. Ich habe absolut kein Problem damit, ihr mitten ins Gesicht zu lügen, weil ich inzwischen zu einem begnadeten Schauspieler geworden bin. Nicht einmal meine eigene Mom merkt es, wenn ich ihr diesen Schwachsinn auftische. »Ich hab mir den Kopf am Waschbecken angeschlagen. Ist nicht schlimm«, wehre ich nuschelnd ab. Dad sitzt immer noch mit hängendem Kopf da, also setze ich mich neben Jamie an den Tisch.

»Ich kenne niemanden, der so viel Pech hat wie du, Tyler«, bemerkt Mom mit einem hoffnungslosen Augenrollen. Sie stellt Toast auf den Tisch und fährt mir mit der Hand durch die Haare. Das macht sie gern, vielleicht soll es mich trösten.

»Was ist denn mit deinem Handgelenk, das ist ja ganz dick?«, will Jamie wissen und starrt mit weit aufgerissenen Augen darauf.

Langsam hebt Dad den Blick und sieht mich unter den Wimpern hervor an. Ein schockierter Ausdruck legt sich auf seine Züge, und er richtet sich kerzengerade auf. Gerade will ich mein Handgelenk hastig unter dem Tisch verbergen, als Mom mich an der Schulter packt und sich über mich beugt.

»O mein Gott!«, entfährt es ihr. Mit offenem Mund starrt sie auf mein Handgelenk, und in ihren Blick tritt Besorgnis. »Was ist passiert?«

»Ach nichts, ist schon gut«, wiegle ich ab. Hastig lasse ich die Hand unter dem Tisch verschwinden, doch die plötzliche Bewegung sorgt dafür, dass eine neue Welle des Schmerzes meinen Arm durchzuckt. Ich verziehe gequält das Gesicht und schaue runter. Je länger ich mein Handgelenk betrachte, desto merkwürdiger sieht es aus, ein wenig verdreht irgendwie, aber es kann unmöglich gebrochen sein. Nicht schon wieder.

»Nein, nichts ist gut«, faucht Mom, wirbelt herum und schnappt sich ihr Handy, das auf der Arbeitsplatte liegt. Wie besessen tippt sie auf ihrem Handy herum. »Ich rufe Dr. Coleman an«, erklärt sie entschieden und behält das Display im Auge. »Der soll sich das ansehen. Die Schule fällt für dich heute aus.« Sie klemmt sich das Handy ans Ohr und kaut nervös auf ihrer Lippe herum, während sie dem Tuten in der Leitung lauscht. Jetzt fällt ihr Blick wieder auf mein Handgelenk. »Das sieht total entzündet aus! Es ist ganz rot. Warum hast du denn nichts gesagt?«

»Lass mal sehen!«, ruft Chase begeistert. Aufgeregt rutscht er von seinem Stuhl herunter, umrundet den Tisch und versucht, einen Blick auf mein Handgelenk zu erhaschen. Widerstrebend halte ich es hoch, und er begutachtet es mit faszinierter Miene. Ich glaube nicht, dass er so begeistert wäre, wenn er wüsste, dass ich das Dad zu verdanken habe.

»Musst du heute Vormittag nicht ans Gericht?«, höre ich Dad leise fragen, und ich werfe einen verstohlenen Blick zu ihm, während er Mom abwartend ansieht. Er hat die Ellbogen auf den Tisch gestemmt und sich leicht vorgebeugt, die Hände ineinander verschränkt. Es liegt nicht die übliche Härte in seiner Stimme, aber er scheint auch tatsächlich zur Abwechslung einmal richtig heftige Gewissensbisse zu haben.

»Mist. Stimmt«, stöhnt Mom und reibt sich die Schläfen, das Telefon immer noch am Ohr.

»Ich bringe ihn hin«, verspricht Dad ihr. »Keine Sorge. Bei uns im Büro geht es gerade etwas ruhiger zu. Die kommen auch ohne mich klar.«

Moms Schultern sacken erleichtert nach unten, und sie wechseln einen Blick und nicken, als wären sie sich einig. Im nächsten Moment scheint am anderen Ende der Leitung jemand ranzugehen, weil Mom jetzt mit leicht erhobener Stimme sagt: »Dr. Colemans Praxis, bitte«, und dann verlässt sie die Küche, um ungestört telefonieren zu können.

Ich verstehe nicht, wieso Dad anbietet, mich zu Dr. Coleman zu fahren. Ausgerechnet er. Ich glaube, er fühlt sich echt schuldig, aber ich möchte auf keinen Fall mit ihm alleine sein nach allem, was gestern Abend passiert ist. Ich habe mehr Angst vor ihm als je zuvor, und jetzt fürchte ich auch noch, er könnte sauer auf mich werden, weil ich die Aufmerksamkeit auf mich gezogen habe. Ich versuche, seinen Blick einzufangen, um herauszufinden, ob es wieder einer von den schlimmen Tagen werden wird, aber er hat die Hände vors Gesicht geschlagen.

Kapitel 32

Gegenwart

»Scheiße.« Ich atme tief ein. Meine Brust hebt und senkt sich hastig, und mein Herz schlägt wild und unregelmäßig. Das kann gerade nicht ernsthaft passiert sein. Auf keinen Fall habe ich Eden geküsst, und noch weniger kann es sein, dass Eden den *ersten Schritt* gemacht hat.

Völlig perplex starre ich sie an und versuche zu verarbeiten, was in den vergangenen Minuten passiert ist. Eden schaut mich ebenfalls mit weit aufgerissenen Augen an und steht wie versteinert da. Sie wirkt fast ein bisschen verängstigt, aber genauso durcheinander wie ich. Ob sie versteht, was da gerade passiert ist? Ist ihr überhaupt bewusst, was wir getan haben? Verdammt, sie ist nicht nur meine *Stiefschwester*, ich habe außerdem eine feste Freundin. Und die wartet im Moment direkt gegenüber auf der anderen Straßenseite auf dieser Party auf mich. *Ich bin so ein Idiot!* Ich ärgere mich maßlos über mich, weil ich so dämlich bin.

»Ich gehe zu Rachael«, knurre ich, ziehe hastig den Reißverschluss an meiner Jacke zu und wende mich zum Gehen.

Ich muss weg hier, weg von Eden. Ich brauche Abstand, um das Geschehene zu verarbeiten. Außerdem muss ich mir dringend überlegen, ob meine Erkenntnis von gerade eben zutrifft oder nicht. Weil ich im Moment nämlich ernsthaft hoffe, das war alles nur ein böser Traum.

Ich will so dringend aus dem Haus, dass ich, immer zwei Stufen auf einmal nehmend, die Treppe runterhaste und ohne Pause zur Haustür rausstürme, wo ich sofort gierig die kühle Nachtluft in mir aufsauge. Ich vergrabe die Hände in den Jackentaschen, lege den Kopf in den Nacken und schaue eine Weile hinauf in den dunkler werdenden Himmel. Gerade als ich dachte, mein Leben könnte nicht noch schlimmer werden, muss ich so einen ungeheuerlichen Fehler begehen. Der noch dazu moralisch total fragwürdig ist. *Toll gemacht, du Irrer*. Eden ist zwar nicht meine *richtige* Schwester, aber merkwürdig ist es trotzdem. Mir wird schlecht bei dem Gedanken, und ich weiß, dass ich diese Scheißsituation nur überstehe, wenn ich das tue, was ich am besten kann: mich mit Unmengen Alkohol ablenken. Vergiss Declan. Ich habe keine Zeit und nicht den Nerv, durch die halbe Stadt zu fahren, um mir von ihm was zu besorgen. Ich brauche *sofort* was, und wenn ich nichts anderes als Alkohol in die Finger kriege, dann nehme ich eben den.

Ich senke den Blick und schaue rüber zur anderen Straßenseite. Bei Rachael im Haus brennen sämtliche Lichter, ich höre das entfernte Wummern der Musik, aber von außen sieht es nicht so aus, als würde da eine ausgelassene Party gefeiert. Tiffani hat mir erzählt, dass sie es nicht ausufern lassen wollen. Wenn Rachaels Eltern Wind davon bekämen, würden sie sie umbringen.

Mit schnellen Schritten überquere ich die Straße und bleibe einen Moment vor der Haustür stehen, um mich zu sammeln. *Du bist Tyler Bruce. Tyler ist supercool. Und hat keine Sorgen*. Tyler Bruce hat nicht gerade mit seiner Stiefschwester geknutscht. Nein, das war *ich*. Unvermittelt packt mich die Übelkeit, deshalb stoße ich die Haustür auf und trete ein, nicht ohne mir vorher ein beschissenes Lächeln ins Gesicht zu tackern. Ich brauche ein Bier. Oder besser gleich was Härteres.

Es sind noch nicht allzu viele Leute da, aber es ist auch noch früh, die Gäste trudeln erst allmählich ein. Rachael steht gleich beim Eingang, um jeden einzeln in Empfang zu nehmen. Auf leicht wackeligen Beinen stolpert sie auf mich zu, offenbar schon etwas angetrunken, und funkelt mich böse an, als hätte ich sie durch mein Erscheinen persönlich beleidigt.

»Wo steckt Eden?«, erkundigt sie sich ohne ein Wort der Begrüßung. »Sie sollte längst hier sein!«

»Keine Ahnung«, lüge ich, dann schiebe ich mich achtlos an ihr vorbei. Ich werde garantiert nicht mit ihr über Eden sprechen, nicht mal ihren Namen will ich in den Mund nehmen. Ich muss dieses Mädchen schleunigst vergessen. Schnurstracks stiefle ich in die Küche und begutachte den riesigen Berg alkoholischer Getränke auf dem Tisch. Ich Arsch hab natürlich nichts zu trinken mitgebracht, aber das ist mir im Moment scheißegal. Es ist ohnehin mehr als genug da. Direkt vor mir steht eine Packung Bier, die bereits offen ist, aus der klaue ich mir eine Dose.

Plötzlich drängt sich jemand von hinten gegen mich. Das muss Tiffani sein. Sie legt ihr Kinn auf meine Schulter, streicht mit der Hand über meine Brust und schiebt sie unter meine Jacke. »Da bist du ja endlich«, schnurrt sie mit einem verführerischen Unterton in der Stimme.

»Oh, hey«, sage ich und drehe mein Gesicht zu ihr. Sie ist wirklich die Letzte, die ich sehen wollte.

Tiffani schaut mich unter ihren dichten Wimpern hervor an, während sie mir die Arme um den Nacken schlingt und sich an mich drückt. Allerdings durchschaue ich ihr leicht schiefes Lächeln ganz genau: Sie ist in Wirklichkeit sauer auf mich, weil wir uns in der vergangenen Woche so gut wie gar nicht gesehen haben. Aber ich hatte einfach zu viel um die Ohren, nicht zuletzt wegen der Geschäfte mit Declan.

»Na, habe ich dir gefehlt?«, fragt sie, und aus reiner Gewohnheit lege ich meine Hand an ihre Hüfte. Sie würde sofort mitkriegen, dass was im Busch ist, wenn ich mich nicht ans Protokoll halte. Ich streife mit den Fingerspitzen über den seidig weichen Stoff ihres weißen Kleides. Ich kann nicht leugnen, dass sie umwerfend aussieht, aber in meinem Kopf herrscht Chaos, deshalb kann ich es im Moment nicht richtig würdigen.

»Aber sicher, das weißt du doch«, sage ich. *Nein, hast du nicht.* Sie lächelt breit, legt ihre Hand an meine Wange und zieht mich zu sich herunter, damit unsere Lippen sich berühren können, aber ich küsse sie nur ganz flüchtig. Mir dreht sich nämlich der Magen um dabei, wenn ich an vorhin denke. Es ist noch keine zehn Minuten her, da lagen meine Lippen noch auf Edens. Behutsam mache ich mich deshalb von Tiffani los und hebe die Dose Bier hoch, um sie auf Abstand zu halten. »Darf ich vorher wenigstens noch was trinken? Nüchtern überstehe ich diese Party nämlich nicht.«

Das Funkeln in Tiffanis blauen Augen und ihr Lächeln sind wie weggefegt, stattdessen presst sie die Lippen fest aufeinander und sieht mich grimmig an. Verärgert lässt sie mich los und weicht einen Schritt zurück. »Hast du das schon jemals geschafft?«, zischt sie leise.

Ohne sie weiter zu beachten, wende ich mich von ihr ab. »Du«, rufe ich und deute mit dem Bier auf Kyle Harrison, der gerade auf dem Weg in die Küche ist. Er bleibt wie angewurzelt stehen, fast als hätte er Angst, ich könnte ihm sonst eine Tracht Prügel verpassen. Wir reden eigentlich nicht miteinander, aber er hatte letztes Jahr mit mir zusammen Geschichte. Er wird trotzdem herhalten müssen. »Lass uns rausgehen. Höchste Zeit für eine Runde Dosenstechen, findest du nicht?«

Ich spüre, wie Tiffani mit ihrer kalten Hand meinen Ellbogen packt. Unsanft zerrt sie mich zurück und sieht mich mit zusammengekniffenen Augen. »Tyler … Bitte.«

»Nicht jetzt, Tiff.« Ich schüttle ihre Hand ab und schnappe

mir die Schachtel mit dem Bier. Dann gehe ich zu Kyle, und auch wenn er sich nicht ganz wohl zu fühlen scheint bei dem Gedanken, diese vielen Dosen mit mir zu leeren, hat er nicht den nötigen Mumm, um Nein zu sagen. Tyler Bruce duldet keinen Widerspruch. Ich remple ihn kurz mit der Schulter an, und schon folgt er mir hinaus in den Garten.

»Hier«, sage ich, als ich die Schachtel mit dem Bier auf dem Rasen abstelle und ihm die Dose zuwerfe, die ich in der Hand halte. Ich nehme mir eine neue, dann ziehe ich den Autoschlüssel aus der Tasche. »Wir leeren die ganze Schachtel. Okay? Ohne Pausen dazwischen!«

»Krass, Mann … Bist du sicher?«, fragt Kyle verunsichert, während er zweifelnd auf die Dose in seiner Hand starrt. Wieder und wieder dreht er sie in der Hand und runzelt seine dichten Augenbrauen. »Ich hab keinen Bock auf Kotzen.«

Entnervt rolle ich mit den Augen. »Halt die Klappe, und mach schon.« Kaum sind diese Worte über meine Lippen, ramme ich den Schlüssel in die Dose und presse mir die so geschaffene Öffnung an den Mund. Dann lege ich den Kopf in den Nacken und leere die Dose in wenigen Zügen. Ich mache oft Dosenstechen. Weil ich festgestellt habe, dass ich so am schnellsten betrunken werde.

»*Número dos*«, sage ich und zerdrücke die leere Dose in der Hand. Achtlos werfe ich sie ins Gras. Kyle hat es kurz darauf auch geschafft und schnappt keuchend nach Luft, und sofort werfe ich ihm eine neue Dose zu. Ich spüre genau, wie sich Tiffanis Blick von der Küchentür aus direkt in meinen Rücken bohrt. Während Kyle und ich uns Bier für Bier vornehmen, versuche ich, nicht mehr an sie zu denken.

Wir stürzen den Inhalt der Dosen so schnell hinunter, dass mein Magen zu rebellieren beginnt. Kyle ist längst in eine Ecke des Gartens gestolpert und steckt sich den Finger in den Hals, weil ihm so schlecht ist. Erschöpft lehne ich mich mit dem Rücken gegen die Wand, um durchzuschnaufen. Ich merke, wie sich der Alkohol langsam in meinem Blutkreislauf verteilt. Als ich einen verstohlenen Blick in Richtung Küchentür werfe, ist Tiffani nirgends mehr zu sehen. Kurz entschlossen lasse ich Kyle stehen, der jetzt in die Hecke reihert, und gehe wieder nach drinnen.

Langsam füllt sich das Haus, es sind weitere Gäste eingetroffen. Hauptsächlich Leute aus unserer Schule. Mit einigen von ihnen unterhalte ich mich hin und wieder, wenn mir danach ist. Aber normalerweise gebe ich mich nur mit meiner Clique ab. Ich ertappe mich dabei, wie ich nach Eden Ausschau halte. Ob sie schon hier ist? Aber sofort erteile ich mir selbst einen Rüffel. *Hör auf, an sie zu denken.*

Ohne irgendjemandem Beachtung zu schenken, schlängle ich mich an einer Gruppe Mädchen vorbei, die am Spülbecken stehen und sich einen Tequila nach dem anderen hinter die Binde kippen. Ich greife mir eine Flasche Wodka, gieße mir mehr als einen halben Becher voll ein und schütte dann ein wenig Cola drauf. Sofort stürze ich den Drink in einem Zug hinunter. Das Zeug ist so stark, dass es mir die Kehle verätzt, aber das ist mir egal. Ich habe mir nämlich fest vorgenommen, mich heute Abend so richtig abzuschießen. Deshalb verliere ich keine Zeit und schenke mir augenblicklich einen weiteren Wodka-Cola ein.

»Du hast offenbar vor, deinem Ruf heute mal wieder richtig gerecht zu werden«, höre ich jemanden sagen, und als ich mich umdrehe, kommt Jake auf mich zu. Mit einer Flasche Bier in der Hand lehnt er sich lässig gegen den Tresen und nimmt einen langen Zug. Dabei mustert er mich mit einem selbstgefälligen, spöttischen Grinsen.

»Lass mich in Frieden«, fauche ich und kehre ihm wieder den Rücken zu. Es ist das erste Mal, dass wir uns begegnen, seit er Eden am vergangenen Wochenende nach Hause gebracht hat. Und auch wenn ich darüber noch mit ihm zu reden habe, packe ich das heute Abend einfach nicht. Ich will jetzt nicht über sie reden.

Jake baut sich vor mir auf, sein Grinsen wird breiter. Er ist so ein verdammtes Arschloch. »Bist du etwa sauer, weil deine Schwester bei mir gepennt hat?«, will er wissen. Er tut ganz unschuldig, aber in seinen Augen blitzt ein sadistisches Vergnügen auf. Er *liebt* es einfach, mich zu reizen.

Unvermittelt presse ich ihm die Hand an die Brust und schubse ihn einen Schritt zurück. »Sie ist nicht meine Schwester, du Idiot.« Wenn er mir noch einmal auf die Pelle rückt, mache ich ihn platt, das schwöre ich. »Und jetzt verzieh dich, Jake. Sonst kann ich für nichts garantieren.«

»Wie du meinst. Dann sauf dich eben zu Tode, wirst schon sehen, dass mich das nicht die Bohne interessiert«, nuschelt er, wendet sich ab und schlendert zur Küche hinaus. Wie ich ihn kenne, stürzt er sich jetzt auf das erstbeste Mädchen, das ihm unterkommt. Nicht zu fassen, dass wir früher beste Freunde waren. Er ist so ein Scheißfreak.

Ich stürze den Drink in meiner Hand komplett hinunter und bleibe die nächste Stunde in der Küche, weil hier nun mal der Alkohol gebunkert ist. Ich geselle mich zu den Mädels am Spülbecken und genehmige mir einen Tequila mit ihnen. Genau genommen trinke ich mit ungefähr jedem, der das Pech hat, die Küche zu betreten, einen Tequila. Keiner kann sich mir entziehen, ich zwinge einfach alle. Selbst Rachael trinkt einen mit mir, aber ich glaube, das tut sie nur, weil sie ohnehin schon ordentlich bedient ist. Tiffani dagegen wirkt nicht übermäßig begeistert, als sie in die Küche kommt und ihr Blick auf mich fällt.

»Hey, Tiff, komm her«, rufe ich ihr über die laute Musik zu und halte ihr die fast leere Tequilaflasche hin. Mittlerweile bin ich sturzbetrunken, ich kann mich kaum mehr aufrecht halten und kippe bei diesem Manöver fast vom Tresen runter. Bis jetzt hatte ich meinen Spaß, habe mit Gott und der Welt geredet und viel gelacht, weil der Großteil der Partygäste inzwischen ordentlich was intus hat und die meisten zumindest angeheitert sind.

Alle bis auf Tiffani. Mit düsterer Miene sieht sie mich an, ihre blauen Augen kalt wie Eis. Langsam kommt sie auf mich zu, reißt mir die Flasche Tequila aus der Hand und hält sie so weit wie möglich von mir weg. Die andere Hand presst sie mir an die Brust, damit ich nicht kopfüber von der Arbeitsplatte runterfalle. »Du bist so was von peinlich«, raunt sie mir zu und schiebt sich ganz dicht vor mein Gesicht. Unter ihren falschen Wimpern hervor funkelt sie mich wütend an, die Augen zu Schlitzen verengt. »Hör auf damit!«

»Ach ja? Das interessiert doch keinen.« Lachend strecke ich die Hand aus und hole mir die Flasche zurück. Aber gerade als ich sie an den Mund setzen und trinken will, schnappt sie sie mir erneut weg. Eine Weile geht das hin und her, wir ringen um den Alkohol, bis ich aufgebe und loslasse. In Windeseile reicht Tiffani ihn an die nächstbeste Person in unserer Nähe weiter.

»Tyler«, zischt sie wütend und lehnt sich gegen meine Beine, ihre Hände auf meinen Oberschenkeln. »Du machst dich komplett zum Idioten. Bitte. Hör auf, dich so sinnlos zu betrinken. Oder mach wenigstens ein bisschen langsamer.« Was will diese Spielverderberin eigentlich von mir? Soll sie sich doch auch einen Drink genehmigen und sich locker machen. Alle hier in der Küche haben ihren Spaß. Nur sie muss mich langweilen.

»Baaaaby«, lalle ich und sehe sie mit gespitzten Lippen unschuldig an. Ich kann mir das Grinsen allerdings nicht verkneifen. So besoffen war ich schon lange nicht mehr, aber zum Glück ist mein Zustand heute von der lustigen Sorte. Manchmal schlägt es nämlich genau ins Gegenteil um, dann bin ich total down. Ohne recht zu wissen, was ich tue, umfasse ich Tiffanis Kinn mit beiden Händen und beuge mich zu ihr runter, um sie zu küssen. Doch als ich meinen Mund auf ihren pressen will, entwindet sie sich mir und stößt mich grob zurück. Der entrüstete Blick, mit dem sie mich ansieht, bringt mich fast zum Lachen. Stinke ich denn so nach Bier und Tequila, dass sie mich nicht küssen will?

»Da hat aber einer eine Abfuhr gekriegt!«, ruft jemand von der anderen Seite der Küche aus, und alle prusten los, ich eingeschlossen.

Tiffani sieht mich mit tief gefurchter Stirn kopfschüttelnd an und wirbelt im nächsten Moment herum. Mit geballten Fäusten stürzt sie zur Küche hinaus und lässt mich einfach sitzen. Egal. Dann kann ich jetzt wenigstens ungestört weitertrinken, und genau das mache ich. Ich kippe noch mehr Bier, noch mehr Wodka, noch mehr Tequila, noch mehr Rum in mich hinein. Ich trinke und trinke, bis ich die Augen nicht mehr offen halten kann, bis ich nicht mehr Herr meiner Sinne bin. Und wenn das so weitergeht, habe ich bald auch meine Blase nicht mehr unter Kontrolle.

Unbeholfen rutsche ich vom Tresen herunter und lande mit wackeligen Beinen auf dem Boden. Vorsichtig richte ich mich auf und taste mich unsicher durch die Küche, bis ich mich plötzlich auf Händen und Füßen wiederfinde, völlig ohne Orientierung. Ich weiß nicht mehr, wo ich bin. Der tiefe Bass der Musik dringt wummernd an mein Ohr, die Stimmen der Leute um mich herum klingen gedämpft, als wären sie weit weg. Aber ich höre sie trotzdem.

Eine weibliche Stimme, die meinen Namen sagt. Sanft und leise und leicht rauchig.

Mein Kopf scheint mehrere Tonnen zu wiegen, es gelingt mir nicht, ihn zu heben, aber ich zwinge mich trotzdem aufzublicken. Der Raum um mich herum ist unscharf, alles dreht sich. Ich nehme sie nur verschwommen wahr. Mühsam versuche ich die Augen weiter aufzumachen, aber trotzdem erkenne ich Eden nur schemenhaft. Ich versuche, den Blick scharf zu stellen, um ihre funkelnden braunen Augen und die vollen Lippen zu betrachten, aber es will mir einfach nicht gelingen. Sie starrt auf mich herunter, und ich wünschte, ich könnte ihren Gesichtsausdruck erkennen.

»Baby«, vernehme ich plötzlich das Echo von Tiffanis Stimme überall um mich herum. Alles klingt dumpf und verzerrt, als befände ich mich unter Wasser. Meine Augen fallen wieder zu, und ich spüre Tiffanis Hände, die meinen Oberkörper umfassen und mich mit aller Kraft hochzerren. Ich versuche zu stehen, aber meine Beine sind wie Wackelpudding, ich kippe einfach wieder um und knalle mit dem Gesicht gegen die Wand. Zum Glück bin ich viel zu betrunken, um noch irgendetwas zu spüren, der Alkohol hat mich restlos betäubt. »Tyler«, sagt Tiffani, aber es klingt nicht so schön, wie wenn Eden meinen Namen sagt. Jemand legt den Arm um meine Schultern, ich werde irgendwohin geschleift, und plötzlich sitze ich auf der untersten Stufe der Treppe. »Werd nüchtern«, schnaubt Tiffani und schlägt mir mit der flachen Hand gegen die Wange. »Das ist ja peinlich mit dir.«

Mein Kopf kippt mir auf die Brust. Er ist viel zu schwer, ich kann ihn nicht hochhalten, aber im nächsten Moment umfasst Tiffani mein Kinn und stützt mich. Wie aus weiter Ferne höre ich ihre Stimme sagen: »Ella bringt ihn um, wenn er so nach Hause kommt.« *Ist Eden noch da? Redet Tiffani mit ihr?* Ich will sie fragen, aber meine Zunge weigert sich, irgendwelche Worte zu bilden. »Ich nehme ihn heute Nacht mit zu mir.«

O Gott. Gleich werde ich ohnmächtig. Ich merke, wie eine Woge über mir hereinbricht, wie ein schwarzer Schatten schiebt sie sich näher, und mein kompletter Körper wird taub. Wehrlos sacke ich zusammen und kippe von der Stufe herunter. Mit geschlossenen Augen und das Gesicht gegen den Boden gepresst liege ich da. Ich könnte hier schlafen, aber Tiffani lässt mich nicht. Sie ist jetzt wieder neben mir in die Knie gegangen und zwingt mich in eine aufrechte Position, um mich gegen die Wand zu lehnen. Nebeneinander sitzen wir am Boden. Ich bin sturzbetrunken, deshalb bin ich recht ausgelassen und albern. Ich klammere mich an ihrem Kleid fest, fasse nach ihren Händen, ihrem Gesicht. Sie wehrt mich ab. Mein Kopf ruht auf ihrem Schoß. Sie sagt etwas, aber ich verstehe ihre Worte nicht.

Ist Eden noch da?

Der Kater am nächsten Morgen ist einer der schlimmsten seit Langem. Deshalb verbringe ich den Großteil des Sonntags bei Tiffani im Bett. Den ganzen Tag lang kriege ich immer wieder Schweißausbrüche, schütte literweise Wasser in mich hinein und nehme eine Schmerztablette nach der anderen. Und dabei verfluche ich mich insgeheim selbst, weil ich so ein verdammter Vollidiot bin.

Am frühen Abend liege ich immer noch im Bett, massiere mir den Kopf und starre an die Decke. Immerhin habe ich schon geduscht, deshalb fühle ich mich ein kleines bisschen besser. Oder zumindest frischer. Aber mein Kopf hämmert nach wie vor wie verrückt. Ich kann mich noch nicht mal selbst bemitleiden, weil ich es ja nicht anders wollte. Ich habe es richtig auf eine Alkoholvergiftung angelegt. Deshalb bin ich stinksauer. Was habe ich mir nur dabei gedacht, dass ich mich so besaufe, dass ich die Besinnung verliere? Das ist einfach nur peinlich, wenn man ehrlich ist. Tyler Bruce sollte den Alkohol eigentlich locker wegstecken, nicht ohnmächtig werden und sich von der eigenen Freundin nach Hause schleppen lassen.

»Hast du Hunger?«, erkundigt sich Tiffani, die soeben mit einem Lächeln auf dem Gesicht ins Zimmer kommt. Sie hat tatsächlich alle halbe Stunde nach mir geschaut, in Seidenshorts und knappem Tanktop kam sie ins Zimmer getänzelt. Um acht Uhr früh hat sie mich aufgeweckt, um mich anzubrüllen, weil ich sie gestern Abend so fürchterlich blamiert habe, weil ich so stockbesoffen war, weil ich mich wie der letzte Loser aufgeführt habe. Gegen Mittag war ihr Verhalten mir gegenüber nur noch passiv aggressiv. Um vier fing sie an, sich wieder halbwegs normal zu benehmen. Und jetzt ist sie auf einmal wieder total nett. Viel *zu* nett, und das macht mich stutzig.

»Nein«, sage ich. Ich glaube, ich muss kotzen, wenn ich was esse.

»Wie fühlst du dich?«, erkundigt sie sich mit einem mitleidigen Stirnrunzeln, während sie sich zu mir gesellt. Mit den Knien setzt sie sich aufs Bett und streckt die Arme nach mir aus, um mir ihre kühle Hand an die Wange zu legen. Die Falten in ihrer Stirn vertiefen sich. »Geht's dir besser?«

»Na ja, nicht so richtig«, gebe ich zu. Ich schmiege mein Gesicht in ihre Handfläche, weil ihre Haut so angenehm kalt ist im Vergleich zu meiner. Ich gehe nämlich gleich ein vor Hitze.

»Ich wüsste da was, das helfen würde, wetten?«, raunt sie mir ins Ohr, und schon lässt sie die Hand an meine Brust sinken, lehnt sich vor und drückt mir einen Kuss seitlich ans Kinn. Sie küsst auch meinen Mundwinkel. Dann meinen Hals. Mit zarten Berührungen wandern ihre Lippen über meine Haut, hinterlassen eine Spur von sanften, federleichten Küssen. Sie klettert sogar auf mich, setzt sich rittlings auf meinen Bauch und presst mir die Hand auf die nackte Haut. Jetzt haucht sie einen Kuss auf mein Schlüsselbein, und scheiße, es fühlt sich gut an.

»Deine … deine Mom, Tiffani«, murmle ich mit geschlossenen Augen, die Hände an ihre Hüften gelegt. Ich lasse meinen Kopf aufs Kissen sinken und genieße es, wie ihr Mund meinen Körper erforscht. Es gibt nicht vieles, was ich an Tiffani mag, aber das hier bildet definitiv eine Ausnahme. Sie weiß haargenau, wie sie mich küssen muss.

»Sie ist gerade gegangen«, flüstert Tiffani und bewegt ihre Lippen auf meine zu.

Lächelnd vergrabe ich eine Hand in ihren Haaren, ziehe sie an mich und küsse sie hastig und fordernd, beiße ihr spielerisch in die Unterlippe. Bei Tiffani und mir gibt es kein Langsam und Zärtlich. Es geht immer schnell und auch etwas grob zu, was wohl daran liegt, dass wir uns nicht allzu sehr mögen. Aber witzigerweise konkurrieren wir beide immer darum, in der Beziehung den dominanten Part zu übernehmen. Während ich sie küsse, reibt sie sich an meinen Hüften. Dann macht sie sich für den Bruchteil einer Sekunde von mir los, um ihr Tanktop über den Kopf zu ziehen, ehe sie den Mund wieder gierig auf meinen presst. Sie küsst mich schneller, ihre Finger fahren durch meine Haare. Forschend lasse ich meine Hände über ihren Körper wandern, über ihre Brüste, ihre Taille, ihre Hüften, ihren Po. Sie küsst sich an meiner Brust abwärts, bis zum Bund meiner Boxershort. Dann sieht sie mich von unten her herausfordernd an und fährt sich mit der Zungenspitze über die Unterlippe.

Doch dann erinnere ich mich an etwas.

Gestern hatte ich einen totalen Blackout. Ich weiß von der Party nur noch, dass Kyle Harrison sich übergeben hat. Aber ich kann mich an *alles* erinnern, was davor war.

Ich erinnere mich an Eden. Wie ich mich mit ihr gestritten habe. Wie ich zugegeben habe, dass ich ohne Ablenkungen nicht überleben kann. Erinnere mich genau an ihre Lippen auf meinen.

»Tiffani«, sage ich unvermittelt und bin mit einem Schlag zurück in der Realität. Ich packe sie an den Handgelenken und halte sie entschlossen auf Abstand. Schwer atmend und mit vor Panik geweiteten Augen starre ich sie an. »Ich kann das jetzt nicht.«

»Willst du mich verarschen?«, faucht Tiffani fassungslos. Mit offenem Mund sieht sie mich vorwurfsvoll an. Dann reißt sie sich mit einer ruckartigen Bewegung von mir los, steigt von mir herunter und funkelt mich böse an. »Da sind wir endlich einmal ungestört, und dann willst du mir erzählen, du kannst jetzt nicht? Scheiß auf dich, Tyler. Verschwinde, geh nach Hause!« Zähneknirschend rutscht sie aus dem Bett und dreht mir den Rücken zu, um ihr Top wieder überzustreifen. Dann geht sie zur Tür und murmelt etwas vor sich hin. Wahrscheinlich etwas von wegen was für ein verdammtes Arschloch ich bin.

»Tiffani«, rufe ich leise und richte mich auf. Ich ziehe mir das Bettlaken über die Hüfte und starre sie schweigend an, während sie sich langsam zu mir umdreht. Das ist meine Freundin, die hier vor mir steht, aber es ist nicht das Mädchen, das ich mag, von Liebe ganz zu schweigen. Wenn ich mit ihr knutsche, empfinde ich nicht den gleichen Adrenalinrausch wie gestern Abend, als ich Eden geküsst habe. »Was ist das hier? Mit uns?«, frage ich und füge klärend hinzu: »Was soll das mit uns darstellen?«

»Was zur Hölle, Tyler?«, sagt Tiffani entgeistert. Ihre Miene verzieht sich zu einem Ausdruck der Ratlosigkeit. Sie wirkt wie vor den Kopf gestoßen, dass ich diese Frage überhaupt stelle.

»Sag es mir doch einfach«, flehe ich sie an. Ich denke, insgeheim hatte ich die Frage immer schon im Hinterkopf. »Was tun wir hier? Weil ich nämlich keine Ahnung habe. Wir …« Kopfschüttelnd atme ich tief ein. *Wir mögen uns nicht einmal besonders.* Ich kann das nicht laut aussprechen, weil ich genau weiß, wie grausam das klingt. »Warum sind wir zusammen?«

Ich weiß natürlich genau, warum. Wir sind ein Paar, weil wir beide davon profitieren, weil ich die scharfe, beliebte Freundin kriege, die es so aussehen lässt, als führte Tyler

Bruce das perfekte Leben, und sie kriegt den Typen, von dem sie weiß, dass er alles tut, was sie von ihm verlangt. Einen, den sie in allem, was er tut, unter Kontrolle hat. Sie muss insgeheim ahnen, wie schwach ich tief in mir drinnen eigentlich bin. Deshalb fällt es ihr so leicht, über mich zu bestimmen. Ich nehme in ihrem Leben nichts weiter als eine Statistenrolle ein, genau wie sie in meinem. Aber wir sind nicht gut füreinander. Wir *sollten* eigentlich gar nicht zusammen sein.

»Dieses Gespräch führe ich jetzt nicht mit dir«, stellt Tiffani klar. Sie presst die Kiefer zusammen, und mir ist bewusst, was für ein immenses Risiko ich hier eingehe. Tiffani mag es ganz und gar nicht, wenn ich aus der Reihe tanze und etwas tue, das gegen ihren Willen ist. Dafür rächt sie sich *immer*. »Und fang bloß nie wieder damit an.«

»Vielleicht sollten wir … Keine Ahnung.« Ich zucke mit den Schultern. »Du weißt genauso gut wie ich, wie dumm das alles ist. Vielleicht sollten wir eine Auszeit nehmen, was meinst du?«

»Wie läuft eigentlich das Geschäft mit dem Gras?«, lenkt sie das Gespräch unvermittelt in eine ganz andere Richtung. Sie verschränkt die Arme vor der Brust und sieht mich mit hochgezogenen Augenbrauen und stechendem Blick eindringlich an.

Einen kurzen Moment setzt mein Herz aus. »Was?«, sage ich dann und tue verwundert, als wüsste ich nicht, worauf sie anspielt. *Woher weiß sie es?*

»Dachtest du, ich würde es nicht mitkriegen? Hältst du mich echt für so beschränkt?«, fragt sie und rollt mit den Augen, doch sie sagt es in einem giftigen Ton und wird nun ganz zu der Tiffani, die ich wirklich nicht mag. Die Tiffani, die hinterhältig ist und alles unter Kontrolle haben muss. »Gestern Abend, als du zu betrunken warst, um noch irgendwas mitzukriegen, hat Greg sich bei mir erkundigt, wo du steckst, weil er *dringend* was zu rauchen bräuchte.« Langsam kommt sie wieder aufs Bett zu, ein höhnisches Lächeln auf den Lippen. Sie weiß genau, dass sie mich jetzt in der Hand hat. »Es geht das Gerücht, du könntest den Leuten neuerdings alles besorgen.«

»Tiffani …«

»Ja, das dachte ich mir. Du bist ein Lügner.« Sie setzt sich aufs Bett, zieht die Beine zum Schneidersitz hoch und grinst mich an. Sie liebt es, ihre Macht gegen mich auszuspielen. Das hat fast schon sadistische Züge. »Also, kleine Planänderung«, sagt sie mit widerlich süßer Stimme. »Wir reden bis zu unserem Highschool-Abschluss nicht wieder von *uns*. Sonst kann ich dir nicht garantieren, dass ich dein Geheimnis für mich bewahre.« Mit einem beiläufigen Achselzucken und einem Stirnrunzeln beugt sie sich vor und presst ihre Lippen auf meine. »Ich liebe dich, Ty. Und du liebst mich auch. Vergiss das nicht.«

Wie gelähmt sehe ich zu, wie sie das Zimmer verlässt, mit schwingenden Hüften und fröhlich vor sich hin summend. Mir ist kotzübel, aber das liegt nicht an den Unmengen Alkohol, die ich gestern Abend in mich reingeschüttet habe. Nein, der Grund ist ein ganz anderer, viel schlimmerer.

Tiffani erpresst mich.

Kapitel 33

Fünf Jahre zuvor

Gebrochen«, stellt Dr. Coleman fest und dreht den Computermonitor zu uns, damit wir einen Blick darauf werfen können. Ich starre auf die Röntgenaufnahme von meiner Hand. »Es ist wieder das Mondbein«, erklärt er mit tief gefurchter Stirn. »Kein Wunder, dass es so leicht wieder gebrochen ist, der Knochen war bereits geschwächt.« Er dreht den Monitor wieder zurück in die ursprüngliche Position und schiebt seine Brille nach oben, um etwas zu tippen.

Stille macht sich breit in dem kleinen Sprechzimmer. Mein Handgelenk ruht pulsierend auf meinem Schoß. Neben mir sitzt Dad ganz vorne auf der Kante seines Stuhls, knetet seine Hände und wippt nervös mit dem Fuß. »Es heilt doch wieder, oder?«, erkundigt sich Dad bei Dr. Coleman. Sein Atem geht flach. Ihm ist die Situation sichtlich unangenehm.

»Zum Glück ist der Bruch nicht allzu kompliziert«, erklärt Dr. Coleman und blickt von seinem Monitor auf. »Das bedeutet wieder einmal drei Wochen Gips, aber momentan ist die Schwellung noch zu stark, deshalb muss übers Wochenende eine Schiene reichen. Kommen Sie Montag wieder, dann legen wir den Gips an. Sie müssen sich aber darauf einstellen, dass es mehrere Monate dauern wird, bis der Bruch vollständig verheilt ist.« Er wirft mir ein schiefes Lächeln zu, aber ich erkenne genau den Ernst seiner Worte, als er sagt: »Vorausgesetzt, du brichst es dir nicht wieder, Tyler!«

Dad schaut betreten zu Boden. Er fühlt sich heute offenbar richtig mies, viel schlimmer als sonst. Liegt es daran, dass er diesmal ganz deutlich vor Augen geführt bekommt, was er mir antut mit seiner Unbeherrschtheit? Weil meine Wunden durch das Pflaster auf meiner Stirn und mein geschwollenes Handgelenk sichtbar werden?

»Peter«, sagt Dr. Coleman mit einem Seitenblick auf Dad, während er weiter auf seine Tastatur eintippt. »Wie geht es Ihrem Vater? Ich habe ihn lange nicht gesehen.«

Dad schluckt und zwingt sich, den Blick zu heben. Eine Welle der Erleichterung scheint über ihn hinwegzuschwappen, als wäre er dem Arzt unendlich dankbar für den Themenwechsel. »Oh, ihm geht's blendend. Ist ständig mit dieser verdammten Corvette beschäftigt!«

»Erinnern Sie ihn bei Gelegenheit daran, dass er mir noch einen Drink schuldet«, sagt Dr. Coleman mit einem heiteren Lachen. »Und eine Spritztour!«

Dad fällt in sein Lachen mit ein, und plötzlich fühle ich mich extrem allein gelassen. Sie plaudern und scherzen miteinander, während Dr. Coleman mir die Schiene anlegt, und es ist fast so, als hätten alle längst wieder vergessen, wie oft ich mit gebrochenen Knochen hier in dieser Praxis sitze.

Als wir schweigend zurück zu Dads Wagen gehen, lasse ich mich ein kleines Stück zurückfallen. Ich stoße die Fußspitze in den Boden und starre auf die schwarze Gipsschiene, die ich übers Wochenende tragen muss, bis man mir den richtigen Gips anlegt. Ich sollte mich ärgern, weil es erst einen Monat her ist, seit mir der letzte Gips abgenommen wurde, aber inzwischen ist mir das so was von egal. Es ist alles so … keine *Ahnung*. Ich schätze, mittlerweile nehme ich das alles einfach so hin. Der Bruch wird heilen, und dann wird es wieder einen neuen geben.

Was mich wirklich quält, ist der Gedanke, wieder nach Hause fahren zu müssen. Ich kann Dads Mercedes bereits sehen, aber am liebsten würde ich auf der Stelle kehrtmachen und weglaufen, zurück in Dr. Colemans Praxis und ihn um Hilfe bitten. Ich möchte ihm erzählen, dass mein Handgelenk nicht aus dem Grund schon wieder gebrochen ist, weil ich so ungeschickt wäre, sondern weil Dad grausam ist. Natürlich ist mir klar, dass ich das unmöglich tun kann. Ich darf es niemandem je sagen. Ich weiß, wie falsch das alles ist, aber ich will nicht derjenige sein, der meine Familie auseinanderreißt. Und ich will Dad nicht das Leben ruinieren. Er ist immerhin mein *Vater*.

Deshalb tue ich das, was von mir erwartet wird, und steige brav ins Auto. Mühsam lege ich mit einer Hand den Sicherheitsgurt an und richte meine Augen auf das Armaturenbrett. Ich warte darauf, dass Dad den Motor anlässt und nach Hause fährt, aber er sitzt nur untätig da. Unwillkürlich stelle ich mir die Frage, ob er wohl sauer auf mich ist, ob er seinen Zorn noch zügeln kann, bis wir daheim sind, ob er mich gleich hier und jetzt auf dem Parkplatz vom Krankenhaus packen und verprügeln wird. Ich nehme all meinen Mut zusammen und sehe zu ihm rüber.

Wie versteinert sitzt er da, die Hände am Lenkrad. Er ist wirklich völlig reglos, sein Blick geht ins Leere, und ich höre jetzt wieder, wie flach er atmet. Seine Brust hebt und senkt sich, seine Unterlippe bebt. Nach einer quälend langen Minute dreht er ganz langsam den Kopf zu mir. In seinen Augen liegt ein fremder Ausdruck. In ihnen spiegelt sich ein Meer an Emotionen – Bedauern, Schuldgefühle, Reue. Er starrt auf das Pflaster auf meiner Stirn und dann auf mein Handgelenk, und ich sehe in seinen grünen Augen Tränen glitzern.

»Nie, nie wieder«, flüstert er mit erstickter Stimme. Er presst sich die Hand vor den Mund, um sich nicht von seinen Gefühlen überwältigen zu lassen, doch schon im nächsten Moment beginnen die Tränen zu fließen. Mit schmerzverzerrter Miene schüttelt er den Kopf. Er kann mir nicht einmal in die Augen sehen, als er mit brüchiger Stimme sagt: »Ich schwöre es, Tyler. Ich werde dir nie wieder wehtun.« Damit beugt er sich über das Lenkrad und birgt das Gesicht in den Händen, um das Schluchzen zu unterdrücken, das seinen Körper schüttelt. »Es tut mir so leid. Wirklich. Es tut mir aufrichtig leid«, stammelt er, aber seine Worte sind kaum mehr zu verstehen, weil er nicht mehr Herr seiner selbst ist.

Ich habe Dad noch nie so hemmungslos schluchzen sehen. Nicht ein einziges Mal in den zwölf Jahren, seit ich auf der Welt bin. Er hat mir mal gesagt, dass nur Schwächlinge weinen. Heißt das, dass er in diesem Moment auch schwach ist? Heißt es, dass er nicht die Kraft hat, um mir noch einmal wehzutun? Er entschuldigt sich oft, aber nicht so, nicht mit so überzeugend aufrichtiger Reue.

Und deshalb glaube ich ihm dieses Mal.

Kapitel 34

Gegenwart

Am Montag habe ich einen richtig schlechten Tag. Es ist bereits Nachmittag, und ich liege immer noch im Bett. Starre an die Decke. Lausche in die Stille hinein. Grüble viel zu viel über alles nach.

Nachdem ich gestern Abend von Tiffani heimgekommen war, bin ich direkt auf mein Zimmer gegangen und habe mich ins Bett gelegt. Ich bin immer noch heilfroh, dass weder Mom noch Dave nach oben gekommen sind, um mich mit Fragen zu löchern, wo ich denn das ganze Wochenende gewesen sei. Sie wissen inzwischen ganz genau, dass ich normalerweise bei Tiffani bin, wenn ich nicht nach Hause komme. Tiffani, meine Freundin, die mich neuerdings erpresst.

Das lässt mich nicht mehr los, ständig kreisen meine Gedanken um diese Sache. Ich war dumm, ihr zu versprechen, dass ich mich nicht auf Declan Portwood und seine Leute einlassen würde, denn jetzt, wo ich es doch getan habe, hat sie mich in der Hand. Wenn ich je wieder auch nur ein Wort über eine mögliche Trennung verliere, macht sie mich fertig. Es ist nicht das erste Mal, dass sie versucht, mich mit so etwas unter Druck zu setzen. Auf diese Weise setzt sie gerne ihren Willen durch und behält die Kontrolle über mich. Ich kann mir deshalb nicht erklären, warum es mich jetzt doch wieder überrascht.

Stöhnend wälze ich mich aus dem Bett. Es ist ohnehin viel

zu heiß, um länger liegen zu bleiben. Stattdessen tigere ich nun in meinem Zimmer auf und ab und raufe mir die Haare in dem Versuch, meine Gedanken zu sortieren.

Innerhalb nur einer Woche ist alles den Bach runtergegangen. Natürlich war mein Leben vorher schon das reinste Chaos, aber jetzt fällt es komplett auseinander. Ich arbeite für Declan Portwood. Meine Freundin erpresst mich. Und ich habe mit meiner Stiefschwester geknutscht.

Heute Morgen beim Aufwachen hatte ich für einen Sekundenbruchteil die Hoffnung, ich könnte das alles nur geträumt haben. Das mit Eden war vor zwei Tagen, und wir haben uns seit der Party nicht mehr gesehen. Ich hebe die Hand und streiche mit den Fingerkuppen über meine Lippen. Nein, es war kein Traum. Es ist fast so, als könnte ich ihren Mund noch immer auf meinem spüren. Der Kuss war echt. Wir müssen unbedingt darüber reden, und trotzdem stellt sich mir die Frage, was es zu sagen gibt? Es war falsch, sicher, aber ich … Keine Ahnung. So falsch hat es sich gar nicht angefühlt, als meine Lippen die ihren eingefangen haben. Sind meine Gefühle für dieses Mädchen wirklich echt? Oder war es eine rein impulsive Handlung? Haben wir uns in der Hitze des Gefechts von unseren Emotionen überwältigen lassen? Weil in uns beiden ein solches Chaos herrscht?

Seufzend gehe ich ins Badezimmer, sorgsam darauf bedacht, mich nicht einzuschließen. Ich habe das Schloss nämlich schon einmal ruiniert, als ich die Tür etwas zu heftig zugeknallt habe, und jetzt schließe ich sie nur noch, wenn ich mich tatsächlich einsperren will. Ich hole meine Antidepressiva aus dem Schrank und werfe zwei Pillen ein. Heute brauche ich sie wirklich dringend. Ich fühle mich total down.

Manchmal frage ich mich, ob tatsächlich alles anders wäre, wenn Dad mich nicht durch diese Hölle geschickt hätte. Unsere Familie wäre immer noch zusammen. Es würde keinen Dave geben, keine Eden. Wir würden sehr wahrscheinlich noch immer in unserem alten Haus wohnen, ein paar Straßen von unserem jetzigen entfernt. Dad würde sich mit mir über Mädchen unterhalten und mich vor jeder Party warnen, nicht mehr als ein oder zwei Bier zu trinken. Wir würden zusammen Football gucken, und er würde mir bei meinen Collegebewerbungen helfen und mir mit Rat und Tat zur Seite stehen, wann immer ich Unterstützung brauche. Und Mom hätte immer noch ihr breites, unbeschwertes Lächeln, das ich immer so bewundert habe. So lächelt sie heute nicht mehr.

Und was mich betrifft? Wäre ich ein anderer Mensch, wenn die Dinge anders gelaufen wären? Wenn mein eigener Vater nicht die Hand gegen mich erhoben hätte? Ich wäre glücklicher, keine Frage, es würde mir deutlich besser gehen. Ich hätte es nicht nötig, Zuflucht in Alkohol und Drogen zu suchen. Ich wäre nicht so leicht reizbar und hätte nicht all diesen angestauten Zorn in mir. Ich würde nicht Tag für Tag eine Show abziehen müssen, nur damit meine Geheimnisse nicht ans Licht kommen. Ich wäre nicht so rücksichtslos, so leichtsinnig. Ich wäre nicht auf Antidepressiva angewiesen. Ich wäre nicht der Tyler Bruce, als der ich mich ausgebe. Ich wäre einfach nur ich, Tyler, ein glücklicher und zufriedener Junge, der sein Leben genießt und nette Freunde hat und eine Freundin, die nicht Tiffani ist.

Aber all das hat Dad mir für immer genommen. Dad hat mir das Leben ruiniert.

Ich brauche Mom jetzt ganz dringend. Sie schafft es immer, dass ich mich besser fühle. Ganz gleich, wie sehr ich sie auch enttäusche, ganz gleich, wie viele Sorgen ich ihr bereite, sie ist stets für mich da. Sie versteht mich besser, als irgendein Mensch das jemals könnte, und ich kann auf sie zählen, wenn ich wieder einmal in einer von meinen düsteren Stimmungen versinke. Ich glaube, sie merkt noch nicht mal, wie sehr ich sie manchmal brauche.

Ich verlasse mein Zimmer und gehe nach unten, um mich auf die Suche nach ihr zu machen. Ich bin mir nicht sicher, ob sie überhaupt zu Hause ist, deshalb bin ich erleichtert, als ich sie in der Küche beim Saubermachen finde.

»Da bist du ja«, stellt Mom fest, als sie mich reinkommen hört, und dreht sich zu mir um. Zaghaft lächelt sie mir zu. Sie ist ein so positiver Mensch, immer hat sie ein Lächeln auf den Lippen, gibt nie die Hoffnung auf, es könnte mir zur Abwechslung einmal gut gehen. »Einen schönen Vierten Juli wünsche ich dir.«

»Mom …«, flüstere ich schwach, als ich ihrem Blick begegne. Meine Stimme bricht, Tränen sammeln sich in meinen Augenwinkeln. Dann fangen meine Lippen an zu beben, meine Schultern sacken nach unten, und ich lasse den Kopf hängen. Ich habe keine Kraft mehr.

»Ach Tyler«, sagt Mom und eilt auf mich zu. Sie kennt mich wirklich durch und durch. Ihr entgeht nicht der Schmerz in meinen Augen, so wie ich den plötzlichen Schmerz in ihren sehe. Im Grunde ist er auch bei ihr immer da, nur dass sie ihn ausnahmsweise einmal nicht hinter ihrer tapferen Miene zu verbergen versucht. Ohne zu zögern, schlingt sie die Arme um mich und zieht mich an sich, hüllt mich ein in ihre Liebe und die Geborgenheit ihres Körpers.

»Ich … ich halte das nicht mehr aus«, stammle ich mit schwacher, brüchiger Stimme. Die Worte bleiben mir in der Kehle stecken. Ich berge mein Gesicht an ihrer Schulter, während sie mich ganz fest an sich drückt, und ich gebe mir gar nicht erst die Mühe, die Tränen zurückzuhalten. Alle paar Monate erleide ich einen solchen Zusammenbruch, doch leider wird es auch mit der Zeit nicht leichter.

Mom hält mich fest in den Armen. Sie weint jetzt ebenfalls. Ich spüre, wie ihre Brust bebt, und sie schnieft leise. Eine Weile sagt sie kein Wort, aber das muss sie auch nicht.

Umarmen reicht völlig. Manchmal denke ich, dass ich einzig und allein aus dem Grund noch hier bin, weil ich für sie alles tue, um stark zu bleiben. Ich darf sie nicht noch mehr belasten als ohnehin schon.

»Ich verstehe das«, murmelt sie schließlich, doch in ihrer Stimme schwingt großer Schmerz mit. Sie zwingt die folgenden Worte über ihre Lippen, eins nach dem anderen. »Es ist in Ordnung, dass du dich so fühlst. Du hast jedes Recht dazu«, sagt sie und vergräbt ihr Gesicht tiefer an meinem Hals. »Manchmal wird eben alles zu viel.«

Plötzlich höre ich, wie die Haustür ins Schloss fällt und Dave aus dem Flur fröhlich ruft: »Ratet mal, wer heute früher Feierabend hat!«

Fast reflexartig mache ich mich von Mom los, auch wenn sie sich krampfhaft an mir festklammert. Sie ist die Einzige, in deren Gegenwart ich mich je verletzlich zeige. Hastig wische ich mir die Tränen aus den Augen, durchquere die Küche und atme dabei tief aus. Ich spüre, wie Mom mir mit dem Blick folgt, aber sie weiß genau, dass ich unmöglich bleiben kann. Ich schiebe die Terrassentür auf und trete hinaus ins Freie. Beim Pool lasse ich mich ins Gras fallen, kneife die Augen ganz fest zu und vergrabe das Gesicht in den Händen, um meinen Tränen endlich freien Lauf zu lassen.

Stunden später sitze ich eingezwängt auf dem Rücksitz von Moms Range Rover. Wir sind auf dem Weg nach Culver City, um uns das Feuerwerk zum Vierten Juli anzusehen. Nur leider ist mir überhaupt nicht nach Feiern zumute. Und es kommt noch schlimmer: Ausgerechnet Eden sitzt im Auto dicht neben mir. Ich bringe es nicht über mich, sie anzusehen. Nicht nach allem, was am Samstagabend passiert ist. Stattdessen starre ich zum Fenster hinaus und versuche, nicht auf ihren Arm zu achten, der den meinen berührt. Ich blende das alles aus. Und ich glaube, sie gibt sich auch redlich Mühe, mir die kalte Schulter zu zeigen. Schon bevor wir ins Auto gestiegen sind, sind wir nur verlegen umeinander herumgeschlichen und haben die Köpfe gesenkt gehalten, keiner wollte den anderen anschauen.

»Du hast ja auch Chucks, das wusste ich gar nicht«, höre ich sie auf halber Strecke leise sagen. Mom und Dave unterhalten sich vorne, doch keiner von uns denkt auch nur daran, sich an ihrem Gespräch zu beteiligen. Umso überraschter bin ich, Eden jetzt reden zu hören.

Ich drehe den Kopf vom Fenster weg und sehe sie von der Seite her an, begegne ihrem freundlichen, interessierten Blick. Sie sieht hübsch aus heute, aber das tut sie eigentlich immer. Für einen Sekundenbruchteil fällt mein Blick auf ihre Lippen, und ich muss den Kloß in meiner Kehle hinunterschlucken, um ein knappes »Ja« rauszuwürgen.

Sofort wende ich mich wieder dem Fenster zu, und ich könnte noch nicht mal sagen warum, aber mein Puls hat sich spürbar beschleunigt. Ich versuche mich ganz darauf zu konzentrieren, damit er sich wieder beruhigt, doch das ist gar nicht so einfach. Immer wieder wandern meine Gedanken zu ihr, und ich muss daran denken, wie sie mich am Samstagabend angesehen hat, wie sich ihr Mund angefühlt hat, wie sie geschmeckt hat, an ihre Hände auf meinem Körper. Ich schließe sogar für einen kurzen Moment die Augen und kneife sie ganz fest zu, um Eden aus meinem Kopf zu verbannen, doch es will mir einfach nicht gelingen. Schon gar nicht, wo sie unmittelbar neben mir sitzt und wir uns berühren.

Ich mag Culver City nicht mal besonders; trotzdem bin ich erleichtert, als wir endlich auf den Parkplatz der örtlichen Highschool fahren. Hier soll das Feuerwerk zum Vierten Juli stattfinden. Santa Monica veranstaltet schon seit Jahren kein eigenes mehr. Angeblich sei es zu gefährlich, die Raketen am Pier hochzuschießen, oder was ähnlich Bescheuertes. Das hat zur Folge, dass wir zu diesem Anlass jedes Mal woanders hinfahren müssen. In diesem Jahr haben wir uns also für Culver City entschieden, und wir sind definitiv nicht die Einzigen, die auf diese glorreiche Idee gekommen sind. Riesige Menschenmassen strömen über den Parkplatz, und kaum hat Mom den Wagen geparkt und den Motor abgestellt, schnalle ich mich ab und steige fluchtartig aus. Ich ertrage es nicht, Eden so nahe zu sein, und ich nehme an, dass es so lange peinlich bleiben wird, bis wir endlich über das, was am Wochenende zwischen uns passiert ist, gesprochen haben. Das ist der Grund, weshalb ich ein paar Schritte vor meiner »Familie« laufe, während wir der Menschenmenge über den Campus folgen. Das Feuerwerk wird, soviel ich weiß, über dem Footballfeld abgebrannt, und dort kommt man nur hin, wenn man einer Reihe von äußerst verwirrenden Schildern folgt, die einen durchs Schulgebäude lotsen.

»Wenn jemand von euren Freunden hier ist, könnt ihr sie suchen gehen«, sagt Mom und lässt den Blick zwischen Eden und mir hin und her wandern. Jamie und Chase sind noch nicht alt genug, um schon auf eigene Faust loszuziehen. »Wenn wir euch anschließend nicht finden, rufen wir auf dem Handy an, okay?«

»Und benehmt euch«, fügt Dave hastig hinzu und fixiert mich mit einem strengen Blick, als könnte ich inmitten von dieser riesigen Menge Ärger machen. Es ist nur ein verdammtes Feuerwerk. Was denkt er, was ich hier für Schaden anrichten kann?

»Ja, ja, machen wir«, antworte ich trotzdem und tue es mit einem Schulterzucken ab. Kaum haben wir ihr Einverständnis zu gehen, verliere ich keine Sekunde und mache mich aus dem Staub. Ich weiß nicht, ob tatsächlich Freunde von mir da sind – Tiffani ganz bestimmt nicht, zum Glück –, aber das spielt keine Rolle. Ich weigere mich, am Vierten Juli mit meinen Brüdern zusammen gesehen zu werden, deshalb schiebe ich mich durchs Gedränge und sehe zu, dass ich verschwinde. Mir macht es nichts aus, alleine zu sein. Manchmal ist mir das Alleinsein sogar lieber.

Als ich in die kühle, klare Luft hinaustrete, werde ich wieder einmal daran erinnert, weshalb ich den Vierten Juli so ätzend finde. Die ohrenbetäubende Musik, die grässlichen Blaskapellen, das laute Stimmengewirr. Hier tummeln sich Tausende von Menschen, die sich alle zusammen auf ein Footballfeld zwängen und sich an Ständen die Beine in den Bauch stehen, im grellen Licht der Scheinwerfer über dem Spielfeld, während der Himmel allmählich dunkler wird. Ich habe den widerlichen Gestank nach Fett von den Essensständen in der Nase. Immer wieder werde ich rücksichtslos gerempelt, während die Besuchermassen sich an mir vorbeidrängen. Nur ich weiß nicht, wo ich hin soll, deshalb bleibe ich einfach stehen, wo ich bin.

Plötzlich entdecke ich aus dem Augenwinkel Eden. Wie festgefroren steht sie da, genau wie ich, nur ein paar Schritte vor mir. Sie wirkt völlig verloren in der riesigen Menge. Mit großen Augen betrachtet sie die Szene vor ihr, und sie wirkt ähnlich begeistert wie ich. Hier herrscht viel zu viel Trubel, sie macht beinahe einen verängstigten Eindruck. Vielleicht sollte ich sie ansprechen. Ich bin allein. Sie ist allein. Jetzt wäre der perfekte Zeitpunkt, es hinter mich zu bringen. Wenn ich nicht jetzt mit ihr über diesen Kuss spreche, werde ich es wohl nie mehr tun. Ich bin supernervös, hole aber trotzdem tief Luft und schlängle mich zwischen den Menschenmassen zu ihr durch.

»Hätte dir gar nicht zugetraut, dass du ganz allein losziehst«, sage ich, als ich neben ihr stehe. Ich muss etwas lauter sprechen, weil um uns herum ein derartiger Lärmpegel herrscht. Eden wirft einen verunsicherten Blick zu mir. Sie wirkt wirklich ziemlich hilflos und verloren, aber ich finde das irgendwie süß. »Jetzt können wir reden.«

»Jetzt?«, fragt Eden erstaunt. Ihr Blick huscht über die Menge, das rege Treiben auf dem Spielfeld.

»Ich meine ja nicht hier«, sage ich. Das Gespräch, das uns bevorsteht, sollten wir auf keinen Fall in der Öffentlichkeit führen. Dazu müssen wir unter uns sein, an einem Ort, wo wir ungestört sind. »Komm mit.« Ich will nach ihrem Ellbogen greifen und sie mit mir ziehen, irgendwohin, wo wir unsere Ruhe haben, aber dann wage ich es doch nicht, sie anzufassen, und halte den Kopf gesenkt. Ich habe nicht die leiseste Ahnung, wie sie zu diesem Kuss steht, und bis ich es weiß, komme ich ihr besser nicht zu nahe. Allerdings fällt es mir schwer, mich zurückzuhalten.

Ich mache kehrt und kämpfe mich gegen den Menschenstrom zurück zum Schulgebäude durch. Dabei flehe ich innerlich, Eden möge mir folgen. Im schlimmsten Fall kümmert sie das alles einen Dreck, aber ich glaube, sie hinter mir zu spüren. Ich kann also wohl davon ausgehen, dass ihr der Kuss zumindest genügend bedeutet hat, um zu einem Gespräch mit mir bereit zu sein.

Im Inneren des Schulgebäudes bleibt mir keine Wahl, als die vielen Schilder mit der Aufschrift ZUTRITT VERBOTEN zu ignorieren, die an den Wänden der für die Feuerwerks-Besucher gesperrten Flure hängen. Ich muss mit Eden reden, das dürfen wir nicht länger aufschieben. Vielleicht finden wir ja ein Klassenzimmer oder etwas Ähnliches. Einen ruhigen Ort, abseits der Feierlichkeiten zum Vierten Juli. Deshalb biege ich trotz der Schilder in den erstbesten Flur ab, der mir unterkommt. Ich höre, wie Eden mir folgt, aber sie sagt kein Wort. Vielleicht sind ihr die Verbotsschilder gar nicht aufgefallen. Der Flur ist sehr lang, ich marschiere ganz bis zum Ende, und plötzlich sind wir von angespannter Stille umgeben. Die Musik von draußen ist kaum noch zu hören, das alles rückt plötzlich in weite Ferne und bildet nur noch eine unbedeutende Kulisse. Hier drinnen brennt kein Licht, eine Weile starre ich schweigend an die Wand und versuche, meine Gedanken zu sortieren.

Ganz langsam wende ich Eden mein Gesicht zu. Mit ihren großen braunen Augen, die immer ein wenig verunsichert wirken, sieht sie mich abwartend an. Ich glaube nicht, dass ich sie je so eingeschüchtert gesehen habe. Gott, wo soll ich bloß anfangen? Plötzlich habe ich einen Kloß im Hals, und ich beschließe, dass es keinen Sinn hat, lange um den heißen Brei herumzureden. Es muss einfach raus: »Was zum Geier ist da am Samstag passiert?«

»Ich weiß es nicht«, erwidert Eden stockend. Vielleicht war ihr dieses Gespräch genauso ein Bedürfnis wie mir, denn plötzlich sprudeln die Worte aus ihr heraus, sie redet wie ein Wasserfall, noch schneller als am Samstagabend. »Es tut mir leid. Du warst nur so … du hast mich so genervt, und ich wollte nicht, dass du wieder Drogen kaufst, und da … da habe ich es einfach getan. Ich wollte es nicht.« Sie legt eine kurze Pause ein, um Luft zu holen. Ihre Stimme ist heiser und abgehackt, keines ihrer Worte klingt richtig. »Es tut mir leid, okay? Es ist wirklich verrückt, und ich fühle mich mies deswegen. Wir müssen einfach so tun, als wäre es nie passiert.«

So tun, als wäre es nicht passiert? Autsch. Ich hätte wissen sollen, dass es für sie nur ein Ausrutscher war. Ich hätte wissen müssen, dass ein Mädchen wie Eden sich nicht die Bohne für einen Kerl wie mich interessiert, und das nicht nur, weil wir Stiefgeschwister sind. Ihre Entschuldigung tut weh. »Ich wünschte, ich könnte dasselbe von mir sagen«, entgegne ich und vergrabe die Hände in den Hosentaschen.

»Was?«

»Ich habe dich auch geküsst«, rufe ich ihr in Erinnerung. Ich habe den Kuss erwidert, weil mir gar nicht klar gewesen war, wie sehr ich das gewollt hatte. Ich habe den Kuss erwidert, weil ich nicht genug von ihr kriegen kann. Ich habe den

Kuss erwidert, weil ich sie mag. Dass sie mich geküsst hat, mag ein einmaliger Ausrutscher gewesen sein, aber ich habe sie mit voller Absicht geküsst. »Und ich werde mich dafür nicht entschuldigen.«

Eden starrt mich mit offenem Mund an. »Warum nicht?«

Einen Augenblick betrachte ich ihre Züge und sehe zu, wie ein verwunderter Ausdruck in ihren nervösen Blick tritt. Im Licht der letzten Sonnenstrahlen, die durchs Fenster dringen und genau im richtigen Winkel auf ihr Gesicht treffen, wirkt sie so rein und unschuldig. Soll ich ihr den wahren Grund verraten? Unter dem Strich habe ich nichts zu verlieren. Ich sollte es ihr sagen, denn wenn ich es nicht tue, werde ich es später vielleicht bereuen. Möglicherweise bekomme ich nie wieder eine solche Chance. »Weil ich genau wusste, was ich tue«, sage ich schließlich.

»Warum hast du es getan?«, fragt sie leise und mit angehaltenem Atem, ihre Stimme nicht viel mehr als ein Flüstern. Sie wirkt nervös. Das merke ich daran, dass ihr Atem nur noch ganz flach geht und sie auch nicht mehr blinzelt.

»Weil ich es so sehr wollte, verdammt noch mal«, schleudere ich ihr ohne lange nachzudenken entgegen. Ich wende mich von ihr ab und stütze mich seufzend an der Wand ab. Es ist wahr. Ich wollte sie unbedingt küssen; das war mir nur nicht klar, bis sie ihre Lippen auf meine gepresst hat. Deshalb hatte ich immer so ein komisches Gefühl, wenn ich sie wieder einmal einen Augenblick zu lange angestarrt habe. Deswegen habe ich mich so für sie interessiert.

»Du wolltest es?«, wiederholt Eden. Das Echo ihrer Stimme hallt durch den Flur. Es fühlt sich an, als wären wir weit weg von allem um uns herum. »Was redest du denn da?«

»Du willst die Wahrheit? Ich rede davon, dass ich verdammt noch mal auf dich stehe, Eden. Klar?« Mit diesen Worten drehe ich mich wieder zu ihr um, sehe, wie sich ihre Augen weiten. Plötzlich bin ich schrecklich aufgebracht, ich bin richtig wütend auf sie. »Und ich weiß, das sollte nicht so sein, weil du meine verdammte Stiefschwester bist, aber ich kann nichts dagegen tun. Es ist total bescheuert, und ich weiß, dass du nicht das Gleiche empfindest, weil du dich für Samstag entschuldigt hast. Ach, Scheiße.« Warum war es für sie nur ein verdammter Fehler? Es tut immer noch irre weh, ich wünschte wirklich, es würde mir nicht so viel ausmachen. Scheiße, Tyler Bruce weiß doch gar nicht, was eine Abfuhr ist. Aber ich nehme an, im Moment bin ich einfach nur ich. Und *mich* lässt das nicht kalt. »Ich wünschte wirklich, du hättest dich nicht entschuldigt«, sage ich leise und weiche ihrem Blick aus. »Sich zu entschuldigen heißt nämlich, dass man es bereut.«

Eden sagt kein Wort mehr. Ich kann ihre Gedanken nicht lesen, aber ich bin mir auch nicht sicher, ob ich es wirklich wissen will. Wenn sie mich schon vorher nicht mochte, bin ich jetzt vermutlich noch mehr unten durch bei ihr. Dann bin ich jetzt der abartige ältere Stiefbruder, der auf sie steht, und dann redet sie wahrscheinlich nie wieder ein Wort mit mir. »Ich dachte, du hasst mich«, bringt sie nach einer Weile hervor. Es ist nicht ganz das, was ich erwartet hatte.

»Es gibt eine Menge Leute, die ich hasse, aber du gehörst nicht dazu«, versichere ich ihr. Dann hat Tyler Bruce seine Rolle als Arschloch also doch überzeugend gespielt. »Ich hasse es höchstens, dass ich mich so zu dir hingezogen fühle.«

»Hör auf«, sagt Eden. Kopfschüttelnd schließt sie für einen Moment die Augen und weicht sogar einen Schritt vor mir zurück. »Du bist mein Stiefbruder, so etwas darfst du nicht sagen.«

»Wer macht denn diese beschissenen Regeln?« Ich wende den Blick zum Fenster und betrachte die Menschenmenge unten auf dem Footballfeld. Sie alle sind Fremde für mich, genau wie Eden. Dann sehe ich sie wieder an, ich werde immer frustrierter, doch Eden starrt mich nach wie vor verunsichert an. »Vor drei Wochen wusste ich nicht einmal, wer du bist. Ich sehe dich nicht einmal als meine Schwester, okay? Für mich bist du einfach irgendein Mädchen. Das ist doch einfach nicht fair, uns als Geschwister zu bezeichnen.«

»Du hast eine Freundin«, flüstert sie. Sie weicht noch weiter zurück und wird immer bleicher. Sie sieht aus, als müsste sie sich jeden Moment übergeben. »Tiffani ist deine Freundin.«

»Aber das will ich doch gar nicht!« Ich hatte nicht die Absicht, sie anzuschreien, aber sie scheint es einfach nicht zu verstehen. Ich habe gar keine andere Wahl, als mit Tiffani zusammen zu sein, schon gar nicht jetzt. Ich bin nicht sauer auf Eden. Ich bin wütend auf Tiffani, auf mich selbst, auf die ganze Scheißsituation. »Ich will nicht mit Tiffani zusammen sein, klar? Verstehst du das nicht? Sie ist auch nur eine Ablenkung.«

»Oh, verdammt, was hast du nur immer mit deinen Ablenkungen?«, will Eden wissen und wirft abwehrend die Hände hoch. Plötzlich wirkt sie selbst ziemlich aufgebracht. Wir stehen uns auf diesem Flur gegenüber und brüllen uns gegenseitig an.

»GAR NICHTS.« Ich atme kurz durch, versuche, mich zu beruhigen und senke meine Stimme wieder. Das ist doch bescheuert. Ich verschwende mit dieser Diskussion nur meine Zeit. Ehrlich, die Sache ist mir unsagbar *peinlich*, ich will nur noch weg von Eden. Ich fasse es nicht, dass ich auch nur den Funken einer Hoffnung hatte, der Kuss könnte ihr genauso viel bedeutet haben wie mir. Da versuche ich ausnahmsweise einmal ehrlich zu sein, und schon geht das nach hinten los. Jetzt bereue ich es zutiefst. Da ist es einfacher, seine Geheimnisse für sich zu behalten. »Ich habe gesagt, was ich zu sagen hatte. Du weißt, wie ich über dich denke, und du hast klargemacht, dass es dir anders geht. Ich bin fertig.« Damit schiebe ich mich an ihr vorbei, vergrabe beide Hände in den

Haaren und ziehe an den Spitzen, während ich noch murmle: »Viel Spaß mit dem Scheißfeuerwerk.«

Ich habe mich total zum Affen gemacht, was für eine fürchterliche Blamage. Jetzt stehe ich da wie ein verdammter Idiot. Ich wage es nicht, sie anzusehen. Wir können unmöglich weiter im gleichen Haus wohnen, weil wir uns dort unvermeidlich über den Weg laufen werden. Das wird nicht mehr zum Aushalten sein. Sie *weiß* jetzt, dass ich auf sie stehe.

»Warte«, sagt Eden. Sofort bleibe ich stehen, weil neue Hoffnung in mir aufkeimt. *Bitte, bitte sag mir, dass du es nicht bereust*. Ich schaffe es nicht, mich zu ihr umzudrehen und sie anzusehen, aber ich lausche angespannt und bete, sie möge etwas sagen, für das sich das Warten lohnt. Sekunden später durchdringt ihre rauchige Stimme die Stille, als sie sagt: »Du hast mir gar nicht die Gelegenheit gegeben, dir zu sagen, dass ich dich interessant finde.«

Kapitel 35

Fünf Jahre zuvor

Am Montag beim Mittagessen streiten sich meine Freunde darum, wer als Erster auf meinem Gips unterschreiben darf, als ich vom Krankenhaus in die Schule komme. Wir sitzen in der Cafeteria um den üblichen Tisch versammelt, und ein schwarzer Edding wird herumgereicht. Meghan beugt sich gerade über meinen eingegipsten Arm, mit herausgestreckter Zungenspitze, und malt mit höchster Konzentration hübsche schnörkelige Blumen um ihren Namenszug herum. Mir wäre es eigentlich lieber, sie würde das lassen, weil es einfach peinlich aussieht, aber ich halte die Klappe und lasse sie ihr Ding machen. Immerhin sind Blumen besser als das Selbstporträt, an dem Rachael sich versucht hat.

»Ich bin dran«, ruft Jake und stibitzt Meghan den Edding aus der Hand. Er sitzt im Schneidersitz auf dem Tisch und beugt sich als Nächster über meinen Gips.

»Aber schreib bitte nichts Blödes«, warne ich ihn. Das letzte Mal hat er nämlich ein Paar Brüste draufgemalt, die Mom dann schwarz übermalt hat, als ich nach Hause kam. Danach war der Gips total versaut. Diesmal möchte ich aber, dass er einfach nur cool aussieht. Es ist nämlich hoffentlich der letzte Gips, den ich je tragen muss.

Es ist drei Nächte her, seit Dad die Hand gegen mich erhoben hat. Seit dem Moment, da er mir geschworen hat, mir nie wieder wehzutun, hat er mich tatsächlich nicht mehr angefasst. Das ganze Wochenende lang habe ich ihn genau im

Auge behalten, und mir ist aufgefallen, dass er sich bewusst von mir ferngehalten hat. Außerdem überlegt er es sich neuerdings gut, bevor er den Mund aufmacht. Er erwartet zwar immer noch von mir, dass ich ununterbrochen für die Schule büffle, was ich auch tue, doch selbst als er sich gestern Abend über mich geärgert hat, ist er mir einfach nur aus dem Weg gegangen.

Ich denke, diesmal war es das wirklich. Ich denke, die schlimmen Abende, die *richtig* schlimmen Abende … ich glaube, sie liegen ein für alle Mal hinter mir. Ich bin mir so gut wie sicher, dass es vorbei ist. Vielleicht hält er sich diesmal zur Abwechslung wirklich an sein Versprechen. Dann ist alles wieder wie früher, so wie es eigentlich sein sollte, und dann hilft er mir bei den Hausaufgaben, guckt mit mir zusammen fern, spielt draußen im Garten mit mir … und benimmt sich endlich wie ein richtiger Vater, der seinen Sohn liebt.

Ich bin voller Hoffnung. Man könnte fast sagen, dass ich … *glücklich* bin. Zwar nicht zu hundert Prozent, aber glücklicher als seit Langem.

»So, fertig«, sagt Jake. Er hat ein höhnisches Grinsen auf den Lippen, als er sich zufrieden zurücklehnt. Ich werfe einen Blick auf den Gips, und ganz ehrlich, ich kann beim besten Willen nicht erkennen, was er da gemalt hat. Es sieht aus wie eine Art Teufel, und darunter hat er die folgenden Worte gekritzelt: *Vergiss nicht, Jake ist viel cooler als du*. Mich wundert das überhaupt nicht, und ganz bestimmt lasse ich mir davon nicht die Laune vermiesen.

»Nett«, sage ich und grinse ihn an. Das Lachen vergeht ihm, als wäre er enttäuscht, dass ich nicht mit meinem Mittagessen nach ihm werfe. Ich nehme ihm den Stift aus der Hand und reiche ihn an Dean weiter. »Willst du auch unterschreiben?«

»Klar«, meint Dean. Er rutscht näher zu mir heran, nimmt

den Stift und sucht sich eine freie Stelle auf dem Gips. Während er etwas schreibt, fragt er. »Wie hast du es eigentlich geschafft, dir die Hand ein *zweites* Mal zu brechen?«

»Du weißt schon, dass du es hier mit Tyler zu tun hast?«, mischt Rachael sich ein und sieht Dean augenrollend an. »Solche Unfälle sind doch total typisch für ihn.«

»Tja, leider, so ist es«, pflichte ich ihr lachend bei. Wenn die wüssten … mit meiner Tollpatschigkeit ist es nun endgültig vorbei. Keine Beulen, keine Schrammen und keine blauen Flecken mehr. Keine Ausflüchte. Keine Lügen mehr.

Dean ist fertig mit Unterschreiben. Er hat seinen Namen hinterlassen, und darunter steht *Gute Besserung*. Keine Brüste, keine Teufel. Für so etwas ist Dean viel zu nett. Ich sehe mich am Tisch um und stelle fest, dass alle auf meinem Gips unterschrieben haben bis auf eine: das neue Mädchen, diese Tiffani. Wobei, so neu ist sie auch nicht mehr. Seit mehreren Wochen sitzt sie jetzt schon mittags bei uns. Schweigend sieht sie uns vom anderen Ende des Tisches aus zu und kaut auf ihrer Lippe herum.

Ich sehe sie unverhohlen an, halte meinen Arm hoch und lächle ihr leicht zu. »Willst du auch unterschreiben?«

»Möchtest du das?«, fragt Tiffani und reißt verblüfft die Augen auf. Offenbar hat sie nicht erwartet, dass ich sie darum bitten würde. Aber ich denke, sie betrachtet uns als ihre Freunde, da wäre es doch total gemein, sie nicht auch zu fragen.

»Jepp.« Ich nehme Dean den Stift ab und strecke mich über den Tisch, um ihn ihr zu geben. Sie nimmt ihn mir ab und steht auf. Entschlossen sammelt sie ihre Tasche auf, umrundet den Tisch und setzt sich zu mir. Die Haare fallen ihr ins Gesicht, als sie ihren Namen schreibt, einfach nur Tiff mit einem kleinen Herzen daneben. Dann lässt sie den Stift fallen, greift in ihre Tasche und holt einen Lippenstift heraus. Wir sehen ihr alle schweigend und mit großen Augen dabei zu, wie sie sich die Lippen dunkelrosa schminkt. Im nächsten Moment greift sie mit beiden Händen nach meinem Gips und hebt ihn hoch. Sie drückt einen Kuss darauf, direkt über ihren Namen, und sieht mich mit ihren blauen Augen an.

»Einzigartig«, sagt sie lächelnd und legt meinen Arm wieder ab. »Genau wie ich.«

»Hey«, ruft Jake ihr über den Tisch zu. »Ich glaube, mit meinen Lippen ist was nicht in Ordnung. Kannst du da auch drauf unterschreiben?«

Kapitel 36

Gegenwart

Mit einem lauten Knall erstrahlt der Himmel draußen in den buntesten Farben, pink und blau, grün und gelb. Das Feuerwerk hat offiziell begonnen. Schweigend wenden Eden und ich die Köpfe zu dem großen Fenster, hinter dem das Footballfeld mit den ausgelassen feiernden Menschenmassen liegt. Der farbige Lichtschein erhellt den Flur, einzelne helle Blitze leuchten in unseren Augen auf, und doch habe ich nicht den Nerv, mich auf das farbenprächtige Schauspiel draußen zu konzentrieren. Nein, ich habe nur Augen für Eden. Ihre braunen Augen, in denen ein rötliches Glimmen liegt, funkeln mir aus der Dunkelheit entgegen. Habe ich das gerade eben wirklich richtig verstanden?

»Interessant?«, wiederhole ich. Das Wort fühlt sich fremd an auf meiner Zunge. Ich habe mich selbst nie als interessanten Menschen gesehen, und es war ganz bestimmt nicht das, was ich hören wollte. Mir wird plötzlich schwer ums Herz. »Das ist alles, was du dazu sagen kannst?«

»Wir verpassen das Feuerwerk«, flüstert Eden schwach. Sie schafft es nicht, mich weiter anzusehen. Stattdessen starrt sie aus dem Fenster und sieht zu, wie die Welt um uns herum ohne uns feiert.

»Das Feuerwerk ist mir egal«, fahre ich sie an. Wie kann sie jetzt an dieses Feuerwerk denken? Es gibt Wichtigeres zu besprechen. Zum Beispiel könnte sie mir erklären, was genau sie damit meint, wenn sie sagt, sie findet mich interessant.

»Interessant? Willst du mich verarschen?« Was für ein herber Schlag. Ich hatte mir wirklich etwas Besseres erwartet.

»Deine Mauern«, sagt sie mit wackelnder Stimme. Hat sie jetzt wieder Angst vor mir? Liegt es daran, dass ich wütend geworden bin? Oder fürchtet sie sich vor der eigenen Courage? »Deine Mauern interessieren mich.«

Mein Herz setzt einen Schlag aus. *Ach du Scheiße.* »Keine Ahnung, wovon du redest«, flunkere ich, aber es klingt alles andere als überzeugend.

»Bis gerade war mir das selbst nicht bewusst«, fährt sie fort. Nervös kaut sie auf der Innenseite ihrer Wange herum, während sie betreten auf ihre Fußspitzen guckt. Es kommt mir fast so vor, als müsste sie das im Geiste erst einmal durchspielen und ihre Gedanken sortieren. Schließlich sieht sie mich wieder an. »Du hast Mauern errichtet, und die interessieren mich.«

»Weißt du was? Das ist mir egal«, wehre ich ab. Sie kann mich nicht durchschauen. All die Jahre ist es mir gelungen, mich nicht von irgendwem zerpflücken und analysieren zu lassen, und der Gedanke, Eden könnte die Risse in meiner Fassade bemerkt haben, ist für mich unerträglich. »Denk doch über mich, was du willst.«

»Was ich will?«, wiederholt sie, ihre Stimme deutlich schärfer, als wäre sie plötzlich wieder die Eden, die mich herausfordert, die Eden, die keine Angst davor hat, mich mit der Wahrheit zu konfrontieren. »Ich denke, dass du mich rasend machst«, fängt sie an und kneift die Augen zusammen. »Ich denke, dass du ein arroganter Vollidiot bist, der nie einfach mal nett zu jemandem sein kann, weil das nicht zu deiner großen Show passt.«

Offenbar habe ich mir bei meiner Darstellung von Tyler Bruce einmal zu oft einen Schnitzer erlaubt, weil sie mich, wie es aussieht, restlos durchschaut hat. Sie weiß, dass das alles nur ein großes Täuschungsmanöver ist. Sie weiß, dass das nicht ich bin, aber ich möchte, dass sie es denkt. Ich will nicht, dass sie je herausfindet, wie schwach und kaputt ich in Wirklichkeit bin. »Du hast keine Ahnung, was du da sagst«, erkläre ich. *Sie liegt komplett falsch*.

»Lass mich ausreden«, fährt sie mich an und atmet scharf ein. »Außerdem glaube ich, dass du ein Hornochse bist. Dein Ego ist so groß, dass es kaum in deinen Kopf passt, und du glaubst, dass du mit dieser Harter-Kerl-Nummer cool aussiehst. Aber mal ehrlich, das ist einfach nur peinlich.«

Hör verflucht noch mal endlich auf, das über mich zu sagen! Um ein Haar schreie ich ihr diese Worte mitten ins Gesicht, aber ich beiße mir auf die Zunge und schlucke sie hinunter, damit mein Ärger sich nicht Bahn bricht. Ich gestehe ihr, dass ich mich zu ihr hingezogen fühle, und ihr fällt nichts Besseres ein, als mir so etwas Banales vor den Latz zu knallen. Das tut weh. Ich hätte verschwinden sollen, solange ich noch die Gelegenheit dazu hatte. »Alles klar. Jetzt komme ich mir wie der letzte Idiot vor, nachdem ich mit dir hergekommen bin, um dir zu sagen, dass ich mich zu dir hingezogen fühle. Du hättest mich ruhig leichter vom Haken lassen können.«

Sie presst die Lippen zusammen, und ihre Augen zucken leicht, als sie sie verengt. »Ich dachte, so ein harter Kerl wie du könnte das vertragen.«

Sie fordert mich erneut heraus. Ich schiebe die Hände in die Hosentaschen, richte den Blick zum Fenster und lasse mir ihre Worte durch den Kopf gehen. Immer noch erhellt das Feuerwerk den nächtlichen Himmel, schweigend sehe ich zu und lausche auf das Knallen und Knistern der Raketen. Vielleicht gefällt mir die Vorstellung, Eden könnte mich durchschaut haben, insgeheim sogar. Ein erschreckender Gedanke, wenn ein anderer deine dunkelsten Geheimnisse kennt, aber ein winziger Teil von mir bettelt geradezu darum. Verzweifelt wehre ich mich die ganze Zeit dagegen, stoße die Leute zurück, doch tief in meinem Innersten möchte ich doch nur, dass mich endlich jemand versteht. Wünsche mir jemanden, der mir sagt, dass alles wieder gut wird, irgendwann. Jemanden, der mir versichert, dass *ich* wieder in Ordnung komme. Ich sehe mich über die Schulter zu Eden um. »Und ich dachte, du hättest inzwischen kapiert, dass ich in Wirklichkeit gar nicht so hart bin«, flüstere ich. Das bin ich. Das ist Tyler.

Eden sieht mich unentwegt an. Es liegen mehrere Meter Abstand zwischen uns, aber durch die Stille hindurch scheint sie mitten in mich hineinzuschauen. Immer noch blitzt das Feuerwerk in den leuchtendsten Farben auf und spiegelt sich in ihren Augen wider. Die unterschiedlichsten Emotionen zeichnen sich in ihrem Blick ab. Erst Verwirrung. Dann Überraschung. Und schließlich eine Angst, die ich nur allzu gut kenne. Es ist dieselbe Angst, die mich am Samstagabend gepackt hat, nachdem mir bewusst geworden ist, dass ich meine Stiefschwester nicht nur geküsst habe, sondern noch dazu auf sie stehe.

»Ich glaube«, flüstert sie, »dass ich auch auf dich stehe.«

Was? Diesmal bleibt mein Herz wirklich stehen. Ich drehe mich vom Fenster weg und wende mich Eden ganz zu. Ich bin überrascht, doch gleichzeitig stürmen sofort wieder Zweifel auf mich ein. »Wirklich?«, frage ich ungläubig, doch meine eigene Stimme klingt vollkommen fremd in meinen Ohren.

»Wirklich«, bestätigt sie. Sie kneift für einen kurzen Moment die Augen zu, und ich merke, wie sie schluckt. »Tut mir leid.«

»Hör auf, dich zu entschuldigen«, bitte ich sie. *Warum entschuldigt sie sich jetzt?* Das ist doch genau das, was ich hören wollte. Aber irgendwie wirkt sie vollkommen eingeschüchtert. Sicher, es ist nicht einfach, sich mit dieser Erkenntnis abzufinden, aber ich bin bereit, das zu akzeptieren. Ich hoffe, ihr gelingt es auch. Langsam gehe ich auf sie zu und bleibe nur wenige Zentimeter vor ihr stehen. »Ich will nicht, dass du etwas bereust.«

Ruckartig hebt sie den Blick und begegnet meinem. Ich sehe ihr tief in die Augen, betrachte die vielen Farben, die sich darin spiegeln. Wie gerne würde ich sie noch einmal küssen. Ich sterbe, so sehr sehne ich mich nach einem Kuss von ihr. Behutsam strecke ich die Hand nach ihr aus, berühre sie sanft am Ellbogen und streiche mit den Fingerspitzen zärtlich ihren Arm entlang bis hinunter zum Handgelenk. Dann lege ich ihr die Hand auf die Taille.

»Was passiert hier gerade?«, flüstert Eden. Sie zittert unter meiner Berührung. Regungslos steht sie da, sie wagt es kaum zu atmen. Offenbar gelingt es ihr nicht, mir in die Augen zu sehen, stattdessen scheint sie das Feuerwerk zu bewundern. Ich streiche in kreisenden Bewegungen mit dem Daumen über ihre Hüfte und lasse sie nicht mehr aus den Augen. Ich spüre, wie das Adrenalin in unseren Adern rauscht. Sie will es auch. Langsam bewege ich meinen Mund an ihr Kinn und streife mit den Lippen über ihre so unsagbar weiche Haut. Die Berührung ist warm und tröstlich, ich küsse jeden Zentimeter ihres Gesichts vom Kinn bis zu ihren Lippen. An ihrem Mundwinkel angekommen halte ich inne.

Die zerbrechliche Stille scheint viel zu kostbar, um sie zu stören, aber ich zwinge mich dennoch zu flüstern: »Ich möchte dich küssen.«

»Aber du bist mein Stiefbruder.« Ihre Stimme ist kaum hörbar, zwischen zwei Atemzügen presst sie diese Worte hervor. Sie ist wie erstarrt, ich bin ihr so unglaublich nah.

»Denk einfach nicht daran«, sage ich, und dann halte ich es nicht länger aus. Mit meinen Lippen versiegle ich ihren perfekten Mund.

Ich küsse sie, wie ich noch nie zuvor einen anderen Menschen geküsst habe. Ich küsse sie so sanft, so zärtlich, genieße aufs Neue die Berührung unserer Lippen, und ich glaube nicht, dass ich davon je genug kriegen werde. Ich blende alles um mich herum aus. Bekomme nichts mehr mit von dem Feuerwerk. Höre nicht die Stimme, die in der Ferne etwas ruft. Ich konzentriere mich voll und ganz auf diesen Moment, auf mein Herz, das von innen gegen meinen Brustkorb hämmert, auf Eden. Entschlossen ziehe ich sie an mich, küsse sie leidenschaftlicher, werde fordernder. Ich möchte jeden Zentimeter ihres Körpers erkunden, meine Hände hören nicht auf, sie zu berühren. Ich habe die Finger in ihren Haaren vergraben, dann wieder wandern sie an ihrem Rücken hinab bis zu ihrem Kreuz. Ich ziehe sie an mich, bis ihr Körper perfekt an meinen geschmiegt ist. Mein Puls rast, als stünde ich unter Strom, mir dreht sich der Kopf. Sie überlässt mir die volle Kontrolle, ihre Bewegungen sind synchron mit meinen, bis ich das Tempo wieder etwas drossle. Ich führe die Fingerspitzen an ihr Kinn und hebe es an, damit ich sie noch inniger küssen kann. Gott, es ist einfach überwältigend schön.

»Also gut, Schluss jetzt«, ruft die Stimme im Hintergrund und durchdringt endlich die Blase, in die ich eingehüllt bin. Die jähe Unterbrechung bringt sie zum Platzen. Selbst Eden versteift sich schlagartig in meinen Armen. »Hört gefälligst auf damit.«

»Verdammt«, zische ich, während ich mich widerstrebend von Eden löse. Der Moment ist ohnehin ruiniert. Ich nehme die Hände von ihrer Taille und fahre mir damit durch die Haare, während ich mich zu dem Arschloch umdrehe, das es wagt, uns zu stören. Es ist ein Cop. Der Mann starrt uns wütend an und mustert uns mit einem scharfen Blick. Trotzig verschränke ich die Arme vor der Brust und halte seinem Blick stand. Die Veränderung vollzieht sich so schnell und fast unmerklich, dass ich erst wahrnehme, dass ich jetzt wieder die Tyler-Bruce-Maske aufgesetzt habe, als ich mich selbst knurren höre: »Haben Sie ein Problem?«

»Ihr habt hier keinen Zutritt«, stellt der Officer sachlich und mit einer gewissen Strenge fest. Misstrauisch mustert er erst mich, dann Eden von oben bis unten.

»Keinen Zutritt?«, wiederhole ich. Will der mich verarschen? Was soll das hier werden, treibt er seine beschissenen Machtspielchen mit uns? »Haben Sie echt nichts Besseres zu tun? Zum Beispiel die beiden Besoffenen zu trennen, die sich da unten auf dem Spielfeld prügeln?« Ich nicke in Richtung Fenster, wo sich die Massen tummeln und das Feuerwerk den Himmel immer noch in einen bunten Reigen von Farben verwandelt. Wir haben den Vierten Juli. Ich bin mir sicher, dass es da schwerwiegendere Vergehen gibt, gegen die man vorgehen könnte.

»Jetzt reicht's aber«, blafft der Mann mich an. Er stemmt die Hände in die Hüften und hakt seine Daumen am Gürtel fest. »Diese Schule ist bis auf die ausgeschilderten Bereiche gesperrt. Ihr seid unbefugt hier, und ihr habt jetzt genau eine Chance, von allein zu verschwinden, bevor ich euch Beine mache.«

»Bevor Sie uns Beine machen?« Ich muss fast lachen. Will er mir etwa drohen, mich hier rauszuschleifen? So schlimm ist das doch auch wieder nicht. »Können Sie uns noch eine Minute geben? Wir gehen ja gleich, aber Sie haben uns da gerade bei etwas unterbrochen …«

»Komm schon, Tyler«, raunt Eden mir zu. Sie zerrt am Zipfel meines T-Shirts und fleht mich im Stillen an, es bleiben zu lassen und einfach zu verschwinden, doch Tyler Bruce gibt so schnell nicht auf. Unbeirrt bleibe ich stehen und wehre mich dagegen, mich von ihr fortzerren zu lassen.

»Ja, den Eindruck hatte ich allerdings auch«, bemerkt der Officer und schaut missbilligend von einem zum anderen. Seine Stimme trieft vor Sarkasmus. Hat er uns etwa die ganze Zeit beobachtet? Was für ein Perversling. »Ich will nicht mit euch diskutieren«, sagt er. »Ich will nur, dass ihr von hier verschwindet, und zwar plötzlich. Stiehl mir lieber nicht die Zeit, Söhnchen.«

»Das ist ein Flur, verdammt noch mal«, rufe ich und nehme entnervt die Hände hoch. Das ist doch totaler Mist. Ich werde gehen, aber erst, wenn ich zu Ende gebracht habe, was Eden und ich begonnen haben. Nicht bevor ich sie noch einmal ohne weitere Störungen geküsst habe. »Wir schleichen doch nicht ums Weiße Haus rum oder so. Lassen Sie uns doch fünf Minuten.«

»Verstehst du kein Nein?«, faucht der Cop, sichtlich erbost über meine Widerspenstigkeit. »Hat dir dein alter Herr keinen Gehorsam beigebracht?«

Und da passiert es: Mir platzt der Kragen. »Was sind Sie denn für ein beschissenes Arschloch?«, zische ich giftig und mache mit seitlich geballten Fäusten einen Schritt auf ihn zu. Wäre er kein Polizist, würde ich ihm eine ordentliche Abreibung verpassen. Für wen hält er sich? Gehorsam ist das Einzige, das Dad mir je eingebläut hat.

»Also gut, das war's«, raunzt der Officer und löst die Handschellen von seinem Gürtel. »Ich habe dich aufgefordert zu gehen, aber du widersetzt dich meinen Anweisungen, und dein Benehmen ist äußerst unangemessen. Hiermit nehme ich dich nach Paragraf 602 fest.«

Scheiße. Das ist jetzt nicht wahr. Ich sollte mich doch eigentlich bedeckt halten, nicht auf dem Radar der Polizei erscheinen, nicht von mir reden machen. Aus dem Augenwinkel sehe ich, wie Eden schockiert den Mund öffnet, und im selben Moment sagt der Polizist zu ihr: »Und dich auch.«

Kapitel 37

Fünf Jahre zuvor

Als Hugh mich am Freitag nach der Schule zu Hause absetzt und ich in die Küche komme, sitzt Dad allein am Tisch. Normalerweise bringt er keine Arbeit mit heim, wenn er sich einen Nachmittag frei nimmt. Doch heute ist der Tisch voll mit Ordnern und Unterlagen, Stiften und becherweise Kaffee. Mit gelockerter Krawatte sitzt Dad vornübergebeugt da, den Ellbogen auf die Tischplatte gestemmt und eine Hand in den Haaren vergraben, während er mit der anderen ein Blatt Papier hochhält, das er genauestens betrachtet.

Im Haus ist alles still. Jamie und Chase sind vermutlich oben. Seit Dad die PlayStation 2 in ihrem Zimmer aufgebaut hat, sind sie süchtig nach Videospielen.

Ich ziehe einen Stuhl heraus und setze mich Dad gegenüber an den Tisch. Es ist jetzt genau eine Woche her, seit er mir sein großes Versprechen gegeben hat, und er hat sich strikt daran gehalten. Nur aus diesem Grund wage ich es, mich zu ihm zu gesellen, allmählich fasse ich wieder Vertrauen zu ihm, so wie früher, bevor alles in eine falsche Richtung ging. Ich lege den eingegipsten Arm auf der Tischplatte ab und lächle ihm zu. »Du arbeitest von zu Hause?«

»Das hat nichts mit Arbeit zu tun«, antwortet Dad ohne den Kopf zu heben. Dann erwidert er mein Lächeln, doch es ist gezwungen, das ist nicht zu übersehen. Auf seiner Stirn haben sich feine Fältchen gebildet, die auf Stress hindeuten. »Ich mach mir nur ein paar Gedanken.«

»Worüber denn?«

»Davon verstehst du nichts. Zumindest noch nicht. Irgendwann erkläre ich es dir«, sagt er. Mit einem schweren Seufzen legt er das Papier beiseite und reibt sich die Schläfen. »Warum muss immer alles gleichzeitig schieflaufen? Ausgerechnet jetzt, wo mir zwei meiner Leute kündigen, sind wir mit der Buchhaltung hinterher«, murmelt er leise vor sich hin, als würde er mit sich selber reden. In Dads Unternehmen, Grayson's, lief es bisher immer reibungslos, soweit ich das beurteilen kann. Irgendwas mit Statik machen sie da. Sie haben Büros überall entlang der Westküste. Sehr erfolgreich. Oder zumindest war es mal so. In den vergangenen paar Jahren … da lief es nicht mehr ganz so gut. Die hohe Arbeitsbelastung bereitet ihm großen Stress, und ich war immer der Meinung, der Druck in der Arbeit wäre die Ursache für seine leichte Reizbarkeit.

»Du kriegst das schon hin«, versichere ich ihm. Genau das würde Mom sagen, wenn sie hier wäre, ist sie aber nicht, deshalb übernehme ich das Trösten. Ich gebe mir alle Mühe, es mir nicht mit Dad zu verscherzen, und versuche, ihn nicht zusätzlich zu belasten. Schließlich will ich nicht, dass er wieder wütend wird. »Dafür bist du doch aufs College gegangen. Damit du weißt, wie man die Dinge wieder geradebiegt.«

»Nein«, entgegnet er scharf und reißt den Kopf hoch. »Ich bin aufs College gegangen, damit ich für euch sorgen kann.« Er schiebt den Stift, der vor ihm liegt, von sich, legt die Hände auf den Tisch und verschränkt sie ineinander. Dann rückt er ein Stück vor. »Tyler, eins will ich dir sagen. Als ich noch ein Teenager war, habe ich mich aufgeführt wie der letzte Schwachkopf. Mir war alles egal. Schule? Langweilig. Auf der Highschool bin ich einmal sogar fast sitzengeblieben, nicht, weil ich nicht schlau genug gewesen wäre, sondern weil ich mich nicht anstrengen wollte. Ach, und deine Großmutter … Die habe ich schier in den Wahnsinn getrieben.«

Er rollt mit den Augen und lacht kurz auf. »Ich war sechzehn und in deine Mom verliebt. Damals habe ich regelmäßig ohne zu fragen Dads Transporter genommen und bin abgehauen, nur um sie zu sehen. Wir haben zusammen billiges Bier getrunken. Dann kamst du, zu unserer großen Überraschung.«

»Ups«, sage ich leise und rümpfe die Nase. Ich weiß längst darüber Bescheid, dass Mom und Dad noch sehr jung waren, als sie mich bekamen, sie waren siebzehn und gingen noch zur Schule. Mehr brauche ich nicht zu wissen. Ich war ein verdammter Unfall.

»Wenn du erst mal sechzehn bist, ziehst du keine solche Grimasse mehr bei diesem Thema, das lass dir gesagt sein«, witzelt Dad, doch dann wird er wieder ernst und sieht mich mit hochgezogener Augenbraue an. Dann fügt er seufzend hinzu: »Am besten wartest du mit den Mädchen, bis du achtzehn bist, ja?«

»*Dad*«, sage ich genervt. Meine Wagen glühen vor Scham, weil ich von solchen Themen nichts hören will.

»Okay, okay!« Dad lacht wieder und hebt abwehrend die Hände, bevor sein sanfter Blick sich wieder auf mich richtet. »Der Punkt ist der: Danach haben wir zum Glück die Kurve gekriegt und sind zur Vernunft gekommen. Wir würden nicht zu den vielen jungen Eltern gehören, die die Highschool des Nachwuchses wegen schmeißen, in einer billigen Absteige landen und mit Ach und Krach über die Runden kommen. Wir wollten für dich ein besseres Leben. Deshalb brachten wir die Schule zu Ende, machten unseren Abschluss und gingen anschließend aufs College.« Er hält einen Moment inne, und seine Miene nimmt wieder einen ernsten Ausdruck an. »Tyler, deine Mom hat sieben verdammte Jahre College mit drei Kindern hinter sich gebracht. Sie hat Jura studiert. Mit drei Kindern. Kannst du dir vorstellen, wie schwer das war?« Ich nicke. Ich habe sie noch sehr genau in

Erinnerung, die vielen Nächte, in denen Mom bis tief in die frühen Morgenstunden geschuftet hat, nur um mit einer Arbeit fertig zu werden. »Nun, das alles hat sie nur für euch getan, weil sie euch so liebt. Und mich auch. Und jetzt habt ihr alles, was ihr braucht, nicht wahr?« Wieder nicke ich, und Dad seufzt. Er steht vom Tisch auf, umrundet ihn und setzt sich auf den Stuhl neben mir, die Hände auf den Knien verschränkt.

»Deshalb mache ich dir diesen Druck, Tyler«, erklärt er streng, und endlich erschließt sich mir, worauf er mit seinem Vortrag hinauswill. »Nicht weil ich ein Arschloch wäre, sondern weil ich nicht möchte, dass du die gleichen Fehler machst wie ich. Ich will, dass du erfolgreich bist. Ich will, dass du dich ganz auf die Schule konzentrierst und es anschließend auf ein richtig gutes College schaffst. Eines der besten. Wir sind sogar bereit, die Gebühren für eins der Elite-Colleges zu bezahlen.«

Zweifelnd sehe ich ihn mit gerunzelten Augenbrauen an. »Du denkst, ich könnte es auf ein Elite-College schaffen?«

»Nun, warum nicht?«, stellt er die Gegenfrage, und ich sehe ihn mit ratloser Miene an. »Genau. Wenn du dann deinen Abschluss im Bereich Ingenieurswissenschaften hast, möchte ich, dass du dieses Unternehmen weiterführst, und zwar besser, als ich es gegenwärtig tue. Okay?«

Ich habe nicht den Nerv, ihm zu gestehen, dass ich vielleicht lieber etwas anderes studieren möchte und möglicherweise auch kein Interesse an seiner Firma habe. Deshalb lächle ich nur und sage: »Okay.«

Dads Miene hellt sich auf, und er zieht mich voller Stolz in eine warme und liebevolle Umarmung.

Kapitel 38

Gegenwart

Hättest du nicht einfach die Klappe halten können?«, zischt Eden mir ins Ohr und reibt sich die Schläfen.

Wir sitzen in einer Zelle auf der Polizeiwache von Culver City. Man hat unsere Eltern angerufen, und je länger wir auf sie warten müssen, desto nervöser wird Eden. Im Gegensatz zu mir wurde sie noch nie festgenommen. Sie wirkt zutiefst beunruhigt, und wenn wir jetzt allein wären, würde ich vielleicht sogar den Arm um sie legen. Aber wir sind nicht allein. Wir teilen uns die Zelle mit einer sturzbetrunkenen Frau in High Heels, die sich aus Protest auf den Boden wirft, wild um sich schlägt und schreit.

»Der Bulle war ein Wichser«, raune ich Eden zu. Ich hasse Cops, oder zumindest solche von seiner Sorte. Ich lasse mich gegen die Wand sinken und beobachte die Officer in der betriebsamen Wache. Die Telefone scheinen nie stillzustehen, ständig wird irgendwo gesprochen. »Das sind sie alle.« Was absolut gelogen ist. Es gibt einen Polizisten, den ich entschieden ausnehmen möchte, und das ist Officer Gonzalez von der Polizeistation in Santa Monica. Den mag ich.

»Wenn du einfach den Mund gehalten hättest, wären wir jetzt gar nicht hier«, sagt Eden mit einem tiefen Seufzen. Sie ist wieder einmal sauer auf mich, was verständlich ist, immerhin sitzt sie allein meinetwegen hier in dieser Zelle. Ich hab sie in diese vertrackte Situation mit reingezogen, und auch wenn mich deswegen durchaus Gewissensbisse plagen, weiß ich, dass sie nichts zu befürchten hat.

Leise stöhne ich auf und lasse den Kopf sinken, dann stütze ich die Ellbogen auf die Knie und starre auf den Boden. »Meine Mom holt uns hier raus«, versichere ich Eden und werfe ihr einen kurzen Blick aus den Augenwinkeln zu. Wir sitzen dicht nebeneinander, aber nicht so dicht, dass wir uns berühren würden. Das dürfen wir nicht. Nicht in Gegenwart anderer Menschen.

Entnervt rollt Eden mit den Augen, doch so ganz überzeugt wirkt sie nicht. »Warum? Weil sie Anwältin ist?«

»Weil sie es schon mal gemacht hat«, gebe ich zu und richte mich wieder auf. Es hat seine Vorteile, wenn die eigene Mutter Anwältin ist. Zwar eine Anwältin für Zivilrecht, klar, aber trotzdem kennt sie sich auch im Strafrecht ziemlich gut aus. Es macht sie fertig, wenn ich so wie jetzt in der Patsche sitze, deshalb tut sie immer alles, um mich rauszuboxen, und sorgt dafür, dass ich möglichst glimpflich davonkomme. Sie hat sich die letzten fünf Jahre eine Auszeit von der Arbeit genommen, nachdem unser Leben komplett in Scherben lag und wir uns erst einmal darum kümmern mussten. Aber das hat ihrem Können keinen Abbruch getan. »Sie holt mich jedes Mal raus.«

»Jedes Mal?«, wiederholt Eden. Fragend sieht sie mich an, die Augen neugierig zusammengekniffen. »Wie oft bist du schon festgenommen worden?«

»Ein oder zwei Mal.« Ich zucke die Schulter und verziehe die Mundwinkel zu einem verschmitzten Grinsen. »Vielleicht auch ein paar Mal mehr.«

»Weswegen?«

»Ähm. Dummheiten«, gebe ich zu, nachdem ich kurz nachdenken musste. Die letzte Verhaftung liegt schon eine Weile zurück, aber es war immer nur wegen irgendwelcher Kleinigkeiten. Ich stehe auf, laufe vor Eden im Kreis und lasse die Fingerknöchel knacken. »Prügeleien, Sachbeschädigung, Ruhestörung«, zähle ich auf. Die Worte kommen mir ganz locker über die Lippen, als wäre nichts dabei. Immerhin habe ich noch nie einen Laden überfallen oder so, deshalb schäme ich mich nicht, es offen zuzugeben. »Und unbefugtes Betreten.«

»Wenigstens hast du niemanden umgebracht«, sagt sie leichthin, und fast glaube ich, ein Lächeln um ihre Lippen zucken zu sehen.

»Noch nicht«, wende ich ein. Ganz deutlich habe ich Dads Gesicht vor Augen … »Aber ich wüsste da jemanden.« Ich muss das so todernst vorgebracht haben, dass sich Entsetzen auf Edens Miene abzeichnet. Vielleicht liegt es daran, dass ich es im Großen und Ganzen tatsächlich ernst gemeint habe. Sie scheint es mir jedenfalls abzunehmen. »O Mann, Eden«, sage ich und muss lachen. Kopfschüttelnd sehe ich sie an.

»Ich kenne deinen Humor noch nicht so gut«, verteidigt sie sich mit trotzig verschränkten Armen und zieht einen Schmollmund. Dann fügt sie leicht spöttisch hinzu: »Bis gerade wusste ich nicht mal, dass du welchen hast.«

Ich lächle und nicke, weil sie recht hat. Ich mag es, wenn wir so miteinander scherzen. So entspannt bin ich sonst mit keinem Menschen, außer vielleicht mit meinen Brüdern. In ihrer Gegenwart habe ich das Gefühl, mich nicht groß verstellen zu müssen. »Der war nicht schlecht.«

»Bruce, Munro«, bellt eine Männerstimme und schreckt uns auf. Ich fahre herum und begegne dem vorwurfsvollen Blick von Officer Greene, der auf der anderen Seite der Gitterstäbe steht. Er ist nicht der Polizist, der uns festgenommen hat, aber er hat unseren Fall übernommen, nachdem wir auf die Wache gebracht wurden. »Eure Eltern sind hier!«, teilt er uns mit.

»Wir sind tot«, murmelt Eden, während sie aufsteht. »O mein Gott, wir sind so gut wie tot.«

»Klappe«, befehle ich. Ich werfe ihr einen warnenden Blick zu. Sie muss sich wirklich lockermachen. »Überlass mir das Reden.«

»Kommt mit«, ordnet Officer Greene an, während er die Zellentür aufschließt.

Eden ist dicht hinter mir, als wir Officer Greene durch die Polizeiwache folgen. Ich höre ihre tiefen Atemzüge. Sicher, Mom und Dave werden nicht allzu erfreut sein, aber immerhin läuft kein Strafverfahren gegen uns. Zumindest *noch* nicht. Aber ich nehme an, wir werden bald herausfinden, wie es mit uns weitergeht. Officer Greene führt uns in einen kleinen Raum, und tatsächlich warten unsere Eltern dort auf uns.

Als Erstes fällt mein Blick auf Mom. Sie weiß, dass ich einen schlechten Tag hatte, doch in dieser Situation darf sie es sich nicht erlauben, mir ihr Mitgefühl zu zeigen. Sie sitzt mit ernster Miene da, ihr Gesicht eine Maske der Professionalität – es ist derselbe strenge Gesichtsausdruck, den sie aufsetzt, wenn sie einen besonders wichtigen Fall zu bearbeiten hat. Ihre Züge haben nichts Weiches mehr, sie hat die Lippen fest aufeinandergepresst und sieht mich aus zusammengekniffenen Augen an. Jedes Mal, wenn ich etwas ausgefressen habe, wird sie eher traurig als wütend. Weil es sie daran erinnert, dass es mir nicht gut geht, dass ich auf die schiefe Bahn geraten bin, dass ich dabei bin, meinen Kampf zu verlieren. Dave dagegen scheint dafür doppelt so wütend. Die Hände auf die Hüften gestützt, funkelt er Eden und mich voller Verachtung an.

»Was habt ihr verdammt noch mal angestellt?«, schnauzt er mit hochrotem Kopf, doch Mom schiebt sich schnell vor ihn, um die Sache in die Hand zu nehmen. Sie kann so etwas viel besser als er.

»Officer …?« Sie unterbricht sich, um einen Blick auf Officer Greenes Marke zu werfen.

»Greene«, sagt er.

»Officer Greene, also.« Sie räuspert sich und reicht ihm die Hand. »Können Sie mir erklären, warum die beiden wegen unbefugten Betretens festgenommen wurden? Ich bin übrigens Anwältin.« Ein kleines, unschuldiges Lächeln umspielt ihre Lippen, während sie mit hochgezogenen Augenbrauen eine Antwort abwartet. Sie weiß genau, was sie tut, und ich finde es aufregend, zur Abwechslung ihre Anwaltsseite zu sehen. Sie hat alles im Griff, wirkt stark und durchsetzungsfähig. So etwas bekommt man heutzutage selten von ihr zu sehen.

»Unbefugtes Betreten nach Paragraf 602 Strafgesetzbuch in der Culver-City-Highschool«, teilt Officer Greene ihr sachlich mit, doch er fühlt sich sichtlich unwohl in seiner Haut. Nervös tritt er von einem Fuß auf den anderen. »Bei der Veranstaltung waren nur die ausgewiesenen Bereiche des Schulgeländes für die Öffentlichkeit freigegeben, und die beiden wurden in einem Flur in einem abgesperrten Bereich aufgegriffen.«

Mom fällt fast aus allen Wolken. Wie es aussieht, hat sie ein schwerwiegenderes Vergehen erwartet, etwas, das es rechtfertigt, dafür in eine Zelle eingesperrt zu werden. »Ist das Ihr Ernst? Die Kinder verirren sich in den falschen Flur, und Sie nehmen sie fest?«

»Ma'am, ich habe die beiden nicht festgenommen«, teilt Greene ihr mit und hebt abwehrend die Hände. »Officer Sullivan ist nicht unbedingt sehr geduldig, und Ihr Sohn hat sich respektlos verhalten, als er aufgefordert wurde zu gehen.« Er wirft einen kurzen Blick auf mich. »Der Officer hat ihnen mehrere Chancen gegeben zu verschwinden.«

Ich schnaube verächtlich. Dass Officer Sullivan nicht unbedingt sehr geduldig sein soll, ist wirklich die Untertreibung des Jahrhunderts. Der Typ wollte uns nicht mal fünf Minuten Zeit geben, um zu verschwinden. Mom wirft mir einen scharfen Blick zu, deshalb verkneife ich mir das Lachen und senke den Kopf.

»Ich war heute Abend in dieser Schule. Und ich erinnere mich, Schilder mit der Aufschrift KEIN ZUTRITT gesehen zu haben«, fährt Mom mit fester Stimme fort. Abschätzig sieht sie Officer Greene an und kneift die Augen zusammen. »Aber ein solches Schild ist nicht gleichbedeutend mit einer Warnung, dass das Betreten einen Gesetzesverstoß darstellt. Die beiden wurden nicht ordnungsgemäß darüber informiert, dass sie eine Straftat begehen. Sie dürfen nicht festgenommen werden, nur weil Ihrem Kollegen schnell mal der Kragen platzt.«

Immer noch habe ich Mühe, nicht laut loszuprusten. Ich hebe den Kopf, um zu Eden rüberzulinsen, doch sie sieht nach wie vor so eingeschüchtert aus, dass ich meine Hand vor den Mund schlagen muss, um mein Lachen zu verbergen.

»Wie wäre es, wenn sich beide Seiten den Papierkram sparen und wir die Sache fallen lassen?«, schlägt Officer Greene vor und hält Mom mit einem verhaltenen Lächeln erneut die Hand hin. Ihm ist klar, dass er bereits verloren hat.

»Vernünftige Entscheidung, Officer«, sagt Mom und schlägt ein. Sie wechselt einen Blick mit Dave, den ich nicht genau deuten kann, und Dave nickt. Sie wird noch bleiben müssen, um die Sache zum Abschluss zu bringen.

»Also gut«, sagt Dave und klatscht in die Hände. Es ist nicht zu überhören, dass er vor Wut schäumt, als er uns im Befehlston anweist: »Raus zum Wagen mit euch, alle beide. Sofort.« Dann drängt er sich grob zwischen uns hindurch.

»Da ist aber jemand ziemlich sauer«, murmle ich. Sobald wir draußen sind, wird Dave uns garantiert eine Standpauke halten. Er wird mir Hausarrest für die nächsten zehn Jahre aufbrummen, und dann umarmt er Eden und verspricht ihr, dass alles wieder gut wird.

Ich schiebe sie vor mir her, während wir Dave aus der Polizeiwache zum Parkplatz des Reviers folgen. Ich weiß nicht, wie spät es ist, aber es ist schon dunkel, mittlerweile weht ein ziemlich frischer Wind. Ich bezweifle schwer, dass wir uns noch weiter an den Feierlichkeiten zum Vierten Juli beteiligen werden. Schweigend gehen wir zum Range Rover, und als Eden und ich die Hintertüren öffnen, finden wir auf dem Rücksitz einen schlafenden Chase vor. Eigentlich ist es ironisch, dass unsere Eltern sauer auf uns sind, weil wir uns für unbefugtes Betreten festnehmen lassen, wo sie selbst uns Kinder zu viert auf den Rücksitz pferchen. Das ist nämlich ganz und gar nicht zulässig.

»Was habt ihr diesmal angestellt?«, fragt Jamie und sieht mich neugierig an.

Mein Blick flackert zu Eden, und ich kann mir das Grinsen nicht länger verkneifen, das an meinen Mundwinkeln zupft. »Etwas, das ich nicht hätte tun sollen.«

Wir steigen ein, wofür ich Chase rüberschieben muss, damit wir uns zu viert reinquetschen können. Ehrlich, ich weiß nicht, wie ich diese Rückfahrt überstehen soll. Schon die Fahrt zur Schule war unerträglich, und das war noch vor meinem Gespräch mit Eden. Jetzt wird es nur noch schlimmer sein, ihren Körper neben meinem zu spüren, nachdem ich sie vor einer Stunde erst geküsst habe.

Ich warte darauf, dass Dave mich anbrüllt, aber er sitzt nur schweigend da und hält das Lenkrad umklammert. Vielleicht sagt er seiner Tochter zuliebe nichts. Und wenn er vorhatte, es noch zu tun, ist es jetzt zu spät, denn im nächsten Moment kommt Mom angelaufen. Sie reißt die Beifahrertür auf, steigt ein und knallt sie wieder zu. Dann verschränkt sie die Arme vor der Brust und starrt zur Windschutzscheibe hinaus.

»Netter Auftritt, Mom«, sage ich, um die Stimmung ein wenig aufzulockern. Ich beuge mich vor und lege ihr die Hand auf die Schulter, aber sie weicht meinem Blick aus. »Denen hast du's gezeigt.«

»Ich will nichts von dir hören, Tyler«, fährt sie mich scharf an und schüttelt meine Hand ab. Sie würdigt mich keines Blickes, sondern sieht stur geradeaus und lässt den Blick ins Leere gehen. »Eines Tages komme ich einfach nicht mehr, um dich rauszuhauen. Ich bin so enttäuscht von dir.«

»Ich bin auch enttäuscht von dir, Eden«, mischt Dave sich ein, nachdem er die ganze Zeit kein Wort gesagt hat. Seine Stimme klingt nicht ganz so scharf und giftig wie sonst, offenbar reißt er sich zusammen. Er startet den Motor und fährt langsam vom Parkplatz. »Was hattet ihr überhaupt da drin zu suchen? Ich bin ziemlich sicher, dass sich die interessanten Dinge draußen abgespielt haben.«

»O nein. Die interessanten Dinge haben sich definitiv drinnen abgespielt«, witzle ich. Verstohlen werfe ich einen Blick zu Eden und freue mich diebisch, als sich ihre Züge bei meinen Worten wieder überschatten. So falsch das alles ist, ich habe … fast ein bisschen Spaß daran. Unsere Eltern werden nie erfahren, dass wir dort drinnen auf diesem Flur herumgeknutscht haben. Es ist aufregend, ein solches Geheimnis zu haben, und ich mag es, auszutesten, wie weit ich gehen kann, bis ich bei ihr an Grenzen stoße. Im Schutz der Dunkelheit streiche ich Eden mit dem Finger am Oberschenkel entlang bis zum Knie.

»Jetzt hör endlich auf mit dem Scheiß!«, fährt Mom mich an, und erst jetzt merke ich, dass sie zur Abwechslung einmal richtig wütend auf mich ist. »Ich habe gerade für euch unterschrieben, um euch aus dieser Zelle zu holen, anstatt euch einfach über Nacht dazulassen. Also, Tyler, wie wäre es, wenn du einmal im Leben einfach nur den Mund hältst?«

Mist. So redet Mom selten mit mir. Doch so richtig zu Herzen nehme ich es mir nicht. Ich weiß, dass ich sie manchmal auf die Palme bringe, und mir ist klar, dass sie dazu *jedes Recht* hat. Deshalb füge ich mich ihrer Bitte und verhalte mich für den Rest der Fahrt ruhig. Stattdessen konzentriere ich mich ganz auf Eden und berühre sie bei jeder Gelegenheit möglichst unauffällig. Ich streiche mit den Fingern über ihre Handfläche, drücke mein Knie spielerisch gegen ihres. Sie starrt unbeirrt zum Fenster hinaus, während ihr Gesicht in regelmäßigen Abständen in den orangen Schein der Straßenlaternen getaucht wird. Dadurch kommt mir die Fahrt plötzlich gar nicht mehr so lange vor, obwohl es schon fast Mitternacht ist, als wir zu Hause eintreffen. Nur Chase schläft immer noch tief und fest, Dave trägt ihn deshalb nach oben und legt ihn ins Bett. Auch Jamie verschwindet in seinem Zimmer.

»Mir fehlen wirklich die Worte, Tyler«, sagt Mom matt, als sie die Haustür abschließt. »Es … es reicht einfach.« Seufzend dreht sie sich zu uns um. Ihre Augen wirken unendlich müde. »Eden, du kannst in dein Zimmer gehen. Versuch zu schlafen.« Mit einem schwachen Lächeln sieht sie sie an und teilt ihr wortlos mit, dass sie mit mir allein sein möchte. Als die Botschaft bei Eden angekommen ist, nickt sie uns kurz zu und geht nach oben.

Mom und ich stehen allein im Flur. Als sie sich umdreht und in der Küche verschwindet, folge ich ihr. Plötzlich ist mir die ganze Sache schrecklich peinlich. Ich *hasse* es, ihr das anzutun, deshalb halte ich den Kopf gesenkt, weil ich mich viel zu sehr schäme, um ihr in die Augen zu sehen.

»Ich weiß genau, dass du einen schlechten Tag hattest, Tyler«, sagt sie leise, ihr Ton jetzt etwas sanfter. Seufzend lehnt sie sich gegen die Arbeitsplatte und schlägt die Hand vors Gesicht. »Aber … bitte. Hör auf damit. Ich mache mir fürchterliche Sorgen, dass du irgendwann richtig auf die schiefe Bahn gerätst.«

Indem ich Gras verkaufe zum Beispiel? Mit tief gefurchter Stirn nicke ich ihr knapp zu, um sie wissen zu lassen, dass ich aufmerksam zuhöre. »Tut mir leid, Mom«, sage ich. Das tut es wirklich. Es tut mir leid, dass ich sie immer wieder enttäusche.

»Das weiß ich«, sagt sie und sieht mich fest an. Wieder lächelt sie mir traurig zu. Es zerreißt mir das Herz, sie so aufgelöst zu sehen. Ich wünschte, es wäre anders. »Gute Nacht, Tyler.«

»Gute Nacht«, sage ich leise, drehe mich um und verlasse die Küche. Auf dem Weg nach oben sehe ich, wie Eden in ihrem Zimmer verschwindet. Wir haben noch immer nicht über alles gesprochen, es gibt noch einige offene Fragen zu klären, zum Beispiel: Wie geht es jetzt weiter? Bevor sie die Tür hinter sich schließt, husche ich deshalb zu ihr hinein. Erschrocken fährt sie herum und zuckt zusammen, als ich so plötzlich vor ihr stehe. »Hey«, flüstere ich. Ich sehe mich bei ihr im Zimmer um, weil ich im Grunde keine Ahnung habe, was ich sagen soll.

»Hi«, sagt sie mit leerem Gesichtsausdruck. »Was hat deine Mom gesagt?«

»Nichts«, entgegne ich. Ich fürchte, Eden ist immer noch angefressen wegen der Festnahme, deshalb beschließe ich, mich erst einmal bei ihr zu entschuldigen. »Tut mir leid, dass ich dich da mit reingezogen habe. Ich hätte einfach gehen sollen, als der Bulle es gesagt hat.«

Sie runzelt die Stirn. »Schon gut.«

Mir liegen noch weitere Worte auf der Zunge, zum Beispiel möchte ich sie fragen, was aus uns jetzt werden soll, doch leider schrillt in diesem Moment mein Handy in die Stille hinein. Ich fische das vibrierende Telefon hastig aus der Hosentasche meiner Jeans. Als ich einen Blick aufs Display werfe, sehe ich Tiffanis Namen. *Bitte nicht jetzt.* Sie meldet sich fast jeden Tag um kurz vor Mitternacht, und ausgerechnet heute haben wir noch gar nicht miteinander gesprochen.

»Tiffani«, teile ich Eden mit. Manchmal drücke ich ihre Anrufe einfach weg, aber das kann ich mir im Augenblick nicht erlauben. Immerhin erpresst sie mich. Deshalb muss ich sie unbedingt bei Laune halten, denn wenn ich ihren Unmut errege, erzählt sie allen von der Sache. »Tut mir leid, ich muss mit ihr reden. Sie wird sonst sauer«, erkläre ich Eden mit einem entschuldigenden Blick. Sie macht große Augen und starrt mich an, ihr Gesicht wird kreidebleich. Ich fühle mich wie das größte Arschloch, das herumläuft. Da erzähle ich Eden, dass ich auf sie abfahre, und küsse sie, und dann lasse ich sie einfach so stehen und nehme einen Anruf von meiner Freundin entgegen. Das Handy in meiner Hand klingelt immer noch. »Tut mir leid«, sage ich wieder. »Es tut mir wirklich leid, aber ich muss«, flüstere ich. Ich fühle mich richtig mies und wünschte, ich könnte ihr das erklären. Wenn sie nur wüsste, wie kompliziert das alles ist!

Wenn ich jetzt nicht rangehe, legt Tiffani auf, und da Edens verletzter Gesichtsausdruck mehr ist, als ich ertragen kann, drehe ich mich um und gehe. Auf dem Weg zu meinem Zimmer nehme ich den Anruf entgegen und halte mir das Handy ans Ohr. Völlig ausdruckslos und ohne jegliche Begeisterung in der Stimme melde ich mich: »Hey, was gibt's?« Dabei schlage ich die Tür hinter mir zu.

»Einen schönen Vierten Juli, Baby!«, kreischt Tiffani am anderen Ende der Leitung, so laut, dass mir fast das Telefon aus der Hand fällt.

Kapitel 39

Fünf Jahre zuvor

Samstagfrüh stürmen meine Brüder und ich gleich als Allererstes los zu Mom und Dad ins Schlafzimmer und rempeln uns auf der Treppe nach unten gegenseitig, weil jeder der Erste sein will.

Sie sind beide schon wach. Mom sitzt vor ihrer Kommode und schminkt sich, und Dad zieht gerade ein T-Shirt über, als wir reingeplatzt kommen. Im Chor rufen wir ihm Geburtstagswünsche zu und singen »Happy Birthday«. Es ist Wochenende, deshalb müssen sie heute beide nicht zur Arbeit. Sonnenlicht flutet ins Zimmer, der Duft nach Kaffee liegt in der Luft.

»Ihr seid aber früh wach, Jungs!«, ruft Dad lachend, während er sich umdreht und uns mit einem strahlenden Lächeln begrüßt. Als Chase losrennt, um ihm um den Hals zu fallen, geht er in die Hocke und schließt ihn freudig in die Arme. Jamie fetzt ebenfalls los, nur ich drücke mich verlegen an der Tür herum und sehe zu, wie sie sich umarmen.

»Kriegst du jetzt graue Haare?«, will Chase wissen.

»Ich hoffe nicht, zumindest nicht die nächsten zwanzig Jahre«, schmunzelt Dad und fährt sich mit den Händen durch das dichte schwarze Haar, während er sich wieder aufrichtet.

»Das hoffe ich auch!«, witzelt Mom, die jetzt aufsteht, zu Dad geht und ihm die Schulter drückt. Er wirft ihr einen entrüsteten Blick zu. »War doch nur Spaß, Peter. Ich bin mir sicher, du siehst mit grauen Haaren noch genauso charmant aus wie jetzt.« Damit gibt sie ihm einen Kuss auf die Wange und schlingt ihre Arme um Jamie und Chase. »Also, wer von euch hat Hunger? Es gibt Bacon! Weil Dad den so gerne mag.«

Während sie zusammen das Schlafzimmer in Richtung Küche verlassen und sich an mir vorbeidrängen, bleibe ich stehen und warte, bis Ruhe einkehrt. Endlich sind Dad und ich allein. »*Feliz cumpleaños*«, sage ich schüchtern. *Alles Gute zum Geburtstag*. Ich weiß, dass er sich darüber freuen wird, deshalb lächle ich ihm jetzt zu. Zwei Wochen ist es her, seit er sein großes Gelübde abgelegt hat. Und zwei Wochen hat er sich daran gehalten.

Mit sanfter, zufriedener Miene begegnet er meinem Blick. »*Gracias*«, gibt er leise zurück, und ein Grinsen zieht sich über sein ganzes Gesicht. Er liebt es, wenn ich Spanisch spreche, ohne dass er mich erst dazu auffordern muss. Er versucht, es auch Jamie und Chase beizubringen, aber sie lernen leider nicht ganz so schnell wie ich. »Du findest mich doch nicht alt, oder?«, fragt Dad und zieht herausfordernd die Augenbrauen hoch, während er auf mich zukommt.

»Nein«, beeile ich mich zu sagen. »Noch nicht.«

»Aber ich habe jetzt offiziell die Halbzeit erreicht, bevor ich sechzig werde!«

Wir müssen beide lachen, und zum Spaß wirbelt er mich herum und legt mir beide Hände auf die Schulter, um mich vor sich her in die Küche zu schieben. Mom hat den Fernseher angestellt, in einer Pfanne brät Speck, und sie schwingt die Hüften und summt gut gelaunt vor sich hin, während sie Kaffee in zwei Becher gießt. Chase trommelt mit zwei Löffeln auf den Tisch, und Jamie trinkt gierig Milch aus einem Karton.

»Mach deine Glückwunschkarten auf«, fordert Mom Dad auf, während sie sich mit einem Becher Kaffee zu ihm umdreht und ihn ihm in die Hand drückt. Sie nimmt einen Schluck aus ihrer eigenen Tasse und sieht mit blitzenden Augen zu, wie Dad und ich uns setzen. Die Hand hat sie auf die Lehne von Dads Stuhl gelegt.

Auf dem Tisch liegt ein Stapel Geburtstagskarten von Verwandten und Freunden sowie eine Reihe von hübsch verpackten Geschenken. Mom hat sie in unserem Namen ausgesucht, genauso wie die Karten. Wir haben sie gestern Abend unterschrieben.

»Mach meine als Erstes auf«, bettelt Chase aufgeregt und schnappt sich einen von den Umschlägen, den er Dad in die Hand drückt. Dabei schüttet er um ein Haar seinen Kaffee aus.

»Einverstanden«, sagt Dad und rollt lachend mit den Augen. Er stellt den Becher auf den Tisch und öffnet erst die Karte von Chase, dann die von Jamie und als Letztes meine. Ich beobachte ihn neugierig, während sein Blick über die Worte wandert, die ich geschrieben habe. Der Text ist kurz und einfach, und er ist auf Spanisch.

Ich habe geschrieben: *Feliz cumpleaños! Te amo, Papá!*

Dad sieht zu mir auf. Er schenkt mir ein breites und aufrichtiges Lächeln, das bis in seine Augen ausstrahlt. Die Röte schießt mir in die Wangen, aber ich weiß nicht, warum mir das peinlich ist. Vielleicht liegt es daran, dass ich es ausnahmsweise einmal ernst gemeint habe. Vielleicht habe ich es nicht nur aus dem Grund geschrieben, weil ich ihn mir wohlgesinnt stimmen will. Ich bringe es nicht über mich, ihn anzusehen, deshalb greife ich nach dem Orangensaft und gieße mir ein Glas ein.

»Ich habe dir noch etwas mitzuteilen«, sagt Mom schmunzelnd, als Dad sich daranmacht, ihre Karte zu öffnen. Er hält inne, den Umschlag schon halb aufgerissen, und sieht neugierig zu ihr auf. Sie beugt sich über seine Schulter, schlingt ihm von hinten die Arme um die Brust und vergräbt ihr Gesicht an seiner Halsbeuge. »Wir beide …«, flüstert sie, »fahren nach Vegas. Nächstes Wochenende. Nur wir zwei, Schatz. Alles Gute zum Geburtstag.« Damit drückt sie ihm einen Kuss an eine Stelle knapp unter dem Ohr.

»Vegas?«, wiederholt Dad mit großen Augen. Seine Tonlage schraubt sich immer nach oben, wenn ihn etwas überrascht. Er greift nach Moms Hand, legt den Kopf in den Nacken und sieht dankbar zu ihr auf. Grinsend steht sie über ihn gebeugt da. Dad blinzelt wiederholt. »Ella, ist das dein Ernst? Das … Das wäre doch nicht nötig gewesen.« Er zieht spitzt die Lippen, und sie küsst ihn kopfüber. »Du bist wunderbar«, sagt er und drückt ihre Hand.

»Warum können wir nicht mitkommen?«, will Jamie wissen. Auffordernd sieht er Mom und Dad an, aber sie sind viel zu sehr mit sich selbst beschäftigt und schauen sich lächelnd in die Augen, dass sie von alldem nichts mitkriegen. Es ist schön, die beiden so verliebt zu sehen.

»Weil man in Vegas für fast jeden Laden volljährig sein muss, um reinzukommen«, teilt Mom ihm lachend mit, als sie den Blick schließlich doch noch von Dad loseisen kann. Sie sieht erst Jamie an, dann mich, dann Chase. »Tut mir leid, Jungs, aber ihr bleibt nächstes Wochenende bei euren Großeltern.«

»Wie wäre es, wenn wir dafür heute was Schönes zusammen unternehmen?«, schlägt Dad vor. »Wir könnten zum Beispiel als Erstes ein Eis essen gehen.«

Chase fängt an zu jubeln und sieht mich mit seinem kindlich-unschuldigen Lächeln an. Sein Mund ist voller Zahnlücken. Liebevoll erwidere ich sein Lächeln. Dad ist noch nie mit uns Eis essen gegangen. Das muss bedeuten, dass er glücklich ist. Wir sind glücklich. *Ich* bin glücklich.

Kapitel 40

Gegenwart

Ich gehe gerne mit Dean ins Fitnessstudio. Das Krafttraining ist eine von den wenigen Aktivitäten, die ich zur Ablenkung mache und die tatsächlich *gut* für mich ist. Wenigstens für ein paar Stunden habe ich dann einen klaren Kopf, und ganz ehrlich, ich hänge gern ein paarmal in der Woche mit Dean allein ab. Von allen meinen Freunden ist er derjenige, in dessen Gegenwart ich mich am wohlsten fühle. Als wir vierzehn waren, haben wir uns immer bei ihm daheim in die Garage geschlichen, um die Trainingsgeräte von seinem Dad zu benutzen, doch vor ungefähr einem Jahr sind wir dann dazu übergegangen, in ein richtiges Fitnessstudio in der Stadt zu gehen. Ich möchte mir ein paar ansehnliche Muskeln antrainieren. Als ich noch klein war, war ich schwach und hatte nicht die Kraft, mich zu wehren. Heute ist das anders. Heute kann ich mich sehr wohl zur Wehr setzen, wenn es nötig ist. Irgendwie beruhigt mich das.

»Kann ich dich was fragen?«, meint Dean. Er macht für mich den Spotter, während ich auf der Bank liege und Gewichte stemme. Das bedeutet, dass er die Stange mit den Händen absichert und leicht mithilft, weil er extra Gewichte drangehängt hat. Nicht dass ich mich damit selbst erschlage. Ich brauche ihn aber so oder so als Unterstützung, weil mein linkes Handgelenk mir gelegentlich immer noch Probleme bereitet und insgesamt wohl für immer schwächer sein wird als mein rechtes.

Ich hebe den Blick zu seinem Gesicht, das mich kopfüber ansieht. Mit sorgenvoller Miene mustert er mich. Nur leider verausgabe ich mich gerade derart, dass ich keine Antwort zustande bringe. Ich habe die Kiefer fest aufeinandergepresst und kriege nur ein knappes Nicken hin. Mein Bizeps zittert vor Anstrengung, und meine Haut ist schweißverklebt.

»Was war eigentlich mit dir auf Rachaels Party los?«, will Dean wissen. »Du hattest ja den totalen Blackout. Du warst nicht mehr …« Er hält kurz inne, um sich im betriebsamen Studio umzusehen. Offenbar will er nicht, dass uns jemand belauscht, aber wir sind ungestört. Trotzdem senkt er die Stimme und richtet den Blick wieder auf mich. »Du hattest dir doch nichts reingezogen, oder?«

Seine Frage trifft mich auf dem falschen Fuß und gibt mir den letzten Kick, sodass ich es schaffe, die Stange wieder hinauf in die Halterung zu verfrachten. Klirrend trifft Metall auf Metall, während ich langsam die Luft aus den Lungen entweichen lasse, mich aufrichte und die Arme schüttle, um sie zu lockern. »Nein«, wiegle ich unwirsch ab. Normalerweise würde ich ihn in einer solchen Situation einfach anlügen, aber das ist in diesem Fall nicht nötig. Ich sage die Wahrheit. »Ich hatte nur viel getrunken.«

»Okay, aber dann war es extrem viel mehr als sonst«, bemerkt Dean. »Du bist ja umgekippt, da war es noch nicht mal Mitternacht. Und Kyle Harrison hatte deinetwegen fast 'ne Alkoholvergiftung und hätte um ein Haar ins Krankenhaus gemusst.«

»Was? Wie peinlich, hat er die fünf Bier nicht vertragen?« Lachend klaube ich das Handtuch vom Boden auf und reibe mir damit die Stirn und die Haare trocken. Mein Atem geht immer noch schwer.

»Fünf Bier in, was, drei Minuten?«, korrigiert Dean mich. Er wirft mir meine Wasserflasche zu, die ich mit einer Hand auffange. Dann lehnt er sich mit dem Rücken gegen die

Wand, verschränkt die Arme vor der Brust und mustert mich missbilligend. »Das steckt kaum einer so locker weg. Nicht mal du, wie man sieht. Hast du bei Tiffani übernachtet?«

Augenrollend setze ich die Wasserflasche an und trinke. »Ja, leider.«

»Das klingt nicht gut«, sagt Dean. Er kneift die Augen zusammen und mustert mich neugierig, aber auch ein wenig besorgt. Der gute alte Dean, so sieht er mich immer an. Ich glaube, selbst nach all den Jahren kann er mich manchmal immer noch nicht richtig einschätzen. Es macht fast den Eindruck, als wüsste er selbst nicht mehr so genau, ob er mein wahres Ich wirklich kennt. »Habt ihr euch etwa in die Haare gekriegt?«

Fast muss ich lachen. Tiffani und ich streiten uns oft, aber das trifft ausnahmsweise einmal nicht zu. Ich stehe auf und sage leichthin: »Nein. Tiffani ist einfach nur wie immer, das ist schlimm genug. Komm, hauen wir von hier ab.« Ich habe keine Lust, ihm alles haarklein zu erzählen, deshalb marschiere ich los in Richtung Schließfächer.

»Hast du schon mit Jake gesprochen?«, erkundigt Dean sich weiter, während er mir hinterherrennt. Ich kann es nicht leiden, wenn er mich mit Fragen zu allem und jedem löchert. Ich mag diesen Kerl echt gern, aber manchmal kann er einen so was von auf die Palme treiben.

Mit einem Seitenblick auf ihn öffne ich meinen Spind. »Warum?«

»Na, wegen Eden«, erklärt er. Sein Kopf verschwindet kurz in seinem eigenen Schließfach, um ein Handtuch und seinen Autoschlüssel rauszuholen. »Ist er ernsthaft an ihr interessiert, oder spielt er nur mit ihr?«, dringt seine Stimme dumpf aus dem Inneren des Spinds.

Wütend knalle ich die Tür meines Schließfachs zu und drehe mich zu ihm. »Warum fragst du nicht *ihn*?« Jake, dieser Scheißkerl. Allein der Gedanke, er und Eden … Es macht mich rasend. Irgendwann rede ich schon noch mit ihm, aber nicht jetzt. Und ich will nicht, dass Dean ständig damit anfängt.

»Nein. Ich bin nicht … Ich meine, mir kann das ja egal sein«, wiegelt Dean hastig ab und schlägt schulterzuckend seinen Spind zu. »Ich hab mich halt nur gefragt. Aber was soll's. Gehen wir.«

Wir verlassen das Studio und gehen zurück zu seinem Wagen. Manchmal fahren wir auf dem Heimweg noch bei irgendeinem Restaurant oder Coffee-Shop vorbei, um was zu essen oder einen Kaffee zu trinken, aber heute schaffe ich das nicht. Ich habe anderweitige Verpflichtungen, die können nicht warten. Ich habe einer ganzen Reihe von Leuten versprochen, ihnen was zu besorgen. Jetzt muss ich liefern, bevor ich irgendwas anderes mache. Aus diesem Grund sage ich während der gesamten Fahrt keinen Ton, weil ich die ganze Zeit am Handy hänge und Nachrichten tippe. Declan hat mir geschrieben, er will wissen, wann ich bei ihm vorbeikomme, und Tiffani schickt mir stündlich gleich zehn SMS und fragt, was ich gerade treibe. In den vergangenen Tagen war sie noch klettiger als sonst und will dauernd wissen, wo ich stecke. Ich antworte auf ihre neueste Nachricht und teile ihr mit, dass ich am Nachmittag mit Dean an den Strand fahre, dann lasse ich das Handy wieder in der Tasche meiner Shorts verschwinden.

»Falls Tiffani fragt«, sage ich zu Dean und sehe ihn eindringlich an, »wir sind zusammen am Strand. Den ganzen Nachmittag. Anschließend gehen wir noch was zusammen essen. Kapiert?«

Dean zieht eine Grimasse und sieht mich aus dem Augenwinkel genervt an. Die Ampel schaltet auf Rot, deshalb bleiben wir an der Kreuzung stehen. »Und was hast du in *Wirklichkeit* vor?«

Es juckt mich, die Augen zu verdrehen und ihn zu fragen, ob er echt glaubt, ich würde darauf ehrlich antworten, als meine Aufmerksamkeit von einem Mädchen gefesselt wird, das in dieser Sekunde an unserem Auto vorbeijoggt. Ich reiße den Kopf so schnell herum, dass es in meinem Genick kracht. Sofort richte ich mich kerzengerade auf und schaue angestrengt zum Beifahrerfenster hinaus. Sie läuft weiter zur anderen Straßenseite und verschmilzt mit den Fußgängermassen auf dem Gehweg, während ich ihr entgeistert hinterherstarre. Ihr Pferdeschwanz schwingt zwischen ihren Schulterblättern hin und her, ihre nackten, gebräunten Beine glänzen in der Sonne. Ich habe Eden jetzt oft genug intensiv betrachtet, um sicher zu sein, dass sie es ist. Außerdem weiß ich, dass sie gerne joggen geht.

Im nächsten Moment schaltet unsere Ampel wieder auf Grün. Wir fahren weiter, und ich suche den Gehweg ab, bis wir sie wieder eingeholt haben. Sie ist leicht auszumachen. Weil sie nämlich die Einzige ist, die läuft und sich geschickt zwischen den Fußgängern hindurchschlängelt.

»Fahr mal ein bisschen langsamer«, bitte ich Dean nervös und stütze mich am Armaturenbrett ab. Mittlerweile habe ich mein Gesicht fast an die Windschutzscheibe gepresst. »Da ist Eden. Fahr rechts ran.« Auf keinen Fall lasse ich Dean einfach an ihr vorbeifahren. Eden sieht einfach zu umwerfend aus.

Dean folgt meiner Anweisung, und als er anhält, drückt er auf die Hupe. Eden hat Kopfhörer im Ohr, aber das Hupen muss sie trotz der Musik hören, denn plötzlich wird sie langsamer und sieht sich über die Schulter um. Sie ist völlig außer Atem, ihre Brust hebt und senkt sich in schnellem Rhythmus. Mit zögernden Schritten kommt sie auf unser Auto zu und zieht einen Ohrstöpsel raus. Mir ist nicht ganz klar, ob sie uns schon erkannt hat, da Deans Scheiben getönt sind, deshalb fahre ich rasch das Fenster herunter und lächle sie an. Ohne den dunklen Filter zwischen uns sieht sie sogar noch besser aus.

»Wusste ich doch, dass du das bist«, sage ich zu ihr. Ich glaube, mittlerweile würde ich sie überall erkennen. Schließlich kreisen meine Gedanken nur um sie.

»Woher?«, fragt Eden immer noch schwer atmend. Sie zieht den anderen Knopf aus dem Ohr und stützt sich an der Wagentür ab. Ein neckisches Lächeln zupft an ihren Mundwinkeln, als sie sich vorbeugt und mich herausfordernd ansieht. Anscheinend bin nicht nur ich heute gut gelaunt.

Allerdings weiß ich nicht, wie ich ihre Frage beantworten soll. Nicht in Gegenwart von Dean, deshalb lache ich nur und wende den Blick kurz von ihr ab. »Wir kommen gerade aus dem Fitnessstudio«, sage ich, um das Thema zu wechseln. Zum Spaß füge ich hinzu: »Wir sind auf dem Weg nach Hause, und du siehst aus, als ob du gleich tot umfällst. Also, willst du mitfahren?«

»Ich falle überhaupt nicht tot um«, protestiert sie und verengt die Augen zu schmalen Schlitzen. Ein paar lose Haarsträhnen umspielen ihr Gesicht, und ich sehe, wie sie einen skeptischen Blick mit Dean wechselt, bevor sie ihren Blick wieder auf mich heftet. »Ich kann kilometerweit laufen, klar?«

»Klar«, äffe ich sie scherzhaft nach und imitiere ihre hohe Stimmlage. Ich ärgere sie einfach zu gern, dabei müsste ich eigentlich längst weiter, um mich mit diesen Leuten zu treffen und meine Ware auszuliefern. Aber mit ihr verbringe ich meine Zeit nun mal am liebsten. Unvermittelt stoße ich die Wagentür auf, sodass sie einen Schritt zurückweichen muss, damit ich aussteigen kann. »Ich jogge mit dir zurück.«

»Aber ich laufe lieber all…«, will sie widersprechen, doch ich gebe ihr keine Gelegenheit dazu.

Bevor sie weiter protestieren kann, beuge ich mich in den Wagen und hole meine Tasche heraus. »Du hast doch nichts dagegen, Bro, oder?«, frage ich Dean.

Verdutzt sieht er mich an, schüttelt dann aber den Kopf und sagt: »Nächstes Training am Mittwoch?«

»Klar. Bis dann, Mann.« Damit trete ich vom Auto zurück. Das Fenster schließt sich, und Dean fährt davon. Ich starre ihm nach, bis sein Wagen außer Sichtweite ist, dann wende ich mich zu Eden um, und wir gehen nebeneinander weiter. »Nur damit du's weißt«, sage ich mit einem schiefen Grinsen, »es war dein Hintern, an dem ich dich erkannt habe.«

Eden weitet verblüfft die Augen. Verunsichert schaut sie an ihrer Aufmachung herunter. »Äh …«, bringt sie verlegen hervor, und mir wird bewusst, dass wir vielleicht nicht *haargenau* dieselbe Art von Humor haben.

Ich beschleunige mein Tempo und wechsle zur Sicherheit das Thema, nicht dass sie noch eingeschnappt ist. Zur Auflockerung ziehe ich sie auf, indem ich sage: »Ich kann wahrscheinlich schneller gehen als du joggen.«

»Das glaube ich kaum«, gibt sie zurück, aber ohne mich anzusehen. Schnell trinkt sie einen Schluck Wasser und steckt sich die Ohrstöpsel wieder ins Ohr. Sie passt ihre Geschwindigkeit der meinen an und hält das Gesicht stur geradeaus.

»Wetten, dass ich dich auf dem Heimweg schlagen kann?«, fordere ich sie heraus. Ich habe kein Problem damit, noch einmal so richtig ins Schwitzen zu kommen, weil ich ohnehin noch nicht geduscht habe. »Bist du bereit?«

Sie verdreht die Augen und linst verstohlen zu mir. »Aber so was von.« Kaum hat sie das gesagt, sprintet sie los. Von Fairness hat sie wohl noch nichts gehört, wie? Ohne auf mich zu warten, düst sie über den Gehweg davon. Na schön, kein Problem. Ich sehe ihr gerne zu, wie sie läuft, mit weit ausholenden Schritten und hoch erhobenem Kinn.

Allerdings kann ich ihr nicht ewig nur hinterherstarren, deshalb laufe ich nun in meinem eigenen Rhythmus los und schlinge mir dabei die Tasche über die Schulter, um ihr zu folgen. Ich bin schnell, habe aber lange nicht so viel Ausdauer wie sie. Es kostet mich den letzten Rest meiner Energie, sie einzuholen. »Lahme Ente«, rufe ich zum Spaß und ziehe an ihr vorbei.

Ich höre sie hinter mir prusten, und plötzlich ist sie wieder neben mir und läuft mit mir im Gleichschritt. Ich habe mir offenbar eine Spur zu viel abverlangt, weil ich nämlich jetzt schon völlig außer Puste bin und kaum mehr Luft kriege. Deshalb drossle ich mein Tempo und verfalle in einen gemütlichen Laufschritt. Eigentlich hatte ich erwartet, Eden würde ohne mich weiterlaufen und davonziehen, aber mit Freude stelle ich fest, dass sie ebenfalls langsamer wird und gemächlich neben mir herjoggt.

»Du läufst ganz schön viel«, keuche ich. Ich hechle inzwischen wie ein Hund, aber schließlich laufe ich im Vergleich zu ihr so gut wie nie. »Machst du Crosslauf oder so?«

»Nein. Ich laufe nur gern«, sagt sie. Ihr Blick ist auf den Weg vor uns gerichtet, sie atmet ruhig und gleichmäßig. »Das ist das beste Training.«

»Ich stemme ja lieber Gewichte«, entgegne ich heftig schnaufend und schaue runter auf meine Arme. Ich spanne sie sogar ganz leicht an, damit mein Bizeps besser zur Geltung kommt. Das Training mit Dean wird sich später sehr wahrscheinlich durch Muskelkater bemerkbar machen. »Also gut«, sage ich, bleibe stehen und hebe ergeben die Hände. »Ich gebe auf, Laufen ist nicht meine Stärke. Du hast gewonnen.« Keuchend stütze ich mich an der Wand eines Hauses ab, um wieder zu Atem zu kommen.

Eden stemmt die Hände in die Hüften und mustert mich mit schief gelegtem Kopf. Grinsend kostet sie ihren Triumph aus. »Da hast du verdammt recht.«

»Du klingst ja schon wie ich.« Lachend hebe ich den Kopf und sehe ihr in die Augen. Darin spiegelt sich funkelnd das Sonnenlicht. Nervös saugt sie ihre Unterlippe zwischen die

Zähne, was mich verrückt macht. Ob sie sich darüber wohl im Klaren ist? »Heute Abend unternehmen wir was zusammen«, beschließe ich. Es ist keine Frage. Ich *muss* mehr Zeit mit diesem Mädchen verbringen. Zum einen, weil ich sie gerne noch einmal küssen würde, zum anderen aber auch, weil ich bei ihr nicht das Gefühl habe, eine Show abziehen zu müssen. In ihrer Gegenwart fühle ich mich einfach nur wohl, weil sie mich fordert und mindestens genauso interessiert ist an mir wie ich an ihr. »Geh mit mir aus. Warst du schon am Pier? Im Pacific Park?«

Verlegen senkt sie den Kopf und wird sogar ein wenig rot, was definitiv nicht am Laufen liegt. »Nein«, gesteht sie.

»Dann gehen wir zum Pier«, sage ich, und ich kann nicht anders, ich grinse wie ein Honigkuchenpferd. Habe ich sie gerade echt nach einem Date gefragt? Und außerdem, wie ist es möglich, dass sie in all den Wochen nicht ein Mal am Pier war?

Ihre Augen funkeln vor Freude, ihre Mundwinkel heben sich zu einem wunderschönen, ansteckenden Lächeln, das für den Bruchteil einer Sekunde aufblitzt. Es gilt nur mir, mir allein. Dann wendet sie sich ohne ein weiteres Wort ab und rennt los, bis sie verschwindet und mich allein mit meinem grenzenlosen Verlangen stehen lässt.

Ich höre nicht auf zu grinsen, und ausnahmsweise einmal macht es mir nichts aus, den ganzen Weg nach Hause zu Fuß zu gehen.

Kapitel 41

Fünf Jahre zuvor

Meine Brüder und ich übernachten wahnsinnig gern bei unseren Großeltern. Grampa lässt uns nämlich immer bis spät in die Nacht aufbleiben und fernsehen, und Grandma ist eine unglaublich gute Köchin und bereitet Unmengen von leckerem Essen zu, das für eine ganze Kompanie reichen würde. Wir sollen drei Nächte bleiben, und wir freuen uns riesig auf die beiden, als wir mit unserem Gepäck zur Haustür reinstolpern. Sie sind die einzigen Großeltern, die wir haben, Moms Eltern haben wir bedauerlicherweise nie kennengelernt.

»Langsam, langsam!«, warnt uns Grandma Maria, die gerade freudestrahlend aus der Küche kommt, um uns im Flur in Empfang zu nehmen. Um ein Haar rennen wir sie in unserem Feuereifer um, aber ich kann gerade noch bremsen und falle ihr als Erster um den Hals. Es kommt mir vor, als wäre es eine Ewigkeit her, seit wir sie das letzte Mal besucht haben, dabei wohnen sie gerade mal zehn Minuten von uns entfernt. Es ist einfach wunderbar, von Grandma in den Arm genommen zu werden.

»Ich habe euch Racker schon vom Garten aus gehört!«, ruft Grampa lachend. Schmunzelnd betritt er den Flur und schiebt sich seine Brille auf die Nase. Er war schon immer blind wie ein Maulwurf, deshalb warnt er uns ständig davor, zu viel Zeit vor dem Bildschirm zu verbringen, wenn wir nicht enden wollen wie er. Jamie und Chase raufen sich darum, wer ihn zuerst in die Arme schließen darf.

Im nächsten Moment kommen Mom und Dad mit feierlichen Mienen zur Tür herein. Den ganzen Vormittag über haben sich die beiden benommen wie zwei Kleinkinder, sind wie bekloppt durchs Haus gerannt und haben auf den letzten Drücker noch Sachen in ihren Koffern verstaut. Schon um acht Uhr früh hat Mom sich zur Feier des Tages ein Glas Champagner genehmigt, und ich glaube, dieses Wochenende werden sie es sich so richtig gut gehen lassen.

»Euer Flug. Wann er geht?«, will Grandma wissen. Sie stammt aus Mexiko, und auch nach dreißig Jahren in diesem Land spricht sie immer noch mit starkem Akzent. Sie hat einen dunklen Teint und dichtes schwarzes Haar. Es ist nicht zu übersehen, dass Dad und ich ihre Gene geerbt haben. Sie hält mich immer noch im Arm und reibt mir die Schultern, so sehr freut sie sich über das Wiedersehen.

»Um die Mittagszeit, wir machen uns besser auf den Weg!«, antwortet Dad. Er lässt Moms Hand los, kommt durch den Flur auf uns zu und nimmt Grandma in die Arme. Er drückt ihr einen Kuss auf die Wange und meint: »Wenn es irgendwelche Probleme gibt, ruft an.«

»Pete«, sagt Mom und fixiert Grampa mit einem strengen Blick, »bitte kutschier sie nicht mit deinem Auto herum. Das letzte Mal hast du ein Stoppschild übersehen!«

»Ach, Ella«, seufzt Grampa. »Du weißt doch genau, dass ich es trotzdem tue.« Augenzwinkernd sieht er mich an. Grampa besitzt schon seit seiner Teenagerzeit eine rote Corvette, mit der fährt er gerne viel zu schnell durch die Gegend. Das Auto ist alt, aber megacool. Wir finden es genial, wenn er uns auf eine Spritztour mitnimmt. Dann sausen wir immer mit heruntergekurbelten Fenstern den Pacific Highway entlang.

»Tylers Gips kommt am Montag runter, vergesst bitte den Arzttermin nicht«, sagt Dad noch und lässt den Blick zwischen den beiden hin und her wandern. In erster Linie sieht er aber Grandma an. Auf sie ist noch am ehesten Verlass, dass sie es nicht vergisst und mich dorthin bringt. Ich senke den Blick auf den Gips, der über und über mit Unterschriften und Kritzeleien und leider auch Schmutz bedeckt ist. Drei Wochen habe ich ihn jetzt schon, ich kann es kaum erwarten, ihn endlich loszuwerden. Und zwar ein für alle Mal. »Und sorgt bitte dafür, dass Tyler seine Hausaufgaben macht«, schickt Dad noch hinterher. Als mein Blick zu ihm schnellt, sehe ich, wie er mich aus zusammengekniffenen Augen mustert. Es gefällt ihm gar nicht, wenn er nicht höchstpersönlich ein Auge auf mich haben kann. Man könnte fast auf die Idee kommen, er traut mir nicht zu, dass ich aus eigenem Antrieb lerne, wenn er nicht hier ist. Stillschweigend nicke ich.

»O Mann, Peter, es ist Wochenende!«, wehrt Grampa augenrollend ab. Dad wurde nach ihm benannt, wobei Grampa inzwischen von allen nur noch Pete genannt wird. Er fährt sich mit der Hand durch das bereits ergraute dunkle Haar und macht einen Schritt auf Dad zu, um besänftigend seine Schulter zu drücken. »Kopf hoch. Wenn ihr beide schon nach Vegas dürft und euch eine Auszeit gönnt, lasse ich nicht zu, dass die Kinder währenddessen für die Schule büffeln. Das wäre doch unfair, findet ihr nicht?« Grinsend sieht er zu Mom, die nur lachend den Kopf schüttelt.

Dad dagegen scheint nicht nach Lachen zumute zu sein. Abschätzig hebt er das Kinn und sieht Grampa ernst an, der immer noch mit der Hand auf seiner Schulter neben ihm steht. »Dad«, sagt er mit fester Stimme, und seine Züge verhärten sich. In seiner Stimme liegt ein warnender Unterton, als er noch einmal bekräftigt: »Sorg dafür, dass er lernt.«

»Peter«, sagt Mom mit besänftigender Stimme. Sie räuspert sich. Als Dads Blick zu ihr schnellt, deutet sie mit einem Nicken auf die Uhr an der Wand. »Wir müssen jetzt wirklich los«, drängelt sie und richtet ihre Aufmerksamkeit auf mich und meine Brüder. »Und ihr benehmt euch, ja? Kommt her!«

Sie geht in die Hocke und streckt beide Arme nach uns aus. Nacheinander umarmen wir sie ganz fest, und sie drückt jedem von uns einen Kuss auf die Wange und bittet uns, brav zu sein, was wir ihr hoch und heilig versprechen.

»Und ihr benehmt euch auch!«, witzelt Grampa und deutet mit dem Finger auf Mom und Dad. Dazu wackelt er anzüglich mit den Augenbrauen.

»*Si*«, pflichtet Grandma ihm bei und tritt vor. Sie legt Mom die Hände auf die Schultern, küsst sie auf beiden Wangen und sieht sie stirnrunzelnd an. Sie lässt den Blick zu Dad wandern, dann wieder zurück zu Mom. »Alkohol … Nicht zu viel. Keine Kasinos. Sehr dumm.«

»*Si, si. Te amo, Madre*«, sagt Dad und rollt lachend mit den Augen. Mir drängt sich der Verdacht auf, dass er und Mom Grandmas Rat wohl nicht beherzigen werden. »Tschüss, Dad.«

Von der Haustür aus sehen wir zu, wie sie in Dads Mercedes steigen und losfahren. Zum Abschied winken sie uns zu, bis sie nicht mehr zu sehen sind.

»Also …«, meint Grampa und wendet sich uns Kindern zu. Er hat ein diebisches Grinsen im Gesicht. »Wer von euch hat Lust auf eine kleine Spritztour?«

Kapitel 42

Gegenwart

Nachdem ich den ganzen Nachmittag zu Fuß unterwegs war, habe ich einen Bärenhunger. Deshalb macht es mir ausnahmsweise mal nichts aus, mich mit den anderen zum Abendessen hinzusetzen. Mit Mom, meinen Brüdern, Dave … und Eden. Die ganze Familie ist am Küchentisch versammelt, und ich schaufle gierig die Käselasagne in mich hinein, die Mom extra für mich gekocht hat. Das ist das Beste an meinem Vegetarierdasein: Mir futtert keiner was weg, weil ich immer was Eigenes bekomme. Die anderen müssen sich um das Fleischgericht prügeln.

»Also, Eden«, höre ich Dave sagen. Neugierig hebe ich den Kopf von meinem Teller und schaue über den Tisch zu Eden, die im selben Moment den Blick auf ihr Essen richtet, nach dem Besteck greift und nervös damit auf ihrem Teller herumklappert. Bestimmt hat sie mich angestarrt, und ich hätte sie um ein Haar dabei ertappt. »Du bist so ruhig heute Abend. Woran denkst du?«, fragt er mit einem leisen Schmunzeln. Er ist zur Abwechslung einmal richtig nett zu ihr, ich glaube sogar, es ist das erste Mal, dass ich ihn seine Tochter anlächeln sehe.

»Ich äh … war … äh … nur gerade … also äh …, stammelt Eden hilflos, und ich werfe ihr einen zweifelnden Blick zu. Was ist los mit ihr? Sie führt eine Gabel Lasagne zum Mund, hat ihr Essen aber kaum angerührt. Sie stochert eigentlich immer nur darin herum, wenn man es sich recht überlegt.

»Wie ist die Lasagne?«, fragt Mom hoffnungsvoll in die Runde. Einen nach dem anderen sieht sie zufrieden lächelnd an. Ich weiß, wie viel es ihr bedeutet, uns alle hier am Esstisch versammelt zu sehen. Wobei es ja eigentlich normal ist, etwas, das richtige Familien ganz selbstverständlich tun.

»Wirklich gut, Mom«, sage ich und schenke ihr ein kleines Lächeln. Wir mögen zwar *keine* richtige Familie sein, aber es freut mich, sie so strahlen zu sehen. Das will ich ihr auf keinen Fall ruinieren. Außerdem bin ich heute selbst bester Laune. Ich gehe nachher gleich mit Eden zum Pier. »Es schmeckt so gut, dass ich …« Ich richte mich auf, ziehe meinen Teller näher und nehme den letzten Rest Lasagne auf die Gabel, um ihn mir komplett in den Mund zu schieben. Dabei fällt mir die Hälfte herunter und landet auf dem Tisch. Lachend wische ich mir über den Mund und schlucke. »Es schmeckt so gut, dass ich jetzt total pappsatt bin.«

»Du hast heute Abend ja richtig gute Laune, Tyler«, stellt Dave fest.

Ich verschränke die Arme auf dem Tisch und schaue ihn an. Dave ist schon okay, wenn er will. Ich würde nicht sagen, dass ich ihn hasse. Wir haben uns nur nie so richtig gut verstanden, und dass ich in meinem Leben auf keinen Fall eine neue Vaterfigur will, macht es nicht einfacher. Wenn er wüsste, dass ich diese gute Laune seiner Tochter zu verdanken habe! Ich muss mir ein Lächeln verkneifen, und mein Blick wandert weiter zu Eden. »Sieht so aus«, antworte ich. Ich kann es kaum erwarten, mit ihr zum Pier zu gehen. Um nicht noch mehr Zeit zu verlieren stehe ich auf und bringe meinen Teller zur Spülmaschine. »Ich geh dann jetzt«, teile ich den anderen mit. Jamie und Chase kauen mit offenen Mündern, plötzlich hellhörig.

»Wohin?«, will Mom sofort wissen. Ihr Lächeln verschwindet, und mit einem Mal ist ihr Gesicht wieder von Sorge überschattet. »Du hast Hausarrest.«

»Aber ich bin mit Tiffani verabredet«, lüge ich ungeniert. Ich bin zwar quasi zu lebenslangem Hausarrest verdonnert, aber normalerweise hat Mom nichts dagegen, wenn ich mich mit meiner Freundin treffe. Sie ist der Ansicht, es würde mir nicht schaden, Beziehungen zu anderen Menschen zu pflegen. Das ist immerhin besser, als wenn ich mich komplett von der Welt abschotte. Zum Glück ahnt sie nicht, wie vergiftet diese Beziehung ist. »Hast du nicht gesagt, du bist heute bei Meghan, Eden?«, wende ich mich an Eden und hoffe, dass sie sofort versteht, was ich meine, und Ja sagt. Inzwischen bin ich überzeugt, dass ich von uns beiden definitiv der bessere Lügner bin.

»Äh, doch, ja«, sagt Eden. Ich sehe, wie sie verstohlen zu ihrem Dad guckt.

»Ich kann dich mitnehmen«, schlage ich vor, wobei ich darauf achte, laut und deutlich zu sprechen, damit unsere Eltern es beide hören. Wenn sie denken, dass ich bei Tiffani und Eden bei Meghan ist, werden sie nie rausfinden, dass wir zusammen waren. Es könnte aber sein, dass es ihnen ohnehin egal wäre. Oder sie gehen davon aus, dass ich zur Abwechslung einfach mal nett sein und meiner Stiefschwester die Stadt zeigen will. Von wegen. Weit gefehlt!

»Danke«, sagt Eden, die zum Glück überzeugend mitspielt. Nur das breite Lächeln passt nicht ganz, damit könne sie sich verraten. Ihre Freude über eine simple Mitfahrgelegenheit wirkt viel zu übertrieben. Zum Glück scheinen unsere Eltern schon wieder vergessen zu haben, dass wir auch noch da sind. So kann ich unverhohlen zurücklächeln.

»In zehn Minuten?«

»Ja, zehn Minuten sind okay.«

»Ich warte am Wagen«, sage ich und zwinkere ihr zu. Wie peinlich! Aber es kam einfach so über mich. Mit einem flauen Gefühl im Magen verlasse ich die Küche und gehe nach oben in mein Zimmer. Langsam werde ich nervös, deshalb fahre ich mir mit der Hand über den Nacken. *Habe ich wirklich ein Date mit Eden?* Nein. Unmöglich. *Man kann kein Date mit der eigenen Stiefschwester haben.* Wir … hängen nur zusammen ab, mehr ist es nicht.

Aber küssen *sollte man sie eigentlich auch nicht.*

Die zehn Minuten vergehen viel zu schnell, ich brauche deutlich länger als sonst, mich frisch zu machen, mit Aftershave einzusprühen und meine Haare zu stylen. Ich schmiere sogar einen Klecks Gel rein, bevor ich mich über meinen Kleiderschrank hermache. Zu meinem weißen T-Shirt probiere ich erst ein blaues Flanellhemd an, dann ein rotes und schließlich noch einmal das blaue. Letztendlich entscheide ich mich für das rote Hemd. Bei den Knöpfen bin ich etwas unschlüssig. Soll ich sie komplett zumachen oder das Hemd offen tragen? Mit einem Schulterzucken beschließe ich, dass es unerheblich ist. Ich lasse es offen, schnappe mir mein Portemonnaie und die Schlüssel und eile die Treppe hinunter, um pünktlich beim Auto zu sein. In Gedanken war ich so fixiert auf dieses Date, dass ich ganz vergesse, mich von Mom zu verabschieden.

Mehrere Minuten warte ich ungeduldig auf Eden, und ich werde zusehends nervöser. Natürlich bin ich mir absolut im Klaren darüber, dass Eden und ich das nicht tun sollten. Tiffani würde mich umbringen, wenn sie wüsste, dass ich sie heute Abend versetzt habe, weil ich mit einem anderen Mädchen was unternehme. Und auch wenn ich selbst noch nicht so genau sagen kann, warum ich das hier tue, steht eines fest: Ich mache es nicht, um Tiff wehzutun. Im Grunde will ich doch nur endlich Klarheit. Es ist nicht das erste Mal, dass ich mit einer anderen rumgeknutscht habe. Aber das hatte bisher nie was zu bedeuten. Die Geschichte mit Eden dagegen … ich kann das nicht einfach so vergessen und weitermachen, als wäre nichts geschehen. Die Frage ist nur: Will ich mehr von ihr?

Ich setze meine Sonnenbrille auf, spähe rüber zum Haus und sehe Dave am Wohnzimmerfenster stehen. Im nächsten Moment geht die Haustür auf, und Eden tritt ins Freie. Als sie sich dem Wagen nähert, fahre ich das Fenster auf der Beifahrerseite herunter, beuge mich über die Mittelkonsole und witzle: »Ich würde dir ja gern die Tür aufhalten, aber ich will lieber nicht hören, was dein Vater dazu zu sagen hätte.«

Eden wirft einen Blick über die Schulter zum Haus und entdeckt Dave, der immer noch neugierig zum Fenster rausschaut. Sie reißt die Hand hoch und winkt ihm übertrieben fröhlich zu, woraufhin er blitzschnell in Deckung geht. »Genau«, sagt Eden beim Einsteigen und grinst. »Er wird sich wundern, woher du plötzlich Manieren hast.«

»Hey!« Protestierend hebe ich die Hände, während sie das Fenster wieder schließt und sich anschnallt. Als sie sich zu mir dreht und mich ansieht, ist die ganze Nervosität plötzlich wie weggeblasen. »Du wirst schon noch sehen, dass ich der perfekte Gentleman bin.«

Skeptisch sieht sie mich an. »Wirklich?«

»Wirklich«, bestätige ich. Ich starte den Motor und mache mich an der Klimaanlage zu schaffen, dann klappe ich die Sonnenblende herunter, nehme die Brille ab und sehe sie von der Seite an. »Also gut, das bin ich nicht«, gebe ich mit einem verlegenen Lächeln zu. Ein Arschloch vielleicht, aber kein Gentleman. »Ich hab nur gehört, dass man das so macht, das mit dem Aussteigen und Tür aufhalten. Ist doch so?«

»So in der Art«, antwortet sie leise lächelnd, fixiert dabei aber meine Lippen.

Ich würde sie auf der Stelle küssen, wenn es ginge, aber ich muss mich noch gedulden. Hastig schüttle ich den Kopf und konzentriere mich auf die Straße, dann trete ich aus Gewohnheit das Gaspedal durch und lausche auf das Schnurren des Motors, als wir losbrausen. Ich genieße die Fahrt hinunter zum Strand, was wohl vor allem an dem wunderbaren Sommerabend liegt. Die Sonne neigt sich bereits in Richtung Horizont, der Himmel verfärbt sich golden und taucht alles in ein herrliches Licht. Ich öffne die Fenster, damit die kühle Brise über unsere Gesichter streifen kann, und stelle das Radio an. Normalerweise hasse ich dieses Mainstreamgedudel, das auf den üblichen Sendern läuft, aber heute Abend wippe ich sogar im Takt der Musik mit dem Kopf mit.

»Warum hast du deine Mom angelogen?«, will Eden wissen. »Warum hast du ihr nicht einfach gesagt, dass wir zum Pier fahren?«

O Mann, sie ist so wahnsinnig naiv. »Denk doch mal mit, Eden«, sage ich mit einem Lachen. »Wir wollen doch nicht, dass sie Verdacht schöpfen?«

Sie kaut auf ihrer Lippe herum und wirkt schlagartig ernst. Das Lächeln scheint ihr vergangen. »Und was ist mit Tiffani?«

»Das hab ich im Griff«, versichere ich ihr, sehe sie aber nicht an, weil ich auf den Verkehr achten muss, um mich in Richtung Pier einzuordnen. »Sie glaubt, ich bin mit den Jungs unterwegs.« Ich gebe mich gleichgültig, weil ich mir ihretwegen gerade keine Gedanken machen will. Immerhin erpresst sie mich. Da scheint es nur fair, dass ich sie hintergehe.

Am Pier ist wie immer irre viel los, und als wir endlich einen Parkplatz gefunden haben, schlendern wir zur Promenade, auf der sich die Massen drängen. Während wir uns zwischen den Leuten hindurchschlängeln, weicht Eden mir nicht von der Seite und drängt sich so dicht an mich, dass sich unsere Arme berühren. Einen kurzen Moment überlege ich, nach ihrer Hand zu greifen. Wenn sie Tiffani wäre, würde ich das jetzt machen, allerdings aus reiner Gewohnheit. Und so sehr ich es bedaure, heute Abend muss ich wohl oder übel darauf verzichten. Ich darf mir keinen solchen Schnitzer erlauben und sie berühren, zumindest nicht, solange wir hier unten am belebten Pier sind. Wir sind ja praktisch auf dem

Präsentierteller, nicht auszudenken, wenn wir zufällig jemandem über den Weg laufen würden, der uns kennt.

»Also gut«, räuspere ich mich entschlossen. Ich erhebe die Stimme und schlage einen feierlichen Ton an, als ich mit dem Kinn auf den Vergnügungspark zu unserer Linken deute. »Das ist also der Pacific Park. Diesen Ort habe ich als Kind geliebt, deshalb möchte ich ihn dir gern persönlich zeigen.« Ich kann immer noch nicht fassen, dass sie seit ihrer Ankunft noch kein einziges Mal hier war. Der Pier ist weltbekannt und ohne Zweifel die größte Sehenswürdigkeit der Stadt.

Anfangs sagt Eden kein Wort, sie sieht mich nur fragend an und lächelt verlegen zu mir auf, während wir gemächlich dahinschlendern, fast als würde sie darauf warten, dass ich was sage. Nach einer Weile scheint sich die Befangenheit zwischen uns zu lösen, wir unterhalten uns über die ganz alltäglichen Dinge um uns herum. Wir überlegen zum Beispiel, warum die Achterbahn gelb ist, kommentieren das Angebot der Imbisswagen und reden darüber, wie die Bänke aufgestellt sind: Warum zeigt die eine zum Meer und die andere zur Stadt? Allmählich drängt sich mir der Verdacht auf, dass sie über alle diese belanglosen Dinge nur spricht, um ihre Nervosität zu verbergen.

»Das Ding hat mir früher immer eine Mordsangst eingejagt«, gestehe ich, als wir beim Eingang des Parks ankommen. Ich deute auf das Schild mit der Aufschrift *PACIFIC PARK* und auf den riesigen lila Kraken darüber. Ich könnte nicht sagen, warum, aber ich hasse dieses verdammte Biest. »Irgendwie tut er das immer noch«, gebe ich zu und vergrabe die Hände tief in den Hosentaschen, ehe wir das Tor passieren.

»Aha«, sagt Eden mit einem spöttischen Unterton in der Stimme. »Auf einmal nicht mehr der knallharte Typ?«

»Tja«, antworte ich mit einem schiefen Grinsen. »Würde dir ein knallharter Typ erzählen, dass er Zuckerwatte liebt?«

Ich krame mein Portemonnaie hervor und führe sie zu einem Stand, der sämtliche Süßwarenklassiker im Angebot hat, darunter, natürlich, auch Zuckerwatte. Als ich noch klein war, in einer Zeit, wo zwischen Dad und mir noch alles in bester Ordnung war, kam er regelmäßig mit mir und meinen Brüdern zum Pier, und dann kaufte er uns jedes Mal Zuckerwatte, sobald wir genug von den Fahrgeschäften hatten. Das ist eine der wenigen Erinnerungen, die ich in Ehren halte, deshalb habe ich kein Problem damit, für mich und Eden jetzt auch welche zu kaufen.

»Und du bist ganz sicher, dass du den Park *früher* geliebt hast?«, fragt Eden schmunzelnd, während ich ihr ihre Portion reiche. Mit blitzenden Augen beobachtet sie mein Mienenspiel, und mir wird bewusst, dass ich möglicherweise zu breit grinse. Der Pacific Park mag zwar ein Vergnügungspark für Kinder sein, aber ich finde ihn immer noch cool. Nur dass ich das natürlich niemals zugeben würde.

»Wir müssen mit der Achterbahn fahren«, gebe ich zurück, ohne auf ihre Provokation einzugehen, und schiebe mir genüsslich ein Stück Zuckerwatte in den Mund. Langsam lasse ich sie auf der Zunge zergehen und marschiere wieder los, dicht gefolgt von Eden, um mich auf die Suche nach einer Sitzgelegenheit zu machen.

Ich mag das Geräusch der Achterbahn, das fröhliche Rattern der Räder auf den Schienen, das ausgelassene Gelächter und die durchdringenden Schreie, begleitet vom sanften Säuseln der Meeresbrise und dem Meeresrauschen. Der Pier hat etwas so … *Friedliches* an sich. Die Straßenkünstler drüben an der Promenade. Die Sonne, die hinter den Hügeln versinkt. Ich genieße es, hier auf dieser Bank zu sitzen, inmitten all dieses Trubels, und Zuckerwatte zu essen, mit Eden an meiner Seite. Schweigend sitzen wir da, essen ganz entspannt, und auch wenn wir einfach nur die Gegenwart des anderen genießen, so liegt auch ein gewisser Ernst in der Luft.

»Eden«, sage ich leise und wende den Blick zu ihr. Sie steckt sich den letzten Rest Zuckerwatte in den Mund und sieht mich fragend an. Ich runzle die Stirn. »Wir sollten niemandem hiervon erzählen. Es ist einfach leichter, wenn wir … also … wenn diese Sache fürs Erste unser Geheimnis bleibt. Gott, sag bitte, dass du gut Geheimnisse hüten kannst.«

Auf ihrem Gesicht geht kaum merklich eine Veränderung vor, als würde ihr erst jetzt so richtig zu Bewusstsein kommen, dass das, was wir hier tun, nicht richtig ist, und zwar in mehr als nur einer Hinsicht. »Kann ich«, sagt sie nach kurzem Überlegen. Sie lächelt mir zaghaft zu. »Dass du Geheimnisse hüten kannst, weiß ich schon. Du hast nämlich eine ganze Menge davon.«

Oh, sie kennt mich echt gut. Ich habe tatsächlich viele Geheimnisse, und ich werde dafür sorgen, dass das auch so bleibt, da kann sie sich noch so sehr auf den Kopf stellen. Die meisten wird sie nicht aus mir rauskitzeln. Mit einem schiefen Lächeln stecke ich mir den Rest meiner Zuckerwatte in den Mund, springe auf und deute auf die Fahrgeschäfte über uns. »Jetzt sind die da an der Reihe.«

Und so verbringen wir den Abend damit, an den Kassen der Fahrgeschäfte Schlange zu stehen und ausgelassen herumzualbern. Irgendwann habe ich die Menschenmassen um uns herum komplett vergessen, ich bin ganz und gar auf Eden und auf jeden einzelnen Moment mit ihr konzentriert. Es ist ein herrliches Gefühl, sich zur Abwechslung einmal über nichts Gedanken zu machen und einfach nur ich selbst zu sein. Ich will nicht, dass dieser Abend endet, doch irgendwann verlassen wir den Park und gehen zurück zum Parkplatz. Ich liebe den nächtlichen Pier, mit seinen unzähligen Lichtern und Reklameschildern, untermalt vom sanften Rauschen der Wellen.

Auf dem Parkplatz sehen wir ein paar Leute bei meinem

Wagen stehen und Fotos schießen. Doch als sie uns bemerken, machen sie sich schleunigst aus dem Staub. Mit einem abfälligen Schnauben schließe ich auf. Ich bin es gewöhnt, dass mein Wagen Aufmerksamkeit erregt. Immerhin ist das der Grund, weshalb ich ihn mir zugelegt habe. *Ein Typ, der ein solches Auto fährt, muss sein Leben im Griff haben.*

»Das passiert ständig«, erkläre ich Eden beim Einsteigen. Stirnrunzelnd klopfe ich aufs Lenkrad und zeichne mit dem Finger das Audi-Logo nach. *Ein Typ mit einem solchen Wagen muss glücklich sein.* »Ich weiß auch nicht, warum. Wir sind hier in L. A., in Beverly Hills steht doch an jeder Straßenecke ein Lamborghini rum.«

»Wie bist du überhaupt zu dem Wagen gekommen?«, fragt Eden mich neugierig, und es ist eine gute Frage. Tatsächlich wird sie mir oft gestellt. Normalerweise zucke ich dann nur beiläufig mit den Schultern und sage die Wahrheit. Oder zumindest die halbe Wahrheit.

»Weil ich schon früh an meinen Treuhandfonds gekommen bin«, sage ich nach einer Weile und streiche versonnen übers Lenkrad. »Und wenn man auf einen Schlag so viel Kohle hat, macht man garantiert nichts Vernünftiges damit. Ich bin siebzehn – natürlich ziehe ich los und haue alles für eine geile Karre auf den Kopf.« *Es war eine dumme Idee.*

»Warum hast du ihn so früh gekriegt?«, fragt Eden weiter.

»Weil Geld anscheinend alles wiedergutmacht«, murmle ich ohne nachzudenken, und mir stockt augenblicklich der Atem. Ich sollte mit niemandem darüber reden, aber … sie hat gefragt. Und vielleicht sollte ich ausnahmsweise einmal ehrlicher sein. Dass ich alles in mich reingefressen habe, hat mir bisher nicht gutgetan, und immerhin scheint Eden das ernsthaft zu interessieren. Fast, als wäre es ihr wirklich *wichtig,* es zu erfahren. »Es ist ein ziemlich großer Treuhandfonds«, räume ich schließlich ein. »Ich meine, Mom ist Anwältin, und Dad …« Ich schlucke und suche ihren Blick.

»Und Dad hatte seine eigene Firma. Hochbau. Die ganze Westküste rauf und runter.« Bei diesen Worten dreht sich mir sofort der Magen um. Aber ich muss versuchen, es auf die ehrliche Tour zu schaffen. Mom sagt ständig, dass Reden helfen würde, aber ich habe ihr das nie geglaubt.

»Wie hieß sie?«

»Grayson's«, antworte ich knapp. Allein diesen Namen zu hören ... *unseren* Namen ... das bricht mir das Herz. Er bringt all die vielen Erinnerungen an ihn zurück, an die Familie, die wir einst waren. »Wir hießen Grayson.«

Eden muss mein Unwohlsein gespürt haben, weil sie sich jetzt zu mir herdreht und die Beine auf den Sitz zieht. Aufmerksam sieht sie mich an und lässt mir ein wenig Zeit, bevor sie die nächste Frage stellt: »Vor der Scheidung?«

»Vor der Scheidung«, wiederhole ich. Bevor alles völlig falsch zu laufen begann. Ich lasse mich tiefer in den Sitz sinken, fasse mir in die Haare und ziehe daran. Das ist eine Angewohnheit, die ich von Dad habe. »Damals war ich Tyler Grayson. Mom wollte nicht, dass wir seinen Namen behalten.«

Eden verfällt in nachdenkliches Schweigen. Ich nehme an, sie weiß nicht, was sie darauf sagen soll, aber das ist auch nicht nötig. Mir reicht vollkommen, dass ich es mir von der Seele reden kann, dass sie mir zuhört. Mehr kann ich ihr im Moment allerdings nicht anvertrauen. Zumindest noch nicht. Ich bin kein Mensch, der sich leicht öffnet, es ist schwer genug, über diese grundlegenden Fakten wie meinen früheren Nachnamen zu sprechen. Da werde ich nicht gleich alle meine Geheimnisse vor ihr ausbreiten. Ich könnte noch nicht einmal beschwören, dass ich es je schaffen werde. Immerhin würde ich mich dadurch angreifbar machen. Als Dad vor fünf Jahren festgenommen wurde, habe ich mir geschworen, mich niemals wieder in die Opferrolle zu begeben.

Eden starrt mich eindringlich an, den Blick auf meine Lippen geheftet. Tiefes Schweigen senkt sich über uns. Langsam richte ich mich wieder auf und lege ihr die Hand aufs Knie. Den ganzen Abend schon quält mich der drängende Wunsch, sie zu berühren, und ich ertappe mich dabei, wie auch ich nun auf ihren Mund starre. Unwillkürlich lecke ich mir die Lippen und hebe den Blick. »Darf ich dich noch mal küssen?«

Ohne mir eine Antwort zu geben, klettert Eden über die Mittelkonsole und setzt sich auf meinen Schoß. Es ist eng, ihr Rücken drückt sich gegen das Lenkrad, doch das scheint sie nicht zu stören. Mit ihren großen, glänzend braunen Augen sieht sie mich an, die vollen Lippen unschuldig geöffnet. Sie hat mir beide Hände an die Brust gelegt, und ich weiß nicht, woher sie plötzlich dieses Selbstvertrauen nimmt, aber es macht sie in meinen Augen nur umso attraktiver.

Ich nehme ihr Gesicht in beide Hände, vergrabe die Finger in ihren Haaren und presse meine Lippen fest auf ihre. Dieser Kuss fühlt sich noch besser an als der gestrige, ich kann einfach nicht genug kriegen von ihr. Jetzt übernehme ich die Führung und küsse sie auf jede erdenkliche Weise, immer drängender, immer intensiver. Meine Hände wandern über ihren Rücken, hinunter zur Taille. Nach einer Weile löse ich mich von ihrem Mund und hebe ihr Kinn an, schiebe ihre Haare zur Seite und bewege mich auf ihren Hals zu. Ich hinterlasse eine Spur von Küssen auf ihrer Haut, atme ihren Duft ein.

Ihr Körper drängt sich fordernd gegen mich, bedächtig streicht sie mir durchs Haar, dann berührt sie mein Kinn und hebt sanft mein Gesicht an. Langsam führt sie ihren Mund an mein Ohr, und ich spüre ihren heißen Atem auf der Haut, als sie flüstert: »Du brauchst nicht zu fragen.«

Kapitel 43

Fünf Jahre zuvor

Wir sind mit Dean und seinem Dad nach San Francisco gefahren, um dabei zu sein, wie die 49ers gegen die Chargers antreten. Das Spiel läuft schon eine ganze Weile, die 49ers sind in Führung. Dad und ich tragen beide ein 49ers-Trikot mit unserem Namen hinten drauf. Er hat mich damit kurz vor dem Spiel überrascht, jetzt tragen wir es voller Stolz. Es ist mein erstes Footballspiel, und die Stimmung ist der Wahnsinn. Das ganze Stadion tobt, die Fans stimmen Sprechgesänge an, Tausende von Zuschauern jubeln, es herrscht eine unvergleichliche Atmosphäre. Auch Dean und ich sind aufgesprungen und schauen mit gereckten Köpfen runter aufs Spielfeld. Er geht regelmäßig mit seinem Dad auf Spiele. Ich wünschte, mein Dad würde das auch tun.

»Hast du das gesehen?«, frage ich Dean und knuffe ihn aufgeregt mit dem Ellbogen. Die Spieler sind winzige Gestalten auf dem riesigen Spielfeld, wir verfolgen das Geschehen in erster Linie über die großen Bildschirme und liefern selbst den entsprechenden Live-Kommentar. Dean versteht was von Football, mehr als ich, er will es auf der Highschool unbedingt in die Schulmannschaft schaffen, deshalb erklärt er mir im Laufe des Spiels die verschiedenen technischen Kniffe.

»Ja, super! Das war ein irrer Wurf!«, antwortet Dean, der das Spiel mit offenem Mund verfolgt und es keine Sekunde aus den Augen lässt. »Solche Würfe würde ich gern mal fangen können.«

Ich lehne mich ein Stück vor und spähe an ihm vorbei zu Dad und Hugh, die einträchtig nebeneinandersitzen und sich gut gelaunt unterhalten. Lachend stoßen sie mit ihrem Bier an und trinken. Das Spiel scheint sie nicht sonderlich zu interessieren. Fast macht es den Eindruck, als hätten sie viel mehr Spaß daran, zusammen herumzualbern.

Dad fängt meinen Blick auf und lächelt mich an. »Und, hast du Spaß an dem Spiel?«

»Schon. Wo sind eigentlich … die Toiletten?«

»Ich bin gleich wieder zurück«, teilt Dad Hugh mit, führt den Becher an die Lippen und leert den Rest seines Biers in einem Zug. Dann steht er auf, quetscht sich an Dean vorbei und legt mir die Hand auf die Schulter, um mich durch die Reihe zu bugsieren. Ich bin froh, dass er mit mir kommt, denn bei den vielen Menschen weiß ich nicht, ob ich von allein wieder an meinen Platz zurückfinden würde. Hier ist viel mehr los als bei einem Baseballspiel.

»Können wir das mal wieder machen?«, frage ich ihn, während wir uns geschickt zwischen den Besuchermassen hindurchschlängeln. Ich bin richtig froh, dass mir Anfang der Woche der Gips abgenommen wurde. Das extra Gewicht an meinem Arm hat mir ziemlich zu schaffen gemacht. Mein Handgelenk fühlt sich immer noch etwas steif an, und es fehlt mir nach wie vor an Kraft, aber wenigstens bin ich auf dem Weg der Besserung.

»Macht riesigen Spaß, oder?«, sagt Dad und sieht mich von oben her grinsend an. »Wir machen so selten was zusammen, nur wir zwei. Das sollten wir viel öfter tun. Wie fändest du das?« Als ich den Kopf hebe, hält er die Hand hoch, also klatsche ich ihn mit meiner heilen Hand ab. Ich mach gern was mit Dad allein, ohne meine Brüder.

Wir gehen beide zur Toilette, treffen uns an den Waschbecken wieder und waschen uns die Hände. Dabei beobachte ich ihn neugierig über den Spiegel. Es ist jetzt einen Monat her. Wir sind glücklich. Alles hat sich verändert, ich glaube, die schlimmen Zeiten gehören ein für alle Mal der Vergangenheit an. Dad scheint sich wirklich gebessert zu haben. Er lacht viel mehr als früher, und wenn er *doch* einmal gestresst ist, hält er sich bewusst von mir fern. Deshalb habe ich jetzt keine Scheu mehr, ihm eine Frage zu stellen, die mir schon länger unter den Nägeln brennt. Denn wenn er sein Verhalten geändert hat, denkt er vielleicht inzwischen auch ganz anders.

»Dad?«

Er sieht mich von der Seite an. »Ja?«

Entschlossen fixiere ich meine Hände, sehe zu, wie das Wasser darüberläuft, und nehme all meinen Mut zusammen, weil ich plötzlich doch Bammel habe. »Denkst du … denkst du, ich könnte Football spielen?«, zwinge ich die Worte langsam über meine Lippen. Ich kenne Dads Einstellung, er findet das Verletzungsrisiko viel zu hoch. »Mit Dean und Jake? Wir würden auf der Highschool gern alle drei in der Schulmannschaft spielen.«

Hastig dreht Dad den Wasserhahn zu und dreht sich mit tief gefurchter Stirn zu mir herum. »Was hast du gesagt?«, fragt er barsch. Aber ich glaube, er hat mich sehr gut verstanden.

»Football …«, bringe ich mühsam hervor, doch sofort macht sich ein flaues Gefühl in der Magengegend breit. Ich kann nicht sagen, woher es kommt, aber meine Nerven fangen an zu flattern. »Darf ich spielen?«

»Vergiss es, Tyler. Du spielst nicht Football«, erklärt er mit einer Endgültigkeit in der Stimme, die keinen Widerspruch duldet. Mit mürrischer Miene wendet er sich ab und reibt die Hände an seiner Jeans trocken. Gerade verlassen ein paar Männer den Raum, und im nächsten Moment sind wir allein.

»Aber Dad! Dean darf auch!«, jammere ich und verschränke die Arme vor der Brust. Warum lässt er mich nicht? Es ist doch nur Football. Ich werde deswegen nicht gleich alles andere vernachlässigen.

Dads Blick bohrt sich in mich, das Lächeln von vorhin ist verschwunden, und es sieht nicht so aus, als würde es so bald wieder zurückkehren. Er verengt die Augen zu schmalen Schlitzen, presst die Kiefer zusammen und deutet zornig mit dem Finger auf mich. »Dean ist nicht mein Sohn. Ich kann nur für dich sprechen. Und du spielst nicht. Ich will nichts mehr hören.«

Mit hängenden Schultern wende ich mich wieder dem Waschbecken zu und starre auf mein Spiegelbild. Dann beiße ich entschlossen die Zähne zusammen und presse kaum hörbar hervor: »Du kannst mir das nicht verbieten.« Ich liebe Dad, das tue ich wirklich, und ich kann ihn irgendwo verstehen, aber diese Sache ist mir echt wichtig. Warum kann er mir das nicht erlauben? Ich tue doch sonst alles, was er von mir verlangt. Kann er sich nicht ein Mal einen Ruck geben?

Unvermittelt gräbt Dad seine Faust in mein Trikot und zerrt mich an seine Brust. Das geht so schnell, dass mir kurz die Luft wegbleibt. Er presst seine Stirn an meine, bis wir auf Augenhöhe sind, und funkelt mich derart wütend an, dass die Erinnerung an all die schlimmen Nächte schlagartig zurückkehrt. Dabei dachte ich, das läge ein für alle Mal hinter mir. »Du hast keine Zeit für so was«, zischt er so dicht an meinem Gesicht, dass ich das Bier in seinem Atem rieche. »Jetzt nicht, und schon gar nicht, wenn du auf der Highschool bist. Noch ein Wort … Ich warne dich, Tyler, noch ein Wort …!«

»Dad …« Ich muss schlucken, als mein Blick auf seine geballte Faust fällt. Er hat seinen Griff um mein T-Shirt verstärkt, seine Knöchel treten weiß hervor. Ist ihm überhaupt klar, was er da tut? Ist ihm klar, dass er dabei ist, sein Versprechen zu brechen? Panisch flackert mein Blick durch den Raum, doch der einzige Mensch weit und breit ist ein Typ in der anderen Ecke, der hektisch hin und her läuft und aufgeregt in sein Handy spricht. Er nimmt noch nicht einmal Notiz von uns. Mir bleibt also nichts anderes übrig, als es selbst zu versuchen. »Hör auf«, sage ich. Doch meine Stimme klingt genauso schwach wie früher.

Unvermittelt legt Dad mir die Hände an die Brust und schubst mich nach hinten, dass ich gegen das Waschbecken knalle. Kopfschüttelnd sieht er mich an, dieselbe Enttäuschung und dieselbe Wut im Blick wie eh und je. Es ist das erste Mal seit einem Monat, und ich habe eine Scheißangst. Schnaubend fährt er sich mit der Hand durch die Haare und kneift kurz die Augen zu, und ich sehe, wie die Adern an seinen Armen hervortreten. Dann macht er auf dem Absatz kehrt und stürmt aus dem Waschraum, ohne sich noch einmal nach mir umzusehen.

Er hat es versprochen … Er hat versprochen, nie wieder grob zu werden. Aber er hat es wieder getan.

Er ist ein Lügner.

Und ich bin ein Trottel, weil ich ihm geglaubt habe.

Das restliche Spiel ist die reinste Tortur. Ich kann mich nicht mehr darauf konzentrieren. Wie benommen sitze ich auf meinem Platz, der Blick ins Leere gehend, während mir die verschiedensten Gedanken durch den Kopf rasen. Panisch kämpfe ich gegen die aufkeimende Übelkeit an. Dean erkundigt sich sogar einmal, ob alles in Ordnung wäre, ich sähe blass aus. Ich versichere ihm, alles bestens, ich sei nur ein wenig müde. Dads Blick weiche ich tunlichst aus. Hin und wieder höre ich ihn mit Hugh zusammen lachen, und ich kriege mit, wie er aufsteht, um sich ein neues Bier zu holen.

Ist er sich eigentlich im Klaren, dass das bisschen Vertrauen, das ich im Lauf der letzten Wochen zurückgewonnen habe, wieder völlig zunichtegemacht ist? Wie soll ich ihm je wieder glauben? Ich dachte ernsthaft, er hätte sich verändert, alles würde sich zum Guten wenden. Aber ich habe mich getäuscht. Nichts ist anders, und jetzt weiß ich nicht mehr, ob ich vor ihm sicher bin. Wir übernachten heute Abend in San Francisco, aber ich würde am liebsten wieder heimfahren. Ich will zu Mom. Ich vermisse sie. Wenn ich bei ihr bin, bin ich sicher.

Beim Verlassen des Stadiums herrscht unter den Zuschauern ausgelassene Stimmung, alles scheint vor Energie zu vibrieren. Die 49ers haben das Spiel gewonnen, worüber ich mich überhaupt nicht freuen kann. Dean kaut mir ein Ohr ab und labert ununterbrochen, während wir Mühe haben, mit Dad und Hugh Schritt zu halten. Ich glaube, er merkt gar nicht, dass ich ihm nicht richtig zuhöre.

»Wartet«, höre ich Hugh sagen. Unvermittelt bleibt er stehen und legt Dad eine Hand auf die Schulter. Er sieht sich zu Dean und mir um, dann lässt er den Blick durch das Stadion hinter uns schweifen. »Wir sollten ein Erinnerungsfoto machen, sonst schimpft meine Frau. Sie hat immer gern ein Foto fürs Familienalbum! Stimmt's, Dean?«

»O ja!« Dean fasst mich am Ellbogen und zerrt mich rüber zu unseren Vätern. Dean und Hugh machen wirklich bei jedem Spiel ein Foto, ihre ganze Garage ist voll mit diesen Schnappschüssen, ist wohl so was wie eine Familientradition.

Hugh winkt den erstbesten Passanten heran und drückt ihm sein Handy in die Hand. Dann scharen wir vier uns eng aneinander, das Stadion im Hintergrund. Neugierig werfe ich einen Seitenblick auf Dean. Übers ganze Gesicht strahlend steht er da, den Arm um meine Schulter gelegt, und gleich neben ihm Hugh, mit einem ähnlich breiten Lächeln auf den Lippen. Auf der anderen Seite von Hugh steht Dad mit dem Rücken zur Kamera und deutet auf den Namenszug auf seinem Trikot. Grayson.

»Tyler!«, ruft er mir in unbeschwertem, fast fröhlichem Tonfall zu. »Dreh dich auch um!«

Ich schenke ihm keine Beachtung. Dass ich mich umdrehe und unseren Namen präsentiere, kann er so was von vergessen. Und ich weigere mich, für das Foto zu lächeln. Das könnte ich gar nicht. In mir ist etwas zerbrochen.

Kapitel 44

Gegenwart

Nach einer Trainingssession im Fitnessstudio sind Dean und ich zu ihm nach Hause gefahren, weil er mir die neue Auspuffanlage an seinem Wagen vorführen will, die sein Dad gestern Abend montiert hat. Er sitzt bei geöffneter Tür mit einer Pobacke auf dem Fahrersitz und lässt mit einem stolzen Lächeln auf den Lippen den Motor aufheulen.

Wir lauschen dem satten Röhren des Motors, das tatsächlich ganz anders klingt, doch in Gedanken bin ich woanders. Ich lehne an dem Regal, dessen Fächer überquellen von einer Auswahl an Spirituosen. Mit verschränkten Armen wandert mein Blick über die Wände der Garage. Dean und sein Dad waren schon immer große Fans der 49ers, aber mir war gar nicht klar, dass sie über eine solche Sammlung verfügen. Die Garage gleicht einem Schrein, überall sind Andenken zu sehen, von gerahmten Trikots über Miniaturhelme mit Flaggen bis hin zu den unzähligen Fotos, die jeden Zentimeter Wand bedecken. In erster Linie handelt es sich um Fotografien, die Dean und seinen Dad bei sämtlichen Spielen zeigen, die sie besucht haben. Ein Foto aber sticht mir besonders ins Auge. Mit zusammengekniffenen Augen schaue ich über das Dach von Deans Wagen hinweg und versuche, den Lärm des Motors auszublenden, um mich voll und ganz darauf zu konzentrieren. Um es besser sehen zu können, stoße ich mich vom Regal ab, umrunde das Auto und sehe es mir aus der Nähe an. Augenblicklich ist mein Magen wie zugeschnürt.

Wusste ich's doch.

Das Foto ist schon älter, Dean und ich sind darauf noch Kinder. Es ist damals nach dem Spiel der 49ers gegen die Chargers oben in San Francisco entstanden. Im Vordergrund sind wir beide zu sehen, dahinter das Stadion. Unsere Väter sind ebenfalls auf dem Foto. Hugh, Deans Dad, und meiner, das Arschloch. Ich erinnere mich noch ganz deutlich an diesen Abend. Voller Vorfreude bin ich damals zu diesem Spiel gegangen. Ich war glücklich. Zu dem Zeitpunkt lief es nämlich seit einer Weile richtig gut, nur an dem Abend … An dem Abend geriet alles wieder außer Kontrolle. Ich weiß noch gut, wie Dad mich im Waschraum am Kragen gepackt und mich angebrüllt hat, es ist, als wäre es gestern gewesen. Ich meine fast seinen groben Griff zu spüren und seine wütende Stimme zu hören.

Da ist er, auf diesem Foto, ich habe ihn direkt vor Augen. Dean und Hugh strahlen, nur Dad hat sich umgedreht, damit man den Namen auf dem Rücken des Trikots sieht, Grayson. Wir hatten an dem Abend beide so eins an, er hatte sie extra für das Spiel besorgt. Daneben stehe ich. Ich starre zu Boden, und ich weiß noch gut, dass ich in diesem Moment um keinen Preis ein Lächeln zustande gebracht hätte. Die Aufnahme entstand einen Monat vor Dads Festnahme.

»Scheiße, warum habt ihr dieses Foto da hängen?«, rufe ich Dean über den Lärm hinweg zu. Ich recke den Hals, um seinen Blick einzufangen, und stelle fest, dass meine Kiefermuskulatur vor Anspannung schmerzt. Dieses Foto inmitten der vielen glücklichen Erinnerungen von Dean und seinem Dad zu sehen, finde ich ziemlich verstörend.

Dean hält inne, sieht mich stirnrunzelnd an und lässt den Blick durch die Garage schweifen. »Äh, schau dich doch um. Dad hat ein Foto von *jedem* Spiel aufgehängt«, weist er mich hin und tritt wieder aufs Gaspedal. »Und, wie findest du die neue Anlage?«

»Ja, feine Sache«, antworte ich abwesend und deute auf das Foto vor mir. »Kannst du das bitte abhängen?« Manchmal wünsche ich mir, ich wäre mutig genug, meinen Freunden alles zu erzählen. Sie würden mich bestimmt viel besser verstehen, wenn sie den Grund für mein aufbrausendes Temperament kennen würden. Und dann könnten sie gewiss auch nachvollziehen, weshalb ich es nicht ertragen kann, mit Erinnerungen wie der direkt vor meiner Nase konfrontiert zu werden. Sie in dem Glauben zu lassen, alles wäre in bester Ordnung, ist allerdings so viel einfacher.

Als Dean merkt, dass ich mich nicht mehr für sein Auto interessiere, seufzt er schwer, stellt den Motor ab und steigt aus. »Ist doch nur ein Foto, Mann.«

Ich bin kurz davor, die Beherrschung zu verlieren, am liebsten würde ich die Faust in das Bild rammen, bis nichts mehr übrig ist als Fetzen. Doch im selben Moment schwingt die Verbindungstür zum Haus auf, und Hugh betritt die Garage. Mit verschränkten Armen lehnt er sich gegen den Türrahmen.

»Der Motor röhrt so laut, dass es bis in die Küche zu hören ist«, sagt er lachend. Als sein Blick auf mich fällt, sieht er mich einige Sekunden schweigend an. Dann lächelt er mir verhalten zu. Offenbar ist ihm meine Anwesenheit unangenehm. »Hey, Tyler, alles klar?«

Ich finde es unerträglich, wie er mich ansieht. Jedes Mal, wenn wir uns sehen, schleicht sich für einen flüchtigen Moment dieser mitleidige Ausdruck auf seine Züge. Fast als würde er sich fragen: Was ist nur aus diesem Jungen geworden? Wie konnte er nur so auf die schiefe Bahn geraten?

Die Wahrheit wird Hugh nie erfahren, die Wahrheit nämlich, dass einfach zu viel passiert ist. Bis zum heutigen Tag habe ich unter den Folgen der Ereignisse zu leiden. Von dem Jungen von damals ist nicht mehr viel übrig, an seine Stelle ist ein verdammter Loser getreten, ein peinlicher Typ, der ständig zu viel trinkt, mit seinem Auto zu schnell durch die Gegend heizt und viel zu oft auf Drogen ist. Es ist eigenartig, aber ich habe beinahe das Gefühl, Hugh enttäuscht zu haben. Früher habe ich zu ihm aufgesehen, er war für mich eine Art Ersatzvater. Wie neidisch war ich als Kind auf Dean.

Bedrückt schiebe ich die geballten Fäuste in die Hosentaschen und lasse den Kopf hängen. Ein leises »Hey« ist alles, was ich zustande bringe. Wie soll ich auf diese Frage antworten? Ich weiß doch selbst nicht, wie die Antwort lautet.

»Dad, du kannst jetzt wieder gehen«, sagt Dean, und ich kann mir lebhaft vorstellen, dass er dazu entnervt mit den Augen rollt. Schon als Kind war es ihm peinlich, wenn seine Eltern und seine Freunde zusammen in einem Raum waren.

»Ist ja gut«, sagt Hugh, und ich sehe aus dem Augenwinkel, wie er ergeben die Hände hebt. »Dann lasse ich euch mal wieder allein.« Leise vor sich hin lachend tritt er den Rückzug an. Als sich die Tür hinter ihm schließt, wechsle ich einen Blick mit Dean.

»Sollen wir auf einen Kaffee in die *Refinery* gehen?«, schlägt er vor und wirft die Wagentür zu. Er stützt sich mit dem Ellbogen auf das Autodach und sieht mich fragend an.

»Nein, lieber nicht. Ich muss noch nach Malibu rüber«, wehre ich ab, und im selben Moment wird mir klar, dass ich das nicht hätte sagen sollen. Ich habe in Malibu nämlich was im Auftrag von Declan abzuliefern, und dieses Etwas ist absolut illegal. In den letzten zwei Wochen habe ich mich praktisch jeden Nachmittag strafbar gemacht. Langsam werde ich selbstbewusster dabei, und auch wenn das Risiko nach wie vor groß ist, fühle ich mich längst nicht mehr so unwohl wie zu Beginn. Tiffani ist über meine Machenschaften im Bilde, ich kann es mir allerdings nicht erlauben, dass noch jemand dahinterkommt.

Ein verwunderter Ausdruck huscht über Deans Gesicht. »Was willst du denn da?«

»Meine Karre braucht ein Waxing«, lüge ich. Auf keinen Fall dürfen irgendwelche Zweifel bei ihm zurückbleiben oder weitere Fragen folgen, deshalb ringe ich mir ein Lächeln ab und ziehe meine Autoschlüssel heraus. »Bis später«, verabschiede ich mich und verlasse fluchtartig die Garage. Ich kann nur hoffen, dass er nicht misstrauisch wird.

Ich gehe zu meinem am Straßenrand geparkten Wagen, steige ein und schaue auf mein Handy. Wie erwartet habe ich Nachrichten von Declan und Tiffani, die anderen Nummern kenne ich nicht. Außerdem habe ich mehrere Anrufe von Tiffani verpasst, was viel schlimmer ist, sie wird stinksauer sein. Seit gestern Abend ignoriere ich sie ganz bewusst. Ich habe mein Handy extra auf lautlos gestellt, und jetzt deaktiviere ich auch noch den Vibrationsalarm. So kann Tiffani mich wenigstens nicht mehr belästigen. Natürlich ist mir klar, dass das ein Spiel mit dem Feuer ist, aber ich bringe es einfach nicht über mich, mit ihr zu reden. Achtlos werfe ich das Telefon auf den Beifahrersitz und mache mich auf den Weg nach Malibu.

Als ich gegen Mittag nach Hause komme, stelle ich mit Schrecken fest, dass Tiffanis Auto bei uns vor dem Haus steht. Ich hätte es wissen müssen. Nur weil ich sie ignoriere, hält sie das nicht davon ab, mich aufzuspüren und zur Rede zu stellen. Gestern Abend habe ich ihr erzählt, ich würde was mit Dean und Jake machen. Aber heute hatte ich noch keine Gelegenheit, mir eine Ausrede einfallen zu lassen, weil wir noch nicht miteinander gesprochen haben. Sie ist bestimmt wahnsinnig wütend. Sie hasst es, wenn sie das Gefühl hat, mich nicht absolut unter Kontrolle zu haben.

Seufzend stelle ich den Wagen ab und gehe auf die Haustür zu. Als ich sie öffne, fällt mein Blick gleich als Erstes auf

Tiffani. Die Hand ungeduldig in die Hüfte gestemmt, steht sie im Flur direkt in der Tür zum Wohnzimmer. Mit einem leisen »Was machst du denn hier?« gehe ich auf sie zu.

Augenblicklich fährt sie herum und peitscht mir dabei ihre langen Haare ins Gesicht. Ihre kalten blauen Augen wirken hart und abweisend wie Granit, wütend bohrt sich ihr Blick in mich. »Wo warst du gestern Abend?«

»Hab ich dir doch gesagt. Ich war mit den Jungs unterwegs«, antworte ich rasch. Es ist mir schon vor langer Zeit in Fleisch und Blut übergegangen, dass ich ihr sofort Paroli biete, schon das kleinste Zögern verrät mich. Mittlerweile aber habe ich *genug* Erfahrung, ich lüge ihr jederzeit ohne mit der Wimper zu zucken ins Gesicht.

»Tyler!«, höre ich Moms Stimme, und fast hätte ich die Fassung verloren und »Scheiße, was ist?« gebrüllt. Über Tiffanis Schulter sehe ich Mom auf uns zukommen, und hinter ihr sitzt Eden auf der Couch. Nervös beobachtet sie uns. »Du hast mir gesagt, du wärst bei ihr«, sagt Mom und verschränkt die Arme vor der Brust. »Wo warst du gestern Abend wirklich?«

Mom erträgt es nicht, wenn ich lüge. Ich sehe genau, wie die Rädchen in ihrem Gehirn zu rattern beginnen. Sicher denkt sie jetzt, ich wäre wieder auf Sauftour gewesen oder etwas Ähnliches. Dass sie mir gleich beide aufgelauert haben und über mich herfallen, ist echt fies. Tiffani allein hätte gereicht. »O mein Gott«, sage ich schnaubend. »Ist doch total egal.«

Mom kehrt uns den Rücken zu. »Eden, wo ist er hingefahren?«

Mein Blick zuckt zu ihr. Stocksteif sitzt sie auf der Sofakante und starrt uns drei an. Hilfesuchend richte ich den Blick auf sie und flehe sie wortlos an, sich eine glaubwürdige Ausrede einfallen zu lassen, nicht unter dem Druck zusammenzubrechen und für mich zu lügen.

»Äh, also, er hat mich bei Meghan abgesetzt und dann seine Pläne geändert«, haspelt sie schließlich nervös und guckt mich dabei nicht an. »Er hat sich stattdessen mit seinen Freunden getroffen.«

Erleichtert sacken meine Schultern nach unten. Ich denke, das dürfte Tiffani vorerst beschwichtigen, deshalb wage ich es, den Arm nach ihr auszustrecken und einen Schritt auf sie zuzugehen. Mir bleibt nichts anderes übrig, als ihr Honig ums Maul zu schmieren. »Siehst du?«

»Sprich mich ja nicht an«, fährt Tiffani mich schroff an und schüttelt meine Hand ab. Grob schubst sie mich weg. *Warum ist sie denn immer noch sauer?* »Komm mit, Eden«, sagt sie im Befehlston. »Wir müssen mit Rachael und Meghan reden. Jetzt sofort.«

Fassungslos sehe ich zu, wie Eden vom Sofa aufspringt und Tiffani sie am Handgelenk packt, um sie hinter sich her zur Haustür zu schleifen. Im Vorbeigehen rempelt Tiffani mich noch und verschwindet mit Eden im Schlepptau zur Haustür hinaus, ohne mich eines Blickes zu würdigen. Verdammt, was hat sie eigentlich für ein Problem? Ich habe doch ein Alibi. Klar, es ist erstunken und erlogen, aber sie hat kein Recht, wütend auf mich zu sein. Liegt es daran, dass ich ihre Anrufe weggedrückt habe? Scheiße, und wozu braucht sie Eden? Jetzt platzt auch mir der Kragen.

Schwer atmend und bebend vor Wut stehe ich in der Stille des Hauses da, bis Mom mir besänftigend die Hand auf die Schulter legt und seufzt: »Ach, Tyler.«

Ruckartig wende ich ihr das Gesicht zu. »Was ist?«

»Ich hoffe, das arme Mädchen dreht nicht noch durch mit dir«, sagt sie mit einem Stirnrunzeln. Besorgt schaut sie zur Haustür, dann wieder zu mir. Will sie sich jetzt allen Ernstes auf Tiffanis Seite schlagen? »Immer wieder bringst du sie so in Rage. Bitte versprich, dass du keine Spielchen mit ihr spielst, Tyler.«

»Ach, halt die Klappe, Mom«, fahre ich sie an und schüttle sie grob ab. Sie hat ja keine Ahnung, dass ich wegen Tiffani schon seit Jahren die Hölle auf Erden erlebe. Sie ist wirklich alles andere als ein armes unschuldiges Ding.

Moms Gesicht nimmt einen verletzten Ausdruck an. »Wow«, sagt sie leise. Mit verwunderter Miene sieht sie mich an, offenbar erstaunt darüber, dass ich so mit ihr rede. Aber ich konnte nicht anders. Mein Temperament ging mit mir durch.

»Tut mir leid«, entschuldige ich mich hastig. »Ich wollte nicht …«

»Ich gehe einkaufen und hole anschließend Chase ab«, fällt sie mir ins Wort, während sie sich umdreht und geht. Sie weicht meinem Blick aus, als sie ihre Tasche holt, die Autoschlüssel vom Flurtischchen aufsammelt und auf die Haustür zuhält. Ihre Züge sind hart, dabei weiß ich haargenau, wie sehr ich sie mit meinen Worten verletzt habe. »Falls jemand mich sucht, ich bin unterwegs«, ruft sie mir über die Schulter zu und lässt die Haustür hinter sich zuknallen.

»Scheiße!«, fluche ich lautstark. Warum habe ich mich nicht im Griff? Ich sollte nicht so mit Mom reden, das hat sie nicht verdient. Wütend auf mich selbst fahre ich mir durch die Haare und lasse mich auf die unterste Stufe der Treppe sinken. Mit angespanntem Kiefer fische ich mein Handy aus der Tasche. Ich zittere vor Wut, als ich eine Nachricht an Declans Nummer sende, die ich schon so oft geschickt habe: *Heute wird ein Scheißtag. Halt schon mal was Gutes für mich bereit.*

Kapitel 45

Fünf Jahre zuvor

Ich hatte ganz vergessen, wie weh Blutergüsse tun können. Sie blühen in den prächtigsten Farben auf, von Blau über Violett bis hin zu Grün und Gelb bedecken sie die Haut an meinen Schultern und Armen, und über meinen Brustkorb zieht sich ein langer Kratzer, weil ich vor zwei Abenden an der Ecke meines Schreibtischs entlanggeschrammt bin. Es geht alles wieder von vorne los. Die Wut hat Dad wieder fest in ihrem Griff. Ich glaube, es war nie anders, nur ist es ihm für eine Weile gelungen, seinen Zorn zu zügeln. Ich habe diese Zeit so sehr genossen, dass ich nicht eine Sekunde an ihm gezweifelt habe. Doch im Grunde hätte ich es wissen müssen. Es war zu gut, um wahr zu sein. Jetzt ist er wieder ganz der Alte. Obwohl, ich denke, es ist sogar ein bisschen schlimmer als früher. Dad verprügelt mich jetzt schon seit einer Woche jeden Abend, und von Tag zu Tag scheint es heftiger zu werden. Der Groll, der sich im vergangenen Monat in ihm angestaut hat, scheint sich jetzt mit einem Mal zu entladen. Zum Glück beherrsche ich es immer noch, das alles über mich ergehen zu lassen, ohne es an mich ranzulassen. Ich bin jedes Mal wie weggetreten, nur so überstehe ich seine Prügelattacken.

In der Schule war ich die ganze letzte Woche unaufmerksam, ich schaffe es einfach nicht, mich auf den Unterricht zu konzentrieren. Und weil ich mich wieder einmal völlig danebenbenommen habe, hat Mr. Hayes mich für heute Nachmittag in sein Büro zitiert. Allein bei dem Gedanken wird mir schlecht, ich hab echt eine Scheißangst. Was erzähle ich ihm diesmal? Dass ich mich in den letzten Wochen nur zusammengerissen habe, weil ich zur Abwechslung einmal glücklich war? Und ich neue Hoffnung geschöpft hatte? Ich mich sicher gefühlt hatte? Und jetzt bin ich eben nicht mehr glücklich, habe keine Hoffnung mehr, fühle mich nicht mehr sicher?

Es ist Donnerstag, wir sitzen beim Mittagessen in der Cafeteria an unserem üblichen Tisch. Jetzt bin ich wieder der Schweigsame, der mit gesenktem Kopf unbeteiligt am Ende der Bank hockt. Meine Freunde plaudern munter miteinander und lachen, doch das blende ich alles aus. Ich habe den Blick auf die Tischplatte geheftet und versuche einfach nur tief und gleichmäßig zu atmen.

Es ist beschlossene Sache: Ich hasse Dad.

Eigentlich hätte ich wissen müssen, dass ihm nicht zu trauen ist. Ihm zu glauben war ein dummer Fehler. Würde er mich wirklich lieben, hätte er sein Versprechen gehalten. Scheiße, wenn er mich echt lieben würde, hätte er so ein Versprechen gar nicht erst geben müssen. Wenn man einem anderen Menschen wehtut, kann von Liebe keine Rede sein.

Aber warum nehme ich ihn trotzdem immer noch in Schutz?

Warum vertusche ich trotz allem seine Fehltritte? Warum mache ich den Leuten weis, ich wäre gestolpert, die Treppe hinuntergestürzt, hätte mir beim Spielen mit Dean und Jake wehgetan? Warum nehme ich laufend neue blaue Flecken in Kauf? Neue Schürfwunden? Neue Narben? Warum finde ich mich damit ab, wenn ein Wort genügen würde, um seinem perfiden Spiel ein Ende zu bereiten? Egal, wem ich mich anvertraue, es wäre ein für alle Mal vorbei. Aber würde man mir diese Geschichte überhaupt glauben? Dad ist ein angesehener Geschäftsmann, stets makellos gekleidet in Hemd und Krawatte. Er ist der Mann mit dem Mercedes und dem charmanten Lächeln. Wem würde man wohl eher glauben, ihm oder mir? Ich bin nur ein Kind, und ich lebe diese Lüge schon so lange, dass ich mich manchmal frage, ob es nicht vielleicht schon zu spät ist, das Ruder herumzureißen.

In meinem Kopf herrscht grenzenloses Chaos. Unzählige Gedanken geistern mir durchs Gehirn. Doch allmählich zeichnet sich eine ganz neue Erkenntnis ab. Es ist nicht Dad, den ich beschütze. Sondern Mom, und meine Brüder. Ich will unsere Familie nicht auseinanderreißen, nicht, wo sie doch alle so glücklich sind. Würde Mom mir das je verzeihen? Ich kann nicht zulassen, dass auch sie noch wütend auf mich wird.

Mr. Hayes hat einmal zu mir gesagt, ich könne mit ihm über alles reden. Würde *er* mir glauben? Ich könnte ihm ja sagen, dass ich Angst habe, nach Hause zu gehen. Vielleicht kann er sich den Grund dann selbst zusammenreimen. So hätte ich Dad nicht direkt verraten, aber er wüsste trotzdem Bescheid.

»Tyler«, höre ich jemanden sagen, und im nächsten Moment rempelt mir jemand den Ellbogen in die Rippen, genau an der Stelle mit der Schürfwunde. Der Schmerz lässt mich zurückzucken, und als ich den Kopf hochreiße, merke ich, wie Dean mich abwartend von der Seite ansieht. »Hast du gehört, was Blake gesagt hat? Kommst du mit oder nicht?«

»Was?« Mir schießt die Röte ins Gesicht, blinzelnd sehe ich mich am Tisch um, weil alle mich anschauen. Tiffani verdreht sogar die Augen und wechselt einen spöttischen Blick mit Rachael. Ich muss aufpassen und darf nicht ständig in Gegenwart meiner Freunde so wegtreten, sonst kommen sie vielleicht noch auf die Idee, dass mit mir was nicht stimmt. Ich richte den Blick auf Blake Montgomery, der mit einer Hand am Gurt seines Rucksacks neben dem Tisch steht und mich ebenfalls fragend ansieht. »Ob ich wo hinkomme?«, frage ich benommen nach. Seit wann steht er überhaupt da? Scheiße, ich war in Gedanken wirklich ganz woanders.

»Ein paar von uns treffen sich nach der Schule für ein kleines Match auf dem Sportplatz«, erklärt Blake. Er ist der Typ freundlicher Riese, und obwohl er schon in die achte Klasse geht, ist er sich nie zu schade, uns auf dem Flur zu grüßen, wenn wir uns über den Weg laufen. Ich glaube, er ist gut mit Jake befreundet. »Also sag schon, bist du dabei?«, fragt er mit einem breiten Lächeln, doch dann verblasst es von einer Sekunde zur nächsten. Er verzieht das Gesicht, schaut unsicher zu Dean und Jake und dann wieder zu mir. »Ach so ... verstehe«, rudert er zurück. »Dein Dad will ja nicht, dass du spielst. Hab`s vergessen, tut mir leid.«

Ich bin nicht enttäuscht, dass er mich daran erinnert hat, stattdessen bricht sich schlagartig ein anderes Gefühl in mir Bahn und rauscht durch meine Adern. Ich spüre deutlich, wie Zorn in mir hochkocht, nur dass er nicht Blake gilt, sondern meinem Dad. Ich presse die Kiefer fest aufeinander und balle die Hände zu Fäusten, bis ich bebe, weil ich derart unter Anspannung stehe. Es dauert nur den Bruchteil einer Sekunde, ein flüchtiger Moment, in dem irgendetwas in mir zerreißt wie ein überdehntes Gummiband, das dem Druck nicht länger standhält. Doch es reicht aus, um bei mir eine Sicherung durchbrennen zu lassen. Blitzartig springe ich auf und ramme Blake die Faust ins Gesicht.

»Tyler!«, schreien alle am Tisch schockiert auf.

Blake landet rücklings am Boden und starrt mich mit großen Augen an, während er sich das schmerzende Kinn reibt. Doch ich komme erst richtig in Fahrt. Vor meinem geistigen Auge sehe ich Dads lächelndes Gesicht vor mir, spüre die Verletzungen, spüre seine Hände auf meinen Schultern. Es ist, als würde ein Feuer in mir tosen, ich sehe komplett rot und habe mich nicht mehr im Griff. In blinder Wut werfe ich mich auf Blake, ramme ihm wieder und wieder die Faust ins Gesicht, die Augen fest zusammengekniffen.

Ich hasse Dad. Scheiße, ich hasse ihn so sehr.

Um mich herum wird es hektisch. Ich merke, wie meine Freunde versuchen, mich von Blake runterzuzerren, und dabei unwillkürlich die vielen Blutergüsse berühren, die unter meinen Kleidern verborgen sind. Unsanft zerren sie an meinen Armen, schreien meinen Namen. Dann holt Blake zum Gegenschlag aus und trifft mich mit der Faust an der Lippe, während er gleichzeitig versucht, mich abzuschütteln. Eigenartigerweise spüre ich nicht das Geringste, als er mich erwischt. Offenbar habe ich mich inzwischen so daran gewöhnt, dass ich für Schmerz unempfänglich bin.

»HEY!«, höre ich eine tiefe männliche Stimme rufen, und mit einem Mal spüre ich ein Paar starker Arme, die mich umfassen. Sie erinnern mich an Dad. Mit einem Ruck werde ich von Blake heruntergezogen, taumle rückwärts gegen den Mann hinter mir. Als ich die Augen aufschlage, sehe ich Blake vor mir auf dem Boden liegen. Ich nehme den Kreis neugieriger Schüler wahr, die sich um uns geschart haben und sich gegenseitig stoßen, um eine bessere Sicht auf das Geschehen zu bekommen. Ich sehe meine Freunde, allen voran Dean, der mich mit offenem Mund anstarrt, ihre Gesichter vor Entsetzen bleich. Als ich mich über die Schulter zu dem Mann hinter mir umsehe, der nicht daran denkt, mich loszulassen, sondern mich von den anderen wegzerrt, setzt mein Herz einen Schlag aus. Ich weiß genau, wer das ist. Es ist der schuleigene Polizist.

Kapitel 46

Gegenwart

Eden ist schon seit einer Stunde weg, und ich tigere immer noch nervös im Flur auf und ab. Am liebsten würde ich die Faust gegen die Wand rammen, aber ich versuche, mich am Riemen zu reißen, obwohl ich allein zu Hause bin. Im Moment läuft so ziemlich alles schief, so viel steht fest. Tiffani ist immer noch wütend auf mich, und dagegen muss ich unbedingt was unternehmen. Ich habe mehrfach bei ihr angerufen, krieg aber immer nur die Mailbox ran. Dass sie auf eine von meinen vielen SMS reagieren wird, kann ich wohl auch vergessen. Je länger ich ziellos hin und her laufe, desto panischer werde ich. Ich hätte mich in den letzten Tagen mehr um sie bemühen müssen. Derzeit kann ich es mir nicht leisten, es mir mit ihr zu verscherzen. Nicht, wo sie mich in der Hand hat. Sie weiß einfach zu viel über mich.

Als sich die Haustür leise knarzend öffnet und Eden in den Flur tritt, balle ich die Hände zu Fäusten und bin mit wenigen Sätzen bei ihr. Ich brauche dringend ein Statusupdate.

»Was hat sie gesagt?«, schleudere ich ihr ungeduldig entgegen. Es war nicht meine Absicht, Eden so anzuherrschen, aber mir gehen die Nerven durch. Ich hasse es, dass Tiffani es immer wieder schafft, das Schlechteste in mir zum Vorschein zu bringen. »Was hast du gesagt?«

Alle Farbe ist aus Edens Gesicht gewichen, ihr Blick wirkt panisch. Sie wirft einen verstohlenen Blick ins Wohnzimmer. »Wo ist deine Mom?«

»Holt Chase ab«, antworte ich schroff. »Also, was war los, verdammt noch mal?«

Eden holt tief Luft und sieht mich mit schreckgeweiteten Augen an. »Gestern Abend hat uns jemand gesehen«, sagt sie und lässt den Kopf sinken. Sie kaut auf ihrer Unterlippe. »Austin Cameron … Er hat es Tiffani erzählt.«

Lieber Gott, bitte nicht. Austin kann uns unmöglich gesehen haben. Wozu habe ich wohl sonst getönte Autoscheiben? »Willst du mich verarschen?« Scheiße, jetzt weiß ich, warum Tiffani so gemein zu mir ist. Diesmal lässt sie mich garantiert nicht so leicht davonkommen. Hat sie Eden deswegen mitgenommen? Weil sie sie damit konfrontieren wollte? Mir wird schlecht bei dem Gedanken, dass es alle innerhalb kürzester Zeit wissen werden. *Schon gehört? Tyler Bruce und seine Stiefschwester* … Wütend ramme ich die Faust in meine Handfläche. Was hat Austin da bloß angerichtet? »Diesen Scheißer mach ich fertig …«

»Sie wissen nicht, dass ich es war«, fällt Eden mir ins Wort. Immerhin, ein schwacher Trost. Tiffani weiß also, dass ich gestern Abend mit einem anderen Mädchen rumgemacht hab, aber nicht, mit wem genau. Vorausgesetzt, Eden hat sich mit ihrer schuldbewussten Miene nicht selbst verraten. »Sie ist völlig fertig, Tyler«, sagt sie mit leiser Stimme.

Schweigen macht sich breit, während ich mit hängendem Kopf nachgrüble. Es ist nicht das erste Mal, ich habe schon öfter mit anderen Mädchen herumgeknutscht. Natürlich sind Tiffani Gerüchte zu Ohren gekommen, aber so richtig daran geglaubt hat sie nie. Doch dieses Mal … ich weiß nicht. Dieses Mal scheint sie es zu glauben, und ich empfinde die Situation als viel gefährlicher. Diese andere Mädchen … jene Küsse waren bedeutungslos. Jetzt ist es anders, und wenn Tiffani *das* erfährt, macht sie mir das Leben endgültig zur Hölle.

»Ich bring das wieder in Ordnung«, sage ich zu Eden, als ich den Blick schließlich wieder hebe. Ich ertrage es nicht, sie so verstört und verängstigt zu sehen. Warum musste ich sie in diese beschissene Situation bringen? »Ja, ich weiß, sie ist sauer, das verstehe ich. Aber das kriege ich schon wieder hin. Ich sage ihr, dass ich einen Fehler gemacht habe, und kaufe ihr was Hübsches. Dann vergisst sie die Sache, und alles wird wieder gut. Und dann kümmern wir uns um den Rest.«

Kaum sind diese Worte über meine Lippen, merke ich, wie eine Veränderung in Eden vorgeht. Sie scheint plötzlich eine Scheißwut auf mich zu haben. »Es wird nicht alles wieder gut«, faucht sie und funkelt mich böse an, als wäre das alles einzig und allein *meine* Schuld. »Nichts ist gut, Tyler. Das muss aufhören!«

Stirnrunzelnd sehe ich sie an. »Was?«

»Das hier.« Hilflos hebt sie die Hände und deutet abwechselnd auf sich selbst und mich. Verzweifelt stößt sie die Luft aus und fährt sich mit den Fingern in die Haare. »Du hast eine Freundin, Tyler, und die will ich nicht betrügen.«

»Das würdest du auch nicht«, versichere ich ihr. Der Einzige, der hier betrügt, bin ich. Ich mag es, dass Eden die Situation nicht kaltlässt. Dass sie das Richtige tun und niemanden verletzen möchte. Ich finde es sogar süß, wenn sie die Stimme gegen mich erhebt und mich mit ihren haselnussbrauen Augen anfunkelt, dass ich ihr nicht mehr widerstehen kann. Ich mache einen Schritt auf sie zu, ziehe sie an mich und beuge mich auf sie zu.

Doch bevor ich sie auf den Mund küssen kann, reißt sie sich von mir los und wendet sich ab. Langsam öffne ich die Augen und sehe, wie sie die Hände in die Hüften stemmt und mich ungläubig anstarrt. Zugegeben, der Zeitpunkt war vielleicht nicht ganz optimal … aber sie macht mich nun mal wahnsinnig.

»Das ist doch nicht dein Ernst, oder? Jetzt ist wirklich nicht der richtige Zeitpunkt. Selbst wenn du mir garantieren könntest, dass sie es nie erfährt – und sie wird es erfahren –, würde ich es trotzdem nicht tun.« Sie weicht einen weiteren Schritt zurück und sieht mich kopfschüttelnd an. »Ich werde das nicht tun.«

»Ach, komm schon«, sage ich und schaue ihr tief in die Augen, um sie doch noch rumzukriegen. Das ist so typisch Tyler Bruce, ich könnte mich ohrfeigen dafür. Doch sie hat mich ganz offensichtlich durchschaut, denn jetzt rümpft sie die Nase und stürmt nach oben. Ich lasse sie nicht aus den Augen. »Wir kriegen das hin«, rufe ich ihr nach, als sie schon halb die Treppe hinauf ist. Ich meine es ernst, ich *werde* das hinkriegen.

»Wie, Tyler?« Die Skepsis in ihrer Stimme ist nicht zu überhören. Sie fährt herum, packt mit beiden Händen das Geländer und sieht mich prüfend an. »Wir haben nur zwei Möglichkeiten.«

»Zwei?«

»Zwei.« Sie presst die Lippen zu einer dünnen Linie zusammen. »Du musst mit ihr Schluss machen.«

»Nein«, kommt es von mir wie aus der Pistole geschossen, und ich schüttle entschieden den Kopf. »Das kann ich nicht.« Tiffani spielt eine viel zu wichtige Rolle in meinem Leben. Sie ist zerstörerisch und ein Kontrollfreak, aber sie ist auch mein Sicherheitsnetz. Ich kann mich darauf verlassen, dass sie für mich da ist, dass sie mich auf andere Gedanken bringt, wenn sich das Leben wieder mal von seiner schlimmsten Seite zeigt. Obwohl ich genau weiß, dass meine Beziehung zu Tiffani nicht gut für mich ist, bin ich dankbar für dieses Gefühl von Sicherheit, das sie mir gibt. Ich denke, ich *könnte* vielleicht ohne sie leben, aber Schlussmachen ist keine Option. Nicht, solange sie mich wegen der Sache mit Declan in der Hand hat. Und im Moment bin ich nicht in der psychischen Verfassung, ein solches Risiko einzugehen.

»Warum nicht?«, will sie wissen.

Soll ich es ihr sagen? Ich glaube nicht, dass ich dazu in der

Lage bin, denn dazu müsste ich ihr von meiner Abmachung mit Declan Portwood erzählen. Ich müsste viel zu weit ausholen. Das mit Tiffani und mir ist im Grunde eine inzwischen drei Jahre andauernde Katastrophe. »Weil es komplizierter ist, als du denkst, okay? Tiffani ist … Lass es einfach gut sein, ja?« Ich sehe sie mit schmalen Augen an, der übliche Trick, wenn ich jemandem klarmachen will, dass ich was todernst meine und keine Widerrede dulde. »Was ist die andere Möglichkeit?«, frage ich dann mit einem schweren Seufzen.

»Wir ignorieren das, was zwischen uns ist«, antwortet Eden, und ihre Schultern sacken nach unten. Diese Variante gefällt mir gar nicht, und ich habe den Eindruck, Eden geht es ähnlich. Doch sie hat recht, und ihre Ehrlichkeit sorgt dafür, dass ich sie nur umso mehr will.

Ich lehne mich gegen die Wand und verschränke die Arme vor der Brust. »Also läuft es darauf hinaus, dass ich nur mit dir zusammen sein kann, wenn ich mit Tiffani Schluss mache? Sie oder du, ja?« Sanft sehe ich zu ihr hoch. Ich wünschte, sie wäre nicht so weit weg. Ich wünschte, wir müssten dieses Gespräch nicht führen. Tiffani zwingt mich, unsere vergiftete Beziehung weiterzuführen, in der ich zugegebenermaßen manchmal sogar ganz gerne bin. Nur hat Eden etwas an sich, das mich noch viel mehr reizt. Sie ist so anders.

»Warum tust du so überrascht? Das Ultimatum ist doch ziemlich logisch«, bemerkt Eden. »Du hättest wissen müssen, dass es darauf hinausläuft.«

Ich lehne den Kopf gegen die Wand und fahre mir mit den Händen durch die Haare. »Scheiße«, murmle ich leise. Für mich ist dieses Gespräch beendet, das halte ich keine Sekunde länger aus, sonst verliere ich noch die Beherrschung. Und so verschwinde ich in die Küche, bevor das passieren kann. Kurz darauf höre ich oben Edens Tür zuknallen.

Ich bin völlig hin- und hergerissen. Mit Tiffani Schluss machen kommt für mich nicht infrage, aber gleichzeitig habe ich jetzt Angst, dass Eden auf Abstand geht. Im Moment könnte ich mich nicht entscheiden, was ich schlimmer fände: Tiffani den Laufpass zu geben, auf die Gefahr hin, dass sie alle meine Geheimnisse preisgibt, oder nie zu erfahren, was zwischen Eden und mir alles hätte sein können. Mir dreht sich der Kopf, denn mir ist klar, dass ich so oder so nur verlieren kann. Ich habe das Gefühl, in eine Sackgasse geraten zu sein, und weiß mir keinen Ausweg. Ein bisschen Ablenkung wäre gut, ich muss mich unbedingt mit Declan treffen. *Irgendetwas* brauche ich heute Abend, sonst frisst es mich auf.

Ich lasse mir ein Glas Wasser ein, schicke eine weitere SMS an Declan und gehe nach oben in mein Zimmer. Kurz bin ich versucht, bei Eden anzuklopfen, beschließe dann aber, sie in Ruhe zu lassen. Ich glaube, ein bisschen Abstand tut uns beiden ganz gut. Stattdessen tigere ich nervös in meinem Zimmer auf und ab und versuche noch einmal, Tiffani zu erreichen. Eine halbe Stunde lang lausche ich wieder und wieder auf den monotonen Freiton und bete, sie möge endlich drangehen. Dann könnte ich mich zumindest rechtfertigen. Ganz kurz setzt mein Herz einen Schlag aus, als sie schließlich doch abhebt, doch sie legt sofort wieder auf, bevor ich ein Wort sagen kann.

Wütend schleudere ich mein Handy quer durchs Zimmer und steigere mich gerade so richtig hinein in meinen Zorn, als ich das zerbrochene Display sehe. Stöhnend hebe ich es auf und begutachte den Schaden, da höre ich, wie die Tür sich öffnet. Enttäuscht stelle ich mit einem Blick über die Schulter fest, dass es Mom ist und nicht Eden, wie ich gehofft hatte. Sie muss den dumpfen Schlag gehört haben, denn jetzt lehnt sie stirnrunzelnd im Türrahmen und heftet die Augen auf das kaputte Telefon in meiner Hand. Sie hat den Autoschlüssel noch am Finger baumeln, deshalb gehe ich davon aus, dass sie gerade erst nach Hause gekommen ist.

»Tyler«, sagt sie.

»Was?«, zische ich. Ja, es ist nicht der erste Sprung in meinem Display. Ständig knalle ich mein Handy irgendwo dagegen oder pfeffere es auf den Boden, aber es ist einfach ein zu befreiendes Gefühl, etwas zu werfen, wenn in einem die Wut hochkocht. Manchmal frage ich mich, ob Dad die gleiche Befriedigung verspürt hat, wenn er mich herumgestoßen hat. Ich hasse ihn dafür, aber es gibt Momente, da glaube ich ihn sogar ansatzweise zu verstehen.

»Okay, du hast also immer noch miese Laune«, stellt Mom seufzend fest.

»Meine Laune ist nicht mies!«, fauche ich und werfe das Handy aufs Bett. Ich drehe mich zu ihr um, verschränke die Arme vor der Brust und sehe sie unverwandt an.

»Ja, klar.« Sie schiebt die Unterlippe vor, und ihr Blick trübt sich. Mit etwas sanfterer Stimme fragt sie: »Warum warst du vorhin so gemein zu mir?«

»Weil ich ein verdammter Idiot bin, Mom!«, herrsche ich sie an. Wenn ich mir nicht bald was reinziehen kann, raste ich aus. Klar habe ich ein schlechtes Gewissen, dass ich sie so blöd angeredet habe, aber ihre Fragerei ist einfach unerträglich. Ich habe so schon genug um die Ohren.

Wir streiten uns noch eine Weile und werden dabei immer lauter, bis Mom ergeben die Hände hebt, auf dem Absatz kehrtmacht und aus meinem Zimmer verschwindet. Leider hat das Gespräch zwischen uns zu keinerlei Aussprache geführt, wie sie es sich ganz bestimmt erhofft hat, im Gegenteil. Kurz denke ich darüber nach, auf der Stelle von hier zu verschwinden und mich mit Declan zu treffen, aber wir essen bald zu Abend, deshalb muss das noch warten. Außerdem habe ich ein schlechtes Gewissen. Es sind ja nur ein paar Stunden, so lange halte ich es noch aus.

Bis zum Abendessen hat sich meine Laune nicht ein Stück gebessert. Mom hatte recht, ich bin mies drauf. Nicht einmal als wir am Küchentisch sitzen, kann ich meinen mürrischen Gesichtsausdruck ablegen. Die Familie ist fast vollständig versammelt, nur Jamie fehlt. Er ist zum Abendessen bei einem Freund eingeladen, wir sind also nur zu fünft. Mom ist sichtlich um ein heiteres, unverfängliches Gespräch bemüht, gerade erzählt Dave von einer Besprechung in der Arbeit. Aber ich bin in Gedanken wieder einmal ganz woanders.

Eindringlich starre ich über den Tisch zu Eden und lasse sie nicht aus den Augen. Ich sehe zu, wie sich ihre Mundwinkel bewegen, während sie auf eine Frage von Dave antwortet, und registriere auch, dass sie immer wieder verlegen in ihren Schoß starrt und verunsichert die Stirn runzelt. Sie weigert sich beharrlich, mich anzusehen. Ich glaube, sie wartet immer noch auf eine Entscheidung von mir, was die Sache mit Tiffani angeht. Aber wir wissen wohl beide, dass für mich keine der beiden Möglichkeiten infrage kommt.

Als Mom eine Platte mit gegrillten Rippchen auf den Tisch stellt, schiebe ich unvermittelt meinen Stuhl zurück und stehe auf. »Ich halt das hier nicht aus. Ich geh wieder nach oben«, sage ich. Mir wird schlecht von diesem Fleischgeruch. Wobei das zugegebenermaßen nicht der einzige Grund ist, weshalb bei mir der Fluchtreflex einsetzt. Ich brauche schnellstens eine Line.

Mom sieht mich ernst an, ihr Lächeln ist verflogen. Sie steht hinter Dave und legt ihm beide Hände auf die Schultern. »Aber dein Essen kommt doch …«

»Ich hab noch zu tun«, unterbreche ich sie. Nichts bringt mich dazu, eine Sekunde länger als nötig hier zu sitzen. Nicht, wenn ich die ganze Zeit Edens wütenden Blick auf mir spüre. »Ich mach's mir später warm«, rufe ich bereits im Gehen, ohne mich noch einmal umzusehen.

Zwei Stufen auf einmal nehmend laufe ich hinauf in mein Zimmer und schicke sofort eine SMS an Declan. Er muss mir so schnell wie möglich was besorgen. Die Sucht macht sich inzwischen so deutlich bemerkbar, dass ich das Gefühl habe, es nicht mehr auszuhalten. Während ich vergeblich auf eine Antwort von ihm warte, rufe ich kurz entschlossen bei Tiffani an, aber auch der Versuch schlägt fehl. Wenn sie mich heute den ganzen Abend abblitzen lässt, bleibt mir nichts anderes übrig, als morgen bei ihr zu Hause aufzukreuzen. Wenn sie will, dass ich vor ihr auf die Knie gehe und bettle, soll sie das haben.

Ungeduldig setze ich mich auf die Bettkante, falte die Hände zwischen den Knien und warte auf eine Reaktion von Declan. Dabei konzentriere ich mich voll und ganz auf meine Atmung. Angestrengt lausche ich in die Stille hinein und atme gleichmäßig ein und aus. Plötzlich platzt Eden in mein Zimmer, ohne vorher anzuklopfen.

»Wir müssen auf Chase aufpassen«, teilt sie mir unumwunden mit. Ihre Stimme klingt jetzt wieder normal, wenn auch leicht bekümmert. »Jamie hat sich das Handgelenk gebrochen.«

Sofort suche ich ihren Blick, und mein Herz setzt einen Schlag aus. Das ist ein derart sensibles Thema, und ich bin so fürsorglich, was meine Brüder betrifft, dass ich jetzt aufspringe und auf sie zueile. Ich bin bereit, jemanden zu töten. »Was ist passiert? Wo ist er? Wer war das?«, frage ich. Ich merke, wie es in mir brodelt. Dad hat mir mehrfach das Handgelenk gebrochen.

Ein erstaunter Ausdruck huscht über Edens eben noch so ruhiges Gesicht. »Was?«

Okay, die Frage nach dem Wer war überflüssig. Offenbar ist mein Unterbewusstsein mit mir durchgegangen. Wenn ich als Kind irgendwelche Verletzungen hatte, war immer ein anderer dafür verantwortlich. Ich schlucke und räuspere mich. »Ich meine, wie ist es passiert?«

»Ich glaube, er ist draufgefallen«, erklärt Eden mit einem

kleinen Achselzucken. Sie sieht mich immer noch prüfend an, weil meine Frage sie offenbar verstört hat. Ich könnte mich ohrfeigen, dass mir das rausgerutscht ist. Hoffentlich vergisst sie es schnell wieder. »Wie ich gehört habe, hast du dir deins auch mal gebrochen, du harter Kerl, du«, fügt sie in scherzhaftem Ton hinzu, ein schiefes Lächeln auf den Lippen.

Scheiße, was soll das denn jetzt? Woher weiß sie das überhaupt? Und warum macht sie Witze darüber? Ich habe mir mein Handgelenk ganze drei Mal in nur einem Jahr gebrochen, weil mein Vater sich nicht im Griff hatte. »Wer hat dir das erzählt?«, frage ich schroff.

»Äh, Chase«, antwortet Eden ruhig. Offenbar versteht sie nicht, woran genau sie mich eben erinnert hat. Sie beißt sich auf die Lippe und sieht mich fragend an. »Was ist denn los?«

O *Mann, Chase.* Er kann Eden gar nicht die Wahrheit über Dad erzählt haben, weil er sie ja selbst nicht kennt. Er weiß nur, dass sein großer Bruder früher ein richtiger Tollpatsch war und sich ständig wehgetan hat. »Was hat er dir sonst noch erzählt?«, frage ich, nur um ganz sicher zu sein. Es gibt so vieles, was er in seiner kindlichen Unschuld preisgegeben haben könnte.

»Nichts«, sagt Eden.

Ich trete einen Schritt auf sie zu und sehe sie eindringlich an. »Sicher?«

»Jetzt krieg dich mal wieder ein«, antwortet sie, doch meine Reaktion scheint ihr unangenehm zu sein, denn sie fügt hinzu: »Ja, ganz sicher.«

Ich sollte mir mehr Mühe geben, die Gefühle, die mich gerade durchströmen, zu verbergen, doch aus irgendeinem Grund ist es mir egal, ob Eden mitkriegt, wie es in mir aussieht. Aber ich habe Angst davor, dass sie meine Vergangenheit kennenlernen könnte, und die Panik steht mir offen ins Gesicht geschrieben.

»Weißt du was? Ich halte das nicht mehr aus!« Plötzlich brechen sich alle meine Gefühle Bahn, und zwar auf die einzige Art und Weise, die ich kenne: in Form von blanker Wut. »Dich nicht, und auch Tiffani nicht. Ich halte deine dämlichen Fragen nicht mehr aus und auch nicht Tiffanis Geheule. Das ist mir gerade einfach alles zu viel.« Kopfschüttelnd wende ich mich ab und verschwinde im Badezimmer, wo ich mich am Waschbecken abstütze. Ich lasse den Kopf hängen und konzentriere mich wieder ganz auf meine Atmung. Eigentlich hatte ich mich gerade wunderbar beruhigt, bevor Eden hier reingeplatzt kam. Hoffentlich hat Declan inzwischen geantwortet. Ich brauche echt wirklich dringend was, damit ich den heutigen Tag wenigstens für ein paar Stunden vergessen kann.

»Du bist so außer dir«, stellt Eden besorgt fest. Sie folgt mir ins Badezimmer und bleibt hinter mir stehen.

»Pass mit der Tür auf«, sage ich leise. »Das Schloss ist am Arsch.« Der Raum um mich herum scheint zu schrumpfen, ich kriege keine Luft mehr. Als Eden mir behutsam die Hand auf den Arm legt, zucke ich unter der Berührung zusammen. Ich bin kurz davor, zu explodieren.

»Ich brauch jetzt eine Line«, zische ich und reiße die Spiegeltür des Badezimmerschränkchens auf. Der Behälter mit meinen Antidepressiva liegt umgekippt im Regal. Habe ich meine Pillen heute eigentlich schon genommen? Ich greife ins oberste Fach, krame fieberhaft herum und bringe ein Bündel Geldscheine zum Vorschein. Es ist die Kohle, die ich mir mit dem Verkauf von Declans Zeug verdient hab. Er kann sich glücklich schätzen, dass ich selbst sein treuester Kunde bin, so kriegt er sein Geld direkt wieder zurück. Ich knalle das Schränkchen wieder zu und will mich zum Gehen wenden, als ich merke, dass Eden mir den Weg zur Tür versperrt.

»Denk nicht mal dran«, droht sie und baut sich direkt vor

mir auf. Sie hat das Kinn trotzig erhoben, ihr Kiefer ist angespannt, ihr Blick bohrt sich in meinen. Sie meint das wirklich ernst.

»Eden«, flüstere ich. Ich beuge mich zu ihr vor, bringe meine Lippen dicht an ihr Ohr, damit sie mich auch ja versteht, und knurre: »Ich brauche eine Line. Jetzt.« Sie ahnt ja nicht, wie stark sich die Sucht jetzt bemerkbar macht.

Ihr Blick wandert zu dem Packen Geld in meiner Hand, dann sieht sie wieder zu mir auf. »Weil Koks ja auch die Lösung für alles ist, oder wie?«

»Eden«, sage ich mit einem warnenden Unterton in der Stimme. Nichts kann mich aufhalten, mir das Koks zu besorgen. Und wenn sie sich auf den Kopf stellt. »Schwing deinen hübschen Arsch aus dem Weg, bevor ich richtig sauer werde. Ich muss mich mit Declan treffen.«

»Das lasse ich nicht zu«, sagt sie und drängt sich noch dichter vor mich. Sie scheint wirklich wild entschlossen zu sein, mich am Gehen zu hindern.

»Das kannst du aber nicht entscheiden!«, brülle ich und lasse die flache Hand dicht neben ihrem Ohr gegen die Wand knallen. Doch sofort bereue ich meine Unbeherrschtheit. Ich will nicht, dass sie mich so aggressiv und aufbrausend erlebt, so verzweifelt. Ich will nicht, dass sie meine gewaltbereite Seite sieht, weil Gewalt nämlich niemals die Lösung ist. Das musste ich schon in jungen Jahren schmerzlich erfahren.

Plötzlich duckt Eden sich unter meinem Arm durch und wirft sich mit ganzem Gewicht gegen die Badezimmertür, bis das Schloss mit leisem Klicken einrastet. Fassungslos klappt mir die Kinnlade herunter, und ich spüre, wie mir alle Farbe aus dem Gesicht weicht. Das hat sie jetzt nicht ernsthaft getan. Wir sind gefangen in diesem winzigen Badezimmer, nur wir beide, ohne irgendeine Chance, hier aus eigener Kraft wieder rauszukommen.

Kapitel 47

Fünf Jahre zuvor

Direktor Castillo schaukelt unentwegt auf seinem Stuhl vor und zurück, die Hände vor dem Bauch gefaltet. Er lässt mich keine Sekunde aus den Augen. Die Lippen hat er zu einer schmalen Linie zusammengepresst, sein Blick ist voller Missbilligung *und* Enttäuschung. Ich musste noch kein einziges Mal in seinem Büro antanzen, aber bis jetzt gab es dazu auch keine Veranlassung. Schweigend sitzen wir uns an seinem Schreibtisch gegenüber und lauschen auf das Ticken der Wanduhr hinter ihm. Direktor Castillo ist eigentlich ein echt netter Mann, doch es ist auch allgemein bekannt, dass er sehr streng sein kann. Er duldet an seiner Schule kein freches Verhalten und schon gar keine Gewalttätigkeiten. Deshalb ist mir sonnenklar, dass ich ganz tief in der Tinte sitze. Meine Eltern müssen beide kommen. Fragt sich nur, wer als Erstes auftaucht. Ich bete inständig, dass es nicht Dad ist.

Ich schaue hinunter auf das Kühlpack in meiner Hand. Meine Lippe ist aufgeplatzt, und mein Kiefer tut leicht weh, aber das ist für mich ja nichts Neues. Statt mir das Kühlpack also an den Mund zu halten, knete ich es nur nervös in der Hand und versuche, mich so von der spannungsgeladenen Atmosphäre im Raum abzulenken. Weil ich nämlich nicht nur mit der Schule Ärger kriege, sondern auch daheim.

»Es … Es tut mir leid, Direktor Castillo«, murmle ich und hebe den Kopf. Wir haben das alles schon einmal durchgekaut. »Ich weiß wirklich nicht, was mit mir los war.«

»Aber so etwas macht man doch nicht ohne Grund«, wendet der Direktor ein. Forschend sieht er mir in die Augen, aber ich weiche seinem Blick aus und zucke nur mit der Schulter. Ich kann ihm schließlich schlecht sagen, dass ich Blake Montgomery verprügelt habe, weil ich mir vorgestellt habe, er wäre Dad.

»Blake hat eine blöde Bemerkung fallen lassen, da bin ich ausgerastet«, schwindle ich. »Ich habe total überreagiert, das tut mir leid. Es wird nicht wieder vorkommen, Herr Direktor.«

Kaum sind diese Worte über meine Lippen, ist ein leises Klopfen an der Tür zu hören. Als sie aufschwingt, recke ich den Hals und sehe mich über die Schulter um. Officer Brown betritt das Büro, dicht gefolgt von Dad. Mir rutscht das Herz in die Hose, ich könnte schwören, dass ich sogar kurz die Luft anhalte. Er würdigt mich keines Blickes.

»Danke, dass Sie so schnell kommen konnten«, begrüßt Direktor Castillo ihn. Er steht auf, beugt sich über den Schreibtisch und schüttelt meinem Dad fest die Hand, während er Officer Brown nur kurz zunickt. Der verlässt den Raum sofort wieder und schließt mit einem leisen Klicken die Tür hinter sich. »Bitte, nehmen Sie Platz.«

Direktor Castillo lässt sich auf seinen Schreibtischstuhl sinken, und Dad setzt sich auf den Stuhl neben mir. Er neigt sich ein Stück vor und wippt unruhig mit dem Fuß. Ich sehe, wie sein Knie zittert. »Worum geht's?«, fragt er mit wackeliger Stimme. Er scheint wirklich eher nervös als wütend zu sein, weil er keine Ahnung hat, warum er hergerufen wurde. Denkt er … denkt er vielleicht, dass sie Bescheid wissen? Denkt er, ich hätte ihnen die Wahrheit gesagt? Die Wahrheit über ihn?

»Tyler war heute in der Mittagspause in eine Prügelei involviert«, kommt Direktor Castillo ohne lange Vorrede zum Punkt. Wieder wirft er mir einen strafenden Blick zu.

Ich nehme an, bis heute kannte er nicht einmal meinen Namen. Ich war immer ein braver Schüler und bin nie auffällig geworden.

Dad holt scharf Luft. Für den Bruchteil einer Sekunde wirkt er erleichtert, aber schon im nächsten Moment kocht der Zorn in ihm hoch. Fahrig richtet er sich auf und sieht Direktor Castillo über seinen Schreibtisch mit zusammengekniffenen Augen an. Er sieht immer noch nicht zu mir. »Eine Prügelei? Tyler hat sich geprügelt?«, fragt er ungläubig.

Ich habe mich noch nie mit jemandem geprügelt. Außer vielleicht mit meinen Brüdern, als wir noch jünger waren und uns um irgendwelche Actionfiguren oder um den Game Boy gestritten haben. Aber das zählt nicht, finde ich. Heute ist das erste Mal, dass ich jemanden geschlagen habe mit der puren Absicht, ihm wehzutun. Den Grund dafür könnte ich immer noch nicht genau benennen. Wahrscheinlich habe ich einfach die Kontrolle verloren, so wie es bei Dad regelmäßig passiert. Blake Montgomery war nur zufällig zur falschen Zeit am falschen Ort. Es hatte nichts mit ihm persönlich zu tun, ihn trifft überhaupt keine Schuld. Aber genauso wenig kann man das von mir behaupten.

»Leider ja, Mr. Grayson«, bestätigt Direktor Castillo. Die Fältchen um seine Augen vertiefen sich, mit seiner ernsten Miene wirkt er um Jahre gealtert. »In der Cafeteria während der Mittagspause. Officer Brown musste einschreiten und Tyler zurückhalten, um Schlimmeres zu verhindern. Wir dulden hier auf dem Schulgelände keinerlei Gewaltausbrüche. Deshalb bleibt mir keine Wahl. Ich muss Tyler bis Ende nächster Woche suspendieren.«

Dad klappt der Unterkiefer herunter. »Suspendieren?«, fragt er ungläubig und macht große Augen. Ich hatte erwartet, dass ich würde nachsitzen müssen, aber dass ich gleich suspendiert werde … Dad wird bestimmt ausrasten. »Wird dieser andere Junge auch suspendiert?«

Direktor Castillo schüttelt den Kopf. Er setzt sich auf seinem Stuhl vor, stemmt die Ellbogen auf den Tisch und zieht seine dichten Augenbrauen zusammen. »Ich habe mich missverständlich ausgedrückt, Mr. Grayson. Als ich sagte, Tyler sei in eine Prügelei involviert gewesen, da meinte ich eigentlich, dass er einen Achtklässler grün und blau geschlagen hat. Er ist grundlos auf ihn losgegangen, wie aus heiterem Himmel. Also nein, Blake Montgomery wird nicht suspendiert. Tyler, sobald du wieder zurück bist, wirst du dich darüber mit Mr. Hayes unterhalten.«

Fassungslos starrt Dad Direktor Castillo an. Dann dreht er sein Gesicht ganz langsam zu mir. Seine grünen Augen sind zwei schmale Schlitze, die vor Zorn sprühen. Er zuckt mit keiner Wimper. Die Lippen hat er fest zusammengepresst, seine Nasenlöcher weiten sich. »Danke, Direktor Castillo. Tyler, wir gehen«, sagt er mit starrem Kiefer. Als er aufsteht, rapple ich mich unverzüglich hoch.

»Ich melde mich bei Ihnen«, ruft der Direktor uns nach, als wir bereits zur Tür raus sind. Hat er das nicht gemerkt? Sind ihm Dads zorniger Blick und meine eingeschüchterte Miene nicht aufgefallen? Vielleicht bekomme nur ich das mit, vielleicht bin ich der Einzige, der die Zeichen richtig deutet.

Die Flure sind wie leergefegt, weil alle anderen Schüler noch im Unterricht sitzen. Schweigend marschiert Dad in Richtung Ausgang. Er geht zügig, ich kann kaum mithalten und verfalle in einen Laufschritt, um den Anschluss nicht zu verlieren. Er sagt keinen Ton. Sein zuckender Kiefer verrät mir allerdings, dass die Wut immer mehr in ihm hochkocht. Seine rechte Hand ist seitlich an seinem Körper zur Faust geballt, sein Atem geht immer schneller, bis wir endlich zur Tür raus sind und das Schulgelände verlassen.

»SCHEISSE, Tyler, was hast du dir bloß dabei gedacht!«, brüllt er mit tiefer Stimme und schleudert mich gegen sein

Auto. Das wären wieder mal ein paar blaue Flecken mehr. Er packt mich mit beiden Händen an meinem Kapuzenpulli und zerrt mich dicht vor sein Gesicht. »Du wurdest suspendiert. SUSPENDIERT!« Völlig außer sich vor Wut schüttelt er mich und schubst mich erneut rücklings gegen das Auto. Ich sehe ganz deutlich, wie die Venen an seiner Stirn hervortreten, und seine Augen sprühen vor unkontrolliertem Zorn. »Du hast einen Mitschüler verprügelt!«

»Du prügelst doch auch andauernd«, flüstere ich.

Das hätte ich lieber nicht sagen sollen. Ich hätte ihn nicht herausfordern dürfen, denn jetzt sieht er aus, als würde er jeden Moment explodieren. Ohne einen Ton zu sagen, wirft er mir einen giftigen Blick zu und scheint meine Worte erst einmal verarbeiten zu müssen. Seine Brust hebt und senkt sich schwer.

»Steig ein, Tyler«, sagt er schließlich in eisigem Ton. Unsanft rempelt er mich aus dem Weg, umrundet den Wagen und ist schon mit einem Bein eingestiegen, als er merkt, dass ich mich nicht vom Fleck gerührt habe. Er funkelt mich über das Autodach an. »Steig verdammt noch mal ein!«, brüllt er.

Mit hängenden Schultern ergebe ich mich meinem Schicksal. Ich kann ohnehin nichts mehr daran ändern. Dad ist so außer sich vor Wut, dass er sich nicht mehr besänftigen lässt. Nicht nach dieser Bemerkung. Dafür kenne ich ihn einfach zu gut. Ich schlucke schwer, steige auf der Beifahrerseite ein und versuche, mich augenblicklich auf etwas völlig anderes zu konzentrieren. Ich will mich in einen Zustand zwingen, wo ich nichts mehr mitkriege, nichts mehr spüre, um mich zu schützen, aber es ist zu spät.

Kaum ziehe ich die Autotür hinter mir zu, landet Dads Faust mitten in meinem Gesicht, und ich bekomme die ganze Wucht des damit einhergehenden Schmerzes zu spüren.

Kapitel 48

Gegenwart

In dem engen Badezimmer macht sich angespannte Stille breit. Ich kann nicht fassen, dass Eden das allen Ernstes getan hat, mit blanker Absicht. Jetzt bin ich hier drinnen gefangen. Wenn die Situation nicht so schlimm wäre, fände ich ihre Aktion sogar fast mutig, aber ich brauche nichts dringender als eine Line. Noch heute Morgen hätte ich mich mit Freuden mit ihr hier drinnen einsperren lassen – im Moment kann ich der Situation nichts Positives abgewinnen. Nicht in meiner derzeitigen Verfassung.

»Willst du mich verarschen?«, fauche ich und sehe sie mit zusammengekniffenen Augen an. Ich brauche auf der Stelle eine Ablenkung, aber sie hat mir die Chance dazu verbaut. Ich sehe mich in dem kleinen Raum um, als müsste es irgendwo noch einen zweiten Ausgang geben, was natürlich Quatsch ist. Unwillkürlich greife ich in die Tasche und taste nach meinem Handy, bis mir wieder einfällt, dass es draußen in meinem Zimmer liegt.

»Nein«, sagt Eden mit fester Stimme, und ein selbstgefälliges, fast herausforderndes Lächeln zupft an ihren Mundwinkeln. Offenbar hat sie kein Problem damit, dass wir wahrscheinlich über Stunden hier festsitzen werden. Sie hat mich reingelegt, und das bereitet ihr sichtlich Genugtuung.

Ich schiebe sie beiseite und trete auf die Tür zu. Es muss einen Weg hier raus geben. Verzweifelt packe ich den Türgriff und rüttle, ziehe, drücke, werfe mich sogar mit ganzem

Gewicht dagegen, in der Hoffnung, sie möge wie durch ein Wunder aufgehen. Das Schloss ist schon seit einem Jahr kaputt. Als ich letzten Sommer versehentlich hier eingesperrt war, musste ich stundenlang warten, bis Dave endlich heimkam und mich rausholte.

»Gib's auf«, sagt Eden, die meinen Kampf mit der Tür beobachtet. Ich stöhne leise und trete einen Schritt zurück. Wie krieg ich diese verdammte Tür auf?

Panisch beginnt mein Herz zu rasen und hämmert von innen gegen den Brustkorb. Sieht so aus, als würde ich mich heute Abend nicht mehr mit Declan treffen. Ich lege die Hände in den Nacken, blicke zur Decke und atme ein paarmal tief ein und aus, um mich zu beruhigen. Ich muss mich wohl oder übel damit abfinden, dass ich hier festsitze. Die Ablenkung, die ich so dringend nötig habe, kann ich abschreiben. Ich schließe die Augen, versuche, ruhig weiterzuatmen, befreie mich mit jedem Ausatmen von der negativen Energie. Dann schlage ich die Augen wieder auf und sehe Eden finster an. Ich kann immer noch nicht glauben, dass sie das getan hat.

»Tut mir leid, dass es mir nicht egal ist«, sagt sie und verschränkt die Arme vor der Brust. Sie denkt offenbar nicht ans Aufgeben. »Dann musst du wohl eine andere Art finden, dich abzulenken. Eine Alternative. Eine, die dich nicht umbringt.«

Wieder sehe ich mich panisch um, bis mein Blick auf mein Spiegelbild über dem Waschbecken fällt. Der wilde Ausdruck in meinen Augen erschreckt mich, deshalb wende ich mich schnell ab. Ich will Eden meine Wut nicht spüren lassen. Sie will mir ja nur helfen. Ich bin ihr nicht egal, und das ist schön, auch wenn es irrsinnig nervt. Den heutigen Tag kann man getrost als Totalkatastrophe verbuchen. Das Ironische ist ja, dass Eden der Grund ist, warum ich jetzt dringend was Stärkeres als Alkohol brauche. Weil ich rasende Angst davor habe, dass sie nichts mehr mit mir zu tun haben will.

»Du warst drauf und dran, meine Ablenkung zu werden«, gebe ich leise zu und senke den Kopf. Ich kann ihr nicht in die Augen sehen. »Aber dich kann ich ja nicht haben.«

Zunächst erwidert Eden nichts. Schweigend lässt sie sich meine Worte durch den Kopf gehen, bis ich höre, dass sie Luft holt. »Warum bin ich eine Ablenkung?«

Ich sehe auf und begegne ihrem neugierigen Blick. Eden ahnt ja nicht, dass auch sie für mich zu einer Art Sucht geworden ist. Wenn ich mit ihr zusammen bin, habe ich nicht das Gefühl, ihr etwas vormachen zu müssen, ich muss nicht Tyler Bruce sein. Und das ist so angenehm anders, dass ich mich daran gewöhnen könnte. »Weil du alles ein bisschen leichter machst. Weil ich mich auf dich konzentrieren kann, statt auf alles andere«, gestehe ich ihr schließlich. Und es ist ausnahmsweise einmal die Wahrheit.

»Dann hör nicht auf«, sagt Eden. Mit einem Mal klingt ihre Stimme leicht zittrig. Als sie langsam einen Schritt auf mich zumacht, kann ich den Blick nicht von ihr lösen. Ich bemühe mich so sehr darum, nicht an eine sauber gezogene Line zu denken, aber irgendwo im Hinterkopf regt sich die Sucht immer noch. Eden hebt die Hand und legt sie mir an die Wange, sie fühlt sich angenehm kühl an. »Konzentrier dich auf mich«, flüstert sie.

»Dann lenk mich ab«, sage ich und greife nach ihrer Hand, um sie sanft von meinem Gesicht zu lösen. Eine Berührung wird nicht reichen, um mich auf andere Gedanken zu bringen.

»Wir können reden. Wir haben nie einfach nur geredet«, flüstert sie beinahe. Die Atmosphäre hat sich beruhigt, eine entspannte Stille senkt sich über das winzige Badezimmer. Keiner von uns wagt etwas zu sagen, keiner will die Ruhe stören.

»Also gut, reden wir«, sage ich schließlich leise. Ich gehe an ihr vorbei, lehne mich gegen die Duschtür und rutsche daran hinunter, bis ich auf den kalten Fliesen sitze. Ich strecke die Beine vor mir aus, schließe die Augen und konzentriere mich auf meine unregelmäßige Atmung. Normalerweise bin ich nicht der gesprächige Typ, aber für Eden will ich es versuchen. Außerdem lausche ich wahnsinnig gerne ihrer Stimme. Sie beruhigt mich.

»Können wir über Tiffani reden?«, höre ich Eden vorsichtig fragen, als hätte sie Angst, ihren Namen laut auszusprechen. »Diesmal in Ruhe.«

Ruckartig öffne ich die Augen und sehe sie an. Sie steht immer noch am Waschbecken und erwidert meinen Blick mit sichtlichem Unbehagen. Tiffani ist wirklich die Letzte, über die ich jetzt sprechen will.

Eden steigt über mich hinweg, setzt sich mit angezogenen Beinen mir gegenüber und legt die Arme um ihre Knie. Stirnrunzelnd sieht sie mich an. »Warum machst du nicht Schluss? Du magst sie doch nicht mal. Das hast du selbst gesagt.«

Ich lasse den Blick zu ihren Augen, ihren Lippen, ihren Händen schweifen. Sie wartet auf eine Antwort, aber ich weiß nicht, was ich sagen soll. Sie würde es nicht verstehen. »Ich kann nicht mit ihr Schluss machen«, erklärte ich noch einmal. Es ist völlig ausgeschlossen.

»Aber warum nicht?«

Kopfschüttelnd will ich ihr eine Antwort verweigern, doch im nächsten Moment wird mir klar, dass Eden nicht aufhören wird, nachzufragen. Ich lasse den Kopf in die Hand sinken und reibe mir die Augen mit Daumen und Zeigefinger, während ich krampfhaft überlege, wie ich es am besten formuliere. Die Sache ist wirklich extrem kompliziert, eine Kurzversion gibt es im Grunde nicht. Aber der Gedanke, ihr alles bis ins Detail erklären zu müssen, entlockt mir ein schweres Seufzen. Daher beschließe ich, die Story zu vereinfachen. »Tiffani ist ziemlich gut darin, so zu tun, als wäre sie das netteste Mädchen weit und breit. Aber das ist sie nicht.

Sobald man bei ihr etwas verkehrt macht, verwandelt sie sich in die reinste Psychopathin. Sie weiß zu viel über mich. Das kann ich nicht riskieren. Nicht jetzt.«

»Eine Psychopathin?«, wiederholt Eden verwundert. Tiffani ist wirklich eine *sehr* überzeugende Schauspielerin, das beweist Edens Reaktion. »Was weiß sie?«

»Na ja …« Ich breche ab, weil ich im Grunde keine Ahnung habe, womit ich anfangen soll. Da ist so vieles, das mir Tiffani im Lauf der Jahre angetan hat. Ich stütze mich mit beiden Händen am Boden ab und bringe mich in eine bequemere Position. »Okay, ein Beispiel: Im Januar hat sie gehört, ich würde mich dienstags in der Mittagspause immer mit so einem Mädchen treffen, was überhaupt nicht stimmte – und sie ist völlig durchgedreht. Ich hatte zwei Wochen lang für ein Essay in Englischer Literatur geackert, weil ich meine Noten verbessern musste, und sie hat meinem Lehrer erzählt, sie hätte es geschrieben. Meine Gesamtnote wurde runtergesetzt, und ich wurde wegen Täuschungsversuchs suspendiert. Das ist so krank. Am selben Tag hat sie von der Mailadresse ihrer Mutter aus meine Mom angeschrieben, sie wäre so besorgt um mich, weil ich im Schulkeller Joints geraucht hätte. Der Teil stimmte, und Tiffani war die Einzige, die davon wusste. Fast einen Monat lang hat Mom nicht mit mir gesprochen. Damals wollte ich Schluss machen, aber sie hat ziemlich deutlich gemacht, dass ich das lieber nicht wagen sollte. Also habe ich es gelassen. Schlussmachen ist keine Option. Sie hat noch so viele Möglichkeiten, mir zu schaden, weil sie immer am längeren Hebel sitzt.« Ich bin richtig außer Puste, als ich am Ende meiner Aufzählung angekommen bin.

Eden hat jedem meiner Worte gebannt gelauscht. Sie schweigt eine Weile, um sie zu verarbeiten, bevor sie die nächste Frage stellt. »Was weiß sie sonst noch, Tyler?«

Das Beste wäre, einfach mit der Wahrheit herauszurücken,

oder zumindest mit einem Teil davon. Aber ich kann ihr dabei nicht in die Augen sehen. Den enttäuschten Ausdruck auf ihrem Gesicht könnte ich einfach nicht ertragen. »Weißt du noch, am ersten Ferientag?«, frage ich vorsichtig.

»Ja. Dad war peinlich, das Grillfest war ätzend, und du bist ziemlich ungehobelt reingeplatzt.«

»Ja, genau das.« Ich zupfe an einer ausgefransten Stelle an meiner Jeans herum und habe große Mühe, weiterzusprechen. Ich bin es nicht gewohnt, so offen über Dinge zu reden. »Ich war tierisch wütend.«

»Warum?«

»Ich war wütend auf Tiffani«, gebe ich zu. »Ich hatte überlegt, mich auf eine gewisse Sache einzulassen, und das hat sie an diesem Abend herausgefunden. Sie sagte, sie würde es niemandem verraten, wenn ich bis zum Schulabschluss mit ihr zusammenbleibe. Deshalb habe ich am Anfang der Ferien auch versucht, bei ihr Schönwetter zu machen. Du weißt schon, die Sache im American Apparel und so …« O Gott, die Sache ist mir immer noch peinlich. Was Eden wohl von mir gedacht hat, als sie uns erwischt hat? Dass ich ein Vollidiot bin? Denkt sie das vielleicht immer noch? »Solange sie zufrieden ist und ich nicht mit ihr Schluss mache, verrät sie es niemandem. Das ist typisch für sie, Eden. Sie erpresst die Leute, das zu tun, was sie will, damit sie cool dasteht und allen anderen überlegen ist. Sie hat mir erzählt, sie wäre früher gemobbt worden. Als sie dann mit ihrer Mutter nach der Scheidung hierher gezogen ist und zu uns an die Schule kam, wollte sie wahrscheinlich auf Nummer sicher gehen, dass sie nie wieder zum Opfer wird. Sie wollte besser und cooler sein als alle anderen. Mich an ihrer Seite zu haben war gut für ihr Ego. Und deshalb stecke ich jetzt in diesem Schlamassel.« Allein es laut auszusprechen führt mir vor Augen, was für ein Riesenschlamassel es tatsächlich ist. Seufzend fahre ich mir mit den Fingern durch die Haare. »Wie ich das hasse.«

»Wow«, sagt Eden, als ich fertig bin. »Ich weiß gar nicht, was ich sagen soll.«

»Ich trenne mich nicht von ihr«, bekräftige ich noch einmal und hebe den Kopf. Eden sieht mich mit großen Augen an und scheint wieder über meine Worte nachzudenken. Ich erwarte immer noch nicht, dass sie meine Situation mit Tiffany völlig versteht, aber doch etwas mehr als noch vor ein paar Minuten. »Jedenfalls noch nicht. Im Moment kann ich es nicht riskieren.«

Eden stützt ihr Kinn auf ihre Knie und sieht mich unter ihren dichten Wimpern hervor an. »Was sollen wir dann machen?«

Spielt sie jetzt auf uns beide an? Hoffentlich, denn wenn sie eine Antwort in Bezug auf uns sucht, heißt das schließlich, dass sie die Sache noch nicht ganz abgeschrieben hat. »Ich will nicht, dass jemand Verdacht schöpft«, sage ich.

»Was für einen Verdacht?«

»Wegen uns«, erkläre ich. Es ist kaum zu fassen. Wir reden tatsächlich über uns, über die Möglichkeit eines *Wir*, was zur Hölle das auch immer bedeuten soll. »Wir müssen uns ganz normal verhalten, bis wir eine Lösung gefunden haben. Noch ein Grund, warum ich nicht einfach Schluss machen kann – das würde Fragen aufwerfen. Im Moment kann ich nicht auf Tiffani verzichten, weil sie für mich die Normalität ist.«

»Aber es ist ihr gegenüber nicht fair«, haucht Eden. Verunsichert kaut sie auf der Lippe, und ich finde sie in diesem Moment wieder einmal unglaublich süß. Immer macht sie sich Gedanken über andere. Allen gegenüber ist sie rücksichtsvoll und nett.

»Eden«, sage ich und mustere sie mit schief gelegtem Kopf. Ich würde sie am liebsten küssen. Wahrscheinlich würde sie es sogar zulassen, aber ich will diesen Augenblick nicht ruinieren. Es bedeutet mir sehr viel, dass ich so offen zu ihr sprechen konnte und sie mir zugehört hat. Doch jetzt will ich auch mehr über *sie* erfahren. »Lass uns von was anderem reden. Erzähl mir von Portland.«

Eden hebt wieder ihr Kinn und richtet sich auf. Dann schlägt sie die Beine übereinander und sieht mich stirnrunzelnd an. »Ich soll dir von Portland erzählen?«

»Du sollst mir von dir erzählen«, formuliere ich es um. Ich habe mich mittlerweile beruhigt, an Declan und unser geplantes Treffen habe ich seit einer Weile keinen Gedanken mehr verschwendet. Jetzt habe ich nur noch Augen für Eden.

Sie zögert und scheint sich erst die passenden Worte zurechtlegen zu müssen. Als sie sich schließlich doch überwindet, spricht sie aber mit der gleichen Offenheit wie ich vorhin. »Ich liebe Portland«, sagt sie und wendet den Blick ab, während ihre Mundwinkel sich zu einem traurigen Lächeln heben. »Es war eine tolle Stadt, um dort aufzuwachsen. Ich hatte drei sehr enge Freundinnen, Amelia, Alyssa und Holly.«

»Hatte?«

»Hatte«, bestätigt sie. »Als meine Eltern sich scheiden ließen, war ich dreizehn, und das war sehr schlimm für mich. So oft habe ich mich in den Schlaf geheult, weil Mom so viel geweint hat und Dad nicht da war und ich nicht wusste, wie ich ihr helfen konnte. Es war einfach schlimm. Richtig, richtig schlimm.« Sie macht eine kurze Pause, senkt den Kopf und verschränkt die Finger ineinander. »Irgendwann habe ich angefangen, zu viel zu essen, weil ich so traurig war, und habe im ersten Highschool-Jahr ein paar Kilo zugelegt. Alyssa und Holly hatten dazu so einiges zu sagen.«

Verstehe ich das richtig? Sie wurde gehänselt, weil sie zu dick war? Entgeistert lasse ich den Blick über ihren Körper schweifen, den ich inzwischen in- und auswendig kenne. Ich liebe diese Kurve, die ihr Rücken beschreibt, die Rundung ihrer Hüften … »Du bist nicht fett«, sage ich schroff. Wie können diese Mädchen so etwas behaupten?

»Weil ich jogge, Tyler«, sagt sie mit einem leichten Achselzucken. Als sie den Kopf sinken lässt, sehe ich einen traurigen Ausdruck in ihren Augen aufblitzen, und das versetzt mir einen heftigen Stich.

Ich stemme mich mit beiden Händen vom kalten Fliesenboden ab und rutsche näher, bis ich direkt vor ihr sitze. Unverwandt sehe ich sie an und lege ihr beide Hände auf die Knie. Sie zuckt zwar kurz zusammen, schüttelt mich aber nicht ab. »Erzähl weiter«, fordere ich sie mit sanftem Nachdruck auf. Sie soll wissen, dass ich für sie da bin und zuhöre.

Sie kaut wieder auf ihrer Lippe und legt eine Hand an ihre Wange. »Wegen der beiden habe ich mich wie ein Stück Dreck gefühlt«, gesteht sie, und ich versuche, mir meinen wachsenden Zorn auf diese Mädchen nicht anmerken zu lassen. Eden ist eine viel zu starke Persönlichkeit, um sich wegen so einem Schwachsinn schlecht zu fühlen. »Zwei meiner angeblich besten Freundinnen haben mich jeden Tag fett genannt. Irgendwann habe ich dann angefangen zu joggen. Wir reden nicht mehr miteinander, aber hinter meinem Rücken lästern sie immer noch über mich. Das Schlimmste ist, dass Amelia … na ja, Amelia ist immer noch mit ihnen befreundet. Allerdings hat sie die ganze Zeit über zu mir gehalten.«

»Eden«, sage ich mit fester Stimme. Ich möchte, dass sie mich ansieht. In den vergangenen Wochen sind mir ständig neue Kleinigkeiten an ihr aufgefallen, und es gab tatsächlich Momente, da hat sie Essen abgelehnt oder ihren Teller weggeschoben. Wenn ich es mir recht überlege, hat sie nicht ein Mal komplett aufgegessen. Jetzt habe ich auch die passende Erklärung. »Deshalb sagst du immer, du hättest keinen Hunger?«

Edens Augen weiten sich, und sie starrt mich mit offenem Mund an. »Das ist dir aufgefallen?«

»Erst jetzt«, gebe ich zu und senke den Blick auf ihre nackten Beine. Ich kann nicht anders, ich muss sie einfach berühren. Zart streife ich mit den Fingern an ihrem Oberschenkel hinauf. Vermutlich tut meine Meinung nichts zur Sache, aber ich finde sie einfach perfekt. »Nur dass du's weißt. Ich sehe das vollkommen anders als diese Mädchen. Was sie getan haben, tut mir leid.« Ich sehe zu ihr auf, zeichne weiter Muster auf ihre Haut und halte den Blickkontakt.

Plötzlich geht eine Veränderung in ihr vor, und sie sieht mich auf eine Weise an, wie ich es an ihr noch nie gesehen habe. Es liegt eine ganz neue Wärme in ihrem Blick, und sie scheint erleichtert aufzuatmen, während sich alles an ihr entspannt. Kein einziges Mal wendet sie die Augen von mir ab. Wenn ich sie nicht sofort küsse, kann ich für nichts garantieren. Entschlossen beuge ich mich vor, umfasse ihre Beine und presse meinen Mund auf ihren.

Der Kuss ist tief und innig, und es ist fast so, als würden sich unsere Lippen zum ersten Mal berühren. Sie schlingt mir die Arme um den Hals und lehnt sich gegen die Tür zurück, als wollte sie mir die Regie überlassen. Während wir uns küssen, heben sich ihre Mundwinkel zu einem kleinen Lächeln, und in dem Moment wünsche ich mir, der Kuss möge niemals enden. Ich kann nicht genug kriegen von diesem Mädchen, sie zu küssen ist jedes Mal wieder ein unvergleichliches Erlebnis. Adrenalin rauscht durch meine Adern. Meine Hände schieben sich weiter zu ihren Hüften, doch dann verharre ich am Saum ihres T-Shirts und verlangsame den Kuss. Ich will ihr die Chance geben, Nein zu sagen, mich aufzuhalten, bevor ich mich auf dieses gefährliche Terrain vorwage. Doch im nächsten Moment zieht sie mich entschlossen an sich und übernimmt die Führung.

Ihre Reaktion ermuntert mich dazu, meine Hände unter ihr T-Shirt gleiten zu lassen und die Wärme ihrer weichen Haut zu spüren. Ich führe eine Hand an ihre Taille und gehe mit der anderen auf Wanderschaft, bis ich die zarte Spitze ihres BHs berühre. Mit einer flinken Bewegung schiebe ich die Hand unter den Stoff und umfasse zärtlich ihre Brust, bevor ich mich aus dem Kuss löse, um ihr in die Augen zu sehen. Sie atmet schwer, ihre vollen Lippen treiben mich in den Wahnsinn. Gott, ich will nie mehr aufhören, sie zu küssen. Wieder beuge ich mich zu ihr vor, bedecke ihr Kinn und ihren Hals mit Küssen und lasse mich von ihr leiten, während sie mit halb geschlossenen Augen zur Decke sieht, ihre Finger in meinen Haaren vergräbt und behutsam an den Spitzen zieht. Ich nehme meine andere Hand dazu, streiche mit dem Daumen in sanft kreisenden Bewegungen über ihre Brüste und seufze an ihrem Hals, sodass mein Atem über ihre Haut streicht.

Als Nächstes umfasst Eden mein Kinn mit beiden Händen und zieht mich zu sich, um mich wieder auf den Mund zu küssen, doch bevor sich unsere Lippen treffen, begegnen sich für einen Moment unsere Blicke. Schwer atmend sehen wir uns an, und ich kann es nicht vermeiden, dass meine Mundwinkel sich zu einem kleinen Lächeln heben, bevor wir im nächsten Kuss verschmelzen.

Wir wissen beide, dass das hier falsch ist. Ich sollte sie nicht berühren, sollte sie nicht küssen, aber ich komme nicht dagegen an. Dazu will ich sie zu sehr. Sie ist alles, was ich will. Sie ist absolut und vollkommen unwiderstehlich.

Kapitel 49

Fünf Jahre zuvor

Es ist nicht zu fassen«, schimpft Mom bestimmt schon das fünfte Mal heute Abend leise vor sich hin. »Das ist eine absolute Schande.«

Während ich unbeweglich am Küchentisch sitze, presst Mom mir ein Kühlpack an die zerschrammte Backe und hält mit der anderen Hand meinen Kopf. Vorsichtig hebt sie mein Kinn an und inspiziert mein Gesicht, ehe sie ein leises Seufzen ausstößt. Als Nächstes legt sie mir das Kühlpack behutsam ans Auge.

Ich bekomme es nicht mehr richtig auf, und die Haut hat sich irgendwo zwischen Lila und Tiefschwarz verfärbt. Meine Lippen sind dick geschwollen und aufgeplatzt. Ich habe das Gefühl, als wäre mein Gesicht zur doppelten Größe aufgequollen, und jedes Mal, wenn ich versuche zu sprechen oder auch nur zu blinzeln, durchzuckt mich ein heftiger Schmerz. Deshalb verhalte ich mich ruhig und starre an die Wand, während Mom meine Verletzungen versorgt. Ihren entsetzten Aufschrei, als sie von der Arbeit heimgekommen ist und mich gesehen hat, werde ich nie vergessen.

»Wie kommt es, dass nur du suspendiert wurdest?«, macht sie ihrem Ärger weiter Luft. Ihre Stimme klingt verbittert. Eigentlich ist Mom selten verärgert, aber heute Abend ist sie richtig sauer. In ihren Augen liegt ein empörter Ausdruck. »Zwei Jungs prügeln sich und schlagen sich grün und blau, und nur einer wird dafür bestraft? Das ist doch ungerecht!

Weißt du was? Ich rufe Direktor Castillo gleich morgen früh an und sage ihm meine Meinung.«

Dad steht mit hängendem Kopf gegen die Arbeitsplatte gelehnt da und starrt schon die ganze Zeit auf den Boden. »Ella …«, sagt er leise, ohne aufzusehen. »Spar dir das. Tyler ist so oder so suspendiert.«

»Es mir sparen? Machst du Witze, Peter?«, fährt Mom ihn an und sieht ihn entrüstet an. Ihr Augen-Make-up ist verschmiert, aus ihrer Hochsteckfrisur haben sich einige Strähnen gelöst, doch sie macht sich nicht die Mühe, sie zu ordnen. Sie ist wirklich *richtig* geladen. »Sieh dir doch an, was dieser andere Junge ihm angetan hat? Sieh es dir an!« Mom dreht mein Gesicht zu ihm, damit er den Schaden ungehindert begutachten kann.

Aber Dad will mich nicht ansehen; dafür plagen ihn viel zu heftige Schuldgefühle. Er schüttelt nur langsam den Kopf, ohne den Blick vom Boden zu lösen, bis ich mich aus Moms Griff befreie und mich wieder von ihm abwende. Ich will ihn genauso wenig ansehen wie er mich. Ich hasse ihn.

»Ich hab angefangen«, raune ich Mom zu. Sie soll endlich aufhören, auf dieser Sache herumzureiten. Es war nicht Blake, der mein Gesicht so zugerichtet hat. »Blake hat es nicht verdient, dass man ihn bestraft.«

»Sei still, Tyler. Auf dich bin ich auch sauer«, schimpft sie, bevor sie mir das Kühlpack wieder an den Mund drückt und meine blutende, geschwollene Lippe betupft. Die Kälte lässt mich zusammenzucken. Ihre blauen Augen heften sich auf mich, in ihrem Blick liegt Verwunderung und Enttäuschung. Aber die Enttäuschung dominiert. So hat sie mich noch nie angesehen, meine Brust ist wie zugeschnürt. »Was hat dich nur geritten, so etwas zu tun?«

»Tut mir leid, Mom«, antworte ich leise. Es *tut* mir leid, echt. Ich weiß nicht, wie das passieren konnte. Irgendwie ist plötzlich diese Wut in mir hochgekocht, und ich habe ein

Ventil gebraucht. Hinterher ging es mir viel besser. Geht es Dad auch immer so? Verschafft es ihm Erleichterung?

»Das sieht dir einfach überhaupt nicht ähnlich«, stellt Mom fest. Seufzend reibt sie sich die Schläfe und legt das Kühlpack an meine Wange. »Was hat dieser Junge dir denn getan?«

»Nichts.«

»Aber man prügelt sich doch nicht einfach ohne Grund, Tyler«, sagt sie und wiederholt damit unwillkürlich Direktor Castillos Worte. Sie wird immer ungehaltener. Ich kann ihr nur leider unmöglich sagen, warum ich es getan habe. Es würde ihr das Herz brechen.

»Manchmal schon«, flüstere ich. Ich recke den Hals in Richtung Dad. Er lehnt immer noch am Tresen und stiert in den Boden, doch er scheint meinen Blick zu spüren, denn für einen kurzen Moment flackern seine Augen hoch und sehen mich ausdruckslos an. Ich hoffe, er spürt den Hass, den ich ausstrahle.

»Tyler, du bist nicht nur suspendiert, du bekommst auch Hausarrest«, teilt Mom mir mit und drückt mir gleichzeitig das Kühlpack in die Hand. »Und jetzt geh auf dein Zimmer.«

Ich hatte noch nie Hausarrest, aber es kommt nicht ganz überraschend. Irgendwie war ich darauf gefasst. Mit einem Stirnrunzeln sehe ich zu ihr auf. Es tut mir leid, dass ich sie so enttäuscht habe. Ich schließe die Finger fest um das Kühlpack und rutsche vom Stuhl herunter. Mit hängenden Schultern durchquere ich die Küche. Ich spüre genau, wie Dad mich aufmerksam im Blick behält. Ich hasse ihn. Ich hasse ihn zutiefst. Unbeirrt marschiere ich durch den Türbogen in den Flur hinaus, die Treppe nach oben bis in mein Zimmer. Und dieses Mal knalle ich die Tür richtig laut hinter mir zu. Ich mache mir keine Gedanken mehr über die Konsequenzen, weil ich nämlich keine Angst mehr habe. Was sollte Dad mir jetzt noch antun? Schlimmer kann es gar nicht mehr werden.

So wie heute hat Dad mich noch nie verletzt. Mit jedem Mal wird es schlimmer, und in den vier Jahren, seit es angefangen hat, hat er immer gut aufgepasst. Doch nun wird er unvorsichtig. Seine Fehler werden sichtbar. Seine Wut scheint unkontrollierbarer denn je, und es wird nie besser werden. Da bin ich mir nun sicher.

Warum also lasse ich es dann zu?

Ich sehe mich in meinem Zimmer um, betrachte die Stellen an der Wand, an denen der Putz abgeplatzt ist, weil Dad mich dagegen geworfen hat, begutachte die Dellen in meinem Schreibtisch. Ich gehe auf Hände und Knie und taste suchend unter dem Bett nach einem meiner alten Rucksäcke. Warum nehme ich Dad in Schutz, wenn ich mich besser selbst schützen sollte?

Ich werde von zu Hause weglaufen.

Kapitel 50

Gegenwart

Als Mr. Forde vom Hausmeisterservice das Schloss endlich aufbekommen hat, verlassen Eden und ich nur mit zögerlichen Schritten das Badezimmer, um uns Moms und Daves fragenden Blicken zu stellen. Die Sache ist absolut peinlich. Eigentlich hätten wir auf Chase aufpassen sollen, weil unsere Eltern mit Jamie beim Arzt waren. Das haben wir allerdings ziemlich verbockt, schließlich waren wir die ganze Zeit hier eingeschlossen. Gut, dass Mom und Dave nicht wissen, dass die zwei Stunden hier drinnen für uns nicht die Hölle waren, und dass Eden mich damit von einem gewissen Vorhaben abgehalten hat … Ihr Plan hat auf jeden Fall funktioniert: Ich bin inzwischen ganz ruhig, und die Sache mit Declan ist für heute definitiv gestrichen.

»Wir müssen das Schloss auswechseln lassen«, sagt Mom stirnrunzelnd, als Mr. Forde ihr das kaputte Schloss überreicht. Er hat es komplett ausgebaut, damit ich nicht mehr Gefahr laufe, mich aus Versehen erneut im Bad einzusperren.

»Unbedingt«, sage ich beiläufig und halte den Kopf gesenkt. Ich will Daves Blick nicht begegnen. Nicht, nachdem ich mit seiner Tochter geknutscht habe. Aus dem Augenwinkel schaue ich zu Eden, die ebenfalls in den Boden starrt. »Wie geht's Jamies Handgelenk?«

»Zum Glück ein relativ harmloser Bruch«, sagt Dave. Er greift in die Hosentasche, zieht sein Portemonnaie heraus und reicht Mr. Forde dreißig Dollar. »Vielen Dank.«

Nachdem Mr. Forde sich verabschiedet hat, verschwindet Eden in ihrem Zimmer, und Mom und Dave gehen wieder nach unten. Als ich allein bin, beschließe ich, nach Jamie zu sehen. Ich weiß nämlich leider sehr gut, wie beschissen weh so ein gebrochenes Handgelenk tun kann.

Ich gehe über den Flur zu seinem Zimmer und klopfe behutsam an die Tür, bevor ich sie dann, ohne eine Antwort abzuwarten, aufschiebe. Jamie sitzt am Fußende seines Betts, betrachtet die Schiene an seinem Arm und versucht, ihn zu drehen. Meine Brust schnürt sich kaum merklich zusammen. Ich kann es nicht ertragen, wenn meine Brüder leiden müssen.

»Hey«, begrüße ich ihn mit einem Lächeln und trete ins Zimmer. Dann setze ich mich neben ihm aufs Bett und sehe ihn mit hochgezogenen Augenbrauen an. »Hab gehört, du hast dir das Handgelenk gebrochen.«

»Ja«, sagt Jamie und seufzt. »Ich bin bei Dylan im Hof gestolpert und draufgefallen.« Jamie ist normalerweise der quirlige Draufgänger, aber heute Abend ist er ungewöhnlich still. Eine Weile starrt er wortlos auf seine Hand, bis er aufsieht und meinen Blick sucht. »Ich weiß nicht, wie du das ausgehalten hast.«

»Was ausgehalten?«

»Das hier.« Er hebt den Arm. »Es tut höllisch weh.«

»Reine Gewöhnungssache«, murmle ich. Ehrlich, es überrascht mich, dass Jamie das Thema überhaupt anspricht. Er redet nämlich sonst nie über Dad, auch nicht indirekt. Dass er damals Zeuge wurde, wie unser über alles geliebter Vater mich verprügelt hat, ist bestimmt nicht spurlos an ihm vorbeigegangen. Sicherlich hat es ein Trauma bei ihm hinterlassen. Jamie war danach nie wieder derselbe, und keinem von uns war je nach einem klärenden Gespräch zumute, dabei hätten wir es beide bitter nötig. Die Sache lastet einfach zu schwer auf uns. »Ich habe gelernt … Ich habe gelernt, den

Schmerz auszublenden«, sage ich in die entstandene Stille hinein.

Schluckend starrt Jamie auf den Boden. »Ich kann immer noch nicht fassen, dass Dad so etwas getan hat.«

»Mir geht es ähnlich.«

»Aber warum ausgerechnet du?«, will er wissen und reißt den Kopf hoch. Seine blauen Augen sehen mich fragend an. »Warum nicht ich? Was hast du anders gemacht als Chase oder ich?«

»Ich weiß es nicht, Jamie. Aber ich bin sehr froh, dass es keinen von euch erwischt hat.« Ich starre auf die Armschiene, die so viele unangenehme Kindheitserinnerungen in mir weckt. Bald wird man sein Handgelenk in einen Gips stecken, und dann werden seine Freunde ihn mit ihren Namen und anderem Zeug vollkritzeln. »Er hat euch beide sehr geliebt«, versichere ich meinem kleinen Bruder und senke den Blick auf meine eigene Hand. Rein äußerlich betrachtet ist alles in Ordnung, aber manchmal tut das Gelenk immer noch weh. »Vielleicht hat er sogar mich geliebt.«

Jamie sieht mich an, als wäre ich komplett irre. »Aber das ergibt doch keinen Sinn. Man schlägt doch niemanden, den man liebt.«

»Ja, oder?« Ich muss fast lächeln, weil er natürlich vollkommen recht hat. Wie man es auch dreht und wendet, es ist nicht nachvollziehbar. Dad hat mich nicht geschlagen, weil er mich gehasst hat – nein, er hatte sich einfach nicht im Griff. »Ich kann mir selbst immer noch keinen Reim darauf machen.«

Unvermittelt fängt mein Handy in der Tasche an zu vibrieren. Sehr wahrscheinlich ist es Declan, der sich wundert, wo ich abgeblieben bin. Schließlich hatten wir eine Verabredung. Ich ziehe es heraus und will den Anruf schon wegdrücken, als ich innehalte. Es ist Tiffanis Name, der auf dem gesprungenen Display aufleuchtet.

Mir wird eng um die Brust. Als ich zu Jamie gucke, schaut er erst mein Handy, dann mich an. Ich sehe das Flehen in seinen Augen, doch bitte nicht ranzugehen. Er wünscht sich nichts mehr, als dass ich hier bei ihm bleibe und mit ihm weiter über unseren Dad rede. Und ich würde ja auch gerne bleiben, nur … ich kann nicht. Ich kann Tiffani nicht einfach wegdrücken, nicht, nachdem ich den ganzen Tag verzweifelt versucht habe, sie zu erreichen. Sie würde es mir nie verzeihen, wenn ich mir jetzt, wo sie endlich bereit ist zuzuhören, nicht die Zeit nehme.

Ich schlucke, stehe auf, und es tut mir weh zu sehen, wie sich Enttäuschung auf Jamies Gesicht abzeichnet. Das Telefon klingelt immer noch, ich muss schleunigst rangehen, bevor sie auflegt. »Jamie, tut mir leid«, sage ich mit brüchiger Stimme, weil meine Kehle plötzlich wie ausgetrocknet ist. »Ich muss da rangehen. Wir können uns ein anderes Mal weiter unterhalten.«

»Wie du meinst, Tyler«, murmelt er, aber es ist nicht zu übersehen, dass er nun wütend auf mich ist. Er lässt sich aufs Bett zurückfallen und rollt sich beleidigt zur Wand, was mir noch mehr Schuldgefühle macht, als ich ohnehin schon habe. Beharrlich vibriert und klingelt das Telefon in meiner Hand …

Ich sprinte über den Flur zurück in mein Zimmer, schließe die Tür hinter mir und sauge scharf die Luft ein. Im Grunde weiß ich immer noch nicht, welche Erklärung ich Tiffani auftischen will, aber eine kleine Notlüge schüttle ich jederzeit aus dem Ärmel. Also nehme ich den Anruf entgegen und halte mir das Handy ans Ohr. »Tiffani«, sage ich nur.

»Tyler«, antwortet sie ähnlich knapp. In ihrer Stimme schwingt ein vorwurfsvoller Unterton mit. Ich habe sie deutlich vor Augen: Wie sie ihre Lippen zu einer schmalen Linie zusammenpresst, eine Hand in die Hüfte gestemmt, ein bitterböser Ausdruck in ihren blauen Augen. Zum Glück muss ich ihr nicht persönlich gegenübertreten.

»Ich hab den ganzen Tag versucht, dich zu erreichen«, sage ich, und ein schweres Gewicht hebt sich von meinen Schultern. Endlich kommt es zu diesem längst überfälligen Gespräch. Ich gehe rüber zum Bett, lege mich auf den Rücken und starre an die Decke. »Du hast also gehört, was gestern Abend passiert ist?«

»Klar hab ich's gehört«, gibt Tiffani schroff zurück. Sie ist ziemlich aufgebracht, das heißt, es wird mich einiges an Überzeugungsarbeit kosten. Nach dieser Sache lässt sie sich bestimmt nicht so leicht besänftigen. »Dachtest du, ich krieg das nicht mit? Da kennst du mich aber schlecht, Tyler. Ich finde *alles* raus.«

Ich kneife die Augen zu, atme tief durch und fahre mir mit den Fingern durch die Haare. »Es war ein Ausrutscher«, versuche ich es. *War es natürlich nicht.* »Das ist völlig spontan passiert, ich hab das ganz bestimmt nicht gewollt. Ich war eigentlich auf dem Weg, um mich mit den Jungs zu treffen, aber als ich am Pier vorbeikam, war da dieses Mädchen aus Inglewood, das wollte sich unbedingt mein Auto anschauen«, lüge ich. Ich öffne die Augen, richte mich wieder auf und stopfe mir die Kissen in den Rücken, um mich zurückzulehnen. Ich fühle mich richtig mies, was bin ich nur für ein Arschloch. »Sie ist eingestiegen, und … keine Ahnung. Auf einmal saß sie auf meinem Schoß. Du weißt doch … wie schwer von Begriff ich manchmal bin.«

»Tyler«, unterbricht sie mich scharf, und ich bin mir sicher, wenn ich jetzt vor ihr stehen würde, würde sie mir jetzt ihre Hand an die Brust pressen. »Ich will keine Details. Ich möchte nur, dass du mir versprichst, dass so etwas nie, nie wieder vorkommt. Du willst doch sicher nicht, dass ich die Geduld verliere, oder?«

»Ich verspreche es«, platzt es aus mir heraus, und kaum

sind die Worte über meine Lippen, wird mir klar, dass ich das nicht hätte sagen sollen. Wie soll ich so ein Versprechen halten? Das wird mir nicht gelingen, nicht, solange Eden mit im Rennen ist. Wenn wir uns noch ein Mal erwischen lassen, kriege ich von Tiffani keine zweite Chance mehr, so viel ist sicher. Dann ruiniert sie mir mein Leben restlos, und das bedeutet, dass Eden und ich von jetzt an sehr, sehr vorsichtig sein müssen.

Ich war den ganzen Vormittag mit Tiffani zusammen und habe mich von meiner besten Seite präsentiert, nur damit sie glücklich ist. Und deshalb bin ich auch mit der Kohle, die ich bis jetzt gemacht habe, plus dem kläglichen Rest aus meinem Treuhandfonds, in aller Herrgottsfrüh in die Stadt gefahren und habe eine verdammte Designer-Handtasche für sie gekauft. Tiffani ist ganz aus dem Häuschen, es hat sich also gelohnt, dass ich ein riesiges Loch in meine Finanzen gerissen habe.

Sie trägt die Tasche in diesem Moment stolz mit sich herum. Wir waren stundenlang bei ihr zu Hause und haben uns ausgesprochen, bis wir zu einer gemeinsamen Übereinkunft gelangt sind, was diese Beziehung für uns ist – toxisch und ohne große emotionale Bedeutung, aber auch wichtig und unverzichtbar für uns beide. Im Augenblick fahre ich sie runter zur Promenade, wo sie sich mit ihren Freundinnen treffen will, während ich zu Dean und Jake stoße. Irgendwann treffen wir uns dann wahrscheinlich sowieso alle und unternehmen gemeinsam was.

»Setz mich am Nordstrom ab«, weist Tiffani mich an. Sie sagt es fröhlich und unbeschwert, aber es klingt total aufgesetzt. Sie hat sich die Sonnenbrille auf die Nase geschoben, verzieht ihre vom Lipgloss glänzenden Lippen zum Schmollmund und hält ihr Handy hoch, um ein Selfie zu schießen, und das bei voller Fahrt. Beide Seitenfenster sind heruntergefahren, der Wind peitscht ihr die blonden Haare ins Gesicht.

»Na schön, Britney Spears«, sage ich augenrollend und lege ihr die rechte Hand auf den Oberschenkel, weil ich weiß, wie gern sie das mag. »Genug Fotos gemacht. Da wird schon ein gutes dabei sein.«

»Halt die Klappe, Tyler«, schnauzt sie, dann entspannen sich ihre Gesichtszüge, und sie lässt das Handy sinken. Sie deutet auf die Straße vor uns. Wir fahren gerade die Second Street hinunter und nähern uns unserem Ziel, der Promenade. Für einen Donnerstagnachmittag sind die Straßen erstaunlich voll, überall tummeln sich Fußgänger, was vielleicht auch daran liegt, dass es heute ungewöhnlich heiß ist. Die Hitze treibt die Menschen in Massen auf die Straßen und runter ans Meer. »Halt da drüben an.«

Ich folge ihrer Anweisung und halte auf dem Parkstreifen gegenüber vom Nordstrom. Tiffani hat bereits den Sicherheitsgurt gelöst und dreht sich zu mir, um sich zu verabschieden. Sie schiebt sich die Sonnenbrille in die Haare und lächelt mich an. »Weißt du, ich glaube dir. Du machst so einen Fehler bestimmt nicht noch einmal. Ich wüsste nicht, was ich tue, wenn doch«, fährt sie mit einem warnenden Unterton in ihrer honigsüßen Stimme fort. »Also, können wir das jetzt vergessen und so tun, als wäre nichts gewesen?«, fragt sie wild gestikulierend.

»Mehr will ich doch auch nicht, Tiffani«, versichere ich ihr ebenfalls mit einem Lächeln und drücke ihren Oberschenkel. Das eben war eine der besten Vorstellungen, die ich je abgeliefert habe, ich bin richtig stolz auf mich.

Sie beugt sich vor und drückt ihren Mund auf meinen, es ist ein harter, aggressiver Kuss, der mich um ein Haar zurückzucken lässt. Es kostet mich alle Überwindung, ihn zu erwidern. Wie soll ich so tun, als wäre nichts, wenn ich die ganze Zeit an Eden und die Sache gestern denken muss? Mit Tiffani ist es nicht das Gleiche. Ihre Berührungen sind viel zu grob, viel zu besitzergreifend und irgendwie … wenig aufregend. Sie zu küssen hat keinen Reiz. Es fehlt die Leidenschaft. Wie konnte ich je Gefallen daran haben? Mühsam halte ich noch einige Augenblicke durch, bevor ich mich von ihr löse und mich in meinem Sitz zurückfallen lasse.

»Ich hoffe, du hast das genossen, weil du nämlich vorerst nichts mehr bekommst. Nicht bis ich dir wieder restlos vertraue«, bemerkt Tiffani schnippisch, als sie die Hand nach der Tür ausstreckt, sich die neue Handtasche um die Schulter schlingt und mich mit einem durchdringenden Blick ansieht. Mit einem triumphierenden Schmunzeln steigt sie aus und wirft die Tür hinter sich zu.

Ich sehe zu, wie sie mit einem zufriedenen Gesichtsausdruck die Straße überquert, und erst da wird mir bewusst, dass Rachael, Meghan und Eden dort drüben auf dem Gehsteig auf sie warten. Waren sie die ganze Zeit da und haben uns beobachtet? Hat Eden mitbekommen, wie ich Tiffani geküsst habe? Ich fixiere sie und merke, wie sie mit einem Kaffeebecher an den Lippen und nach unten geneigtem Kopf unter ihren Wimpern hervor zu meinem Wagen herübersieht, bis sie meinem Blick begegnet. Ich kann nur hoffen, dass sie meine Beweggründe versteht, und lächle ihr über die Straße entschuldigend zu. Ich wünschte, ich wäre mit ihr zusammen und nicht mit Tiffani.

Eden wendet den Blick von mir ab, als Tiffani sich ihnen nähert. Rachael wirkt nicht allzu begeistert, weil ich nämlich sehe, wie sie ihren Kaffeebecher wütend in den Mülleimer pfeffert und empört die Hände hochreißt. Weil ich keine Lust auf dieses Theater habe, gebe ich Gas, jage den Motor hoch und biege mit quietschenden Reifen auf den Broadway ab.

Fünfzehn Minuten lang suche ich nach einem Parkplatz. Ich bin mit Dean und Jake in der *Refinery* verabredet, und als ich endlich die Tür zum Coffee-Shop aufstoße, sind die Jungs schon da. Sie sitzen direkt an der Fensterfront zur Straße und beobachten das hektische Treiben draußen auf dem Santa Monica Boulevard. Lachend sitzen sie da, jeder eine Tasse Kaffee vor sich auf dem Tisch. Wie es aussieht, haben sie schon ohne mich bestellt.

»Ach, kommst du doch noch«, zieht Jake mich augenrollend auf, als ich zu ihnen an den Tisch trete.

»Jake, hab ich dir schon mal gesagt, dass du ein Idiot bist?«, schieße ich prompt zurück, bevor ich mich auf den Weg zur Theke mache, um meine Bestellung aufzugeben. Auch wenn meine Beziehung zu Jake kompliziert ist, so herrscht zumindest den Großteil der Zeit ein freundlicher Umgangston zwischen uns.

Ich ordere einen Americano, gehe damit zurück an den Tisch und ziehe mir einen Stuhl heraus, um mich zu den Jungs zu setzen. »Also«, sage ich und nippe vorsichtig an dem brühheißen Kaffee, schaffe es aber trotzdem, mir die Zunge zu verbrennen. Deshalb setze ich den Becher ab, um ihn erst mal abkühlen zu lassen. »Und, was steht an?«

»Ehrlich gesagt nicht viel«, sagt Dean. Er lächelt mir freundlich zu, und ich muss sagen, diese Begrüßung gefällt mir mit Abstand besser als die von Jake. Mir ist klar, dass ich bei Dean ständig für Frust sorge, aber er lässt sich nie was anmerken. Es ist schön, wenigstens *einen* echten Freund zu haben. Auf ihn ist Verlass. »Nur die Strandparty am Samstagabend.«

Sofort werde ich hellhörig. Das hatte ich ja völlig vergessen. »Das ist dieses Wochenende?«

»Ja«, bestätigt Jake und unterdrückt ein Prusten, um leise hinzuzufügen: »Und versuch diesmal bitte, dich nicht wieder total abzuschießen.« Natürlich höre ich es trotzdem.

»Jake«, zischt Dean. Er sieht ihn missbilligend an und schüttelt langsam, aber entschieden den Kopf. Jake zuckt nur mit der Achsel, stemmt die Ellbogen auf den Tisch und trinkt in großen Schlucken von seinem Kaffee, während er unschuldig aus dem Fenster starrt.

Jeden Sommer findet diese große Party unten am Strand statt. Dazu wird eigens ein riesiger Abschnitt abgeriegelt und eine Bühne aufgebaut, auf der die ganze Nacht lang verschiedene DJs und Bands auftreten. Alle betrinken sich und feiern stundenlang, während die Sonne über dem Pazifik untergeht. Das ist immer ein wahnsinniges Schauspiel, und auch wenn man offiziell volljährig sein muss, um teilzunehmen, ist die halbe Schule da. Ich sollte mich eigentlich darauf freuen, aber nach der Katastrophe letzten Sommer habe ich ein wenig Respekt davor. Allein beim Gedanken daran zieht sich mir der Magen zusammen.

Letztes Jahr habe ich es nämlich ein bisschen zu arg krachen lassen. Ich war derart besoffen, dass ich einem Wildfremden irgendwelches dubiose Zeug abgekauft habe. Ich hielt das damals für eine Spitzenidee, aber leider ging es ordentlich nach hinten los. Ich habe immer noch keine Ahnung, was genau ich in dieser Nacht geschnupft habe, aber sicher ist, dass es mit irgendwelchem Mist gestreckt war. Es war der erste und einzige schlechte Trip, den ich je hatte. Zum Glück konnten mich meine Freunde zu Tiffani nach Hause schleifen, obwohl sie zu dem Zeitpunkt selbst schon ordentlich bedient waren. Dort haben sie dann stundenlang über mich gewacht, weil sie Panik hatten, ich könnte nicht wieder aufwachen. Normalerweise machen sie sich keine großen Gedanken um mich. Aber an diesem Abend waren sie außer sich vor Sorge.

Dean räuspert sich. »Ich dachte mir, wir könnten alle zusammen bei mir zu Hause vorglühen und dann runter an den Strand gehen.«

»Ich … ich gehe vielleicht besser nicht mit«, murmle ich. Plötzlich ist meine Kehle staubtrocken. Ich senke den Blick auf meinen Schoß und knete nervös die Finger. Die Strandparty letztes Jahr war einer meiner absoluten Tiefpunkte. Ich habe überhaupt keine guten Erinnerungen daran, und einen solchen Fehler möchte ich nicht noch mal riskieren.

»Echt jetzt?«, höhnt Jake, und ich würde ihm am liebsten auf der Stelle die Faust ins Gesicht schlagen. »Geht Eden hin? Ich hab sie schon eine ganze Weile nicht mehr gesehen.«

»Was kümmert dich das?«, fahre ich ihn an. Er hat nicht das Recht, von Eden zu sprechen. Dieses Arschloch lasse ich garantiert nicht in ihre Nähe. Zugegeben, sie hat bei ihm übernachtet, aber das ist Wochen her. Mein Gefühl sagt mir, dass sie sich inzwischen nicht mehr auf ihn, sondern auf mich konzentriert. »Sie ist nicht an dir interessiert.«

»Im Ernst?«, fragt Dean und rutscht neugierig auf seinem Stuhl nach vorn. Mit hochgezogenen Augenbrauen sieht er mich an. »Hat sie das gesagt?«

»Das war gar nicht nötig«, gebe ich zurück und spanne meinen Kiefer an. Ich verliere heute schneller als sonst die Geduld, das merke ich selbst. Aber ich ertrage es einfach nicht, Edens Namen aus Jakes Mund zu hören.

»Tyler, echt jetzt, halt die Klappe«, sagt Jake lauthals lachend. Ich hasse es, dass er immer alles mit einem Lachen abtun will. Ich *spiele* den anderen ja auch vor, mir wäre alles egal, aber Jake schert sich *wirklich* um nichts einen Dreck. So war es immer schon, und daran wird sich wohl auch nie was ändern. »Hört auf. Gehen wir lieber ins *Johnny Rockets*. Rachael hat vorgeschlagen, dass wir uns dort treffen.«

Ich nehme meinen Kaffee mit und trinke ihn auf dem Weg zum Santa Monica Place, dem Luxus-Outdoor-Einkaufszentrum am Ende der Promenade. Dean geht zwischen Jake und mir, vermutlich um weitere Auseinandersetzungen zu unterbinden. Wir marschieren hoch in den ersten Stock, wo sich der Food Court befindet. Im *Johnny Rockets* halten wir Ausschau nach den Mädels, bis wir sie an einem der Tische entdecken. Wir ziehen uns zusätzliche Stühle heran und gesellen uns zu ihnen. Sie haben sich schon gierig über ihre Eisbecher hergemacht. Oder zumindest drei von ihnen. Eden isst nichts.

Ich stelle meinen Stuhl neben den von Tiffani und lasse mich darauf nieder. Irgendwie ist es ein eigenartiges Gefühl, Eden in Gegenwart meiner Freunde so nahe zu sein. Ich scheue mich davor, sie anzusehen, weil ich Angst habe, ich könnte sie unwillkürlich anlächeln oder unsere Blicke könnten eine Wahrheit offenbaren, die der Welt verborgen bleiben muss.

»Hey«, flüstert Tiffani, und ein breites Lächeln stiehlt sich auf ihre Lippen. Sie legt mir ihre Hand aufs Knie.

»Wir haben entschieden, dass wir am Samstag vor der Party zu Dean gehen«, sagt Jake, nachdem wir die Begrüßungen hinter uns gebracht haben, und beugt sich vor, um in die Runde zu schauen. Jeden Einzelnen von uns sieht er eindringlich an. Von mir erntet er nur einen finsteren Blick.

»Eine Party vor der Party«, wirft Dean ein. Er strahlt übers ganze Gesicht vor Vorfreude und sieht uns ebenfalls nacheinander an. Dean macht sich normalerweise nicht so viel aus Partys, aber die jährliche Strandparty lässt er sich nie entgehen. »Wir sorgen für den Alkohol.«

»Und ihr sorgt dafür, dass ihr hübsch ausseht«, schließt Jake. Mit anzüglicher Miene lehnt er sich auf seinem Stuhl zurück und verschränkt lässig die Arme vor der Brust.

»Schwein«, murmelt Rachael und wirft ihren Löffel nach ihm. Dank seines geschickten Ausweichmanövers verfehlt sie ihn haarscharf, aber ich ertappe mich dabei, wie ich mir wünsche, sie hätte ihn erwischt.

»Du weißt doch, dass ich nur Spaß mache, Rachael-Baby«, zieht er sie auf. Er richtet sich wieder auf, legt den Kopf schief und grinst verschmitzt. Die beiden zicken sich schon seit der Middleschool ständig an.

»Nenn mich nicht so!«

Eine Weile zanken sie sich noch hin und her, doch ich bekomme nicht viel davon mit, weil Tiffani mir unter dem Tisch über den Oberschenkel streichelt. Ein Kloß bildet sich in meiner Kehle, als sie mit ihrem Stuhl näher rückt und mir mit den Fingern zärtlich über den Arm fährt. Unwillkürlich rieselt eine Gänsehaut über meinen Körper. Wie gelähmt starre ich auf die Tischplatte und wünsche mir, sie würde aufhören. Ihre Berührungen sind mir unangenehm. Ich bin mir nämlich ziemlich sicher, dass sie es nur tut, weil wir nicht allein sind. Sie braucht immer ein Publikum. So zeigt sie unseren Freunden, dass zwischen uns alles in bester Ordnung ist. Dabei ist das alles eine einzige Lüge. Wie aus heiterem Himmel packt sie mich am Kinn und beugt sich vor, um mich zu küssen. Panisch reiße ich den Kopf zur Seite, sodass Tiffanis Lippen meine Wange treffen und nicht meinen Mund. Ich kann das nicht, nicht hier vor Eden. Eigentlich hätte ich erwartet, dass Tiffani sauer wird, aber sie lehnt sich nur gegen mich und fährt fort mit den Streicheleinheiten.

»Eden«, höre ich Rachael mit zuckersüßer, neckender Stimme sagen, »willst du nicht ein bisschen mit Jake spazieren gehen? Na los schon, ihr Turteltauben.«

Was soll der Scheiß? Mein Blick schnellt hoch, und ich sehe Eden zum ersten Mal direkt an. Tiffani zeichnet derweil mit den Fingern Muster auf meinen Hals, wofür ich im Moment überhaupt keinen Nerv habe, weil ich nur Augen für Eden habe. Sie windet sich unter meinem Blick, die plötzliche Aufmerksamkeit scheint Unbehagen in ihr hervorzurufen. Mir geht Rachaels Vorschlag nicht mehr aus dem Kopf. Was wollte sie damit bezwecken? Trifft Eden sich etwa heimlich mit Jake, hinter meinem Rücken? Das glaube ich eigentlich nicht. Er hat doch selbst gesagt, dass er sie schon seit einer Weile nicht mehr gesehen hat.

Jake steht auf, schiebt die Hände in die Hosentaschen und sieht sie abwartend an. »Kommst du?«

Und zu meiner grenzenlosen Verblüffung erhebt sie sich tatsächlich von ihrem Stuhl. Sie weicht meinem Blick aus, marschiert um den Tisch herum zu Jake und murmelt: »Bin gleich wieder da.«

Fassungslos sehe ich den beiden nach, bis sie die Rolltreppe hinunter verschwinden. Ich presse die Zähne so fest aufeinander, dass mir der Kiefer schmerzt, und zu allem Überfluss muss Tiffani, die Hand auf meiner Brust, jetzt auch noch an meinem Ohrläppchen herumkauen.

»Okay, ich will ja nichts sagen«, erklärt Rachael mit erhobener Stimme. Mit gerümpfter Nase richtet sie den Blick auf uns. »Aber würdet ihr zwei bitte aufhören?«

Tiffani lacht und schafft es jetzt doch, mir einen Kuss auf die Lippen zu drücken. Und dieses Mal erwidere ich ihren Kuss.

In dieser Nacht finde ich nicht in den Schlaf. Was im Grunde nichts Neues ist, manchmal macht mein Gehirn Überstunden, und dann treibt mich eine derartige Unruhe um, dass ich nicht einschlafen kann. Stundenlang liege ich wach, lausche dem sanften Schnurren der Klimaanlage und starre im Dunkeln an die Decke. Das Gedankenkarussell dreht sich unaufhörlich, ich denke über Tiffani nach, über Mom, über Jamie, aber in erster Linie sind meine Gedanken bei Eden. Um drei Uhr habe ich schließlich die Nase voll. Viel zu lange wälze ich mich schon schlaflos im Bett, deshalb schlage ich die Decke zurück und stehe auf.

Langsam schleiche ich mich aus meinem Zimmer hinaus

auf den Flur und öffne so leise wie möglich Edens Zimmertür einen Spaltbreit. Ich spähe hinein ins Dunkle, kann aber nichts ausmachen, deshalb schiebe ich die Tür ganz auf und trete ein. Als meine Augen sich an die Dunkelheit gewöhnt haben, schließe ich die Tür hinter mir. »Bist du wach?«, flüstere ich.

Allmählich schälen sich Edens Umrisse aus der Dunkelheit heraus, ich sehe, dass sie in ihre Decke gekuschelt mit dem Gesicht zur Wand liegt. Sie rührt sich nicht, deshalb gehe ich davon aus, dass sie schläft, als ich sie plötzlich nuscheln höre: »Ja. Wie spät ist es?«

»Drei«, gebe ich flüsternd zurück. Vorsichtig schleiche ich zu ihrem Bett, hebe die Decke hoch und schlüpfe darunter. »Darf ich hier schlafen, mit dir?«, frage ich leise. Es ist warm im Bett, aber ihr Körper strahlt eine noch viel größere Hitze aus. Trotzdem achte ich darauf, genügend Abstand zu ihr zu halten. »Also, ich meine nicht *mit* dir, sondern bei dir … einfach nur zusammen einschlafen, also, du weißt schon, schlafen eben«, stammle ich verunsichert

»Ich weiß, was du gemeint hast«, sagt Eden, und es klingt, als würde sie schmunzeln. Wenn ich übermüdet bin, bringe ich keinen klaren Gedanken zustande.

Eine Weile starre ich schweigend an die Decke und genieße die wohlige Wärme, die von ihr ausgeht. Langsam atme ich ein und aus. Ich höre auch ihre Atemzüge und sammle schließlich all meinen Mut, mich zu ihr umzudrehen und mich sanft an sie zu schmiegen. Ich vergrabe mein Gesicht an ihrer Schulter und kneife die Augen ganz fest zu. Ihre Nähe wärmt mich und spendet mir Trost.

»Das mit Tiffani tut mir leid«, flüstere ich an ihrem Ohr und streiche ihr mit den Fingern durch die Haare. Vorsichtig lege ich meinen Arm um sie und halte sie fest an mich gedrückt. Ich wünschte, sie würde sich zu mir umdrehen, dann könnte ich das Funkeln in ihren Augen sehen.

»Das sollte es auch.«

»Gib mir eine Chance, das hinzukriegen«, flehe ich sie an. Ich brauche Zeit, um sämtliche Möglichkeiten auszuloten, wie wir aus dieser misslichen Lage am besten rauskommen. Mein Ziel ist es, am Ende mit ihr zusammen zu sein, aber momentan ist es mir noch ein Rätsel, wie ich das hinbekommen soll. »Ich versuche wirklich, alles auf die Reihe zu kriegen.«

Sie starrt weiter wortlos an die Wand.

»Falls du es nicht gemerkt hast, Eden, ich bin ganz schön am Arsch«, spreche ich weiter. Ich löse mich von ihr, drehe mich auf die andere Seite zur Tür und vergrabe den Kopf in ihrem Kissen. Die Matratze gibt nach, als sie sich endlich von der Wand wegdreht und zu mir herumrollt.

»Das würde ich nicht sagen. Eher verloren«, raunt sie. Sie legt ihre Hand auf mein Schulterblatt und zeichnet Muster auf meine Haut. Ich glaube, sie fährt die Tätowierung nach.

»Verloren?«, wiederhole ich.

»Ja. Ich glaube, du weißt nicht weiter.« Sie klingt immer noch schläfrig, spricht mit leiser, belegter Stimme.

»Wie kommst du darauf?«

Sie zeichnet eine Linie von der Schulter bis zum Ansatz meiner Wirbelsäule und wieder zurück und rückt dabei näher an mich heran. Dann schmiegt sie ihre Wange an meine Schulter, legt mir den Arm um den nackten Oberkörper und flüstert: »Weil du keine Ahnung hast, was du tust oder wohin du gehst.«

Lange sage ich kein Wort. Sie hat recht. Ich weiß nicht, was ich tue oder wohin mein Weg mich führt. Vielleicht kann man wirklich sagen, dass ich verloren bin. Ich starre auf die Tür und spüre ihren ruhigen Herzschlag an meinem Rücken. Zärtlich fasse ich nach ihrer Hand und verschränke unsere Finger ineinander. »Eden?«, flüstere ich, aber sie ist bereits wieder eingeschlafen.

Kapitel 51

Fünf Jahre zuvor

Ich laufe eine gefühlte Ewigkeit, aber in Wirklichkeit sind es nur zwanzig Minuten. Mit dem Rucksack über der Schulter und gerade mal siebzehn Dollar in der Tasche schleppe ich mich Schritt für Schritt vorwärts. Ich habe mich heimlich ins Schlafzimmer von Mom und Dad geschlichen und alles Kleingeld geklaut, das ich in Dads Hosentaschen finden konnte. Wahrscheinlich reicht es gerade mal für den Bus raus aus Santa Monica. Ich weiß zwar nicht, wohin ich fahren soll, aber ich bin nicht wählerisch.

Doch erst muss ich runter zur Promenade. Klar gehen auch von der Innenstadt aus Busse, aber die ist zu weit weg, und es dämmert bereits. Bald geht die Sonne unter; es gibt also kein Zurück mehr. Schließlich bin ich bereits abgehauen. Wenn ich jetzt wieder angeschlichen komme, stecke ich noch tiefer in der Tinte als ohnehin schon.

Zögernd gehe ich weiter, ramme die Fußspitzen in den Boden und lasse den Kopf hängen. Ich ziehe den Reißverschluss an meinem Kapuzenpulli zu. Wir haben bald Dezember, die Nächte werden merklich kühler. Es ist zwar nicht unbedingt kalt, aber ich vermisse die Hitze des Sommers, auch wenn die kühle Brise die Schmerzen im Gesicht lindert, wo meine Haut abgeschürft ist. Ich habe auch eine Packung Schmerzmittel aus dem Badezimmerschrank mitgehen lassen.

Momentan bin ich irgendwo in Wilshire, einem angrenzenden Stadtviertel, ich glaube, Jake wohnt hier. Sein Haus würde ich erkennen, wenn ich es sehe, deshalb beschleunige ich meine Schritte und drehe den Kopf hin und her, um mir die Gebäude um mich herum genauer anzusehen. Vielleicht lassen mich seine Eltern ja bei ihnen schlafen, wenigstens für eine Nacht. Ich komme unterwegs sogar an meiner Schule vorbei, doch sie kommt mir fremd vor, so ganz ohne Kinder auf dem Schulhof. Deshalb gehe ich geradewegs daran vorbei und suche nach einem einladenderen Ziel.

Leider finde ich Jakes Haus letztendlich doch nicht, und es besteht keinerlei Aussicht darauf, dass ich heute noch einen Bus erwische, der mich aus der Stadt rausbringt. Immerhin bin ich dreißig Minuten Fußmarsch von zu Hause entfernt, weit genug weg von Dad, das reicht mir. Mit einem schweren Seufzen mache ich an einer riesigen Eiche halt, deren Wurzeln Risse im Asphalt des Gehsteigs hinterlassen haben. Ich lasse meinen Rucksack fallen, setze mich daneben ins Gras und lehne mich mit angezogenen Beinen gegen den Stamm. So hocke ich eine Weile da und beobachte den vorüberziehenden Verkehr.

Vielleicht ist das doch eine blöde Idee. Soll ich wieder nach Hause gehen? Aber dafür fehlt mir der Mut, deshalb bleibe ich sitzen und nehme lieber zwei Schmerztabletten. Ich hole eine Flasche Wasser aus meinem Rucksack und spüle sie hinunter. Mir tut jeder einzelne Knochen im Leib weh, sogar wenn ich mich nicht bewege. Deshalb schließe ich die Augen, lausche dem Verkehr und genieße den kühlen Wind auf meiner Haut. Ich atme tief und gleichmäßig ein und aus, bis ich ein Fahrzeug heranfahren und langsamer werden höre. Direkt vor mir hält es am Randstein an.

Mit flatternden Lidern öffne ich die Augen und sehe zu meinem Schrecken, dass ein Polizeiauto mit laufendem Motor auf dem Parkstreifen steht. Als das Fenster herunterfährt, stockt mir der Atem.

»Hey, Kumpel«, sagt der Officer und stemmt seinen Ellbogen auf die Tür. Seine Mundwinkel heben sich zu einem freundlichen, aber besorgten Lächeln. Es ist genau die Art von Lächeln, wie sie mir Mr. Hayes und Dr. Coleman immer zuwerfen. »Was treibst du denn um diese Uhrzeit noch hier draußen?«

»Ich ruhe mich aus«, sage ich tonlos. *Er nimmt mich bestimmt fest, weil ich mich herumtreibe. Und dann stecke ich in noch größeren Schwierigkeiten. Und dann muss ich erst recht von zu Hause weglaufen.*

»Hmm«, brummt der Polizist nachdenklich, als würde er mir das nicht so recht abkaufen. Kein Wunder. »Wo wohnst du denn?«

»Ich wohne gar nicht in dieser Gegend«, gebe ich zu. Hastig zerre ich den Reißverschluss an meinem Rucksack zu, hieve ihn mir auf die Schulter und mache mich bereit, mich notfalls aus dem Staub zu machen. Ich bleibe aber vorerst sitzen und bete, er möge mich in Ruhe lassen.

»Und was hast du dann hier zu suchen?«

»Ich ruhe mich nur aus«, sage ich wieder. *Ich laufe vor meinem gewalttätigen Vater weg.*

Der Officer sagt eine Weile nichts, während er aufmerksam mein zerschrammtes Gesicht mustert. »Was ist da passiert?«

»Ich bin in der Schule in eine Schlägerei geraten«, gebe ich achselzuckend zu. Zur Sicherheit ziehe ich die Kapuze hoch, um die Schrammen in meinem Gesicht zu verbergen. »Ich bin suspendiert.«

»Das ist nicht gut. Du solltest dich nicht prügeln«, sagt er stirnrunzelnd. Er stellt den Motor ab, steigt aus und macht ein paar Schritte auf mich zu. Hoch aufragend steht er vor mir und wirft einen Schatten auf mich, weil hinter ihm gerade die Sonne untergeht. »Wie heißt du?«

»Tyler«, sage ich. Nervös wechsle ich meine Sitzposition, damit ich notfalls schneller aufspringen und abhauen kann.

Hätte ich ihn anschwindeln sollen? Eigentlich nicht. So einschüchternd wirkt er nicht auf mich. Er sieht nicht aus, als hätte er vor, mich festzunehmen. Zumindest noch nicht.

»Also gut, Tyler. Ich bin Officer Gonzalez«, sagt er. Zu meiner großen Verwunderung setzt er sich neben mich ins Gras, hält aber mindestens einen Meter Abstand. Dann streckt er mir die Hand hin. »Schön, dich kennenzulernen.«

Für einen kurzen Moment starre ich völlig perplex auf seine Hand und sehe ihm dann ins Gesicht. Ein kleines, aber aufrichtiges Lächeln hat sich auf seine Züge geschlichen, deshalb komme ich zu dem Schluss, dass er nett ist und mir von seiner Seite keine Gefahr droht. Ich schüttle ihm die Hand.

»Also«, meint Officer Gonzalez, der sich jetzt ein wenig zurücklehnt und sich mit den Händen auf dem Boden abstützt. »Willst du mir erzählen, warum du wirklich hier sitzt? Es wird schon bald dunkel.« Nach einem kurzen Blick hinauf in den Himmel sieht er zu mir. »Du kannst es mir erzählen. Wir sind doch jetzt Freunde, oder?«

Vielleicht. Keine Ahnung. Wie es aussieht, macht er mir keinen Ärger oder so, zum Glück. Und ich könnte tatsächlich jemanden gebrauchen, dem ich mich anvertrauen kann. Ein freundlicher Polizist scheint mir genau die richtige Person zu sein. Deshalb beschließe ich, mich ihm anzuvertrauen. »Ich laufe von zu Hause weg«, sage ich.

»Und welchen Grund hast du wegzulaufen?«, will er wissen. Er legt den Kopf schief, verengt seine braunen Augen und studiert meine Züge. Ich versuche, ein möglichst ausdrucksloses Gesicht zu machen. Auf keinen Fall darf ich irgendwelche Emotionen zeigen, damit er mich nicht durchschaut.

»Meine Eltern waren sauer auf mich, wegen der Rauferei in der Schule«, sage ich. Ich nehme den Rucksack wieder ab und lege ihn neben mir ins Gras, weil ich nicht mehr vorhabe, vor Officer Gonzalez wegzulaufen.

»Nun, ich wäre auch enttäuscht, wenn mein Sohn sich prügeln würde«, gesteht Officer Gonzalez. Er spricht mit sanfter, ruhiger Stimme. Allein ihr Klang tröstet mich und sorgt dafür, dass ich mich entspanne. »Aber ich würde mir auch große Sorgen machen, wenn er weglaufen würde. Denkst du nicht, du solltest besser wieder nach Hause gehen?«

»Ich weiß nicht«, murmle ich. Mein Zuhause ist nicht mehr sicher. Schon seit vier Jahren nicht mehr. Zu Hause stößt mir viel eher ein Leid zu als hier draußen auf der Straße, deshalb halte ich das für zu riskant.

»Du darfst auch bei mir mitfahren, vorne auf dem Beifahrersitz«, schlägt Officer Gonzalez vor, und sein Lächeln wird breiter. Mit hochgezogener Braue sieht er mich abwartend an. Er deutet mit dem Kinn auf den Streifenwagen, dann hält er mir wieder die Hand hin. »Na, was sagst du dazu, schlägst du ein?«

Ich werfe einen Blick auf den Wagen, dann auf den Rucksack mit meinen wenigen Habseligkeiten und dem bisschen Geld. Dann sehe ich wieder zu Officer Gonzalez mit seinem freundlichen, warmherzigen Lächeln. Ich mag ihn, außerdem wird es wirklich schon dunkel. Ich möchte ungern den Leuten begegnen, die nachts die Straßen unsicher machen. Also schüttle ich noch einmal seine Hand.

Kapitel 52

Gegenwart

Am Samstagabend, als wir uns alle bei Dean zu Hause treffen, reiße ich mich richtig am Riemen und trinke zur Abwechslung einmal nicht zu viel. Nach allem, was bei der Strandparty letztes Jahr passiert ist, bin ich fest entschlossen, dieses Mal Herr der Lage zu bleiben. Ich werde mich auf gar keinen Fall besinnungslos trinken. Und deshalb nippe ich schon seit ungefähr einer Stunde an derselben Dose Bier, während alle anderen einen Drink nach dem anderen in sich hineinkippen und sich total abschießen. Es ist seltsam, ausnahmsweise einmal der Nüchternste von allen zu sein. Geht es ihnen so wie mir jetzt, wenn sie sehen, wie ich mich viel zu schnell betrinke? Wenn ich nämlich ehrlich bin, ist es ganz schön peinlich.

Dean hat nur eine Handvoll Freunde zu sich eingeladen. Jake und Meghan sind da, und natürlich Tiffani. Jackson und TJ aus Deans Footballmannschaft sind ebenfalls gekommen und machen Dosenstechen in einem Tempo, ganz ähnlich wie ich letztes Wochenende. Jetzt fehlen nur noch Rachael und Eden. Immer wieder werfe ich verstohlene Blicke zur Haustür, weil ich es kaum erwarten kann, sie endlich zu sehen. Aber sie denken offenbar nicht daran, pünktlich zu kommen. Rachael braucht immer ewig, um sich fertig zu machen, deshalb überrascht es mich eigentlich nicht. Es nervt nur tierisch.

Wir sind alle in der Küche, wo ich ganz allein gegen die

Arbeitsplatte gelehnt stehe und die anderen beobachte, als Dean plötzlich wie aus heiterem Himmel vor mir auftaucht. Die Strandparty ist die einzige Gelegenheit, zu der er auch mal richtig aufdreht, deshalb ist er schon ziemlich betrunken. Er sieht mich mit einem schiefen Grinsen an und hat Schweißperlen auf der Stirn. »Du bist ja heute richtig brav. Das gefällt mir«, sagt er. Er stößt seine Bierdose gegen meine und wendet sich wieder von mir ab. Manchmal ist Dean echt seltsam. Mit leerem Gesichtsausdruck starre ich ihm nach.

Seufzend richte ich mich auf und gehe rüber zu Tiffani, die an der Kücheninsel steht und sich gerade einen Drink eingießt. Ich beuge mich über ihre Schulter und führe meine Lippen an ihr Ohr. »Ich gehe nach draußen eine rauchen«, raune ich ihr über die laute Musik zu.

»Ich komme mit«, sagt sie sofort und dreht sich mit einem Lächeln auf den Lippen zu mir um. Sie führt den Drink an den Mund und kippt ihn mit geschlossenen Augen in einem Zug hinunter. Als sie den leeren Becher wieder absetzt, rammt sie ihn auf den Tresen und zerdrückt ihn dabei mit der flachen Hand. Was zum Geier ist mit den anderen heute nur los? Liegt was in der Luft, von dem ich nichts mitkriege?

Stirnrunzelnd greife ich nach Tiffanis Hand und ziehe sie hinter mir her hinaus in den Garten. Die frühe Abendsonne knallt immer noch vom Himmel. Ich ärgere mich über mich selbst, dass ich keine Sonnenbrille mitgebracht habe. Mit dem Rücken lehne ich mich gegen die Hauswand und ziehe mein Feuerzeug und die Packung Zigaretten aus der Tasche. Ich rauche nicht oft Kippen, aber heute Abend müssen sie als Ersatz herhalten, weil ich vom Alkohol und den Drogen die Finger lassen will. Seufzend stecke ich mir eine Zigarette zwischen die Lippen, zünde sie an und inhaliere tief. Der Rauch fährt brennend in meine Lungen.

»Weißt du«, sagt Tiffani, während sie mir mit den Händen

über die Brust streicht, »du bist *richtig* scharf, wenn du nüchtern bist.«

»Ach ja?«, gebe ich mit hochgezogenen Brauen zurück und blase ihr die Rauchwolke mitten ins Gesicht, weil ich sie auf Abstand bringen will. Doch sie weicht keinen Millimeter zurück. Sie war leichter zu ertragen, als ich noch nicht auf ein anderes Mädchen stand, aber mittlerweile habe ich den Eindruck, dass es keine Vorteile mehr hat, wenn ich weiter mit Tiffani zusammen bin.

»Tja, vielleicht nicht gerade, wenn du so was machst«, sagt sie und rümpft hustend die Nase. Als der Rauch sich wieder verzogen hat, bewegt sie sich noch ein Stück auf mich zu und legt mir die Arme um den Nacken. Mit großen Augen sieht sie zu mir auf. »Danke, dass du heute Abend so vernünftig bist. Ich möchte nur nicht, dass du mich wieder in so eine peinliche Situation bringst wie letztes Mal.«

Sie denkt also, ich mache das ihr zuliebe? So ein Schwachsinn. Ich tue es für mich, meiner eigenen verdammten Gesundheit wegen, damit ich mir nicht wieder um ein Haar mein eigenes Grab schaufle. Ausnahmsweise treffe ich einmal die richtige Entscheidung, aber für mich selbst, nicht für irgendjemand anderen.

Schweigend rauche ich, während sie ihr Gesicht an meiner Brust vergräbt, als wir plötzlich hören, wie eine Tür aufgeht und dann wieder zufällt. Wir heben beide die Köpfe, und ich stelle überrascht fest, dass Eden uns von der Hintertür aus beobachtet. Sie muss eben gekommen sein. Ich erkenne ihren Schemen, und sie strahlt heute ein Selbstbewusstsein aus, dass ich am liebsten – wäre Tiffani nicht hier – sofort über sie herfallen würde. Ihre dichten dunklen Haare, die sie heute zur Abwechslung glatt trägt, die ausdrucksstarken Augen, die dichten Wimpern – sie sieht einfach umwerfend aus in ihrem Rock, zu dem sie coole Chucks trägt.

»Gehst du bitte wieder rein?«, fährt Tiffani sie an. Sie wird richtig fies, wenn sie zu viel getrunken hat, und jetzt lässt sie ihre miese Laune an Eden aus. »Wir wären gern allein.«

»Lass sie in Ruhe«, sage ich schroff, und sofort zuckt Tiffanis wütender Blick zu mir. Normalerweise würde ich es nicht wagen, ihr so in die Parade zu fahren, aber ich lasse nicht zu, dass sie unverschämt zu Eden ist. Wie redet sie denn mit ihr?

Zum Glück ignoriert Eden sie einfach komplett. Stattdessen deutet sie mit dem Kinn auf die Zigarette in meiner Hand und fragt mit vorwurfsvoller Miene: »Was machst du da?«

»Entspann dich«, sage ich mit einem schiefen Lächeln und stecke mir die Kippe zwischen die Zähne. »Ist nur Tabak.«

Ihre Züge verhärten sich, und sie presst die rosa geschminkten Lippen zu einer schmalen Linie zusammen. »Und das ist alles, was du heute Abend rauchst, ja? Nur Tabak?«

Wortlos starre ich sie an und nehme noch einmal einen tiefen Zug. Wenn Tiffani nicht wäre, würde ich ganz offen mit ihr darüber reden. Es gäbe keinen Grund, mich zu verstellen. Aber wegen Tiffani muss ich in meiner Rolle als Tyler Bruce bleiben, so sehr ich diesen Typen mittlerweile hasse. »Wenn du mich nur verhören willst, geh lieber wieder rein, Schwesterchen.« Für einen kurzen Moment kneife ich die Augen leicht zusammen und hoffe inständig, meine Botschaft kommt an und sie versteht, dass das alles nur Show ist, bevor ich mich mit gespielt gleichgültiger Miene von ihr abwende und wieder zu Tiffani sehe, die laut auflacht.

»Wir wollen gleich Trink-Roulette spielen«, sagt Eden und tut so, als wäre nichts gewesen. *Gut*, denke ich. *So ist es am besten. Wir benehmen uns einfach ganz normal.* »Wenn ihr mitmachen wollt, müsst ihr reinkommen.«

»Natürlich bin ich dabei!«, verkündet Tiffani und hüpft freudestrahlend zu Eden, als wären sie die besten Freundinnen. Sogar Eden macht ein verdutztes Gesicht, weil Tiffanis Laune so schlagartig wechselt.

»Kommst du auch mit?«, fragt Eden mit schief gelegtem Kopf, während ich ein paar Schlucke von meinem Bier nehme. Ich halte es schon so lange in der Hand, dass es mittlerweile warm geworden ist. Schmeckt widerlich.

»Ist ja wohl klar«, antworte ich herablassend und rolle mit den Augen. Ich hasse es, so mit ihr zu reden, aber so ist Tyler Bruce nun mal. Betrunken oder nicht, Tiffani würde es sofort merken, wenn ich mit Eden anders umgehen würde als mit allen anderen.

Kopfschüttelnd sieht sie mich an, ehe sie und Tiffani wieder ins Haus gehen. Trink-Roulette? Die werden sich da drinnen alle so was von abschießen. Ich bleibe noch ein paar Minuten draußen und rauche meine Zigarette zu Ende. Dann kippe ich das restliche Bier in einen Blumentopf und gehe ebenfalls nach drinnen zu den anderen.

Sie haben sich alle um die Kücheninsel versammelt und drängen sich um den Roulettekessel, wobei sie sich gegenseitig anfeuern. Ich dagegen bleibe in zweiter Reihe hinter Tiffani stehen und spiele den stillen Beobachter, weil ich keine Lust habe mitzumachen. Da müssen sie mich schon zwingen. Stattdessen nutze ich die Gelegenheit und sehe Eden unverhohlen an. Sie steht zwischen Rachael und Dean, der ihr den Arm um die Schultern gelegt hat und ihr über den Lärm der Musik etwas ins Ohr brüllt, während Rachael ihr gleichzeitig etwas ins andere raunt. Plötzlich packt Rachael sie am Handgelenk, zieht sie weg von Dean, und die beiden verschwinden im Wohnzimmer. Am liebsten würde ich ihnen folgen. Rachael ist nicht immer der beste Umgang, sie kommt auf die blödesten Ideen, deshalb mache ich mir ein wenig Sorgen um Eden. Aber wenn ich jetzt plötzlich zu sehr um ihr Wohl besorgt bin, errege ich vielleicht noch Verdacht. Und so bleibe ich widerstrebend in der Küche und rühre mich nicht vom Fleck.

Das Roulettespiel artet ziemlich schnell aus, sekündlich

werden Schnapsgläser geleert und durch neue ersetzt, die Stimmung wird immer ausgelassener. Ich werfe Tiffani jedes Mal, wenn sie wieder einen Shot zur Hand nimmt, einen missbilligenden Blick zu, aber zur Abwechslung ist sie jetzt diejenige, die mich ignoriert. Dean trinkt wie alle anderen viel zu schnell, und ich befürchte, Meghan wird noch bewusstlos, bevor wir zu dieser beschissenen Strandparty kommen.

»Na los, jetzt lasst mal den Profi ran«, lallt Jake, der mir jetzt den Arm um die Schultern legt und mir ein Schnapsglas in die Hand drückt. Er verschüttet die Hälfte des Wodkas auf dem Boden und grinst mich an, als wären wir plötzlich wieder die besten Freunde. »Nüchtern ist doch langweilig. Auf ex, mach schon.«

Wenn ich ehrlich bin, habe ich tatsächlich nicht das gesteigerte Bedürfnis, komplett nüchtern auf diese Party zu gehen, deshalb gebe ich mir einen Ruck und stürze gleich mehrere Shots knapp hintereinander hinunter. Anschließend mache ich mir sogar noch zwei Bier auf, die ich leere, während die anderen weiterspielen. Als wir uns dann endlich fertig machen für den Aufbruch, bin ich tatsächlich leicht beschwipst.

Deans älterer Cousin hat angeboten, uns in seinem Minivan runter zum Strand zu fahren. Er steht bereits draußen am Straßenrand und wartet. Tiffani an der Hand, verlasse ich mit den anderen das Haus, als ich plötzlich wie angewurzelt stehen bleibe. »Moment. Wo sind Eden und Rachael abgeblieben?«, frage ich in die Runde.

»Ich geh sie suchen«, erklärt Dean sich bereit und springt schon zurück ins Haus.

Jake und Meghan bleiben unsicher an der Tür stehen, nur Jackson und TJ stürzen auf den Van zu. Tiffani drückt kurz meine Hand und zerrt mich ebenfalls vom Haus weg. Wir klettern auf die hinterste Sitzbank, wo Tiffani sofort ihre

Beine über meine legt und mir die Arme um den Hals schlingt, damit sie nicht umkippt. Sie ist sturzbetrunken.

»Hey, Deans Cousin, dreh mal die Musik auf!«, brüllt sie, und augenblicklich dringt lautes Gewummer aus den Lautsprechern, dass uns fast die Ohren wegfliegen. Tiffani bewegt sich zur Musik und reibt sich verführerisch an mir, aber ich achte nicht auf sie.

Stattdessen geht mein Blick zurück zum Haus, weil Eden und Rachael in diesem Moment herauskommen. Ich habe nicht die leiseste Ahnung, was sie da drin so lange getrieben haben, aber es ist nicht zu übersehen, dass sie ebenfalls beide ordentlich abgefüllt sind. Sie können kaum mehr aufrecht stehen und klammern sich aneinander fest, während sie zwischen Dean, Jake und Meghan auf den Van zustolpern. Nacheinander quetschen sie sich rein, aber weil die Sitzplätze nicht ganz ausreichen, pfercht Dean sich noch zu mir und Tiffani auf die Rückbank, und Rachael setzt sich auf Edens Schoß.

Ungläubig starre ich Eden an. Gerade hat sie einen richtigen Lachanfall. So habe ich sie noch nie erlebt, irgendwie kriege ich ein ungutes Gefühl. Wer weiß, wie gut sie den Alkohol verträgt? Ich will auf keinen Fall, dass sie die Kontrolle verliert und es morgen bitterlich bereut, so wie das bei mir immer der Fall ist. Dass sie sich so die Kante gibt, sieht ihr überhaupt nicht ähnlich.

Auf der Fahrt zum Strand herrscht ausgelassene Stimmung, alle lachen und reißen Witze und grölen lauthals zur Musik mit. Nur ich schaue zähneknirschend zum Fenster raus. Es ist nur noch eine Frage der Zeit, bis der Erste kotzt, da bin ich mir sicher. Aber ich wollte ohnehin von Anfang an nicht mit auf diese Scheißparty. Plötzlich glaube ich zu spüren, wie mich jemand ansieht, und wende das Gesicht vom Fenster ab. Eden guckt über die Schulter zu mir und grinst albern. Sie ist so betrunken, dass ich nicht weiß, wie sie den heutigen Abend überstehen will. Ich schaffe es nicht mal, zurückzulächeln, weil ich mir solche Sorgen um sie mache. Ich richte den Blick wieder zum Fenster hinaus und versuche, den Lärm um mich herum auszublenden.

Die Fahrt zum Strand dauert zum Glück nicht lang, und als wir auf den Parkplatz fahren, sehe ich, dass die Party bereits in vollem Gang ist. Kaum schiebt Jackson die Tür des Minivans auf, schlägt uns die laute Musik von der Bühne unten am Strand entgegen. Überall herrscht dichtes Gedränge, die Stimmung ist elektrisierend, und ich könnte schwören, dass ich den Strand noch nie so voll gesehen habe.

»Wenn wir wegen einem von euch Spinnern hier rausfliegen, trete ich demjenigen persönlich in den Arsch«, droht Jake und sieht uns nacheinander warnend an. Die Mädchen kichern ununterbrochen, und Dean kann die Augen kaum mehr offen halten. »Außer natürlich, es ist ein Mädchen. Die werden mit Schweigen gestraft.«

Nach dieser Ansprache gehen wir runter zum Strand und mischen uns unter die Leute, aber ich kann mich überhaupt nicht entspannen. Als einzig halbwegs Nüchterner fühle ich mich verpflichtet, aufzupassen, dass keiner der anderen mit dem Gesicht voraus im Sand landet. Sonst kriegt der Sicherheitsdienst mit, wie besoffen sie hier herumstolpern, und wir fliegen alle hochkant raus. Überall sind Aufpasser postiert, aber die sind so vom Auftritt des DJs auf der Bühne gefesselt, dass sie ihren Job merklich vernachlässigen und wir uns problemlos an ihnen vorbeimogeln können. Nachdem diese Hürde geschafft wäre, teilen wir uns auf. Die Mädchen ziehen in die eine Richtung los, wir Jungs gehen in die andere. Ich bin heilfroh, eine Weile meine Ruhe von Tiffani zu haben, aber dass ich Eden aus den Augen lassen muss, beunruhigt mich. Doch sie ist ja mit ihren Freundinnen unterwegs. Nun, eigentlich mit *meinen*. Und obwohl keins der Mädchen mehr nüchtern ist, hoffe ich, dass sie sich gut umeinander kümmern.

Jake geht voraus und bahnt uns mit Einsatz beider Ellbogen einen Weg weiter vor zur Bühne. Nachdem wir eine Weile der Musik gelauscht und uns im Takt dazu bewegt haben, merke ich, dass Dean ziemlich wackelig auf den Beinen ist und unkontrolliert in Leute hineinstolpert. Wir ernten bereits böse Blicke, deshalb lege ich ihm den Arm um die Schultern und stütze ihn.

»Wow«, stöhnt er.

»Alles okay?«, frage ich.

Doch Dean gibt nur ein erneutes lang gezogenes »Wooooow« von sich.

Gottverdammt. Vielleicht hätte ich mich doch besser volllaufen lassen sollen wie die anderen, dann müsste ich das jetzt nicht ausbaden und den Babysitter für sie spielen. Nach einer Weile ist TJ plötzlich nirgends mehr zu sehen, und Jake springt so ausgelassen zur Musik herum, dass ich mich auch noch für ihn bei den Umstehenden entschuldigen muss. Zwischendurch sammle ich Dean vom Boden auf und sehe nach, ob er noch bei Bewusstsein ist. Ich hab wirklich alle Hände voll zu tun, aber ich bin auch ein bisschen stolz auf mich, dass zur Abwechslung mal ich der Nüchterne bin.

Ich versuche, die Party zu genießen, aber irgendwie schaffe ich es nicht, mich locker zu machen und auf die Musik einzulassen. Wir stehen mitten im dichten Gedränge und werden von der wogenden Menge mitgerissen, von allen Seiten wird man gerempelt und geschubst, was ich tierisch anstrengend finde. Die Jungs scheinen allerdings großen Spaß zu haben, sie gehen voll mit der Musik mit, reißen zwischendurch Witze und brechen in brüllendes Gelächter aus. Nur ich stehe als Einziger unbeteiligt da, die Hände in die Hosentaschen vergraben, und werfe zwischendurch einen Blick auf die Uhr. Wenn die Party doch nur bald vorbei wäre, aber wir sind erst seit einer Stunde hier, die Sonne ist noch nicht mal richtig untergegangen. Der Abend ist also noch lang.

Gerade sehe ich zur Bühne, als ich aus dem Augenwinkel Tiffani entdecke. Nicht weit von uns bahnt sie sich allein einen Weg durchs Gedränge und dreht die ganze Zeit suchend den Kopf hin und her. Bestimmt hält sie Ausschau nach mir. Aber ich habe im Moment absolut keinen Nerv, mich mit ihr auseinanderzusetzen. Und schon gar nicht will ich mich von ihr abknutschen lassen, so besoffen, wie sie ist. Deshalb drehe ich mich ohne ein Wort zu den Jungs um und tauche in die andere Richtung in der Menge ab. Mit Einsatz meiner Schultern und Ellbogen kämpfe ich mich durch, weil ich nur noch so schnell wie möglich weg will von hier und von Tiffani. Je weiter ich die Bühne hinter mir lasse, desto lichter wird die Masse der Besucher. Tatsächlich geht es hier viel entspannter zu, die Menschen stehen in Grüppchen herum und unterhalten sich oder chillen einfach nur. Gerade als ich denke, ich bin Tiffani erfolgreich entwischt, sehe ich mich mit einem neuen Problem konfrontiert.

Mein Blick fällt auf Eden. Ganz allein steht sie da, dem Anschein nach immer noch total betrunken und in Tränen aufgelöst. Hastig sehe ich mich um, aber weder Rachael noch Meghan sind irgendwo zu sehen. Edens vorhin noch glatte Haare sind völlig zerzaust und fallen ihr lockig um die Schultern. Mit hängendem Kopf starrt sie runter auf den sandigen Boden und hat schützend die Arme um ihren Oberkörper geschlungen. Ihre Wimperntusche ist total verlaufen, schwarze Schlieren ziehen sich über ihre Wangen, und sie ist obendrein barfuß. Ihre Converse baumeln mit verknoteten Schnürsenkeln an ihren Fingern. Was zum Geier ist denn mit ihr los?

»Verdammt, Eden«, sage ich und eile auf sie zu. Warum um alles in der Welt ist sie allein und weint? Wie gut, dass ich sie gefunden habe. Wer weiß, wie lange sie schon mutterseelenallein hier steht?

»Tiffani sucht dich«, schnieft sie mit tränenüberströmtem Gesicht und sieht zu mir auf. Mit dem Ärmel ihres Pullis tupft sie sich jetzt die verquollenen Augen trocken. »Deine Freundin.«

Tiffani ist mir im Moment scheißegal. Ich mache mir nur Sorgen um sie. Ohne auf ihre Worte einzugehen, trete ich dicht vor sie hin, senke den Kopf und versuche, sie von unten her anzusehen. »Herrgott, warum weinst du denn?«

»Alle sind weg«, erklärt sie mit zitternden Lippen und hängenden Schultern. »Tiffani, Meghan, Rachael … Mein Handy ist weg.« Als sie sich kurz in der Menge um uns herum umsieht, gerät sie leicht ins Schwanken, aber ich packe sie am Arm und stütze sie. »Wie betrunken bist du?«, frage ich und mustere sie von oben bis unten. Sie kann ihren Kopf kaum gerade halten. Wusste ich's doch, ich hätte bei ihr bleiben sollen, sie ist richtig voll. Das mit der Party war keine gute Idee.

Jetzt legt sie den Kopf schief und sieht mich an, während die Tränen auf ihren Wangen im Stroboskoplicht funkeln. »Bist *du* betrunken?«

»Nicht mehr.« Wobei, richtig betrunken war ich heute im Grunde gar nicht. Was mache ich jetzt bloß mit ihr? Normalerweise bin ich derjenige, der wieder nüchtern werden muss. Ratlos starre ich runter in den Sand. Überall liegen zerdrückte Limonadendosen und Fast-Food-Verpackungen herum, ein Wunder, dass sie sich noch nicht die Fußsohlen aufgeschnitten hat. Ich strecke die Hand nach ihren Schuhen aus, entwirre die Schnürsenkel von ihren Fingern und lasse sie vor ihr in den Sand fallen. »Zieh die Schuhe wieder an. Hier liegt überall Müll rum«, sage ich im Befehlston. Sofort steigt Eden in ihre Schuhe und sieht grinsend zu mir auf, dabei sind ihr gerade eben noch die Tränen übers Gesicht gelaufen. »Dein Dad bringt dich um«, murmle ich, ohne sie anzusehen. Tatsächlich würde Dave der Schlag treffen, wenn er seine Tochter so sehen würde. Auf gar keinen Fall kann ich Eden in diesem Zustand nach Hause bringen, aber hierbleiben ist auch keine Option.

Plötzlich läuft sie los und tänzelt vor mir im Sand davon. Nach einigen Schritten bleibt sie stehen und dreht sich mit einem verschmitzten Grinsen zu mir um. O Gott. Was hat sie denn jetzt vor? Ich furche die Stirn und lasse sie nicht aus den Augen. Ständig laufen Leute vorüber, und als sich eine Lücke zwischen uns auftut, wirft sie sich auf den Boden und rollt zu mir zurück, bis sie total verknotet und kichernd vor mir liegt. Augenrollend schauen ihr die Umstehenden dabei zu und brechen in schallendes Gelächter aus.

»Steh schon auf«, fahre ich sie an. Ich packe sie, ziehe sie hoch und mustere sie mit vorwurfsvollem Blick. Das ist nicht lustig. »Was habe ich dir gerade über den Müll gesagt?«

»Ich liiiiiebe den Strand«, lallt sie, und ihre Mundwinkel heben sich zu einem breiten Lächeln. Offenbar ist ihr schwindelig, denn sie wankt wieder, weshalb ich sie an beiden Schultern festhalte. Dieses Mal lasse ich aber nicht wieder los. »Allein für diese Party komme ich im nächsten Sommer wieder.«

»Kommst du nächsten Sommer wieder?«, frage ich, plötzlich neugierig. Eigentlich habe ich noch gar nicht richtig darüber nachgedacht. Ich vergesse dauernd, dass Eden in wenigen Wochen wieder nach Hause fahren wird. Ich wünschte, sie würde nicht gehen.

»Ich weiß es nicht«, sagt sie und zuckt die Schultern. »Das hängt davon ab, ob mein Dad mich noch mal hierhaben will oder nicht.«

»Ich hoffe es«, sage ich. »Ich hoffe es wirklich«, füge ich etwas leiser hinzu.

Edens Mundwinkel kräuseln sich wieder zu einem Lächeln, und sie entwindet sich meinem Griff und fängt an unbeholfen zu tanzen. Zumindest sieht es danach aus, obwohl die Bewegungen überhaupt nicht im Takt mit der Musik sind. Verstohlen sehe ich mich um und merke, dass wieder lautes Gelächter von den Umstehenden ertönt. »Du benimmst dich zu auffällig«, zische ich ihr ins Ohr. Ich packe sie um die Hüfte, damit sie endlich wieder still hält. »Deinetwegen fliegen wir noch raus.«

»Aber ich bin einundzwanzig!«, schreit sie kichernd, sodass noch mehr Leute ihre Köpfe in unsere Richtung drehen.

»O mein Gott«, stöhne ich leise. Langsam wird es problematisch, ich muss mir dringend was einfallen lassen, wie ich sie hier wegkriege. Einen Augenblick starre ich mit angespannter Miene in den Sand und gehe die Möglichkeiten durch. Leider gibt es nicht viele. Dann hole ich tief Luft und lasse sie los. Ich mache einen Schritt um sie herum, gehe in die Knie und hebe sie mit einer schwungvollen Bewegung auf meinen Rücken. »Du musst nüchtern werden«, sage ich und marschiere los.

Eden hat den Kopf an meine Schulter gelehnt und mir die Beine um die Taille geschlungen. Mit beiden Armen klammert sie sich an mir fest, und ich spüre, wie ihr Atem mich im Nacken kitzelt. Sie atmet tief und gleichmäßig, als wäre sie plötzlich ganz entspannt. Hoffentlich ist sie nicht eingeschlafen.

Ich habe kein bestimmtes Ziel vor Augen, entdecke aber TJ in der Menge. Er sieht noch betrunkener aus als vorhin, wobei ich mir nicht erklären kann, wie das möglich ist. Wir hatten ja seit Stunden nichts zu trinken, hier am Strand wird kein Alkohol verkauft. TJ hat zwei eindeutig ältere, extrem gut aussehende Mädels an seiner Seite, mit denen er sich angeregt unterhält. Normalerweise würde ich ihn ja nicht stören, aber ich weiß zufällig, dass seine Wohnung ganz in der Nähe ist.

»Troy-James«, rufe ich ihn und bleibe stehen. Eden drückt mir fast die Luft ab, aber das spielt im Moment keine Rolle.

»Was gibt's?«, fragt TJ. Mit verschmitzter Miene sieht er mich an, die Hände an den Hüften der beiden Mädchen.

»Ich brauche dein Apartment«, erkläre ich schnell. Mir ist klar, wie komisch das klingt, aber ich weiß mir sonst keinen anderen Rat. »Du wohnst doch noch in der Ocean Avenue, oder?«

»Hey, Bro«, sagt TJ unsicher. Er wechselt einen kurzen Blick mit den Mädchen, die offenbar beide an ihm interessiert sind, dann sieht er wieder zu mir. »Was hast du vor, Mann?«

Ich deute mit dem Kinn auf Eden, die wie ein nasser Sack an meiner Schulter hängt. Sie hat kein Wort von sich gegeben, seit ich sie huckepack genommen habe, deshalb könnte ich nicht mal sagen, ob sie nicht längst ohnmächtig geworden ist. »Zum Ausnüchtern. Ihr Dad killt sie, wenn sie so zu Hause auftaucht.«

»Ey, Alter, du versaust mir meine Pläne«, murrt TJ. Er verzieht das Gesicht und deutet ein Nicken in Richtung der beiden Mädels an.

»Wir können zu mir gehen«, schlägt eine von ihnen vor, und auf einmal wirkt TJ wieder ganz entspannt und wirft mir die Schlüssel zu seinem Apartment zu.

»Leg sie unter die Fußmatte«, sagt er nur und zieht mit den Mädels ab, bevor ich richtig Danke sagen kann.

Ich meine mich zu erinnern, dass seine Wohnung direkt hier am Strand liegt, mit Blick auf das Meer, also hole ich tief Luft und ziehe los. Ich habe nichts dagegen, mit Eden von der Party zu verschwinden, weil ich von vornherein keine Lust darauf hatte. Ich muss dafür sorgen, dass sie wieder einigermaßen nüchtern wird, und sie dann schleunigst nach Hause bringen.

»Warum gehen wir in sein Apartment?«, nuschelt sie an meiner Schulter, nachdem wir uns schon ein Stück vom Strand entfernt haben. Sie ist also noch wach, was ich als gutes Zeichen werte. Es wäre nicht gut, wenn sie jetzt ohnmächtig wird oder einschläft.

»Weil du dich hier draußen nur bis auf die Knochen blamierst«, erkläre ich schmunzelnd. Ich kenne das Gefühl, weil ich mich ständig blamiere, wenn ich getrunken habe. Und deshalb kann ich ihr das auch nicht wirklich verübeln. »TJs Eltern sind so was wie Millionäre. Das Apartment hier am Strand haben sie ihm zum sechzehnten Geburtstag geschenkt. Wer zum Geier macht denn so was?«

»Millionäre«, antwortet sie trocken, und wir lachen beide.

Die Musik ist immer noch zu hören, obwohl der Strand weit hinter uns liegt. Ob irgendeiner von den anderen mitbekommen hat, dass wir nicht mehr da sind? Das wäre gar nicht gut, wenn Tiffani immer noch herumläuft und wie eine Irre nach mir sucht. Ich kann nur hoffen, dass sie sich von der Musik und der ausgelassenen Party um sie herum mitreißen lässt.

»Du kannst mich jetzt absetzen, weißt du«, murmelt Eden und macht Anstalten, von meinem Rücken herunterzuklettern.

»Damit du von einem Auto angefahren wirst? Von wegen«, sage ich knapp. Während ich nach einer Lücke im Verkehr auf der Ocean Avenue Ausschau halte, packe ich sie etwas fester und überquere dann die Straße.

»Du verpasst den Rest der Party«, sagt sie, als würde mich das auch nur die Bohne interessieren.

Ich trage sie den ganzen Weg, weil ich ihr nicht recht traue. Bestimmt macht sie irgendwelche Dummheiten, sobald ich sie absetze. Erst vor dem Eingang zu TJs Haus lasse ich sie vorsichtig von meinem Rücken gleiten. Sie wirkt noch wackeliger auf den Beinen als zuvor am Strand.

»Wie geht's dir?«, frage ich, während ich versuche, TJs Schlüssel ins Schloss zu kriegen.

Eden schaut runter auf ihre Fußspitzen und zieht verlegen

an den Ärmeln ihres Pullovers. »Mir ist alles so peinlich«, gibt sie schließlich zu.

Ich packe sie am Arm und ziehe sie ins Haus. Kaum habe ich die Tür hinter uns zugeschlagen, ist von der Musik nichts mehr zu hören. »Das haben wir alle schon hinter uns«, sage ich, um sie ein wenig aufzumuntern. Wir sind jung. Sich zulaufen lassen und zum Idioten machen gehört zum Erwachsenwerden dazu. Das ist so was wie ein Ritual.

»So wie du letztes Jahr?«, fragt Eden, und ich bleibe angesichts dieses plötzlichen Vorwurfs wie angewurzelt mitten in der schicken Eingangshalle stehen. Langsam drehe ich mich zu ihr um und sehe sie an. Weiß sie es? Jemand muss ihr von letztem Sommer erzählt haben, von den Drogen und dem schlechten Trip, auf dem ich dadurch kam. Doch ich glaube nicht, dass sie mich mit ihren Worten verletzen wollte, weil sie jetzt verlegen auf ihrer Unterlippe kaut, als würde sie sie am liebsten zurücknehmen. Sie hat eindeutig Gewissensbisse. Aus diesem Grund beschließe ich, nicht darauf einzugehen, sondern fasse sie kopfschüttelnd am Handgelenk, um sie in den Aufzug zu ziehen.

»206«, sage ich und überprüfe noch mal die Apartmentnummer auf TJs Schlüssel. Die wenigen Sekunden, die die Fahrt dauert, lasse ich ihr Handgelenk nicht los, auch nicht, als wir durch den Flur zu TJs Wohnung gehen.

Ich war schon mal bei TJ, auf einer Party. Im nüchternen Zustand sieht die Wohnung ganz anders aus, so ganz ohne Menschen und das dazugehörige Chaos. Ich hatte ganz vergessen, dass es im Wohnzimmer diese umlaufenden, bodentiefen Fenster gibt, von ihnen aus kann man einen Großteil des Strandes überblicken. Ich sehe die Lichter am Pier, das Pacific Wheel, das sich mit seinen bunt blinkenden Lichtern vor der untergehenden Sonne abzeichnet. Eden ist offenbar hingerissen von dieser grandiosen Aussicht, weil sie wie verzaubert dasteht und zum Fenster hinausstarrt.

Ich gehe in die Küche und lasse am Spülbecken ein Glas Wasser für sie ein. »Hier«, sage ich und halte es ihr hin. Ich spreche leise, um sie nicht aus ihrer Trance zu reißen. Als sie mir ihr Gesicht zuwendet, drücke ich ihr das Glas in die Hand. »Trink das jetzt.«

Dankbar lächelt sie mich an, setzt das Glas an die Lippen und trinkt es in einem Zug leer. Wir waren über eine Stunde am Strand, und das bei großer Hitze, sie macht mir den Eindruck, als wäre sie ziemlich ausgetrocknet. Bestimmt hat sie die ganze Zeit nichts getrunken.

»Setz dich«, erkläre ich und nehme ihr das Glas ab. Mit einem Nicken deute ich auf die Couch hinter ihr. Ich bin mir nicht ganz sicher, was ich jetzt mit ihr machen soll, aber es kann nicht schaden, wenn sie sich erst mal hinsetzt. Entschlossen lege ich ihr die Hand auf die Schulter und schiebe sie aufs Sofa, weil sie keine Anstalten macht, sich von sich aus darauf niederzulassen.

»Es ist so schön«, seufzt sie und richtet ihren Blick wieder auf die malerische Szene draußen vor dem Fenster. Sie lässt sich gegen die Kissen sinken, und die untergehende Sonne zaubert ein oranges Leuchten auf ihr Gesicht. »Oder?«

»Doch, klar«, pflichte ich ihr bei, während ich noch einmal zum Wasserhahn gehe und das Glas fülle. Ich bringe es ihr und trockne mir die nassen Hände an der Jeans ab. Sie hat die Beine übereinandergeschlagen und sieht mich abwartend an, und weil ich nicht weiß, was ich tun soll, setze ich mich auf den Rand der Couch. »Du musst deinen Rausch ausschlafen«, sage ich, während ich ihr zusehe, wie sie das Wasser wieder in einem Zug hinunterstürzt. Ich überlege krampfhaft, was die anderen mit mir machen, wenn ich wieder einmal hoffnungslos betrunken bin. Normalerweise zwingen sie mich, Unmengen Wasser zu trinken und zu schlafen. Etwas anderes fällt mir auch nicht ein. »Na los«, fordere ich sie auf, während ich ihr wieder das leere Glas abnehme und es auf den Couchtisch stelle. Dann greife ich nach ihrer Hand, fädle meine Finger zwischen ihre, stehe auf und ziehe sie hoch auf die Beine. Zur Sicherheit lege ich ihr eine Hand an die Taille, nicht dass sie wieder das Gleichgewicht verliert. »Alles in Ordnung?«

»Alles in Ordnung«, bestätigt sie.

Ohne ihre Hand loszulassen, führe ich sie durch den Flur in das kleine Schlafzimmer. Zum Glück scheint TJ großen Wert auf Ordnung zu legen, alles ist picobello aufgeräumt. Eden kann es offenbar kaum erwarten, sich in das riesige Bett zu legen, das den größten Teil des Zimmers einnimmt, denn sie streift bereits die Schuhe ab. Ich weiß nicht, was mich in dem Moment überkommt, aber ich gehe auf sie zu, schiebe ihr einen Arm unter die Knie und hebe sie wieder hoch. So trage ich sie zum Bett und lege sie sanft darauf. Dann schlage ich die Laken zurück.

»Ich hole dir mehr Wasser«, sage ich ein wenig schüchtern, weil mir die Stille der Wohnung plötzlich bewusst wird. Irgendwie fühle ich mich ein wenig befangen, dass wir allein hier sind, und ich weiß immer noch nicht recht, was ich hier eigentlich tue. Ich bin nur froh, dass ich mich um sie kümmere und kein anderer.

Ich gehe zurück ins Wohnzimmer, nehme das Glas, das auf dem Wohnzimmertisch steht, und fülle es am Wasserhahn noch einmal auf. Ich bin mittlerweile komplett nüchtern. Und eigentlich glaube ich, dass Eden das Schlimmste wohl auch hinter sich hat. Sie kann am Strand nichts mehr getrunken haben.

»Hier«, sage ich, als ich zurück ins Schlafzimmer komme. Eden zuckt erschrocken zusammen, als sie meine Stimme hört. Sie ist gerade dabei, eine ihrer falschen Wimpern auf das Nachtschränkchen zu legen, während ich das Glas daneben abstelle. Ich muss schmunzeln. »Wasser und Schlaf – das einzig Wahre, um dich nüchtern zu kriegen und den Kater möglichst klein zu halten«, sage ich und lache, um die Stimmung ein wenig aufzulockern. Schließlich will ich nicht, dass sie sich morgen mit Selbstvorwürfen herumschlägt.

»Du solltest hin und wieder auf deine eigenen Ratschläge hören«, sagt sie, als ich gerade die Vorhänge zuziehe, um das grelle Licht vom Pier aus dem Zimmer zu verbannen. »Wenn du das nächste Mal betrunken bist, singe ich die ganze Zeit: ›Wasser und Schlaf, Wasser und Schlaf‹.«

Kopfschüttelnd drehe ich mich zu ihr um und muss schmunzeln. »Schlaf jetzt, Eden«, sage ich mit sanftem Nachdruck.

Eden lacht leise vor sich hin, während sie das Kissen aufschüttelt und sich die Decke bis unters Kinn hochzieht. Sie dreht sich auf den Rücken und macht es sich bequem, deshalb bewege ich mich zur Tür, damit sie ihre Ruhe hat und den Rausch ausschlafen kann. Aber irgendwie will ich noch nicht gehen und verharre an der Schwelle. Möchte sie vielleicht, dass ich bleibe?

»Gehst du wieder zur Party?«, fragt sie und hebt den Kopf leicht an.

»Ich weiß nicht«, gebe ich zu und schaue auf meine Fußspitzen. Tyler Bruce verschwindet eigentlich selten als Erster von einer Party, die anderen werden sich wundern. »Tiffani sucht mich wahrscheinlich schon überall.«

»Oh.« In ihrer Stimme schwingt ein Hauch von Enttäuschung mit.

»Ich lass dich jetzt schlafen.« Langsam hebe ich den Kopf und sehe sie an, und meine Mundwinkel kräuseln sich zu einem leichten Lächeln. Ich will ihr damit sagen, dass ich für sie da bin, mich um sie kümmere, für sie sorge.

Sie lässt sich zurück in die Kissen sinken, dreht sich auf die Seite und schließt die Augen. Widerwillig verlasse ich das Zimmer und ziehe die Tür leise hinter mir ins Schloss. Allein in der Stille des Apartments bleibe ich regungslos draußen vor der Schlafzimmertür stehen. Ich kneife die Augen zu, lehne die Stirn gegen den Türrahmen und atme langsam aus.

Es wäre feige, jetzt zurück zu dieser Party zu gehen. Kümmert es mich wirklich, was die Leute über mich denken? Soll ich wirklich zurückgehen, nur um allen zu beweisen, dass ich immer noch feiern kann, dass ich Spaß am Leben habe? So ein Schwächling bin ich nicht, das weiß ich, ich habe das nicht nötig. Ich bin nicht auf die Anerkennung der anderen angewiesen. Ich muss keinem beweisen, dass es mir gut geht.

Scheiß auf Tyler Bruce. Ich hasse diesen Typen. Nach all der Zeit merke ich plötzlich, dass ich mich selbst eigentlich viel lieber mag. Ich mag den Tyler, der ich in Edens Gegenwart bin. Denn bei ihr bin ich immer nur ich selbst. Nur mit ihr bin ich echt, bin ich der Junge mit den Geheimnissen, ein Mensch voller Unsicherheiten und mit Höhen und Tiefen.

Scheiß auf die Party. Ich gehe nirgendwohin. Ich bleibe hier bei Eden, weil sie mir wichtiger ist als die Frage, was meine Freunde von mir denken.

Vorsichtig schiebe ich die Tür wieder auf und trete hinein ins dunkle Schlafzimmer. Eden schläft bereits, weil sie sich nicht rührt, als ich auf leisen Sohlen das Zimmer durchquere. Direkt vor dem Fenster setze ich mich auf den Boden und lehne mich gegen die Wand, um sie anzusehen. Ich wünschte, sie würde mitbekommen, dass ich hier bin, dann wüsste sie, dass ich sie nicht allein gelassen habe. Ich bleibe wenn nötig die nächsten Stunden hier sitzen, nur um mich zu vergewissern, dass es ihr gut geht.

Ich denke, das ist der Moment, in dem mir klar wird, dass ich in sie verliebt bin.

Kapitel 53

Fünf Jahre zuvor

Officer Gonzalez bringt mich nicht nach Hause. Er weiß nämlich nicht, wo ich wohne. Und ich denke gar nicht daran, es ihm zu verraten. Leider bringt er mich stattdessen an einen noch viel furchteinflößenderen Ort: die Polizeiwache in der Innenstadt. Jetzt bereue ich es, dass ich freiwillig zu ihm in den Streifenwagen gestiegen bin.

Das laute Schrillen eines Telefons ist zu hören, in der Luft liegt der Duft nach Kaffee. Polizeibeamte laufen hektisch zwischen den Schreibtischen hin und her, während ich auf einem Stuhl an der hinteren Wand sitze und nervös die Wasserflasche zusammendrücke, die Officer Gonzalez mir gegeben hat. Aufmerksam huscht mein Blick umher, ich nehme alle Details in mir auf. Ich habe alles versucht, habe mich geweigert, ihnen meinen Nachnamen zu nennen. Aber leider kennt einer der Anwälte, die gerade hier auf der Wache sind, meine Mom und konnte deshalb Angaben zu meiner Person machen.

Und das heißt, dass meine Eltern heute schon zum zweiten Mal einen Anruf meinetwegen erhalten haben. Erst von Direktor Castillo, und jetzt von Officer Gonzalez. Den Anruf aus der Schule fanden sie schon nicht so toll, aber darüber, dass sich jetzt auch noch die Polizei meldet, werden sie gar nicht begeistert sein. Innerhalb nur eines Tages bin ich völlig auf die schiefe Bahn geraten, und nicht mal ich selbst könnte erklären, was da mit mir passiert ist. Mom wird so enttäuscht sein, und Dad wird ausrasten vor Wut.

»Also«, sagt Officer Gonzalez, als er wieder auftaucht. Er setzt sich mit einem dampfenden Becher Kaffee neben mich und nimmt einen vorsichtigen Schluck. Verstohlen sehe ich ihn von der Seite an. »Du hast Glück. Deine Eltern hatten noch nicht mal bemerkt, dass du verschwunden warst, deshalb waren sie auch noch nicht krank vor Sorge. Sie werden jeden Moment hier eintreffen.«

Ich lasse den Kopf hängen und starre auf den Boden. Mein Magen ist vor Übelkeit wie zugeschnürt. Ich hätte an diesem blöden Baum keine Rast einlegen, sondern einfach weitergehen sollen. Oder noch besser, in einen Bus steigen. Ich hätte auf schnellstem Weg die Stadt verlassen sollen.

»Alles in Ordnung mit dir?«, erkundigt sich Officer Gonzalez, als ich nicht antworte.

Wenn ich ehrlich bin, ist nichts in Ordnung. Ich bin erschöpft, jeder Knochen im Leib tut mir weh, mir dreht sich der Kopf, und ich sehe nur noch verschwommen, weil mir die Tränen in die Augen steigen. Ich habe solche Angst. Doch wie soll ich ihm all das sagen? Langsam hebe ich den Kopf und drehe mein Gesicht zu ihm. Ich begegne seinem forschenden Blick und flehe innerlich, er möge die Furcht und den Schmerz in meinen Augen erkennen. Und dann soll er mir bitte sagen, dass alles wieder gut wird, dass er auf mich aufpassen wird. Ich würde ihm so gerne alles erzählen, die ganze Wahrheit, aber ich finde keine Worte, die erklären könnten, wie kaputt ich bin.

Aber die Wahrheit lässt sich an meinen Augen ablesen. Ich versuche, es ihm durch meinen Blick mitzuteilen.

Ich bin verloren, ich habe Schmerzen, und ich habe Angst.

Aber er sieht es nicht. Er sagt keinen Ton.

Schnell wende ich den Blick ab, immer noch gegen die Tränen ankämpfend, und lasse den Kopf wieder hängen. »Mir geht's gut«, sage ich.

»Ich sehe mal nach, ob deine Eltern schon da sind«, erklärt

Officer Gonzalez. Damit tätschelt er mir aufmunternd die Schulter, steht auf und marschiert los. Im Vorbeigehen nickt er seinen Kollegen zu und trinkt von seinem Kaffee, dann verschwindet er durch die Tür nach draußen.

Ich lasse mich gegen die Lehne meines Stuhls sinken, kneife die Augen zu und schlage die Hände vors Gesicht. Doch der Schmerz lässt mich zusammenzucken, und ich fahre mir stattdessen mit den Händen durch die Haare. Frustriert ziehe ich an den Spitzen. Ich bin wirklich richtig am Arsch. Wie soll ich denn aus diesem Schlamassel wieder rauskommen? Mein Leben scheint mir Tag für Tag mehr zu entgleiten, ich befinde mich in einer Abwärtsspirale, aus der es kein Entkommen gibt. Jeden Tag fühle ich mich hilfloser. Jeden Tag werde ich schwächer.

Ich will nur noch, dass das alles aufhört.

Ich will, dass Dad aufhört.

Ich habe die Lügen satt. Ich bin es leid, ihn in Schutz zu nehmen. Und ich bin es leid, so zu tun, als wäre mit mir alles in Ordnung.

Aber ich finde einfach nicht die Worte, damit das alles aufhört.

»Tyler!«, höre ich Moms Stimme wie aus weiter Ferne sagen. Doch in Wirklichkeit steht sie längst neben mir und zieht mich in ihre Arme. Sie hält mich mit einer Verzweiflung, als befürchtete sie, ich könnte wieder verschwinden. »Was machst du denn für Sachen?«

Langsam schlage ich die Augen auf und bekomme kaum Luft in Moms Umarmung, sie hört nicht auf, mir unzählige Küsse auf die Stirn zu drücken. Aus dem Augenwinkel versuche ich, sie anzusehen, aber sie klammert sich so panisch an mir fest, dass es mir nicht möglich ist, ihr Gesicht zu erkennen. Ich bin wie gelähmt in ihren Armen. Als ich nach Dad Ausschau halten will, um seinen Gesichtsausdruck zu sehen, merke ich, dass er gar nicht mitgekommen ist. Suchend huscht mein Blick durch die Wache, aber wie es aussieht, ist Mom allein.

Officer Gonzalez steht mit locker vor der Brust verschränkten Armen da und beobachtet uns mit einem kleinen Lächeln. Als mein Blick auf ihn fällt, nickt er mir aufmunternd zu. »Er war drüben in Wilshire auf der Twelfth Street«, teilt er Mom mit. »Er saß an einen Baum gelehnt da und hat so verloren gewirkt. Da dachte ich mir, ich sehe mal nach ihm. Wie sich rausstellte, war er in großer Sorge, Sie könnten wegen dieser Sache in der Schule böse auf ihn sein.« Er schmunzelt. »Ich wusste ja nicht, dass er Ihr Sohn ist.«

»Ach, Tyler«, seufzt Mom, lässt mich endlich los und lehnt sich ein Stück zurück, um sich mein übel zugerichtetes Gesicht näher anzusehen. Behutsam nimmt sie es in beide Hände und streicht mir mit den Fingerkuppen über die zerschrammte Haut. Sie sieht schlimm aus im Vergleich zu heute Nachmittag, müde und abgekämpft, und bekümmert. Mit großen, traurigen Augen sieht sie mich lange an. »Mach bitte nie wieder solche Dummheiten, ja?«

Ich senke den Blick auf den Boden, kaue auf der Unterlippe und nicke einmal ganz leicht. Nun fühle ich mich noch schuldiger, weil ich ihr schon wieder Sorgen bereite. Heute ist offiziell der bislang schlimmste Tag des Jahres; ich möchte nur noch, dass Mom mich nach Hause bringt, damit ich ins Bett kriechen und die restliche Nacht schlafen kann.

»Danke, dass Sie ihn aufgesammelt haben«, sagt Mom, während sie sich aufrichtet und sich zu Officer Gonzalez umdreht. Sie schüttelt ihm die Hand und fasst mich dann behutsam an der Schulter. Erleichtert klaube ich meinen Rucksack vom Boden auf und stehe ebenfalls auf. Es sieht so aus, als könnten wir gehen.

»Und keine Prügeleien mehr, Tyler, in Ordnung?«, warnt Officer Gonzalez mich mit einem schiefen Grinsen. Er ist wirklich richtig nett, aber während ich so zu ihm aufschaue, kommt mir der Gedanke, dass er mich trotzdem enttäuscht hat. Ich wünschte, er hätte mir helfen können. Ich wünschte, ich hätte ihm sagen können, *wie* er mir helfen kann.

Mom schiebt mich mit der Hand auf meiner Schulter vor sich her durch die Wache in Richtung Tür, die hinaus zum Empfang führt. Im Vorbeigehen nickt sie einigen Polizisten, die sie kennt, zu, denkt aber nicht daran, stehen zu bleiben und mit ihnen zu plaudern. Es macht fast den Anschein, als wäre ihr die Situation peinlich, weil sie nämlich ihre Schritte beschleunigt und es offenbar kaum erwarten kann, mich aus dieser Wache rauszubugsieren. Kaum fällt die Tür hinter uns ins Schloss, bleibt Mom abrupt stehen, stellt sich vor mich hin und geht in die Knie, sodass wir auf Augenhöhe sind. Dann greift sie nach meinen Händen.

»Tyler«, sagt sie streng und sieht mich prüfend an. Als würde sie in meinen Augen nach einer Antwort suchen. »Wie kommst du auf die Idee, einfach abzuhauen? Was ist nur in dich gefahren?«

»Du und Dad, ihr wart sauer auf mich«, gebe ich mit brüchiger Stimme zu und starre auf unsere Hände. Ich versuche, mich ihr zu entwinden, doch sie verstärkt ihren Griff und hält mich beharrlich fest. Ich wollte nicht, dass sie sich Sorgen macht.

»Natürlich waren wir sauer! Du hast dich geprügelt, Tyler!« Frustriert schließt sie die Augen, lässt den Kopf hängen und seufzt. Einige Augenblicke scheint sie angestrengt nachzudenken, dann hebt sie den Kopf, schlägt die Augen wieder auf und sieht mich mit einem zaghaften Lächeln an. »Ich werde sicher noch öfter wegen irgendwas sauer sein. Das liegt in der Natur der Sache. Ich bin deine Mom. Mütter sind zum Schimpfen da. Das heißt allerdings nicht, dass ich dich nicht liebe, im Gegenteil. Und schon gar nicht musst du wegen einer solchen Sache weglaufen. Verstanden?« Zur Bekräftigung drückt sie meine Hand.

»Okay«, sage ich und schlucke. Es kostet mich Überwindung, die folgende Frage zu stellen: »Wo ist Dad?« Ich bin unendlich erleichtert, dass er nicht mitgekommen ist, habe aber gleichzeitig Angst, es könnte daran liegen, dass er viel zu aufgebracht und wütend ist und mich nicht sehen will.

»Zu Hause bei deinen Brüdern«, sagt Mom, lässt behutsam meine Hand los und richtet sich wieder auf. »Er weiß von nichts, und ich werde ihm auch nichts erzählen. Das bleibt eine Sache zwischen uns, okay? Ich hab ihm gesagt, dass du zu Dean rübergelaufen bist. Natürlich ist er nicht begeistert, dass du einfach so abgehauen bist, ohne ein Wort zu sagen, aber zumindest kennt er den wahren Grund für dein Verschwinden nicht. Du weißt doch, welch große Sorgen er sich immer macht.«

Ich starre sie an. Er und sich Sorgen machen? Dad ist derjenige, wegen dem *ich* mir Sorgen machen muss. Sie hat wirklich keine Ahnung. Und genau das will ich ja auch, irgendwie. Ich habe wirklich alles dafür getan, damit die Wahrheit nicht ans Licht kommt, nur um *sie* zu schützen. Wie es aussieht, mache ich meine Sache gut, aber es ist nicht leicht. Ich lasse mir wehtun, nur um meine Familie zu schützen, denn wenn ich zulasse, dass alles rauskommt, tue ich *ihnen* weh. Wie ich es auch drehe und wende, ich verliere immer.

»Mom«, sage ich, während sie in ihrer Tasche nach den Autoschlüsseln kramt. Sie hebt hastig den Kopf und sieht mich mit hochgezogenen Augenbrauen abwartend an. Doch ich weiß nicht, was ich sagen soll. Jedes Mal, wenn ich glaube, ich würde den Mut aufbringen, mich endlich jemandem anzuvertrauen, bleiben mir die Worte im Hals stecken. Ich kann es einfach nicht aussprechen. Ich bringe die Wahrheit nicht über die Lippen. Deshalb kneife ich, wie schon vorhin bei Officer Gonzalez. »Ich bin müde«, sage ich nur.

»Gut«, gibt Mom zurück. Selbst meine eigene Mutter kann den Schmerz in meiner Stimme nicht hören oder die Angst in meinen Augen erkennen, und sie sieht auch nicht die Verletzungen überall an meinem Körper. Selbst jetzt nicht, wo es mein sehnlichster Wunsch ist.

Kapitel 54

Gegenwart

Die halbe Nacht lang wache ich über Eden und lausche ihren sanften, regelmäßigen Atemzügen. Ich habe die Vorhänge wieder aufgezogen und lehne am Fenster, um aus der Ferne zuzusehen, wie die Party ohne uns weitergeht. Es ist schon weit nach Mitternacht, immer noch ist alles hell erleuchtet, und jetzt, wo der Himmel selbst fast schwarz ist, wirken die einzelnen Lichter sogar noch greller. Ich kann die Menschen unten am Strand ausmachen, die immer noch vor der Bühne ausgelassen tanzen und feiern. Ganz schwach dringt die Musik an mein Ohr.

Plötzlich registriere ich vom Bett her eine Bewegung und strecke den Hals, um im Halbdunkel nach Eden zu sehen. Sie hat die Bettdecke abgestrampelt und sich herumgerollt, um nach dem Wasser auf dem Nachttischchen zu tasten. Als sie das Glas zu fassen kriegt, stützt sie sich auf den Ellbogen und stürzt den Inhalt gierig hinunter, als hätte sie wochenlang ohne Wasser auskommen müssen. Aber ich weiß natürlich genau, wie es ist, nach einer durchzechten Nacht verkatert aufzuwachen. Man ist wie ausgetrocknet.

»Wie fühlst du dich?«, frage ich sanft in die Stille hinein.

Erschrocken setzt Eden das Glas ab und reißt den Kopf in meine Richtung, und ich sehe, wie sie sich suchend im Dunkeln umschaut, bis ihr überraschter Blick auf mich fällt. »Besser«, sagt sie, nachdem sie mich eine Weile angestarrt hat. »Wie spät ist es?«

»Drei«, antworte ich. Ich schaue aus dem Fenster und lache leise. »Die Party läuft noch.«

Während sich ihre Umrisse immer deutlicher aus dem Halbdunkel herausschälen, erkenne ich, dass sie die Stirn in Falten gelegt hat. »Bist du nicht wieder hingegangen?«

»Nein«, murmle ich. Dachte sie wirklich, ich würde sie alleine lassen? Dachte sie, die Party wäre mir wichtiger als sie? »Ich habe mir Sorgen gemacht, du müsstest dich vielleicht übergeben oder so«, gebe ich mit leicht gesenkter Stimme zu. »Außerdem war es wahrscheinlich das Beste, mich von der ganzen Sache fernzuhalten.«

Letztes Jahr ungefähr um diese Zeit lag ich bei Tiffani zu Hause im Bett und war wie weggetreten. Ich hatte nicht die leiseste Ahnung, was mit mir passierte. Im Grunde habe ich von dem ganzen Drama nicht viel mitbekommen, aber nach allem, was meine Freunde mir erzählt haben, muss mein Zustand ziemlich besorgniserregend gewesen sein. Jetzt ist ein ganzes Jahr vergangen, aber ich bin immer noch nicht schlauer geworden, was die Drogen betrifft. Offenbar habe ich aus der Sache rein gar nichts gelernt. Immer noch schaue ich mehrmals die Woche bei Declan vorbei, um mich mit neuem Stoff einzudecken.

»Was ist los?«, fragt Eden und richtet sich mühsam auf.

»Nichts«, wehre ich ab. Ich ziehe die Beine an die Brust, stütze die Ellbogen auf die Knie und falte die Hände. Natürlich habe ich mich ihr schon ein paarmal geöffnet und war offen zu ihr, aber in dieser einen Sache tue ich mich wahnsinnig schwer. Ich will mir gar nicht ausmalen, was sie von mir denkt, wenn sie von dieser peinlichen Geschichte erfährt.

»Ich weiß, dass irgendwas ist«, sagt sie, während sie einen weiteren Schluck trinkt und mich über den Rand des Glases mustert. »Was ist los, Tyler«, fragt sie noch einmal mit Nachdruck.

»Es ist nur …«, versuche ich es, doch ich bringe es nicht

über die Lippen, es ist zu schwer. Seufzend lasse ich die Schultern sinken und starre auf den Boden. Ich habe nicht den Mumm, es ihr zu sagen. Ich bin zu feige.

»Was?«

»Letztes Jahr um diese Zeit«, fange ich an, gerate aber erneut ins Stocken. Ich kann ihr einfach nicht gestehen, dass ich so blöd war, mir gestrecktes Zeug andrehen zu lassen, nur weil ich unbedingt was gebraucht habe, um einen weiteren Tag zu überstehen. Und dass ich mich mit meinem eigenen Leichtsinn fast ins Grab gebracht habe.

»... du bist ohnmächtig geworden«, bringt sie den Satz für mich zu Ende, worauf mein Blick zu ihr schnellt. Sie weiß es also doch, und nüchtern ist sie jetzt auch, kein Zweifel. Das ist nämlich Eden, wie ich sie kenne, immer mitfühlend und voller Verständnis. Die Eden, die kein Blatt vor den Mund nimmt, sondern geradewegs sagt, wie es ist. »Rachael hat es mir erzählt. Du bist von den Drogen ohnmächtig geworden.«

Ich schlucke den Kloß in meiner Kehle hinunter und stehe ruckartig auf. Die Hände in den Hosentaschen vergraben, lehne ich mich gegen die Wand und lasse den Kopf hängen. »Trink einfach dein Wasser«, murmle ich.

Sie setzt das Glas an die Lippen, leert es in einem Zug und stellt es zurück auf das Nachtschränkchen. Dann schlägt sie die Laken zurück und steigt aus dem Bett. Auf wackeligen Beinen kommt sie auf mich zu und fragt mit gesenkter Stimme: »Warum tust du es?«

Ich will das nicht noch mal durchmachen, nicht ausgerechnet in dieser Nacht. Ständig fragt sie mir Löcher in den Bauch, bedrängt mich und will Antworten, die ich ihr einfach nicht geben kann. Dafür bin ich emotional nicht stabil genug. »Warum fragst du mich das schon wieder?«, fahre ich sie an und reiße abwehrend die Hände hoch. Das Thema ist mein wunder Punkt, und ich merke, wie es in mir anfängt zu brodeln.

»Weil ich die Wahrheit wissen will.«

»Die verdammte Wahrheit habe ich dir längst gesagt«, erkläre ich barsch und balle die Hände zu Fäusten. Verzweifelt kämpfe ich gegen die aufsteigende Wut an. »Ich mache es, um mich abzulenken.«

»Wovon?«, schreit sie fast. Ich habe bisher selten erlebt, dass sie die Beherrschung verliert, aber jetzt wird sie ungehalten. »Darum geht es doch, Tyler. Ich will wissen, warum du diese ganzen saudämlichen Ablenkungen brauchst.«

»Ablenkungen machen es eben leichter«, zische ich. Die ganze Zeit war ich so ruhig, so kontrolliert, und jetzt geht doch wieder mein Temperament mit mir durch. Wobei ich nicht wütend auf *sie* bin. Das werde ich nie sein. Es macht mich nur rasend, dass ich mich der Wahrheit stellen soll.

»Was machen sie leichter?«

Schweigend presse ich die Kiefer zusammen und ziehe die Stirn tief in Falten, ehe ich ihr fest in die Augen schaue. »Hör auf damit, Eden«, sage ich langsam und mit fester Stimme. Ich hoffe, dass sie das Flehen in meinem Blick erkennt, denn ich will das jetzt wirklich nicht durchmachen müssen.

»Womit?«, fragt sie wieder und macht einen Schritt auf mich zu.

»Hör auf, mich durchschauen zu wollen«, sage ich bemüht beherrscht, aber mein Puls rast. Ich fixiere sie mit meinem Blick und hoffe, dass ich ihr genug bedeute, um mich nicht weiter zu bedrängen. Sie darf nie die Wahrheit über mich erfahren, darf nicht wissen, wie sehr ich innerlich gebrochen bin.

»Tyler. 49ers oder Chargers?«, kommt ihre Frage völlig unvermittelt.

Was soll denn dieser plötzliche Themenwechsel? Erst will sie wissen, warum ich Drogen nehme, und im nächsten Moment erkundigt sie sich nach meiner Lieblingsmannschaft? Ziemlich krass, aber alles ist besser, als wenn sie mich weiter mit ihren endlosen Fragen bedrängt. »Was ist das denn für eine dämliche Frage?«, gebe ich zurück. »49ers.«

Eden starrt mich mit offenem Mund und großen Augen an. »Ich habe bei Dean ein Foto gesehen«, sagt sie langsam und nachdenklich. »Von dir, ihm und euren Vätern, vor einem Spiel der 49ers. Wenn du ein Fan bist, warum siehst du auf dem Bild dann aus, als ob du gar nicht da sein willst?«

Mit starrer Miene halte ich ihren Blick. Ich weiß genau, von welchem Foto die Rede ist. Es ist dasselbe Foto, das mir erst kürzlich bei Dean in der Garage aufgefallen war. Ich erinnere mich so gut, weil es ziemlich schmerzhafte Erinnerungen bei mir geweckt hat. »Dean hätte das längst abhängen sollen«, sage ich tonlos. Zu etwas anderem bin ich nicht in der Lage.

»Antworte auf die Frage«, fordert sie mich auf. »Was war an diesem Tag los?«

Sie lässt einfach nicht locker. Ob sie sich das Bild genau genug angesehen hat, um den Schmerz in meinen Augen zu sehen? Meine seelischen Qualen damals waren schlimmer als jeder körperliche Schmerz, den Dad mir je zugefügt hat. Er hat mir an jenem Abend das Herz gebrochen. Ich habe mich wie der letzte Dreck gefühlt. Irgendwas ist an diesem Tag in mir zerbrochen.

Ich kann Eden nicht in die Augen sehen, weil jetzt die Emotionen von damals wieder auf mich einstürmen. Meine Gefühle treffen mich mit voller Wucht. Ich zerbreche noch einmal, direkt vor ihren Augen. Deshalb wende ich mich von ihr ab, nehme das leere Wasserglas vom Nachtschränkchen und halte es so fest, dass meine Knöchel weiß hervortreten. Ich suche krampfhaft nach einem Ventil, um meinem Zorn etwas von dem Druck zu nehmen, weil er mich restlos zu übermannen droht. Dann gehe ich zum Fenster und starre hinaus in die Nacht mit ihren unzähligen Lichtern. Mir kommt es vor, als würde mein Leben in Scherben vor mir liegen.

»Warum ist das so mit dir, Eden?«, murmle ich. Ich halte den Kopf gesenkt, meine Augen sind geschlossen, ich habe ihr den Rücken zugekehrt. »Du sollst mich nicht durchschauen. Das soll niemand.«

»Tyler«, flüstert Eden beinahe, und es liegt ein Anflug von Verzweiflung in ihrer Stimme, als sie meinen Namen sagt. Langsam schaue ich mich über die Schulter zu ihr um und stelle fest, dass sie sich die Hand auf die Brust gepresst hat und mich eindringlich ansieht. »Vertrau mir, bitte.«

Ich lenke den Blick wieder auf den Teppich, schließe die Augen und schüttle den Kopf. Sie ist so unglaublich versessen darauf, endlich die Wahrheit zu hören, aber ich habe zu große Angst davor, ihr mein größtes Geheimnis anzuvertrauen. Ich habe es nie auch nur einer Menschenseele anvertraut. Ganz allein trage ich seit fünf Jahren die Last meines Wissens und kann mich einfach nicht öffnen und loslassen. Es ist zu einem Teil meiner Persönlichkeit geworden. »Zwing mich nicht, es zu sagen.«

Eden schiebt sich zwischen mich und das Fenster, tritt auf mich zu und legt mir behutsam die Hand an die Brust. Ob sie spürt, wie mein Herz ins Stolpern gerät? Wieder sieht sie mich eindringlich an. »Bitte«, flüstert sie.

In diesem Moment erkenne ich in ihrem Blick, dass sie sich ernsthaft um mich sorgt, dass sie die Wahrheit nur deshalb unbedingt wissen will, weil sie mich besser verstehen möchte. Ich habe die Wahrheit über meinen Dad vor aller Welt verborgen gehalten, weil ich Angst hatte, die Leute würden mich nie wieder so sehen wie zuvor. Ich wollte kein Mitleid, wollte kein Verständnis. Ich wollte einfach nur nach vorne schauen und allen beweisen, dass ich stärker bin als das, was mir passiert ist. Dad sollte nicht darüber bestimmen, wer ich bin. Ich möchte mich nie wieder verletzbar machen, deswegen verberge ich mein wahres Ich zum Schutz hinter dieser Mauer. Dennoch liegt da etwas in Edens Blick, das mir

Zuversicht gibt, eine Art Versprechen, dass alles wieder gut wird und ich wieder unbeschwert leben kann.

»Mein Vater ist ein Arschloch«, flüstere ich, und jedes einzelne Wort versetzt mir einen schmerzhaften Stich. Meine Stimme ist wackelig, mein Herz schlägt so schnell, dass ich Angst habe, es könnte mir den Dienst verweigern. Ich stehe wirklich kurz davor, es ihr zu sagen. Ich werde Eden die Wahrheit anvertrauen, auch wenn es mich meine letzte Kraft und Überwindung kostet. »Ich habe allen erzählt, dass er wegen Autodiebstahl im Knast sitzt, aber das stimmt nicht.« Ich wende den Blick ab, weil ich sie nicht ansehen kann. Denn das, was ich gleich sagen werde, droht mich innerlich zu zerreißen. Meine Kiefer mahlen, ich starre hilflos an die Wand und muss blinzeln, um die Tränen zurückzudrängen. Dann presse ich mühsam die folgenden Worte hervor: »Er sitzt wegen Kindesmisshandlung.«

Alle Farbe weicht aus Edens Gesicht, und ich schließe die Augen. Mir wird schwer ums Herz, als ich sie entsetzt nach Luft schnappen höre. »Du?«, flüstert sie schwach. Ich nicke stumm. Heiße Tränen brennen in meinen Augen, meine Lider sind nach wie vor geschlossen, und meine Kehle ist wie zugeschnürt. Eden atmet tief aus. »Und Jamie und Chase?«

»Nur ich.« Ich hätte nicht weiterleben wollen, wäre es anders gewesen.

»Tyler, das …« Ihre Stimme bricht, doch sie behält ihre Hand auf meiner Brust, als wollte sie mir damit signalisieren, dass sie für mich da ist. »Das tut mir so leid.«

Und da ist es auch schon: *Mitleid*. Das brauche ich nicht.

»Bisher konnte ich es ziemlich gut geheim halten«, murmle ich und schlage die Augen auf. Eden ist blass, in ihren Augen glitzern Tränen. Das ist genau das, was ich nicht wollte. Ich weiche einen Schritt zurück, und sie lässt unwillkürlich die Hand fallen. »Keiner weiß davon. Weder Tiffani noch Dean noch sonst irgendjemand.«

»Warum hast du es ihnen nicht erzählt?«

»Weil ich kein Mitleid will«, erkläre ich barsch. Meine Wut kehrt mit voller Wucht zurück, ich spüre, wie sie in mir hochkocht und sich um mein Herz legt. Ich gehe ein paar Schritte von Eden weg und halte mich mit beiden Händen am Rand des Nachtkästchens fest. »Mitleid ist was für Weicheier. Ich will nicht schwach wirken. Schwach war ich viel zu lange.« Ich hasse Dad so abgrundtief. *Warum hat er mir das angetan? Warum musste er mir das Leben zerstören?* Mein Zorn bricht sich mit roher Gewalt Bahn und entlädt sich, indem ich die Faust auf das Nachtschränkchen ramme. Eigentlich sollten mir die Fingerknöchel höllisch wehtun, aber ich empfinde keinen Schmerz mehr. »Immer war ich schwach! So beschissen schwach!«

»Du warst nicht schwach«, protestiert Eden und sieht mich kopfschüttelnd an. »Du warst ein Kind.«

Sie täuscht sich. Ich *war* schwach. Ich hätte mehr Standhaftigkeit zeigen sollen, ich hätte mich ihm mit aller Macht widersetzen sollen, ich hätte mich jemandem anvertrauen sollen. Wutentbrannt stürme ich durchs Zimmer, lasse mich an der Wand auf den Boden rutschen und hole tief Luft. »Weißt du, eine Zeitlang habe ich es einfach nicht kapiert«, gebe ich zu, nachdem sich mein Zorn etwas gelegt hat. Ich muss weitererzählen, mich wenigstens dieses eine Mal öffnen, wenn ich es auch nicht restlos tun werde. Ich kann ihr nicht die ganze Wahrheit offenbaren, aber zumindest so viel, dass sie mein Handeln nachvollziehen kann und begreift, warum ich so bin, wie ich bin. »Ich habe nicht verstanden, was ich falsch gemacht habe.«

Eden setzt sich mir gegenüber im Schneidersitz auf den Boden und sieht mich abwartend an. Ihre gesamte Aufmerksamkeit ist auf mich gerichtet, sie ist bereit, mir zuzuhören. Erst in diesem Moment wird mir so richtig bewusst, wie sehr mir das hilft. Es ist genau das, was ich jetzt so dringend brauche, ein offenes Ohr. Vielleicht hatte Mom recht. Vielleicht bringt es mich wirklich weiter, wenn ich mich einem anderen Menschen anvertraue.

»Mom und Dad …«, fange ich an, doch ich habe Mühe, die richtigen Worte zu finden. Wo soll ich nur anfangen? Die Sache ist schrecklich kompliziert. »Sie waren noch Teenager, als ich zur Welt kam, und hatten wahrscheinlich keine Ahnung, was sie taten. Beide waren wie besessen davon, Karriere zu machen, und Dad hatte seine blöde Firma – die, von der ich dir erzählt habe.«

»Grayson's«, wirft Eden leise ein. Sie hat es sich also gemerkt.

»Grayson's«, bestätige ich. Ich räuspere mich, beuge mich vor und schlinge die Arme um die Knie, denn das, was ich mir von der Seele reden will, wird eine Weile in Anspruch nehmen. Als ich schließlich beginne, hämmert mein Herz wie verrückt. »Am Anfang war alles toll. Das Geschäft lief ein paar Jahre richtig gut, aber als ich etwa acht war, ist irgendein Deal geplatzt, und danach war Dad richtig übel drauf. Eines Abends kam er nach Hause, während Mom noch Überstunden im Büro machte. Er war tierisch wütend und hat es an mir ausgelassen. Damals dachte ich, es wäre eine einmalige Sache. Aber dann haben alle seine Mitarbeiter gekündigt, das hat ihn total gestresst, und er hat es wieder an mir ausgelassen. Es passierte immer öfter. Zuerst nur einmal in der Woche, aber bald war es jeden Abend. Er hat mir alles verboten, was mir Spaß machte, weil ich mich ganz auf die Schule konzentrieren sollte. Ich sollte an eine Elite-Uni, damit ich meine Karriere nicht genauso in die Scheiße reite wie er. Eigentlich wollte ich gar keine supergeile Karriere machen oder an einer Elite-Uni studieren – aber ich habe trotzdem jeden Abend in meinem Zimmer gehockt und versucht zu lernen, damit er nicht wieder wütend wird. Ich dachte, ich versuche es wenigstens. Das muss doch reichen, oder?

Aber das hat es nicht. Jeden Abend ist er nach oben gekommen und hat mich verprügelt.« Ich muss kurz durchatmen, weil ich das Gefühl habe, zu ersticken. Es fällt mir so irrsinnig schwer, über all das zu reden. Wie er mich immer angesehen hat, wie grob er mich gepackt hat, wie er sich hinterher immer entschuldigt hat. »Jeden Abend. Vier Jahre lang«, flüstere ich.

»Das tut mir leid«, sagt Eden immer noch mit brüchiger Stimme. Doch sie braucht sich nicht zu entschuldigen.

»Mom war zu beschäftigt, sie hatte wirklich keine Ahnung«, fahre ich entschlossen fort. »Heute macht sie sich deswegen Vorwürfe. Sie versucht, mir Hausarrest zu geben, doch es klappt einfach nicht, weil sie sich nicht durchsetzt. Ich glaube, sie hat schreckliche Angst davor, streng zu mir zu sein, verstehst du? Dabei ist es nicht ihre Schuld. Sie hat manchmal nachgefragt, wenn sie etwas bemerkt hat: ›Tyler, was hast du schon wieder mit deinem Gesicht gemacht?‹ Aber jedes Mal habe ich mir irgendwelche lahmen Ausreden einfallen lassen. Zum Beispiel, mein Gesicht wäre so zerschlagen, weil ich in der Schule Football gespielt hätte, oder ich hätte mir das Handgelenk gebrochen, als ich die Treppe runtergefallen wäre. Aber in Wahrheit habe ich mir das Handgelenk nur deshalb drei Mal in einem Jahr gebrochen, weil Dad sehen wollte, wie weit er es zurückbiegen kann.«

»Warum hast du niemandem etwas davon gesagt?«, krächzt Eden leise. Gute Frage. Mom hat sie mir auch unzählige Male gestellt, nachdem die Sache rauskam.

»Weil ich so eine Scheißangst vor ihm hatte«, gebe ich zu. Meine Stimme klingt angespannt und selbst in meinen Ohren fremd. »Ich konnte damals nichts sagen. Zu Hause ist Chase der Einzige, der nichts davon weiß. Er war noch zu klein, und Mom wollte nicht, dass er Angst bekommt. Alle anderen in der Familie hassen Dad inzwischen.«

»Wann hat es aufgehört?«

»Als ich zwölf war«, sage ich und stemme mich im gleichen Moment vom Boden hoch, um mir eine bequemere Position zu verschaffen. Vor fünf Jahren. Es ist fünf Jahre her, dass alles ein Ende nahm. Oder zumindest hätte es damals enden sollen. Die letzten fünf Jahre waren nämlich trotz allem die Hölle. Schlagartig kehrt meine Wut zurück. Das, was Dad mir angetan hat, wirkt sich bis heute auf mein gesamtes Leben aus. »Eines Abends kam Jamie nach oben, sah, wie Dad mich schlug, und rief die Bullen. Obwohl er noch so klein war. Noch am selben Abend wurde Dad festgenommen. Die Sache kam nicht vor Gericht, weil er sich schuldig bekannte, daher ist es nie öffentlich geworden. Ich musste es geheim halten und so tun, als wäre alles in Ordnung.« Aber nichts ist in Ordnung. Wirklich gar nichts.

Mit einem schweren Seufzen wende ich mich von ihr ab und fange an, im Zimmer auf und ab zu laufen. Mein ganzer Körper steht unter Anspannung, während ich krampfhaft versuche, mich zu beherrschen. Aber dann bricht es doch aus mir heraus. »Ich hasse ihn. Gott, wie ich diesen Scheißkerl hasse. Nach etwa einem Jahr fing ich an zu glauben, das alles müsste doch einen Grund haben. Ich dachte, ich hätte die Schläge verdient, weil ich so ein wertloses Stück Dreck bin. Und das denke ich immer noch. Ich komme nicht darüber weg, weil ich es nicht vergessen kann. Auch wenn das furchtbar armselig klingt, so ist es eben. Eigentlich bekomme ich Antidepressiva, aber ich nehme sie nicht, weil ich mich lieber betrinken und zudröhnen will, und beides zusammen geht nicht. Und weißt du was, Eden? Du hast recht. Ich bin verloren. Ich weiß keinen Ausweg aus diesem ganzen beschissenen Chaos.«

Eden stützt sich auf, um ebenfalls aufzustehen. Hilflos steht sie da und folgt mir mit dem Blick. Sie ringt sichtlich um Worte. Aber es gibt nichts zu sagen, nichts, was an dieser beschissenen Situation auch nur das Geringste ändern könnte. Ich habe längst aufgegeben und akzeptiert, was passiert ist. Meine Vergangenheit ist zu einem Teil von mir geworden. Sie hat mich zu dem gemacht, der ich jetzt bin; zu diesem kaputten Wrack. Das soll nicht im Umkehrschluss bedeuten, dass ich gutheiße, was geschehen ist. Es war keineswegs okay, und es macht mich immer noch rasend vor Wut, wenn ich daran denke.

»Ich brauche diese Ablenkungen! Das macht es leichter, mit alldem fertigzuwerden. In den Stunden, in denen ich voll oder high oder beides bin, kann ich wenigstens kurz vergessen, dass mein Dad mich hasst!« Völlig unvermittelt habe ich die Stimme erhoben und brülle diese Worte, obwohl Eden nur wenige Schritte von mir entfernt steht. Ich muss dem in mir aufgestauten Zorn irgendwie Luft machen, aber brüllen allein reicht nicht. Deshalb packe ich jetzt das leere Glas und schleudere es mit voller Wucht an die Wand. Eden macht erschrocken einen Satz nach hinten und starrt mich an. Ich zertrümmere gerne Dinge. Sonderbarerweise beruhigt es mich. Zufrieden sehe ich zu, wie die Scherben zu Boden rieseln, dann stehe ich einfach nur da und atme schwer.

Alle Energie scheint aus meinem Körper zu weichen. Ich hasse Dad für das, was er mir angetan hat. Ich fühle mich so leblos und leer. Erschöpft lasse ich mich auf das Bett fallen, doch mein Puls hört nicht auf zu rasen. Ich richte den Blick nach draußen. Groß und rund steht der Mond am nächtlichen Himmel und gießt sein silbriges Licht ins Zimmer.

»Ich hasse ihn«, zische ich und schlucke den Kloß in meinem Hals hinunter. Ich hasse ihn wirklich so sehr.

Eden kommt ans Bett und bleibt neben mir stehen. Ich hebe das Gesicht und begegne ihrem Blick, der so voller Wärme und Trost ist.

Vorsichtig streckt sie die Hände aus und umfasst mein Kinn. Sie lässt mich nicht aus den Augen, während sie sich auf meinen Schoß setzt, und mir bleibt die Luft weg, als ich ihren warmen Körper an meinem spüre. Mit der Kuppe ihrer Daumen streicht sie mir über die Wangen und beugt sich zu mir. Offenbar hat sie vor, mich zu küssen. Doch dann hält sie plötzlich inne. Wir verharren einfach in dieser Haltung, genießen die Gegenwart des anderen, und ich weiß, dass dieser Moment nur uns beiden gehört. Diesen Augenblick kann uns keiner mehr nehmen. Als mich ihr Atem an der Wange kitzelt, schließe ich die Augen und warte. Ich will nicht, dass sie mich je wieder loslässt.

»Danke für dein Vertrauen«, dringt ihr Flüstern durch die Stille im Raum zu mir, unheimlich sanft und vorsichtig. Und dann endlich küsst sie mich.

Mehr brauche ich im Moment nicht, nur sie und diesen Kuss. Ich gebe mich ganz dieser Berührung hin, und ein völlig neues Feuer wird in mir entfacht, das nichts mehr mit Wut zu tun hat. Gerade habe ich sie in die dunkelsten Tiefen meiner Seele geführt und ihr mein Innerstes gezeigt, und trotzdem ist sie nach wie vor hier bei mir. Sie hat mich von meiner schwächsten und verletzlichsten Seite gesehen, hat mein wahres Ich gesehen. Und trotzdem hat sie sich nicht von mir abgewandt. Sie ist hier. Und küsst mich. Und in diesem Moment empfinde ich nichts als grenzenlose Liebe.

Wie ein Ertrinkender küsse ich sie, während sich eine einzelne Träne unter meinen geschlossenen Lidern sammelt und entwischt. Meine Hände wandern an ihren Oberschenkeln entlang unter ihren Rock und umfassen ihren Po. Als sie sich an meine Brust drängt, spanne ich die Muskeln an und hebe sie mit fester Hand von mir herunter aufs Bett. Ohne die Lippen von ihr zu lösen, rolle ich mit ihr herum und bin nun über ihr. Jetzt übernehme ich die Führung, küsse sie immer intensiver und fordernder. Ich werde von einem heftigen Verlangen nach ihr erfasst und kann einfach nicht genug von ihr bekommen. Sie erwidert den Kuss mit ähnlicher Leidenschaft, scheint wie ich in einen regelrechten Rausch zu verfallen. Nach einem kleinen Kampf gelingt es ihr, sich aus ihrem Sweatshirt zu befreien, ehe sie sich an meinem T-Shirt zu schaffen macht und es mir über den Kopf zu ziehen versucht. Doch sie müht sich vergeblich ab, und der einzige Grund, weshalb ich den Kuss für einen kurzen Moment unterbreche, ist der, weil ich lachen muss.

Immer noch schmunzelnd richte ich mich auf, streife das T-Shirt ab und werfe es auf den Boden hinter mir. Scheu erwidert sie mein Lächeln. Um uns herum ist alles dunkel, dennoch sehe ich ihre Haut sanft schimmern. Sie saugt die Unterlippe zwischen die Zähne und lässt den Blick an meiner Brust abwärts wandern. Wieder beuge ich mich über sie, küsse ihr Schlüsselbein und lege eine Hand an ihre Taille, während die andere erneut unter ihren Rock wandert. Mit einem leisen Stöhnen vergräbt sie die Hände in meinen Haaren und legt ihr Kinn an meine Stirn. Sie zittert kaum merklich, aber mir geht es ganz ähnlich wie ihr. Wir sind wohl beide aufgeregt und vielleicht auch ein bisschen nervös angesichts dessen, was wir hier tun.

Genüsslich erkunde ich ihren Körper, streichle jeden Zentimeter ihrer Haut und bedecke sie über und über mit Küssen. Sie greift fester in meine Haare und biegt den Rücken unter mir durch, als ich mein Gesicht an ihrer Halsbeuge vergrabe und mein Atem sie kitzelt. Sie atmet schwer in meine Haare, und ich will einfach nicht, dass es aufhört. Sanft lege ich eine Hand an ihre Wange und spüre die Hitze ihrer Haut, während ich mit den Daumen über ihre Wangen streiche.

Als Nächstes wandern meine Hände an ihre Brüste, und ich merke, wie sie sich unwillkürlich versteift. Keine Ahnung, ob sie es bewusst macht oder nicht, aber für einen kurzen Moment verschränkt sie sogar verunsichert die Arme vor der Brust. Da fällt mir wieder ein, was sie mir über diese Mädchen erzählt hat, ihre angeblichen Freundinnen, und was sie zu ihr gesagt haben. Sie schämt sich für ihren Körper, deshalb greife ich nach ihrer Hand, verschränke meine Finger mit ihren und suche ihren Blick. Ängstlich blickt sie an sich herab und atmet tief durch. Als sie das Gesicht wieder zu mir hebt, schleicht sich ein zaghaftes Lächeln auf ihre Lippen, und dann öffnet sie selbst ihren BH und zieht ihn aus. Ohne zu zögern legt sie mir die Arme um den Hals und zieht mich wieder an sich.

Mein Puls rast, und als meine Hände über ihre nackten Brüste wandern, spüre ich ihren Herzschlag ebenso deutlich. Mein Atem geht schneller, genau wie ihrer. Unsere Klamotten liegen mittlerweile in einem Haufen am Boden.

Wenn sie nur wüsste, wie wichtig sie mir inzwischen ist. Sie ist mir so ans Herz gewachsen. Ich vertraue ihr zutiefst, und das, obwohl Vertrauen mein größter Schwachpunkt ist. Sie ist für mich da, wenn ich sie brauche, sie kümmert sich um mich, wenn ich niedergeschlagen bin, sie tut alles, damit es mir gut geht. Und das ist das Größte, was ein anderer Mensch in den letzten Jahren für mich getan hat.

Es passiert wirklich, und es ist unwiderruflich. Nichts kann uns diesen Augenblick nehmen. Wir liegen uns in den Armen, wälzen uns auf dem Bett, sie krallt mir die Nägel in den Rücken, und ich stöhne leise an ihrem Ohr, während sich unsere Hüften im gleichen Rhythmus bewegen. Es ist einfach alles perfekt. Sie ist perfekt, um nichts in der Welt würde ich diesen Moment rückgängig machen wollen. Auch wenn es eigentlich nicht sein darf.

Ich habe Eden zwar meine Geheimnisse anvertraut, aber jetzt habe ich ein neues.

Kapitel 55

Fünf Jahre zuvor

Der Schulverweis hätte zu keinem unpassenderen Zeitpunkt kommen können. Mom und Dad haben abwechselnd von zu Hause aus gearbeitet, um auf mich aufzupassen, aber die meiste Zeit war es Dad, der daheim geblieben ist. Fast durchgehend hat er am Küchentisch über irgendwelchen Unterlagen gebrütet, die Hände in den Haaren vergraben und immer wieder einzelne Dokumente zerrissen. Wie ich zufällig bei einem Gespräch zwischen ihm und Mom mitbekommen habe, läuft es in seiner Arbeit überhaupt nicht gut. Inzwischen haben noch mehr von Dads Mitarbeitern gekündigt. Überall fehlt es an Geld. Eins der größten anstehenden Projekte wurde von einem Tag auf den anderen auf Eis gelegt.

Das alles hat zur Folge, dass Dad schon die ganze Woche höllisch gestresst ist, und wenn er überfordert ist, hängt seine Geduld an einem seidenen Faden. Zu allem Überfluss hat er jetzt auch noch mich an der Backe, fast rund um die Uhr, die ganze Woche. Und alles nur, weil ich mich in der Schule prügeln musste und aus Angst vor den Konsequenzen weggelaufen bin. So hat Dad eine ausgezeichnete Entschuldigung, seinen Ärger an mir auszulassen, und genau das hat er seit Tagen getan.

Jeden Abend bin ich am Schreibtisch in meinem Zimmer gesessen und habe versuche, mich auf meine Schulbücher zu konzentrieren, ohne mich von meiner Angst ablenken zu lassen. Doch insgeheim habe ich die ganze Zeit darauf gewartet, dass Dad in mein Zimmer gestürmt kommt. Wie in Trance bin ich dagesessen, und manchmal habe ich sogar beinahe vergessen zu atmen und zu blinzeln.

Wir haben Freitagnachmittag, der letzte Tag meiner Suspendierung ist gekommen, und Dad ist auch heute zu Hause geblieben, um sich um mich zu kümmern. Der Vormittag ist bisher relativ ruhig verlaufen. Er ist unten schweigend durch die Küche getigert, während ich oben saß und lernte. Alles im Haus ist seltsam still. Mom ist arbeiten, meine Brüder sind in der Schule. Bald werden sie den Bus nach Hause nehmen, und wie jeden Tag zähle ich ungeduldig die Stunden, bis sie endlich heimkommen. Denn dann füllen sie das Haus mit ihrem heiteren Lachen und ihrem Herumgealbere.

Jetzt allerdings stehe ich von meinem Schreibtisch auf und gehe ins Bad. Mit dem Rücken an der Wand sitze ich auf den kalten Fliesen, löse die Pflaster von meinen Armen und ersetze sie durch neue. Dad hat diese Woche genau aufgepasst, keine Spuren in meinem Gesicht zu hinterlassen, deshalb konnten die alten Wunden mittlerweile wenigstens heilen. Die Haut um mein Auge ist zwar immer noch leicht verfärbt, aber zumindest ist die Schwellung seit Tagen abgeklungen. Mein übriger Körper sieht dafür aus wie nach einem Boxkampf. Dad wird von Mal zu Mal aggressiver. Die ersten paar Male hat er mich immer nur kurz herumgeschubst, es hat nur wenige Minuten gedauert. Aber er zieht es immer mehr in die Länge. Anfangs hat er sofort aufgehört, sobald Blut zu fließen begann. Das scheint ihm inzwischen auch egal zu sein.

Die Tür zum Badezimmer schwingt auf, und ich zucke unwillkürlich zusammen, als Dad in den kleinen, beengten Raum marschiert. Ich kann meine Angst vor ihm nicht verbergen. Die Tür lässt er immerhin offen stehen. Das ist gut.

»Was tust du da?«, fährt er mich barsch an und betrachtet

mit zusammengekniffenen Augen die Pflaster in meiner Hand. Vor mir auf dem Boden liegt außerdem eine Packung Schmerzmittel. Einen kurzen Moment starrt er schweigend darauf, dann richten sich seine smaragdgrünen Augen auf mich. Die ganze Woche hat er auf Hemd und Krawatte verzichtet. Wozu sollte er sich auch herausputzen, er sitzt ja nur zu Hause in der Küche. Jeans und Flanellhemd reichen da völlig aus. Für mich ist das ziemlich verwirrend. Denn normalerweise verbinde ich Freizeitkleidung bei Dad mit den guten Tagen, an denen er einigermaßen entspannt ist. Doch gute Tage gibt es schon lange nicht mehr. »Ich habe dir eine Frage gestellt, Tyler«, zischt Dad nach einer Weile und stemmt die Hände in die Hüften. Panisch sehe ich zu ihm auf. »Was tust du da? Wozu die Pflaster?« Grimmig sieht er mich an, die Kiefer fest zusammengepresst.

»Aber ich …«, fange ich an, kann den Satz aber nicht zu Ende bringen. Die Worte wollen mir nicht über die Lippen. Mein Puls rast wie verrückt, mein Herz hämmert, dass es wehtut.

»*Was*, Tyler?«, bedrängt er mich und fordert mich ungeniert heraus, es laut auszusprechen. Ich glaube, irgendetwas stimmt nicht mit ihm. Er muss krank sein, denn er scheint ernsthaft überzeugt, dass er nur so zu tun braucht, als wäre ich kein kaputtes Häufchen Elend, und schon wird es wahr; wenn er sich selbst nur lange genug einredet, dass er mir nicht wehtut, dann verschwindet der Schmerz, den ich fühle. Er verleugnet die Realität komplett.

»Ich brauche sie«, sage ich und halte die Packung Pflaster hoch. Dann greife ich nach den Schmerzmitteln, senke den Blick auf die Schachteln in meinen Händen und merke, wie ich zittere. »Und die brauch ich auch … Dann geht es mir besser.«

»Hör zu«, sagt Dad plötzlich und packt mich am T-Shirt, um mich mit einer einzigen ruckartigen Bewegung auf die

Beine zu ziehen. Er zerrt mich an seine Brust und zwingt mich, ihn anzusehen. Es kostet mich große Überwindung, seine Augen sprühen vor Zorn. Er ist gar nicht mehr wiederzuerkennen. »Dir geht's gut. Ist das klar?«, erklärt er, seine Stimme ist streng und furchteinflößender. »Es geht dir *gut*. Reiß dich ein bisschen zusammen.« Mit seiner freien Hand nimmt er mir die beiden Schachteln ab und lässt sie achtlos auf den Fliesenboden fallen. »Und jetzt setz dich *bitte* wieder an deinen Schreibtisch und lerne. Du bist suspendiert. Nicht in Ferien. Und soweit ich weiß, ist die Schule erst in« – er wirft einen kurzen Blick auf seine Armbanduhr – »fünf Minuten zu Ende.« Damit verpasst er mir einen Stoß, sodass ich in Richtung Tür taumle.

Aber ich brauche wirklich diese Pflaster. Meine Arme, die Schultern und der Brustkorb sind voller Schrammen und Abschürfungen, weil Dad mich wiederholt gegen Möbelstücke geschleudert hat. Die Wunden sind offen und tun weh. Deshalb kann ich nicht klein beigeben, da kann Dad mich noch so giftig anfunkeln. Ich werde nicht ohne diese Pflaster zurück in mein Zimmer gehen. Mir ist klar, dass ich schnell sein muss. Gerade will ich mich nach der Packung bücken und sie aufsammeln, da hat Dad mich schon wieder gepackt.

»Tyler!«, herrscht er mich an, und seine Stimme klingt noch strenger als vorhin. Er verstärkt seinen Griff, seine Finger graben sich tief in meine Schulter und halten mich an Ort und Stelle, während er mir die Pflaster erneut abnimmt. In seiner Wut zerdrückt er die Schachtel in seiner Hand. »Hör verdammt noch mal auf damit.«

Ich erkenne ihn nicht wieder. Dieser Mann ist nicht mein Dad. Früher hat er mich nur geschlagen, wenn er die Beherrschung verloren hat. Dann ist er wie aus heiterem Himmel handgreiflich geworden. Doch neuerdings habe ich den Eindruck, als wüsste er haargenau, was er tut. Wenn er sich an mir abreagiert, tut er das vollkommen kontrolliert. Er ist sich seiner Grausamkeit absolut bewusst. Und das ist das Schlimmste an der Sache.

»Dad …«, flüstere ich und versuche, seine Hand abzuschütteln, die sich immer noch schmerzhaft um meine Schulter schließt. Aber in Wirklichkeit habe ich längst aufgegeben. Ich habe im Grunde schon vor langer Zeit kapituliert. Mittlerweile spielt es keine Rolle mehr, was ich tue oder sage, es ändert nichts an seinem Verhalten. Und einzig und allein aus diesem Grund fasse ich mir ein Herz und wage es, ihm die folgende Frage zu stellen. »Was stimmt nur nicht mit dir?« Über die Konsequenzen mache ich mir keinerlei Gedanken. Dad tut mir so oder so weh. Selbst wenn ich mir die allergrößte Mühe gebe, selbst wenn ich mich streng an die Vorgaben halte und mich als strebsamer, wohlerzogener Schüler zeige. Also scheiß drauf. Ich lasse mir das nicht länger gefallen. Ich mache seine Spielchen keine Sekunde länger mit.

»Ich weiß nicht. Sag du es mir«, gibt Dad zurück. Jetzt graben sich seine Nägel noch tiefer in mein Fleisch. Ich konzentriere mich auf seine Augen, auf den Zorn darin. Ich glaube noch nicht mal, dass sein Groll mir persönlich gilt. »Sag du mir, warum in meiner Firma alles den Bach runtergeht. Na? Kennst du die Antwort? Nein, natürlich nicht.« Wieder verpasst er mir einen harten Stoß, sodass ich gegen die Wand knalle. Er fährt sich mit den Händen durch die Haare, legt den Kopf zurück, um den Blick zur Decke zu richten, und lässt langsam die Luft entweichen. Seine Kiefermuskeln zucken vor Anspannung. Es ist also wieder einmal wegen seiner Arbeit. Und offenbar ärgert er sich über sich selbst.

»Ich weiß, dass es nicht meine Schuld ist«, sage ich langsam und sehe ihm dabei fest in die Augen. *Gib jetzt bloß nicht auf. Hör nicht auf. Der Anfang ist geschafft*. Ich schlucke. Meine Hände hören nicht auf zu zittern, und ich fürchte, mein Herz könnte jeden Moment explodieren. »*Ich* kann nichts dafür, dass so viel schiefläuft, Dad. Also hör auf, alles an mir auszulassen.« Mit einem Mal fühle ich mich grenzenlos erleichtert, endlich ist es heraus.

Doch leider findet Dad es gar nicht gut, wenn man sich gegen ihn auflehnt. Er duldet keine Widerworte. So schnell, wie sie gekommen ist, weicht die Erleichterung einem neuerlichen Anflug von Panik, als Dad erneut die Arme nach mir ausstreckt und mich an den Ellbogen packt. Mit einer schwungvollen Bewegung befördert er mich aus dem Badezimmer hinaus auf den Flur, wo ich über meine eigenen Füße stolpere und der Länge nach hinknalle. Ich schlage mir den Kopf an, habe aber nicht die Zeit, es richtig zu registrieren, weil Dad mich bereits wieder auf die Beine zerrt. Gewaltsam schleift er mich in mein Zimmer, während ich die Beine mit aller Kraft in den Boden stemme und wie ein Irrer um mich schlage, um mich aus seinem rohen Griff zu befreien.

»HÖR AUF!«, schreie ich. Mit voller Wucht ramme ich Dad beide Hände gegen die Brust und schubse ihn von mir weg. Ich lasse mir das nicht mehr gefallen. Das habe ich nicht verdient. Ich bin doch noch ein Kind. Und bin brav. Es ist nicht meine Schuld. Das hat alles nichts mit mir zu tun.

Er starrt mich an. Nur wenige Schritte trennen uns, über das Haus senkt sich angespannte Stille. Mein Atem geht stoßweise, in meinen Augen brennen Tränen, die ich mühsam zurückdränge. Doch ich halte seinem Blick mutig stand. Er hat die Hände seitlich zu Fäusten geballt, seine Knöchel treten vor Anspannung weiß hervor, mit beinahe ausdrucksloser Miene behält er mich im Blick. Dennoch glaube ich, einen Anflug von Verwunderung darin zu erkennen, als würde ihn mein plötzlicher Widerstand überraschen. Doch dann geht völlig unvermittelt eine Veränderung in ihm vor. Ein heißes, wildes Feuer lodert in seinen Augen auf, wie ich es bei ihm noch nie zuvor gesehen habe. Und dann ist er mit einem Satz über mir.

Ich werde in mein Zimmer geschleift. Fliege durchs Zimmer, krache gegen meinen Schreibtisch, gegen die Wand. Dad schüttelt mich heftig, packt mich viel zu brutal, seine Finger graben sich rücksichtslos in meine von blauen Flecken und Schürfwunden übersäte Haut. Ich kneife die Augen zu und konzentriere mich auf die Dunkelheit, mache mich selbst unempfänglich für den Schmerz, den er mir zufügt. Der heutige Abend ist der schlimmste von allen. Ich blute bereits an mehreren Stellen. Dad rammt seine Faust an mein Auge, mein Kinn, meinen Mund, meine Nase.

Ich befürchte, dieses Mal geht er zu weit. Zum ersten Mal in diesen vier Jahren trifft mich eine schreckliche Erkenntnis – es ist ein Gedanke, der mir bislang nicht gekommen ist, weil Dad noch nie so aggressiv war wie jetzt. Ich spüre seinen Zorn in jeder seiner Berührungen. Ich merke genau, dass er das Maß verloren hat, er hat sich nicht mehr im Griff.

Und plötzlich bin ich überzeugt, dass Dad mich genauso gut auch umbringen könnte.

Kapitel 56

Gegenwart

Ich wache lange vor Eden auf. Sie liegt neben mir im Bett, umarmt ihr Kissen und schläft tief und fest, die Lippen leicht geöffnet. Sie sieht wunderschön aus. Ich male ihr mit dem Zeigefinger behutsam die Worte *te amo* auf den nackten Rücken, dann küsse ich ihr Schulterblatt. Sie liegt so friedlich da, dass ich sie nicht wecken will, deshalb klettere ich vorsichtig aus dem Bett und sammle meine Klamotten vom Boden auf. Dann hole ich eine Kehrschaufel und einen Besen und beseitige die Scherben von dem Glas, das ich gestern Nacht an der Wand zerschmettert habe.

Die Strandparty letztes Jahr war eine Katastrophe. Dieses Jahr habe ich die schlechten Erinnerungen daran durch bessere, sehr viel bessere ersetzt. Die letzte Nacht war der Wahnsinn. Es ist, als hätte sich eine weitere Last von meinen Schultern gehoben, und ich fühle mich irgendwie leichter. Eden meine Geheimnisse anzuvertrauen hat mir einiges von dem Druck genommen, der all die Jahre auf mir gelastet hat.

Ich stelle mich unter die Dusche, ziehe meine Klamotten von gestern wieder an und gieße mir ein Glas Wasser ein. Während ich es gierig hinunterstürze, nutze ich den letzten Rest Akku in meinem Handy, um nachzuschauen, ob ich Nachrichten habe. Gestern habe ich die Außenwelt vollkommen ausgeblendet, ich wollte an nichts und niemanden denken. Tiffani und Dean haben beide versucht anzurufen. Außerdem haben sie mir Nachrichten geschickt, um sich zu erkundigen, wo ich stecke und ob alles in Ordnung sei. Natürlich ist nichts in Ordnung. Ich habe etwas getan, von dem kein Mensch erfahren darf.

In diesem Moment fängt das Telefon in meiner Hand an zu klingeln, TJs Name leuchtet auf dem Display auf. Nach einem kurzen Räuspern gehe ich ran.

»Hey. Bist du noch in meiner Wohnung?«, erkundigt er sich ohne Umschweife.

»Ja«, gebe ich zu. Scheiße, jetzt weiß er, dass ich die Nacht hier verbracht habe.

»Okay, also, dann sieh zu, dass du verschwindest«, gibt er lachend Anweisung. »Dieses Mädchen hat mich rausgeworfen, und ich hab noch kein Auge zugetan. Ich will niemanden mehr sehen, wenn ich heimkomme.«

»Klar. Danke übrigens noch mal«, sage ich und werfe einen flüchtigen Blick auf die Uhr. Es ist erst neun, früh für einen Samstagvormittag. Ich muss Eden wecken, denke ich, aber gerade als ich auflege, höre ich sie mit belegter Stimme meinen Namen rufen.

Ich nehme ihre Klamotten, die ich ordentlich zusammengelegt habe, und schiebe die Tür mit dem Ellbogen auf. Eden sitzt aufrecht im Bett und hält sich das Laken vor die Brust, als unsere Blicke sich begegnen.

»Ich wollte dich gerade wecken«, sage ich und muss lächeln.

»Ich dachte, du wärst gegangen«, entgegnet sie leise.

Wie bitte? Glaubt sie allen Ernstes, ich würde nach so einer Nacht einfach mir nichts, dir nichts verschwinden? »So ein Arschloch bin ich auch wieder nicht«, gebe ich zurück und wende betreten das Gesicht ab. Abgesehen von Tiffani bin ich noch mit keinem Mädchen zusammen aufgewacht, deshalb ist mir die Situation tatsächlich unangenehm. Aber ich würde niemals einfach abhauen und sie allein lassen. »Mach dir keine Sorgen.« Als ich Eden wieder ansehe, fällt mir auf, dass ihr Blick auf die Klamotten in meiner Hand gerichtet ist. »Hier«, sage ich und lege die Sachen vorsichtig aufs Bett. Irgendwie fühle ich mich wirklich beklommen, ich weiß auch nicht; es ist nicht so, dass ich mich schämen würde, ich bin nur … verunsichert.

»Geht's dir gut?«, erkundigt sich Eden. Ihre Stimme klingt immer noch leicht belegt. Ich hätte ihr ein Glas Wasser mitbringen sollen, bestimmt ist sie am Verdursten.

»Tut mir leid«, sage ich und merke, wie mir die Röte in die Wangen schießt. »Ich … ich habe in so was nicht viel Übung«, gebe ich zu. Das einzige Mädchen, mit dem ich je fest zusammen war, ist Tiffani, deshalb ist das hier wirklich mehr oder weniger Neuland für mich. Ich bin mir nicht sicher, was ich jetzt machen soll oder was sie von mir erwartet. Ich denke aber, reden wäre ein guter Anfang. »Wahrscheinlich sollten wir darüber reden … also … über letzte Nacht.«

Eden sieht mich schmunzelnd an, dann wird sie schlagartig wieder ernst und fragt mit leiser, schüchterner Stimme: »War ich so schlecht?«

»Nein, nein«, beeile ich mich zu sagen und muss lachen. Gott, sie ist so süß. Offenbar hat sie keine Ahnung, dass die Nacht mit ihr das Beste war, das ich seit Langem erleben durfte. »Ich meinte mehr in die Richtung … du weißt schon. Wo stehen wir jetzt.«

Wir wechseln einen langen Blick. Ja, wo stehen wir? Das zwischen uns war so viel mehr als nur ein harmloser Flirt, mehr als ein flüchtiger Kuss, mehr als ein einmaliges Abenteuer. Aber was kommt jetzt? Könnte sich das zu einer festen Beziehung entwickeln? Selbst wenn Tiffani nicht wäre, ändert es nämlich nichts an der Tatsache, dass Eden und ich Stiefgeschwister sind. Was wir gestern Nacht getan haben … es mag falsch gewesen sein, aber ich bereue es nicht. Eden ist mir wichtiger als das, was andere über uns denken.

»Ich weiß es nicht genau«, seufzt sie nach einer Weile. Sie

runzelt die Stirn. »Wo sollten wir deiner Meinung nach stehen?«

»Ich weiß es auch nicht«, gebe ich zu und schiebe seufzend die Hände in die Hosentaschen. Die gestrige Nacht bedeutet mir alles, und ich hoffe inständig, Eden geht es ähnlich. Es würde mir das Herz brechen, wenn es nicht so wäre. »Sag mir eins: Bereust du es?«

»Nein«, antwortet sie sofort, und ich fühle mich unendlich erleichtert. »Du?«

»Nein, das weißt du«, sage ich leise, und dann zupft ein leichtes Lächeln an meinen Mundwinkeln. Ich hebe ihre Kleider auf, gehe damit ums Bett herum und lege sie ihr auf den Schoß. »Wir finden eine Lösung. Irgendwann. Aber jetzt musst du dich anziehen, wir müssen nämlich dringend verschwinden. Troy-James hat gerade angerufen, er ist auf dem Weg hierher.«

Eden wird rot und zieht das Bettlaken fester an ihren Oberkörper. »Äh … gibst du mir vielleicht eine Sekunde?«

»Du tust ja gerade so, als hätte ich dich noch nicht nackt gesehen«, witzle ich, doch als ich merke, dass es ihr wirklich unangenehm ist, nicke ich und wende mich zum Gehen. »Beeil dich«, rufe ich ihr über die Schulter noch zu, bevor ich das Zimmer verlasse.

Ich gehe ins Wohnzimmer, räume ein wenig auf und schüttle sogar die Sofakissen auf, bevor ich ein Taxi rufe. Anders kommen wir nicht nach Hause. Von meinen Freunden kann ich keinen anrufen, dann käme sofort alles raus. Wer würde nicht eins und eins zusammenzählen, wenn er hören würde, dass ich und meine Stiefschwester die ganze Nacht allein in einer Wohnung waren? Nein, auf keinen Fall. Das fände garantiert jeder eigenartig, es würden sofort Gerüchte aufkommen. Deshalb bleibe ich lieber bei meinem ursprünglichen Plan und nehme ein Taxi. Es soll in fünf Minuten da sein, also mache ich weiter sauber und kippe die

Scherben in den Müll, als Eden fertig angezogen aus dem Badezimmer kommt.

»Ich hab uns ein Taxi bestellt«, sage ich mit einem Blick auf die Uhr. »Ich weiß, das ist irgendwie komisch. Allerdings kann ich schlecht jemanden bitten, uns beide hier abzuholen, ohne dass es Fragen aufwirft. Du weißt doch, wir dürfen keinen Verdacht erregen, und der Taxifahrer kennt uns nun mal nicht. Der Wagen müsste jede Sekunde hier sein.«

»Wo sind meine Schuhe?«, fragt Eden und sieht sich suchend im Wohnzimmer um. Stirnrunzelnd fährt sie sich mit der Hand in die Haare, als sie sie nirgends finden kann.

»Weiß ich nicht«, sage ich, lasse den Blick nun ebenfalls durchs Wohnzimmer gleiten. Beim Aufräumen habe ich sie jedenfalls nicht gesehen. »Aber wir müssen jetzt hier raus.« Es sind nur Schuhe, zur Not müssen wir eben ohne los, das ist kein Weltuntergang.

»Aber meine Schuhe …«

»Ich kaufe dir neue, aber jetzt komm«, falle ich ihr ins Wort. Es waren Chucks, ich erinnere mich. Wenn nötig, kaufe ich ihr wirklich ein neues Paar, Hauptsache, wir verschwinden jetzt schleunigst von hier. Entschlossen gehe ich zur Eingangstür, ziehe sie auf und trete hinaus auf den Flur, und als Eden mir widerwillig folgt, schließe ich ab und schiebe den Schlüssel unter die Türmatte, wie TJ mich angewiesen hat.

Eden sprintet sofort los in Richtung Aufzug, und ich laufe schnell hinterher und schaffe es gerade noch in die Kabine, bevor die Tür sich schließt. Der Boden muss kalt sein, weil sie nämlich von einem Fuß auf den anderen steigt. Jetzt, da wir auf dem Heimweg sind, kommen mir mehr und mehr Bedenken. Wir werden so oder so mächtig Ärger kriegen, weil Mom und Dave uns nie zu dieser Party hätten gehen lassen, und schon gar nicht hätten wir die ganze Nacht wegbleiben dürfen. Vom Rest will ich gar nicht erst anfangen.

»Unseren Eltern sollten wir von letzter Nacht wohl lieber nichts erzählen«, sage ich leise, als der Aufzug sich in Bewegung setzt. Ich will mir gar nicht ausmalen, was passiert, wenn sie je davon erfahren. Sie würden uns enterben, wetten?

»Von letzter Nacht sollten wir wohl überhaupt niemandem erzählen«, korrigiert Eden mich schmunzelnd, doch dann verstummt sie schlagartig. Alle Farbe weicht aus ihrem Gesicht, wie versteinert starrt sie auf die Aufzugtür. Denkt sie das Gleiche wie ich? Sie macht jedenfalls den Eindruck, als würde sie plötzlich Panik bekommen.

Um sie zu beruhigen, greife ich nach ihrer Hand, und als sie ihren Blick zu mir hebt, schenke ich ihr ein warmes, aufrichtiges Lächeln – es kommt von Herzen, nichts daran ist gespielt. Von jetzt ab sitzen wir zusammen in einem Boot. Ich bin für sie da. Und halte sie fest.

Als die Aufzugtür sich öffnet, führe ich Eden durch die Lobby auf die gläsernen Eingangstüren zu und hinaus auf die Straße, wo am Randstein bereits ein Taxi auf uns wartet. Ohne ihre Hand loszulassen, ziehe ich sie darauf zu, öffne die Tür und klettere direkt hinter ihr auf die Rückbank. Die Taxifahrerin stellt keine Fragen, nicht, warum Eden barfuß ist, und auch nicht, warum wir aussehen, als wären wir die ganze Nacht lang unterwegs gewesen. Unsere Klamotten müssen höllisch stinken, vor allem nach Alkohol. Allerdings drängt sich mir der Eindruck auf, die Frau ist selbst verkatert. Sie biegt nämlich immer wieder falsch ab und zieht die Heimfahrt so unnötig in die Länge. Allerdings bin ich ohnehin nicht allzu versessen darauf, schnellstmöglich nach Hause zu kommen, weil ich viel zu große Angst davor habe, was unsere Eltern sagen werden. Ich betrachte unsere Hände, die ineinander verschränkt auf Edens Schoß liegen, male mit dem Daumen behutsam Kreise auf ihren Handrücken und muss lächeln. Mit der gestrigen Nacht riskieren wir zwar

Kopf und Kragen, doch das war es mir wert. Um nichts in der Welt würde ich es rückgängig machen wollen.

Zu Hause angekommen, bleiben wir zunächst draußen stehen, um uns innerlich auf die Konfrontation vorzubereiten. »Was hast du ihnen erzählt, wo du gestern Abend hinwolltest?«, frage ich Eden.

»Ins Kino.«

O Gott, ist das ihr Ernst? Trotz meiner Angst reinzugehen, kann ich mir ein Lachen fast nicht verkneifen. »Ins Kino? Nicht gerade originell.«

Eden sieht mich mit vorgeschobener Unterlippe an und verengt die Augen zu schmalen Schlitzen. »Was war denn deine Ausrede?«

»Sie haben keine gekriegt, ich bin einfach abgehauen«, sage ich und grinse.

»Tja, das überrascht mich nicht.«

Wir holen tief Luft, nehmen all unseren Mut zusammen und betreten Seite an Seite das Haus. Alles ist still, abgesehen vom leisen Murmeln des Fernsehers aus dem Wohnzimmer. Zögernd treten wir ein. Mom sitzt auf der Couch und brütet über irgendwelchen Unterlagen, und Jamie hat es sich in einem Sessel bequem gemacht und sein gebrochenes Handgelenk auf ein Kissen gebettet. Als er uns bemerkt, wirft er uns einen genervten Blick zu.

Erst denke ich, Mom hat uns noch nicht registriert, doch da ruft sie mit erhobener Stimme, ohne aufzusehen: »Dave, sie sind zu Hause.« Ihr Ton klingt hart und angespannt, es ist nicht zu überhören, dass sie sauer ist.

Dave kommt wie der Blitz durch den Flur ins Wohnzimmer geschossen. Es ist Sonntagmorgen, und er trägt eine verdammte Jogginghose. Drohend baut er sich vor uns auf, wirft sich in die Brust und bellt: »Was habt ihr zu eurer Verteidigung zu sagen?«

»Der Film war ziemlich gut?«, versucht Eden es, und sofort

werfe ich ihr einen strengen Blick zu. Das nimmt ihr kein Mensch ab, das sollte ihr doch wohl klar sein. Solche Schwindeleien kann sie sich sparen.

Dave presst die Kiefer fest aufeinander und stemmt die Hände in die Hüften. Besonders einschüchternd sieht er in seiner grässlichen Jogginghose allerdings nicht aus. »Ihr wart auf der Strandparty, oder?«

Mom legt ihre Unterlagen beiseite und blickt auf, um dem Gespräch zu folgen, will sich aber offenbar raushalten. Ich versuche gar nicht erst, auf Daves Frage zu antworten, weil mir klar ist, dass sie uns ohnehin längst durchschaut haben. Es gibt bestimmt keinen Menschen in der ganzen Stadt, der nicht von der Strandparty wusste. Da ist es ein Kinderspiel, eins und eins zusammenzuzählen. Natürlich können sie sich denken, dass wir aller Wahrscheinlichkeit nach dort waren.

Völlig unvermittelt bricht Eden neben mir in Tränen aus, weshalb ich ihr einen verwunderten Seitenblick zuwerfe. Was hat sie denn jetzt vor? »Meine Freundinnen haben mich nach dem Kino dahin mitgenommen«, bringt sie mit tränenerstickter Stimme hervor und schluchzt übertrieben. Natürlich ist mir sofort klar, dass das nur Show ist, dafür kenne ich sie mittlerweile zu gut. Allerdings habe ich keine Ahnung, was sie damit bezwecken will. Doch sie macht unbeirrt weiter und drückt gleich noch mehr auf die Tränendrüse. Denkt sie denn, ihr Dad könnte Mitleid mit ihr kriegen? »Ich wusste nicht mal, was das ist!«

Gott, sie ist wirklich eine miese Schauspielerin, die Vorstellung ist richtig peinlich. Ich muss sie unbedingt davon abhalten, dass sie sich noch tiefer in die Scheiße reinreitet. Seufzend richte ich den Blick jetzt auf Dave. »Ich bin freiwillig hingegangen«, gebe ich unumwunden zu und zucke beiläufig mit der Schulter. Wenn ich mit Dave rede, tue ich das immer als Tyler Bruce, das ist längst zu meiner zweiten

Natur geworden. »Und, was willst du jetzt machen? Mir noch mal fünf Jahre Hausarrest geben?«

Dave sieht abwechselnd mich und Eden an und bläht die Nasenflügel. Neben mir schluchzt Eden immer noch gespielt dramatisch, während Mom vom Sofa aus alles schweigend beobachtet. Sie ist sicherlich genauso sauer, aber wie es aussieht, hält sie sich heute wirklich bewusst zurück. Vielleicht findet sie ja, dass sie mich für diese Woche schon genug angebrüllt hat.

»Wo seid ihr die ganze Nacht gewesen?«, will Dave jetzt wissen und übergeht meine Bemerkung geflissentlich.

»Wir haben alle bei Dean gepennt«, flunkere ich, bevor Eden etwas sagen kann. Ich darf nicht zulassen, dass sie noch mehr von ihren lahmen Ausreden vorbringt. Meine sind wenigstens halbwegs glaubwürdig. Ich schätze, ich hab einfach mehr Erfahrung darin. »Jetzt krieg dich mal wieder ein. Es sind Ferien.«

»Oh. Mein Fehler«, kontert Dave in sarkastischem Tonfall. »Ich hatte ganz vergessen, dass Ferien sind und ihr deshalb tun und lassen könnt, was ihr wollt. Ich bitte vielmals um Entschuldigung!« Im Hintergrund hört man Jamie hinter vorgehaltener Hand prusten. Dave stößt die Luft aus und schüttelt mit finsterer Miene den Kopf. »Das ist nicht das erste Mal, dass du nachts nicht nach Hause kommst, Eden«, knurrt er.

»Ich hab doch nur bei Freunden übernachtet«, schnieft Eden unschuldig.

»Darum geht es nicht!«, herrscht er sie an.

»Worum dann?«, schleudert sie ihm ungehalten entgegen.

Darauf hat Dave offenbar keine Antwort, denn er funkelt sie nur giftig an und bewegt die Lippen, als würde er nach den passenden Worten suchen. Die Adern an seiner Stirn sind vor Zorn geschwollen, sie zeichnen sich deutlich ab. Jetzt schnellt sein Blick wieder zu mir. »Du benimmst dich unmöglich, dazu werde ich nichts sagen. Verschwinde einfach in dein Zimmer. Raus hier!« Dann wirft er Jamie einen festen Blick zu, der unmissverständlich klar macht, dass er seine Ruhe haben will – von uns allen. Die Botschaft scheint anzukommen, denn jetzt steht Jamie auf und geht Richtung Tür.

»Prima«, sage ich beiläufig und grinse höhnisch. Dave hätte sich sein Gebrüll ohnehin sparen können, mich lässt es völlig kalt. Als mein Blick auf Eden fällt, stelle ich fest, dass sie mich mit angespannter, besorgter Miene mustert, deshalb lächle ich ihr aufmunternd zu. Als Jamie sich an mir vorbeischieben will, lege ich ihm einen Arm um die Schulter und verlasse mit ihm zusammen das Wohnzimmer. »Wie geht's deiner Hand, Kleiner?«

»Gebrochen«, gibt Jamie trocken zurück, und ich muss lachen. Er erinnert mich an mein jüngeres Ich. Damals hätte ich genauso geantwortet. Gemeinsam steigen wir die Stufen nach oben. »Kannst du bitte nicht immer die ganze Nacht wegbleiben? Mom ist jedes Mal fix und fertig, wenn du nicht nach Hause kommst. Weil keiner weiß, ob du überhaupt noch lebst.«

Stirnrunzelnd senke ich den Kopf. Manchmal vergesse ich tatsächlich komplett, dass ich ja erst siebzehn bin. Kein Wunder, dass Mom einen Nervenzusammenbruch kriegt, wenn ich abhaue, ohne Bescheid zu geben. Woher soll sie denn wissen, wo ich bin und ob es mir gut geht? Mir zuliebe tut sie zwar so, als wäre sie stark, aber ich könnte mich ohrfeigen dafür, dass ich ihre Geduld ständig auf so eine harte Probe stelle. »Ja, ich weiß«, sage ich seufzend, dann drücke ich Jamies Schulter und ringe mir ein Lächeln ab. Ich wünschte, ich würde meine Familie nicht laufend enttäuschen. Mom und meinen Brüdern zuliebe würde ich mich gerne bessern.

Jamie verschwindet wortlos in seinem Zimmer und knallt die Tür hinter sich zu. Sein Abgang macht deutlich, dass auch er mit seiner Geduld bald am Ende ist. Sogar mein vierzehnjähriger Bruder ist stinksauer auf mich. Warum tue ich ihnen das immer wieder an?

»Tut mir leid«, sage ich mit erhobener Stimme, laut genug, dass er es durch die Tür hören kann. Doch ich fürchte, die Entschuldigung könnte ich mir auch sparen, es ist zu spät dafür.

Mit hängendem Kopf begebe ich mich in mein Zimmer und lasse mich aufs Bett fallen. Langsam machen sich hämmernde Kopfschmerzen bemerkbar, dabei habe ich gestern kaum was getrunken. Ich überprüfe mein Handy, aber der Akku ist inzwischen komplett leer. Deshalb hänge ich es ans Ladegerät, das auf dem Nachtschränkchen liegt, stehe dann noch einmal auf und ziehe mir das Hemd über den Kopf. Auf dem Weg ins Badezimmer lasse ich es achtlos fallen. Ich brauche dringend noch mal eine Dusche. Ich fühle mich irgendwie … ich weiß auch nicht. Schuldig, schätze ich. Die Sache letzte Nacht war falsch, und zwar aus mehr als nur einem Grund.

Ich streife die Jeans ab, steige in die Kabine, drehe das Wasser auf und lasse es heiß auf meine nackte Haut prasseln. Mit zusammengekniffenen Augen lehne ich die Stirn gegen die kühlen Fliesen, um einfach nur den warmen Dampf einzuatmen. Tausend Gedanken rasen mir durch den Kopf, und ich versuche, sie zu sortieren und in eine nachvollziehbare Ordnung zu bringen, aber irgendwie ist alles so unendlich kompliziert. Ich muss endlich die Kurve kriegen. Was hat die Trinkerei für einen Wert, wenn der Alkohol mir doch nur für wenige Stunden Linderung verschafft. Ganz zu schweigen von den Drogen, die mein Leben ruinieren. Declan Portwood und seine Leute sind nicht der richtige Umgang für mich. Ich will Mom nicht Tag für Tag aufs Neue enttäuschen, und ich wäre gern mehr für meine Brüder da. Was Tiffani betrifft, so habe ich nicht mehr die Kraft, mich mit ihr auseinanderzusetzen. Wofür eine Beziehung aufrechterhalten, die für uns beide pures Gift ist? Außerdem ist doch eh alles nur Show. Warum verschwende ich überhaupt meine Zeit mit ihr? Klar, sie könnte mir das Leben ruinieren, das ist mir sehr wohl bewusst, aber ich bin bereit, das in Kauf zu nehmen, wenn ich sie dafür ein für alle Mal los bin.

Und Eden … für sie würde ich alles tun. Sie ist das erste Mädchen, mit dem ich mir ernsthaft eine längerfristige Beziehung vorstellen kann, das erste Mädchen, in dessen Gegenwart ich ganz ich selbst sein kann, das erste Mädchen, in das ich mich Hals über Kopf verliebt habe. Ich will das zwischen uns nicht einfach so aufgeben. Ich will es nicht kaputt machen, so wie ich alles kaputt mache.

Morgen ist Montag. Eine neue Woche, ein neuer Anfang. Ich werde alles in Ordnung bringen, das schwöre ich mir.

Eine halbe Stunde lang sitze ich am Boden der Dusche und lasse mir das heiße Wasser übers Gesicht laufen, spüle alles Negative weg, das bislang über mein Leben bestimmt hat. Als ich schließlich wieder aufstehe und das Wasser abdrehe, fühle ich mich wie neu geboren. Ich bin voller Hoffnung und Optimismus.

Ich werde mich bessern, das verspreche ich.

Ich schlüpfe in ein frisches Paar Jeans, rubble meine Haare mit einem Handtuch trocken und ziehe mir gerade ein sauberes T-Shirt über den Kopf, als ich auf der Treppe eilige Schritte höre. Eigentlich hätte ich Mom oder Eden erwartet, aber es ist keine von beiden. Die Tür zu meinem Zimmer fliegt bis zum Anschlag auf, und Tiffani kommt hereingestürmt. Passt bei uns eigentlich keiner auf, wer in unser Haus spaziert kommt? Tiffani schafft es regelmäßig, sich einfach so Zutritt zu verschaffen, weil die Tür wieder mal unverschlossen ist.

»Du«, faucht sie, schäumend vor Wut. In ihren blauen Augen braut sich ein Unwetter zusammen, während sie auf mich zumarschiert kommt und mir die Schulter gegen den

Bizeps rammt, um mich aus dem Weg zu schubsen. Sie trägt Jogginghose und Tanktop, total untypisch für sie. Die Haare hat sie zum Pferdeschwanz hochgebunden, ihr Gesicht ist ungeschminkt. So sieht man sie selten, normalerweise geht sie nie aus dem Haus, ohne dass sie perfekt gestylt wäre. Deshalb überkommt mich sofort die düstere Vorahnung, dass da was ganz und gar nicht stimmt. Sie ist stinksauer.

»Wenn es darum geht, dass ich mich gestern Abend aus dem Staub gemacht habe …«, sage ich, während ich zusehe, wie sie mein Zimmer durchquert und einen Blick ins Badezimmer wirft. »Ich hab nichts Dummes gemacht, Tiff. Ich bin wirklich einfach nur gegangen. Nach letztem Jahr wollte ich einfach nicht länger bleiben.«

»Dein Bett ist ja gemacht«, stellt Tiffani mit eisiger Stimme fest und deutet mit dem Kinn hinter sich, als sie sich direkt vor mir aufbaut. Sie stemmt die Hände in die Hüften und presst die Lippen zu einer schmalen Linie zusammen. »Seit wann machst du denn dein Bett? Das ist ja noch nie vorgekommen. Du bist gestern Nacht gar nicht nach Hause gekommen, stimmt's? Wo ist sie?«

»Was? Wer soll wo sein?«, stammle ich und blinzle überrascht. Was zur Hölle geht hier vor sich?

Tiffani hat bereits wieder auf dem Absatz kehrtgemacht und marschiert mit großen Schritten aus meinem Zimmer. Verwundert folge ich ihr hinaus auf den Flur und sehe gerade noch, wie sie die Tür zu Edens Zimmer aufstößt und darin verschwindet. Mein Puls schnellt in die Höhe. Was … Sucht sie etwa nach Eden?

»Tiffani«, rufe ich und folge ihr. Eden ist nicht da, und so läuft Tiffani ein paarmal wutschnaubend im Kreis, bevor sie wieder an mir vorbei auf den Flur hinausrauscht. Ich fasse sie am Arm und will sie zurückhalten, weil ich eine Erklärung für ihr Verhalten möchte. Was will sie überhaupt hier? Doch plötzlich versteift sie sich und schüttelt mich ab.

»Oh, da ist sie ja«, sagt sie mit vor Gift triefender Stimme. »Du kommst genau richtig.«

Ich werfe einen Blick über Tiffanis Schulter und sehe mit Schrecken Eden auf der Treppe stehen, die uns mit großen Augen verwundert ansieht. Sie trägt ihre Laufsachen, offenbar kommt sie eben erst von ihrer Joggingrunde zurück, denn ihr Atem geht immer noch schnell. Ich fahre mir mit der Hand durch die Haare und schüttle kaum merklich den Kopf. Tiffani war also wirklich auf der Suche nach ihr.

»Richtig wozu?«, will Eden wissen und betrachtet abwechselnd Tiffanis zornrotes Gesicht und meine besorgte Miene. Auf keinen Fall ... Auf keinen Fall kann Tiffani erfahren haben, was gestern Nacht passiert ist. Aber warum ist sie dann hier?

»Ich muss mit euch beiden reden. Falls ihr es nämlich noch nicht mitgekriegt habt: Ich bin stinksauer«, schäumt Tiffani und wirbelt zu mir herum. Sie hält mir drohend die geballte Faust vors Gesicht, an der die Fingerknöchel von dem Druck bleich werden. »Ich bin so kurz davor, dir eine reinzuhauen, Tyler!«

»Was habe ich denn jetzt schon wieder gemacht?«, frage ich und tue ganz unschuldig. Ich weiß bereits, dass es keinen Sinn hat, sich zu verstellen, und ich kann mir auch gut vorstellen, dass Tiffani ihre Drohung in die Tat umsetzt, wenn sie sich noch ein bisschen mehr in ihre Wut hineinsteigert. Deshalb trete ich einen Schritt zurück. Für alle Fälle.

»Was du getan hast? Fragst du das im Ernst?« Ihr steht der Mund offen, und sie schnappt empört nach Luft. Ohne die vielen Schichten Make-up wirkt sie um Jahre jünger. Aber ich habe sie noch nie so aufgebracht erlebt, ihr Gesicht ist hochrot vor Zorn. Doch von einem Moment zum nächsten scheint sie sich zu fassen und sagt mit fester Stimme: »Raus in den Garten. Auf der Stelle!«

Sie wendet sich von mir ab, drängt sich grob an Eden vorbei und stößt sie dabei gegen die Wand. Entschlossen marschiert sie die Treppe hinunter. Eden blickt ihr kurz nach, dann wendet sie das Gesicht wieder zu mir und sieht mich fragend an. Aber ehrlich gesagt kann ich ihr auch keine Erklärung geben. Ich weiß im Moment nur eins: Schön wird das nicht.

»Scheiße«, murmle ich und vergrabe mein Gesicht in den Händen. Ich bete inständig, dass Tiffani nicht die Wahrheit herausgefunden hat. Und dass sie nicht wegen meiner Beziehung zu Eden hier ist.

Tiffani ist am Fuß der Treppe stehen geblieben und wirft uns einen weiteren giftigen Blick zu, bevor sie vielsagend Richtung Wohnzimmer deutet. »Wir können uns draußen unterhalten, oder gleich hier«, sagt sie langsam und mit gedämpfter Stimme. »Und glaubt mir, ihr wollt nicht, dass wir das hier drinnen besprechen.«

Sie weiß Bescheid! Was sollte es sonst sein! Es gibt keinen Ausweg mehr, leugnen ist sinnlos. Wir haben keine Wahl, als uns Tiffani *und* den Konsequenzen zu stellen. Ein Kloß bildet sich in meinem Hals, als ich mich mit deutlichem Widerwillen in Bewegung setze und Eden vor mir her die Stufen hinunterschiebe, um Tiffani durch den Flur in die Küche und durch die Terrassentüren in den Garten hinaus zu folgen.

Die Sonne knallt auf uns herunter und blendet mich, als ich nach draußen in den Garten trete. Das angespannte Schweigen zwischen uns ist unerträglich. Eden wirkt plötzlich panisch, vermutlich dämmert ihr genau wie mir, was hier abgeht. Wir wissen beide, dass man uns auf die Schliche gekommen ist und dass wir keine Chance haben, da ungeschoren wieder rauszukommen.

»Aaaaalsoooo«, sagt Tiffani. Sie hat sich zu uns umgedreht, hält aber mehrere Meter Abstand.

»Also …?«, wiederhole ich mit fragendem Unterton. Ich bin überrascht, dass ich überhaupt ein Wort herausbringe.

Meine Kehle ist staubtrocken, deshalb warte ich einfach ab, bis Tiffani weiterspricht und die Wahrheit vor uns ausbreitet.

»Also, heute früh werde ich von einer SMS von TJ geweckt«, fängt sie an und spricht dabei betont langsam. Ihr finsterer Blick wandert abwechselnd zu Eden und zu mir. Wahrscheinlich lauert sie nur darauf, dass einer von uns einknickt und alles gesteht. »Und wie du weißt, Tyler, macht es mich echt krank, wenn mich jemand darauf anspricht, dass wir beide Sex gehabt hätten. Weil ich nämlich in der Hälfte der Scheißfälle nicht mal dabei bin!«

»Wovon redest du?«, frage ich mit tief gefurchter Stirn, ein weiterer erbärmlicher Versuch, den Kopf aus der immer enger werdenden Schlinge zu ziehen. Aber die Mühe könnte ich mir genauso gut sparen. Tiffanis Blick verdüstert sich. Sie heftet ihre Augen auf mich, und ich merke, wie selbst Eden mich ungläubig von der Seite mustert. Als könnte sie selbst kaum glauben, dass ich es jetzt noch zu leugnen versuche.

»Komm mir nicht so, Tyler! Echt nicht!«, fährt Tiffani mich an und wird dabei immer lauter und ungehaltener. Kaum merklich schüttelt sie den Kopf. »Er hat einen Witz darüber gerissen, dass es letzte Nacht bei uns ja richtig rundgegangen sein muss, weil sein Zimmer total verwüstet war. Aber wir beide wissen sehr gut, dass ich nicht dabei war.«

Es ist bei mir beinahe zu einem Reflex geworden, dass ich Ausflüchte für meine Vergehen vorbringe, und obwohl ich weiß, dass es sinnlos ist, versuche ich es jetzt wieder. »Hör mal, Baby, da ist nichts gelaufen«, beeile ich mich mit möglichst sanfter Stimme zu sagen und mache einen Schritt auf sie zu, um sie zu beschwichtigen. »Ich habe nur vergessen aufzuräumen, nachdem …«

»Halt den MUND!«, schreit Tiffani, und ich verstumme augenblicklich. Sie flippt aus, und wenn Tiffani die Fassung verliert, ist sie unberechenbar. Sie kneift die Augen zu und holt tief Luft. Dann schlägt sie sie wieder auf, und ihr Blick wirkt ruhig, fast so, als hätte sie sich wieder unter Kontrolle. Mit einem grausamen Lächeln wendet sie sich an Eden. »Eden, wolltest du deine Schuhe nicht mitnehmen?«

Alle Farbe weicht aus Edens Gesicht, und sie öffnet den Mund, ringt um Worte, die nicht kommen wollen. Sie weiß nicht, was sie sagen oder tun soll. Wir sind so was von am Arsch. Endlich presst sie mit rauer Stimme hervor: »Woher weißt du …«

»Weil TJ wissen wollte, ob ich einen netten Abend gehabt hätte«, fällt Tiffani ihr scharf ins Wort. Jetzt liegt wieder ein giftiges Funkeln in ihrem Blick. »Und dann meinte er, ich hätte meine Converse vergessen, und fragte, was die Texte darauf zu bedeuten hätten. Ich könnte nämlich schwören, dass du deine den ganzen Abend durch die Luft geschwenkt hast. Die mit den Songtexten drauf, richtig?« Sie legt den Kopf schief und fährt drohend fort: »Ach, übrigens, die kriegst du nicht zurück. Ich habe TJ gesagt, ich will sie nicht mehr und er soll sie in den Müll schmeißen.«

»Aber Tyler ist mein …«, versucht Eden es, doch ihr Leugnungsversuch ist ungefähr so nützlich wie mein eigener.

»Stiefbruder? Ja, das weiß ich«, beendet Tiffani den Satz für Eden. Sie ist inzwischen so außer sich vor Wut, dass ihr die Tränen kommen. Hastig fährt sie sich mit dem Handrücken über die Augen und wischt sie weg, ehe sie die Hand in die Hüften stemmt. »Seit einer geschlagenen halben Stunde habe ich mit mir hin und her diskutiert. ›Unmöglich‹, sag ich zu mir, ›die sind doch verwandt.‹ Aber auch ich habe *Clueless* gesehen, klar? Ihr wisst schon, wo Cher sich in ihren Stiefbruder verliebt? Ich bin doch nicht BLÖD!«

Das ist es also. Tiffani kennt tatsächlich unser Geheimnis.

Wir hätten besser aufpassen sollen. Ich hätte mich von Eden fernhalten sollen, bis ich die Sache mit Tiffani geklärt habe. Ich habe sie betrogen, ich war total egoistisch, und ich weiß, dass ich sie damit verletzt habe. Es ist unerheblich, dass ich sie insgeheim nicht ausstehen kann. Ich sehe die Wut und die Enttäuschung und den Schmerz in ihrem Blick. Jetzt kämpft sie nicht länger gegen die Tränen an. Aber hatte sie auch nur ein Fünkchen Mitleid in den letzten drei Jahren? Sie hat mich doch die ganze Zeit zu kontrollieren versucht. Und dass ich eigentlich gar nicht mehr mit ihr zusammen sein wollte, hat sie auch keinen feuchten Dreck geschert.

Vielleicht ist das jetzt das Ende. Ich wollte nicht, dass es so kommt, aber wenn Tiffani mich anders nicht freigibt, dann muss es eben so sein. Sie kann nicht mit einem Menschen zusammen sein wollen, der sie derart hintergeht und betrügt. Wir sind beide besser dran ohne einander, und ich hoffe, sie sieht das endlich ein.

Als ich Eden einen Seitenblick zuwerfe, stelle ich fest, dass sie wie versteinert dasteht. Mit großen Augen starrt sie Tiffani an und wagt kaum zu blinzeln. Ihr Gesicht ist kalkweiß, und ich wünschte, ich könnte die Hand nach ihr ausstrecken und ihr die Angst nehmen, sie wissen lassen, dass ich für sie da bin. Wir sitzen gemeinsam in der Tinte, aber ich bin zuversichtlich, dass alles wieder gut wird.

»Du hattest gar nichts mit Jake, oder?« Tiffani versucht jetzt nicht mehr, die Tränen zurückzuhalten, ihre Stimme klingt völlig entkräftet.

»Nein«, flüstert Eden. Sie lässt den Kopf sinken und starrt hastig blinzelnd auf ihre Fußspitzen. Es sieht ganz so aus, als hätte sie selbst mit den Tränen zu kämpfen. *Schon gut, ich bin bei dir*, teile ich ihr gedanklich mit.

»Und du warst das neulich Abend am Pier«, presst sie hervor, unterbrochen von heftigem Schluchzen. Ich glaube, ich habe Tiffani noch nie richtig weinen sehen. Zumindest war es nie so heftig und hat auch nie echt gewirkt. »Du hast mich die ganze Zeit angelogen!«

»Ich weiß«, sagt Eden mit brüchiger Stimme. Es ist nicht

zu übersehen, dass sie schreckliche Gewissensbisse plagen, denn jetzt laufen ihr wirklich Tränen über die Wangen. »Ich habe gelogen. Ich bin ein Miststück. Und eine beschissene Freundin.«

Das ist eigentlich eine Sache zwischen Tiffani und mir. Die Beziehung mit Eden hätte sich doch gar nicht erst in diese unschöne Richtung entwickelt, wenn Tiffani mich einfach hätte Schluss machen lassen, wie ich es wollte. Aber sie musste mich ja unbedingt erpressen, bei ihr zu bleiben. Ich lasse nicht zu, dass sie Eden derart mies behandelt, nicht, wenn das allein Tiffani und mich etwas angeht. Wir beide sind an allem schuld. Tiffani muss aus meinem Leben verschwinden.

Entschlossen schiebe ich mich vor Eden und räuspere mich. »Weißt du was, Tiffani? Ich will gar nicht mit dir zusammen sein.« Mit zusammengekniffenen Augen sehe ich das Mädchen an, das weinend vor mir steht, das Mädchen, das über all die Jahre jeden meiner Schritte kontrollieren wollte. Urplötzlich wallt Zorn in mir auf. Jetzt muss sie mich endlich zu Wort kommen lassen. Es ist an der Zeit, dass ich diese Sache ein für alle Mal beende. »Drei Jahre habe ich vergeudet, weil du mich erpresst hast, damit ich mit dir zusammenbleibe. Mach, was du willst. Erzähl doch allen, was du über mich weißt. Dein Schweigen ist es nämlich einfach nicht wert, dich ertragen zu müssen.« Mit jedem Wort werde ich lauter, Tiffani sieht mich mit offenem Mund und großen Augen an, doch es ist mir scheißegal, wie es ihr damit geht. »Es ist aus mit uns. Verklag mich, zeig mich an, es ist mir egal. Ich hab die Schnauze voll.«

»Das ist alles deine Schuld!«, schreit Tiffani Eden an und macht einen Satz um mich herum. Verzweifelt reißt sie die Hände in die Luft. »Es ist mir ja egal, dass ihr im Grunde genommen Geschwister seid – obwohl das echt eklig ist. Aber mir ist nicht egal, dass du alles kaputt gemacht hast. Alles!«

Eden rückt näher an mich heran, vermutlich um Schutz zu suchen. Aber das macht die Lage nicht unbedingt besser. »Tiffani, ich wollte nicht …«

Ich hebe die Hand, um sie zum Schweigen zu bringen. Eden braucht sich bei niemandem zu entschuldigen. Sie war es doch, die mich davon abbringen wollte, weiterzumachen. Sie wollte, dass ich mich von ihr fernhalte, solange ich nicht mit Tiffani Schluss gemacht habe. Aber ich wollte ja nicht auf sie hören. Abgesehen davon konnte ich mich um keinen Preis von ihr fernhalten.

Ich richte den Blick wieder auf Tiffani und stelle ohne mit der Wimper zu zucken noch einmal unmissverständlich klar: »Es ist aus, *Baby*.« Ich kann selbst kaum fassen, wie kaltherzig ich das rüberbringe, aber es ist gleichzeitig so befreiend, dass ich mich beinahe euphorisch fühle. Dann trete ich einen Schritt zurück, zeige ohne ein weiteres Wort auf das Gartentor und fordere sie mit dieser Geste auf zu verschwinden.

Tiffani stößt ein ersticktes Schluchzen aus, greift sich in die Haare und schreit: »Du kannst nicht mit mir Schluss machen!«

Was soll das Theater? Es ist echt zum Lachen. Und genau das tue ich: Ich lache sie aus, lauthals. Sie soll endlich aufhören, sich an mich zu klammern, und sich jemanden suchen, mit dem sie aus wahrhaftigeren Gründen zusammen ist, eine aufrichtige Beziehung. »Weil du ohne mich nicht mehr so cool dastehst? Weil du dann keine Macht mehr über mich hast?«

»Weil ich SCHWANGER bin, Tyler!«

Ihre Worte treffen mich wie ein Schlag in die Magengrube, ich kriege keine Luft mehr. Das ganze Gewicht der Erde legt sich auf meine Schultern, meine Brust schnürt sich schmerzhaft zusammen und mein Herz setzt einen Schlag aus. Ich nehme keinerlei Geräusche mehr wahr, um mich herum herrscht absolute Stille. Ich höre weder den Verkehr vorne auf der Straße noch den leisesten Windhauch. Alles vor meinen Augen verschwimmt, sodass ich Tiffani nur noch schemenhaft wahrnehme. Ich bekomme aber mit, dass sie das Gesicht in ihren Händen vergräbt und von lautem Schluchzen geschüttelt wird.

»Was?«, krächze ich mühsam, doch mehr bringe ich nicht heraus. Mir hat es komplett die Sprache verschlagen.

Das … Das kann nicht sein. Das kann einfach nicht ihr Ernst sein.

Mit tränenüberströmtem Gesicht und gebrochenem Herzen weicht Tiffani langsam zurück, ohne mich aus den Augen zu lassen.

»Was schreit ihr denn hier so rum?«, höre ich Mom von der Terrasse aus rufen, doch ich nehme sie gar nicht richtig wahr. Ihre Stimme klingt gedämpft, irgendwie verzerrt. Die Realität um mich herum ist weit in den Hintergrund getreten, auf meine Wahrnehmung ist kein Verlass mehr. Wie benommen starre ich Tiffani nach, die jetzt zum Gartentor läuft.

Als sie es öffnet, dreht sie sich noch einmal um. Sie löst ihren schmerzerfüllten Blick von mir und richtet ihn auf Ella. »Du solltest vielleicht wissen, dass er kokainabhängig ist!«, ruft sie. »Und übrigens dealt er jetzt auch.«

Mit einem Schlag sind alle meine Sinne wieder hellwach, ich sehe alles klar und deutlich, jedes Geräusch dringt überdeutlich an mein Ohr. Plötzlich werde ich von unbändiger Wut gepackt. »Du Miststück!«, knurre ich, bevor Tiffani das Gartentor hinter sich zuschlägt und verschwindet.

»Tyler«, höre ich Moms Stimme jetzt laut und verständlich. »Sag mir bitte, dass ich mich verhört habe.« Ich werfe einen kurzen Blick zu ihr. Sie steht bei den Terrassentüren, Dave dicht an ihrer Seite. Sie sehen mich beide völlig bestürzt an. »Sag bitte, bitte, dass das nicht wahr ist.«

Ich bin nicht dazu in der Lage, ihnen in die Augen zu sehen, keinem von ihnen. Nicht Dave, nicht Mom, nicht Eden. Was müssen sie von mir denken? Ich schäme mich in Grund und Boden und bin wie gelähmt. Ich habe sie alle enttäuscht. Auf keinen Fall darf ich sie noch mehr verletzen, indem ich ihnen weitere Lügen auftische und alles abstreite. Sie haben es verdient, dass ich ehrlich zu ihnen bin. Das ist das Mindeste, was ich ihnen schulde, absolute Aufrichtigkeit. Ich senke den Kopf, blicke auf den Rasen und sage leise: »Ich wünschte, es wäre so.« Heiße Tränen schießen mir in die Augen.

Moms entsetztes Keuchen versetzt mir einen heftigen Stich, und so kneife ich die Augen noch fester zu. Es bricht mir das Herz, ihr das anzutun, aber im Grunde habe ich nie etwas anderes getan, als sie zu enttäuschen. Doch damit ist definitiv der Tiefpunkt erreicht. Sie wusste zwar, dass ich Gras rauche, aber das war für sie kein Weltuntergang, auch wenn sie es keineswegs gutheißen konnte. Das mit dem Koks ... Davon hatte sie keine Ahnung. Und erst recht nicht wusste sie, dass ich seit Wochen deale. Ich bin so tief gesunken wie noch nie in meinem Leben, und ich fühle mich, als wäre ich der schlechteste Sohn der Welt.

Schließlich zwinge ich mich, wieder aufzusehen und mich den Konsequenzen meines Handelns zu stellen. Als Erstes fällt mein Blick auf Eden. Sie starrt mich mit erschütterter Miene an, weshalb ich schnell wieder wegschaue. Ich ertrage ihren enttäuschten Blick nicht. Meine Schuldgefühle drohen mich förmlich zu ersticken. Jetzt sehe ich zu Mom, die ihr Gesicht an Daves Brust birgt und laut schluchzt. Er hält sie schweigend im Arm und tröstet sie, wirft mir dabei aber einen bitterbösen Blick zu.

»Mom«, sage ich mit erstickter Stimme, »wein doch nicht. Ich bin nicht abhängig oder so. Es ist nur ... es hilft mir einfach.« Es stimmt, es hilft mir wirklich. Nur so kann ich für eine Weile vergessen, was war.

Mom murmelt etwas, doch weil ihre Tränen und Daves

Hemd ihre Worte ersticken, kann ich sie nicht verstehen. Sie ist am Boden zerstört, und es ist alles meine Schuld. *Ich* habe ihr diesen unendlichen Schmerz zugefügt. Ich bin derjenige, der ihr immer wieder wehtut.

»Mom, bitte, beruhige dich«, sage ich sanft und gehe vorsichtig auf sie zu. Dave hält sie noch immer fest im Arm hält, also lege ich ihr eine Hand auf die Schulter. Sie muss mich ansehen und mir zuhören, wenn ich mich bei ihr entschuldige. Sie muss mir unbedingt vergeben.

Doch Mom schüttelt mich ab, hebt den Kopf und flüstert mit tränenerstickter Stimme: »Ich habe gesagt: Raus!«

»Was?«

»Verschwinde aus diesem Haus.«

Mir gefriert das Blut in den Adern. Wieder trifft es mich mit voller Wucht in die Magengrube. Ist das ihr Ernst … Sie wirft mich raus? Jetzt habe ich es wohl endgültig zu weit getrieben. Sie erträgt es offenbar nicht mehr und ist an einem Punkt angelangt, an dem es für sie nicht mehr weitergeht. Wenn ich mich doch nur mehr angestrengt hätte, wenn ich mich gebessert hätte, wäre es gar nicht erst so weit gekommen. Mein Herz zersplittert in Millionen Bruchstücke, die mich von innen heraus zerfetzen. »Meinst du das ernst?«, frage ich mit schwacher Stimme.

Mom löst sich aus Dads Armen und wendet sich mir zu. Sie sieht völlig fertig aus. »Bitte, Tyler«, sagt sie und bricht wieder in Tränen aus. Es tut weh, Mom weinen zu sehen, aber noch schlimmer ist für mich die Tatsache, dass ich die Ursache für all ihren Kummer bin. »Ich halte das alles nicht mehr aus.«

Ihre Worte machen mich sprachlos. Dave zieht Mom wieder an seine Brust und hält sie tröstend im Arm. Schockiert sehen Eden und ich uns an. Wie erstarrt steht sie da und beobachtet alles mit offenem Mund und großen Augen. Ob sie mich jetzt hasst? Verliere ich sie auch noch?

Es tut mir so unendlich leid. Ich habe alles ruiniert. Ich bin für alle eine Enttäuschung.

Von Schuldgefühlen überwältigt senke ich den Blick und starre in den Boden. Ich vergrabe die Hände in den Jeanstaschen und zwinge meine steifen Beine, sich in Bewegung zu setzen. Langsam gehe ich an Mom und Dave vorbei, verschwinde im Haus und flehe inständig, Mom möge mich doch noch am Gehen hindern und mir sagen, dass sie es nicht so gemeint hat. Dass ich nicht gehen muss. Ich will hören, dass sie mich trotz der vielen Fehler, die ich begangen habe, liebt.

Doch sie sagt keinen Ton mehr. Das war es dann also endgültig.

Bittere Galle steigt in mir hoch, als ich die Küche durchquere. Mein Kopf dreht sich, ich kann das alles gar nicht richtig verarbeiten, die Ereignisse haben sich förmlich überschlagen. Ich bin … ein verdammter Drogendealer, der gerade sein Dach über dem Kopf verloren hat, jetzt bin ich auch noch obdachlos, und meine Freundin ist schwanger. Ich bin offiziell an meinem absoluten Tiefpunkt angelangt. Wie soll es jetzt weitergehen? Keine Ahnung, was ich machen soll. Ich bin so was von am Ende. Wie soll ich bitte aus all dem wieder rauskommen? Wie soll ich mich davon je wieder erholen?

Ich verfalle in einen Laufschritt und stürze die Treppe hinauf, als ich Schritte hinter mir höre. Ohne mich umzusehen, weiß ich, dass es Eden ist. Sie ist die Einzige, die mir in dieser Scheißsituation noch folgen *würde*, aber ich wünschte trotzdem, es wäre nicht so. Ich weiß nicht, was ich ihr sagen soll. Welche Antworten ich ihr geben könnte.

Jamie und Chase stehen mit großen Augen oben an der Treppe und starren mich verwundert an, als ich an ihnen vorbeihaste. Haben sie alles mit angehört? Nicht einmal meinen Brüdern kann ich mehr unter die Augen treten. Am liebsten würde ich mich vor der Welt verkriechen und auf immer verschwinden. Wenn es nur so leicht wäre.

Eden folgt mir in mein Zimmer, und ich schließe die Tür hinter uns. Jetzt bin ich froh, dass sie hier ist. Es lässt mich hoffen, dass sie mich doch noch nicht ganz aufgegeben hat. Ich weiß aber, dass sie enttäuscht sein wird, deshalb wage ich es nicht, ihr in die Augen zu schauen. Außerdem beschäftigt mich Moms Aufforderung, das Haus zu verlassen, weil sie mich nicht länger unter ihrem Dach haben will, viel zu sehr.

Ich hole meine dunkelblaue Reisetasche aus dem Schrank und stopfe willkürlich Klamotten hinein, die mir in die Finger kommen. Ich bin zu keinem klaren Gedanken in der Lage. Wie betäubt wühle ich in meinem Schrank und hole einen Packen T-Shirts heraus. Gehe ich für immer? Lässt Mom mich je wieder zurückkommen? Ich weiß es nicht. Deshalb packe ich so viele Klamotten, wie ich in der einen Tasche unterbringe, nur für den Fall.

»Wo willst du hin?«, höre ich Eden mit belegter Stimme fragen. Als ich mir schließlich die Tasche über die Schulter hänge und den Kopf hebe, begegne ich ihrem sorgenvollen Blick. Sie sieht richtig fertig aus, ungefähr so, wie ich mich fühle. Selbst ihr ist klar, dass ich alles ruiniert habe. Wieder werde ich von meinen Schuldgefühlen überwältigt, deshalb wende ich mich hastig von ihr ab. Ich befürchte, wenn ich sie zu lange ansehe, breche ich zusammen. Ich ringe die ganze Zeit schon um Fassung, da darf ich jetzt nicht aufgeben.

»Ich habe keine Ahnung«, sage ich mit rauer Stimme. Meine Kehle ist staubtrocken. Tausende Gedanken schießen mir durch den Kopf, als ich ins Badezimmer gehe. Wo soll ich bloß hin? Ich bin doch noch nicht mal volljährig. Woher soll ich wissen, wie man sich allein durchschlägt? Ich bin völlig überfordert. »Zu Dean vielleicht. Keine Ahnung. In meinem Kopf ist nur Chaos.«

Es folgt ein Moment der Stille, dann höre ich Eden leise fragen: »Du hast angefangen zu dealen?«

Jetzt ist nicht der richtige Zeitpunkt, um noch irgendwas abzustreiten. Sie soll die Wahrheit hören, auch wenn es mir unendlich schwerfällt, sie zuzugeben. Mit beiden Händen halte ich mich am Waschbeckenrand fest und stoße die Luft aus. Ich stehe immer noch mit dem Rücken zu ihr. Seufzend lasse ich den Kopf hängen und starre auf die Bodenfliesen. »Erst vor Kurzem.«

»Warum?«, will sie wissen. Sie hat die Stimme zu einem Flüstern gesenkt. Es ist eine einfache Frage, aber sie lastet schwer auf mir. Ich kenne die Antwort im Grunde selbst nicht.

»Man rutscht da so leicht rein. So sauer wie Tiffani ist, zeigt sie mich garantiert an. Ganz bestimmt.«

»Ich kann nicht glauben, dass sie …«, sagt Eden leise, doch selbst sie schafft es nicht, es auszusprechen.

»Ich auch nicht.« Gerade als ich das Badezimmerschränkchen öffne, trifft mich die ganze Last der Situation mit voller Wucht. Es ist wirklich wahr. Tiffani ist schwanger. Ich … Wie soll ich jetzt schon Vater werden? Dazu bin ich überhaupt nicht in der richtigen psychischen Verfassung. Mein Dad war erst siebzehn, als ich auf die Welt kam. Und man sieht ja, wohin das geführt hat. Ich will nicht enden wie er. Ich packe das nicht. Wenigstens haben Mom und Dad sich aufrichtig geliebt, zumindest anfangs. Tiffani und ich dagegen, wir sind ein toxisches Gespann.

Ich glaube, ich muss mich übergeben. Blitzschnell beuge ich mich über die Kloschüssel. Würgend stütze ich mich an der Wand ab, doch es kommt nichts. »O Scheiße«, keuche ich.

»Ich weiß nicht, was ich sagen soll, Tyler«, räumt Eden ein und macht einen Schritt auf mich zu. Tröstend streicht sie mir über den Rücken, während ich über der Kloschüssel kauere und schwer atme. »Was bedeutet das für uns?«

»Was?«

»Für uns?«, wiederholt sie und schluckt. Als sie weiterspricht, tut sie dies langsam und bedächtig, als bewege sie sich auf sehr dünnem Eis. »Was wird aus uns? Und aus dir und Tiffani?«

Wieder würge ich, doch als nichts kommt, atme ich tief durch und richte mich auf. Mein Kopf dreht sich so schnell, dass mir schwindelig wird. Hoffentlich werde ich nicht bewusstlos. »Ich weiß es nicht«, sage ich und schaue Eden an. Sie ist voller Angst, genau wie ich. Doch im Moment kann ich nicht über meine Beziehung zu ihr nachdenken. Ich muss mit Tiffani sprechen. Und ich brauche einen Platz, an dem ich bleiben kann. »Ich muss das alles irgendwie auf die Reihe kriegen«, füge ich deshalb hinzu.

»Ich weiß es auch nicht«, antwortet sie mit hängenden Schultern und senkt den Kopf.

Ich gehe zurück zum Waschbecken und fange an, verschiedene Toilettenartikel in meiner Tasche zu verstauen. Ich muss schleunigst hier raus. Mom will es so.

»Nimm sie, bitte. Dann bist du nicht die ganze Zeit so down«, sagt Eden und deutet mit dem Kinn auf das Schränkchen. Sie hebt die Mundwinkel kaum merklich zu einem traurigen Lächeln.

Erst als ich ihrem Blick folge, wird mir bewusst, dass sie von meinen Antidepressiva redet. Die Fläschchen stehen immer noch im obersten Regalfach. Seit Tagen habe ich sie nicht mehr angerührt, ich muss schlucken. Ich nehme sie tatsächlich viel zu selten. Weil es da draußen ganz andere Drogen gibt, die mir besser helfen. Nur dass die nicht ganz legal sind. Ich glaube, so dringend wie in diesem Moment habe ich noch nie eine Line gebraucht, aber ich weigere mich, dem Drang nachzugeben. Ich darf nicht zulassen, dass mein Leben noch mehr aus den Fugen gerät, deshalb gebe ich Edens Bitte nach. Ich greife nach den Fläschchen und packe sie in meine Tasche. Zwar kann ich nicht garantieren, dass ich die Tabletten auch nehmen werde, aber ich will mich bemühen. Für sie, und auch für mich selbst.

Ich richte den Blick noch einmal auf Eden und sehe sie lange an. Sie ist das Mädchen, in das ich mich unsterblich verliebt habe. Nach allem, was sie eben über mich erfahren hat, steht sie jetzt vor mir. Ich muss ihr also immer noch etwas bedeuten, sosehr ich sie auch enttäuscht habe. Hätte ich ihr nur etwas Besseres bieten können. Sie ist zu gut für mich, ich habe sie nicht verdient.

Ich lege den Arm um sie und ziehe sie an mich. Mit zusammengekniffenen Augen lege ich mein Kinn auf ihren Scheitel und kämpfe gegen die Tränen an. Ihr Körper schmiegt sich so perfekt an meinen, ich verstehe gar nicht, warum wir uns noch nie einfach so umarmt haben. Es ist ein wunderbares Gefühl, jemanden zu umarmen und die Zuneigung des anderen in dieser innigen Berührung zu spüren. Sie birgt ihr Gesicht an meiner Brust und hat mir die Arme um mich geschlungen. Ein bisschen kommt es mir vor wie ein Abschied. Lange Zeit stehe ich nur da und halte sie fest, genieße die Wärme ihres Körpers und wünschte, ich müsste nie loslassen.

Dann drücke ich ihr meine Lippen auf die Stirn und flüstere: »Ich kriege das irgendwie hin.« Noch einmal umarme ich sie ganz fest, ehe ich mich von ihr löse. Ich will nicht gehen. Und ich wünschte, sie wüsste, wie leid mir das alles tut.

Ein letztes Mal nicke ich ihr zu, dann schiebe ich mich an ihr vorbei und gehe zur Tür. Es ist die reinste Folter, mich von ihr wegbewegen zu müssen. Wenn ich mich noch einmal zu ihr umsehe, breche ich zusammen. Deshalb halte ich den Kopf gesenkt und verlasse mit bebender Unterlippe das Zimmer.

»Das hoffe ich wirklich«, höre ich Eden noch flüstern, bevor sich meine Tränen schließlich doch Bahn brechen.

Kapitel 57

Fünf Jahre zuvor

Ich bin wie gelähmt, als mich diese Erkenntnis trifft, und eine Woge der Panik schwappt über mich hinweg, gefolgt von einem Gefühl absoluter Ruhe. Plötzlich verstummt alles in mir. Dad wird mir nicht mehr wehtun können. Alles hätte ein Ende. Keine Lügen mehr. Keine Ausflüchte. Keine Schmerzen. Und das … Das ist im Grunde alles, was ich will.

Augenblicklich regt sich in mir eine Hoffnung, ich sehne mich förmlich danach, dass alles vorbei ist, dass Dad noch härter zuschlägt, dass er mir die Hände um den Hals legt und zudrückt, dass er es ein für alle Mal zu Ende bringt. Und ich bin mittlerweile überzeugt, dass er es tun wird.

Ein tiefer innerer Frieden erfüllt mich bei dem Gedanken, nicht mehr hier zu sein. Denn dann bin ich in Sicherheit.

Ich hoffe, Mom kommt ohne mich zurecht. Ich liebe sie so sehr. Sie wird mir fehlen. Ich möchte nicht, dass sie allzu viel weint, weil ich es nicht mag, wenn sie traurig ist.

Und ich hoffe auch, Jamie und Chase vermissen mich nicht allzu sehr. Immerhin können sie die PlayStation 2 behalten. Sie werden es schon packen.

Und Dad … Ich hoffe, es tut ihm leid. Ich hoffe, er leidet für den Rest seines Lebens an seinen Schuldgefühlen, und ich hoffe, ihm wird bewusst, wie sehr ich die letzten vier Jahre gelitten habe. Es ist furchtbar. Dad, der Mensch, der mir so oft beteuert hat, dass er mich liebt, zu dem ich aufsehen sollte, der Mensch, der mich eigentlich beschützen sollte, bringt mich gerade eigenhändig um.

Ich treibe davon, hinein in die Dunkelheit und den Frieden, den sie mit sich bringt.

Ich lasse jetzt los.

Kapitel 58

Gegenwart

Mein Puls rast, als ich darauf warte, dass jemand die Tür aufmacht. Jede Sekunde, die verstreicht, kommt mir vor wie eine Ewigkeit. Es ist spät. Die Straßenlaternen tauchen den Asphalt hinter mir in ein warmes gelbes Licht. Der leichte Wind, der aufgekommen ist, streicht mir kühl über den Nacken. Ich senke den Kopf. Mit einer Hand halte ich den Gurt der Tasche fest, die ich mir über die Schulter gehängt habe.

Es war ein langer Tag. Noch bis vor Kurzem stand ich auf einem Parkplatz unten am Meer und habe stundenlang aufs Wasser hinausgestarrt. Dabei habe ich versucht, das Chaos meiner Gedanken zu sortieren. Es wäre so einfach gewesen … ein Anruf bei Declan Portwood hätte genügt. Von einem Moment zum nächsten wurde mein Leben komplett auf den Kopf gestellt, deshalb wollte ich einfach nur vergessen, und wenn es nur für ein paar Stunden wäre. Aber ich habe mich dem Drang widersetzt. Hab sogar Declans Nummer aus meinen Kontakten gelöscht. Ich wollte mich nicht von meiner Sucht beherrschen lassen. Stattdessen musste ich dringend die Frage klären, wo ich hinsollte. Ich habe überlegt, zu Dean zu fahren und zu fragen, ob ich bei ihm bleiben kann. Dort wäre ich sicherlich willkommen gewesen. Aber allmählich hat sich herauskristallisiert, dass ich nur zu einer Person gehen konnte, und deshalb stehe ich jetzt bei Tiffani vor dem Haus. Ganz gleich, wie groß die Spannungen sind, die zwischen uns bestehen, wir müssen reden. Wir haben uns zusammen in dieses Schlamassel hineinmanövriert, jetzt werde ich sie nicht damit allein lassen.

Plötzlich höre ich, wie die Tür mit einem leisen Klicken entriegelt wird. Langsam öffnet sie sich ein Stück weit. Ich hebe den Blick und sehe Tiffani, die mich durch den Spalt mustert. Langsam lässt sie die Luft entweichen.

»Tyler«, sagt sie tonlos.

»Tiff«, flüstere ich, während sie die Tür ganz aufzieht. Ich trete auf sie zu, lasse meine Tasche auf den Boden gleiten und falle ihr in die Arme. Sie erwidert die Umarmung und hält mich fest an sich gedrückt. Ich lasse den Kopf hängen, vergrabe mein Gesicht in ihrer Halsbeuge und greife mit einer Hand in ihre Haare. Um nicht auf der Stelle in Tränen auszubrechen, presse ich die Kiefer fest zusammen und kneife die Augen zu. Tyler Bruce existiert nicht mehr. Von jetzt an bin ich nur noch ich selbst, und es stört mich nicht, wenn Tiffani mich so niedergeschmettert sieht.

»Komm mit nach oben«, flüstert sie mir ins Ohr. »Da können wir reden.«

Ich nicke an ihrem Hals, bevor ich mich von ihr löse und sie mit einem aufmunternden Lächeln ihre Hand in meine schiebt. Sie führt mich durch den Flur auf die Marmortreppe zu, und ich schleppe mich mühsam hinauf in ihr Zimmer. Meine Energiereserven sind restlos aufgebraucht, ich habe keine Kraft mehr. Eigentlich bin ich mir noch nicht mal sicher, ob ich für diese Aussprache schon bereit bin. Das Thema ist immerhin äußerst heikel. Eine angespannte Stille senkt sich über den Raum, als wir eintreten. Mir wird richtig übel, je länger das Schweigen anhält, und ich habe keinerlei Vorstellung, wo ich anfangen soll. Es gibt so vieles zu besprechen … so vieles, worüber wir nachdenken müssen. Ich lasse Tiffanis Hand los, setze mich auf die Bettkante und falte die Hände zwischen den Knien. In Shorts und Tanktop steht sie mitten im Zimmer und zwirbelt sich nervös eine Haarsträhne um den Finger, aber ich schaffe es nicht, sie anzusehen, und senke den Blick.

»Meine Mom hat mich rausgeschmissen«, breche ich schließlich das Schweigen. Meine Augen sind immer noch verquollen von den vielen Tränen, die ich vergossen habe, jedes Blinzeln tut weh.

»Tut mir leid«, erklärt Tiffani, doch dann seufzt sie. Sie kommt auf das Bett zu und setzt sich neben mich, so dicht, dass unsere Oberschenkel sich berühren. »Wobei, leidtut es mir gar nicht«, korrigiert sie sich, und ich spüre, wie sie mich eindringlich von der Seite mustert. Doch ich kann immer noch nicht aufsehen und ihrem Blick begegnen. »Du … Du hast mich betrogen, Tyler.«

»Ich weiß«, seufze ich und schlucke. Ich glaube, ihr anfänglicher Ärger hat sich mittlerweile gelegt, denn im Augenblick klingt sie einfach nur zutiefst verletzt. Wieder einmal übermannen mich Schuldgefühle, und mir wird aufs Neue vor Augen geführt, wie falsch ich mich in allem verhalten habe. Ich hätte mich nicht von Tiffani kontrollieren lassen dürfen. Ich hätte die Sache mit ihr beenden sollen, egal, wie die Konsequenzen ausgesehen hätten. Dann hätte ich Tiffani gar nicht erst mit Eden betrügen müssen. Außerdem hätte ich nicht so egoistisch sein dürfen. »Es tut mir wirklich leid«, sage ich noch einmal, und die Entschuldigung ist aufrichtig. Endlich hebe ich den Blick zu ihr und sehe nun auch, wie niedergeschlagen sie ist. Da ist keine Spur mehr von dem fiesen Mädchen, das alle unter ihrer Fuchtel hat. Stattdessen sehe ich einen Menschen, dem man das Herz gebrochen hat. »Es ist nur … Da ist etwas zwischen Eden und mir«, gebe ich leise zu und knete nervös die Finger. »Ich kann es nicht ändern. Es war nicht meine Absicht, dir wehzutun, Tiffani.«

»Ich will nichts von deinen Ausreden hören«, erwidert sie und schüttelt langsam den Kopf. Sie presst die Hände an die Stirn, fährt sich mit den Fingern durch die Haare und seufzt schwer. »Wir müssen das hinter uns lassen, weil wir … uns um ein größeres Problem zu kümmern haben.«

»Bist du …« Ich bringe es nicht über die Lippen. Mir dreht sich der Magen um bei dem Gedanken, und ich schlage mir unwillkürlich die Hand vor den Mund. »Bist du wirklich …?«

Tiffani lässt die Hände sinken und sieht mich unverwandt an. Ich hebe ebenfalls den Kopf und fange ihren Blick ein. Ihre Miene verzerrt sich, sie beißt sich auf die Unterlippe, und ihr schießen aufs Neue Tränen in die Augen. »Ich wollte den richtigen Zeitpunkt abpassen, um es dir zu sagen«, flüstert sie, und für mich ist es fast so, als hätte ich gerade erst von den Neuigkeiten erfahren. Alles in mir kommt zum Stillstand.

»Aber wie konnte das passieren?«, bricht es aus mir hervor. Ich drehe mich zu ihr um und schüttle ungläubig den Kopf. Es kann nicht sein, wir haben aufgepasst. Wir waren immer äußerst vorsichtig. »Du nimmst doch die Pille.«

»Ich befürchte, ich hab sie ein paarmal vergessen«, räumt Tiffani ein. Ihre Worte überschlagen sich, als wäre sie von plötzlicher Panik ergriffen. Ruckartig steht sie auf, fährt sich mit den Händen in die Haare und fängt an, nervös vor mir auf und ab zu laufen. »Ich hab höllische Angst«, gibt sie zu und bricht schlagartig in Tränen aus.

»Schon gut«, beeile ich mich sie zu trösten. Ich stehe auf, greife behutsam nach ihren Handgelenken und ziehe ihre Hände von ihrem Gesicht. Ohne sie loszulassen, senke ich den Kopf, um auf Augenhöhe mit ihr zu sein. »Schon gut«, sage ich wieder, diesmal mit festerer Stimme. Wir stehen beide unter großer Anspannung und sind die reinsten Nervenbündel. Keiner von uns hat auch nur die leiseste Ahnung, wie es weitergehen soll. Aber ich lasse mir nicht anmerken, dass ich mindestens so eine Scheißangst habe wie sie. »Wir finden eine Lösung. Nicht du, nicht ich, *wir*«, sprudelt es aus mir heraus. »Okay?«

Mit tränenüberströmtem Gesicht nickt sie mir einmal

kurz zu. Dann ziehe ich sie an mich, berge ihren Kopf an meiner Brust und vergrabe mein Gesicht in ihren Haaren. Wir müssen unseren Streit beilegen. Wir haben einander verletzt, darin stehen wir uns in nichts nach. Doch damit können wir uns jetzt nicht länger aufhalten. Wir müssen nach vorne schauen, uns wie Erwachsene benehmen und mit dem ganzen Blödsinn aufhören. Wir sollten uns darauf konzentrieren, das Richtige zu tun.

»Wir müssen zusammenbleiben, Tyler«, schnieft Tiffani an meiner Brust.

»Ich weiß«, flüstere ich in ihr Haar, doch die harte Realität der Situation lastet schwer auf mir. Mein sehnlichster Wunsch ist es, mit Eden zusammen zu sein, aber es war vorher schon kompliziert genug. Jetzt ist es nahezu unmöglich. Ich muss bei Tiffani bleiben. Ich kann sie in dieser Situation nicht sitzenlassen.

Tiffani lehnt sich leicht zurück, sodass meine Arme nur noch locker auf ihren Schultern liegen. Sie wischt sich mit dem Handrücken über die Augen, dann sieht sie mich fest an. »Nun gut. Ich werde dir verzeihen«, sagt sie nach einer Weile. Ihre Stimme klingt nun völlig ruhig und gefasst. »Aber nur, weil es nicht anders geht.«

»Und ich vergebe dir.«

Sie zieht die Brauen zusammen und mustert mich abschätzig. »Wegen was denn?«

»Weil du meiner Mom die Wahrheit gesagt hast«, sage ich. Tiffani braucht nicht die Unschuldige zu spielen. Noch heute Morgen hat sie gedroht, mir das Leben zu ruinieren. Und sie hat ihr Ziel erreicht. Doch ich darf ihr keine Vorhaltungen deswegen machen. Die Zeit der Spielchen ist vorbei. Wir müssen verantwortlich handeln, wie zwei erwachsene Menschen. »Kann ich … Kann ich bei dir übernachten?«

»Tyler …«, sagt sie verunsichert und kaut auf ihrer Unterlippe. Sie schüttelt meine Arme ab und weicht einige Schritte vor mir zurück. »Meine Mom würde ausrasten. Du weißt doch, wie sie ist.«

»Bitte«, flehe ich sie an und greife nach ihrem Ellbogen. Ich ziehe sie wieder zu mir heran, bis ihre Brust die meine berührt. »Ich kann sonst nirgends hin. Nur für ein paar Nächte, bis ich mich mit meiner Mom ausgesprochen habe. Bitte, Tiffani«, dränge ich mit leiser, brüchiger Stimme.

Tiffani sieht mir prüfend in die Augen. Ich weiß nicht, wonach sie darin sucht, aber sie muss es gefunden haben, da sie schließlich ergeben seufzt und mir knapp zunickt. »Okay, aber meine Mom bringt uns garantiert beide um.«

Ich bin unendlich erleichtert. Jetzt kann ich mich für ein paar Tage hier verkriechen, bis Mom in Ruhe über alles nachdenken konnte. Sie hat mich in einem Anfall von Wut vor die Tür gesetzt, deshalb bleibt mir die Hoffnung, dass sie ihre Entscheidung in einigen Tagen bereut. »Hast du es ihr schon gesagt?«, frage ich und setze mich wieder auf die Bettkante. Tiffanis Mom hasst mich auch so schon wie die Pest. Ich will mir gar nicht ausmalen, wie sie mich verachten wird, nachdem ich ihre Tochter geschwängert habe.

»Nein, noch nicht«, wehrt Tiffani ab und schüttelt hastig den Kopf. Sie setzt sich auf meinen Schoß, schlingt mir die Arme um den Hals und streicht mit ihren Fingern durch meine Nackenhaare. »Das ist jetzt erst mal unser Geheimnis, okay?«, murmelt sie und sucht meinen Blick. Sie ist mir so nah, ihr Mund nur wenige Zentimeter von meinem entfernt, und mit einem Mal spüre ich, wie ich mich unwillkürlich versteife. Ihr Mienenspiel verändert sich, und langsam legt sich ein Ausdruck über ihre Züge, der mir nur allzu vertraut ist. Ich sehe Selbstzufriedenheit. Und mit einem Schlag wird mir klar, dass sie nichts von ihrer manipulativen Art verloren hat. Und sie weiß genau, dass sie alles unter Kontrolle hat. »Tja, Eden weiß es jetzt wohl auch«, sage ich mit einem kaum merklichen Schulterzucken.

Sie schiebt die Unterlippe vor, nimmt mein Gesicht in beide Hände und hebt mein Kinn leicht an, damit ich ihr direkt in die Augen sehen muss. »Aber sie scheint gut Geheimnisse für sich bewahren zu können, deshalb glaube ich nicht, dass wir uns ihretwegen Sorgen machen müssen«, murmelt sie, und dann küsst sie mich.

Nur dass ihre Lippen auf meinen nicht ausreichen, um mich von dem Gift in ihrer Stimme abzulenken.

Kapitel 59

Fünf Jahre zuvor

Der erste Gedanke, der mir durch den Kopf geht, als ich ganz langsam ein Auge aufschlage, ist, dass der Himmel dem echten Leben doch sehr ähnlich ist.

Ich rieche Desinfektionsmittel und Kaffee. Vier Paar weit aufgerissener Augen sind auf mich gerichtet. Mein Körper fühlt sich an wie zerschmettert, als wäre ich aus großer Höhe gefallen. Ich liege in einem Krankenhauszimmer, im Rücken dicke Kissen, die mich stützen, einen Becher Wasser auf dem kleinen Rollschränkchen neben meinem Bett. Zwei der vier Paar Augen gehören Polizeibeamten. Die anderen beiden sind die von einem Mann und einer Frau in Anzügen. Sie stehen an der Tür und betrachten mich mit betrübten Mienen.

Mein rechtes Auge will sich nicht öffnen lassen. Mein linkes schweift langsam zurück zu den Polizeibeamten. Einer sitzt auf einem Stuhl in der Ecke, der andere steht neben ihm. Ich brauche eine Minute, bis ich den Mann auf dem Stuhl erkenne. Es ist der Officer von letzter Woche. Der mich auf der Straße aufgesammelt hat. Der so nett zu mir war. Officer Gonzalez.

Mit einem behutsamen »Tyler« bricht er die Stille. Es ist eng und stickig in dem kleinen Krankenzimmer. Ich weiß nicht, was hier los ist, und mir dreht sich der Kopf. Ich versuche, mich ganz auf Officer Gonzalez zu konzentrieren. »Erinnerst du dich an mich? Von vergangener Woche?« Ich bringe nicht einmal ansatzweise ein Nicken zustande. Ich bin wie gelähmt, unfähig, irgendetwas um mich herum zu verarbeiten. Officer Gonzalez zeigt auf den zweiten Polizisten. »Das ist Officer Johnson. Und ich möchte dir auch Paul und Janice vorstellen«, sagt er und deutet mit dem Kinn auf den Mann und die Frau an der Tür. »Sie kommen vom Jugendamt und werden sich um dich kümmern.«

Ich versuche, die Lippen zu öffnen, um etwas zu sagen, aber mein gesamtes Gesicht pulsiert vor Schmerz. Mein Hals ist staubtrocken, ich bringe kein Wort heraus. Abgesehen davon weiß ich ohnehin nicht, was ich sagen soll. Ich senke den Blick auf meine Arme und stelle fest, dass sie grün und blau sind. Eine meiner Hände ist einbandagiert. Vorsichtig hebe ich die andere Hand an die Stirn. Auch um den Kopf trage ich einen Verband.

»Bitte, geben Sie uns eine Minute«, höre ich Officer Gonzalez murmeln, dann sind Schritte zu hören, die Tür wird geöffnet, dann wieder geschlossen. Ich hebe den Kopf und begegne seinem Blick. Jetzt sind nur noch wir beide im Zimmer. Er steht auf, packt mit beiden Händen die Rückenlehne des Stuhls und stellt ihn neben mein Bett, um sich zu mir zu setzen. Er lässt den Kopf hängen und birgt seufzend das Gesicht in den Händen. »Tyler«, murmelt er, aber seine Stimme bricht. Er nimmt die Hände herunter, hebt den Kopf und sieht mich mit sorgenvoller Miene an. In seinen warmen braunen Augen schimmern Tränen. »Es tut mir so leid. Ich hätte … Ich hätte es ahnen sollen.«

»W-was … was ist passiert?«, bringe ich endlich mühsam über die Lippen. Die Worte zerreißen mir die Kehle, aber ich schaffe es nicht, nach dem Wasser zu greifen und einen Schluck zu trinken. Ich bin so erschöpft und antriebslos.

Officer Gonzalez starrt kopfschüttelnd auf den Boden, und für einen kurzen Moment kneift er die Augen zu. Als er mich wieder ansieht, bebt seine Unterlippe, doch in seinen Augenwinkeln bilden sich kleine Fältchen, weil er versucht zu lächeln. »Dein Bruder Jamie«, sagt er. »Du kannst von Glück sagen, dass er da war, sonst wärst du vielleicht nicht mehr am Leben. Er hat uns angerufen. Wir sind gerade noch rechtzeitig eingetroffen.« Er faltet die Hände zwischen den Knien und schweigt eine Weile. Dann holt er langsam Luft und sieht mich wieder an. »Dein Vater wurde festgenommen, Tyler«, erklärt er, und das Gewicht der ganzen Welt legt sich auf meine Schultern.

Er weiß es. Sie alle wissen Bescheid. Das Geheimnis, das ich die letzten vier Jahre für mich behalten habe, ist ans Licht gekommen. Sie wissen das mit Dad und wozu er imstande ist. Und er … er wurde verhaftet? Es ist also vorbei? Es ist wirklich und wahrhaftig vorbei!

»Und ich …«, fängt Officer Gonzalez an, doch die Worte bleiben ihm im Hals stecken. Er hebt die Hand und wischt sich mit der Kuppe des Daumens eine Träne von der Wange, dann rutscht er auf dem Stuhl ganz nach vorn und sieht mich eindringlich an. »Tyler, ich schwöre dir hoch und heilig, dass er dir nie wieder wehtun wird. Das garantiere ich dir höchstpersönlich. Von jetzt an geschieht dir kein Leid mehr, alles wird gut.«

»Sicher?«, flüstere ich. Für mein Empfinden sieht es nicht so an, als wäre alles gut. Im Gegenteil, alles um mich herum fällt auseinander. Ich war ja davon überzeugt, dass alles bald ein Ende haben würde, aber ich dachte nicht, dass ich selbst es noch miterleben würde.

»Ganz sicher«, bestätigt Officer Gonzalez mit einem festen Nicken. Er streckt mir die Hand entgegen, aber er weiß, dass ich nicht danach greifen und sie schütteln kann, deshalb tätschelt er behutsam die Bandage an meiner Hand und hebt die Mundwinkel zu einem kleinen Lächeln. Es wirkt traurig und betroffen, aber auch Hoffnung und Zuversicht sind darin zu erkennen. In dem Moment beschließe ich, ihm zu glauben.

Alles wird gut. Niemand wird mich je wieder verletzen.

Die Stille wird jäh unterbrochen, als die Tür aufgestoßen wird und Mom ins Zimmer gestürmt kommt, dicht gefolgt von Officer Johnson. Der Polizist versucht noch, sie am Ellbogen zurückzuhalten, aber sie eilt bereits mit klappernden Absätzen ins Zimmer. Als ihr Blick auf mich fällt, bleibt sie wie angewurzelt stehen. Entsetzen macht sich auf ihrer Miene breit, und sie keucht erschrocken auf. Hastig schlägt sie sich die Hand vor den Mund, um ein Schluchzen zu unterdrücken.

Ich muss mich gar nicht erst im Spiegel anschauen, ich weiß auch so, dass ich grauenvoll aussehen muss. Die höllischen Schmerzen sagen alles.

»Was ist passiert?!«, schreit Mom, drängt sich an Officer Gonzalez vorbei und stürzt zu mir ans Bett. Sie will nach meiner Hand greifen, hält aber inne, als sie sieht, wie schlimm ich zugerichtet bin. Schlagartig bricht sie in Tränen aus, während sie heftig den Kopf schüttelt, die Hand wieder vor dem Mund. Sie kommt direkt von der Arbeit, das erkenne ich an ihrer Kleidung, sie trägt Rock und Bluse. Einige Haarsträhnen haben sich allerdings aus ihrer Frisur gelöst und hängen ihr wirr ins Gesicht. Es bricht mir das Herz, sie weinen zu sehen. Ich will, dass sie aufhört, und ich will ihr sagen, dass jetzt alles gut ist; es ist vorbei. Ich bin in Sicherheit. Sie braucht nicht zu weinen.

»Ella«, sagt Officer Gonzalez sanft und erhebt sich von seinem Stuhl, »können wir uns draußen unterhalten?« Er schiebt sich zwischen Mom und mich und legt ihr die Hand besänftigend auf die Schulter. Er senkt die Stimme und beugt sich zu ihr hinunter, aber ich verstehe trotzdem, was er ihr zuraunt. »Nicht vor Tyler. Bitte.«

Sie schluchzt immer noch, als er sie hinaus auf den Flur führt. Officer Johnson begleitet die beiden. Stattdessen betreten Paul und Janice das Krankenzimmer und schließen die

Tür hinter sich, ohne mich aus den Augen zu lassen. Stille macht sich wieder breit.

Ich schließe mein eines Auge und kehre in die Dunkelheit zurück. Ob sie Mom die Wahrheit erzählen? Werden sie ihr das Herz brechen? Ich weiß nicht, ob ich das ertrage. Ich warte, lausche, starre in die Dunkelheit hinein. Mein Herz schlägt schleppend und schwer in meiner Brust, meine Atmung ist sogar noch langsamer.

Und dann höre ich es: Moms verzweifelte Aufschreie. Ihr lautes Schluchzen hallt durch die Gänge, wird immer lauter, und ist durchsetzt von Leid, das sie eigentlich nie hätte durchmachen sollen. Sie schreit, dann höre ich ein ersticktes Schluchzen; es erfüllt die Luft um mich herum, sodass ich kaum mehr atmen kann.

Ich wollte nie, dass sie meinetwegen solchen Kummer hat. Tränenüberströmt stürzt Mom wieder ins Zimmer, gefolgt von Officer Gonzalez und Officer Johnson. Ich bringe es nicht über mich, einen von ihnen anzusehen. Stattdessen konzentriere ich mich ganz auf Mom. Heiße Tränen strömen ihr über die Wangen, sie hat die Hände an ihre Brust gepresst, als müsse sie ihr Herz daran hindern, dass es in tausend Stücke zerspringt. Ich begegne ihrem wilden, schmerzerfüllten Blick, der augenblicklich in mir selbst etwas zerbrechen lässt. Es ist ein Gefühl, als kämen die vier Jahre Angst nun endlich zu einem Ende, die anschließende Erleichterung ist überwältigend, und ich breche ebenfalls in Tränen aus.

»Mom«, flüstere ich. Ich will, dass sie mich in die Arme nimmt, mich fest an sich drückt und mir verspricht, dass alles gut wird. Dass sie mich beschützen wird. Dass Dad mich nie wieder verletzen wird.

»Tyler«, schluchzt sie und schüttelt hastig den Kopf, als könnte sie nicht glauben, dass das alles wirklich passiert. Sie streckt die Arme aus und will mich an sich ziehen, doch Janice tritt dazwischen und hält eine Hand hoch, um sie daran zu hindern. »Bitte, Mrs. Grayson, er hat große Schmerzen. Bitte berühren Sie ihn n…«

»Lassen Sie sie«, befiehlt Officer Gonzalez, und ich kann nicht verstehen, was er als Nächstes sagt, aber plötzlich verlassen sie alle vier den Raum. Die Officer und die Leute vom Jugendamt. Sie sind weg, Mom und ich bleiben alleine zurück.

Noch bevor die Tür hinter ihnen ins Schloss gefallen ist, sinkt Mom neben meinem Bett auf die Knie. Ihre Lippen beben, Wimperntusche läuft ihr über die Wangen, und ihre tränennassen Augen sind geschwollen und blutunterlaufen, als sie mich ansieht. »Ich bin hier, mein Schatz, ich bin jetzt hier«, weint sie und greift behutsam nach meiner Hand. Dann lässt sie den Kopf auf unsere ineinander verschränkten Finger sinken, sodass meine Haut von ihren Tränen nass wird. Sie wird von heftigem Schluchzen geschüttelt, ihr Atem geht schnell und stoßweise. Ich wünschte, ich könnte ihr etwas von dem Schmerz nehmen, genauso wie sie sich wünscht, mir meinen nehmen zu können.

Ich schließe meine Hand fest um ihre.

Alles ist gut. Jetzt ist sie hier.

Kapitel 60

Gegenwart

Fünf Tage später, es ist inzwischen Freitag, habe ich immer noch nichts von Mom gehört. Insgeheim hatte ich auf einen Anruf von ihr gehofft, oder zumindest hätte ich erwartet, dass sie mir eine SMS schicken würde. Aber sie hat sich kein einziges Mal bei mir gemeldet, um zu hören, wie es mir geht. Weiß sie überhaupt, wo ich bin? Sie ist bestimmt immer noch wütend auf mich. Allerdings sieht es Mom überhaupt nicht ähnlich, dass sie mich komplett ignoriert; sonst ist sie immer um mich besorgt und vergewissert sich, ob alles in Ordnung ist. Egal, ob wir uns streiten oder nicht, sie gibt mir stets das Gefühl, dass sie für mich da ist, ganz gleich unter welchen Umständen. Wenn sie bis Sonntag nicht angerufen hat, melde ich mich bei ihr. Dann versuche ich, mit ihr zu reden.

Auch von Eden habe ich in den ersten Tagen rein gar nichts gehört. Aber sie hat jedes Recht, sauer auf mich zu sein, also hatte ich schon erwartet, dass sie mich mit Schweigen strafen würde. Deshalb war ich am Mittwoch auch ziemlich überrascht, als ich ihren Namen auf dem Display meines Handys aufleuchten sah. Es war eine einfache Nachricht: Ob alles in Ordnung sei. Aber obwohl ich die Antwort darauf kannte, wollte ich ihr gegenüber keinesfalls zugeben, dass nichts in Ordnung war. Also blieb ich ihr eine Antwort schuldig, und auch auf ihre anderen Nachrichten habe ich mit keinem Wort reagiert. Gestern hat sie mich gefragt, ob wir uns in der *Refinery* auf einen Kaffee treffen könnten, und hat sich ganz beiläufig erkundigt, ob ich bei Dean untergekommen wäre. Außerdem hat sie mir geraten, mich von Declan fernzuhalten. Zuletzt wollte sie wissen, ob ich mich überhaupt noch erinnern könne, was vergangene Woche zwischen uns passiert sei. Ich konnte ihr trotzdem nicht antworten.

Natürlich erinnere ich mich an das, was am Samstag geschehen ist. Die ganze Woche konnte ich kaum an etwas anderes denken. Meine Gedanken kreisen im Grunde nur um *sie*. Ich wünschte, es wäre anders gelaufen. Noch vor einer Woche sah es so aus, als würde sich endlich alles zum Guten wenden. Ich wollte alles in Ordnung bringen, und ich war überzeugt, dass ich mit ihr zusammen sein will und mit niemandem sonst. Doch jetzt scheine ich alles verloren zu haben. Von einer Sekunde zur nächsten hat mein Leben einen völlig neuen Weg eingeschlagen, und ich weiß nicht, wie Eden in dieses Chaos noch reinpassen soll.

»Das war also kein Spaß, als du gesagt hast, dass es kein Bier mehr gibt, oder?«, höre ich Jake über das Prasseln des Regens draußen vor dem Fenster murmeln. Ich hebe den Blick und sehe ihn an. Er fläzt auf der anderen Couch und hat sich auf den Ellbogen gestützt. Offenbar redet er nicht mit mir, sondern mit Tiffani.

Sie hat ein paar Freunde zu sich nach Hause eingeladen, aber bislang ist es eine ziemlich seltsame Veranstaltung. Vielleicht liegt es daran, dass außer Dean und Jake noch niemand aufgetaucht ist. Meghan hat Hausarrest, Rachael hat sich nicht gemeldet, und Eden ist verständlicherweise nicht eingeladen. Draußen gießt es in Strömen, was die allgemeine Stimmung nicht gerade hebt. Endlos fällt der Regen aus einem bleigrauen Himmel.

»Warum können wir nicht zur Abwechslung mal zusammen abhängen, ohne uns zu betrinken?«, wirft Tiffani in die

Runde. Ich spüre buchstäblich ihr übertriebenes Augenrollen. Sie hockt im Schneidersitz neben mir auf dem Sofa, den Kopf an meinen Oberarm gebettet, die Hand auf meinen Oberschenkel gelegt. Sie wirft Jake die Fernbedienung rüber und trifft ihn damit beinahe am Kopf. »Such mal was Gutes aus.«

Mein Blick schweift zu Dean, der mich bereits mit gerunzelten Augenbrauen ansieht, wie ich feststelle. Er sitzt aufrecht am anderen Ende des Sofas, auf dem Jake liegt, wirkt aber sichtlich unbehaglich. Er wirft einen vielsagenden Blick auf Tiffanis Hand, die immer noch auf meinem Schenkel liegt, dann schüttelt er missbilligend den Kopf.

»Kann irgendwer Rachael schreiben und fragen, wo zum Teufel sie bleibt?«, fragt Tiffani, dann richtet sie sich seufzend auf, stemmt sich vom Sofa hoch und steht auf. »Ich hol uns mal was zu essen«, teilt sie uns über die Schulter mit und geht rüber in die Küche.

Kaum ist sie außer Hörweite, nutzt Dean die Gelegenheit und stellt mir die Frage, die ihm offenbar schon die ganze Zeit unter den Nägeln brennt. »Sag mal … ihr habt doch Schluss gemacht, oder?«, erkundigt er sich und zieht skeptisch die Augenbraue hoch. »Weil es nämlich überhaupt nicht danach aussieht.«

»Na ja, nicht richtig«, gebe ich zu. Im Grunde bin ich mir selbst nicht darüber im Klaren, *was* das zwischen Tiffani und mir momentan sein soll, aber wir sind auf keinen Fall offiziell wieder zusammen oder so. Ich sinke zurück in die Kissen und beäuge Dean misstrauisch. »Von wem hast du das gehört?«

»Was denkst du denn? Von Rachael natürlich«, gibt Dean zurück, aber da hätte ich eigentlich selbst draufkommen können. Tiffani war gestern Abend mit Rachael zusammen, sie sind beste Freundinnen. Natürlich hat sie Rachael auf den neuesten Stand gebracht, immerhin ist einiges passiert seit letzter Woche … Ob sie ihr auch verraten hat, dass ich für

Declan Portwood deale? Hat sie ihr von meinem Verhältnis mit Eden erzählt? Dass ich zu Hause rausgeflogen bin? Dass Tiffani schwanger ist? Wissen unsere Freunde über *alles* Bescheid?

Schlagartig richte ich mich auf und sehe Dean mit zusammengekniffenen Augen an. »Was hast du sonst noch gehört?«, frage ich mit einem drohenden Unterton in der Stimme. Ich habe zu viele Geheimnisse, die möchte ich gerne weiter für mich behalten.

»Gott, was hast du eigentlich für ein Problem«, wirft Jake ein, der sich gerade durch sämtliche Kanäle zappt. Er sieht mich dabei noch nicht einmal an, hofft aber bestimmt, dass die Provokation ausreichen wird, damit ich ausraste. Er liebt es, wenn ich mich vor allen zum Gespött mache. »Wir haben gehört, dass mit Tiffani Schluss ist. Aber danach sieht es für mich nicht aus. Du wohnst ja praktisch hier. Ihr zwei seid also offensichtlich doch noch ein Paar. Ein echter Schocker!«, keucht er theatralisch. Er legt die Fernbedienung auf den Tisch und wendet mir endlich doch sein Gesicht zu. »Das ist alles«, sagt er, und seine Worte erfüllen mich mit grenzenloser Erleichterung, auch wenn er selbst davon nichts ahnt. Sie haben also keine Ahnung, dass noch viel mehr dahintersteckt als das.

Da Tiffani aus der Küche gut gelaunt meinen Namen ruft, spare ich mir eine Antwort und gehe zu ihr. Sie füllt gerade Tortillachips in eine Schüssel, während man in der Mikrowelle Popcorn platzen hört. Ich lehne mich gegen die Arbeitsplatte, verschränke die Arme und mustere Tiffani von der Seite. Sie hat ein Lächeln auf den Lippen, das mir viel zu übertrieben fröhlich vorkommt, es ist total gezwungen und falsch, das sehe ich auf den ersten Blick. Manchmal frage ich mich ernsthaft, ob sie von uns beiden nicht vielleicht doch das größere Schauspieltalent ist. Wie kann sie so ruhig und gelassen bleiben? Wie kann sie so tun, als hätten wir alles bestens im Griff? Die ganze Woche schon bin ich ein nervöses Wrack und kann kaum schlafen, und jedes Mal, wenn mir unsere Situation von Neuem bewusst wird, wird mir kotzübel. Wie kann sie so tun, als wäre alles in bester Ordnung?

Als die Mikrowelle anfängt zu piepen, wirbelt sie herum und holt die Schüssel mit dem fertigen Popcorn heraus. Allerdings verbrennt sie sich die Finger daran und lässt sie mit einem lauten Auflachen auf die Küchentheke fallen. Danach sieht sie mich unter ihren langen Wimpern hervor an und wird total verlegen. Ich verstehe dieses ganze Theater nicht, reiße mich aber zusammen und hebe die Mundwinkel zu einem Lächeln. Ich lege sogar meine Hand auf ihre.

»Rachael!«, schreit sie plötzlich, als ihr Blick über meine Schulter zur Tür schweift. Sie schnappt sich das Popcorn und schiebt mich aus dem Weg. Entnervt kneife ich mir in die Nasenwurzel, schließe die Augen und atme tief ein. Doch dann höre ich Tiffany fragen: »Eden?«

Blitzartig drehe ich mich um, und mein Puls schnellt in die Höhe … Tatsächlich, da ist sie. Sie steht neben Rachael in der Tür. Es ist das erste Mal seit Sonntag, dass wir uns sehen.

»Hat ja ganz schön lange gedauert, bis du uns bemerkt hast«, beschwert sich Rachael scherzhaft und geht Richtung Treppe.

»Tut mir leid«, meint Tiffani, doch nun hat sich Schärfe in ihre Stimme geschlichen. Auch mit ihrem Verhalten geht eine Veränderung vor. Wie versteinert steht sie neben mir und rührt sich keinen Millimeter, während sie Eden anstarrt.

Doch Eden hat nur Augen für mich. Als sich unsere Blicke begegnen, habe ich das Gefühl, mich aufs Neue in ihre wunderschönen hellbraunen Augen zu verlieben. Gott, wie sehr ich sie vermisse. Doch was macht sie überhaupt hier? Sie wirkt beklommen, ich sehe ihrem perfekten Gesicht an, dass sie sich nicht wohlfühlt. Habe ich das, was zwischen uns war, ruiniert? Empfindet sie noch etwas für mich? Am liebsten würde ich auf sie zustürzen, sie in die Arme schließen und ihr sagen, dass es mir leidtut. Dass ich mit ihr zusammen sein möchte und dass ich sie liebe.

Rachael steht an der Treppe und räuspert sich. »Tiffani, können wir dich einen Moment sprechen?«

»Klar«, sagt Tiffani und stellt das Popcorn mit einem Knall zurück auf die Theke. Sie hat die Augen inzwischen zu schmalen Schlitzen verengt, und ihr Ton ist bitter. Ohne ein Wort lässt sie mich stehen und stürmt dann an Rachael vorbei die Treppe hoch.

Ich habe nicht die leiseste Ahnung, was hier abgeht, aber ich muss dringend mit Eden reden. Ich zwinge meine Beine, sich in Bewegung zu setzen, und gehe auf sie zu, obwohl ich nicht einmal weiß, was ich überhaupt zu ihr sagen soll. Ich spüre, dass Dean uns neugierig beobachtet, und als ich mich ihr nähere, ist mein Magen wie zugeschnürt. Unvermittelt rennt sie hinter Tiffani und Rachael her in Richtung Treppe, aber ich bin schneller und packe sie am Ellbogen, um sie zurückzuhalten. Entschlossen trete ich vor sie hin und bringe meine Lippen dicht an ihr Ohr.

»Was machst du hier?«, flüstere ich kaum hörbar. Ich weiß, dass Eden ziemlich unerschrocken sein kann, aber sie hat wirklich Nerven, einfach so hier aufzukreuzen. Tiffani könnte ihr, wenn sie wollte, das Leben zur Hölle machen und alle gegen sie aufhetzen.

»Das Gleiche könnte ich dich fragen«, sagt Eden. In ihrer Stimme liegt ein scharfer Unterton. Sie schüttelt meine Hand ab und weicht einen Schritt zurück, um mich mit festem Blick zu fixieren. Sie ist wütend, aber auch enttäuscht. Und allem voran ist sie verletzt.

Ich weiß genau, wonach das hier aussieht. Aber ich habe mich nicht wieder von Tiffani um den Finger wickeln lassen. Ich habe kein Fünkchen Interesse mehr an einer Beziehung mit ihr. Ich bin nur hier, weil ich keine Wahl habe, weil ich sie nicht einfach sitzenlassen kann, wo sie mich so dringend braucht. Das brächte ich nicht übers Herz. Ich mache mir in meinem Leben nur selten Gedanken wegen irgendwas, aber wenn es im Bereich des Möglichen ist, will ich das Richtige tun. Dad hat in seinem Leben viel zu viele Fehler begangen, und er hat nie versucht, sie wiedergutzumachen. Auf keinen Fall will ich sein wie er.

Ich weiß nicht, was ich sagen soll, zumindest nicht jetzt, nicht hier. Deshalb wende ich mich ab und gehe zu Dean und Jake. Ich höre Rachael von oben Edens Namen rufen, und als ich kurz danach einen Blick über die Schulter werfe, sehe ich, dass Eden verschwunden ist. Schwer seufzend lasse ich mich auf die Couch fallen und fahre mir mit den Händen durch die Haare.

»Was ist los?«, will Dean wissen, und ich bin froh, dass ich nicht der Einzige bin, der nicht weiß, was hier vor sich geht.

Warum ist Eden hier? Wieso ist sie mit Tiffani und Rachael oben? Worüber reden sie, verdammt noch mal? Meine Gedanken rasen, ich bin kurz vor dem Durchdrehen. Läuft hier noch was ganz anderes? Etwas, wovon ich nicht die leiseste Ahnung habe?

Mein Blick klebt am Fernseher, aber in Gedanken bin ich ganz woanders. Mein Herz klopft wie wild. Am liebsten würde ich auf der Stelle nach oben stürmen und mir selbst ein Bild machen, was da vor sich geht. Aber ich reiße mich zusammen und zwinge mich, ruhig sitzen zu bleiben. Bestimmt interpretiere ich viel zu viel hinein und mache mir wegen nichts und wieder nichts Gedanken. Aber ich komme nicht dagegen an, dass mir in Dauerschleife die immer gleichen Fragen durch den Kopf schießen. Meine Nerven gehen langsam mit mir durch, ich kann gar nicht mehr ruhig sitzen.

»Tyler«, höre ich Eden nach einer Weile rufen. Ich mache den Hals lang, um mich über die Sofalehne nach ihr umzusehen – sie ist die Treppe schon fast heruntergelaufen und wird dabei immer schneller. »Ich muss mit dir reden. Jetzt. In der Küche«, sprudelt es aus ihr heraus. Die Anspannung in ihrer Stimme verrät mir auf Anhieb, dass irgendetwas nicht stimmt. Hat Tiffani etwas zu ihr gesagt? Was ist geschehen?

Hastig stemme ich mich von der Couch hoch und folge Eden in die Küche. Sie geht in die hinterste Ecke, möglichst weit von Dean und Jake weg, damit sie uns nicht belauschen. Ich bleibe direkt vor ihr stehen und mustere mit zusammengezogenen Augenbrauen ihre panischen Gesichtszüge. Was ist denn geschehen, dass sie so aus dem Häuschen ist?

»Tiffani ist nicht schwanger«, raunt sie mit gedämpfter Stimme, aber sie wirkt aufgebracht und presst die Zähne zusammen. »Das hat sie nur behauptet, um dich zurückzukriegen.«

Im ersten Moment dringt die Bedeutung ihrer Worte gar nicht richtig zu mir durch, deshalb trete ich einen Schritt zurück und sehe sie hastig blinzelnd an. »Was?«

»Sie hat es gerade zugegeben!«

Für einen kurzen Moment kommt die Welt um mich herum zum Stillstand, während die Neuigkeiten allmählich zu mir durchsickern. Tiffani … Sie hat mich die ganze Zeit an der Nase herumgeführt? Das war alles erstunken und erlogen? Gott, das erstaunt mich jetzt mehr, als es sollte. Eigentlich hätte ich ja wissen müssen, dass sie sich niemals ändern wird. Sie ist eine manipulative Schlange allererster Güte. Aber wie kann sie sich auf so ein unterirdisches Niveau herablassen? Das ist einfach nur armselig. Ich denke an die letzte Nacht. An die Tränen, die sie geweint hat, an ihren schmerzerfüllten Blick … Es war alles nur eine verdammte Show. Wie kann sie mir so etwas antun? Wie kann ein Mensch zu einer solch infamen Lüge imstande sein? Kann sie denn wirklich nicht ohne mich leben?

Ich spüre Edens Hand auf meinem Arm, die Wärme, die

von ihr ausgeht, doch dann zieht sie sie hastig wieder zurück, als hätte sie sich an mir verbrannt. Auf der Treppe sind laute Schritte zu hören, und als ich mich umsehe, fällt mein Blick auf sie – Tiffani. Sie sieht fürchterlich aus. Mit tränenüberströmtem Gesicht kommt sie auf mich zu.

»Bitte, Baby. Es tut mir so leid«, schluchzt sie mit erstickter Stimme und streckt die Hand nach mir aus. Es stimmt also. Wofür sollte sie sich sonst entschuldigen? Sie hat mich tatsächlich belogen. »Es tut mir so leid.«

Ich weiche vor ihr zurück und sehe sie kopfschüttelnd an. Es ist nicht zu glauben, wie kann ein Mensch so fies sein? »Du bist doch geisteskrank!«, brülle ich, so laut, dass die anderen schlagartig verstummen. Dean und Jake starren uns von der Couch aus an, Rachael steht am Fuß der Treppe und beobachtet uns ebenfalls.

»Ich hasse dich!«, schreit Tiffani, aber sie sieht dabei nicht mich an, sondern Eden, als wäre das alles ihre Schuld. Was natürlich nicht stimmt. Tiffani hat sich dieses ganze Drama selbst zuzuschreiben, und dennoch wirft sie Eden einen bitterbösen Blick zu. Für einen kurzen Moment hätte ich sogar schwören können, dass sie ihr am liebsten an die Gurgel gegangen wäre.

Plötzlich wird mir bewusst, dass das für Tiffani die Gelegenheit wäre, Edens und mein großes Geheimnis zu verraten. Warum auch nicht? Sie hasst Eden, und mit Sicherheit ist ihr klar, dass ich nach allem, was passiert ist, unter keinen Umständen zu ihr zurückkomme. Warum sollte sie also noch Rücksicht auf uns nehmen? Sie hat wirklich allen Grund, die Wahrheit zu verraten. Wie gebannt warte ich ab, dass sie die Worte hinausschreit. Warte darauf, dass meine Freunde denken werden, ich hätte den Verstand verloren.

Doch nichts passiert, sehr zu meiner Verwunderung. Tiffani sagt keinen Ton, sondern schluchzt erneut auf, schlägt die Hände vors Gesicht und rennt zurück nach oben. Im

Vorbeigehen schubst sie Rachael so rücksichtslos aus dem Weg, dass die gegen die Wand taumelt.

Was für ein Miststück! Endlich komme ich wieder zu mir und schlage die flache Hand auf die Arbeitsplatte. Dann kneife ich mir mit Daumen und Zeigefinger in die Nasenwurzel. Mit geschlossenen Augen atme ich eine Weile tief ein und aus. *Das ist gut,* sage ich mir selbst. Tiffani ist *nicht* schwanger, dann gibt es jetzt also keinen Anlass mehr, weshalb ich bei ihr bleiben sollte. Ich bin endlich frei von ihr. Es ist vorbei.

»Ich gehe«, sage ich, als ich die Augen wieder öffne. »Hier bleibe ich keine Minute länger. Die ist doch total krank.« Tief in meinem Inneren spüre ich so etwas wie … Erleichterung. Eden steht immer noch neben mir und starrt mich mit ihren schönen Augen an. Sie wirkt noch immer eingeschüchtert, aber dafür besteht überhaupt kein Grund mehr. Von jetzt an wird sich alles zum Guten wenden, ich kriege mein Leben auf die Reihe, genau wie ich es vorhatte, und dann bin ich nur noch für sie da. *Dann werde ich endlich mit ihr zusammen sein.*

Ich höre, wie oben eine Tür zugeknallt wird, aber das kümmert mich nicht mehr. Ich habe nicht ein Fünkchen Mitleid für Tiffani. Natürlich wird sie sich einreden, dass sie das arme, bedauernswerte Opfer ist, aber das ist sie nicht. Keiner von uns ist unschuldig. Ich will nur noch von hier verschwinden, deshalb setze ich mich in Bewegung, um meine Autoschlüssel zu holen, und marschiere zur Haustür, ohne mich von den anderen zu verabschieden. Entgeistert starren sie mir nach. Ich bin mir sicher, dass Rachael Dean und Jake gleich ausführlich erzählen wird, was passiert ist, ich überlasse es also ihr, sie ins Bild zu setzen, weil ich einfach nicht die Kraft dazu habe. Ich reiße die Haustür auf, inhaliere die frische, kühle Luft und trete hinaus in den strömenden Regen.

Ich bin frei. Scheiße, ich bin endlich frei!

Im Nu bin ich klatschnass vom Regen, der mir entgegenpeitscht, als ich über die Steinplatten im Vorgarten zu meinem Auto laufe, das in der Einfahrt parkt. Blitzschnell springe ich rein und knalle die Tür hinter mir zu, dann atme ich erleichtert aus. Schweigend sitze ich da und fahre mir mit der Hand durch die nassen Haare, während ich zusehe, wie die Tropfen gegen die Windschutzscheibe prasseln. Ich mag das Geräusch von Regen. Es entspannt mich. Blinzelnd starre ich zum Fenster hinaus in Richtung Haustür, in meinem Hals bildet sich ein Kloß. Ich warte darauf, dass Eden mir folgt. Ich *bete*, dass sie es tut.

Ich starte den Motor, damit wir sofort losfahren können, wenn sie kommt. Wir werden gemeinsam von hier wegfahren. Wir werden nach Hause fahren. Ich werde mit Mom sprechen und alles in Ordnung bringen. Von jetzt an geht es aufwärts. Ich bin bereit. Bereit für eine Veränderung.

Endlich öffnet sich die Haustür, und Eden kommt herausgerannt, die Kapuze auf dem Kopf. Mit beiden Händen hält sie sie fest und rennt auf mein Auto zu. Sie trägt neue Converse und achtet nicht auf die Pfützen, die sich in der Auffahrt gebildet haben. Sie bleibt vor meinem Fenster stehen und klopft gegen die Scheibe, doch durch die Regenschlieren ist sie kaum zu erkennen.

Ich weiß nicht, was sie dort tut, aber ich öffne das Fenster einen Spalt und rufe: »Los, steig ein!«

Eden rennt um die Motorhaube herum, reißt die Tür auf, lässt sich auf den Beifahrersitz fallen und macht wieder zu, bevor noch mehr Wind und Regen hereinkommen. Sie setzt die Kapuze ab und pustet sich ein paar feuchte Strähnen aus der Stirn. Ihre Wangen sind vom kalten Regen gerötet. Sie trägt kein Make-up, doch das hat sie ohnehin nicht nötig. Ihre braunen Augen sind auch ungeschminkt unheimlich ausdrucksstark.

»Können wir los?«, frage ich und packe das Lenkrad mit beiden Händen.

»Nein, Tyler«, sagt sie leise. »Ich gehe gleich wieder rein.«

Was sagt sie da? Sie will nicht mitkommen? Für eine Sekunde frage ich mich, ob sie nur sarkastisch sein will. Aber als ich ihr prüfend ins Gesicht sehe, stelle ich fest, dass sie es absolut ernst meint. »Warum bist du dann überhaupt erst rausgekommen?«

»Weil ich«, sagt sie und wischt sich mit dem Handrücken übers Gesicht, »erst mit dir reden muss. Also, hör zu. Das Wichtigste zuerst: Geh bitte nie wieder zu Tiffani zurück.«

Ich muss fast lachen. Sie denkt ernsthaft, ich würde jemals wieder was mit Tiffani zu tun haben wollen? »Scheiß auf Tiffani«, sage ich und sehe zu, wie das Wasser an der Windschutzscheibe hinunterläuft. Ich verdrehe wütend die Augen und umklammere das Lenkrad noch fester. »Die ist einfach unglaublich!«

»Tyler«, sagt Eden, doch nun ist ihre Stimme ganz sanft und weich. Sie sieht mich eindringlich an, und ich versinke in ihren Augen, als ich zu ihr schaue. Tiefe Falten haben sich in ihre Stirn gegraben. »Bitte, fahr nach Hause und rede mit deiner Mom. Im Moment ist sie allein, und sie wird dich wieder reinlassen, vertrau mir. Sie muss dir etwas sagen, und das ist wirklich sehr wichtig.«

Wenn Mom mir was zu sagen hätte, hätte sie längst angerufen. Ich habe nichts von ihr gehört, seit sie mich rausgeworfen hat, und daraus schließe ich, dass sie mir immer noch nicht verziehen hat. »Da bin ich nicht mehr willkommen«, sage ich steif und presse die Lippen fest zusammen.

»Es ist mein Ernst«, sagt Eden. Sie dreht sich zu mir, dabei knetet sie nervös die Finger in ihrem Schoß. Irgendetwas beschäftigt sie, ich spüre die wachsende Spannung zwischen uns, aber ich weiß nicht, warum. »Hör dir einfach an, was sie zu sagen hat. Fahr nach Hause, und frag sie nach New York.«

Ich blinzle verwirrt. Wovon zum Teufel redet sie? »New York?«

»Sprich mit deiner Mutter, Tyler«, sagt sie mit einem bekräftigenden Nicken.

»Okay«, gebe ich mich schließlich geschlagen. Ich hatte ohnehin vor, mit Mom zu reden. Seufzend fahre ich mir erneut mit den Fingern durch die Haare; sie sind noch immer nass vom Regen.

Eden ist mit einem Mal still geworden. Als ich sie wieder ansehe, starrt sie mich mit einem Gesichtsausdruck an, der mir an ihr völlig neu ist. Winzige Fältchen bilden sich in ihren Augenwinkeln, ihr Blick wirkt glasig, und sie beißt sich fest auf die Unterlippe. Dennoch bemerke ich das leichte Zittern. Irgendetwas stimmt nicht mit ihr. Noch nie habe ich einen so schmerzerfüllten Ausdruck auf ihrem Gesicht gesehen.

»Was ist?«, frage ich besorgt.

»Ich würde dafür töten, dich jeden Tag küssen zu können«, sagt sie so leise, dass es nicht viel mehr als ein Flüstern ist. Ihre Stimme klingt belegt und so zerbrechlich vor der lauten Geräuschkulisse des Regens, der beharrlich an die Scheiben prasselt.

»Aber das kannst du doch«, sage ich und drehe mich zu ihr, um sie eindringlich zu mustern. Mein Puls beginnt zu rasen, während ich sie sanft ansehe. Ich schlucke. Am liebsten würde ich sie auf der Stelle küssen. Und morgen auch. Und übermorgen wieder. Ich könnte sie für immer küssen. »Jeden Tag. Ich hätte nichts dagegen.«

»Ich auch nicht.« Dann holt sie tief Luft, und ihre Stirn legt sich in Sorgenfalten. »Das ist genau das Problem, Tyler. *Wir* hätten nichts dagegen, aber was ist mit den anderen?«

Ich brauche eine Weile, um ihre Worte zu verarbeiten. Was will sie mir damit sagen? Regen sich jetzt etwa Zweifel in ihr? Wir haben uns so weit vorgewagt, sind so weit gekommen. Mir ist natürlich klar, dass wir Stiefgeschwister sind. Aber das ist nur ein Wort, das nichts an der Tatsache ändert, dass wir nicht blutsverwandt sind. Es entspricht nicht ganz der Norm, das stimmt, aber es ist nicht falsch. Wir werden damit klarkommen. Hat sie … Hat sie plötzlich Angst? Bitte *nicht*!

»Den anderen können wir aus dem Weg gehen. Wir können eine Lösung finden. Sie werden es schon verstehen. Vielleicht nicht sofort, aber irgendwann schon«, sprudelt es aus mir heraus, aber meine Stimme wird immer dünner. Mit jedem Wort werde ich panischer. Es klingt fast so, als wollte sie das alles nicht mehr. Als würde sie das mit *uns* infrage stellen. »Wirklich. Wir kriegen das hin. Wir … Wir schaffen das.«

»Tyler«, sagt sie, unterbricht sich aber wieder. Ich halte die Luft an und warte gebannt ab, dass sie weiterspricht. Doch plötzlich füllen sich ihre Augen mit Tränen, und sie muss blinzeln, um sie zurückzuhalten. Es liegt ein unendlich verzweifelter Ausdruck in ihrem Blick, als sie endlich fortfährt: »Wir können nicht zusammen sein.«

Es ist ein Gefühl, als hätte mich ein Schuss mitten ins Herz getroffen. Augenblicklich zerspringt es in unzählige Bruchstücke, die sich in meine Brust bohren. Warum tut sie uns das an? Ich dachte, jetzt würde endlich, *endlich* alles gut werden. Wir hatten eine reelle Chance. Und auf einmal … Ich ertrage das nicht. Ungläubig schüttle ich den Kopf und wünschte, sie würde ihre Worte zurücknehmen. Meine Augen sind geschlossen, doch ich zwinge sie wieder auf, obwohl Tränen darin brennen.

»Das hast du gerade nicht wirklich gesagt«, presse ich hervor. Es ist kaum mehr als ein Flüstern, so kraftlos fühle ich mich.

Als ich zu Eden sehe, stelle ich fest, dass sie weint. Tränen strömen ihr über die Wangen, und sie versucht, sie wegzuwischen, aber es sind einfach zu viele, immer wieder laufen ihre Augen über. Sie will das doch gar nicht, ich weiß, dass es so ist, warum tut sie es also? Warum wirft sie jetzt alles hin?

»Es geht einfach nicht«, krächzt sie, und ich erkenne den Schmerz in ihrem tränenverschleierten Blick. Mir bricht es das Herz.

»Tu das nicht, Eden. Bitte. O Gott«, flehe ich mit heiserer Stimme und kämpfe gegen die aufsteigenden Tränen an. Meine Worte klingen verzweifelt. Ich kann sie nicht ansehen, nicht, wenn sie mich so zurückweist, deshalb wende ich den Kopf zum Fenster und atme tief ein und aus. Ich sehe zu, wie der Regen an der Scheibe hinabrinnt, und wünschte, das hier wäre einfach vorbei. Ich wünschte, es würde zu regnen aufhören, wünschte, Eden würde aufhören, solche Dinge zu sagen. »Wir haben es so weit geschafft. Du darfst jetzt nicht aufgeben.«

»Aber wir müssen.«

»Sag mir, was ich tun soll, und ich tu's. Ich sorge dafür, dass es funktioniert«, hasple ich panisch und drehe mich ihr ruckartig zu. Mit einer Hand umfasse ich das Lenkrad fester, die andere lege ich auf Edens Knie. Ich würde alles tun, wirklich alles.

Eden senkt ihren schmerzerfüllten Blick auf meine Hand und schüttelt unendlich langsam den Kopf. Offenbar schafft sie es nicht, mich anzusehen, als sie flüstert: »Mach es uns nicht noch schwerer.«

Das kann sie mir nicht antun. Nie im Leben hätte ich gedacht, dass ich einmal jemanden wie sie treffen würde. Jemand, der sich genauso viel aus mir macht wie ich mir aus ihr. Jemand, dem ich mich voll und ganz geöffnet habe, dem ich restlos vertraue. Jemand, für den ich ein besserer Mensch sein will. Ich *liebe sie*. »Ich brauche dich«, flüstere ich und schlucke. Ich greife nach ihrer Hand und verschränke die Finger mit ihren, und ich weigere mich, sie wieder loszulassen, als ich mich über die Mittelkonsole zu ihr beuge. Endlich hebt sie den Blick wieder zu mir, doch ich sehe, wie sie innerlich mit sich ringt. »Verstehst du denn nicht? Du bist keine Ablenkung für mich«, versichere ich ihr. Tiffani war eine Ablenkung. Der Alkohol und die Drogen waren eine Ablenkung. Aber Eden ist für mich unendlich mehr. Sie ist in mein Leben getreten, als ich sie am dringendsten gebraucht habe, obwohl mir das zu dem Zeitpunkt noch nicht klar war. Sie war meine Rettung. »Das hier bin ich. Hier und jetzt. Deinetwegen bin ich völlig fertig, aber das ist mir egal, so bin ich eben. Und das liebe ich so an dir: dass ich bei dir so sein darf, wie ich bin. Weil ich dir vertraue. Du bist die Einzige, der ich so wichtig war, dass sie mich unbedingt verstehen wollte. Ich brauche dich, ich will mit dir zusammen sein.« Mittlerweile versuche ich nicht mehr, gegen die Tränen anzukämpfen, ungehindert strömen sie mir übers Gesicht.

»Du bist mir auch weiterhin wichtig«, sagt Eden, während ihr ebenfalls neue Tränen in die Augen schießen. »Aber als deine Stiefschwester.«

»Eden«, flehe ich noch einmal und drücke ihre Hand. Das hier muss sie doch nicht tun. Gemeinsam können wir das schaffen, wir finden einen Weg, wie wir es unseren Eltern möglichst schonend beibringen. Spielt es denn überhaupt eine Rolle, was die anderen von uns denken? Für mich jedenfalls nicht. »Was ist mit letztem Wochenende? Wir … War das alles umsonst? War der ganze beschissene Sommer umsonst?«

»Nicht umsonst. Wir haben eine Menge gelernt«, entgegnet Eden. Sie starrt auf unsere Finger, die so perfekt ineinandergreifen, und drückt meine Hand. Auch sie lässt nicht los.

»Das ist nicht fair!«, schreie ich plötzlich und schlage mit der freien Hand aufs Lenkrad. Ich darf nicht zulassen, dass es nach allem, was war, so endet … im Nichts. »Ich habe dir alles von mir erzählt. Ich habe dir die Wahrheit anvertraut.

Ich habe sogar mit Tiffani Schluss gemacht, die jetzt wahrscheinlich schon Pläne schmiedet, wie sie mein Leben noch weiter ruinieren kann. Aber das ist mir egal, weil ich dachte, das wäre es wert. Weil ich an dich gedacht habe. Du warst das Wichtigste für mich. Als ich eben aus diesem Haus gekommen bin, konnte ich die ganze Zeit nur eins denken: *Endlich kann ich mit Eden zusammen sein.*« Doch dazu wird es nun nicht kommen, und das tut verdammt weh. Widerstrebend lasse ich Edens Hand los und reibe mir die Augen. Mit ausdrucksloser Miene starre ich hinaus in den Regen. »Und dann kommst du hier raus und sagst mir, dass du es nicht willst.«

»Glaubst du etwa, ich tue das hier freiwillig?«, fährt Eden mich an. Mit einem Mal ist sie so wütend, dass sie richtig laut wird. »Garantiert nicht! Aber ich tue es trotzdem, weil es das Beste für uns beide ist. Ich will nicht mit ansehen müssen, wie es mit dir bergab geht, wenn das mit uns nicht funktioniert. Was willst du machen, wenn unsere Eltern dahinterkommen und uns dafür hassen? Jetzt ist nicht der richtige Zeitpunkt. Wir sind damit überfordert. Du musst dein Leben auf die Reihe kriegen, damit du nach New York gehen kannst. Und dabei kannst du den ganzen Rest nicht auch noch gebrauchen.«

»Scheiße, was ist denn in New York?«, frage ich, meine Stimme nun genauso laut wie ihre. Wir haben beide immer noch Tränen in den Augen, sind aber inzwischen so frustriert, dass wir wütend werden. Doch jetzt nicht mehr auf die Situation, sondern aufeinander. »Warum kannst du es mir nicht einfach sagen?«

»Weil deine Mutter es dir erzählen will«, sagt Eden, nun wieder leise. Sie verstummt, schnieft und schluchzt mehrmals und wischt sich mit dem Handrücken über die Augen. Sekunden verstreichen. Keiner von uns sagt ein Wort, es ist nichts zu hören als der Regen und mein flacher Atem. Es ist

Eden, die schließlich die Stille bricht. »Von jetzt an müssen wir ignorieren, was da zwischen uns ist. Wir müssen aufhören, bevor wir zu tief drinstecken.«

Eden hat sich entschieden, und mir ist klar geworden, dass nichts auf dieser Welt sie mehr umstimmen kann. Das ist es, was sie will, und ich muss ihre Entscheidung respektieren. Doch auch wenn es mich innerlich zerreißt, so weiß ich zumindest, dass sie es nicht tut, weil sie sich nichts mehr aus mir macht. Schuld ist, dass wir Stiefgeschwister sind und die Dinge in ihren Augen zu kompliziert werden würden, wären wir mehr als das füreinander. Ich habe mein Bestes gegeben, aber es hat nicht gereicht, um sie zum Umdenken zu bewegen. »Wenn es wirklich das ist, was du willst«, murmle ich schließlich leise und kneife die Augen fest zu. Ich muss schlucken, bevor ich weiterspreche. »Wenn du wirklich, wirklich willst, dass wir es ignorieren … Dann bleibt mir wohl nichts anderes übrig.«

Ich schlage die Augen auf und sehe Eden ein letztes Mal an. Mein Blick wandert über dieses wunderschöne Mädchen vor mir, ich sauge ihren Anblick in mir auf. Wie soll ich einfach so vergessen, was diesen Sommer zwischen uns war? Ich kann nicht so tun, als wäre zwischen uns nie etwas gewesen. Ich … Ich weiß, ich muss sie gehen lassen, nur kann ich mir im Moment nicht vorstellen, wie mir das je gelingen soll. Mein Blick bleibt an ihren vollen Lippen hängen, die mich vom ersten Moment an fasziniert haben. Sie machen mich schwach. Ich ertappe mich selbst dabei, wie ich mich ihr unwillkürlich nähere. Ich möchte sie so gerne küssen, nur ein letztes Mal.

Unvermittelt klettert Eden über die Mittelkonsole und setzt sich auf meinen Schoß. Ich sehe, wie sie schluckt, als sie mir ihre warmen Hände in den Nacken legt, und lasse sie nicht aus den Augen, bis sie ihre Lippen behutsam auf meine senkt.

Wenn das hier das letzte Mal ist, dass ich sie küsse, dann werde ich es bis zuletzt auskosten und das Beste draus machen. Ich lege die Hände an ihre Taille, ziehe sie an meine Brust und fange unendlich langsam ihre Lippen ein. Ich lasse mir alle Zeit der Welt, weil ich Angst habe, mir könnte etwas entgehen. Ich liebe es, wie unsere Münder verschmelzen, und küsse sie wieder und wieder, bis das Gefühl ein für alle Mal in mein Gedächtnis eingebrannt ist. Ich will sie nie wieder loslassen, und ich glaube, ihr geht es ähnlich. Zärtlich umschließt sie mein Gesicht mit beiden Händen und streicht mir mit den Daumen zart über die Wangen. Sie erwidert meinen Kuss genauso sanft und vorsichtig, als hätte sie Angst, etwas zu zerbrechen, etwas unendlich Kostbares. Und das ist er, dieser Kuss, kostbar und zerbrechlich.

Doch ich kann sie nicht ewig festhalten, und so löse ich mich von ihr, auch wenn es mich alle Überwindung kostet. Ein leises Seufzen dringt über meine Lippen. Ich habe die Augen immer noch geschlossen, und Edens Hände schmiegen sich fest um mein Kinn. Ich spüre, dass sie sich erneut auf mich zubewegt und ihr Gesicht so dicht an meines legt, dass ihr Atem sachte über meine Wange streicht. Es ist so schön, sie in den Armen zu halten, und einen endlos scheinenden Augenblick halten wir einander weiter fest umschlungen.

»Stiefgeschwister«, flüstert sie, und ihr warmer Atem kitzelt mich am Ohr. »Nicht mehr.«

»Nicht mehr«, murmle ich. Ich senke den Kopf, während Eden zurück auf den Beifahrersitz klettert. Ich vermisse es bereits, sie zu küssen, ihre Haut an meiner zu spüren. Ich würde ihr am liebsten sagen, wie sehr ich sie liebe, aber ich finde einfach nicht die Worte. Ich bin völlig erschüttert, und es gibt nichts, das ich sagen könnte, um an dieser Situation etwas zu ändern, darüber bin ich mir im Klaren.

Ich bringe es nicht übers Herz, sie anzusehen, als sie sich

der Tür zuwendet. Stattdessen lege ich die Hände wieder ans Steuer und blicke aus dem Seitenfenster. Der Regen scheint stärker geworden zu sein. Als Eden die Tür öffnet, höre ich nur das ohrenbetäubende Prasseln des Regens auf den Boden. Nach wenigen Augenblicken schlägt sie die Tür hinter sich zu, und als ich den Blick zur Beifahrerseite wende, ist sie fort.

Es versetzt mir einen heftigen Stich, als ich sehe, wie sie zum Haus zurückläuft. Doch ich ertrage den Anblick nicht lange, es droht mich zu zerreißen, deshalb greife ich nach dem Sicherheitsgurt, schnalle mich an und lege unverzüglich den Gang ein. Ich setze aus der Einfahrt zurück und würde am liebsten das Gaspedal durchtreten, um möglichst schnell von hier zu verschwinden. Aber der Regen behindert meine Sicht, deshalb bin ich gezwungen, mich dicht vor die Scheibe zu schieben und mich langsam vorwärtszutasten. Das Steuer halte ich so krampfhaft fest, dass meine Knöchel weiß hervortreten.

Ich weiß genau, dass ich es eigentlich nicht tun sollte, aber ich werfe einen letzten Blick in den Rückspiegel und stelle fest, dass Eden immer noch draußen vor dem Haus steht. Sie blickt mir nach. Hinter dem Regenschleier nehme ich sie allerdings nur undeutlich wahr. Ihr Schemen wird kleiner und immer kleiner. Als sie komplett verschwunden ist, breche ich endgültig zusammen.

Die Straße vor mir verschwimmt, doch es liegt nicht am strömenden Regen. Meine Unterlippe zittert, ich fahre mir mit einer Hand in die Haare und ziehe fest daran, mein Atem geht stoßweise. Ich bin völlig am Boden zerstört. Mein Leben liegt in Scherben vor mir. Mein Herz war zwar schon vorher gebrochen, aber jetzt ist es restlos zerschmettert und wird wohl nie wieder heilen. Ich fühle mich unendlich einsam und verloren. Es gibt nur einen Menschen auf der Welt, der mir jetzt noch helfen kann, und das ist Mom. Auf sie kann ich immer zählen.

Zum ersten Mal nach einer Woche fahre ich nach Hause, gegen den Regen und die Tränen ankämpfend. Nicht nur, dass mein Leben ruiniert ist, ich habe das Mädchen verloren, dem ich etwas bedeutet habe. Das Mädchen, das mir zugehört hat. Das Mädchen, das mich hoffen ließ, ich könnte wieder in Ordnung kommen. Das Mädchen, für das ich mich bessern wollte. Sie ist weg, und jetzt sehe ich in allem keinen Sinn mehr. Endlich war ich dabei, Fortschritte zu machen, endlich war ich bereit, mein Leben wieder in den Griff zu bekommen, die richtigen Entscheidungen zu treffen. Doch jetzt habe ich das Gefühl, wieder zurück am Ausgangspunkt zu sein. Mein Leben ist ohne Sinn und ohne Ziel, ohne Perspektive.

Moms Range Rover steht in der Auffahrt, als ich vor dem Haus halte. Schnell parke ich meinen Wagen dahinter, reiße die Tür auf und trete hinaus in den anhaltenden Regen. Mein Brustkorb hebt und senkt sich mit jedem hastigen Atemzug, während ich blinzelnd zum Haus sehe. Das Wasser peitscht mir ins Gesicht, durchnässt meine Haare und fließt mir in die Augen. Ich brauche Mom so sehr.

Ich setze mich in Bewegung, beschleunige meine Schritte und renne schließlich los, über die Steinplatten im Vorgarten zur Haustür. Mom muss mich schon vom Fenster aus gesehen haben, denn die Haustür wird in dem Moment aufgerissen, als ich sie erreiche. Hinter den Tränen nehme ich Mom nur verschwommen wahr, aber ich spüre sofort die Wärme und die Liebe, die von ihr ausgehen. Sie bedeutet mir so wahnsinnig viel. Sie hat mit ansehen müssen, wie ich vor ihren Augen mein Leben zerstört habe, aber trotzdem war sie immer für mich da. Und nie habe ich ihren Zuspruch und die Bestätigung, dass alles wieder gut wird, mehr als jetzt benötigt. Im Moment deutet nichts darauf hin, als könnte dies je geschehen.

»Tyler«, flüstert sie bestürzt, und ich werfe mich in ihre

Arme, bringe den Regen mit ins Haus und mache ihre Kleider nass.

»Mom«, schluchze ich hemmungslos an ihrer Schulter. Wie ein Ertrinkender klammere ich mich an ihr fest, als wollte ich sie nie wieder loslassen. Meine Knie geben nach, ich kneife die Augen ganz fest zu, doch die Tränen fließen unaufhörlich. Meine Brust ist wie zugeschnürt, mein Herz rast, und ich zittere unkontrolliert in ihren Armen. »Es tut mir leid. Es tut mir so unendlich leid«, flüstere ich, und als sie mich fester in ihre Arme schließt, fängt auch sie an zu schluchzen.

Es tut mir leid, dass ich sie enttäuscht habe. Es tut mir leid, dass ich so viele Fehler gemacht habe. Es tut mir leid, dass ich für Eden nicht mehr sein kann. Mir tut alles so unendlich leid.

Und in diesem Moment gebe ich mir selbst ein Versprechen. Ich gebe es meinen Freunden. Meinen Brüdern. Meiner Mom. Und Eden:

Ich verspreche, dass ich mich bessern werde.

Danksagung

Ich möchte mich bei meinen wunderbaren Leserinnen und Lesern bedanken, die Edens und Tylers Story so begeistert mitverfolgt und die beiden auf ihrem Weg begleitet haben. Eure Unterstützung bedeutet mir sehr viel.

Ich danke dem Team bei Black & White Publishing, weil sie genauso an mein Buch geglaubt haben wie ich. Die Arbeit mit euch war einfach toll, ich bin jedem Einzelnen unendlich dankbar. Danke, dass ihr meine Idee von Anfang an unterstützt habt.

Ich danke Emma Ferrier, meiner Verbündeten, wenn es ums Schreiben geht. Sie hat immer ein offenes Ohr für meine Ideen und hört auch dann noch zu, wenn ich wieder einmal gar nicht zum Punkt kommen will. Danken möchte ich auch Rachael Lamb, Olivia Matthews, Milly Shimmin und Jess Cook, weil sie stets für mich da waren und mich unterstützt haben.

Und nicht zuletzt danke ich meiner Familie, meiner Mum und meinem Dad, weil sie mich unermüdlich ermuntert haben, meinen großen Traum Wirklichkeit werden zu lassen. Ich liebe euch beide von ganzem Herzen.

»Ich darf es niemandem je sagen.«

Tyler ist das Opfer schweren körperlichen Missbrauchs durch seinen Vater. Ebenso wie an seinen Verletzungen litt er an den seelischen Qualen, diesen Missbrauch geheim halten zu müssen. Selbst später, als Jugendlicher, hat Tyler noch immer Angst davor, über die Folgen der Taten seines Vaters für seine eigene seelische Gesundheit zu sprechen.

Wir möchten, dass die Leserinnen und Leser von *Ohne dich bin ich verloren* wissen, dass es immer kostenlose und vertrauliche Hilfe und Unterstützung gibt. Wie Tyler findet ihr es vielleicht nicht einfach, euch Hilfe zu holen, wenn ihr von den Problemen betroffen seid, wie sie in diesem Buch beschrieben sind. Aber habt keine Angst!

Das folgende Nottelefon bietet Kindern und Jugendlichen anonym und kostenlos vom Handy oder Festnetz aus Hilfe und Unterstützung:

In Deutschland: Nummer gegen Kummer
Tel.: (ohne Vorwahl) 116 111 – montags bis samstags von 14 bis 20 Uhr

In Österreich: Rat auf Draht
Tel. (ohne Vorwahl): 147 – rund um die Uhr

In der Schweiz: Pro Juventute Beratung + Hilfe
Tel. (ohne Vorwahl): 147 – rund um die Uhr